LA CHASSE
À L'OURS

DU MÊME AUTEUR

Chez le même éditeur :

MONSIEUR LE CONSUL.
LE FILS DU CONSUL.
LA VALLÉE DES ROSES.
ANNE MARIE.
LA DUCHESSE.

Chez Jean Vigneau :

LA MÉSAVENTURE ESPAGNOLE.

Chez Gallimard :

LA CHINE DE LA DOUCEUR.
LA CHINE DU CAUCHEMAR.
LA GUERRE D'INDOCHINE :
I. L'Enlisement.
II. L'Humiliation.
III. L'Aventure.
LA CHINE DE TSEU HI À MAO.
MAO.
LE MASSACRE DES INDIENS.
LES PLAISIRS DE L'HEXAGONE.

Aux Presses de la Cité :

LUCIEN BODARD PRÉSENTE LES DOSSIERS SECRETS DU PENTAGONE.
LA TÉLÉ DE LUCIEN BODARD.

LUCIEN BODARD

LA CHASSE À L'OURS

roman

BERNARD GRASSET

PARIS

Cette œuvre étant de pure fiction romanesque, toute ressemblance avec des personnages existant ou ayant existé est fortuite.

A Marie-Françoise et à Dominique.

La mort d'Anne Marie. Je l'ai apprise en Ulster, dans la pouillerie de la guerre civile.

J'étais là, comme d'habitude à charogner de la haine et du monstrueux pour le régurgiter en mots. Journaliste, c'est mon métier, et depuis près de trente ans, la guerre est mon ordinaire. Partout j'ai joui de ses hécatombes et de ses bubons, j'ai pataugé dans ses carnages : des arroyos divagants et des jungles sombres de l'Indochine aux sauvageries arrogantes de l'Afrique, en passant par les pullulements traîtreux de la Chine, toujours à gratter dans la tripaille des passions humaines. Mais ici, dans la « verte Erin », je suis presque écœuré. Les plus viles vapeurs remontées du Moyen Age y ont explosé dans une banalité chiche, absurde et à peine meurtrière, un dégueulis du passé. Insondable bêtise des croyances. En plein XXe siècle, l'année même où l'homme marche pour la première fois sur la lune, des catholiques et des protestants s'entr'assassinent. Et ils le font salement, petitement, avec la mesquinerie des coups tordus, dans les remugles d'une chrétienté surie. Mocheté de ces furoncles des temps anciens, dégueulasserie d'un fanatisme où tout se mélange : la foi équarrisseuse, l'âpreté de l'intérêt, le revanchisme des humiliés, les viciosités de l'argent. Mocheté aussi des protagonistes, orangistes bardés de gros ventres bouffis d'orgueil, catholiques à faces de carême : une même et unanime laideur, au point qu'ils finissent par se ressembler, identiques modèles de brutes avinées par des dieux pervers. Ici, la passion flotte au ras du caniveau et le meurtre a la disgrâce de la mercerie délavée : on coupe les vies avec des ciseaux rouillés, pauvrement, tristement, lamentablement.

Je suis dégoûté, englué d'âme et de corps, c'est vrai, mais je l'avoue, depuis mon arrivée, en dépit de mes répugnances, je me sens bien, si bien que je me prélasse dans toute cette merderie anachronique. L'Irlande et ses spasmes m'ont arraché opportunément à un autre bourbier, plus ravageur encore, dans lequel je me débattais comme un Pierrot impuissant : ma vie avec les femmes. Un piège inextricable que, sans le vouloir, durant des années, et avec une obstination pathologique, j'ai construit et perfectionné, et qui maintenant s'est refermé sur moi et menace de me détruire.

Il existe en effet dans les coins les plus obscurs de ma personnalité, sur les terres inexplorées de mon âme, une sorte d'infirmité constitutive, une racine de mon être : le besoin impérieux, vital des femmes. Il me faut un nuage d'amoureuses autour de moi, une troupe de juments qui peuplent les champs de mon horizon. Elles sont mon pain et mon vin, me servent de mères, de domestiques et de maîtresses. Une maladie. Mais qui n'est pas un donjuanisme débridé, ou la fuite en avant d'un collectionneur jouisseur et cynique. Bien sûr, j'aime les conquêtes, les coucheries, les victoires du mâle, je suis sensible à la beauté femelle, à ses attraits, à la finesse d'un grain de peau, aux sollicitations des courbures d'un sein, aux promesses des taillis d'un sexe, je goûte les solutions célestes de la sensualité, je peux même me laisser tenter par les éblouissements de la lubricité, mais je ne suis pas pour autant un homme d'abattage, un forçat de la séduction. Je dois sentir du sentiment, de la tendresse, de l'amour chez mes amantes; dans les débuts l'illusion m'est nécessaire que l'aventure ne se réduira pas à l'éphémère d'une nuit, qu'elle tournera au contraire à la liaison et voguera sur les mers de l'éternelle félicité... Puis je me lasse. Ainsi est ma vie, ainsi est mon mal. Je ne peux me débrouiller dans l'existence sans cette constellation féminine, sans ces femmes qui obstruent les brèches de mon âme. Qu'elles viennent à disparaître et aussitôt je me désagrège : je suis pris dans un spleen cotonneux où je m'alanguis de veulerie et d'inactivité, je me consume dans l'angoisse de la contemplation du temps qui s'écoule. Muses, fées ou Parques, les femmes me donnent donc, d'une manière quasi mystique, métaphysique, la capacité d'être.

Hélas, cet ordre existentiel possède aussi sa face noire, son versant destructeur. Comme si elles étaient régies par une fatalité récurrente, mes idylles, aux commencements toujours merveilleux, baisers langoureux et nuits divines, se métamorphosent en échauffourées permanentes, affrontements et guerres sans merci. Inéluctablement, mes dulcinées se dégradent en harpies, les visages cajoleurs se griffent de rides vénéneuses, l'harmonie des yeux se trouble en eaux visqueuses, la musique des voix dégénère en cacophonie, toutes deviennent des viragos hystériques, des mégères qui se pourchassent les unes les autres, et en même temps me traquent. La mêlée. Je me débats dans des rets, je me perds dans des labyrinthes, je croule sous des fureurs, des ruses, des cris, des gémissements, des menaces, je suis pris dans un maelström de rages et de vengeances. J'essaie bien de faire le fanfaron, de me dresser sur mes ergots : je fulmine, je mouline une épée en carton-pâte... vaines rodomontades ! Le plus souvent, je sors de ces combats perclus d'ecchymoses, bleui par tout le corps et à moitié disloqué, tel un mannequin piétiné. Mes bourrelles, qui sont aussi mes victimes, ne sont guère en meilleur état : lacérées, déchiquetées, anéanties.

Et ce don fatal qui me pousse à salir tout ce que j'approche, à transmuer la générosité, l'amour ou la douceur de mes femmes en une opiniâtre volonté de mort et de destruction, évolue aujourd'hui en cauchemar. Le fait est là : mes épouses et maîtresses ont tourné démones et sorcières. Un tourbillon cyclonique — un sabbat prométhéen qui désormais me concasse et me broie, et à côté duquel les vindictes irlandaises ne sont rien.

Pourtant, quelle palanquée fantastique, mon vortex femelle ! D'abord Clémence, ma femme devant les hommes, la légitime. La pire du lot : vingt ans de moins que moi, une vraie nature, d'origine viking, une Normande. Le sens de la drôlerie tueuse, de la repartie meurtrière, de l'attaque de commando ! Le genre trapue à figure d'ange, elle m'a séduit, et j'ai eu l'imprudence de lui passer l'alliance au doigt. Depuis, entre nous, c'est la surenchère des supplices. Elle dispose d'un instrument redoutable, sa supériorité dans l'art de l'infidélité. Un système vicieux d'amours clandestines, qu'elle me fait subodorer, flairer à la trace, sans cesse agitant sous mon nez une tapisserie d'amants innombrables, entretenant mes soupçons par de subtiles allusions, des confidences à double sens qui sont presque des aveux, mais n'en sont jamais, et deviennent, sous la grêle des questions, dénégations narquoises, haut-le-corps outragés, minauderies amusées, à moins que ce ne soient colères froides ou tempêtes écumantes. Les tourments du doute comme alchimie amoureuse. Ma jalousie toujours en éveil, chauffée au rouge. Et Clémence, gangrène de mes pensées! Une fois cependant, alors que j'étais sage et que je croyais encore à sa vertu, je l'ai prise en flagrant délit... Sa rage d'avoir été découverte! Et ensuite sa haine envers moi! Notre haine. C'est à partir de cet épisode, me semble-t-il, que nous avons appris à nous haïr aussi fort que nous nous aimions, avec un acharnement et une violence peu communs, que nous nous sommes totalement abandonnés à nos emportements, à nos coups, à notre obsession de nous faire mal, toujours plus mal. Si bien que ce qui était clair s'est lentement opacifié, nos combats se sont entortillés, gauchis, se sont mis à sinuer. Insensiblement, nous avons créé entre nous un espace malsain, qui a bientôt sécrété encore plus de miasmes, encore plus de nuisances. Laideur et dégénérescence des sentiments. Nous avons pris pour de la passion ce qui était désormais une habitude morbide, un besoin pestilentiel l'un de l'autre, uniquement pour nous cogner dessus, et c'est ainsi que depuis des années notre couple se survit.

Malgré cela, nous nous aimons encore, j'en suis certain, et il y a quelques mois, j'ai été pris par un désir de paix, d'entente et d'harmonie. Oui, j'ai cru qu'il m'était possible de mettre fin à cette débauche de souffrances inutiles, que je pouvais changer ce mauvais scénario de l'amour poison, de l'amour haine. Clémence... La dernière chance... L'idée m'est venue de faire germer dans son ventre à mystères un enfant de moi, un bébé Bonnard, un rejeton des amours apaisées. Et en elle aujourd'hui l'embryon fait son nid. Mais pour l'instant, hélas, cela n'a rien arrangé. Tout a même empiré. Nos batailles ont crû en âpreté et nos empoignades ont tourné de plus en plus mal. Nouvel enfer. Doutes nouveaux. Élucubrations sordides. Je suppute avec répugnance mes chances d'être bien le père, essayant de me raisonner, me déchirant en fait dans le réseau des hypothèses, ne sachant plus où est la vérité. La douleur, la folie. Tandis que Clémence, volcanisante d'indignation à cause de mes soupçons, s'est lancée à mes trousses comme une comète de hurlements, redoublant ses gémonies et ses fièvres, sans que son paroxysme me rassure vraiment.

Puis il y a Martine, ma maîtresse en titre. Personnage étrange qui m'embue de suavités intarissables, qui me couve de tant de tendresses enveloppantes que je finis par les ressentir comme des violences. Une walkyrie tout en immensités, grand cœur, grande âme, opulence des formes et luisance épaisse des blondeurs, une passionnée qui s'est donné une mission, une croisade : m'arracher à Clémence, qu'elle considère comme ma honteuse faiblesse, la nymphette démoniaque qui me mène à toutes les géhennes. Résultat, Martine me fait barboter dans un bain-marie de bluetteries, toute une atmosphère de léchouillerie, de baiserie et de coruscante vinaigrerie qui, de temps en temps, tourne aux larmes et aux cris. Alors, elle se colérise en gonflant les mamelles et en geignardant, mi-suppliante, mi-imprécative. Drôle de bonne femme! Elle est toute dévouement, bonne pour toutes les corvées et tous les services, mais elle met un point d'honneur, si elle le juge nécessaire, à se rebeller un peu et à me gratifier de quelques mômeries empoisonnées, à passer des trémolos de la volupté à ceux de la brutalité fêlée. Ce qui parfois m'émeut et d'autres fois m'insupporte. Elle me ligote insidieusement dans son hystérie câlinante, son train-train de désespérance agressive et me lasse les ouïes de son crin-crin pleurnichard. Je suis une mouche qui se noie dans la confiture de sa tendresse conquérante. Sa féroce obstination, son entêtement acharné, sauvage, à poursuivre sa campagne contre Clémence, me la rendent odieuse et m'inspirent le sentiment que mon existence est assiégée. En plus, elle ne sait pas encore que Clémence est enceinte...

Et Paule... Paule de mes débuts, Paule l'épouse dont j'ai divorcé pour Clémence et qui continue à se comporter avec moi en reine-mère, à tout gouverner, tout régenter, ma vie comme mon métier. Déjà il y a trente ans, elle me tyrannisait de ses « Lucien, fais ceci! Lucien, fais cela ». Et je m'exécutais servilement, la frousse au ventre, verdi d'une trouille enfantine. Elle jouait à être mon mentor, mon manager et s'était même constituée mon astrologue en mettant les étoiles dans sa manche. Une ambitieuse, Paule. Surtout pour elle. Ce qui fait qu'à la fin de la guerre d'Indochine, lorsqu'elle m'a cru foutu, bon pour la débine et l'éteignoir, grand reporter au rancart, elle m'a mis au rebut et a jeté son dévolu sur Danton, mon patron, un petit grand homme promu Imperator de la presse. Grâce à lui, elle est montée dans le firmament parisien. Là, du haut de sa grandeur, elle a constaté que je ne m'en étais pas si mal tiré, et a entrepris de me reprendre en main. Une scie, une vrille. Elle a plongé sur moi griffes dehors et, depuis, c'est la danse des corneilles. Sarabande des vieilles litanies. Elle, que j'avais connue à vingt ans gracile et vénusienne, s'est rétractée en une petite personne décharnée, une tête pointue qui crache ses commandements d'une voix sèche et précise. J'ai retrouvé ses antiques grincements, toute la bimbeloterie de ses catéchismes et de ses sermons. Toujours la même caserne : ordres brefs et cinglants, sourires engageants, rires de crécelle, homélies en trois points enchâssées dans un long énoncé englaçonné de raisons impérieuses. Elle me houspille, me tarabuste sans relâche.

Enfin, alentour ce trio, il y a mes abonnées, une petite harde peu exigeante. Une circulation, un va-et-vient bon enfant, empreint de rumeurs joyeuses : elles disparaissent, par usure ou désuétude, bientôt remplacées par d'autres, au hasard des rencontres, d'un clin d'œil ou d'un sourire. Avec elles je peux combler mon goût pour la géographie sensuelle, multiplier à satiété mes vadrouilles exploratoires du continent féminin. Las! ces derniers temps, même ces conquêtes faciles se sont muées en échardes. De tourterelles, logiquement migratrices, elles sont devenues des pleureuses sédentaires, essayant de s'incruster dans mon existence. Et moi, avec ma fausse bonté mollassonne et traîtresse, au lieu de me faire cynique et de les virer, je les console, les réconforte et les baisotte. Ce qui finit par gâcher mes plaisirs et me laisse calamiteux à mâchonner ma honte et ma lâcheté.

Alors quand le journal m'a envoyé couvrir la guéguerre irlandaise, ça a été une libération. Un décrassage.

Pourtant ici, dans ce Belfast des convulsions médiévales, que de saloperies! La guerre prend ses formes les plus ignominieuses. Pas de champ de bataille, pas d'armées régulières, mais la mort quand même, partout. La mort à l'aveuglette, imprévisible, mijotée. Attentats, assassinats clandestins, à la bombe ou au revolver. La mort comme les pets de la haine. La mort qui aime ces lieux lépreux, cet agglomérat pavillonnaire, ces labyrinthes de façades en brique rouge salies de suie, ce monde de pauvreté hypocritement pacifique — des magasins ouverts avec étals de marchandises fanées, des ménagères à la tambouille, et des enfants sur le chemin de l'école, cartable sur le dos. La mort qui a fixé son espace privilégié dans un entrelacs de quatre rues que se partagent à égalité catholiques et protestants, quatre rues fondues dans une commune laideur faite de tous les oripeaux du dénuement, le chômage, la dette, l'épargne minable. La parcimonie et le manque pour décor de bataille. Et un uniforme peuple de prolétaires, morphologies conformes, mêmes cous de taureau, des biceps saillants, une silhouette râblée, des gueules mal rasées, les traits hachés, couturés, les yeux injectés, têtes rouquinantes, relents d'un alcool au rabais. Car ce peuple écartelé, qu'il soit orangiste ou romain, cherche à oublier son destin dans les pubs, à boire de l'« ale » et du « stout » à plein gosier jusqu'à saoulerie complète — la bière dynamite —, guettant le fracas proche ou lointain d'une explosion. Quand elle se produit, chacun se fige dans l'attente, le temps de savoir de quel camp sont les victimes, ce qui s'apprend toujours rapidement, pour ensuite, selon le cas, libérer d'interminables hurlements de triomphe ou entamer le lamento des pleurs de la vengeance, tandis qu'à l'endroit de l'attentat s'est mis en place l'immuable spectacle de l'horreur. Corps déchiquetés, avachissement des cadavres, plaintes des blessés, attroupement des badauds, odeurs nitrées de la poudre, ronde des sirènes et des moteurs, crissements de freins, les brancards qui surgissent, baguenaudent au bout des bras, fendent la foule et reviennent chargés de leur poids d'espoir ou de mort, pour disparaître dans un claquement de portières... Absurdité de cette guerre où l'on ne peut jamais reconnaître qui est qui, qui hait, qui tue, qui meurt.

Moi, à longueur de journée, je traque des faits. Je deviens une machine à voir, à décortiquer, à analyser, tous les sens en alerte pour éprouver le goût des choses et des gens. Il me faut du concret, du vécu, des personnages bien typés, pris dans un drame bien consistant. Alors je déambule à travers le quotidien fadasse de Belfast, j'arpente les rues, je fouine. Peu à peu j'élabore ma « story », avec son accroche, ses développements, intrigues, coups de théâtre, j'y glisse mes héros, des bons et des méchants, des brutes et des matrones, je cuisine la chute et enfin, quand le roman-feuilleton est entièrement tramé dans ma cervelle, que le mélo est au point, vers onze heures du soir, jamais plus tard, je me précipite dans mon palace pelucheux du centre ville pour dicter la copie.

Là, le cérémonial du téléphone. Au bout du fil, une des grosses dames du staff sténo du journal, une de ces diligentes commères que je n'ai jamais vues mais que j'ai fini par connaître à force de leur parler par-dessus les distances, et qui pour moi ne sont que voix et prénoms : Lucie, Antoinette, Étiennette... Il y en a une que j'affectionne plus que les autres : Caroline. Entre nous s'est formée une intimité, un jeu sensuel fait de mots, de respirations, d'intonations. Mon texte, comme elle le cueille, le malaxe, le tripote ! Presque l'amour par téléphone. Une fois l'opération achevée, elle me salue gentiment : « A la prochaine, monsieur Bonnard. A demain. » Dans sa voix, une tendresse.

Ce soir, mon papier débité, j'attends la réaction du journal. Un rituel bien codifié. Si ce sont des compliments, j'entendrai un Danton quasi asthmatique d'excitation effeuiller ses lauriers. Sinon, ce sera Numéro deux, le chef de la rédaction, le préposé aux réprimandes. Lui, je l'ai surnommé Poupinard, à cause de sa physionomie de chérubin rosé, ridé vieux monsieur. Je ne l'aime pas. Pour être dans ses petits papiers, il faut savoir faire de la lèche, et j'y suis malhabile, aussi jamais ne manque-t-il une occasion de me rabattre le caquet de sa voix inimitable, qui procède par modulations douces, précises, un susurrement d'engueulade. On dirait un apothicaire du journalisme déversant du sirop vésicant.

J'en suis là de mes rêvasseries quand retentit la sonnerie du téléphone.

Je décroche... Numéro deux.

Je me prépare à ses vachardises... et rien. C'est un Numéro deux patouillant qui me livre une bouillie embarrassée, bourrée de formules emberlificotées et compatissantes. Comme s'il devait me consoler d'une terrible nouvelle dont il ne parvient pas à articuler l'énoncé.

Après maintes contorsions vocales, je finis par comprendre dans la suite de soupirs qui enlacent les crachotements du téléphone qu'il s'agit d'Anne Marie.

Anne Marie est morte.

Anne Marie...

Anne Marie ma mère, ma femme, mon amante. Anne Marie que j'ai idolâtrée, que j'ai aimée d'un amour tellement fou, tellement incestueux. Anne Marie dont l'image a hanté le moindre de mes regards durant tant d'années : sa vie était ma vie, son âme était mon âme, son corps était mon corps. Ses envies, ses désirs, ses plaisirs, ses peines : tout d'elle était tout moi. Je n'étais pas son enfant, j'étais elle. Rien qu'elle. Totalement elle. Toute sa chair. Tout son être. De ses rires à ses larmes. De ses rages à son calme. Toujours, à tout moment, je l'adulais d'une passion exhaustive, exclusive, qui me laissait à la merci de ses plus minces humeurs — qu'elle me parle de manière un peu terne, qu'elle me regarde d'un air lointain, qu'elle se replie sur elle-même, et aussitôt j'entrais en transe... Elle est donc morte... Et en moi, rien. Le vide. L'indifférence. Pas de picotement de douleur, pas un serrement de cœur. Désespérément rien. Hormis peut-être une impression de neutre, de mer étale, une atonie confinant à l'engourdissement, comme si j'étais privé de toute possibilité de mouvement ou de sensations. Et encore, cela est trop flou pour que je sois certain qu'en cet instant il y ait bien en moi un état intérieur. Anne Marie, aujourd'hui, à la seconde où je suis, je m'en fous. Même ma mémoire, si je le voulais, serait incapable de reconstituer ses traits, son visage, sa silhouette, ses expressions. Je ne la connais plus. Mes souvenirs d'elle sont une immensité blanche où la trace de ses pas s'est effacée. Anne Marie...

Quelle dérision ce cirque de Numéro deux! S'il savait... S'il savait qu'il y a vingt ans au moins, oui c'est ça, vingt ans qu'elle a disparu de mon existence, que je l'ai enterrée, que j'ai empilé sur elle des milliers de couvercles funéraires. Vingt ans que je l'ai sarcophagée, rayée de la carte des vivants...

Je me suis entendu répondre d'un ton bourru :

— Et alors?

Numéro deux n'a pas compris, ou peut-être a-t-il pensé que c'était moi qui n'avais pas compris ce qu'il venait d'annoncer, et il a répété :

— Votre mère est morte. Elle... elle s'appelait bien Anne Marie Greffier?

— Oui, et alors?

Cette fois il est interloqué.

Silence.

Il reprend :

— Nous dépêchons un remplaçant à Belfast. Dès demain il sera là et vous pourrez rentrer.

— Bon... mais qui a prévenu le journal?

— Des gens de Cavalaire, les propriétaires de la pension de famille où vivait votre mère. Ils ne parvenaient pas à vous joindre.

Le ton s'est coincé, mais je m'en fiche.

— Bien.

— Encore toutes mes condoléances, Bonnard.

Numéro deux a raccroché...

Ainsi Anne Marie est morte...

Ils sont étranges les phénomènes qui toujours accompagnent la mort d'un être aimé, vraiment étranges. Nul n'y échappe. Moi pourtant... Anne Marie est morte, et je ne ressens rien. Je demeure sur le lit, inerte. Dans mon crâne peu à peu le vide s'est comblé d'une rumeur bourdonnante : mélange de pensées contradictoires, de sensations qui se télescopent...

Ainsi Anne Marie est morte...

D'ordinaire, la vie échappée d'un autre fait soudain place en vous à une profonde hébétude, comme si tout votre être se fragmentait, se pulvérisait en un ciel de basses ombres. Le néant partout, le monde immobile, et aussitôt le vertige d'une chute sans fin, une succession de sensations d'enfoncement dans une matière molle et tiède, entrecoupée d'une suite de douleurs qui vrillent vos nerfs, s'incrustent dans vos fibres, enfin touchent la conscience... Alors on fuit dans une révolte, un sursaut désespérés, et on entame une interminable plongée dans les méandres du souvenir. Passé refuge, passé tortures, une fresque de flamboiements, de motifs ciselés qui sont plaies ou douceurs, chamarrures de tristesses et de joies emmêlées. Tout y est : perles noires et carreaux rouges d'une existence juste expirée. On accède à l'ineffable, on perçoit la clameur de la mémoire, on est accroché par l'exigence du passé recréé : un paroxysme de soi tel que, célébrant la mort de l'autre, on meurt à son tour d'une autre mort, d'une mort au-delà de la mort, dans une communion à deux, une indicible osmose. Et puis brutalement, c'est la suspension des séismes et le retour progressif à la vie : un brouillard qui se lève, vous émergez des écumes et des arborescences, un peu surpris, encore assommé, avec dans l'estomac une impression de lourdeur, comme si vous vous étiez repu du défunt, des morceaux choisis de sa vie éteinte. Avec le sentiment d'être double, d'être l'autre et malgré tout encore soi.

Je me suis levé. Comme si changer la position de mon corps allait chasser le malaise qui s'est emparé de moi, une fadeur insidieuse qui m'empâte la bouche et m'empêtre la tête. L'air de la pièce s'est épaissi. Ouvrir la fenêtre, respirer, ne plus penser... Mais au lieu d'approcher de la fenêtre, je vais vers un fauteuil où est posée ma veste; sans réfléchir, je prends mon portefeuille, je farfouille dans la paperasse, et au milieu du désordre... la photographie. Un cliché jauni emballé sous cellophane.

Je l'avais donc conservé, en dépit de tout... Un instantané d'Anne Marie avec moi, petit garçon suspendu à ses jupes. Tableau d'amour tendre, peinture de l'idylle familiale... Il avait donc été là, sur moi, partout, sans me quitter jamais, même si jamais je ne le contemplais. Pourquoi? Pourquoi l'avoir préservé? Pourquoi l'avoir soustrait au naufrage, au grand balayage quand j'avais tout détruit de ce qui évoquait Anne Marie ? Par superstition ? Par crainte ? Parce que j'avais besoin d'un talisman ? D'une relique ? Où n'était-ce pas plutôt le désir de traîner avec moi, sans oser me l'avouer, la trace d'un remords que je niais farouchement, la preuve d'un regret, comme une image palpable de ma faute ?... Mais voilà que je recommence à me torturer... Ça suffit ! Anne Marie est morte ! Et cette fois, vraiment morte, alors...

Anne Marie !... Sur la photo, elle arbore ses trente ans lumineux. Rayonnante. Belle. Infiniment belle, d'une beauté unique, faite de charme distant, de coquetterie naïve, de douceur retenue... Anne Marie... Son visage ovale, ses yeux clairs, son corps élancé... Comment avait-elle vieilli ? S'était-elle rabougrie ? Plissée ? Était-elle devenue une petite masse de chairs usées ? Oui, c'est sûr, elle a dû se recroqueviller, se ratatiner, se réduire à un flasque tassement, se dessiquer jusqu'à mourir, mourir de moi, à cause de moi. Anne Marie...

Je me suis rallongé, les membres gourds, l'esprit brûlant. Je voudrais dormir, mais je n'y parviens pas tant je suis agité par un capharnaüm d'idées. Et cette pensée ignoble qui maintenant me taraude : Anne Marie a fait exprès de mourir, elle a cherché à me jouer un dernier tour. Une crasse, façon salope. Une vengeance sur fond de mesquinerie. Elle savait bien que vivante elle ne me gênait plus, qu'elle était pour moi un fantôme lointain, un principe abstrait, et qu'en usant de son droit inique au trépas, passant de débris de mémoire à l'état de cadavre, elle se ferait à nouveau exister. La garce ! Ah la garce ! Mère égoïste, elle n'a pensé qu'à elle, elle s'est fait plaisir en s'imaginant mes embarras, et elle a dû jouir en songeant qu'elle reviendrait ainsi, contre mes désirs, prendre pied dans mon existence.

Elle les connaissait bien ces corvées qui m'attendaient, le dérisoire appareil par lequel l'humanité se débarrasse de ses morts : le grotesque des pompes funèbres, la mise en bière, peut-être un prêtre et une messe, le cortège, le trou à macchabées. Larmes, hypocrisie, onction, pitié, piété, dignité teintées de désespoir, eau bénite, eau des yeux, pupilles sèches et voiles de buée, l'immensité des compromissions, la douleur qui masque mal la joie de survivre. Sans parler des questions matérielles! Le drame et le vaudeville, avec leurs personnages, le croque-mort, le curé, les pénitents, les sursitaires de l'au-delà, le chœur des larmoyeurs, et leurs vilenies — le marchandage des prix et des échantillons : combien voulez-vous mettre? Enterrement de première ou de deuxième classe? Et puis la République française dans sa version municipale, la mairie où faire la déclaration devant un employé à componction sur mesure et manches de lustrine.. C'est ça, le compte est bon. Décès, décès. Anne Marie sera ensevelie. Mais après combien de simagrées, de mots échangés, de mines et de mimes d'occasion, d'apprêts cafards, de bigoteries patenôtres, de fourberies en tous genres?

L'ignoble toujours dans ma tête, avec désormais une autre pitoyablerie qui me tourmente, un désir méprisable, l'indignité à son comble : ne pas voir Anne Marie; ne pas être contraint d'approcher son corps mort, de regarder les premiers signes de la putréfaction, ne pas avoir à sentir ses effluves douceâtres ni à entendre le silencieux travail des jus du pourrissement. Ne pas savoir. Tout ignorer. Être aveugle, ailleurs. Rester en dehors, sur le seuil de mes souvenirs. Ne pas la revoir. Je tiens à conserver d'elle une mémoire floue, un vague rêveur. De toute façon, m'y contraindrait-on que je ne pourrais pas la contempler : j'aurais trop peur de discerner sur elle, même après sa toilette funéraire et ses parements pour le bal éternel, derrière les crevasses ridées et les effondrements de sa chair, au milieu de ces déchirements que produisent la vieillesse et la mort, la marque des blessures que je lui ai infligées.

Non, Anne Marie ne profitera pas de sa situation de trépassée pour faire remonter en moi une culpabilité depuis si longtemps refoulée. Je me débrouillerai. Je vais lambiner, gagner du temps, rogner sur les heures, les minutes, éterniser chaque seconde; ainsi quand je surviendrai, tout aura été réglé, sans moi. D'ailleurs, tout est peut-être déjà terminé. Numéro deux ne m'a rien dit sur la date du décès, simplement que les propriétaires de la pension avaient en vain cherché à me joindre : normalement, tout ça représente du temps, des va-et-vient. Appels à mon domicile, télégrammes, l'attente d'une réponse, et de guerre lasse, la démarche auprès du journal. Combien de jours ? Un ? Deux ? Trois ? Plus encore ? En tout cas plusieurs, c'est certain. Alors à quoi bon me torturer inutilement : quand j'arriverai à Cavalaire, Anne Marie aura ses quelques kilos de terre sur le corps, et ce sera tant mieux.

Je voulais vivre, j'ai vécu; le prix à payer était qu'Anne Marie disparaisse : elle a disparu. Logique tout ça, cliniquement logique. Comme l'était cette espèce de bile amère et rance qui s'est diffusée lentement dans mes veines, comme l'étaient ces vapeurs qui m'ont gagné l'esprit. L'album de famille, les souvenirs d'il y a vingt ans et plus. Une spirale déchirante et son enchaînement destructeur. Anne Marie à Paris. Mes seize ans. L'appartement somptueux. Les radiances du bonheur qui se diluent, le ternissement qui se généralise. Anne Marie enfermée. Repliée sur sa chimère : son espoir insensé que Masselot, son Masselot, le bel André, le sexagénaire éminence grise des Affaires étrangères, la lumière du Tout-Paris, serait un jour à elle, à elle seule. Edmée, l'épouse d'André, chassée. Albert, mon père, chassé. Et l'apothéose, le couple du siècle : Anne Marie et André. Fantasme carnassier. Moi, pris à témoin, puis changé en acteur, et bientôt intégré à l'obsession, devenu Sisyphe, roulant le rocher du rêve d'Anne Marie. Elle et moi, moi et elle, nous deux qui nous fossilisons, un embourbement dans ses ténèbres où je perds la notion, le goût de tout. Plus rien ne m'intéresse. Les études abandonnées, les femmes négligées, et des règles qui s'instaurent : ne plus sortir, ne plus parler... Seulement être avec Anne Marie, me faire son ombre, son cœur, son sang. M'encloîtrer avec elle. M'incruster dans ses délires. Me fondre dans ses élucubrations. Disparaître. M'annihiler. Jusqu'à ce jour... ce moment, cette seconde où tout s'est brisé. Comme un miroir éclaté. Mon coup de conscience brutal, une sauvage certitude : Anne Marie était la mort. Ma mort.

Paule avait fait exploser le mirage d'Anne Marie. Paule qui m'avait circonvenu malgré mon enfermement, avec sa ténacité de petite Italienne. Ah, sa volonté forcenée ! Son don de persuasion! Son acharnement à désacraliser ma mère idole! Les deux femmes s'étaient rencontrées : Paule a fait son enjôleuse, il fallait séduire Anne Marie. Ensuite, elle m'avait travaillé au corps, un combat quotidien, assauts sur assauts pour me désenvoûter, « Lucien, tu es une chiffe. Épouse-moi : je ferai de toi quelqu'un ». Et j'ai suivi. Peut-être par faiblesse, peut-être par espoir de l'impossible, j'ai oublié, mais ce fut l'anneau. Anne Marie, un peu dédaigneuse, avait assisté aux épousailles. Elle ne se doutait pas qu'aussitôt Paule lancerait son ultimatum : « Lucien, tu dois choisir entre ta mère et toi. » Couper le cordon, rompre, oublier : c'était la recette de ma survie, et je le savais. Je savais qu'il n'y avait pas d'alternative, pas d'échappatoire. Si je voulais vivre, Anne Marie devait mourir dans ma tête, déménager de mon existence, à jamais.

J'ai choisi. Anne Marie est morte une première fois, pour que je renaisse.

J'ai fini par dormir d'un sommeil accablé, entoilé de malaises. Images qui m'ont hanté, rêves cauchemars nés de mes troubles incertains... Une image surtout, celle de la démence tragique, la folie comme toujours femelle, femme superbe aux traits lourds et aux galbes pleins, cheveux serpents sifflants hérissés, yeux coupés de flamboiements éperdus et bouche ouverte en cratère qui hurle ses défis au monde. Il y a dans cette créature bien plus qu'une houle de douleurs ou d'angoisses : elle est clameur infinie, le cri de la Raison affrontée aux déraisons de l'univers. A un moment, les traits de la figure hallucinée se sont précisés — terrible netteté où j'ai reconnu Anne Marie. Anne Marie telle qu'en elle-même, habitée par sa vérité hagarde, chutant vers les abysses. Anne Marie qui me tendait la main. Je l'ai attrapée, et au lieu de me laisser aller, de m'abandonner à son vertige tentateur, je l'ai tirée à moi, lentement, péniblement, jusqu'à ce que son corps épouse le mien, que ses lèvres m'effleurent d'un baiser, que je respire son air et hume ses parfums, et à l'instant où son sourire s'est craquelé en un rire satanique, j'ai frappé, cogné comme une brute, enfoncé, défoncé ce visage qui m'aspirait, jusqu'à ce qu'il ne soit plus qu'une masse informe, cadavre, poussière d'Anne Marie morte.

Mon remplaçant est arrivé à l'aube : passage des consignes, présentation de mes contacts, les bons et les mauvais, visite rapide de l'arène dont je lui indique les points stratégiques, et puis nous nous sommes séparés. Je n'avais pas envie de parler, et lui était engoncé dans une gêne imbécile, ne sachant pas s'il devait compatir, pleurnicher pour me faire plaisir, ou imiter ce qu'il croyait être ma dignité et faire silence sur la mort d'Anne Marie. Insupportable embarras qui se traduisait par des allusions voilées, des silences circonstanciés comme des couronnes funéraires. Le con!

Je me suis retiré au bar de l'hôtel pour être seul, boire, et trinquer avec mes pensées, mes pensées bien cradingues. Réféchir sur la conduite à tenir, définir une ligne de fuite compatible avec la bienséance, afin d'éviter l'épreuve des funérailles tout en sauvant les apparences... Surtout ne pas aller à Cavalaire! Ce doit être possible. Quelques coups de téléphone, un bon arrosage à droite et à gauche... Les chèques, l'argent : on arrange toujours tout quand on y met le prix. Et que ne paierais-je pas pour échapper à cette formalité. Cavalaire... Je n'y suis jamais allé et je n'en ai pas plus envie aujourd'hui qu'hier, quand je l'évitais lors de mes bordées méditerranéennes. Cavalaire, c'était Anne Marie. C'était sa geôle, sa paillasse. C'était aussi ma honte... Oui, autant avouer la manière dont je me suis libéré d'Anne Marie... Collée dans un clapier, une maison pourrissoir pompeusement baptisée « Pension pour vieillards » que Paule avait dénichée Dieu sait comment... « Maison de confiance. Ambiance familiale. Nourriture réputée. Confort et chaleur », lui avait-on annoncé et elle en avait conclu que l'endroit était idéal pour ma mère. Par la suite, j'ai appris qu'il s'agissait d'un mouroir. Mais je n'ai rien dit, peut-être même étais-je secrètement satisfait... Anne Marie expiait... Je n'ai jamais voulu savoir comment elle vivait et, à partir de son embastillement, Cavalaire a été le port de ma haine intérieure.

Donc si mes calculs de la nuit sont justes — et ils ont toutes les chances de l'être — à l'heure qu'il est, Anne Marie a été enterrée... Alléluia... Reste cependant à imaginer une excuse pour ne pas me rendre sur sa tombe... L'émotion qui paralyse? Personne n'y croirait... Alors la fatigue après l'Irlande? Insuffisant... L'indifférence? Impensable : ce serait trop franchement scandaleux. Le piège : il n'y a pas de solution décente et j'en ai conscience. Il faut que j'aille à Cavalaire, ne serait-ce qu'à cause de Paule et de Danton. Si je m'abstenais, Danton... son goût des convenances... ses principes... Il n'admettrait pas... Car, bien sûr, il est au courant, ça a dû être la première chose que Paule lui a racontée...

Ah, je les imagine tous les deux! La péroreuse devait être à son affaire, déblatérant sa chronique, toute perchée sur sa voix, les accents de la vérité mise en coupe réglée, sa façon de truquer, de distribuer le compliment et le saccage, elle se donne le beau rôle, archange salvateur et monument de dévotion face à une Anne Marie démente. Avec les gestes de la conviction, elle mime, elle ricane, elle marche de long en large, elle danse du scalp, moi je suis l'enfant larve, le fils digéré vif par une mère dévorante, elle, le guide éclairé qui me sort de ma nuit somnambule, la femme aimante qui se sacrifie pour sauver son époux épave. A elle, le courage, la grandeur, la ténacité, à moi la lâcheté, les faiblesses infinies, l'impuissance... et Danton, les oreilles tendues comme des cornets à piston, les yeux consommateurs, qui a sa voix relanceuse, qui y va de ses questions, toujours du détail, encore du détail, qui en remet, qui opine, qui savoure, qui en redemande, ingavable Danton...

Tant pis : j'irai à Cavalaire, puisque je ne peux pas l'éviter. Mais pas seul... Ah ça, non! Pas question. Une femme m'accompagnera et ce ne sera pas Clémence! D'ailleurs, je ne la préviendrai même pas. Elle détestait ma mère, sans l'avoir jamais rencontrée, c'était ainsi. Sa haine pour cette ombre se déchaînait chaque mois, quand partait le mandat de la pension. Une somme ridicule. Mais invariablement Clémence tempêtait, estimant la rente dispendieuse, se plaignant que je la privais, elle, mon épouse, pour satisfaire les habitudes inutilement luxueuses d'une mère fossile. Alors maintenant... Et puis que ferait-elle à Cavalaire? Serait-elle la belle-fille éplorée, grandes eaux de la tristesse et parade des yeux fermés, des mains jointes, avec atours d'une communiante de la mort? Ou bien exulterait-elle cyniquement, gigue et grandes illuminations de la victoire, avec arabesques primesautières autour de la tombe? Non, non, et non! Pas de Clémence à Cavalaire et qu'elle ignore tout, le plus longtemps possible! Ce sera Martine qui viendra : guimauve et roc, exactement ce qu'il me faut. Amoureuse niguedouillante à souhait, elle sera aussi une parfaite technicienne du cimetière. Son côté pratique et tampon encreur. La paperasse, la formalité, la démarche bureaucratique : rien ne la rebute. Idéale, Martine... D'autant qu'elle recevra pour me suivre la bénédiction de Danton et de Paule. De Paule surtout... avec qui elle travaille. Et c'est là l'ironie : à Paule l'enfermement d'Anne Marie, à Martine son enterrement.

I

Orly et sa foule impersonnelle. Martine est venue m'attendre. J'aperçois au loin sa blondasserie mastoc de géante petite fille, la corolle d'une robe à la blancheur mariale flottant sur ses formes somptueuses. Son immobilité. Un visage à la peau un peu poreuse, une plaine crayeuse qui se bombe en un front où des rides ont été creusées par la réflexion... Martine la cogiteuse. Ses yeux bleus, si clairs, qui diffusent une clarté continue, comme pétrifiée dans son intensité, absorbent mon approche... Mais lorsque je parviens à sa hauteur, tout ce que sa robustesse vigilante comportait de figé disparaît, et je me retrouve enveloppé par un mouvement étrange, sans secousses, sans frénésie particulière, sans contact du corps, un mouvement qui est juste une façon à la fois pudique et obscène de tendre lentement, très lentement ses lèvres.

Baiser rapide, sa main se pose sur mes hanches et l'horizon de son visage recule de quelques centimètres.

— Tu es tout sale, Lucien, me dit-elle.

Je n'ai pas répondu. Je n'ai toujours pas envie de parler, de m'épancher, rien que demeurer en moi, reclus dans mes pensées, c'est tout... Nous avons subi en silence la routine anthropophage des aéroports : l'attente des bagages, retrouver sa valise parmi les amoncellements, disputer sa place aux impatients. Et aussitôt après, la voiture... Le volant pris d'autorité, un démarrage brutal, des bougonnements parce qu'un autre véhicule déboîtait comme le mien s'élançait... Le quotidien confit de banalité et un deuil dans ma tête... Martine ne bouge pas un cil, l'œil prostré, collé au paysage, on dirait une ventouse sur une vitre, le profil fermé, elle attend que je rompe le silence. Précautionneuse Martine, et bien insidieusement servile. Sa manière d'aimer... Pourtant, dans les arcanes du monde, et notamment dans le boulot, elle est une puissance. D'autant plus redoutable et dangereuse qu'on la croit bonne : jamais elle ne montre d'hostilité ou de méchanceté, jamais elle ne refuse un service ou une aide, toujours elle acquiesce. En fait, c'est un leurre, une illusion. Martine est un monstre d'instinct et de malignité : elle surveille tout, juge de tout, tranche dans tout avec une violence peu commune, au nom d'une morale exigeante et intransigeante que je n'ai jamais très bien comprise tant elle fricasse et bouillabaisse d'éléments contradictoires, de puritanisme étroit et de perversités multiformes. Elle fonctionne à l'intuition, et comme elle est habile manœuvrière, malheur arrive à qui a eu la malchance de lui déplaire, sans qu'il ait perçu le moindre signe annonciateur.

En revanche, quand on lui plaît ou quand elle admire, Martine devient déesse à mille bras, dévouement absolu. Actuellement Danton et Paule en profitent. Elle est leur égérie familière pour la grande émission qu'ils dirigent de leurs hauteurs, leur fée des ondes, leur pionne à tout faire. Et pour le versant cœur, c'est moi le bénéficiaire. Résonnez musettes! Elle me concède tout et le reste. Et j'en profite.

— Martine, j'ai besoin de toi, ai-je prononcé d'une voix neutre.

Bien trouvé. Les mots produisent l'effet escompté. La Martine renfrognée, au regard buté, qui devait chercher désespérément le bon comportement, a le visage qui s'illumine. Oh! pas de façon tapageuse, non, ce n'est qu'un rayon pâlichon de soleil levant, mais il vaut un long discours, et je devine aisément ce qu'il contient. Martine, Martine, ma bonne nunuche. Elle choisit un accent de maternelle commisération pour répondre, le genre glouglou de compréhension et de participation sur un air de « je souffre avec toi ».

— Je m'en doute, Lucien, et je suis là, tu le sais... tu peux compter sur moi.

Pour s'en douter, pas de doute, je me doutais bien qu'elle

serait au courant de la mort d'Anne Marie : Paule, l'inévitable Paule, encore et toujours elle, avait dû, et depuis longtemps, tout lui relater de mon histoire. Cette manie qu'elle a, Paule, d'entortiller les gens, de les appâter avec de sales petites confidences, la technique de la poubelle intime vidée dans l'oreille de qui de droit! Avec Martine, ça a sûrement été la fête. D'autant que la situation était idéale : toutes les deux dans le même studio, sous la houlette du grand Danton, l'une, ancienne occupante de mon lit et l'autre, nouvellement emménagée. Ça en tisse des liens ces coïncidences-là, et des liens bien dégueulasses, bien troubles, qui ont tendance à vous unir pour le meilleur et pour le pire. Garce de Paule! Dès qu'elle a su notre liaison, elle s'est évidemment précipitée avec le papier colle de ses épanchements. « Venez ma petite Martine, prenons le thé ensemble, il faut que je vous parle. » Et ensuite, la grande scène de la complicité. Paule qui dans un premier temps chafouine chaudement son approbation de nos amours, qui donne le sceau de son contentement, et qui après dérive subtilement, petits pas sur pointe des pieds... Elle est contente, Paule, que Martine soit entrée dans ma vie, ça la rassure, j'ai tant besoin d'une femme forte à mes côtés. Jadis c'était elle qui avait officié. Dure tâche : il avait fallu qu'elle me délivre d'une mère abusive et détraquée, mais le mal était fait, j'étais à jamais déséquilibré, tout en nervosité, un instable, fragile à l'excès. Comble de malheur, Clémence n'était qu'une petite traînée dont je m'étais entiché et qui, au lieu de m'aider, m'avait déglingué un peu plus. Bien sûr Paule a continuellement veillé sur moi, seulement maintenant elle a Danton, elle ne peut plus se consacrer à moi autant qu'il le faudrait, voilà pourquoi elle est, vraiment, sincèrement, ravie de pouvoir passer la main à quelqu'un qui est à la hauteur, qui a toute sa confiance, quelqu'un dont elle a su apprécier les qualités, le mérite, la sagesse et surtout, le sérieux... Là-dessus, tirade sur ma mère qui vit toujours, dans une belle région de France grâce à Paule soit dit en passant, mais qui hélas, mourra un jour et ce sera une catastrophe. « Ne nous le cachons pas, ma chère Martine, Lucien, bien qu'il n'en parle plus du tout, éprouve une passion folle pour cette femme, et ce jour-là, qui je l'espère n'est pas proche, vous aurez un rôle capital à jouer. » Enfin, rien ne presse... Que surtout Martine ne me souffle pas un mot de cette conversation, mais qu'elle soit prête.

Je n'ai pas besoin de faire un gros effort pour imaginer ce qu'a été le numéro de Paule, tandis que Martine, mi-figue, mi-raisin, donnait dans la circonspection méfiante... Et puis la nouvelle de la mort d'Anne Marie était tombée, un coup de fouet pour Paule, qui a immédiatement prévenu Martine en lui déléguant ses pouvoirs : « Ma chère Martine... ça devait arriver! Je m'en remets à vous; mais je suis tranquille : Lucien est en bonnes mains. »

Le trajet a été résolument pensif, embruiné de silence monotone, chacun confiné en soi-même, moi dans mes supputations, Martine dans ses hypothèses. A un moment, elle a posé la main sur mon genou, je n'ai pas réagi, et enfin nous sommes arrivés dans ma garçonnière, le royaume où je suis replié depuis mes bringuebalements avec Clémence. Sobriété du décor : un matelas posé à même le sol, pour dormir et baiser, une grande planche en bois laqué sur tréteaux, pour travailler, une kitchenette, une salle de bains, le parfait terrain de manœuvres pour époux célibataire aimant l'aventure et se moquant du confort. Rien que le nécessaire. En un sens, tout moi.

Dès l'entrée, emportée par l'habitude, Martine a scruté la pièce à la recherche de traces suspectes, une épingle ou peut-être un désordre couchailleur, et elle n'a rien relevé, évidemment. Puis la concierge a sonné, Mme Magloire dans l'exercice de ses fonctions, sourire cafard et main dodue, qui me tend une liasse de lettres et un paquet miteux, tout en me glissant qu'il doit y avoir du grave et de l'urgent. « C'est à cause des dépêches, monsieur Bonnard. »

Tri rapide. Je n'ouvre pas les télégrammes. Je sais trop d'où ils émanent et ce qu'ils annoncent. Beaucoup de lettres, des écritures connues, d'autres inconnues, nulle envie de les décacheter, l'inutilité profonde de ce courrier... Reste le paquet. Drôle d'objet, emballé dans un papier brun tout chiffonné, que manifestement on a défroissé pour le réutiliser, et disciplinairement entouré d'un grillage de ficelles effilochées. L'adresse est rédigée d'une écriture besogneuse avec une application ostentatoire dans le plein et le délié, encrassée pourtant : l'encre noire a bavé. Une pompe grotesque, que couronne un ronflant : « Monsieur Lucien Bonnard, Grand Reporter, Officier de la Légion d'honneur. » Pas d'indications concernant l'expéditeur, mais le tampon de la poste de Cavalaire.

J'ai déchiré fébrilement l'empaquetage, soudain pressé de connaître le contenu de ce colis d'outre-tombe. Sur le couvercle écorné, une enveloppe scotchée, ornée d'un nouveau « Monsieur Lucien Bonnard ». A l'intérieur, un message : style amphigourique, une emphase de bon aloi, des formules éprouvées, des respects, des condoléances attristées, du chagrin, une théorie de préambules qui débouche sur l'annonce d'une facture « ci-jointe », représentant le décompte des « frais et dépenses engagés pour l'inhumation de notre chère madame Greffier ». C'est que, comme j'étais injoignable, comme l'on ne connaissait pas mes intentions ni mes désirs, comme l'on ne pouvait plus attendre, on avait fait pour le mieux. Sympathie, émotion. On a rassemblé « tous les biens et possessions de votre défunte mère », et ce sont eux que l'on m'expédie « dans le présent colis », dont on me souhaite bonne réception, avant d'en finir par quelques ultimes salutations et un gribouillis travaillé pour signature.

Ainsi mes calculs étaient justes, Anne Marie gît déjà sous les terres éternelles, et d'en être désormais assuré, par toutes les certitudes que m'apporte cette missive, déclenche en moi un lâche soulagement. Une joie fangeuse, une sorte d'allégresse sacrilège. Je me sens tout à coup bien dans ma peau, avec l'envie d'entonner un chant de délivrance. Je n'aurai pas à endurer les crapotages de l'enterrement, je ne reverrai pas Anne Marie. Plus de cadavre, plus de traces, rien ne me renvoie plus à mon indignité... Je vais vivre, enfin!

Tout à ma jubilation, je me suis tourné vers Martine : lui faire partager la bonne nouvelle. Je crois que mon ton était un peu trop euphorique. Quand je lui ai assené que l'affaire était réglée, « l'enterrement, ça y est, c'est terminé », elle a pris sa tête de placidité bénisseuse, « tu vas quand même descendre à Cavalaire, n'est-ce pas? ». Je n'ai pas vraiment répondu, j'ai mâchonné un vague « oui, oui », un acquiescement lointain. Je m'étais plongé dans la lecture du second papier, la facture, la mise en chiffres de la mise en terre d'Anne Marie. Tout a été comptabilisé, serré dans des colonnes grouillantes, une kyrielle de prestations scrupuleusement consignées : services, rétributions, achats, avec reports, totaux et sous-totaux, traits à la règle, et en bas de page, sous une triple zébrure rouge, en chiffres gras, le montant global certifié exact « sur l'honneur ». La mort d'une mère, dans un relevé d'opérations méticuleuses, une froide énumération de détails sinistres, le macabre habillé de la dentelle des nombres.

Maintenant devant mes yeux, les mots palpitent, vibrillonnement funèbre des gagne-petit. Ça sent l'escroquerie laborieuse. Pas un oubli : les honoraires du médecin, la rétribution d'une matrone préparatrice de dépouilles, toilette et habillage, les draps irrécupérables de l'agonie, l'emplette d'une chemise-linceul, des cierges, un cercueil en bois blanc, le corbillard, les croque-morts, une couronne de fleurs artificielles... jusqu'au pourboire du fossoyeur. La mort dans l'horreur du bon marché. Pas la fosse commune mais le semblant de décence de la dernière catégorie payante. Tel aura donc été le destin d'Anne Marie : un trépas à l'économie.

Anne Marie, elle qui avait été souveraine, la reine du Paris des luxes et des salons, toujours auréolée des flamboyantes parures de l'Asie, toujours nimbée d'un halo de raffinements, jeux de miroirs, chamarrures dorées, éclats des cristaux, l'argent et le jade... Quelle déchéance! Enterrée comme un rebut, sans aucun apparat : ni épaisses étoffes de deuil, ni cordons innombrables, ni reflets alourdis des bois précieux, ni chatoiement de soies, ni orgues tonitruantes, ni chœurs vibrants de *Dies irae*, ni prières marbrées de sanglots, ni profusion de fleurs, ni cohorte de célébrités... la solitude et l'abandon pour compagnons de route. Mais pourquoi cette malédiction? A cause de quoi? De qui? De quel Dieu ressentimenteux, de quel ange rancunier? A quel être des ténèbres Anne Marie avait-elle déplu?

Tandis que je me perdais dans ma rumination, Martine s'est glissée derrière moi. Sans doute voulait-elle surprendre ce qui m'accaparait de la sorte. Mais j'ai repéré sa manœuvre et j'ai rageusement froissé les papiers pour les enfouir dans ma poche. Inutile qu'elle sache maintenant, elle apprendra toujours assez tôt mon infamie.

Mon infamie... Celle-là, difficile de me la cacher : elle s'étale sous mes yeux. J'ai repoussé le couvercle du carton, découvrant un bric-à-brac désolé, spectacle de poussière et de chiffres. Un entassement à la va-vite, n'importe comment, tout un ossuaire d'objets hétéroclites fleurant la gloire éteinte, la grandeur déchue. Les richesses d'Anne Marie... Sa boucle de ceinture chinoise, son peigne en ivoire aux dents cassées, trois boutons d'argent terni, son flacon à parfum en cristal ébréché : dernières braises de sa splendeur.

Un à un, j'empoigne ces déchets. Je les contemple, je les tourne, je les palpe, je les flaire, je voudrais ne les avoir jamais vus, ne rien connaître de leur histoire, ne pas savoir qu'hier encore, au temps de mon enfance, ils étaient les attributs familiers d'Anne Marie, et servaient à parer sa nonchalance, à orner ses plaisirs, à exalter sa sensualité. Le peigne : quand elle le passait langoureusement, infiniment lent dans sa chevelure. Et le flacon : toujours empli d'essences aux senteurs lourdes dont elle imbibait un mouchoir qu'elle promenait ensuite sur son cou, ses bras dénudés, parfois son visage... C'était donc cela, Anne Marie à Cavalaire ? Ces fragments usés, ces épaves ridicules ? Comment a-t-elle pu accepter pareille humiliation ? Oh, bien sûr, de temps en temps, elle essayait de se révolter, et alors elle m'envoyait des lettres gémissantes, des gribouillis ruiniformes, comme si les délabrements de sa cervelle avaient retenti sur son écriture, l'avaient érodée : le tracé des mots s'était effondré, déstructuré, les lignes se chevauchaient, s'enroulaient, se perdaient. Difficilement, je déchiffrais dans ce fouillis ses nouvelles professions de foi, l'annonce de son abdication, ses renoncements à la royauté du monde, à la domination de l'univers, à tout. « C'en est fini de mes rêves », jurait-elle, et c'était vrai. Au démiurge tout-puissant qu'elle s'était imaginé être dans ses délires succédait une femme vieillie, rompue, qui réclamait seulement le droit de me revoir, me toucher, m'embrasser, de peut-être revivre avec moi. Le sursaut d'une résignée. Qui ne revendiquait que l'aumône d'un sentiment filial : un peu d'amour, faire renaître les enchantements qui unissent une mère et son fils. Et qui l'exprimait naïvement : « Viens Lulu. Je voudrais tant te serrer entre mes bras... »

Moi, la lecture de ces pitoyables missives me glaçait : la perspective de revoir Anne Marie me terrassait d'angoisse, me tordait l'âme. C'était l'horreur. Sentiment renforcé par la certitude qu'une rencontre aboutirait à une catastrophe, tant j'étais persuadé que la fragile architecture de médiocrité dans laquelle Paule et moi l'avions enfermée tenait par le seul pouvoir de mon absence : que je revienne, que je la voie et l'enfer recommencerait. Non, je ne voulais plus, je ne pouvais plus... Alors je déchirais ces lettres, j'oubliais leurs sanglots, je ne répondais pas. Jusqu'à ce que m'en parviennent d'autres dont cette fois le ton avait changé : plus de lamentations implorantes, mais le grondement des menaces. Accablée par mon silence, Anne Marie clamait sa fin prochaine. Sa vie perdait tout sens, disait-elle, si même son fils l'abandonnait. Là, elle touchait juste : bien que l'idée de sa mort m'importât peu, je refusais d'en être la cause, de me sentir d'aucune façon son meurtrier, et je cédais. Je lui répondais, mais en trempant ma plume dans la ruse et la perfidie. Pas de répit pour elle : je préférais ses fantasmes qui la détachaient du monde réel et me ménageaient une relative tranquillité à ses retours sur terre qui la rendaient trop sensible à son esseulement et lui donnaient le sens de son malheur. Aussi mes réponses jouaient sur sa folie et cherchaient à réveiller les accès délirants que ses larmoyances semblaient mettre au repos. Lettres méprisables. Je m'insinuais dans les rouages de ses divagations, je reprenais ses mots, ses obsessions, ses grandes prophéties, je la remettais sur les chemins de la démence, lui certifiant qu'elle était toujours promise à la royauté universelle, qu'elle seule détenait le sceptre et le trône, et que son avènement ne saurait plus tarder. Seulement, jusqu'à l'heure glorieuse de sa consécration, il fallait qu'elle patiente, qu'elle trompe les armées chargées de l'abattre! Je lui assurais que l'imminence de son règne déplaisait à trop de puissances occultes qui avaient mobilisé des nuées d'agents pour la chercher et la détruire. Donc qu'elle demeure cachée, à l'abri du danger, qu'elle continue à vivre dans l'humilité et l'obscurité, reine déguisée en pauvresse. Mais qu'elle ne perde surtout pas la foi : le jour approchait, le jour de son couronnement où je me tiendrais à ses côtés, compagnon à jamais près d'elle, le jour de notre apothéose... La belle apothéose, en vérité!

Mes lettres, elles sont là, au milieu du désordre, soigneusement classées en une petite liasse serrée par un ruban de soie défraîchi. Je ne sais quel désir de souffrance m'a poussé : je les ai prises, soupesées, évaluées. Elles n'étaient pas très nombreuses, peut-être une trentaine, au mieux une quarantaine. Des enveloppes fines, jaunissantes d'années, précautionneusement ouvertes et portant chacune son numéro d'arrivée. Sur la dernière, dans un cercle bien tracé, je lis 38. 38! Environ deux par an! Toujours les enveloppes arborent l'en-tête d'un palace exotique et le timbre d'une contrée lointaine : Asie, Afrique... de France, jamais. Et pour cause! Quand j'étais à Paris, je me gardais de toute correspondance avec elle de crainte qu'elle ne surgisse à l'improviste et ne se réinstalle d'autorité dans ma vie.

Affectant la négligence, j'ai défait le nœud et je scrute la liasse. Plus les numéros avancent, plus mon écriture devient cafouilleuse, tremblante, malhabile, à croire que mon détachement, affirmé si fort au fil des années, n'avait finalement été qu'un accroissement de gêne et de malaise. Au hasard j'en sors une du paquet, elle vient de Hong-Kong. Une enveloppe encore plus défroissée, plus glacée que les autres, lissée longuement par les doigts d'Anne Marie. J'essaie d'attraper la feuille qui se trouve à l'intérieur, mais à ma grande surprise le papier vient par lambeaux : des bouts lacérés, des lanières, ma lettre découpée phrase à phrase, fragments pour la plupart ourlés de rouge, et quelquefois raturés, avec des mots entourés, un ensemble qui fait puzzle, comme si Anne Marie s'était amusée à défaire mes textes pour les refabriquer à l'infini, dans un ordre chaque fois nouveau. Messages au sens aléatoire, à la signification désormais libre, qu'elle pouvait reconstituer au gré de son humeur en leur conférant la teneur qui lui convenait. Entre mes doigts, un débris, une phrase poignard : « Je serai bientôt de retour et plus rien ne nous séparera. » Dérision... Je le repose et m'empare d'un second, plus important : un long développement, cassé de virgules, où je raconte ma lutte contre les esprits malins qui me tiennent éloigné d'elle... Je préfère m'arrêter là.

J'ai remis la liasse en vrac dans le carton et continué mon

exploration. Le fond est tapissé d'une épaisse couche de paperasses sales, brunies par l'âge. Un monceau de papier journal, de mon journal, d'articles signés de moi, de photos de moi, découpés, classés, ordonnés, depuis mes débuts à la Libération jusqu'à ces derniers mois. Les reportages que j'avais envoyés de tous les coins du monde, et même de France... Ainsi elle m'avait suivi à la trace. Elle avait tout su de ma carrière, tout connu de mes déplacements, et peut-être tout éventé de mes mensonges. Sans cesse elle s'était alimentée de moi. Je n'avais pas été un souvenir, pas même un éloignement, mais une présence en papier, presque en chair et en os. Qu'en a pensé sa tête perturbée? Qu'a-t-elle imaginé, conçu, construit dans les dédales de son cerveau détraqué? Quelle interprétation a-t-elle donnée de ce qu'elle découvrait? Tout ce qu'elle lisait dénonçait-il ma duplicité ou confortait-il sa foi en moi? Comment savoir? J'ai beau examiner les rognures, elles ne m'expliquent rien et laissent l'énigme intacte. Les textes sont cisaillés, comme les lettres, toutes sortes de gymnastiques enserrent le nom de Lucien Bonnard, du rouge en masse, des dentelures, et même des étoiles. Quant à mes portraits, ils sont rehaussés à l'encre noire, dessinant un masque sur mon visage, et les yeux sont toujours crevés — mes yeux de tous les âges et de tous les lieux, crevés! Pourquoi?

J'ai tout replacé d'un tassement gauche... Ce fatras de vieux papiers, cet émiettement de vie, de ma vie, avec ces babioles brisées, ternies, dont on ne devine même plus le luxe antérieur... mon héritage. Une partition musicale sans notes, une succession ininterrompue de portées vides, la misère dans son extrême nudité. Je voudrais être triste, mais je n'accède qu'à cette pesanteur que produit le dégoût, la répugnance des choses, avec peut-être, très loin en moi, comme un vague vibrato de plaintes assourdies, où, en faisant un effort, j'arrive confusément à reconnaître les premiers aiguillons de la culpabilité.

Exorcisme? Rage? Je ne sais. Mais j'ai été envahi d'un poudroiement de colère. J'ai hurlé sans m'entendre : « Non, jamais plus », j'ai attrapé le carton et je l'ai jeté en l'air. Scène étrange qui s'est fractionnée, rompue en séquences ralenties : la boîte qui monte en tournoyant, qui heurte le plafond, se déséquilibre, libère son contenu qui s'éparpille et redescend comme un nuage explosé. Plus lourds, les objets touchent le sol les premiers, le carton vide ensuite, suivi de peu par les lettres en copeaux, cependant que les articles loqueteux volettent, tourbillonnent, bientôt se répartissent dans toute la pièce, nécropoles disséminées que je me mets à piétiner.

Un fou. Un possédé. Anne Marie m'avait repris de la manière la plus imprévisible. Le remords. Ça a été un raz de marée, un flot qui m'a brutalement recouvert de ses lies. Violence des résurgences de ma mémoire, tous ces souvenirs que je croyais définitivement disparus... Anne Marie chassée par Paule et moi, expédiée dans sa pension du Midi avec les trois pauvres valises que nous lui avions accordées, quelques vêtements, quelques bibelots, ses bijoux, tandis que nous nous installions dans ses meubles, dans son appartement, que nous nous appropriions ses rêves et ses biens. Avec quelle persévérance alors nous l'avons dénantie et spoliée, grâce à la procuration que je lui avais extorquée! Un pillage méthodique, morceau par morceau, lambeau par lambeau. Ah, des excuses, nous nous en donnions! Des fournées d'excuses, justifiées du reste! C'était l'Occupation, il fallait manger, se vêtir, survivre... et nous vendions. Paule négociait, rapace avide, et moi, lâchement, je me cachais pour n'avoir pas à intervenir dans les interminables marchandages. Exceptionnellement, quand l'affaire semblait mal engagée, que visiblement nous étions escroqués par des acheteurs à l'air trop jovial, je réapparaissais, je proférais un timide « Peut-être vaut-il mieux attendre », que Paule chassait d'un regard mauvais et d'une réflexion assassine : « Parce que c'est toi qui vas nous entretenir ? En travaillant, sans doute ? » Je n'insistais pas... Et tout a continué ainsi, mois après mois, jusqu'à ce que l'appartement ne soit plus qu'une coquille vide, dépouillée, obscène, et qu'en fin de compte il soit à son tour bazardé...

Je suis parti dans mes songes. Martine, la garçonnière, Cavalaire, tout a disparu. Même les évocations lugubres se sont atténuées et derrière l'horreur ont surgi les estampes de temps plus anciens, plus heureux. J'ai retrouvé les moments sereins de l'enfance, ma première découverte de l'appartement parisien d'Anne Marie... Un appartement dingue. Dingue comme ma mère — à l'époque déjà, tout proclamait sa folie, seulement j'étais à mille lieues de la soupçonner. Il comprenait quatre pièces dont elle avait fait une imitation de palais chinois triomphant. Les merveilles qu'elle avait amoureusement amassées à Tcheng Tu étaient toutes là. Magiquement déployées, elles inventaient une atmosphère onirique, irréelle. Ma visite avait été un éblouissement.

Ah, l'antre d'Anne Marie, sa grotte, son salon! Sa volonté d'y apparaître en souveraine, quand elle s'asseyait sur le sofa couvert de zibeline! Au-dessus d'elle un dragon rouge et or s'ébattait sur une tapisserie bleue. Aux fenêtres, les rideaux de soie râpeuse étaient tissés de bosquets de bambou, et dans la pénombre, des reflets de jade, d'ivoire ou de bronze, de toutes sortes de matières précieuses jouaient à s'emmêler, s'enchevêtraient en une harmonie irisée, sous le sourire d'un immense bouddha. Pour ses hôtes, qu'elle accueillait toujours de sa moue de pollen, ma mère avait disposé des fauteuils célestes en bois noir qui ressemblaient à des caractères érigés comme les monuments de sa domination : quand les gens s'y encastraient, ils paraissaient lui faire obédience. Sur le sol s'étirait un moelleux tapis du Turkestan, bleu ciel, avec au centre une roue de la vie. Lui, je l'aimais particulièrement.

Dans la salle à manger, en revanche, c'était le règne de la sévérité. Une table très grande en bois de fer, vaisseau amiral aux angles incurvés. Tout autour l'équipage des sièges aux dossiers droits, durs, aux assises de marbre. Au mur, sur une étoffe épaisse, des guerriers aux masques rouges se combattaient, yeux flamboyants, barbes tueuses. Quelques formes courbes, néanmoins, galbes de vases, globes lumineux, coupes chargées de fruits. Et puis, torchères et hallebardes...

M'avait le plus impressionné la pièce, tellement petite, du repos et du sommeil d'Anne Marie. Était-ce un espace pour l'enchantement ou pour le cauchemar? Elle dormait derrière un rempart de soieries sombres. Son lit taillé en dragon reposait sur un socle lourd, lui-même chargé d'autres dragons peints ou gravés. Toujours il me semblait que la bête tendait l'échine pour que ma mère la chevauche plus facilement durant ses nuits.

Seule ma chambre ne participait pas des sortilèges de l'ensemble. Claire, moderne, elle me protégeait même du cadre oppressant où ma mère se complaisait et qui convenait finalement si bien à ses caprices et ses étrangetés.

Souvenirs. En moi maintenant, l'apaisement total. Je me laisse aller vers les sources chaudes de mon être, tout empreint d'une émotion tranquille, pour ainsi dire sensuelle. Je refais couple avec l'Anne Marie de mes années de jeunesse quand elle m'embrasait l'imagination. Temps de l'érotisme doux et délicat, d'une certaine charnalité, temps du boy chinois que mon père le consul nous avait envoyé à Paris. C'est lui qui m'a enseigné les premières émotions du corps, les effrois du plaisir, frissonnements et inquiétudes à l'ombre de ma mère. Le boy chinois : quand j'y repense! Quelle n'avait pas été notre surprise à Anne Marie et moi lorsque nous avions été le chercher à la gare! Tout guindé en gentleman, jaune dans les attifements du blanc, avec son costume bleu rayé, son nœud papillon et ses chaussures en daim, on aurait dit un défileur de carnaval. Pourtant, grand et mince, visage sculpté dans le bois dur des jungles, des yeux de tigre et de hautes pommettes, c'était un véritable Seigneur de la guerre. En le voyant, j'avais été tout excité, le cœur comme un tambour : avoir l'un de ces hommes redoutables pour serviteur à la fois m'attirait et me terrifiait. Mais dès qu'il eut endossé la vêture du valet, je fus plus charmé qu'effrayé. Il s'était transformé en une créature séraphique qui se déplaçait dans l'appartement tel un elfe, sans bruit, sans poids, sans cesse occupé à mille petites choses.

Le premier matin après son arrivée, je l'avais trouvé debout près d'Anne Marie, enveloppé dans une longue robe blanche immaculée, un turban autour du crâne. Elle était assise sur une chaise finement ouvragée, dont les pieds de laque rouge se croisaient pour soutenir des lanières de cuir, la tête penchée en arrière, sa chevelure épandue en un fleuve noir où il passait un peigne d'ivoire à longues dents. Gestes souplement alanguis et infiniment répétés, on entendait dans le silence comme les vibrations d'un mouvement voluptueux. Je me tenais dans l'encadrement de la porte — je n'avais pas osé avancer, pas bouger non plus, tout à cette vision des abandons d'Anne Marie.

Soudain elle l'avait interrompu pour lui demander s'il savait repasser.

— Oui, madame, a-t-il rétorqué sur un ton d'humilité orgueilleuse.

— J'espère que ce n'est pas à la façon de mon vieux serviteur de Tcheng Tu! Celui-là! Pour mouiller le linge, il remplissait d'eau sa bouche édentée et la recrachait ensuite. C'était dégoûtant cette pluie de gouttelettes.

— Madame, c'était la Chine antique. Moi, j'ai appris l'hygiène.

— Bien, c'est ce que nous allons voir : vous repasserez ma combinaison. Et les enfants, savez-vous en prendre soin?

Le Chinois m'a regardé et a souri :

— Je m'occuperai très bien du jeune monsieur.

— Oui, mais Lucien est particulièrement négligé. Donc chaque matin, vous lui donnerez un bain et vous l'habillerez.

Ainsi Anne Marie m'a-t-elle livré à notre boy, à ses mains d'homme, moi qui n'avais connu jusque-là que celles de mes amahs au doigté caressant et enchanteur. Douceurs de ma lointaine enfance, qui m'ont façonné et qui, depuis, m'ont toujours poursuivi. Suavement le Chinois s'est incliné pour me dire : « Je suis l'esclave du jeune seigneur. » Mais ce ne sont que termes rituels : déjà il se comporte en maître pour m'entraîner dans la salle de bains. Là, ses paumes se posent sur moi, très décemment — il défait les boutons de la veste de mon pyjama, l'enlève, enfin tire sur le nœud de la cordelette retenant le pantalon, qui tombe autour de mes pieds et laisse exposée mon anatomie de garçonnet. La situation ne m'inspire aucune honte, d'ailleurs les traits du boy sont demeurés inertes — il ne me regarde même pas. Evidemment il a jaugé mon corps, mais il s'est borné à dire d'un ton négligent : « Je vais faire couler le bain de Monsieur. » Non, il ne me gêne pas. En revanche, Anne Marie... Peur terrible qu'elle n'apparaisse et m'aperçoive dans cette tenue. Je ne me souviens pas qu'elle m'ait jamais vu nu. Heureusement le boy a cérémonialisé : « Le bain est prêt. » L'eau comme un refuge. Il paraît gigantesque et mystérieux, et moi encore plus fragile, plus dépouillé à travers la transparence liquide ; son visage inexpressif, son regard sans flamme... Je divague : est-il un bourreau indifférent qui prépare ses supplices, ou seulement un boy qui sait apprêter un gamin blanc de douze ans? Armé d'un savon, il a étendu son bras vers moi et je me suis levé avant même qu'il le demande. Ce n'est pas une prise de possession, je sens à peine son toucher subtil, précis, efficace. Méthodiquement il m'habille de mousse, d'un tour de main méticuleux qui parcourt le cou, les épaules, qui descend avec une régularité lancinante vers la poitrine, le long de mon dos, toujours impavide dans sa besogne, et enfin parvient à mes intimités. Je retiens mon souffle. Ses doigts, qui ont coulé vers mes fesses, maintenant plongent dans leur fente, vont et viennent comme si ce n'était aucunement un abîme honteux, passent, repassent, frottent, caressent jusqu'à ce que ma peau se granule de frissons. Alors il se saisit de ma petite verge et entreprend de la nettoyer : décapuchonnage, savonnage, rinçage, nouveaux frissons, nouvelles sensations, une étrangeté dans tout mon corps faite d'impressions tièdes en vagues successives. Je regarde mon frêle appendice décoré d'une floraison de bulles irisées. Anne Marie!... Si elle entrait maintenant? Mais j'entends sa voix : elle est au téléphone... Je reviens à mes sensations.

Toute ma peau est joyeuse, pétulante de mousse, parsemée de ballonnets qui gonflent, crèvent et se reforment sans cesse. C'est de plus en plus agréable... A nouveau, sans que le Chinois ait prononcé un mot, je prends une initiative et me remets dans le bain : tendre mollesse de mes chairs, je suis récuré de ma sueur, de toutes mes sécrétions, de la poussière et des buées du monde qui m'avaient imprégné. Reste cependant une ultime partie de ma personne à fourbir, les pieds. Je les lui tends et aussitôt il s'acharne sur eux, en vertu de l'ancestrale règle chinoise selon laquelle les barbares empestent de là et pourrissent par là. Il racle, râpe, gratte, un rabotage opiniâtre qui me fait très légèrement souffrir. Je me tais : j'ai découvert que la douleur pouvait aussi accroître le plaisir.

Je me sens tout neuf dans cette onde enfangée par moi. Quelques brefs instants de clapotis, puis je me redresse de toute ma hauteur en signe de fin d'opérations, juste comme le boy tend vers moi, à bout de bras, un peignoir à rayures vertes et jaunes... Un peignoir ! Pour la première fois de ma vie ! Jusque-là on me séchait avec des serviettes ! Je ne veux rien montrer de la joie qui s'est emparée de moi, et je me force à demeurer sur une réserve discrète. Simplement, dès qu'il est enfilé, je noue moi-même la ceinture. Une envie folle m'a empoigné, comme ça, tout à trac, le désir de me précipiter vers Anne Marie pour me faire admirer d'elle ainsi que le faisait Albert le consul, à Tcheng Tu, après sa maniaque toilette, quand il se promenait, déployant sa superbe à travers les pièces du yamen, et parfois, admis dans la chambre de ma mère, jouait le fringant devant elle, osant vider son cœur de tous les soucis dont serait chargée la journée qui l'attendait.

Scènes épiques pour lesquelles j'avais un regard ébloui. Albert allait et venait à grands pas, fouettait du bras, froufroutait de la manche, sa voix montait, grondait, se cassait en effets dramatiques, débitait son interminable liturgie séductrice où se succédaient à rythme soutenu toutes les facettes de son talent : il était l'esprit glorieux, qui surmontait n'importe quel obstacle, tour à tour stratège des grandes affaires du monde, diplomate avisé, Machiavel soi-même, rien ne lui résistait, tout pliait devant lui, ce n'était plus un consul qui parlait, mais un oracle. Moi, j'observais Anne Marie. Je guettais ses attitudes, ses mimiques, les lueurs de ses yeux, et j'avais l'impression d'un trouble en elle, d'une impatience contenue qu'elle masquait difficilement. Albert, lui, n'y prêtait guère attention tant il se concentrait sur son théâtre. Pas plus qu'il ne remarquait mon émerveillement pour l'insigne prouesse qu'il accomplissait à mes yeux en gardant intact, malgré son peignoir de bain, le prestige qui émanait de lui lorsqu'il était revêtu de son uniforme de consul.

Pendant que le boy s'affaire pour parachever ma grâce, je m'examine dans la glace et je me trouve beau. Le peignoir me donne de l'ampleur, une sorte de dignité adulte. Très étrangement, il semble me grandir. L'idée d'aller m'exhiber devant Anne Marie m'émeut de plus en plus et je trépigne devant les atermoiements du Chinois qui n'en finit pas de me bouchonner, qui s'ingénie même à faire durer le temps : il m'impose de me laver les dents, me recommandant de les brosser longuement, d'y mettre au moins de l'application... et continue par une séance de coiffure, frange ou pas frange ? en arrière ou en avant ? cheveux frisottés ou plaqués ? Séance que finalement j'écourte d'autorité en exigeant une raie, comme Albert en avait une, une raie au milieu. Albert ! Sa raie ! Il en était aussi fier que de la moustache qui ornait sa lèvre : selon lui, c'étaient les deux attributs du charme masculin, l'apanage de l'authentique « bel homme ». Enfin le boy me déclare prêt et je peux dévaler le couloir jusqu'à la chambre d'Anne Marie... une Anne Marie que mon irruption paraît plus agacer que ravir, et qui ne remarque même pas ma tenue.

— Qu'y a-t-il encore ? Que veux-tu ?

— Regarde, maman, je suis en robe de chambre... Comme papa !

— Quoi ? Mais tu ne ressembles pas à Albert, pas du tout... Heureusement...

Ma profession de foi l'a inquiétée. Elle me contemple avec méfiance, me flaire, tout en circonspection et soupçon, et pour finir s'esclaffe :

— Mon Lulu, tu as une bonne peau, elle n'est pas forte comme celle d'Albert. Tu tiens de moi... Viens. Je vais te mettre une touche de parfum.

Elle a débouché un flacon et verse quelques gouttes sur sa main qu'elle me passe sur les tempes, là où la chair est douce... Satisfaction :

— Tu sens bon, mon chéri, très bon maintenant. Embrasse-moi.

Pauvre Albert ! C'est une bénédiction que je ne lui ressemble pas, comme ça j'ai même droit au parfum. Alors que pour lui, tout tournait mal. Quand d'aventure il s'imbibait d'eau de Cologne, inévitablement il avait droit aux ricanements d'Anne Marie : « Vous êtes une poule de luxe, vous puez mon cher... » Aujourd'hui, je le découvre, ma mère ne veut plus se souvenir que je suis le fils de cet homme, peignoir de bain ou pas.

Le rituel de la toilette s'est répété chaque jour, et peu à peu entre le boy et moi, des amusements se sont instaurés. Maintenant, lorsqu'il me nettoie, sa main se fait de plus en plus insistante, se resserre toujours plus sur les « parties honteuses » — comme disaient les bons pères qui, au cours de ma tendre enfance, me prêchaient que la pureté était le don le plus délectable au Seigneur, sans oublier la Vierge Marie et toutes les saintes vierges et martyres, ni les saints qui avaient résisté héroïquement aux aiguillons de la chair : l'impureté, péché suprême ! Cependant, durant les triturages du Chinois, je ne me sens aucune culpabilité : je serais plutôt habité d'un sentiment suave. Avec des inventions sans cesse renouvelées, il me pince, me taquine, m'agace les nerfs, au point que je sors à toute allure de l'eau et m'enfuis vers ma chambre, dégoulinant. Il me poursuit à grandes enjambées. Son visage est coloré d'un sourire équivoque, affectueux néanmoins — il est le fauve et je suis sa proie, mais je n'ai pas peur, il ne s'agit que d'un divertissement. Cache-cache, rires. Il me rattrape, m'accule dans un coin, marmonnant des « Mon petit seigneur » ironiques, puis me saisit, m'entoure, m'enferme, je me débats, je glisse, je m'échappe, mais lui revient sur moi, tandis que je tape du pied et grogne de défi : mêlée frénétique au cours de laquelle enfin il arrive à s'emparer d'un morceau de moi, d'un bras, d'un pied, du cou, de la tête, et à m'emprisonner complètement. Secousses, ruades, il cède et me lâche. Comme je simule la fureur, il me supplie de lui accorder mon pardon : « Punissez-moi, battez-moi, mon prince. J'ai été insolent, je mérite la mort. » Et moi de le frapper de mes poings fermés, de cogner aussi fort que je peux, jusqu'à épuisement. Il est mon esclave.

Ces joyeux affrontements vont bientôt prendre un tour encore plus distrayant. En effet, une fois, nous étions tombés sur le lit, plus ou moins enlacés, quand soudain sa main a glissé vers mon sexe, l'a empoigné à pleine paume. Traîtreux appendice : une corde au bout de laquelle se trouve mon corps, moi tout entier forcé de me soumettre aux caprices du Chinois qui s'est relevé, m'entraînant dans des cabrioles et des acrobaties. Une chaleur étrange se répand dans mon ventre, j'ai l'impression que ma petite chose est en train de grossir, une enflure dans la main qui l'enferme, je ne suis plus qu'une sensation de bien-être absolument nouvelle, un enchantement, au point que j'en oublie la crainte qui ne me quittait jamais vraiment lors de ces divertissements, cette possibilité latente, toujours ouverte, que ma mère survienne à l'improviste... Plaisirs, plaisirs : le jeu du remorquage a été, de ce jour, régulièrement répété, et ce qui devait se produire n'a pas manqué d'advenir. Un matin Anne Marie est entrée, nous surprenant au plus fort de l'exercice. Malgré l'audace de nos postures, le boy ne s'est pas troublé, et a tranquillement déclaré : « J'apprends au jeune maître des mouvements pour que son membre devienne fort, sa virilité puissante. » Je crois que cette impudence m'a donné du courage. Au lieu de me dissoudre en confusion, j'ai regardé ma mère droit dans les yeux, fièrement, sans dire mot, fixant cette femme qui avait vu ce que je craignais tant qu'elle découvre, et dont j'étais tout à coup tellement heureux qu'elle l'ait vu. Anne Marie n'a eu aucune réaction, n'a pas proféré une parole : elle s'en est allée, c'est tout. Et par la suite, elle ne m'en a jamais parlé.

Mais pour moi son silence avait été éloquent. Je décrétai sur-le-champ qu'il consacrait le couple que nous formions elle et moi, et annonçait que notre relation amoureuse avait franchi un cap décisif. Une sorte de baptême. J'en étais persuadé et rien n'aurait pu m'en faire démordre. D'ailleurs tout concordait, tout me prouvait qu'Anne Marie elle-même l'avait décidé. Le fait qu'elle ait surgi dans ma chambre, alors qu'elle n'y venait jamais quand le boy me préparait, m'indiquait qu'avait sonné l'heure de m'intégrer dans le monde des adultes. Et qu'elle ait précisément choisi le moment de mes jeux érotiques me signifiait, sans erreur possible, qu'elle voulait participer à mon intimité la plus totale, m'inscrire dans l'univers des amants, qu'elle voulait devenir la complice active de mes voluptés : en un sens, ma maîtresse. Ah, les inventions de l'imagination enfantine! Que de drames, que de désillusions elles peuvent entraîner, que d'idées fausses elles peuvent susciter. Sur cet épisode, que n'ai-je pas construit, et à combien de fantasmagories, à combien d'obsessions ne me suis-je pas abandonné! Dans mon esprit il ne faisait plus de doute qu'un pacte incestueux avait été scellé, et à partir de là, Anne Marie s'est magnifiée pour moi en idéal féminin, elle était la beauté, l'élégance, la jouissance, la sensualité, une source de sensations inouïes qui toutes se résumaient à un seul mot : l'amour. J'ai été encore plus fou éperdu de tout ce qui était elle : son corps, ses odeurs, ses gestes, ses habillages et déshabillages, ses façons de marcher, de s'asseoir, de s'étendre sur son lit dragonesque, j'enregistrais tout de ses mimiques, je restais des heures à me remémorer la courbe de ses lèvres quand elle m'avait embrassé, si elle me parlait, je notais toutes les tonalités de sa voix, tendresse, ironie, sécheresse, et ensuite, je m'interrogeais interminablement pour comprendre ce qui dans mon attitude avait motivé sa réaction. Je me faisais aussi voyeur, espion. Transgressant les interdits, je me postais en embuscade pour surprendre son intimité au moment de sa toilette, et c'est ainsi qu'un jour ma ténacité a recueilli sa récompense, que je l'ai surprise nue, entièrement nue, se livrant à ses ablutions matinales dans la salle de bains. Instant fugace, mais qui m'a laissé une image inoubliable : une élancée de son corps maigre, des formes estompées, légères, blanchâtres, presque livides, où j'avais discerné une poitrine un peu molle, un peu veule, des hanches resserrées, et à la racine du ventre une touffe sombre, une mystérieuse frisure de cheveux.

La révélation de ce corps, jusque-là uniquement deviné, eut sur moi un effet imprévu : je fus à la fois émerveillé et accablé. Je ne savais plus que penser, pris entre le désir et la répugnance, l'envie et le dégoût. C'était inexplicable, incompréhensible. Alors qu'auparavant Anne Marie était un aimant qui m'attirait jusqu'à l'envoûtement, désormais le souvenir de son corps dénudé me laissait partagé, écartelé, incertain. Dans mes rêves, il subissait de fascinantes métamorphoses. Tantôt ses chairs s'affaissaient, se ravinaient, s'étiraient en pendouilleries et flageolances, ses omoplates saillantes s'effilaient comme des couperets, et l'orbe de ses fesses se réduisait à un triste aplatissement de peau flétrie. Tantôt ses formes s'arrondissaient, sa silhouette se bombait en courbes harmonieuses, les seins se redressaient fièrement en volutes pleines, et les cuisses se campaient en arrondis volumineux jusqu'à décrire un ensemble qui évoquait irrésistiblement l'épanouissement et la jouissance. De ces rêves, de mes obsessions d'Anne Marie, où mon intuition assimilait la maigreur à la frigidité, je conserverai toujours la marque. Ce sont eux qui décideront de mes attirances pour les créatures dodues.

Si Anne Marie n'a été qu'indirectement responsable de mon goût pour les femmes bien en chair, en revanche, mon incapacité à vivre le parfait amour, ce génie que j'ai de déchaîner les rages et les fureurs féminines, c'est à elle que je les dois. Là, elle a été une artiste. Elle m'a façonné, déglingué, démoli pour la vie, elle a tout fabriqué, mes névroses, mes lâchetés, mes faiblesses. Vraiment une mère exemplaire. Tout s'est joué dans ses comportements, son alchimie de consentements et de réticences. Elle avait mis en place dans nos rapports un système trouble de câlineries, de roucoulades, de plaisanteries tendres qui nous emportait sur un chemin sans issue, où l'érotisme demeurait inabouti et la sensualité se comprimait : système de frustrations permanentes, tournoi de perversités, de « je te prends », « je te repousse » dont elle seule détenait les règles et connaissait les limites. Tour à tour elle m'infligeait provocation ou refus, elle m'aiguillonnait, m'excitait de caresses et de baisers charmeurs, et soudain, d'une bouche indifférente, claquait une rebuffade. Moi j'étais heurté, désemparé, j'étais ballotté d'humeurs en humeurs, je ne comprenais pas le pourquoi de ces fluctuations. Infinis mystères des amours d'Anne Marie. Compliqués encore par ses exigences tyranniques, par sa volonté d'être l'unique instigatrice de nos rapprochements. Que je tente une caresse ou un baiser sans qu'elle l'ait réclamé, que j'esquisse une cajolerie, et immanquablement j'essuyais une admonestation : « Lucien, laisse-moi, tu es fou. A ton âge! » Mais dans la minute suivante, elle pouvait m'appeler et se répandre en chatteries pour m'amadouer : « Mon Lulu, mon petit homme... » Anne Marie l'enjôleuse. J'étais son jouet, sa chose, l'objet qu'elle prenait ou repoussait au gré de ses convenances.

Quand aujourd'hui j'y repense, je me rends compte qu'elle s'est toujours servie de moi. Au début, égoïste et solitaire, elle a prélevé directement ses plaisirs sur mes désarrois et mes détresses dont elle dosait subtilement les intensités selon ses besoins. Plus tard, à partir de mon adolescence, elle se montrera moins dominatrice, et n'usera plus de moi que pour jouir par procuration. Jouissances fournies par mes petites amies. Sitôt qu'elle me connaissait une conquête, elle me sommait quasiment de la faire venir chez elle. Le prétexte était qu'elle voulait connaître mes fréquentations, mais je n'étais pas dupe : je savais que d'autres motifs la poussaient. Chaque fois le même cérémonial. Présentation et accueil charmants. Ensuite Anne Marie préparait le thé, badinage et papotage, humeur joyeuse, grande dame à son salon, puis, l'inspection achevée, la fille jugée et la conversation commençant à traîner, elle disait sur le ton de componction d'une maquerelle bénévolante : « Mais je vous ennuie avec mes histoires. Vous avez mieux à faire que de bavarder avec les gens de mon âge. Qu'attends-tu donc, Lulu, pour conduire ta jeune amie dans ta chambre ? Vous serez bien plus tranquilles. » L'invitation ne manquait pas de panache. Elle m'aurait précisé : « Et copule tout ton saoul, mon Lulu », que je n'aurais pas été autrement surpris. Son allure, ses regards vers ma compagne, tout était incitation. D'ailleurs, lorsque nous ressortions de la chambre après une heure ou deux d'intimité, Anne Marie m'interrogeait, d'un clin d'œil. Et je faisais signe que non, je n'avais pas consommé. C'était plus fort que moi : je ne pouvais pas faire l'amour en sachant Anne Marie à deux pas, juste séparée par une cloison et une porte fermée, et je me contentais d'un pelotage besogneux, sans ardeur, exécuté comme un devoir honteux. La jeune fille partie, je subissais les railleries maternelles. Dans de longues envolées sarcastiques, elle stigmatisait mon comportement d'eunuque, mon manque de galanterie, ma couardise devant la jupe d'une donzelle qui, visiblement, n'attendait que d'être troussée. Finalement j'étais un bon à rien qui ne ferait jamais rien. Prophéties cruelles qui m'ont persécuté, qui m'ont toujours poursuivi.

Désormais je paie mon roman noir avec Anne Marie. Je paie ses fantasmes et je paie les miens : quelque chose d'essentiel en moi s'est brisé au cours de ces années d'enfance, la petite musique du bonheur m'a quitté. Je joue faux, je pense faux, je suis faux. J'ai été à jamais amputé de ce don simple et pur dont disposent la plupart des hommes : aimer une femme, des femmes, les femmes, de manière transparente, sans aucune arrière-pensée. M'échappent l'échange des sentiments, celui des corps, la paix de l'amour, le repos des sens... Tel est le véritable legs d'Anne Marie. C'est elle qui détient les clés de mon être. Mais maintenant qu'elle est vraiment morte, je peux essayer de me reconquérir. Peut-être, qui sait, parviendrai-je à me réinventer ? Tout est enfin possible, et je vais tenter l'impossible : explorateur je serai, fouilleur de décombres, mineur de fond, je parcourrai une fois encore les chemins de ma mémoire, j'irai en quête de l'Anne Marie de ma jeunesse, le mythe de mes amours et de mes peurs, je tirerai chaque fil, je revivrai tout, mes mille morts et mes mille joies, et dans le même mouvement je rechercherai ce qu'a été ma vie ensuite, ma vie sans mère, ma vie d'homme orphelin, quand d'autres femmes ont pris la succession.

Ça s'est déclenché d'un coup, une forme qui me secouait, un cri qui me déchirait les tympans! Extraordinaire impression, comme un retour sur terre après un voyage dans les nuées.

Martine... Paris... Le studio... Une Martine qui s'époumone et à qui je bafouille péniblement :

— J'ai besoin de toi Martine : il faut que tu m'accompagnes à Cavalaire. Je veux aller sur la tombe d'Anne Marie... Va voir Danton, explique-lui. Demande un congé.

Elle est sortie aussitôt, et moi je suis reparti dans mes souvenirs où la sonnerie du téléphone m'a surpris. Pas vraiment de voix au bout du fil, mais un brouillard de bégaiements, de raclements de gorge, de pulsations chuintantes : c'était Sa Majesté Danton elle-même, un fouillis sonore de Danton, où je recueille des condoléances et l'autorisation d'emmener Martine... J'en ai assez. J'écoute encore un peu, politesse et hiérarchie obligent, je m'ennuie, je grognasse quelques onomatopées, je raccroche. Tout va bien : je ne serai pas seul à Cavalaire.

La pension de famille, la dernière demeure d'Anne Marie. Pire, cent fois pire que tout ce que je m'étais représenté lorsque je m'essayais aux apitoiements. Ce n'est même pas un clapier, pas même un cloaque à misère, une masure où ma mère aurait pu être superbement clocharde, reine poubelle, c'est, au-dessous encore, un absolu dans l'horreur : la médiocrité décente faite maison, sur la peau paysagée du rêve méditerranéen.

Au milieu d'une crépitation de plantes odoriférantes, tout le spectre des couleurs plaqué sur le foisonnement des verdures, un mas. Banal apparemment, et pourtant on en comprend aussitôt la monstruosité : ses formes informes, son architecture lourdingue et faussement rustique, ses teintes en dégradé pisseux, un lierre lépreux qui ne parvient pas à manger les croûtes cloquées du crépi en débine, des pots ridicules, posés sur l'avancée des fenêtres, et qui ne portent que des trognons de plantes vertes, des volets craquelés, tout raconte la vie dans ces murs comme un lent étouffement, une déchéance à petites doses où l'on s'enfonce chaque jour un peu plus, en cherchant toujours à sauver les apparences, en se repliant sur l'imitation de l'aisance, en apprenant à se satisfaire d'un confort rafistolé, fait des brics et des brocs du faux bien-être. Pour la première fois je suis confronté à cette forme de laideur : la petitesse, le rétrécissement quotidien, la caricature du bonheur dans l'artifice du clinquant délabré. Et c'est ici qu'Anne Marie a vécu, vingt ans durant, ici qu'elle est morte !

Je me suis arrêté au milieu du chemin de caillasse, incapable d'aller plus loin, le corps plombé, figé. J'en ai vu assez, je vais tourner les talons... Une visite au cimetière suffira. Minute d'hommage à la mère défunte, recueillement filial avec contrition, et retour immédiat sur Paris.

Justement non, pas question de fuite. Martine a-t-elle deviné ce qui se passe en moi ? Comme par hasard ses mains se sont refermées sur mes poignets, une paire de menottes qui m'écrase les chairs et me tire en avant :

— Allez, Lucien. Il faut entrer.

Elle a son visage flic, un emboîtement particulier de ses traits qui durcissent en rides carnassières, les lèvres qui s'effilent et les yeux en meurtrières. Je connais bien cette physionomie de Martine : elle ne l'adopte que pour les affaires sérieuses, quand elle s'est assigné un devoir. Aujourd'hui c'est Anne Marie, le cadavre d'Anne Marie qu'elle veut déterrer. Et elle le fera, quoi que je dise, et quoi que je pense. Peut-être même a-t-elle décrété que ce devait être pour mon bien — Paule, Paule : qu'a-t-elle encore raconté ?

Nous sommes entrés en poussant la bimbeloterie d'un rideau de perles, qui a laissé derrière nous la rumeur d'une cascade et nous avons débouché dans un minuscule bureau faisant office de réception. Atmosphère de pénombre. Tristesse et silence. Une table couverte de toile cirée, un encrier, un registre. Au mur, quelques clés sur un papier peint défraîchi. Un couloir... Martine a continué sa marche, je l'ai suivie. Quelques pas traînés sur un parquet ciré, presque un tâtonnement et enfin, surgis de la touffeur, un chahut marmotté, des vacillements de voix édentées. Nous nous sommes arrêtés sur le seuil d'une pièce au sol de ciment, un genre de buvette détresse déguisée en salon simili bourgeois, où règne un air de goguette sans flonflons. Ils sont tous là, rassemblés, les pensionnaires de la maison, sirotant l'apéritif, agglomérés par trois ou quatre autour de tables en formica ranci, le fessier sur des chaises de jardin baptisées fauteuils. Déréliction. J'ai un haut-le-cœur à contempler cette panoplie des âges canoniques, à être ainsi mis en face de l'éventail complet des stigmates de l'usure, de ce monde crépusculaire où s'unissent les restes de la vie et le labeur de la mort. Il y a quelques « jeunes », la soixantaine galante, qui arborent une dégaine assurée, et il y a les autres, ceux sur lesquels se manifestent les outrages de la sénilité, la palette si variée des tremblotements, couperoses et autres fébrilités, qui s'étend jusqu'à l'absence morne et atone. Du lot émerge nettement la minorité des bien-portants : ils rutilent de luisances fières et se trémoussent de convivialité chaleureuse, déjà cernés par le cholestérol et les épaisseurs du sang, déjà sur la pente des envahissements graisseux et des engluements dans le lard. Sinon la plupart donne dans la maigreur — galerie de têtes qui s'évident, se cisaillent, s'affinent trop et s'effritent en traits hâves et élimés, pommettes creuses, yeux affadis, tous vitreux, et cerclés d'un liséré rouge. Le tout forme une fresque de chairs labourées, comme ravinées par les orages, froissées par la vacuité de la vie, milliers de rides en tous genres, rides coups de hache et ridules papillotantes, un parterre de crânes chauves aux formes bizarres, à la nudité obscène, pareils à des mamelons à la géographie torturée, sauf pour deux ou trois privilégiés, couronnés de touffes folles et fragiles, forêt blanchâtre qui confère à leurs possesseurs des airs de patriarche ou de prophète.

Apparemment tout ce petit monde continue de trouver des agréments à l'existence et savoure la paix bon enfant d'un désœuvrement joyeux. Il y a de la gaieté, des plaisanteries, des disputes qui fusent et s'éteignent, des conversations, on trinque, on somnole, on se remue dans sa chemisette — l'uniforme de la communauté. Seule une perche hautaine a conservé sa veste où flambe une rosette de la Légion d'honneur. Non, décidément, ici ce n'est pas l'enfer asilaire : ça respire seulement le mouroir convenable, le crapoteux camouflé, la retraite avec dépérissement progressif garanti au rythme de minuscules habitudes. C'est tout bêtement le néant.

Les maîtres de ce peuple ne sont pas difficiles à repérer. Du moins la femme. Elle joue les vigilantes gardiennes du temple et on la remarque tout de suite, dès l'entrée. Tenancière à la souveraineté imposante, quoique un peu servile, elle régit sans partage la basse-cour de ses sujets en liesse, toute raidie derrière son comptoir, à laver énergiquement une armada de verres. Un genre dame patronnesse, la sécheresse de l'entre-deux-âges, c'est-à-dire la cinquantaine dépassée, engoncée dans une robe noire à l'étriqué strict et à la dignité contrainte. Son visage est une lame, longueur et minceur brisées par la ligne horizontale d'un sourire tout en sévérité mielleuse, avec lèvres coupantes et nez à l'aigu, surmonté vers l'arrière par un petit chignon de cheveux ternes et gris. Ce qui accroche le plus le visiteur, c'est le regard en embuscade sous une paire de lunettes à monture métallique : un regard à l'hypocrisie rampante où se disputent les éclats d'une bienveillance professionnelle et d'une âpreté inavouée. On le pressent, elle est une mère pour ses vieux, mère achetée, mère de commande, toujours à bon escient cajoleuse ou sermonneuse, possédant sur le bout de l'ongle l'art du mot gentil qui conforte et récompense, comme du mot bien senti qui remet à sa place. Maternage et business.

Elle a été la première à s'apercevoir de notre intrusion. Un bref coup d'œil a suffi et elle nous a déclarés importuns. Pas désireuse, apparemment, de savoir qui nous sommes. Promeneurs égarés ? Lointaine parenté de l'un de ses pensionnaires ? Ça ne l'intéresse pas. A moins qu'elle n'ait deviné... En tout état de cause, nous représentons un trouble possible pour sa petite communauté, et cela seul compte. Dans la seconde qui suit notre apparition, toute sa physionomie se coule dans l'indifférence, ses yeux redescendent surveiller le torchonnage de ses mains, elle ne nous a pas vus, nous n'existons pas. En revanche, l'assemblée cacochyme s'est peu à peu avisée de notre présence : les unes après les autres, les figures au bout des cous à fanons se sont ajustées pour nous faire face. Stupéfaction, fossilisation générale, un silence piqueté de curiosité s'est abattu sur la pièce.

Un gaillard rougeaud et râblé qui jouait aux cartes en compagnie d'un sémillant vieillard s'est alors dressé : la part mâle du couple patronal. Un condensé de vulgarité. Avec ses yeux porcins, son nez retroussé qui exhibe des narines caverneuses et sa panse qui affiche la prospérité de la quarantaine négligée, le portrait type du gigolo en demi-solde. En fait, un digne coquin au rabais, qui aurait vu sa prestance prématurément s'avarier, tout à fait conforme aux possibilités séductrices restreintes de la dame tenancière.

Au contraire de sa compagne, lui vient à nous, emmanché d'une amabilité joviale. Le commerçant dans ses œuvres. A-t-il flairé en nous des clients venus prospecter pour placer un père ou une mère hors d'usage ?

— Que désirez-vous, messieurs-dames ? demande-t-il d'une voix qui déjà fait l'article.

— Je suis le fils de Mme Greffier.

Si la foudre était tombée à cet instant au milieu de la pièce, elle n'aurait pas produit plus d'effet sur la compagnie fripaillée. En entendant la phrase, tous les vieux se sont mis à brindiller dans ma direction, et Martine et moi nous retrouvons soudain au centre d'une ronde enserreuse, agitée de gesticulations boitillantes, un détraquage syncopé de bras et de jambes. L'émotion crève en exclamations aphones, séquences d'onomatopées, chuchotis, apartés, de l'in petto à la réflexion promptement échangée, un brouhaha nasillard entrecoupé d'intonations de joie fugaces, des aigus de la sympathie et des basses de l'attendrissement. Toute la vieillarderie s'apoplectise. Ivresse et béatitude devant l'étonnant, le merveilleux, le miraculeux. Une vague déferlante de gentillesse et de bonté, une ragougnasse ignoble.

De surprise mafflue, le gigolo a essuyé sa main sur le derrière de son pantalon de toile bleue et pétaradé de plaisir :

— Ah ça ! Le fils de Mme Greffier ! On croyait jamais que vous viendriez, occupé comme vous êtes. Et important avec ça, hein ? Parce que vous savez, je vous lis, j'achète chaque jour votre journal et souvent avec Mimi, je veux dire Mme Greffier, on en discutait.

A l'écho silencieux qui accueille ses paroles, il prend conscience de l'incongruité de sa réaction et, sans transition, opère un retournement complet. D'une masse, il se confond en tristesse, son visage se démantibule, son corps se dandine : ça y est, il souffre, il partage ma légitime et naturelle douleur. Poignée de main endeuillée, longuement chaleureuse — la complicité du malheur —, puis inclination empesée du buste devant Martine, rehaussée d'un bredouillis « Madame Bonnard, mon bonjour attristé », et à nouveau à mon intention :

— Cette pauvre Mme Greffier !... Mais soyez rassurés : on a tout bien fait, oh ça oui, dans les règles...

Quelle énormité a-t-il proférée ? Il ne peut même pas terminer sa phrase que la patronne, jusqu'ici restée sur un quant-à-soi prudemment observateur, brusquement accourt et de sa crécelle couvre les derniers mots de son comparse :

— Ah! monsieur Bonnard, que n'êtes-vous arrivé il y a dix jours? Madame votre mère vous espérait tant. Ça faisait une semaine qu'elle se survivait. Elle attendait. Elle était sûre que vous viendriez, la malheureuse! Toujours à répéter qu'elle n'allait pas mourir, que ce n'était pas possible tant que vous ne seriez pas venu. Vous étiez au courant, non? Toutes ces idées étranges qui lui passaient par la tête, ces choses qu'elle disait sans arrêt : que tous les deux vous aviez été séparés par des puissances mauvaises, des forces maléfiques... je ne sais plus trop quoi. Mais que c'était fini et que bientôt vous alliez être réunis à nouveau... On peut dire qu'elle vous aimait, votre mère!

Qu'ont-ils fait tous les deux pour qu'elle mette tant de fougue, tant de précipitation à me noyer dans le marécage des remords?

L'air de rien, j'ai regardé Martine à la dérobée et son expression m'a satisfait — mon chien est lâché. Elle est toute circonspection attentive, elle a humé le fumet du louche et du scabreux : elle va foncer.

La patronne, qui croit avoir éloigné le danger, continue à brasser son tombereau de confidences, se rencognant dans sa brunasserie maigrichonne. Hélas pour elle, son teint blême, accentué par le clair-obscur ambiant, laisse percer tout le sournois de ses pensées :

— Qu'est-ce qu'elle attendait votre retour! C'était comme magique : vous alliez apparaître et elle serait guérie. Évidemment ça s'explique, hein, dans son état. Seulement c'est que c'est parfois ennuyeux. Les derniers jours elle a refusé de recevoir le médecin... comme le curé qu'on avait alerté pour les sacrements. Lui, à peine l'a-t-elle entrevu qu'elle l'a chassé, c'est inutile, disait-elle, je ne mourrai pas... mon fils est revenu. Il est là, je l'entends, il est dans l'escalier. Et elle nous a tous fait sortir sous prétexte que vous n'entreriez que lorsqu'elle serait seule... C'est cette nuit-là... Sans doute qu'elle ne s'est aperçue de rien. Au matin, nous l'avons trouvée, le sourire aux lèvres, comme si enfin vous étiez arrivé.

Soupirs et miséricorde. Recueillement dont profite immédiatement le bidonneux pour enchaîner, en secouant tristement les gras-doubles de son ventre :

— Nous en avons eu de la peine. Vous pensez! Vingt ans qu'elle était avec nous! Ça en fait du temps. A la fin elle était de la famille, notre Mimi... Nous l'avons bien gâtée, tout le monde vous le dira, des attentions et de l'affection, ça oui, de l'affection, il ne lui manquait rien...

— De quoi au juste Mme Greffier est-elle morte? coupe Martine de son ton le plus détaché.

La taulière prend le relais :

— C'est malheureux à dire, mais Mme Greffier avait bien diminué ces dernières années... Voyons, euh... Ça a commencé il y a au moins trois ou quatre ans, n'est-ce pas?

Elle se tourne pour quêter l'approbation de son compagnon, lequel s'empresse d'opiner de sa ventripotence, et elle reprend :

— Elle était fatiguée, elle traînait au lit, moi ça m'a inquiétée et après je ne sais combien de difficultés, j'ai obtenu d'elle que le médecin l'examine. Il nous a confirmé que son état n'était pas brillant et a prescrit un traitement compliqué. Il y en avait des médicaments! Pensez : elle avait une tension trop basse, une très mauvaise circulation, et en plus elle faisait un début d'emphysème. Je suis moi-même allée chercher les produits à la pharmacie... Mais ensuite... Jamais, monsieur Bonnard, jamais, vous m'entendez, Madame votre mère n'a consenti à prendre quoi que ce soit. Elle a tout jeté. On voulait l'empoisonner, qu'elle prétendait. Alors bien sûr, sa santé ne s'est pas améliorée. Si vous aviez vu ça : quelle tristesse! Ses jambes ont enflé, au point qu'elle ne pouvait presque plus marcher. Et puis ça a été le visage... à demi paralysé. Sa vue qui a baissé... Je vous assure qu'on a tout essayé. On la chouchoutait, on la dorlotait notre Mimi, mais qu'est-ce que ça pouvait changer? Ce qu'il lui fallait, c'étaient les médicaments... En plus ses crises étaient de plus en plus fréquentes, vous savez, ses espèces de délires... D'ailleurs vous vous en souvenez, non? A cette époque, nous nous sommes permis de vous écrire une lettre en y joignant l'ordonnance du docteur. Mais vous ne deviez pas être en France : vous n'avez pas répondu... Le plus terrible, ça aura été à la fin, les derniers mois : elle était devenue trop sale, nous ne pouvions plus la garder avec nous à table pendant les repas, et nous l'avons mise à l'office. Elle mangeait en compagnie de la cuisinière, c'est une dame de la campagne et les odeurs ne l'incommodaient pas...

Autour de nous les rangs de la vieillarderie se sont faits approbation unanime. Ils se souviennent ces monstres, et ce que leur cervelle retrouve de mémoire vient jusqu'à moi sous forme de souffles ébréchés. Chaque haleine chevrotante me souille, me constelle de ses chiures molles et visqueuses, comme s'ils voulaient me couvrir des dernières déliquescences d'Anne Marie, me faire respirer à mon tour les ultimes exhalaisons de son corps grabataire. Saleté glaireuse. Partir, planter là ce petit monde dégénéré, respirer à l'air libre, cligner les paupières sous les rayons du plein soleil. Mais Martine n'a cure de l'abject de la situation. Elle tient son os, elle le rongera jusqu'au bout. Et d'une voix doucereuse elle demande à la patronne « s'il serait possible de voir la chambre de Mme Greffier, à moins bien sûr qu'elle n'ait déjà été reprise... ».

— Mais non, mais non, a répondu l'autre avec empressement. Personne ne l'occupe. Nous l'avons juste nettoyée.

Pour rejoindre le premier étage où se trouvent les chambres, nous avons emprunté un escalier grinçant, un boyau raide sans éclairage, et nous avons débouché sur un palier nu en bois rugueux. Une batterie de portes, ornée chacune d'un numéro. Là m'a traversé la pensée saugrenue de Clémence : qu'aurait-elle fait à la place de Martine ? Aurait-elle été indifférente ou déjà en larmes ? M'aurait-elle imposé de quitter les lieux pour, une fois dehors, m'engueuler copieusement d'avoir laissé ma mère dans cet endroit fangeux ? Ferait-elle, comme nous maintenant, mais avec sanglots et reniflements, la visite de la chambre ? Imprévisible Clémence. Non, vraiment, je ne regrette pas que ce soit Martine qui officie : elle, c'est du sûr, du béton.

La chambre d'Anne Marie est moche. Mochissime. Laidissime. Horriblissime. L'indigence rapetassée par le mauvais goût. Une cellule, avec un plafond bas dont le plâtre s'écaille, et des murs couverts d'un papier peint où des formes délavées ont dû représenter des guirlandes de roses. Les persiennes entrebâillées laissent filtrer une lumière raréfiée qui nimbe la pièce de grisaille. Austérité, nudité, propreté empruntée, forcée. L'ameublement est au diapason : sévèrement dépouillé. L'utilitaire dans tout son terne. Un lit étroit, au châssis de fer, dont on a replié le matelas et les couvertures. Pour chevet, un guéridon en bois blanc surmonté d'une lampe sans abat-jour et d'un petit vase. Dans un coin, un semblant de confort convivial : deux chaises et un fauteuil en osier. A côté de la fenêtre, coincée entre une lourde armoire et le mur, une table boiteuse où sont encore posés une cuvette, un broc et une serviette. A terre, un seau pour les eaux sales, et près de lui, probablement tombé de la table et oublié, un morceau de savon à moitié usé.

Ici donc Anne Marie a passé le plus clair de ses heures. Vingt ans! Ici, entre ces quatre murs! Comment pouvait-elle vivre ici, simplement vivre?

Une fois encore Martine semble insensible au spectacle.

— Mais que sont devenus les vêtements de Mme Greffier? lance-t-elle à l'adresse de la patronne maintenant seule avec nous.

Ton de surprise affectée :

— C'était trois fois rien, et dans quel état! Tout élimé, tout rapiécé. Heureusement, elle était bonne couturière. Elle reprisait elle-même ses affaires. Ce qui fait qu'avec le peu qu'elle avait, elle était toujours bien habillée, bien mise. Ça, elle était restée une dame. Et coquette vous savez. Elle s'y prenait bien : quelques gouttes d'eau de Cologne, ses cheveux soigneusement coiffés... l'élégance. Mais quand elle était négligée, on comprenait tout de suite ce qui se passait...

— Donc il y a encore des vêtements? interrompt Martine insolemment.

Un instant la matrone semble désarçonnée.

— Oui... c'est que... Ben nous ne les avons plus. Oh! n'allez surtout pas penser... continue-t-elle précipitamment, inquiétée par la moue de stupéfaction de ma compagne. Je les ai donnés. Selon les ordres de Mme Greffier. Elle disparue, je devais remettre les maigres effets de sa garde-robe à des jeunes femmes nécessiteuses de Cavalaire qu'elle avait prises en pitié. Et son partage était précis, vous pouvez me croire. Même dans ses délires elle en parlait. Aussi, après son décès, je me suis sentie tenue de respecter ses dernières volontés. Si j'avais pensé que vous réclameriez ces nippes...

Ça c'est pour moi : après avoir titillé la fibre de mon remords, la mégère souligne la beauté de son engagement moral. Maligne, la mouche. Imparable. D'ailleurs, elle s'est tournée vers moi et me fixe, guettant une approbation, un signe reconnaissant le bien-fondé de son geste. Mais Martine glisse une nouvelle fausse note dans l'oremus trémolant, et me prend à témoin avec une hypocrisie à peine feinte :

— A part ses vêtements, qui ont été donnés, et les babioles que Mâdâme t'a envoyées à Paris, ta mère n'avait aucun autre objet personnel ?

Je n'ai pas le temps d'articuler un son : la patronne a redémarré. Vite, colmater les brèches. Sûr que cette question, elle l'attendait : sa réponse fuse d'un bloc, fiel et vinaigre, émaillée des accents de l'innocence suspectée. On déploie maintenant toutes les draperies de la dignité offensée.

— Ah ! madame Bonnard... Ah ! vous avez raison d'en parler. Bien sûr, les objets de Mme Greffier... Vous songez, je présume, à son nécessaire de toilette. De l'argent massif ! Et quelle beauté ! Ah ! Elle y était attachée... Tenez, c'est ici qu'elle les posait (de la main elle nous indique la table branlante). Le miroir ovale était là, appuyé contre le mur. Qu'est-ce qu'il était lourd, tout en argent, hein ? Devant lui elle disposait les brosses par ordre de taille, les unes à côté des autres. Elle les utilisait toutes pour se coiffer... Ah, j'oubliais : il y avait aussi la boîte en ivoire sculpté qui servait à ranger son matériel. Qu'elle était jolie ! Et grande avec ça. Tout y rentrait : les brosses, les peignes, et même le nécessaire à manucure. Si je m'en souviens de ces objets ! Elle en était fière, une fois elle me les avait même prêtés...

Presque un émerveillement enfantin dans les yeux de la tenancière. Serait-elle capable d'une véritable émotion ? En tout cas ce n'est pas le souci de Martine, qui la rappelle à la réalité d'un « bon, bon » énervé, coupant court aux apitoiements, suivi d'un sec « Alors, où est-il ce nécessaire ? Mme Greffier ne l'a quand même pas légué, lui aussi, aux pauvresses de Cavalaire ? »

Une sorte de jubilation malsaine dans la voix de la patronne :

— Je croyais que Mme Greffier vous avait informé. Elle ne vous a rien dit dans ses lettres?

J'ai une grimace d'incompréhension, mais l'autre s'en fiche, sa phrase n'était qu'une clause de style.

— Ça s'est produit il y a plusieurs années. C'est à propos de la pension... Que voulez-vous, tous ces gens qui vivent ici, je les aime bien, c'est vrai, à la longue on s'habitue, surtout quand comme votre maman ils restent des années. Mais aussi, je m'occupe d'un commerce et il faut que ça marche. Tout le monde y trouve son compte finalement, vous me comprenez? Une pension de famille, c'est un peu comme un hôtel, ce n'est pas une maison de charité... Ce n'est pas que je ne voudrais pas, hein? Mais c'est comme ça, je n'y peux rien... Dans le cas de votre mère, ça a été le retard du paiement de sa pension. Plus de deux mois... Vous aviez dû oublier, je ne savais pas quoi faire, enfin j'ai dit à Mimi que je ne pouvais plus attendre... Voilà...

— Comment ça, plus attendre?

Un aboiement. Pas contente Martine, pas contente du tout.

— J'ai simplement dit que je voulais être payée. Deux mois de retard, c'est beaucoup pour nous. Qu'est-ce que vous croyez? On ne roule pas sur l'or ici... Alors Mme Greffier a rassemblé son nécessaire en argent et elle est allée le vendre chez un antiquaire de Cavalaire. Il lui a donné suffisamment, comme ça elle m'a remboursée.

Je préférerais demeurer en dehors du duel que les deux femmes ont entamé, mais la bassesse des insinuations m'a piqué au vif, et je lance méchamment :

— Je me souviens très bien de cette histoire. C'était une erreur de ma banque. Elle était chargée d'effectuer le versement chaque mois, mais une fois un employé a oublié... Ça a été réparé, il me semble. Et par la suite la somme a toujours été versée ponctuellement, non?

— C'est vrai, il n'y a plus jamais eu de retard.

— Alors, les bijoux, les bijoux de ma mère, ses bracelets en or, ses colliers de perles, ses boucles d'oreilles, ses broches, où sont-ils? Vendus aussi?

— J'en étais sûre : vous réagissez comme moi, monsieur Bonnard. Je le disais à votre pauvre mère... Si c'est pas malheureux... Eh oui, elle a tout vendu! Tout ce qu'elle avait apporté en venant : ses bijoux, ses bibelots, et même cette tapisserie effrayante avec des dragons brodés. Tout a pris le chemin de l'antiquaire. Oh, pas d'un coup. Non, non, petit à petit. Une fois un bracelet, une autre un pendentif, et ainsi de suite, jusqu'à ce qu'il n'y ait plus rien. Moi, de temps en temps, j'essayais bien de la gendarmer... Mais vous la connaissiez, il n'y avait pas moyen de lui faire entendre raison quand elle avait quelque chose dans la tête.

— Mais pourquoi vendait-elle? Que faisait-elle de l'argent?

La tenancière part d'un ricanement vulgaire. Une sous-maîtresse qui exulte d'avoir fourgué une créature avariée à un client bigleux. J'ai mordu à son appât, et maintenant elle me ferre :

— C'est que Madame votre mère aimait à se faire des petites gâteries. Les vieux sont parfois étranges, savez-vous : de véritables enfants et certains adorent les sucreries.

— Quoi? grimace Martine. Mme Greffier a tout dilapidé en bonbons?

— Pas que des bonbons... Elle faisait la grande dame. Chaque jour, ou presque, elle se rendait à Cavalaire. Ses habitudes parisiennes... Il lui fallait son thé de l'après-midi en ville. Alors, une pâtisserie par-ci, une babiole par-là. Et puis il y avait... euh... c'est difficile à dire... mais elle s'était mise à boire. Oh, elle n'était pas alcoolique! Quand même, c'est souvent qu'elle remplaçait le thé par le vin, elle trinquait, elle offrait des tournées. Ça chiffre à la longue, tout ça. D'autant qu'elle était généreuse, notre Mimi, elle glissait la piécette aux uns et aux autres : les enfants, les mendiants...

D'un geste, Martine endigue les jérémiades :

— Oui oui, nous comprenons... mais dites-moi, Mâdâme, cet antiquaire qui a racheté les biens de Mme Greffier, comment se nomme-t-il?

— Ce pauvre M. Tabouret! Oui, c'est ainsi qu'il s'appelait, Tabouret. Un brave homme. Hélas, hélas! — soupirs —, il y a bien six mois qu'il est mort... sans laisser de successeur. Ni femme, ni enfant, pas même un parent éloigné... Et tout son fonds a été vendu aux enchères. Pauvre M. Tabouret! — resoupir.

— Mort, l'antiquaire? Je l'aurais parié.

Flèche au but : la tenancière a sursauté, scandalisée. Elle hoquette vaguement, ouvre la bouche pour chercher de l'air, va défaillir... Mais déglutit l'insulte, retrouve son souffle, et reprend :

— Eh bien, si je m'attendais à ça! Et venant des enfants de Mimi... Ce n'est pas croyable... Insinuer que j'aurais pu... que... si je m'attendais à ça... Penser une telle chose, vous, monsieur Bonnard, un si grand journaliste... ce n'est pas possible, je ne peux pas le croire...

La harpie m'a croché de son regard reptilien, ses yeux coulissent en un mince filet. Pour elle Martine n'existe plus. Il ne reste que moi :

— Vous le savez, monsieur Bonnard, ce que nous avons fait pour votre mère. Dans quel état elle était à son arrivée... D'autres que nous auraient refusé de la recevoir. Tout était si mystérieux. Nous ne savions même pas qui elle était, les hommes qui l'ont conduite ici, non plus, d'ailleurs. Évidemment c'était la guerre, on ne faisait pas comme on voulait, et je présume que vous vous étiez débrouillé pour la faire amener, ne pouvant pas le faire vous-même. Mais souvenez-vous, ce n'était pas une femme normale que vous nous remettiez, c'était... comment dire? C'était...

— Une démente!

Je n'ai pas gueulé. Ma voix comme un constat. Seul importait que le mot soit prononcé, qu'il soit dit, et que Martine l'entende, qu'elle sache ce qu'était Anne Marie, que le monde entier enfin le sache : une démente, folle à lier, folle à enfermer.

La patronne tiroir-caisse a repris derrière moi, dans un refrain macabre, « démente, oui, c'est le mot, démente, démente... » puis sans transition, elle a entamé le récit des égarements d'Anne Marie, détail après détail, l'incongru et l'effroyable, toute l'horreur de la folie banalisée par la mémoire ordinaire d'une mégère. Les vingt ans du séjour d'Anne Marie, de son arrivée à sa mort, dans un même sac, dans la même lessiveuse verbale, relatés d'une voix de théâtreuse haut perchée qui se hachure en effets malhabiles.

La sainte femme. La voilà qui égrène aussi les comptes et décomptes de ses innombrables mérites et sacrifices. C'est qu'on attend la reconnaissance publique, la mienne en l'occurrence. « Ah, monsieur Bonnard, si vous l'aviez vue! »

Sûr : n'importe qui aurait expédié Anne Marie franco de port à l'asile psychiatrique le plus proche. Pas ma patronne! Son bon cœur, toujours lui... halètements pour s'extasier sur l'étendue de sa bonté qui, fort évidemment, un jour ou l'autre, la perdra. Enfin!... Mais Anne Marie était là, la figure démontée, les yeux étincelants, qui hurlait : « Ce bouillon! Ce bouillon! Quelle gargote! Non, je ne resterai pas ici, je veux partir. Mon fils, appelez mon fils... Où est-il? Lulu... Lulu... » Tout le monde était atterré, sauf la patronne. Elle, elle avait compris... N'était-elle pas infirmière diplômée? Alors à la violence, elle a opposé calme, patience infinie et amour toujours. Des mois, des années de cris, d'imprécations, de fureurs et de malédictions, l'hystérie au quotidien dans ses fulminations et ses déchaînements, tellement que de temps à autre il fallait attacher Anne Marie de crainte qu'elle n'attente à ses jours. Heureusement, il y avait aussi des périodes de rémission où la démente se nourrissait d'une interminable logorrhée, raisonnements et divagations, fantasmes de domination du monde, de royauté universelle, dont subtilement, comme je l'avais fait dans mes lettres, la patronne s'était emparée, se livrant à une comédie complexe. Elle aussi entrait dans les délires d'Anne Marie, s'appropriait ses mots, approuvait ses raisons, opinait à ses sentences, partageait ses hallucinations. Surtout ne jamais contredire, ne jamais manifester de désarroi, de surprise ou de désappointement, quelle que soit la situation. Parler sans cesse, parler toujours, calmer, rassurer, écouter, aimer. Oui, ça avait été un apostolat. Mais on l'avait accompli. Et sans rechigner au labeur. Et sans rien attendre en retour. Rien de quiconque. Ni reconnaissance, ni gratitude : on a du cœur, que voulez-vous, c'est comme ça, on ne va pas se refaire, hein?

Et grâce à Dieu le miracle avait eu lieu. Oui oui, un vrai miracle, qu'on n'osait même pas espérer tant il paraissait improbable — c'est pas qu'on n'ait pas prié, ça on le faisait plutôt deux fois qu'une, mais cette pauvre Mme Greffier était tellement mal! Bref, un miracle, un vrai de vrai. Après des années, Anne Marie s'était apaisée. Pratiquement du jour au lendemain, on s'en souvient très bien : ça s'est passé juste après qu'elle eut vu mon nom dans le journal. On l'a trouvée un matin, vaquant à ses occupations, chantonnante et sereine, soucieuse d'elle-même, de sa tenue... « Une métamorphose, monsieur Bonnard. Je n'en croyais pas mes yeux. »

L'état de grâce d'Anne Marie. Elle avait retrouvé ses rires, le goût de la plaisanterie, le bonheur des conversations, et son sourire de malignité bonne, elle était redevenue l'Anne Marie de mon enfance. « On ne pouvait pas imaginer qu'elle était dérangée, ah ça, impossible! Mis à part quand même, parfois, des soliloques murmurés où l'on devinait qu'elle remâchait encore un peu ses drôles d'idées d'avant. Sinon, elle était normale comme vous et moi. » Au souvenir d'Anne Marie apaisée, la patronne change de registre. Théâtreuse toujours, mais maintenant dans la tirade du témoin sagace faisant chronique de l'angélisme d'une mère.

Désormais Anne Marie assagie en folie douce, la quiétude et le repos... Ça a été l'idylle. La pension s'était transformée. Du soleil à pleins boisseaux. Anne Marie redevenait toutes les Anne Marie de la joie. Exquise, au milieu des vieux, tantôt câline, tantôt coquine, qui les traite comme des gamins attardés, les rabroue, les remet pieds sur terre quand ils gâtisent, les ironise s'ils galantisent, taquinante et pérorante : une petite fée de la communauté, qui comprend tout, qui arrange tout, qui conseille, tempère, miséricorde.

Et elle est encore plus charme et civilités quand, presque chaque jour, elle s'en va déambuler en ville. On la laisse aller, on est tranquille : on sait qu'elle est guérie. Là-bas elle fraye avec les petites gens du port, les marchandes de poisson, les vendeuses de quatre-saisons, les commères bien grasses à la voix épaisse et à l'accent traînant, les vieux marins hors d'usage qui font vigie sur la jetée, tirant sur leur bouffarde et le regard en nostalgie fixé sur les barcasses qui ne veulent plus d'eux. Simplicité d'Anne Marie, gentillesse : elle s'assied sur une marche, un tabouret, n'importe où, et bavarde avec ces Carmen et ces Marius. Confidences, secrets chuchotés, conciliabules. Bientôt elle connaît tout de chacun, les soucis, les souvenirs, les rêves, les amours. Et toujours elle a le mot, le geste qui conviennent. Une qualité venue avec l'âge qui la rend toute présence, qui la fait plus vraie, plus charnelle, plus humaine que le reste de l'humanité. Ses sortilèges. Une manière de beauté. Avec le temps, à Cavalaire, on l'a aimée, « ça, monsieur Bonnard, on l'a vu à son enterrement! » Elle s'était intégrée à la bourgade, et, ce qui est important, non comme une folle : seulement comme une originale. Elle était Mme Greffier, l'amie, la compagne, « la dame de Paris qui avait été en Chine », et pourtant « pas fière ».

Enfin il y a l'Anne Marie des jouissances et des communions champêtres, qui entreprenait ses interminables randonnées dans l'arrière-pays, cheminant à travers collines et montagnes, bois secs et croupes herbeuses. Aventures et merveilles, toute la magie de la fusion d'un être avec la nature qui l'entoure. Anne Marie soleil dans les écrasements de lumière crue, Anne Marie poussière d'ombre dans le repli porté des choses : les anfractuosités du roc, les pliures de la terre et l'érection des arbres. Elle marche à grandes enjambées, courtisant les reflets aveuglants des abrupts orageux, se faufilant souplement dans les halliers. Elle hume les odeurs, respire les vents, brasse les airs, s'arrête soudain, contemple une échappée vers des sommets lointains, ou peut-être médite sur un coin de ciel blanchissant à l'horizon. Musique dans sa tête. Alors elle danse, tout le corps embrasé d'une sauvagerie primitive, ondulations étranges, les bras, le buste, les jambes animés d'une vie propre, la tête rejetée en arrière, les yeux mi-clos et les narines palpitantes : elle semble habitée d'une mémoire venue de l'au-delà de la mémoire humaine. En ces instants, elle est sensations, impressions, vibrations, mère du monde et profiteuse de l'univers. D'autres fois, elle s'allonge sur le sol, tel un étoilement de pulpe charnelle. Métamorphoses. Elle se fait minérale avec les roches, végétale avec les plantes. Elle est feuille, fleur, rose sauvage ou aubépine; elle est granit ou quartz, calcaire ou humble caillou. D'autres fois encore, elle s'assied dans l'herbe folle, reste là des heures à jouer avec l'insecte et l'animal, chahutant avec le hérisson, conversant avec l'aigle, coquinant un lièvre ou chantonnant les cigales. Toujours elle cherche les ruisseaux pour gambader dans leurs eaux, ou alors, déesse aux pieds cristallins, elle s'immobilise dans les maigres courants de l'été et le regard perdu écoute l'imperceptible et devine l'impalpable : le balancement des buissons, le froissement des brindilles, le frémissement des branches. Bruits ou mouvements, elle perçoit tout, comprend tout. Elle est ce qu'elle entend, elle devient ce qu'elle voit. Parfois, dans la caillasse, elle se penche attentive, se redresse, tenant à la main un éclat de pierre, et part d'un rire enfantin : elle a cueilli l'éternité. Les jours incertains, quand elle découvre les nuées s'accumulant aux cimes, elle se fait hurlements, convieuse d'orages, attente d'éclairs, et, si les cieux s'échancrent de tonnerre et de pluie, son bonheur ne connaît plus de limites : elle s'offre aux ruissellements, les doigts serrés sur les éclairs. Il lui arrive, au cours de ses périples solitaires, de croiser des bergers, de ces hommes glébeux et taciturnes dont le visage est couturé de secrets. Avec eux aussi elle converse. Pas de peur, pas de frayeur, mais une complicité spontanée. Sa voix claire, leurs grognements à peine articulés, et pourtant ils se comprennent... Le soir tombé, ponctuellement avec le soleil effacé, elle revient, auréolée de chaleur embaumante ou trempée de pluie. Et toujours, quelle qu'elle soit, reposoir de lumière ou rameneuse d'averses, tout son être est nimbé de vigueur, gorgé d'une sève nouvelle.

Bien sûr, il en était ainsi du temps qu'elle était jeune encore et ivre de liberté. Après, plus tard, ses promenades se sont raccourcies. Son souffle lui râpait la gorge et ses membres se nouaient. Insensiblement l'horizon s'est rapproché, l'espace s'est rétréci. Elle a fait moins de kilomètres. Et bientôt ce ne furent plus que quelques pas, la ronde d'une vieille autour de sa tanière. Elle ne marchait plus vers le merveilleux des choses. C'est la mort, finalement, qui a marché vers elle.

Rupture. Coupure. Satisfaction. La dame patronnesse ayant distillé ses effets estime désormais le public dans sa manche. Elle se tait quelques secondes, nous observant Martine et moi pour vérifier son impression. Mais elle en est pour ses frais : rien de nos pensées ne transparaît. Je rêvasse. La vie d'Anne Marie ne m'intéresse plus. A nouveau, j'ai envie de partir.

Malheureusement la patronne ne l'entend pas ainsi : il faut qu'elle dissipe, et totalement, la gêne qu'elle sent subsister en moi. Elle doit me convertir, me convaincre qu'ici ma mère a vécu les plus belles heures de sa triste vie. Alors elle reprend son chapelet de conteuse. Voix dévote pour le récit de la fin d'Anne Marie.

Un matin, on est entré dans sa chambre, étonné de ne pas avoir perçu les bruits coutumiers. Anne Marie reposait, paisible, toute sérénité, avec sur le visage une beauté revenue. Une mort heureuse. La nouvelle a filé et aussitôt tous les pensionnaires sont accourus. Procession de basses mines. On a allumé des chandelles, mis un peu de buis entre ses mains, prié et entamé la veille. « Nous ne savions pas que vous étiez à l'étranger, monsieur Bonnard. Tout de suite on a envoyé chez vous un premier télégramme et on a pensé que dans la journée vous téléphoneriez. Mais le soir, vous ne vous étiez pas manifesté. C'est là qu'avec mon mari on s'est dit qu'il fallait prendre une décision. C'est normal, vous comprenez : avec le chaud d'ici, les morts... »

Dès le lendemain ce furent les démarches : le médecin, la mairie, le croque-mort. Ah! la mairie! Ça n'a pas été facile. Durant ses crises Anne Marie s'était acharnée sur ses papiers d'identité. Cartes, livret, toute la prose administrative qui résumait sa vie avait été déchiquetée. Un incompréhensible désir d'anéantissement, comme si elle avait voulu qu'après sa mort on ne sache plus qu'elle avait existé. Et avec quelle rage elle avait procédé! Le gigolo et sa dame n'avaient retrouvé que des morceaux épars, qu'à grand-peine ils avaient essayé de recoller pour un résultat ridicule : une carte d'identité en lambeaux, où ne subsistait que le nom, et un livret de famille dont il ne restait que la couverture. Comment faire? L'enregistrement du décès est obligatoire, la loi est la loi. Panique pendant quelques heures, et puis tout s'est arrangé... grâce à l'amitié des comptoirs. Le gigolo avait trinqué avec un préposé aux écritures officielles, lequel, un monsieur bien comme il faut, pas tatillon, ni scribouillard borné, non non, au contraire, avait réinventé un état civil complet pour Anne Marie, avec naissance, mariage, enfant, divorce, rien que du vraisemblable, et des tampons par là-dessus qui authentifiaient les faits. Ça avait été écrit, et bien écrit. Tout était en règle : on pouvait enterrer.

Enterrer ? Certes ! Mais quel enterrement commander ? Si seulement je m'étais manifesté, si j'avais dit ce que je voulais pour ma pauvre mère ! Mais rien, toujours rien de ma part. Comment deviner mes intentions, comment savoir ? « C'est qu'on ne vous connaissait même pas ! C'est vrai ça, on ne vous avait jamais vu. Alors pour nous... On ne voulait pas vous mettre dans les frais. En même temps Mme Greffier était une dame... ! » Dilemme. Hésitation. Dans la pension tout le petit monde s'y était mis, et ça avait cogité, chacun y allant de son hypothèse, débattant, supputant, spéculant : il y avait eu les partisans du service funéraire grande classe, ceux qu'Anne Marie impressionnait, qui voyaient en elle une représentante du grand monde, de la haute société ; il y avait eu aussi les adeptes de la mesure, défenseurs de la décence et de la dignité de la défunte qui, selon eux, n'aurait pas apprécié un luxe dont toute sa vie à la pension elle s'était tenue à distance ; il y avait eu enfin les plaideurs du dénuement et de la simplicité, qui revendiquaient un enterrement d'humilité pour « cette dame qui avait été si près du peuple et n'aurait pas toléré que sa mort contredise ses principes ». Pour finir, c'est encore le gigolo qui avait résolu la question en suggérant que l'on demande conseil à M. Clapecin, le mari de la pâtissière de Cavalaire où Anne Marie s'approvisionnait en gourmandises diverses. Un sieur démarcheur en obsèques pour le compte de petites entreprises, tout ce qu'il y a de mieux dans le genre et au meilleur prix. Cet honnête homme, faisant son bénéfice au plus juste, connaissait bien Anne Marie, et l'accord avait été conclu sans grand mal. M. Clapecin se chargeait de tout pour un forfait on ne peut plus raisonnable : la sobriété dans le bon goût et le bon aloi. Un cercueil en bois blanc, mais verni, mais avec poignées de cuivre, et du personnel en nombre suffisant. « Si vous aviez vu ça, monsieur Bonnard. »

Ah, ça, ce fut un jour noir. Qu'est-ce qu'Anne Marie était aimée ! je ne peux pas imaginer à quel point. Que de gens derrière le corbillard pour l'accompagner jusqu'au cimetière ! « Tellement qu'on aurait dit l'enterrement d'un sénateur. » Tous ses amis de Cavalaire, tous ceux de la pension, ils étaient tous venus au partage du malheur. C'est elle, au bras de son compagnon, qui avait conduit le deuil. « Vous comprenez, n'est-ce pas? En votre absence, nous étions un peu sa famille. » Le gigolo n'avait pas lésiné sur l'attifement : complet du dimanche et cravate à endeuillement crêpé. Quant à elle... Oh elle, ce n'est pas descriptible. Elle était au comble du désespoir. Brisée. Une capilotade de femme qui n'arrivait même plus à mettre un pied devant l'autre, dont le champ de vision n'était qu'un rideau d'eau, des larmes à n'en plus finir, elle s'en était même étonnée : c'est qu'elle avait déjà beaucoup souffert, elle ne croyait pas qu'il pouvait lui rester autant de sanglots dans le corps. Derrière eux, venaient les pensionnaires. Pas une seule défection : même les plus délabrés, les plus esquintés s'étaient déplacés, cahin-caha, tous bien arrangés, bien repassés, bien compassés, un cortège où les septuagénaires véloces soutenaient les octo-nonagénaires claudicants et quinteux qui traînaient l'asthme et la patte. Ça gémissait un peu dans le groupe, ça vocalisait timidement des regrets éternels. Et puis ça se taisait. On récupérait. On se concentrait sur sa marche et ses pleurs. Enfin, à la remorque des cacochymes, il y avait le gros de la troupe, les proches et les lointains fameux amis de Cavalaire, relations de vingt ans ou rencontres d'un jour, tout un serpent chatoyant et bavard, avec malgré tout de la retenue, un savant panachage de tristesse ad hoc et de commérage trompe-l'ennui. Sur le passage du convoi les gens se renseignaient, ostensiblement se signaient à l'énoncé du nom de la défunte, échangeaient deux trois mots avec leurs voisins, la mine soudain passée à l'affliction. Eh oui, tout le monde la connaissait, Anne Marie, tout le monde l'aimait. « C'est que c'était vraiment quelqu'un, votre mère, à Cavalaire. »

Le silence entre nous. A travers ses paupières mi-closes, la patronne m'observe. Insistance. Peut-être inquiétude. Qu'attend-elle de moi? Ma bénédiction émue? Elle va être déçue. En dépit de ses efforts, en moi, pas un sentiment, pas un remords, pas une once de peine ou de souffrance : son roman de la vie et mort d'une mère m'a laissé indifférent.

Je m'apprête à donner le signal du départ, mais Martine m'a devancé d'une question. Elle veut savoir où est la tombe d'Anne Marie.

— C'est facile à trouver, répond la patronne. On ne savait pas bien quoi faire, alors on a pris une concession provisoire de six mois. Vous n'aurez qu'à vous renseigner au cimetière : ils appellent ça la zone de transit.

Excédé, je l'interromps :

— Maintenant je suis là et nous allons régler ces problèmes. Merci encore pour votre obligeance, madame. S'il y a quoi que ce soit, n'hésitez pas à me prévenir, vous connaissez mon adresse.

— Ben justement, c'est que... Vous l'avez bien reçue avec le paquet ?

— Quoi ? Reçu quoi ? cingle Martine.

— La petite note. Elle était collée sur le couvercle du carton. Vous ne l'avez pas vue ? Mme Greffier n'avait plus rien et nous avons avancé l'argent des obsèques. Monsieur Clapecin, les fossoyeurs, la concession, c'est nous qui avons payé.

— Plus rien ? Mme Greffier n'avait plus d'argent du tout ? (Immense scepticisme de Martine.) Pas même quelques francs ? Eh bien, dites donc... Avec tout ce qu'elle avait vendu... (silence appuyé)... à vous en croire... Finir ainsi, sans un sou, comme une miséreuse.

Martine repart en guerre, mais moi j'en ai vraiment assez.

J'ai tâté mes poches : la note y était, froissée en boule. Je compte quelques billets, les tends machinalement vers une serre qui s'en empare et les compte à son tour :

— Mais il y a trop. Je vais vous rendre la monnaie.

— Inutile... On vous a suffisamment dérangés.

J'ai empoigné la main de Martine, articulé un furtif « au revoir, madame, merci pour tout », et nous avons dégringolé l'escalier comme des voleurs en fuite. En bas, la « famille » jacassait. Dans l'air flottait une odeur de soupe aux choux. Le couloir, la bimbeloterie, la porte...

C'est là, sur le seuil de la pension, que m'a surpris la luminosité du monde. Un envahissement de tout mon être, une invasion sauvage. Comme si un éclair avait bloqué ma course, me laissant une fraction de seconde, une éternité, immobile, bras ballants, abasourdi. Une folle chamade en moi. Un torrent. Un engouffrement. Toute la nature s'y entrechoque. Gong, clameur, agression, heurts de lumière et de couleurs à peine fondues par les approches du crépuscule. Je ne suis plus qu'une boule de sensations éclatées. Soleil diffracté, chaleur vibrante, ondes dans l'air abrupt, volutes gigantesques et minuscules, tourbillons torrides, auréoles de feu transparent, toute la matière durcie, molle aussi, et suante dans son décor pierreux, arbres et plantes en geysers. Ruée des irisations. Zébrures des verdoyances, déchirures des rougeoyances, et ciselures en ombres blanchâtres des calcaires. La végétation dans un vrac tentaculaire. Anarchie, débauche, grandiloquence des formes et des mouvements. Remparts des buissons, groupes d'assaut des troncs acérés, défi des épineux, pointillisme des herbes... toutes les variétés enchevêtrées : figuiers à fruits mamellaires, chênes-lièges comme des crustacés tapis, oliviers à luisances, et les éternels pins effilochés. Les fleurs, sur cette tapisserie vibratile, semblent des taches crispées, des mains repliées : tourneboulis des corolles inviteuses et repousseuses, la chromatique entière des nuances et des teintes, de l'orgueil écarlate à l'humilité apalie. Et aussi les sons, dans une extension sans fin de leur gamme, une marée déferlante de grondements, de balancements, de sifflements : stylets, vibratos, crissures. Un chaos gorgé de vie, imprégné de tous les sucs, de tous les parfums de la création... Mon corps réceptacle du monde, le temps d'une porte franchie. J'ai failli hurler de douleur et de joie. Comme si mon âme s'était délivrée de toute la bassesse qui l'avait encrassée entre les quatre murs de la pension.

— Allons tout de suite au cimetière, ai-je dit à Martine.

Elle m'a emboîté le pas, et nous avons repris le sentier qui nous avait amenés. Autour de nous, une terre rouge sang déploie vers l'horizon des rangées de ceps de vigne torsadés en nœuds obscènes. Le sentier s'est élargi, j'ai ralenti, et Martine est venue à ma hauteur. Elle a posé la tête sur mon épaule. Elle m'aimait. Et moi, qu'est-ce qui m'a pris ? Un coup de désir aussi brutal que le coup de lumière tout à l'heure : je l'ai empoignée par les hanches et d'une brusque poussée, je l'ai jetée au sol sur un tapis d'herbe rouillée. D'abord interloquée, elle m'a regardé de ses gros yeux globuleux mais comme ma main déjà malaxait ses cuisses, elle a compris et s'est mise à rire :

— Quoi ? Tu veux ? Ici ?

Je n'ai pas répondu. La besogne, rien que la besogne. Une obsession. Du désir comme jamais, une frénésie de sexe, une volonté contradictoire, l'exultation et le sacrifice, mort de soi et mort de l'autre, je ne sais plus, je ne sais pas, sinon que je ne peux m'empêcher de faire ce que je fais, comme je le fais, avec cette fureur étrange de possédé. Baiser, baiser, pilonner cette chair, la fendre, l'enfoncer, la fracasser, l'écraser de coups jusqu'à ce qu'elle pantelle.

Martine est alanguie, offerte et consentante : lèvres qui convient, regard approbateur, jambes dénudées, bas-ventre béant... Je me suis engouffré dans les rythmes de l'amour. Un labour forcené.

Tandis que je m'acharne, le corps de Martine s'estompe, se dilue, peu à peu s'annihile pour faire place à des formes souples, la sveltesse d'une femme jeune, minceurs gracieuses, un visage ovale, les sombres moirures d'une longue chevelure, des paupières légèrement bridées... J'ai fermé les yeux pour l'observer plus attentivement, et là, je l'ai reconnue : Anne Marie, c'est Anne Marie. Le corps d'Anne Marie. Un corps qui s'offrande toujours plus. Mon désir attisé. Tumulte. Emmêlement de tout. Mille têtes, mille bras, et cependant une fusion totale. Nos corps comme une incandescence.

J'ai eu l'impression que la substance de mon âme s'échappait avec ma semence. Je me vidais. Je m'épuisais. Je m'anéantissais dans le ventre maternel... Le ventre d'Anne Marie qui accueillait mon repos devenait tabernacle de vie. C'est alors qu'il y a eu la voix de Martine, sa protestation d'amour, son œil chaviré, ses narines pincées de plaisir, son visage de femme comblée.

Je me suis redressé à moitié et les mots sont sortis comme des crachats de haine :

— Dépêchons-nous. Il se fait tard.

Universalité des cimetières. Cavalaire, comme ailleurs. La même absurdité, les mêmes alignements stupidement réguliers de marbres grisaillants, de dalles délitées, de mausolées suintants, hérissés de leur multitude de croix, toute une moisissure d'inscriptions pieuses, de déclarations d'amour éternel, de confiance en Dieu, une jonchée ferraillante de couronnes artificielles démantelées, enfilade de chapelles surchargées d'ornementations dérisoires pour rappeler l'importance sociale des défunts, toute une pompe vaniteuse qui veille sur des squelettes en boîte. L'ordre règne. Partout pèse le joug hypocrite des vivants sur le peuple des gisants. Ici et là, quelques formes agenouillées, quelques chagrins empleurés. Toujours ce décor pétrifié évoque en moi les bâtiments d'une flotte coulée avec ses gréements dans la durée des siècles, une parade incongrue de pierres lourdes enfermant à jamais leurs équipages dans l'oubli.

J'ai emprunté une allée sablonneuse. Marche solitaire — j'avais demandé à Martine de m'attendre dans la voiture. A l'écart des grandes sépultures, on aperçoit des renflements terreux : la zone de transit, le lieu des cadavres en voyage. Un espace où la nature renaît à son exubérance aride dans une giclée de graminées, des épanouissements d'herbes maigres, derrière un paravent de petits arbres. Le monticule d'Anne Marie se confond avec ses voisins. Nivellement de la mort. Seules des lettres majuscules, tracées à la peinture noire sur une croix, révèlent sa présence.

Je me suis planté devant la tombe, mains dans les poches, ne sachant quelle attitude adopter, me balançant tel un ours d'un pied sur l'autre, l'esprit agité d'une souffrance diffuse, avec une phrase lancinante qui revenait comme un martèlement : Anne Marie est morte. Et il m'a semblé que c'était la première fois depuis l'annonce du décès que j'en avais clairement conscience. Sa mort devenait enfin pour moi un fait vrai, une vérité pleine, une évidence absolue, charnelle. Anne Marie n'était plus là, ne reviendrait jamais : j'étais libéré d'elle, réellement libéré, pour toujours.

Bienfaits de la mort. En moi, la paix des certitudes. Plus de honte, plus de rancœur, plus de remords, plus la moindre violence, plus une once de ressentiment, plus de dettes, plus de rages, plus de vengeances, plus de peurs, plus d'angoisses. Débridées les plaies des ulcères. Assainies les pestilences. Asséchés les marais de l'âme. Nettoyés les sédiments troubles. Tout a disparu, les chiffres et les bilans, les hargnes et le soufre : j'ai la conscience nette, le cœur comme un abîme de pureté. Sensation de calme infini, mer opaline, ciel apaisé, souffle de brise séraphique. Liberté partout. Délivrance. Anne Marie est morte et je l'aime à nouveau. Anne Marie à quelques pas de moi, sous quelques pelletées de terre. Anne Marie reposée, juste un souvenir, image transparente d'une mère imprimée dans mon regard d'enfant : l'impossible réunion désormais accomplie. Anne Marie, ma mère, rien qu'une mère.

Le temps a passé, impalpable. Quand je suis reparti, la nuit s'était allumée d'étoiles. J'avais pris la décision de laisser Anne Marie là où on l'avait mise, sous ce remblai de terre illusoire. Sa liberté à elle. Sa paix. Moi, je restais livré à la vie.

II

Nous sommes rentrés à Paris. Je regarde Martine assise sur son bidet. J'éprouve à la fois de la tendresse et un peu de répugnance à voir une femme se laver après l'amour.

Martine, je l'ai connue dans un antre littéraire, un bar ès écritures, cossu. Pour y accéder, on descend par un large escalier aux marches feutrées. On se trouve dans une caverne majestueuse et paisible, où les auteurs connus viennent boire et se délasser dans de profonds fauteuils : des lits à pensées graves, à ricanements discrets, à ragots nec plus ultra. Le ton général est le chuchotis, parfois rompu par quelques rires harassés et artistiquement vulgaires. Chaque soir, tout le fond de la salle souterraine est occupé par une cour bruyante, gouvernée par un roi, le roi Milan, aussi célèbre par son personnage que par ses œuvres. Le grand esthète du savoir-vivre exaspéré. Un faciès maigre et aigu, raviné, presque détruit, une calvitie complète, la soixantaine mangée par une maladie qu'on lui cache, et pourtant il dégage un influx magnétique. Il règne superbement sur des courtisans et des courtisanes très choisis, toujours les mêmes, les pions d'un échiquier dont il se joue. Il faut que chacun se donne, selon ses facultés, au rôle qui lui a été imparti — la Maîtresse, l'Ancienne Maîtresse, la Bonne Fille, l'Artiste, le Primitif, le Philosophe, la Putain, le Disciple, le Bourgeois Éclairé. La conversation doit être un feu d'artifice de facéties, de gags, de trouvailles, mais de subtile essence. La gaieté comme un manteau d'Arlequin. L'adulation avec une recherche qui la rend naturelle. Ébats de mots, gerbes du verbe, tintements de verres, liaisons plus ou moins dangereuses, dans l'amitié un peu de menace sous-jacente. Lui, le maître, en sa singularité, est nerveusement multiforme, vieux gosse, spadassin prophète, jongleur de l'érotisme autant que des grandes stratégies politiques, aventurier arrivé dans les remous des alcôves et des révolutions, le fouinage du sexe et du sang, avec un raffinement qui se veut vicieux et bon. Il utilise un registre de tics pour noter les exercices que ses laudateurs, masseurs de sa vanité, exécutent pour lui plaire. Il épie. Il flaire. Parfois il intervient lui-même, tranchant d'une phrase dentelle ou d'une phrase couperet, ou se lançant dans un évangile iconoclaste dont, à la fin, il chasse le sérieux d'une épithète canaille, qui lui sert de conviction avec majuscule. Du libertinage et aussi de la morale, de la bonne conscience. Le tri du monde et des gens, le tamis, la meule et les confettis.

Dans ces manœuvres compliquées, dans ces procédures de haute et basse justice comme dans le rire, il est assisté par son épouse italienne, à la tête rétrécie et busquée, à l'accent haché, au français incompréhensible, un charabia d'une suprême distinction. Cette aristocrate dont la vie a été superbement tortueuse est maintenant sa complice et sa servante, à lui totalement adonnée, devinant ses désirs les plus immodestes pour lui permettre de les satisfaire, avec une amoralité maternelle. Elle tend, sur un corps rachitique, un trognon de visage ravagé mais magnifique, aux rides déjà imprégnées dans le crâne. Duègne, mère maquerelle rehaussée d'un chignon, elle est le chef d'orchestre de la symphonie qui à la fois célèbre et divertit ce roi faiblissant.

Là, au sommet de la musique des oraisons et des jacassements, j'ai entendu un soir s'élever une voix grave, auguste, cristalline, soyeuse, pure, sensuelle, qui clamait ou gémissait : « Nous, Milan, tes femmes... » Ce « nous » de majesté, marquant sa vassalité, la proclamant avec allégresse, m'a captivé par sa sonorité sacrificielle et tellement adorante. C'est Martine qui avait ainsi joyeusement hululé. Moi, n'étant pas de la cour, j'assistais à ces saltimbanqueries de loin, seul devant mon verre. Soudain, le roi Milan s'est levé et, à la stupéfaction générale, a marché vers moi. « Je suis Milan », a-t-il dit. Souveraine modestie. Volonté de simplicité dans le ton. Et de m'annoncer qu'il avait lu mon nouvel ouvrage sur la Chine, un livre qui m'avait attiré la haine et le mépris de l'intelligentsia parce que j'avais osé fracasser l'idole Mao. « Mais les intellectuels sont des imbéciles, toujours en retard d'un métro, vous avez raison, Mao c'est de la merde », me confia-t-il. Lui avait foi dans ce texte : le communisme avait fait partie de ses jouissances, et il s'en était lassé comme de tous ses plaisirs. Faveur extrême, il me promit d'écrire, de sa main, un grand article bénédiction. Honoré, comblé, ravi, je l'ai été. Naissance d'une amitié. Désormais je faisais partie de la société des agapes vespérales.

A quelques jours de là, Milan m'a donné Martine et lui a permis de hululer pour moi.

Martine a décampé. Le boulot pour elle, la solitude pour moi. Je rêvasse. J'ai le temps. Je suis un privilégié. Je n'ai pas à aller au journal quotidiennement, je ne suis pas un bureaucrate mais un commando, inapte aux cérémonies du « chocolat » et autres solennités du même acabit, où les maîtres journaleux sous l'œil de leur petit patron discutent à longueur de science du menu à servir, de tous ces plats bien cuisinés pour le populo — un client difficile —, avec maintes épices, le sucré et le salé, du triste et du rigolo et aussi, ne jamais oublier, une bonne pinte de sang... Ces réunions où on gamberge à fond, le pour et le contre, la maquette, les titres, l'imprimerie... Même le « marbre », je n'y suis jamais allé! Mon rôle est d'explorer le monde, pas de le faire cuire. Quand il y a du « scoop » dans l'air, on me donne un coup de fil, et on me demande très poliment si je veux bien me rendre à Delhi ou à Zanzibar, là où ça grabuge. Alors la machine à m'expédier à travers les espaces se met en branle, le fric, le visa, un avion qu'on me dégote même si c'est quasiment impossible. Et je n'ai plus qu'à me débrouiller.

Les arrivées ont presque toujours lieu à l'aube sur un aérodrome tropical délabré, dans la moiteur chaude, la pesanteur de la jungle toute proche, à moins que ce ne soit la nudité d'un désert — en général on me réserve plutôt la jungle. Et là, il me faut d'abord écouter s'il y a des rafales et de la tuerie. Ou bien humer les menaces du silence. Puis trouver où sont les copains, les amis-ennemis et vice versa, les éternelles gueules trop connues, tout ce beau monde toujours rassemblé dans le même gîte, palace ou taudis, espèce grégaire qui se surveille et s'épie, sales gosses sur les nerfs, s'engueulant et buvant trop. Ensuite s'arranger. Tout de suite vermiller, farfouiller dans la merderie de ces bleds impossibles, crapahuter dans le feu et le carnage pour giboyer le « scoop », et, dès le premier soir, envoyer à Paris des télégrammes qui sentent toute cette marmelade, qui tombent sur les téléscripteurs en faisant plouf au milieu de la rédaction diligemment assise sur ses fesses. A moi de donner sa tournure à l'événement, de le modeler avec mes mots, mon style. Sans me gourer, ni rater. Comme je n'ai jamais commis la grosse gaffe ou le gros loupé, je suis du « sûr », avec en prime des trouvailles, des formules à moi qui frappent, qui percutent, qui assomment, qui propulsent les gens bien installés dans leurs petites vies aux premières loges du terrible théâtre du monde. Au journal, des mecs et des mecquesses à ciseaux et à pots de colle mettent ma prose à la bonne longueur, celle décidée par les pontes, qui ont parfois d'autres chats à fouetter que les miens, ou ont reçu d'autres articles bien tartinés qui me concurrencent, et font prime. Sans que je le sache, moi au bout du monde, je suis vainqueur ou vaincu, j'ai les huit colonnes, le titre, ou je suis réduit à un articulet en bas de page. Mais, quoi qu'il en soit, je fabrique du Bonnard, du produit Bonnard, une marque connue et appréciée, à saveur forte. C'est tout ce qu'on me demande. Écrire et faire arriver ma copie à bon port. En contrepartie, quand je ne suis pas au turf, sur le macadam de l'univers, quand je flemmardise à Paris, je n'ai pas besoin d'aller brouter, faire mon avoine à l'écurie.

Ce soir, dîner chez Forestier. En sortant du bureau Martine est passée me prendre. Ce n'est pas l'enthousiasme. Elle ne l'aime guère « le traîneur de sabre », comme elle l'appelle. Mais moi, je l'ai à la bonne.

Forestier, son histoire, quel vaudeville! On s'est connus en Indochine. C'était un paysan madré sorti tout droit de chez les jésuites, la tête ronde, rougeaude, les yeux à fleur de peau qui cherchaient fortune, toujours à l'affût du « tuyau » qui rapporterait quelques sous, un « free lance », si l'on peut employer cet anglicisme à propos d'un Auvergnat très bougnat : il n'appartenait à aucun journal et devait vendre sa marchandise au tout-venant des canards. Dur métier... Un vrai malin, qui cachait sous ses airs patauds de trop bon enfant et son laborieux lourdaud une ingéniosité à entuber. Très brave type quand même. Il fantasmait un peu pour se dorer le blason, en attendant le pactole, et faisait son théâtre, presque guenilleux, dans une sorte d'uniforme militaire, les pieds jamais lavés, encroûtés de la boue des rizières, trimballant pour tout bien au monde, outre sa machine à écrire, sa musette avec des capotes anglaises et une grenade quadrillée pour épater la galerie. Solide comme un roc et sans états d'âme. Quant aux femmes, pouah... Il appelait ça de la volaille, de la poulaille, et les méprisait d'abondance. Mais il se vantait de bonnes fortunes, qu'il avait ou pas... Toujours se faire valoir !

Qui aurait pu croire qu'il me rattraperait, que sa renommée dépasserait la mienne ? Une réussite incroyable. Une pluie d'or. Jusque-là, lui qui écrivait à la vitesse d'une locomotive emballée, auteur de tout ce qui est concevable, du policier, de l'érotique — malgré son fond puritain — de toutes sortes de torche-cul imprimés, à lui seul nègre, cent nègres, n'avait jamais dépassé les trois mille exemplaires avec ses vrais livres, les pages de son sang, de sa tripe, de son cœur. Seulement cette fois, il avait mijoté un coup aux petits oignons : les paras... Dire que ceux-là, c'est moi qui les avais révélés à l'opinion. Gros titre de mon journal : en Indochine la fuite glorieuse d'un bataillon de paras traqué par une ou deux divisions viet, avec à sa tête le dénommé Bigeard. Un inconnu. Comme on disait à l'époque, il avait sorti ses hommes de la nasse. Nasse : le grand mot des militaires. Prendre dans la nasse, sortir de la nasse, la nasse... toujours la nasse... Et maintenant les paras, Forestier les a façonnés en grand, en énorme, donnant à ces soldats en tenue de brousse et casquette à visière une philosophie — être les baladins, les acrobates de la mort, minces, nerveux, tendus. Il avait trouvé le bon moment pour célébrer les héros, celui où le public les veut tout beaux, juste avant de se mettre à dégueuler dessus.

Au départ, son ouvrage, il n'y a cru qu'à moitié, espérant au mieux les dix mille. Mais, stupéfaction : ça avait été l'avalanche. Chaque fois que je le voyais, c'était toujours plus. Les dix mille dépassés. Les cent mille approchés. Les cinq cent mille atteints. Enfin le million. Incroyable! Ébahissement général! A commencer par l'éditeur, qui réimprimait, réimprimait. Et dégringolait le pèze, le gros pèze. Sans compter la gloire... Quoique, elle, en sa sagesse, Forestier la tenait pour fugace et un peu subalterne... La réalité, les sous... Ce furent des semaines folles, sans arrêt bombances chez lui, dans son galetas, une piaule foutoir, en haut d'une rue mal pavée qui fleure son Moyen Age, dans un immeuble crasseux : escalier dégueulasse, pas même un lavabo, les w.-c. sur le palier. Vêtu presque en clochard, engoncé dans un énorme pantalon de velours côtelé avachi, qui donnait du mou à son fessier pourtant volumineux, il allait, la figure plus culterreuse que jamais, portant ses cabas, acheter la bouffe et le picrate. Il connaissait la marchandise comme une mémère, jovialisait comme une commère et, de retour avec les victuailles, accroupi, préparait sur un réchaud posé à même le sol le frichti, un sacré frichti, avec de la cochonnaille en masse. Et ça gueuletonnait, ça biberonnait, plaisanteries salées et hautes considérations viriles, avec de l'intelligence qui sentait la nèfle et l'érudition d'anciens bons élèves tournés aventuriers de l'écriture, de ceux qui connaissaient la vie, et bougrement, pour en faire à la fois de l'imprimé et de la rigolade. La fête, la grande fête en permanence! Et toujours avec nos femmes, ces gaillardes hilarantes qui, dans la plénitude de leurs charmes, nous taillaient de sacrées croupières. Des luronnes, de belles bringasses, et avec ça dotées d'un appétit de vivre... mais jeunes, trop jeunes pour nos vieilles couilles d'hommes tannés, qui avaient tout vu et qui, éblouis, découvraient en elles l'innocence. Leur innocence!... Ce n'étaient pas des garces, c'était pire, de vraies petites natures. Chacun avait épousé la sienne. Même Forestier, son Aurora, une grande efflanquée grasse, tonitruante blonde d'origine espagnole qui, tout en s'initiant plus vite que lui à son fric, sans cesse le vitupérait avec une frénésie joviale.

Bien qu'elle eût tendance à aimer la fourrure et la bagnole qui se pointaient à l'horizon, elle proclamait qu'elle était fille du peuple, se décrétait « coco » et clamait à l'envi que son époux était un « sale réac ». Quant à la mienne, Clémence, elle était mon extase et mon malheur, j'étais amoureux fou d'elle... Heureusement ces tourments, ces micmacs, étaient noyés dans la bourrade forestière. Quelle bonne bande nous faisions! Copains, copines...

Mais, depuis, les années, la vie... Nous nous sommes un peu dispersés. Forestier s'est démarié, puis remarié, encore avec une jeunesse, distinguée cette fois, et du meilleur aloi, toute frêle, toute mignonne, aux grands yeux mangeant la figure, le genre moderne, délicatement moderne. Une petite voix nette et douce. Le Forestier, tout en rodomontades, est au garde-à-vous. Il est devenu un vrai gentleman, avec un magnifique appartement, des objets d'art, des relations dans la haute, chez les milliardaires, et il continue à tourner comme une usine pour faire des sous, toujours des sous, parce que le raffinement coûte cher. Forestier... distingué...

Malgré tout, au fond de lui, Forestier est resté le même. L'accueil rubicond, jamais de sentimentalité apitoyée, ni de tintouin. Il a gardé son instinct de natif du Larzac à face de cageot à légumes, et sa faculté de repérer ce qui ne va pas chez un ami. Avec un rire encourageant, il tape sur l'épaule du défaillant : « Eh bien, dis donc, bois un coup! » Son bon sens à gros grains lui inspire des comportements pleins de subtilité. En fait, il est la pudeur même. Ma mère, il ne m'en a jamais parlé, il ne m'en parlera jamais. Pas même ce soir. Mais il a une faiblesse pour Clémence et s'inquiète souvent d'elle. Je l'ai déjà mis au courant de sa grossesse. Je sais qu'avec lui rien ne parviendra aux oreilles de Martine : il est discret quand il faut l'être, discret à ne pas croire.

Ce soir il nous reçoit, Martine et moi, avec sa bonne vieille amitié et sa nouvelle épouse qui, bien qu'ayant beaucoup nettoyé dans l'ancien entourage et n'appréciant pas tellement les relents d'antan, se montre très gentille avec moi. Nous dînons dans un restaurant tout proche, un bistrot auvergnat, une bonne crèche où nous allions autrefois, les jours de vaches grasses. Maintenant que nous sommes rupins, nous y sommes chez nous : le vieux ménage, très vieux et très charmant, qui le tient, nous traite comme ses enfants.

Nous nous tapons la cloche. Nourriture généreusement saucée et tripaillée. Seule la femme de Forestier, dans sa séduction réservée, mange du bout des dents. Au dessert, Forestier a dit paternellement à Martine :

— Celui-là, soigne-le. Il en a vu de dures...

Moi, j'ai ri.

— Elle me soigne trop, à m'en faire crever.

Ensuite on a marché dans la rue et Forestier en a profité pour m'entraîner quelques pas en avant des autres.

— Clémence, c'est pour quand?

— Il y a largement le temps. Elle vient à peine de s'en apercevoir.

— Toi... tu te mets dans de ces situations... Fais gaffe.

Martine, inquiète de nos conciliabules, s'est approchée rapidement tout en jouant la nonchalante. Mais quand elle est arrivée sur nous, Forestier avait repris sa mine réjouie : il trivialisait sur la découverte d'un marchand de vin, dont il me vantait les mérites.

Il était tard. Paris de la nuit, quand choses et gens ne sont plus que les ombres d'une existence mystérieuse. J'ai reconduit Martine chez elle, au-delà des Halles, dans une rue dont le nom évoque le faubourg révolutionnaire, les sans-culottes, le Robespierre poudré, en fait un quartier petit-bourgeois bien convenable. L'immeuble où elle demeure est à l'avenant. Elle m'a embrassé, s'est éclipsée, moi j'ai attendu devant la porte, le moteur de ma voiture tournant, qu'elle ait atteint sa chambre, allumé la lampe, et m'ait fait de sa fenêtre l'habituel signe de tendresse. Nous nous aimons, il est vrai.

Réveil téléphonique. Martine me conseille de me pointer au journal : tout le monde sait maintenant que ma mère est morte. Il faut donc que j'aille y montrer ma douleur et me faire materner : cela fait partie de mes devoirs. Le canard est supposé être une grande famille où l'on a du cœur, de la sensibilité, de la délicatesse, où l'on participe aux malheurs de chacun. Mais je suis embêté, avec Anne Marie, le cas est un peu douteux, guère à mon honneur et j'ignore ce que les gens de la boîte en connaissent, ce qu'ils en pensent, comment ils vont exprimer leur commisération. Sans doute n'y aura-t-il rien de désobligeant. Mais une poignée de main, le ton d'une voix peuvent signifier tellement. En cas de réprobation, on la sent salement sous l'exagération des politesses.

Danton, cet homoncule, héraut gérant du carnaval universel, l'a-t-il bouclée ? Lui sait, et pour cause... Son coup de fil, lors de mon passage à Paris entre Belfast et Cavalaire : un geste, une émotion qui étaient sans aucun doute sincères... C'est sûr, il n'a rien ébruité de mes problèmes. Le gnome a du tact... Ah, nos curieux rapports !... Cette fausse intimité... justement, une de mes casseroles, la plus grande de mes casseroles, de quoi faire bouillir une montagne de merde, et donner mal au cœur à l'Himalaya. Et Numéro deux ? Lui qui m'a prévenu en Irlande, qu'a-t-il appris sur Anne Marie ? Moins que Danton évidemment, mais il doit en savoir beaucoup quand même. N'a-t-il pas « gossipé » avec ses favoris, au milieu de sa cour ? Ça marche, chez lui, le commérage intime et le blâme biblique, les verdicts vertueux, prononcés à huis clos. La condamnation méprisante vous concerne, et vous êtes comme le cocu, seul à l'ignorer. Cocu... c'est curieux que me vienne ce mot. Bah... Je verrai bien.

Tout de suite, dès le hall d'entrée et le grand escalier, je suis rassuré. De la tristesse, sans rien d'offusqué ou de scandalisé. Je rencontre d'abord des secrétaires, des dactylos, même les huissiers, ils sont tous malheureux pour moi. Les mots et le chagrin coulent vrais. En revanche, ton plus pondéré chez les premiers journalistes que je croise. Ils déplorent sobrement mon malheur, à petits gestes discrets et expressions choisies. Mais les intentions sont manifestement bonnes et la pudeur profonde. Nous faisons du deuil en bonne compagnie.

Je n'ai pas le temps de m'enfourner dans la cohue du premier étage. Une secrétaire spécialement postée, une des dames de la garde prétorienne du patron, me prévient : Danton m'attend. Cette fois, pas de ces chichis ni de ce protocole volontairement étriqué qui sont la règle habituelle. Je suis directement introduit dans son bureau comme si j'étais un grand personnage. Danton n'a pas son uniforme de chef manitou, ni ses insignes de commandement, les fameuses bretelles étalées à cru sur sa chemise aux manches retroussées. Il n'a pas non plus les lunettes rejetées sur son front à tics. Pas d'excitation, pas de suragitation, même les yeux, au lieu de pétiller en piquetés multiples, arborent une seule teinte. La gravité dans l'appareil des condoléances : cravate et veste. A mon entrée, il écrase son mégot dans un cendrier, se lève de son bureau directorial et vient à moi, oubliant notre différence de taille, d'habitude un si grand obstacle entre nous.

Lui se haussant, moi me baissant, double-patte et patachon, nous nous serrons les mains longuement, longuement. Puis, ayant repris sa place, et m'ayant fait asseoir à ses côtés, il me dit sans bégayer, comme s'il avait préparé ses phrases à l'avance :

— Je voulais vous voir, mon cher Lucien, vous dire combien je suis avec vous, dans votre douleur. Je sais de quel poids le drame de Madame votre mère a pesé sur votre existence pendant de longues années, et en dépit de tout, avec quel soin vous vous êtes chargé d'elle, quelle bonté, quelle compréhension vous lui avez témoignées. Je compatis à votre immense affliction. Et maintenant qu'elle est arrivée à la paix, dites-vous que vous avez fait de votre mieux.

Il se tait un instant, et reprend sur un ton encore plus emprunté :

— Naturellement, ceci reste entre nous.

Tu parles...

Soudain la sonnerie du téléphone retentit : jusque-là nous n'avions pas été dérangés, un barrage avait sans doute été ordonné. Danton prend l'écouteur, lâche un « oui » empressé, et alors j'entends la voix qui lui parle. Une voix féminine aux intonations insinuantes et coupantes, que je reconnais immédiatement. Paule... Comme toujours à point nommé.

Nasillements. Danton répond :

— Lucien est avec moi.

D'où je suis je perçois distinctement les phrases, métallisées par l'appareil.

— Dis-lui que je pense à lui. Je le connais, il est fragile, peut-être en plein désarroi. Mais c'est un bien pour lui, cette mort. Je l'appellerai, je le verrai, je lui expliquerai...

— Bien. Je le lui dirai... à ce soir.

— Et toi, comment te sens-tu?

— Très bien, très bien... Je t'enverrai la voiture.

Il raccroche et me transmet le message que je connais déjà. Tout Paule, sa manière inimitable d'ange salvateur, d'ange destructeur, d'ange nécessaire. Paule qui m'a sauvé d'Anne Marie. Paule à qui je dois ma survie. Et peut-être plus. Quand je fus délivré d'Anne Marie en mon cœur et mon esprit, mais que j'étais encore plus ou moins une épave, par quels cris, par quels ordres, par quels coups de pied au cul, cette forcenée de la volonté, de la stratégie dans la vie, de l'acharnement au succès, a fait de moi un homme. Mais aussi, après, il y a eu l'usure, la honte, la haine quand elle a cherché d'autres altitudes et qu'elle a touché le jackpot avec Danton. Son astuce pour me le faire gober... Elle me disait qu'elle et lui c'était en tout bien tout honneur, une sublime amitié, et stupidement je la croyais, n'imaginant pas qu'avec cette géniale raclure elle pouvait... coucher. Non à cause de sa vertu à elle, simplement il me semblait qu'à sa place à lui, je me serais senti gêné d'imposer aux dames charmées un physique trop ingrat. Même lorsque j'avais été relégué à Hong-Kong, où elle était venue m'installer somptueusement et où, le comble, Danton lui avait rendu visite, je n'arrivais pas à concevoir qu'il pût y avoir entre eux une véritable liaison. Leurs promenades en grosse voiture noire pendant que je faisais le pied de grue... Quel imbécile j'étais. Et quand enfin mes yeux se sont dessillés, que j'aurais dû tout casser, quitter le journal, faire le métier ailleurs, j'ai été lâche, je n'ai pas bronché, j'ai accepté. Paule me tenait encore. Oh, pas par les sentiments! A l'époque c'était déjà moins que zéro et j'aurais admis avec enthousiasme qu'elle séduise n'importe qui. Mais j'avais besoin d'elle, j'aurais toujours besoin d'elle pour me « manager » dans une vie où je ne sais pas me guider en dehors du boulot.

Pourtant, qu'elle ait jeté son dévolu sur mon patron, quelle poisse, quelle fantastique poisse!

Liens insondables, inavouables entre Danton et moi. D'une certaine façon, je fais désormais partie de sa famille, et le passé ne me perturbe plus guère. Aujourd'hui qu'il me reçoit si intimement, il poursuit longuement l'entretien, pris de curiosité. Une demi-heure à me questionner sur ma mère, surtout sur l'Anne Marie de la période brillante — quoiqu'il sache déjà tout cela, il cite les Masselot avec admiration. Lui, le tireur de ficelles des petits et des grands de ce monde, est parfois facilement épaté. « Vous les avez vraiment fréquentés ? » demande-t-il ébahi. Alors, je narre et il veut en connaître plus. Il est fasciné par le milieu scintillant de mon enfance — auquel il s'était frotté de loin quand il n'était qu'un jeune homme insignifiant. Puis, pour finir mieux que rituellement, comme s'il voulait offrir son cœur en cadeau à une dame, il me déclare :

— J'aimerais faire déposer une couronne sur la tombe de Madame votre mère.

Je me contente de répondre sans chaleur :

— C'est inutile. Elle repose dans une tombe provisoire et sera prochainement transférée. Où ? Je l'ignore encore.

Mais Danton tient à son hommage funéraire :

— On trouvera. Votre mère aura sa gerbe, de ma part et de celle du journal.

Requiescat in pace, Anne Marie. Danton, très fatigué, se lève péniblement, et m'accompagne à petits pas jusqu'à la porte. Quel honneur... Poignée de main. Je m'éloigne. Il va certainement téléphoner à Paule pour rendre compte. Je m'en fous.

En descendant l'escalier menant au premier étage, où vit le peuple des journalistes que je dois affronter, je sens en moi une bouffée de ressentiment contre Paule. Autrefois, j'arrivais tout craintif dans ces lieux, auprès de ces gens. Tant de bruits circulaient sur mon compte. Danton et Paule... la couleuvre a été longue à avaler. Tous ces sourires finauds, à peine esquissés, sur mon passage, et le friselis d'attention quand Danton, sorti de sa tanière, me rencontrait au sein de la rédaction. Tous ces yeux qui scrutaient la furtive occurrence, le salut échangé, la phrase à peine prononcée, la hâte à nous quitter. Certaines fois, Danton était ironique, insolent, écrasant. D'autres, il était trop normal. D'autres encore, il ne me voyait pas... Officiellement, tout ça, péripéties oubliées. Mais dans un journal, on n'oublie jamais rien.

La banalité du premier étage. L'huissier. Un long couloir vétuste, avec un parquet aux planches disjointes. Un haut lieu. Le Temple et la Bourse. La cotation des valeurs. Les allées et venues, les marches et contre-marches, des gens qui courent avec un papelard à porter, d'autres qui déambulent en causant, service ou pas service. Quelques plaisanteries, des rires. L'apparence du normal, alors que tout est apprêté, chaque pas soupesé, chaque mot pesé. Ne s'y agglomèrent longtemps, s'arrêtant pour converser, que les seigneurs, à égalité ou en vassalité avec un super-seigneur. Des messieurs bien corrects, à gueules de tout le monde. Il y a aussi les professionnels de l'endroit, les tapineurs de haute volée, pas de la plus haute, qui savent y faire pour la considération bien calculée, l'argumentation adéquate, la lèche en somme. Quand Danton passe, ça fait un grouillement familier, mais lorsque c'est Numéro deux, l'atmosphère devient froufroutante... La cour de Louis XIV autour d'un joli bébé rose de cinquante ans, avec ses chevau-légers, qu'il bénit de sa bouche en cul de poule, et ses réprouvés, qui décampent aussi discrètement que possible, de peur d'être rattrapés par un mot de disgrâce. Aujourd'hui, dans ce corridor, où d'habitude je ne traîne jamais, n'étant guère adonné à ces subtilités, je suis hôte d'honneur, par la faveur de mon deuil. Présentez, armes! Il y a justement rassemblement de pontifes ès nouvelles, bavassant de je ne sais quelle information qui vient de tomber et réfléchissant au traitement à lui infliger — en attendant que Danton et Numéro deux, qui pour le moment influent par leur absence, s'amènent et tranchent... En m'apercevant, ils s'interrompent et s'empressent pour me faire mille civilités, chacun à sa manière, les bons gros me tapotent l'épaule pour me ragaillardir tout en arborant des yeux de bœufs tristes, les délicats émettent de petites signalisations mystérieuses pour se mettre en conspiration avec moi, d'autres, affligés par nature, déploient des grâces de cimetières, d'autres solennellisent... enfin ils sont tous en grande peine. C'est bon, c'est admis, on pourrait l'imprimer, la réception de Danton a été connue par je ne sais quels cheminements, elle vaut verdict, et me voilà fils extra, irréprochable avec sa maman. Donc on me choie.

Le couloir s'étire sur une cinquantaine de mètres. D'un côté, des bureaux pour les chefs, de l'autre un long panneau en verre dépoli. Une seule brèche pour entrer dans la salle de rédaction tout alvéolée, découpée en espaces attribués aux divers services. Odeurs de colle, de papier, de bazar. Partout des cendriers. L'air est chargé des relents de mégots mal éteints. Nervosité, bruits... cliquetis de claviers, stridences de téléphones, rumeurs de discussions, ordres cassants, répliques du tac au tac, clameurs excitées, engueulades. Là, le « desk », les sédentaires du journal, un tas de gens assis, debout, devant des tables très simples, chargées de machines à écrire, de feuillets entassés, de produits de papeterie. Des chaises, des fauteuils, un matériel très ordinaire qui suffit à ce monde pour s'activer sur les touches ou le stylo, ou bien attendre, ne faisant rien, jusqu'à ce que ça barde. Il règne une étrange ambiance nonchalante, un mélange d'un peu d'ennui, d'attention sur le qui-vive, de vieille accoutumance et d'électricité statique. La plupart d'entre eux, cantonnés dans des tâches subalternes, ont des mines pauvres, embaument le rance, on dirait des employés aux écritures du genre collet monté. Ils se jugent, ils se flairent, très respectueux les uns des autres, comme au-delà de la hiérarchie, avec leurs propres us et coutumes, très attachés à leur dignité petite-bourgeoise. Entre eux, pas tellement de familiarité, plutôt un faux bon garçonnisme qui cache les susceptibilités exacerbées, les résignations amères, les arrivismes pelotards. Mais tous partagent la même passion maladive de la « news », et il faut les voir quand éclate l'information. Alors les cervelles fusent. Eux, si convenables, si appliqués, d'un coup s'exaspèrent, toutes perceptions avivées, tout acuité. Leur vision de l'univers, ce sont les dessous des choses, les dessous des dessous, une suite infinie de dessous. Tout en se réclamant de l'exigeante honnêteté, ils sont cyniques, obsédés par l'inavouable, ils en vivent. Finalement leur job, en dépit de toutes les défenses qu'ils se forgent, ce touche-pipi par procuration avec les singularités de l'univers, les détraque peu à peu. Au sein de ce troupeau, que de vies privées misérables, d'histoires de fesses, d'ovaires, des milliers d'intrigues sordides et raffinées, des haines, des amitiés aussi. Vieux, beaucoup terminent déments, gâteux d'une façon ou d'une autre, ou simplement alcooliques.

Traînaillent aussi dans le bocal du « desk », les reporters revenus de vadrouille. Modestie ostensible et désinvolture gentille, mais inquiétude toujours pour leur renom. La faune complexe des maraudeurs, gens du voyage et boueux de l'information, avec son échelle et ses grades. On y trouve tous les degrés du journalisme. La piétaille des tout petits bons à tout qui font les « marronniers », c'est-à-dire l'insignifiant et la corvée. Les caporaux du fait divers qui vont dans les banlieues tarabuster le cadavre, avec parmi eux quelques gradés célèbres, champions du suspense et du meurtre bien choisi, qui savent maintenir la France dans les transes du feuilleton noir. Et puis les généraux, les grands reporters dont je suis. Peu nombreux. Ceux que l'on envoie aux confins de l'univers pour des millions et des millions de cadavres, quêteurs de vérité qui cherchent à résoudre les énormes et les infâmes secrets. Mais, comme la vérité n'existe pas, ils jonglent avec les apparences, ils créent avec leurs mots des images délectables ou affreuses, éternels funambules dansant sur la corde raide de leur talent, menacés à tout moment du fiasco et de la rétrogradation : qu'ils se trompent, que simplement l'imagination leur manque, et aussitôt c'est le rappel à Paris, la mise à pied, ils redeviennent de vulgaires sous-fifres dépendants d'un fifre plus important.

J'ai franchi la brèche ouvrant sur le « desk ». La plupart du temps je traverse les lieux sans voir personne, sans distinguer les visages, sans un petit mot amical, sans une poignée de main : snob, timide, surtout absent. Impossible aujourd'hui... D'ailleurs on s'est levé à mon entrée, et on vient à moi, presque en bousculade. Des mains se tendent, des voix, les voix de tout le monde. Je réponds avec un sourire crispé, hochements de tête, mine contrite, tout en me faufilant pour rejoindre le service étranger, le secteur dont je dépends. C'est un coin où je me sens bien. Non que tout y soit exquis : le chef est un butor, aux beaux traits sinistrement réguliers et pâles. D'habitude, quand il s'adresse à moi, sa bouche se tord de haine et crache l'invective. Homme de main de Numéro deux, il est aussi rude que l'autre est doucereux, l'un des rares chefs qui osent me brusquer. Mais ce matin, il est archange costaud et me débite une homélie à fendre l'âme. Antienne reprise par la secrétaire à figure en arête de poisson, voix criaillante de piano mécanique désaccordé, qui décline à cœur joie ses couinements funéraires. Se succèdent ensuite, à la queue leu leu, les rédacteurs du service, des garçons apparemment ternes, une fille plutôt aigre ayant eu des malheurs — il ne faut pas s'y fier, ils ont de la jugeote, ce sont eux qui travaillent mes textes pour en faire du Bonnard. Unanimité de la complainte. Passent même par là deux ou trois grands reporters de la maison, avec lesquels je n'ai pas tellement d'atomes crochus, qui me bourrent d'amitié pour bien me montrer qu'ils sont mes pairs, donc qu'ils ont droit à leur tranche dans le gâteau de ma douleur. Moi, au lieu de repartir, je plonge dans un fauteuil, et j'y demeure installé pendant au moins une heure, silencieux, comme si j'étais au cimetière, à recevoir les condoléances de la famille. Et c'est bien ma famille... En dépit de tout, ce sont des potes. Des vrais.

Je n'ai pas terminé. Il y a encore la grande épreuve : Numéro deux... Je m'extrais de la salle de rédaction. Quelques pas dans le couloir et je m'arrête devant une porte, une comme les autres dans la rangée des portes de chefs. C'est là le piège : qu'elle soit comme les autres, banalement offerte, sans insigne de commandement, sans vigile. Il faut entrer directement. Seulement voilà, il y a ceux qui ont un droit d'accès permanent, d'autres au contraire qui n'en disposent pas, qui ne pénètrent que sur convocation et généralement pour réprimande, et ceux qui, comme moi, sont dans une situation intermédiaire, soumis à l'air du temps. Que je fasse irruption un mauvais jour, quand ma cote est au plus bas, et un intense regard délavé me renvoie aux oubliettes, comme si j'avais été saisi d'une présomption insensée, comme si je souillais, comme si j'étais un damné qui essayait de se glisser au paradis. Sinon, je suis reçu dans l'eau bénite de la suavité.

Numéro deux a l'aspect melliflu d'une jolie bonbonnière. Tête ronde, aux couleurs de pastel et à l'ossature fine, les friandises de la politesse, dont il fait commerce, lui ont donné un embonpoint à courts bras et courtes jambes. Jamais une faute de goût, l'élégance de la suprême correction. Sobrement cossu. Le miel de sa voix, le bleu des yeux purs, le cérémonieux délectable de ses paroles qu'il suce dans sa bouche avant de les susurrer... Les nuances du sourire, celui qui va au-devant, celui qui se contente d'attendre avec affabilité, celui qui se crispe d'un rien de nervosité... Tout cela, bien sûr, s'il vous gratifie de son estime. Dans le cas contraire, excommunication majeure. Toute sa douceur, sans même forcer le ton, devient lanière cinglante de mots méprisants. Le monsieur est avant tout grand moraliste, et il condamne toujours au nom de principes intangibles, c'est-à-dire inexorablement. Avec lui, il faut penser bien, se conduire bien, il ne faut pas tomber dans le péché. Ce qui m'arrive parfois, et sans le savoir. Ainsi comment me douterais-je que l'un des grands prophètes de la Loi sociale, un pontife du progressisme, a critiqué devant lui un de mes articles au cours d'un déjeuner au Berkeley ? Ça ne pardonne pas.

En effet, notre personnage, qui ne peut vivre que dans le luxe le plus raffiné et le plus coûteux, dans la délicatesse des mœurs, des goûts et des convictions, est homme de gauche, socialiste avant tout. Dans ce journal, qui ne sent pas la rose, avec Danton qui hume volontiers le faisandé, il a longtemps été le seul à me renifler avec réprobation. Mes histoires avec Paule ont laissé dans l'eau de ses yeux et dans la tournure de ses phrases une défiance où je mijote mal à l'aise. Ce snob jouisseur, snob dans la vertu comme en tout, qu'il faut sans cesse oindre en ses langes de Monsieur Parfait, est ainsi ma mauvaise conscience. Il a le don de suspecter les choses... et de les désapprouver — du moins quand il ne se heurte pas aux impératifs supérieurs. En suis-je un de ces « impératifs supérieurs » imposés par Danton ? Je ne le crois pas... Décidément au journal, je ne crains que lui. Mais je lui dois quand même cette justice : s'il ne m'aime pas, ça ne se remarque pas dans le travail et il me donne toujours les meilleurs reportages. « Ça, c'est pour Bonnard », dit-il dès qu'il y a un bon coup.

Je pousse la porte, et aussitôt il court vers moi de ses petits pieds agiles. Il ruisselle. Oh, pas de larmes! De sentiments noblement liquéfiés. Il est ému, sincèrement ému, preuve que s'il est capable de sacquer quelqu'un sans pitié pour une faute vénielle, il peut aussi bien succomber à d'incroyables accès de bonté en face de certains malheurs — le journal est sentimental, je l'ai dit, mais chez lui, la fleur des pois des brutes, le sentimentalisme atteint ses extrêmes débordements. Mais seulement dans des cas précis, et toujours selon l'éthique de la juste pitié — la mort d'une mère est à son catalogue. Une fois de plus, j'essuie l'offre d'une couronne. Accepté. Ce qu'elle va être fleurie à retardement, ma mère...

Maintenant, il ne me reste plus qu'à enterrer Anne Marie... avec Paule qui ne va pas tarder à mettre son nez pointu dans l'affaire.

Ce qui effectivement se produit le lendemain. Convocation impérieuse, et je me rends chez elle, dans son appartement qui surplombe le parc Monceau. Tout est nickel... arrangé selon un ordre maniaque, l'ordre du bon goût, avec, dans son fourniment au petit point, rien que du beau, quelques objets chinois, savamment choisis, pris à Anne Marie — moi, je n'en ai plus. Je la regarde, Paule : elle ne change pas. Simplement les traits un peu tirés, un peu usés, à force de luttes, mais toujours impeccables, comme sa silhouette d'ailleurs où tout est entretenu, ajusté au cordeau. Par excès, par hantise d'être bien en forme pour agir, elle est osseuse et maigre, au point que dans son habillement d'une absolue sobriété, grande couture chic, elle finit par ne plus ressembler à rien, sauf peut-être à un symbole, une idée du succès. La minceur, le régime : sa manière de ne pas se laisser aller, de se punir pour être plus « gagnante ». Une « gagnante » oui, le terme lui convient. C'est cela qui a dû plaire à Danton. Évidemment, il lui a appris les ficelles du métier, il l'a parachevée, mais le terrain était bon. Danton, pour qu'il aime vraiment la dame à laquelle il prête sa petite épaule comme tremplin, eh bien, il faut qu'en plus elle sache sauter haut et décrocher le coquetier. C'est presque fait. L'aide de Danton, Paule l'a démultipliée : elle est sur le point de devenir la plus grande productrice du cinéma français.

— Alors, tu as vu Danton ? me demande-t-elle en me scrutant, cherchant sur mon visage, dans mon comportement, un indice, un signe, un je ne sais quoi qui lui indique mes pensées.

— Il a été très gentil. Son attitude m'a beaucoup touché.

Je la laisse venir.

— Oui, il m'a parlé de votre entretien.

Nous y voilà ! C'est elle qui a tout arrangé : l'accueil si obligeant de Danton, ses amabilités, ses attentions... Donc, une fois de plus, je devrais être reconnaissant. Mais j'ai l'humeur ingrate, agressive même, et je rétorque perfidement en attaquant le point sensible :

— Danton m'a paru un peu fatigué...

Sécheresse de la repartie :

— Il va très bien. Je m'occupe de lui. S'il fallait compter sur tous ces médecins et chirurgiens, toutes ces célébrités qui ne sont que des imbéciles...

Ainsi elle le proclame : la maladie de Danton est son monopole. Elle s'est bien approprié l'homme tout entier, sa puissance comme sa dégradation. Normal. Pour participer de sa gloire, il fallait aussi gérer son cancer. C'est fait. Il n'y aura qu'elle désormais pour mettre au garde-à-vous les cellules détraquées de ce malheureux Danton.

Mais elle reprend l'initiative en relançant Anne Marie :

— Tu as de la peine ?

Son regard, sa voix, tout indique que je ne devrais pas...

— Pas vraiment.

— Je comprendrais pourtant. Mais dis-toi que, dans l'état où elle était, nous lui avons assuré la meilleure fin possible. Il paraît qu'elle avait retrouvé un certain goût du bonheur ?

Est-ce que Martine aurait déjà fait son rapport ? Probablement... J'aurais préféré qu'elle se taise, Paule n'avait pas à savoir, ça ne la concernait plus.

J'esquisse malgré tout un sourire d'approbation :

— Tu as raison, elle n'a pas été malheureuse. Le découvrir m'a fait du bien.

— En somme, ton voyage à Cavalaire s'est bien passé.

— Oui...

— Les formalités? Martine s'en est occupée, je présume?

— C'est réglé. Il n'y avait pas grand-chose à faire.

Elle a une moue pensive :

— Ces années que je lui ai consacrées à ta mère. Et ce n'était même pas une femme supérieure!

L'immuable refrain. Paule et sa haine d'Anne Marie :

— ... Mon pauvre Lucien, ta mère, tu ne l'as jamais vue telle qu'elle était. Quelle idée tu t'en faisais! Avant que tu daignes me présenter à elle, que de simagrées, que de recommandations! Tu m'avais tellement répété qu'elle était la personne la plus extraordinaire, la plus intelligente, la plus belle qui ait jamais existé, qu'elle souffrait juste d'un grand amour malheureux. Et j'ai trouvé une folle, insignifiante de surcroît... Ah, j'aurai pourtant essayé...

— Je sais, Paule, je sais...

— J'ai fait de mon mieux. A l'âge que j'avais, être aux prises avec une démente qui ne voulait rien entendre. Et toi qui n'étais pas non plus en très bonne condition, seulement toi, je t'aimais. Je ne voulais pas te séparer d'elle. Mais tu avoueras que la situation n'était plus tenable avec cette hystérique cloîtrée dans son appartement de Paris. J'ai eu raison...

Raison? Je ne sais pas. Mais que Paule ait été capable de régler le problème, je ne le conteste pas. En 1942, pendant un mois, nous avions tous deux essayé de caser Anne Marie chez son frère à Ancenis. Le résultat a été lamentable. Au bout de quelque temps, elle s'est enfuie pour se réfugier chez une autre aliénée, une cocaïnomane. On nous a demandé de venir la reprendre et Paule alors a tout machiné. L'éloignement à jamais, la pension de Cavalaire... La haine déjà, la haine toujours. Mais Anne Marie la lui rendait bien; même dans sa dinguerie, elle traitait Paule comme du commun, sortie du commun.

J'ai écourté la séance. C'était l'heure du déjeuner et je suis allé prendre Martine à la télé pour l'emmener à notre brasserie coutumière de Montparnasse. Une salle gigantesque et vide, coupée de petits boxes et sentant l'ammoniaque. J'y ai mes habitudes, ma table, mes plats, et droit aux attentions presque chaleureuses des maîtres d'hôtel et des garçons.

Le repas expédié, nous avons regagné mon studio. Surprise, la porte est ouverte, elle a été forcée, et à l'intérieur règne un désordre indescriptible. Meubles, vêtements, objets, presque tout a été renversé, jeté sur le plancher, piétiné. Un saccage... Seule ma machine à écrire est en place, intacte et majestueuse sur la table en bois blanc. Autour du rouleau est engagée une page où s'étale un mot écrit au crayon rouge : « Salaud ». L'écriture de Clémence.

Muette, Martine commence à remettre de l'ordre, un sourire satisfait sur les lèvres. Que ça aille mal entre Clémence et moi la rassure, elle tient le bon bout, ses actions sont en hausse. Ce qu'elle peut la redouter, Clémence! Savoir qu'elle est toujours ma femme...

Dès qu'elle a terminé son rangement et repris le chemin du bureau, j'appelle le logis conjugal — parce que j'en ai encore un, même si j'en ai décampé. Sonnerie, déclic, on décroche. Je m'arme de courage :

— Dis donc, Clémence, tu y vas un peu fort...

— Ah, c'est toi... je vais te tuer...

Clémence dans ses œuvres, en pleine colère. Quand elle pique une crise, elle devient écarlate... Elle possède une capacité de fureur incroyable, ses yeux étincellent, sa bouche hurle les mots qui font souffrir... Elle sait les manier, les phrases, pour torturer.

Prudemment, je bats en retraite :

— Qu'est-ce que je t'ai fait?

— Ta mère...

— Oui, Anne Marie...

— Tu m'as caché qu'elle était morte. Tu as osé descendre à Cavalaire avec cette grande bringue de Martine. C'est moi qui devais t'accompagner. C'est moi ta femme... tu m'as bafouée, tu me ridiculises. J'ai des sentiments, moi...

— Ne me fais pas rire. Tu ne t'es jamais souciée de ma mère. L'idée que tu puisses t'intéresser à sa mort ne m'est même pas venue. Quant à te bafouer... C'est toi qui n'arrêtes pas de me bafouer. Toi.

— Idiot... tu ne comprendras jamais rien. Mais cette fois, je ne te pardonnerai pas.

Respiration rauque au bout de la ligne. L'annonce des tempêtes :

— Tu sais, je peux encore me faire avorter. Il n'est pas trop tard. Méfie-toi...

Et elle raccroche net.

Je ne m'attendais pas à une telle rogne. Pas plus que Paule, Clémence n'appréciait Anne Marie et elle n'y faisait allusion que pour m'humilier, me rabaisser. « Pauvre dingue ! Ce n'est pas étonnant que tu sois givré, avec une mère gaga... » Visiblement sa mise à l'écart l'a touchée, durement même. A la réflexion pourtant, ce n'est pas vraiment étonnant. Chez Clémence, les principes sont les principes et elle s'est créé les siens. Tellement anticonformiste et si conformiste, Clémence ! Elle se moquait éperdument d'Anne Marie, mais un décès dans la famille — fût-ce la mienne — est un décès, et elle a estimé qu'elle aurait dû être avec moi, cérémonieuse, la mine adéquate, à tenir le goupillon.

Et sa menace d'avorter ? Si elle passait aux actes ? Elle en est capable... Quand elle menace, généralement elle exécute.

Non. Pas cette fois. Elle n'osera pas, ce serait trop grave. Elle peut s'envoyer en l'air, me tromper par plaisir ou pour m'emmerder, dans son esprit ce n'est pas important. Mais cet enfant de moi, mon héritier légitime, fait partie des choses sacrées, primitives, animales, qu'elle respecte... Tout simplement le défi abortif va devenir son arme contre moi. Le chantage... Elle abattra ses cartes au moment choisi par elle, posera ses conditions. Lesquelles ? Elle est tellement imprévisible dans son cerveau d'orgueil. Si je pouvais deviner... Un statut d'indépendance ? Être une bonne mère, bien entretenue, épouse à liberté garantie... Sans risque de divorce — surtout pas de divorce, elle n'en veut pas, elle me l'a souvent signifié. Mon rôle sera de casquer, et pour les modalités, on négociera. Clémence et moi : plus que jamais le maquignonnage. Ce n'est pas pour rien qu'elle est normande.

Clémence. Comment aurais-je pu prévoir que les choses s'envenimeraient à ce point ? Elle était si mignonne lorsque je l'ai connue. J'avais eu pour elle le coup de foudre dès le premier regard. Comme Albert envers Anne Marie.

Ma première vision d'elle eut pour décor la dignité du ministère des Affaires étrangères. J'étais venu voir là, au service d'Asie où il opérait, un copain qui avait été en poste au consulat général de France à Hong-Kong — dans un consulat, il y a toujours quelqu'un d'intelligent, il faut le chercher, je l'avais trouvé, lui, ce zigue curieux, tout petit, agréable de sa personne, le vêtement bien coupé, le cerveau bien sapé, fils d'instituteurs républicains en pays chouan, c'est tout dire. Il aimait la Chine, connaissait des milliers d'idéogrammes, avait même épousé une Chinoise, une superbe fille du peuple, au visage très plat, guichetière dans une gare, près de Canton, à qui il avait interdit d'apprendre un seul mot de français, de peur qu'elle ne gâte sa nature célestement plébéienne. A Hong-Kong, toute la tribu de sa femme s'était installée chez lui, ça grouillait de vieux et de mômes, les siens inclus. Les odeurs, l'encens... Cet homme de gauche avait des goûts résolument capitalistes — le poker, et surtout faire le jockey, monter en course comme les gentlemen dans les colonies britanniques. Il se cassait régulièrement les os, et j'allais le visiter à l'hôpital, pansé et plâtré de partout. Le bon temps, quoi... Au Quai, il possédait un petit bureau où il pondait des notes sur Mao et son Empire — il était pour. Ce jour-là, en me serrant la main, il m'avait dit, l'air ironique : « Ça t'ennuierait si nous emmenions déjeuner une amie qui prépare ici son concours d'interprète ? Elle apprend le chinois et le japonais. Une bonne fille. »

Je m'attendais évidemment à une laideronne quelque peu pédante. Est arrivée Clémence. Mon type... Accorte, bien plantée sur ses jambes, les fesses rebondies et rebondissantes sous sa jupette, pas haute, avec tout ce qu'il faut et une tête... extraordinairement attirante. Une rousse aux yeux verts, la mâchoire solide, la plus jolie petite bouche charnue du monde, des pommettes saillantes et un air de vivacité rigolote, un rien moqueuse, parfois de courts instants de réflexion grave. Pas mal peinturlurée, coquinement vêtue mais sans mauvais genre. Elle n'est pas à l'étal tout en semblant l'être. Une voix drue, rauque... du parfum là-dedans. Un regard très beau, qui se donne et qui insolente, qui fait partager et fait éclater l'offre en bulles, un cadeau, une lame — aguichement, refus, se mettant sur le marché et ricanant de tout, d'elle, de son jeu, du monde. Parfois un précipité commérant, qu'on jugerait terre à terre s'il n'était aussi percutant, coupé d'appels complices, une verdeur prosaïque avec de la poésie, déballage où il est impossible de faire la part de l'effronterie et de la naïveté. Le demi-sourire, un retroussis des lèvres, prometteur, mais qui crée une ambiguïté dans ce réalisme joyeux, révélant des soubassements clairs-obscurs, son mystère. Et son rire qui casse tout... Pas la coquetterie éternelle, pas Ève et sa pomme qui a trop servi, pas la féminité selon les vieilles lois, pas des faveurs accordées, refusées, entrebâillées, c'est beaucoup mieux que ça. Clémence est à prendre, constamment à prendre, mais en même temps elle s'affirme si fort qu'elle en devient, tout en étant accessible, inaccessible, au-delà de la vertu ou du manque de vertu. Jeune, provocante et sans défense, totalement elle, une force... dirigée vers on ne sait quoi. Les plus jolis kilos de viande du monde, avec une étiquette — son prix, mais un prix qui ne la vend pas. Tellement marrante. Pas bête du tout. Des lueurs dans les pupilles et les mots. Irrésistible. Dangereuse aussi, mais je ne le sais pas. Jeune fille de bonne famille. Elle a vingt ans, elle a vécu et elle est neuve. Elle veut vivre.

J'ai fait mon charme de presque quinquagénaire, elle a fait son charme d'ingénue assez avertie... pas trop... sous les yeux amusés du petit diplomate. Le lendemain, nous nous retrouvons à déjeuner, tous deux seuls. Peu après, elle est dans mon lit. Jours qui passent, temps de séduction, nous nous plaisons de plus en plus, nous décidons d'habiter ensemble. Pour elle, plus question d'études, de concours, de chinois et de japonais, elle est ma compagne, uniquement occupée à ça. Je suis grappiné et heureux de l'être. Elle quitte sa chambre d'étudiante. Elle est avec moi, chez moi.

Chez moi... Le cri déchirant... A cette époque, je rentrais d'Asie, mal en point, sans beaucoup de relations. J'avais été recueilli par Ghislaine — une infirmière parachutiste, Croix-Rouge et tout, un peu mémée patronnesse, un peu peau de vache dans le service, qui en avait vu, ayant fait le ménage d'Auschwitz libéré et ramené du blessé, du moribond d'Indochine.

Un genre mouton frisé, rose et blonde avec des bouclettes, faisant toilette et ayant des manières, des yeux féculents qui se gonflaient sous la pensée. Moraliste. Calviniste. La Bible, mais pas à la lettre. Toute l'immensité du cœur, mêlée de puérils calculs, dont je profitais... Elle s'était entichée de moi sous les tropiques. En France, elle m'avait bien soigné. Nous avions passé l'été ensemble sur la Côte d'Azur. Tendresses caresses, mais je m'ennuyais. A l'automne, je me suis senti retapé... prêt pour Clémence, que j'ai donc installée dans le petit appartement où je vivais, et qui justement était propriété... de Ghislaine, toujours établie chez papa et maman vieillissants qui nécessitaient de la poigne secoureuse. Logis qu'elle me louait à tarif normal — elle était aussi protestante côté chiffres — et dont, en bonne conscience, je fis mon nid d'amour avec Clémence. Hélas, Ghislaine y opérait des raids pendant que nous n'étions pas là, dadame-para tombée des nues qui n'en pouvait rien croire. Cette gamine, cette sale gamine!... Son gros cœur telle une éponge à larmes devant l'impossible évidence. Elle trouvait les petites culottes de Clémence dans une cuvette ou en train de sécher. Ensuite des scènes, des récriminations... Cela ne pouvait durer. J'ai cherché, trouvé rive gauche un nouveau logement, et ma petite fiancée et moi avons préparé nos valises pour déguerpir sans histoires. Ce que nous faisions quand Ghislaine a surgi de l'ascenseur. Le temps qu'elle comprenne, que ses yeux se dilatent, s'énormisent, Clémence et moi dégringolions l'escalier avec nos bagages. Alors Ghislaine a hurlé. Une bête à la mort, un hurlement d'égorgée, un hurlement dont je me souviendrai toujours. Affreux, épouvantable, poignant, mais dont j'ai presque joui, bien que j'aie eu pour elle, l'assassinée, tellement d'affection... beaucoup vraiment. En bas, Clémence riait, moi aussi. Nous allions vers l'amour, la belle amour...

S'il y a eu un temps merveilleux dans ma vie, ce sont mes premiers jours avec Clémence, nos premières semaines ensemble. Clémence. Clémence de ma passion. Tout en elle est délectable, ses moues, ses rires, sa gaieté, son exubérance, ses imaginations. J'apprends ses gestes, ses façons, ses goûts, le choix de ses mots, ses mimiques, celles qui sont presque abruptes dans le fruité, celles qui sont enjouées, celles qui sont frôleuses, charmeuses. Rien n'est plus doux que la création d'une intimité avec une femme aimée. Nous nous amourons dans le nouvel appartement, un meublé pas très grand, près de Montparnasse, dans une petite rue paisible de bon chic discret. Deuxième étage d'un immeuble moderne, grand standing, beau hall, un bout de jardin, une concierge apparence femme du monde tombée dans la dèche, un peu folle de Chaillot distinguée, et « chez nous », notre chambre, notre salon et même notre salle à manger, style Steiner super luxe, très impersonnalisé, mais que nous remplissons de nos personnes. Elle et moi...

Dans ces pièces, Clémence est jeune, si jeune... Je découvre tout d'elle. Sa manière d'être impudique dans une certaine qualité de pudeur. Son parler gaillard — et sa tendresse. Pas la carte du Tendre, pas ces petits mots idiots, ces badinages en bluettes où se délectent beaucoup de jeunes femmes. Pas non plus d'étalage de grands sentiments ou de passion. Entre nous pas de combustible enflammé, pas de cheminée à grandes flammes. Non. Son don, c'est le contact, toute une technique, une science, un art. Je ne sais... Sa personnalité entière en est, du contact, un contact indéfinissable et qui se révèle en tout... Surtout il y a ce pouvoir qu'elle a de se livrer à moi totalement, de s'en remettre à moi, d'être à moi, mais sans mièvrerie, bien au contraire, avec élan, en provoquant un désir qui est un commandement. Je ne me rassasie pas de cette prodigieuse sensation qu'elle m'appartient : dans le lit, quand elle se promène nue dans notre logis, qu'elle procède à sa toilette, s'habille, me parle, constamment, à n'importe quel moment... Je lui ai acheté des fringues à la mode. Ou plutôt, elle les a achetées, moi je l'accompagnais. Des fringues de gamine indécente qui, sur elle, devenaient innocentes... une innocence pas vulgairement badine, avec du mystère.

Je ne m'occupe que d'elle. En fin de matinée, nous allons

au marché, rue du Cherche-Midi. Je trouve une volupté supplémentaire à choisir avec elle les denrées qui nous plaisent, qui nous tentent. Le poids des regards des grosses marchandes, pas hostiles, amusées. Clémence qui leur fait des réflexions de petite ménagère. Elle pourrait être ma fille. Les gens s'interrogent. De retour à la maison, je l'étreins, elle se laisse étreindre, je l'embrasse, elle se laisse embrasser, sans retenue, intensément et cependant un peu à la blague. Elle balance toujours légèrement son popotin quand elle marche, coffre-fort contenant ses trésors. Sa silhouette est charmante, laissant deviner des seins abricots, et ses traits sont purs, jusqu'à ce qu'il s'y glisse une malice impure. J'aime son corps qu'elle me cède, son corps qui me donne à la fois l'impression de la solidité et de la fragilité, quelque chose d'impalpablement palpable. Candide, quoique très experte, elle m'allume toujours, sans rien de graveleux, je pourrais dire angéliquement, avec une ingénuité ingénieusement simple. Un mélange de cynisme et d'ignorance.

Que voit-elle en moi ? L'homme, le père, l'amant ?

Comme elle aime s'amuser ! Toujours ensemble. Faire l'amour... un plaisir, pas plus. Elle préfère par-dessus tout nos sorties le soir, tous les deux, dans les restaurants et les boîtes de Saint-Germain. Là elle fait sensation, elle est ravie, les ronds de fumée de sa cigarette tracent autour d'elle un halo, sa sainteté pécheresse. Elle se trémousse, elle boit, les cérémonies du whisky, dont les gorgées l'illuminent, la rendent scintillante, la font bavarder.

Parfois, elle me surprend par un accent canaille, une phrase crue — pas dans le vocabulaire, dans son sens profond. Sa voix est encore plus rauque et plus langoureuse, elle est un tantinet saoule, pas vraiment. Elle a des rires brefs pour faire connaissance, elle se lie facilement, elle est comme ça, ce qui me déplaît... un peu. Elle aime les courts instants où ses phrases s'accrochent à celles d'un homme ou d'une femme, souvent un homme, phrases narquoises, phrases de bar, familiarités d'une rencontre qui ne va pas plus loin. Mais nous sommes ensemble, si proches l'un de l'autre, ensemble, ensemble, elle me regarde amoureusement, avec hardiesse, me pénétrant de ses yeux, se proclamant ma propriété, ma chose, comme signifiant : « Profites-en », avec une nuance de défi. Quelquefois, je la trouve incompréhensible. Alors, je lui demande de me dire : « Je t'aime », et elle me dit : « Je t'aime », m'enlaçant d'un bras, un soupçon de raillerie dans la voix. Elle se moque de moi, mais avec une telle tendresse que c'en est une caresse. D'autres fois, ses regards m'inquiètent — quand elle se fait grave, se tait, s'enferme en elle-même, assise et pensive, le menton dans la main. Des regards profonds, qui dégagent une intensité absorbée que je ne comprends pas, perdus dans sa vérité à elle, que je ne saisirai jamais. Après, elle me câline comme un gros bébé, elle me berce de la voix et de la main, pour me rassurer. Puis elle change à nouveau, redevient ma fillette, ma compagne, ma femme.

Ainsi vivons-nous. Je ne travaille presque plus au livre que j'avais entrepris. Clémence n'apprécie pas que je lui préfère ma machine à écrire, même pour un article, et encore moins pour les pages d'un manuscrit. Pourtant elle est loin d'être ignare, outre ses rudiments de chinois et de japonais, elle possède des bouts de diplômes, plus ou moins de philosophie ou de sociologie. En fait, elle ne veut pas de concurrence. Il ne doit y avoir qu'elle, elle seule, rien qu'elle. Et puis le journalisme lui paraît vulgaire. Je proteste, il faut que je réussisse encore mieux dans mon métier, que je gagne de l'argent, beaucoup d'argent, parce qu'elle commence à coûter cher. Elle, petite étudiante sans le sou avant moi, dédaigne désormais de compter, de s'attarder aux prix... Appartement, toilettes, qui ressemblent à un chiffonnage dispendieux d'où elle émerge ravissante, la fraîcheur même, et maintenant une Jaguar d'occasion que je vais acheter à un prince polonais, qu'elle connaît tant soit peu, un prince beau et exquis, d'une famille dont le nom a retenti dans l'histoire de l'Europe depuis des siècles et que le malheur des temps a conduit à être garagiste. Prince séducteur, persuasif... L'impatience de Clémence... Je casque. La belle voiture se révèle un veau perdant ses entrailles de partout, elle ne marche jamais et Clémence m'accuse, comme si c'était ma faute. Impression fugitive. Je me demande si je ne suis pas un vieux qui doit tout arranger pour elle. Impression qu'elle chasse par des éclairs radieux, tout est merveilleux. Je suis entraîné dans une fantastique romance, je ne vois pas au-delà, je suis heureux, nous sommes heureux. Nous vivons le bonheur.

Que sais-je de Clémence ? A travers bribes de confidences et aveux ironiques, peu de chose. Curieusement, elle est née en Indochine, y devenant charmante pucelle à marier, à l'époque où je journalisais là-bas. Enfance chaotique, facile et dure, gaie et triste. De la souffrance, du danger, du plaisir. Famille Le Vaillant, de Haute-Normandie, avec du bien, mariage de convenance, parents très honorables. Le père Constant Le Vaillant, un petit ventru congestif, farfouinant, se présente à l'École coloniale, non par vocation, mais parce que, dit-il, « un fonctionnaire, ça ne travaille pas ». Reçu. Il n'a plus qu'à suivre la filière. D'abord chef de province au fin fond de la Cochinchine, son épouse à ses côtés qu'il rend mère quatre fois — ça se fait et c'est convenable —, n'en fichant pas une rame. Évident, la colonie, c'est la tranquillité assurée, ça marche tout seul, les Annamites ça obéit. Un original, un solitaire avec ses manies, abhorrant les autres, tous les autres, parce que les autres le dérangent, à commencer par sa femme Louise. Laquelle, une grande carcasse bien plus haute que lui, aussi égoïste que lui, obsédée par le désir d'une vie mondaine à Saigon, dépense largement pour sa toilette, mais en dehors de ça radine autant que lui. Tous deux se haïssent d'une haine recuite, pas dérangeante tellement elle est établie. Clémence au milieu, avec ses trois frères... Lui, ses enfants, il les aime bien, à condition qu'ils ne le gênent pas et ne lui coûtent rien. Côté mère, engueulades et taloches, exaspérée qu'elle est d'avoir les mômes sur les bras, mais voulant les élever comme il faut. Pas de tendresse... Là-dessus, les événements d'Indochine, le coup de force japonais contre les Français. La famille rassemblée dans une pièce avec d'autres Blancs, dans l'attente d'être massacrés par les Nippons. Clémence hilare devant le visage de la mort : elle s'amuse. Ils survivent. Puis débute la guerre contre les Viets. Moi, expédié sur le terrain. J'ignore leur existence, et pourtant Constant, bien malgré lui, est devenu un personnage à Saigon. On l'assaille, on l'ennuie. C'est qu'il est sous-chef à l'Office des changes et détient la plume magique : sa signature double la valeur des piastres transférées. Lui, la fièvre du trafic ne l'atteint pas, elle l'assomme. Son penchant c'est de dire « non », on est quand même moins embêté à dire « non » que « oui ». Et pourtant, avec certains « oui », il aurait entassé une fortune prodigieuse. Mais il est honnête, moins par conviction que par une conséquence étrange de son avarice — un sou est un sou, et un sou qui ne vous est pas vraiment dû n'est pas un sou, même s'il y en a des millions, des milliards à ramasser. Sa loi, c'est le dû, pas moins, pas plus. Sa femme enrage de cette excessive probité, qui au fond n'en est pas vraiment une, qui est d'abord un entêtement à ne pas être emmerdé. Querelles.

En dehors de Saigon, la guerre flamboie, tortures et cadavres. Je la suis, je la décris, je m'en régale. La ville grouille et miroite de mille prospérités impures, Saigon vénéneuse et jouisseuse, tout à ses plaisirs et à ses combines. Gangrenée d'espaces malsains, d'endroits étranges, de lieux borgnes, de repaires d'assassins en tous genres, de putains toutes catégories, de dames à grande et petite vertu. Partout l'opium et ses rêves, les troufions quand ils « dégagent ». La Saigon du bon « Continental », avec le père Franchini qui célèbre son premier milliard. Frissons, cruauté et volupté. La chaleur, la mousson. Pour mon travail et ma satisfaction, je me vautre dans cette ville-là, accroché à son existence de stupre. Mais il y a une autre Saigon, plus décente, de hautes mœurs et d'irréprochable tenue, à manières et mentalités excellentes qui ignore ou feint d'ignorer son double fétide. La Saigon de Clémence. Avec le Cercle sportif si bien fréquenté, où enfant elle s'ébattait dans la piscine. Et la Cabane, une boîte réservée à la bonne société. Que du meilleur monde, le gratin du haut Commissariat, de la banque et de l'import-export, la jeunesse dorée. J'y bois parfois un cognac-soda avec des copains. En soirée, un orchestre européen joue du jazz bâtard, un peu tango, un peu valse, les jouvencelles en fleur, toutes des Blanches, charmantes, dansent avec des cavaliers déférents. Parmi elles, Clémence... L'ai-je vue alors? Entre-vue? Je l'ignorerais toujours. Elle est fiancée, elle va se marier... elle ne se marie pas.

Telle est l'histoire de Clémence, version officielle. Mais peu à peu, elle m'en a confié davantage. Ses coups de tête. Elle me les raconte, pour rire, pour me faire rire, peut-être aussi par défi, bravade ou complicité. Il faut d'abord savoir que le corps des officiers de Marine, à cette époque, jouit encore de tout son prestige, et que les jeunes personnes de qualité tâchent, en priorité, de trouver époux dans ce milieu si distingué. La Marine, un vivier de maris. Clémence a tôt fait de ferrer. La voilà donc officiellement fiancée à un enseigne de grand nom, de grande prestance, de grande fortune, qui l'adore éperdument, qui déjà lui a offert un diamant et qui lui fera, après des noces magnifiques, beaucoup d'enfants. Puis, rebondissement. A ce candidat idéal, elle en préfère un autre, certes de la Marine aussi et même d'un grade supérieur, mais le parfait mauvais sujet qui, évidemment, ne convole pas. Elle ne me précisera jamais ce qui s'est passé exactement. Peut-être a-t-elle filé avec lui... C'est une de ses particularités : chaque fois qu'elle me relate un épisode scabreux de sa vie, elle s'interrompt dans le vif du récit, devient mutisme intense et garde pour elle le sel de l'intrigue.

Malgré tout, elle s'y entend pour m'amuser avec les Le Vaillant. L'affaire des cœlacanthes... Elle a eu lieu après la rupture des fameuses fiançailles, une catastrophe épouvantable pour papa et maman qui, exceptionnellement, ont été d'accord. Ils étaient certes tracassés à cause de la moralité, de la bienséance et des principes, mais il y avait bien pis... Après ce scandale, Clémence est une marchandise dévaluée, qui va leur rester sur les bras, en un mot, à charge. Arrive la fin du séjour, parents et enfants rentrent en France, dans le manoir normand, berceau de la famille.

Sur ce, Constant, toujours en service à la France d'outre-mer, est nommé administrateur en chef aux Comores, des îles perdues où il ne se passe jamais rien et où il part seul, espérant enfin une paix complète, juste quelques papiers à signer et quelques « non » à dire. Hélas, c'est précisément le moment que choisissent des pêcheurs indigènes pour ramener des profondeurs de l'océan un animal bizarre et assez infect d'aspect. Et tout s'enchaîne pour le malheur de Constant. Des savants sont bientôt au courant, ils deviennent comme fous, déclarant qu'il s'agit d'un cœlacanthe, un poisson miraculeux qui serait l'aïeul de l'humanité entière. Les académies s'agitent à travers le monde, font un foin du diable, la presse s'en empare. Controverses, exaltations, les têtes pensantes cogitent, les articles se multiplient, au point que le gouvernement français, qui protège la science, décide d'attribuer des primes à chaque nouveau découvreur de cœlacanthe. Résultat, la population des Comores, au lieu de somnoler paisiblement, se met à ratisser frénétiquement le fond des mers. Constant, chargé de la distribution des primes, est assiégé jour et nuit par les autochtones acharnés, qui apportent des créatures à nageoires bizarroïdes, de prétendus cœlacanthes. Ce que Constant, qui a l'œil pour les poissons, conteste. Il refuse donc de payer, même s'il ne s'agit pas de son argent — les deniers publics, ah, ça, il les défend comme s'ils étaient les siens. Cris, marchandages, hurlements, c'est bientôt l'émeute. D'être constamment dérangé, Constant en a par-dessus le croupion, et renonce à cœlacanthiser davantage. Il demande sa retraite anticipée qui lui est accordée derechef, et il se retire alors définitivement dans son manoir, où il retrouve sa femme qu'il estime être un moindre fléau que le cœlacanthe.

Voilà Clémence. Avec elle tout tourne à la cocasserie.

Maintenant, les Le Vaillant, cloîtrés dans leur domaine, sont redevenus péquenots comme s'ils n'étaient jamais sortis de leur province. Le père est prospère, la mère résignée, gaiement résignée, ils ne voient personne, ne connaissent personne. Quant à Clémence, ce qu'elle a fait ces dernières années... Silence. Papa et maman ont renoncé à dompter sa nature. Ils lui paient une minuscule chambrette à Paris, sous les combles, au Quartier latin, et lui versent une parcimonieuse pension. Pour le reste, à Dieu vat...

Le mariage ? L'initiative n'est pas mienne. Moi, je me laisse aller à mon extase, je vis de nos jeux, de nos ris, des facéties, des envies et des inventions de Clémence. Je suis trop pris par elle pour penser, pour penser nuptialité, et si l'idée m'a effleuré, c'est pour en mesurer l'impossibilité. Mon âge, le sien, un fossé de presque trente ans. Et surtout, ce qu'elle est... une femme qu'il me paraît impossible d'enfermer dans la conjugalité... Libre. Libre elle est, libre elle se veut, d'une liberté pleine et entière.

Mais un jour... un jour de grande câlinerie, de fête et de corps emmêlés, elle se fige soudain, passe du tendre au sérieux, visage sage et ton posé : « Et si tu m'épousais ? » Aussitôt la phrase prononcée, sa bouche a une moue d'ironie — pudeur, calcul, ou se fiche-t-elle de moi ? Ne sachant que dire, à tout hasard je l'embrasse. Elle laisse faire, à nouveau me regarde doucement et répète : « Et si tu m'épousais », d'une voix menue, timide, un peu inquiète, comme si elle craignait un refus. Moi je suis tout de suite d'accord, ébloui, prêt à la seconde : « Tu seras ma petite femme ? — Pas ta petite femme. Ta femme. » C'est donc vrai. « Tu ne t'ennuieras pas ?... — Si je pensais que je m'ennuierais... non, je ne m'ennuie jamais avec toi, mon barbon. »

Nous consacrons comme il se doit notre union. Ensuite, nue dans la froissure des draps, Clémence chantonne : « La gamine et son vil séducteur bien vieux, ça en fera un joli couple. »

Un embarras soudain me vient. « Mais il me faut d'abord divorcer. Je suis toujours marié avec Paule. » Clémence sourit, hausse dédaigneusement l'épaule et m'assène avec mépris : « Il est grand temps que tu te débarrasses de ton vieux chameau. Je te rends là un fier service... »

Divorcer, ce ne sera pas aussi simple. Paule ne va pas apprécier d'être remplacée par une « mignonne », qui plus est sans aucune utilité pour ma carrière. Évidemment, elle ne peut refuser, mais...

J'ai annoncé ma décision par téléphone, peu désireux de le faire en tête à tête. « Paule, je voudrais divorcer. — Divorcer ? Puis-je te demander pourquoi ? — Je suis amoureux, je veux me remarier. » Ricanement. « Avec la fille dont tu m'as parlé, je présume... la gamine qui s'est installée chez toi ? — Oui. — Je m'y attendais. Toi, les bêtises, ça te connaît... Bien sûr, elle est jeune et belle ! — Vingt-deux ans. — Vingt-deux ans ! Pauvre Lucien ! Tu es un faible, c'est une maîtresse femme qu'il te faut ! » Silence. Elle reprend : « Bon. Si tu es résolu. Mais j'aimerais quand même que tu me la présentes. Non que je veuille jouer les duègnes. Je te donnerai mon avis, tu l'écouteras ou pas... Sois rassuré, la rencontre se passera bien. »

Paule et ses exigences. Comment pourrais-je refuser? Elle est furieuse. Donc dangereuse. Mais elle est trop maligne, et lors de l'entrevue elle ne montrera rien de sa rage, elle sera toute amabilité. Avec son habileté — sa fameuse habileté —, elle cuisinera Clémence, la tournera et retournera dans tous les sens, quitte à lui donner sa bénédiction au dessert. Ensuite, quand elle sera seule avec moi, elle rendra son verdict et m'assommera de ses avis comminatoires.

Je n'ai aucune difficulté à convaincre Clémence, qui se laisse entraîner dans le bel appartement de Paule, sous couvert d'une invitation à déjeuner. Clémence sûre d'elle, toute à la fierté, toute au bonheur de sa jeunesse.

Bon début. Paule contemple, complimente Clémence qui se dandine d'aise. Un maître d'hôtel en gants blancs. Le déjeuner... Luxe, argenterie lourde, pas de nappe mais des napperons à même la table. Notre trio. Paule seule d'un côté, sans presque manger, juste grignoter, avec son visage de guerre qui se veut gracieux. En dépit des dentelles et des fioritures de langage, ça sent l'enquête et le jugement. Clémence à la question, découpée au scalpel, un charcutage précis, méthodique. Plus d'une heure d'interrogatoire. Paule à la recherche d'une faille. Le visage de Clémence peu à peu qui s'embrume : elle a décelé une ennemie. J'ai peur de l'éclat.

Paule, sa religion faite, au dessert infuse enfin sa bonté :

— Vous êtes charmante, mon enfant. Je suis ravie de ce mariage. Vous ferez le bonheur de Lucien. Il a tellement besoin de tendresse.

A la sortie, dans la rue, ce seul commentaire de Clémence :

— La carne... Qu'elle ne m'embête pas!

Évidemment, Paule me téléphone le lendemain :

— Ta petite, ce n'est pas une beauté. Elle veut se caser. Elle est très arrogante. Méfie-toi... J'ai bien vu que tu étais pris, et bien pris, et que cette fois tu ne m'écouteras pas... Je ne peux pas t'empêcher de devenir un vieux beau tenu en laisse par une mijaurée, un vieux beau qui va faire une grosse sottise. Tu seras son caniche, et elle te donnera ton sucre quand tu auras fait ses trente-six volontés...

— Tu es trop sévère, Paule. Clémence est gentille, elle m'aime. Je commence à être las, elle me rajeunira.

— Mon pauvre... Tu sais pourtant que ça ne t'a jamais porté chance de ne pas suivre mes conseils. Mais tu es veule, tu ne peux pas résister à tes désirs. Je souhaite me tromper... Enfin, je t'aurai prévenu... Il en sera comme tu le veux. Je vais t'arranger un divorce bien propre. Cela dit, rien ne sera changé entre nous, absolument rien. N'oublie pas l'affection que j'ai pour toi... Si tu as des ennuis tu me trouveras toujours là pour t'aider.

Un petit rire de gorge :

— Je suis ton ange gardien. Je t'embrasse, mon Lucien.

— Je t'embrasse, Paule.

Grésillement au bout du fil. Ce n'est pas l'appareil, c'est Paule qui n'a pas raccroché :

— Tu sais, j'ai un peu de peine. Tout ce passé...

— Moi aussi j'ai de la peine.

Pour le divorce, Paule est correcte. Les formalités étant faciles chez les gens qui ont de l'influence, la machine judiciaire se met en branle, comme si Paule avait appuyé sur un bouton. Je ne m'occupe de rien, tout est bien mijoté, réglé. Avocats, juges, ça marche au pas. On me procure même un grand maître du barreau. Sa poignée de main, son sourire entendu, je n'ai qu'à signer des papiers... et à payer les honoraires. Pour le reste, tout est clair, propre, net. Quelques conversations au téléphone avec Paule qui m'explique ses décisions, toujours parfaitement équitables et convenables, et que j'accepte aussitôt. Mais le sont-elles vraiment, équitables ? Torts réciproques — pour Paule, son tort, c'est l'abandon du domicile conjugal, formule judiciaire qui dissimule Danton, qu'il n'est pas question de mettre en cause. Quant à moi, j'assume le linge sale, c'est-à-dire l'adultère et même l'existence d'un état de concubinage notoire. Je vais donc recevoir une visite désagréable chez moi, pour me « surprendre » avec Clémence, que j'avertis, et qui trouve ça un peu fort de café : « Ta femme te trompe depuis des années avec ton patron, et moi je dois endosser le péché... » Je ne suis pas fier, je prêche la raison, la nécessité, et Clémence se soumet en me jetant à la face : « Tu n'es qu'un larbin. Ces gens te tiennent... » Finalement, la « visite » n'a pas lieu. L'homme de loi chargé de constater mon « tort », huissier, commissaire de police ou je ne sais quoi, est d'un tact extrême : il ne dépasse pas la loge de la concierge qui, après lui avoir raconté ses propres malheurs, atteste qu'en effet « je vis avec une femme ». Ce témoignage suffit. Je n'entends plus parler de rien.

Mais la machine tourne, toges discrètes, combien discrètes, magistrats délicats, combien délicats. Pas une discordance. Et c'est ainsi qu'un jour, dans ce grand silence, m'arrive un pli recommandé, un document rédigé en jargon, qui m'apprend que je suis divorcé d'avec Paule.

La fête. La fête avec Clémence à la Grande Séverine. Un labyrinthe avec musique russe, des maîtres d'hôtel en caviar, une odeur de pourri très artistique, de vieilles pierres et en sous-sol des catacombes, où une troupe joue *la Philosophie dans le boudoir*. Ça nous ravigote, tous ces attouchements exquis. Nous nous embrassons comme des fous, nous sommes saouls, les mains s'égarent un peu, Clémence rit à faire frémir tous les mânes de ces lieux. Rires de bonheur. Nous allons nous marier.

Et les parents Le Vaillant ? Clémence tient à leur agrément. Même s'ils ont été plutôt durs avec elle, papa-tirelire et maman-gifle, elle veut leur bénédiction à tout prix. A sa manière, elle les aime et sans eux le mariage n'en serait pas un.

Un matin, elle m'annonce, ravie : « Ils vont arriver après-demain. Tu leur demanderas ma main. — Tu penses qu'ils me l'accorderont ? Malgré mon âge... et mon métier ? — Ils accepteront si tu leur parais avoir l'étoffe d'un bon gendre... » En fait, je ne doute pas que tout ne soit déjà manigancé, que Clémence n'ait usé de toute sa diplomatie. Depuis six mois, il y a eu une sacrée correspondance entre Paris et la Normandie.

Quelle étiquette pour ce déplacement ! Les apparences qu'il faut sauver... Dans ce but Clémence a gardé sa chambrette, où elle est encore censée dormir. Pour la galerie, lys et pureté entre nous, couleur de neige, un bel amour immaculé qui se consommera dans les liens nuptiaux. En revanche, lui est reconnu le droit de prendre ses repas chez moi, même d'y passer la majeure partie de son temps, en somme d'être une maîtresse de maison qui n'est pas ma maîtresse. Comédie et hypocrisie! Je demande à Clémence pourquoi cette mise en scène? Est-ce en l'honneur de sa vertu? Elle me rit au nez : « Mon chéri... Mes parents savent bien que je vis complètement chez toi, mais il faut ce qu'il faut. » Considérations qui expliquent que papa et maman débarqueront directement en ma demeure pour faire connaissance et affaire.

Enfin le grand jour... Les parents sont attendus à quatre heures de l'après-midi. Pour une raison subtile, tellement subtile que je ne l'ai pas comprise, on ne doit pas aller les chercher à la gare. Micmacs familiaux plus amusants qu'exaspérants. Nous nous en faisons si peu, Clémence et moi, qu'à trois heures nous sommes au lit, conjugalement. Un coup de sonnette comme un coup de clairon. Clémence sursaute : « C'est ma mère, sa façon de sonner. Les voilà... » Aussi rapide à l'habillage qu'au déshabillage, en quelques secondes elle est tout à fait présentable, en ordre, sage, sans trace d'étreinte. Elle ouvre, un brouhaha sur le seuil. Des voix, des pas, le ronchonnement enroué du père constatant : « C'est bien ici », le roucoulement de la mère, Clémence mignonnante. Tout ce monde va dans le salon, dont Clémence ferme soigneusement la porte, du moins, je le crois... Question de stratégie : pour que j'aille faire ma toilette dans la salle de bains, située à l'autre bout de l'appartement, je dois passer par l'entrée qui donne sur le salon, où les Le Vaillant continuent leurs bienséances dans une sorte de chahut embrassade. J'entends Louise s'enquérir, bienveillante : « Et Lucien? — Il arrive. » Voix légèrement étouffées dont je déduis que la porte est bien fermée et, confiant, je m'élance en tenue d'Adam. Mais quand je parviens dans l'entrée... porte ouverte! Tous les yeux braqués sur moi. Bravement je continue mon chemin. Derrière moi, le silence. Longues secondes de silence... Alors Constant tousse avec détermination : « C'est que nous sommes en avance. Nous avons pris un train qui partait plus tôt. Je voulais qu'on attende l'heure convenue pour nous présenter ici, mais Louise était pressée... » Lorsqu'il parle, Constant a un curieux tic : il lance la tête en avant de toute sa rondeur, comme pour l'assaut, expulsant crescendo des mots qui semblent vitupérer, même quand il s'excuse. Ce qui est justement le cas. Il se sent coupable de manquement à l'horaire, lui qui a le vice de l'heure exacte. M'eût-il découvert ainsi à quatre heures, l'événement aurait été sérieux, tandis que là... Louise devenue l'accusée, riposte sèchement à son époux, puis, radoucie, enchaîne vers Clémence en un soprano aigre-doux, sa façon à elle, tout enguirlandée, d'être gentille. Affaire classée. Ils n'ont rien vu, n'ont rien voulu voir, ce sont des gens intelligents et sachant vivre.

Enfin prêt, élégance négligée, j'apparais. Clémence me présente. Concert baroque : la Cochinchine et le pays de Caux à Paris, essentiellement les manières de la Haute Normandie et le souvenir de « ce qu'était la vie » rue Catinat à Saigon. Constant a une tête de vieux rouscailleux passablement pédantesque, un peu antique code de loi, avec des lunettes sur un nez bien planté. Sa sensibilité semble s'être rassemblée à l'extrême pointe de son petit bidon... en un ramassé concentrique et solide de bon sens. Pour lui, il y a ce qui est et ce qui n'est pas et, surtout, ce qu'il n'aime pas et ce qu'il aime : du sage, du substantiel, du positif, le bon repas à la bonne heure, les bonnes habitudes de la fainéantise, à bon entendeur salut et que le reste du monde crève. Vers moi, il éructe des amabilités qui ont l'air de dire : « Qu'est-ce que je fabrique là, qu'est-ce que tout ça ? » Son indifférence est compensée par les douceurs pomponnées qui émanent de son épouse, une maigre concave à larges épaules. Elle le domine d'une tête triangulaire aux traits en mâchefer, une mâchoire en méplat que surplombent des yeux très clairs. Sur son visage, les expressions s'abattent d'un seul coup, qu'elle se veuille aimable ou sévère, le tout dans un raffut très Caux-Catinat. A cheval sur le règlement et compréhensifs, tartignoles et vachement à la coule, coupeurs de cheveux en quatre sur le principe et pas impressionnables dans les faits, tels sont les Le Vaillant.

Ils sont donc là, les parents. Béats et aux aguets. Des parents chargés des cadeaux de noce, enfin... de fiançailles — ce qui me confirme que tout est décidé. Ils ont en effet apporté un cabas bourré de provisions fraîches : les fruits de la terre et de la mer du pays de Caux. J'aperçois un magma de homards, de bouquets, de poissons. Les crustacés, à moitié surexcités, à moitié moribonds, tout verdâtres, enchevêtrent leurs énormes pinces cisailleuses en un ultime et inutile combat. A côté de ces agonies, quelque chose de mort, de parfaitement mort, un volatile à la nudité déplumée, vaguement jaunâtre, hérissée, peut-être un dindon. Émerge de ces délices le goulot d'une bouteille usagée, une ancienne bouteille d'apéro me semble-t-il, soigneusement rebouchonnée, et contenant un liquide qui ressemble à de l'urine claire.

Clémence et sa mère, papotantes, se rendent à la cuisine pour ranger les victuailles et fixer le menu du soir. Un fin gueuleton en perspective. Je reste au salon avec Constant. Lui, posé sur un fauteuil, comme une toupie arrêtée, moi, assis dans un autre, bien volumineux, pesant deux fois son poids.

— On vous a amené de notre calva, me dit-il, tout fiérot. Distillé à la maison avec nos pommes. Du quinze ans d'âge. Quarante-cinq degrés... Ça, il est bon... Introuvable dans le commerce.

Comme si elle avait entendu, Clémence, qui connaît ses devoirs, fait une brève apparition, apportant un tire-bouchon et des verres à liqueur. D'un geste qu'il veut souverainement autoritaire, Constant s'empare alors de la bouteille, la débouche et nous sert à ras bord. Solennité, lenteur des mouvements. Son gros nez hume. Gorgées. Il claque des lèvres et de la langue pour me faire mieux sentir le merveilleux de son élixir, puis se tait. Dans la cuisine, ça continue à commérer fameusement : on ne dirait pas une mère et sa fille, mais deux amies complices, discutaillant devant les fourneaux. Constant est immobile, réfléchi, grave. Émotion d'un père qui s'apprête à donner sa fille? Pas du tout, juste l'oisiveté satisfaite. Je note qu'il me regarde furtivement de ses yeux atones, comme s'il se trouvait au zoo devant un animal étrange. Enfin, il reparle, histoire de se désennuyer, peut-être de philosopher, avec une façon à lui, un peu bégayante, d'amener la remarque inattendue.

— Ah moi! Si autrefois on m'avait dit que j'allais me marier... et avec Louise!... Je rentrais d'Indochine, en congé normal, célibataire et bien décidé à le rester. Mon père, un colosse d'une force terrible — il avait de ces colères! — vivait à l'ancienne, ma mère debout, le servant à table avec soumission, me servant aussi quand je me trouvais là. J'étais le seul garçon, mes deux sœurs ne comptaient pas. Ah oui, c'était un homme... un homme d'un autre temps...

Constant se mouche dans un large mouchoir à carreaux, bruyamment, manière campagne. Se moucher, éternuer — et aussi, je le découvrirai bientôt, mastiquer — sont pour lui choses capitales.

— Mon père, donc, un jour m'a emmené aux noces d'une cousine. Il y avait, parmi les demoiselles d'honneur, une grande serpe pas laide, l'air pas commode, qui me regardait. Je me suis dit : « En voilà une que je n'épouserai pas... » C'était Louise. Et deux mois plus tard nous étions mariés. Mon père avait décidé, et quand il avait décidé... Elle avait de la terre. Que pouvais-je faire? Ensuite, je l'ai emmenée en Asie, j'ai eu les enfants, voilà...

Je n'ai pas le temps de commenter. Les dames sont de retour au salon. Exubérances. Un coup d'œil de Clémence, le moment décisif est venu : je dois me déclarer. Quelle formule employer? J'hésite un court instant et je me lance :

— Clémence et moi désirons nous marier... dès que possible.

« Hum, hum », fait le père, s'éclaircissant la gorge. Louise se frimousse d'un large sourire, manifestement heureuse que l'affaire se conclue. Clémence ne rit plus. Elle a le regard mouillé, elle est émue. Elle dit d'une voix fluette :

— J'aime Lucien. Je veux être sa femme.

Je me sens des tonnes d'amour, des nuées d'attendrissement et une pointe d'amusement.

Étrangement, revient le souvenir de mon mariage avec Paule, il y a si longtemps, avant la guerre. Un mariage en catimini, drôle lui aussi. Comme ça a tourné... Mais cette fois, ce sera bien, entre Clémence et moi, l'allégresse et la douceur pour toujours.

Pas un mot. Du regard, Constant interroge Louise, et elle baisse les cils de toute son énergie, pour lui signifier de dire oui. D'ordinaire, il ne quête pas son opinion... ou s'il le fait, c'est pour la combattre. Aujourd'hui, embarrassé, il la consulte avant de sauter le pas — avoir un gendre comme moi, est-ce que cela ne fera pas d'histoires? De nouveaux enquiquinements? Enfin il articule :

— Épouser ma fille?... Pourquoi pas?

Estimant cette approbation insuffisante, Louise passe à l'action et m'annonce avec une fermeté jubilante :

— Nous sommes heureux que vous épousiez Clémence. Évidemment le mariage se fera à Paris, un mariage très simple... à la mairie.

Donc pas de sainte bénédiction, ni de Bon Dieu, ils l'ont admis. Certes Constant et Louise ne pratiquent guère, mais il leur a fallu accepter qu'il n'y ait pas d'église, pas de grandes noces à la campagne, pas de curé bénisseur, pas de robe blanche pour Clémence, pas de banquet avec la parenté. En somme un mariage au rabais, à demi clandestin.

A Clémence, cela suffit. Elle vient s'enfouir dans mes bras, je l'enlace, je l'embrasse longuement devant ses parents. Constant, gêné, détourne la tête. Louise, gagnée par le sentiment, pleurniche de joie. Ensuite se sèche rapidement les yeux, car il y a encore à discuter. De la discussion sérieuse. Et elle y va, Louise, les lames violettes de ses yeux plongeant dans les miens, ses lèvres se retroussant sur les gencives pour lancer l'argument péremptoire : elle va marchander sa fille. Elle domine la situation, elle sait que j'accepterai :

— Nous ne donnerons pas de dot à Clémence. En revanche, plus tard, elle aura sa part d'héritage. Les papiers seront chez le notaire, et le partage de la succession entre elle et ses frères sera tout à fait équitable.

Je ne proteste pas. Les parents se seraient probablement fendus d'une dot pour quelqu'un d'autre, un prétendant dans les règles. Mais moi... un quinquagénaire qui a roulé sa bosse, c'est déjà bien que je puisse m'offrir ce tendron.

Là-dessus, Louise prend son sourire le plus suave, préambule à une autre condition :

— Je pense que le mieux entre vous serait le régime de la communauté réduite aux acquêts...

Communauté réduite aux acquêts? Je me fais expliquer. Les biens que chaque conjoint apporte dans la corbeille de mariage resteront propriété propre, c'est-à-dire rien en ce qui me concerne, puisque je n'ai que moi et mon travail, tandis que Clémence gardera pour elle seule son morceau d'héritage quand elle le touchera. Sinon, ce que nous aurons acquis ensemble, une fois unis, pour être clair : ce que j'aurai payé de ma poche, Clémence en possédera la moitié si jamais... Mais il n'y aura jamais de ce jamais-là, ça, j'en suis sûr, notre union durera jusqu'à ce que j'expire. Auquel cas, Clémence aura tout, pauvre jeune veuve... Tous ces arcanes m'indiffèrent. Je veux Clémence, je l'ai, et j'accepte, j'accepte tout à tour de bras...

Constant est honnête. L'honnêteté est même, je l'ai dit, une de ses marottes. Il se gratte la tête et ajoute d'un trait, en homme scrupuleux qui ne veut aucune tricherie :

— J'ai prévu que le manoir reviendrait à mon fils aîné. Mais Clémence aura des compensations...

Le manoir des Le Vaillant. Le Saint-Graal. Clémence m'en a montré la photo : sévère et beau, il est en grosses pierres de taille, solitaire et seigneurial, dressé d'un jet au milieu de haies vives et de prairies grasses. Elle y est attachée de toutes ses fibres. Il ne sera pas à elle, pas à moi, par la force des choses. Bah ! Nous nous marions, n'est-ce pas ce qui importe ?

Tout est réglé. Il n'y a plus qu'à régulariser chez le notaire... Les parents s'en occuperont et je signerai. Je signerai tout ce qu'on voudra.

D'aussi bonnes dispositions valent intronisation, et gendre, je le deviens dès cet instant. Constant ne rechigne plus. Louise, qui s'y connaît en hommes, m'apprécie, me couve du regard, me fait presque les yeux doux, elle comprend Clémence. Moments de gaieté, je suis de la tribu, il y a bien une ou deux piques entre Constant et Louise à propos de je ne sais quelles paperasseries concernant le mariage... Clémence clame que c'en est assez sur le sujet, se tourne vers moi, elle est ma chérie, ma petite chérie.

Sur ce, les dames retournent à la cuisine, et je me retrouve à nouveau seul dans le salon avec Constant. Brave bougre, cette fois il me témoigne de la curiosité :

— C'est un bon métier, journaliste ?

— J'aime ça...

— Moi, je n'ai jamais parlé à aucun d'eux. Dieu sait

pourtant si à Saigon, avec mon poste, j'aurais pu leur en raconter. Mais, vous comprenez, je me méfiais. Bouche cousue, c'est ce qu'il y a de mieux.

Il hoche la tête pour se féliciter. Je l'approuve :

— Vous avez eu raison. On ne se méfie jamais assez des journalistes.

— Je me disais bien...

Il se fait tout pensif. Puis il risque :

— Ça rapporte gros ?

— Ça dépend. C'est incertain. Pas de quoi faire fortune, mais je vis bien, nous vivrons très bien, Clémence et moi.

Un silence. Constant ne me demande pas de chiffrer mes revenus — il les connaît approximativement par les lettres de Clémence... Quand même, il aimerait en savoir davantage, réclamer des comptes précis. Hélas, pas question. Selon sa morale, ce serait d'une suprême indécence. Ainsi lui et sa femme qui ont chacun leurs propres ressources, lui sa pension, elle ses fermages, s'en cachent-ils frénétiquement l'un l'autre le montant. Le secret, le secret absolu...

Constant rouvre la bouche :

— Vous économisez, vous placez votre argent ?

— Non. Je dépense tout.

— Mais... il peut vous arriver... Votre métier est dangereux, vous prenez des risques... Vous avez une assurance ?

— C'est le journal qui m'assure. En plus, en cas de malheur, il prend la veuve en charge, éventuellement les enfants. Récemment...

Constant me coupe :

— Ah ça, vous m'en direz tant ! Le journal n'est pas obligé et il verse quand même de l'argent ?...

Il est stupéfait. Lâcher de l'argent qu'on ne doit pas !

Les dames mettent fin au tête-à-tête. Le dîner est prêt. Soupe pour commencer — Constant, il lui faut sa soupe chaque soir... Clémence, assise à mes côtés, se rapproche de moi, fait l'amoureuse par des regards, des frôlements, tout un jeu de caresses légères. Très léger malaise chez Louise, qui nous gratifie d'un sourire figé. Elle et Constant... Constant qui ne veut rien voir, plongé dans son potage dont il absorbe chaque cuillerée avec une pieuse régularité, qui se concentre encore plus sur les hors-d'œuvre. Arrive le plat royal, les homards que tout à l'heure Louise, impitoyablement, a jetés dans l'eau bouillante. Ils sont coupés en deux, grillés au beurre, succulents. La conversation traîne, Louise explique longuement comment elle les a commandés, chez quel poissonnier, la façon dont elle s'est assurée de leur qualité — elle ajoute qu'ils sont rares cette année et hors de prix. Clémence bouffonne : « Tu t'es ruinée, maman, bien plus que tu ne l'as jamais fait pour moi. » Curieusement, cette remarque met de l'entrain. Louise proteste, Constant place son grain de sel, Clémence se moque. La famille, quoi... Finalement, nous sommes hilares... Le café, suivi du calva, que l'on regoûte et regoûte. Quel repas! A croire que chez les Le Vaillant, les sentiments s'expriment d'abord par la gastronomie!

Six semaines plus tard, les noces, et retour des parents, cette fois dans l'apparat de leur dignité. Tenue et comportement de cérémonie. Lui en complet sombre, un ruban de la Légion d'honneur à la boutonnière, toute solennité — et il sait l'être, solennel. Elle, en robe de mousseline et chapeau, élégante avec retenue, drapée dans une expression d'enjouement sérieux.

La mairie du septième arrondissement et sa banalité. La salle des mariages, un monsieur avec une écharpe tricolore qui marie à la chaîne. Nous attendons notre tour, Clémence sous son bibi à large bord, blouse blanche et jupe plissée, elle est émouvante, Clémence.

L'officiant récite les articles de la loi et nous déclare unis. J'ai dit oui, elle a dit oui, nous signons, nous portons nos anneaux. Déjeuner dans un restaurant huppé. Constant veut payer mais je paie. Ensuite le train pour les Le Vaillant, et la fête à Saint-Germain-des-Prés pour le nouveau couple Bonnard. En rentrant, Clémence a vomi. Je ne me souviens de rien de plus. Ce fut le plus beau jour de ma vie.

Clémence et moi, nous n'avons pas fait de voyage de noces. Notre existence déjà était une noce. Quoique souvent pour moi ponctuée de souvenirs vagabonds aux couleurs changeantes, sombres ou claires, mais toujours issus de temps lointains : indestructible mémoire de l'Anne Marie de mes années d'enfance que je veux aujourd'hui retrouver, redéchiffrer.

D'Anne Marie, en Chine, je m'étais forgé une image idéale. Mère déesse, mère princesse, personnage unique taillé dans un morceau de cristal, elle incarnait le sublime, toutes les étoiles dans ses yeux, toutes les douceurs dans son sourire, toutes les grâces dans sa voix, éternel modèle de vaillance devant le dragon de la mort, au sein des horreurs et des hécatombes. Mais, une fois en France, l'image s'était effritée, le portrait craquelé, l'idole fissurée. Je m'étais aperçu que ma mère n'était pas la créature incomparable que j'avais imaginée. J'avais découvert un visage plus ordinaire, aux mystères plus banals, une femme incertaine et déchirée, sans cesse animée d'un orgueil démesuré, perdue dans des calculs, des intrigues et des comédies. Une superbe à petitesses. L'égoïsme et l'intérêt en guise de sentiments! Désillusions d'un enfant.

Évidemment ce ne fut pas une révélation brutale. Au contraire, le processus dura des années, la vérité d'Anne Marie ne pouvait se dévoiler d'un bloc. L'ai-je même jamais atteinte? Complexe, confuse, Anne-Marie passait par des élans qui remettaient en cause ce que je croyais acquis : de l'amour à la méchanceté, de la sincérité à la duplicité, ma mère pouvait multiplier ses facettes à l'infini. Tours et détours d'un être dans lesquels je me perdais, qui toujours me faisaient osciller, douter, croire à sa possible grandeur en même temps qu'ils me conduisaient d'un irrésistible mouvement vers la pleine compréhension de ses vilenies.

Ainsi me revient le souvenir d'une randonnée nuptiale avec elle. Nous deux, la mère et le fils, lors de mes premières grandes vacances en France, quand nous avions vogué à travers des paysages inconnus dans une voiture conduite par le boy chinois. De cette pérégrination, j'ai une mémoire aiguë et vague, mais elle demeure imprimée en moi comme le moment d'une communion sacramentelle, d'une union mystique, charnelle entre Anne Marie et moi. C'était un temps où mon rêve était encore intact, où ma mère m'exaltait.

Cette randonnée... Nous sommes assis côte à côte sur la banquette arrière de la voiture que le boy en uniforme conduit lentement. Anne Marie porte une capeline et une robe légère, moi un blazer. Nous roulons à loisir sur une route caillouteuse, absorbant les bois, les champs et les collines. Nous passons des villages, des bourgs enfermés dans une mornerie méfiante. Mais notre bonheur triomphe. L'intimité des repas et des nuits. Le plaisir des auberges, ma mère et moi face à face, la bonne senteur des mets, notre conversation. De quoi parlait-on? De ce qu'avait remarqué Anne Marie, de détails champêtres, elle les dégustait, ces détails, elle redevenait paysanne, et moi, je dégustais ma mère ainsi rajeunie, et revenue au temps de son innocence. Au soir, dans les hôtels, les ténèbres craquaient de bruits mystérieux, mais je savais qu'elle était toute proche. Mon allégresse de me perdre avec Anne Marie dans l'immensité des contrées...

Peu à peu au sein de ce concubinage charmant se glisse pourtant en moi une tristesse. La France prend un visage blême, dangereux. L'auto ahane le long de chemins précipiteux, comme si elle nous emmenait hors de la civilisation. Sommets herbeux, flancs de montagnes, voûte avaleuse des arbres. Le paysage est parfois déchiré d'abrupts, au pied desquels un torrent râpe les rochers et se repose ensuite dans des trous d'une clarté sombre. Ces espaces me deviennent chaque jour plus menaçants. Pourtant, la nature dans sa rugosité m'est familière... Souvenir du Sseu-Tchouan, mon pays. C'était une béatitude de monter les marches menant à la divinité, à Bouddha méditant dans quelque grotte sainte. En ces confins d'Auvergne, au contraire, l'horizon se referme sur nous dans une médiocrité échevelée, inquiétante, sans signe ni message. Une hostilité terne, un abandon désolé, comme s'il n'y avait rien en ce monde ni au-delà. Nous traversons des hameaux, tanières à loups-garous. Et les gens! Sans joie, butés, sans étonnement, d'une rusticité si primitive que leurs yeux ne voient pas, que leurs oreilles n'entendent pas, qu'ils me semblent cousus dans le fumier de leurs fermes. Les églises sont des masures, leurs cloches n'ont pas de son, leurs bouches saintes pas de paroles, leurs prêtres sont des pierres. Seule vérité : au sommet d'un pic, la carcasse d'un château écroulé, dont je devine les noires légendes.

Un soir, nous nous égarons en suivant un sentier surplombant un gouffre, et nous nous retrouvons dans un cimetière. Les morts nous sauvent. Morts magnifiques. A l'intérieur d'une crypte, nobles seigneurs et gentes dames sont sculptés au-dessus de leurs lourdes tombes, couchés pour jamais dans une splendeur bénie. Ils appartiennent tous à cette même famille ducale qui a dominé la région depuis l'origine des temps. Leurs traits massifs, leur raideur, au lieu de me faire frissonner, me plaisent. Avec eux, j'entre dans les siècles. Anne Marie aborde un sacristain obèse, et il raconte comment ses pensionnaires, qui jalonnent l'histoire de France, ont été, pour la plupart, des forbans sanguinaires, des pécheresses luxurieuses, mais que tous et toutes sont morts pieusement, implorant la clémence du Seigneur. Anne Marie pose cent questions. Sa manie, elle si gaie, de s'intéresser au lugubre ! Sa curiosité pédante ! Visiblement le sacristain n'aime pas ses lèvres qui interrogent, tout comme je n'aime pas ses lèvres quand elle mange : elle mâchonne.

Enfin, nous sommes au bord de la mer. Nous séjournons en un pays très plat, sablonneux, sentant la résine des pins qui poussent semblables à l'infini, en une sorte de régularité géométrique. Quelle paix procurent ces élancements d'arbres, ce sol nu, garni d'un peu de fougères et de ronces. Mais aussi quelle pesanteur accablante dans cet ordre... Tout près, un lac marin, communiquant avec la mer par un goulet, se remplit et se vide au rythme des marées. Je reste là des heures à regarder les eaux monter et absorber toute la saleté de l'univers, pour devenir enfin une belle nappe paisible. Puis réapparaissent des boues, des immondices, un fond vaseux putréfié, une puanteur. Alors, je suis pris de spleen, ce flux et ce reflux me donnent le sens mélancolique de l'écoulement du temps qui mesure tout, qui est immanence fugace et répétition éternelle. Parfois, je vais au-delà, jusqu'à l'extrême limite, jusqu'à l'entassement des dunes qui bordent l'océan. Je progresse dans la nudité du monde qui luit sous un soleil éclatant, un horizon de crêtes molles que le vent soulève en une fluidité permanente. Soudain, je domine les flots rugissant de toutes leurs profondeurs, les bosses et les creux glauques du grand large moutonnant. D'immenses vagues écumantes assaillent la côte, explosent à mes pieds, langues baveuses qui viennent chercher sur le rivage des proies qu'elles emportent vers l'abîme, vers la mort. Les clameurs de ces charges sans cesse répétées m'enlisent dans l'impression de ma fragilité face à une nature réduite à ses éléments primaires et tout-puissants. Les hommes ne sont que des survivants, je ne suis, en mon jeune âge, qu'un survivant.

Heureusement, au terme de la randonnée, il y a eu Vichy. Et là, j'ai vraiment connu la liesse, j'ai été le petit coquin d'Anne Marie.

Dès mes premières années, j'ai su que le foie était un organe délicat, précieux, qui a une tendance à se délabrer chez ces personnes des deux sexes qui « apportent la civilisation dans les contrées orientales ». Le mal empire quand le propriétaire de ce viscère est un personnage important : les « petits blancs » ont à peine le droit d'être malades. Les missionnaires, eux, sont protégés miraculeusement par la grâce du Seigneur. En revanche, les dignitaires du colonialisme... Au consulat, c'était le sujet principal des conversations. Albert en était obnubilé, plus encore que par l'état de ses boyaux. Il geignait, il était devenu consul de France de première classe à force de sacrifier ses intérieurs... Anne Marie ne se plaignait pas. Toutefois, elle, qui se voulait inaccessible aux microbes pullulants, ne sentait pas son foie complètement à l'abri. De temps en temps, elle était migraineuse. Ça ne pouvait venir que de là. Moi seul n'étais pas touché par le fléau, bien qu'avec la complicité de mon amah Li, j'aie mangé les pires saletés dans la rue.

Le foie suppose des soins. En Chine, toute personne respectable proclamait : « Quand j'aurai mon congé, je ferai ma cure. » Ce n'étaient pas vains propos. Chaque année, à la fin du printemps ou en été, tous les Européens d'Asie suffisamment notables qui séjournent en métropole — Anglais et Allemands compris — font migration vers Vichy. Ma mère cède donc à cette impérieuse nécessité, même si ses maux de tête ont diminué depuis qu'elle est dame à Paris. Elle reste trop imprégnée de l'Orient pour manquer à cette règle obligatoire, et nous nous retrouvons aux eaux, elle et moi.

Nous arrivons dans un palace modern style, un paquebot des Messageries maritimes ancré sur terre, avec le même genre de gens et de plaisirs. Nous l'abordons en fin d'après-midi, après avoir parcouru une grande allée tracée au milieu d'un parc à parterres et à bosquets. Marée verdoyante. Il me semble être transporté très loin, dans un monde mystérieux et pourtant connu. Un perron noble, à trois marches, pour accéder à l'édifice aux formes incurvées. A l'intérieur, après une galerie foisonnante de fleurs et de plantes exotiques, essences précieuses, corolles déchiquetées, feuilles vernissées, nous débouchons dans un hall immense, rococo, arc-en-ciel, couleurs fondues.

Spectacle d'une foule de trognes coloniales, impudence madréporeuse chez les hommes, acuité busquée chez les femmes, tous et toutes sur le qui-vive, solennels.

Notre entrée ne passe pas inaperçue, loin de là. Autour de nous, c'est un pizzicato de politesses, un roucoulis d'éloges bienveillants, un concert de petits cris amicaux : « Mais c'est madame Bonnard », « La chère Anne Marie » et même « Le petit Lulu ». Là, évidemment, la femme du consul est dans son monde. Cordialité sans artifice, chaleur vraiment chaude, intonations sincères, embrassades. Les questions fusent au sujet d'Albert. « Il va bien. Il a posé sa candidature aux Postes chinoises. — Alors, Anne Marie, vous serez avec nous à Shanghai. — J'en suis heureuse... » Dans ce Vichy des mirliflores, je savais déjà que ma mère mentait, qu'elle resterait à Paris à gâtifier devant son grand homme, cet André qui a supplanté Albert et qu'ici elle semble avoir oublié. « J'en suis enchantée », gazouillait-elle avec le plaisir de la fausseté. Son air d'innocence dans la tromperie me réjouissait.

Le premier soin d'Anne Marie est de choisir, pour la chaperonner, le couple qui garantira sa respectabilité. Une femme seule, fût-ce avec un enfant, c'est à peine décent, il lui faut donc un ménage sur lequel ne plane aucune ombre, pas le plus minime cancan. Ma mère, ayant fait son tri, élit les Grenier : le mari, trente ans de Chine, dépasse la cinquantaine, sa femme est un peu plus jeune, pas d'enfant... Accord immédiat. Nous nous sommes embrassés dans un coin du hall, et nous avons aussitôt constitué un groupe. Lui est très grand, desséché, une ombre d'homme voûtée et un long crâne pointu complètement chauve. Ses yeux brillants sont mouillés de tristesse. Pourtant, il s'efforce d'être gai, mais d'une gaieté trop excitée. Il plaisante d'une voix caverneuse. Ah, il a vécu, il a subi, il en a vu de « dures », il est plein d'expérience et de sagesse et porte sa probité en bandoulière. Dans les « douanes chinoises », ce domaine si fourni en tentations, s'il avait voulu... Il incarne glorieusement l'honnêteté intégrale, une honnêteté unique en Chine, mais comme si elle était un vice, à la limite des mauvaises mœurs. A la fois fier de sa vertu et opprimé par elle, il narre à cœur joie les tripatouillages, les concussions, les prébendes, les combines des autres, de tous les autres, même les plus honorables. Il parle en connaisseur, avec verdeur, avec des mots triviaux, avec indulgence. Il sait les saletés de chacun, lui si propre et si malheureux de sa propreté...

Sa femme, une petite provinciale française, épousée autrefois lors d'un congé, a pris l'allure d'une « bobonne » exotique, pas très jolie, dodue, un peu enrubannée, enrobannée, pas prude, pas bête, habituée à écouter son pérorant et pitoyable époux, le menant à sa guise, mais avec un grand dévouement. Elle le dorlote, elle le soigne, son bonhomme. Car la Chine, dont il ne peut se passer, l'a démoli. Il frissonne, ses mains tremblent, il a, je l'apprendrai après, un début de Parkinson. Sans être alcoolique, il boit trop, beaucoup trop, afin d'arriver à supporter l'existence. Pauvre Grenier! Le premier cas de désespoir que j'aie rencontré dans ma vie, un cas de désespoir mortel, sans autre cause que l'ennui, la plus terrible maladie du monde.

Anne Marie et moi sommes allés nous habiller dans notre suite. Ma mère revêt un lamé vert et ses jades, moi je mets mon plus beau costume. Puis nous retrouvons les Grenier, eux aussi en tenue de soirée. Un maître d'hôtel nous conduit à notre table. Grenier a meilleure figure que tout à l'heure, sa carcasse s'accommode bien du smoking, son nœud papillon a même de la prestance. Une vigueur lui est revenue. Il fringue bien, il ressemble à l'Oncle Sam bien plus qu'à John Bull, quoique pour lui, l'Amérique soit du pipi de chat comparée à l'Angleterre.

Après avoir commandé les menus, Grenier consulte la carte des vins et choisit un grand bordeaux :

— A Shanghai, ce cru-là était fameux, il s'était amélioré dans les cales des navires. Ici, même s'il n'a pas voyagé, il devrait être bon.

Il est à ses souvenirs, il fanfaronne, il s'égare :

— A vingt ans, j'avais de ces besoins ! J'étais gratte-papier, au milieu d'employés chinois de la dernière catégorie. La saleté, la chaleur, quel entassement ! Ça me prenait comme une envie de pisser et, la braguette déjà ouverte, je me précipitais de l'autre côté de la rue, dans un bordel. En deux minutes, c'était fait. Je revenais à temps pour ne pas subir une admonestation de mon chef de service, un rosbif, un pelé, un raté. Il me regardait sournoisement, mais ne disait rien. Les célestes, eux, souriaient... Ah, leur façon de rigoler de moi avec mépris... Mais j'étais bien soulagé, qu'est-ce que j'ai tiré comme coups ! A cette époque, j'avais de l'ambition, je voulais arriver, je suis arrivé... dans quel état !

Gronderie de la femme :

— Ne raconte pas d'horreurs devant cet enfant... et ne te précipite pas sur cette entrecôte, elle est trop grasse.

Bobonne prend Anne Marie à témoin :

— Mon mari n'est pas raisonnable. Même ici, à Vichy, il absorberait n'importe quoi, alors qu'avant tout il devrait penser à son foie.

Lui s'exclame :

— De foie, je n'en ai plus. Pas davantage que de boyaux. Je me nourris, le moins possible, des plats les plus fades, pour que mes gourmandes amibes ne profitent pas trop de ma digestion. Alors ici, merde pour elles, je mange... et je bois.

Les entrailles, je suis englué dedans. D'abord celles d'Albert, qui ont gonflé, un tas douloureux, une masse de triperie. Maintenant, celles de M. Grenier, qui au contraire se sont dissoutes, ont disparu. La chanson des amibes. Soudain j'ai peur. Les hommes sont-ils seulement des débris laissés par les amibes et les microbes de l'existence ? Se réduisent-ils à une boyauterie amibée ? Et moi, après tout, n'ai-je pas été un paquet d'amibes qui a assailli Anne Marie, qui a vécu de ses entrailles ?

Les propos peu ragoûtants de Grenier laissent ma mère indifférente, habituée qu'elle est à ce genre de considérations venant de lui. Elle jette un coup d'œil satisfait sur la salle : elle sent qu'elle va être très entourée, qu'elle mènera une existence agréable, qu'elle plaira. Certes, les nécessaires Grenier sont de vieux jetons, mais il y a d'autres hommes, d'autres femmes, qui peuvent se révéler charmants. Soudain, j'ai l'intuition qu'Anne Marie a envie d'être désirable. Elle me sourit doucement, comme pour me séduire le premier. En quelques secondes, je passe de l'écœurement au ravissement.

La coquetterie d'Anne Marie à Vichy... Comme j'en ai joui, comme j'en jouis encore! Sans ses lubies, ses obsessions qui, par la suite, l'ont perdue, quelle rouée aurait pu être ma mère! A Vichy, elle l'a été un peu, mais si innocemment. Elle s'est amusée à ensorceler, en ne donnant presque rien, en honnête femme qui accepte les hommages respectueux. La rusée...

Je la vois encore... Son minuscule manège... Pour commencer, elle écarte les messieurs qui sentent le dollar, le « squeeze », tous les entregents. On ne la trompe pas sur la qualité des mâles, qu'ils soient guindés à la britannique ou insinuants à la gauloise. Quant aux femelles, les grandes perches à la dignité royale, et les petites dindes en forme de sachets endiamantés, elle les juge aussi sûrement. Ces gens-là, elle les voit sans les voir, les reconnaissant tout juste, comme pour mieux les ignorer, même s'ils s'empressent autour d'elle, même s'ils insistent. Elle n'est jamais impolie, mais elle a le talent d'annihiler quiconque traîne une sale réputation ou une sale gueule. Peu importe qu'il s'agisse de grands pontes, de milliardaires vrais ou faux, de rois véreux ou de reines putes qui grouillent dans la société coloniale si curieusement reconstituée dans ce palace de Vichy. Ainsi se tient-elle immaculée, loin de toutes les vulgarités galantes ou fricardes qui sont l'apanage des Blancs dont l'Asie a exaspéré les sens. Leurs manigances, leurs entrechats, leur hiérarchie à base d'or et de carats, leur importance grasseyante, débonnaire ou pointue, les histoires qui courent, les intrigues en cours, Anne Marie s'en moque. Elle plane.

Ma mère et moi sommes donc bien sages. Le matin et

l'après-midi, je l'accompagne pour le grand rite — le pèlerinage à petits pas vers les thermes de faïence édifiés pour le culte du foie, où se presse le troupeau du foie. Pour tous, c'est l'espérance, la communion alchimique. Ça bavarde aussi. Chacun pétillant dans les gloses funèbres sur tous ceux que les vapeurs de la Chine ont emportés. La liste est interminable. Ah, la Chine en a bouffé de ces Blancs en pleine prospérité. Les rescapés, avec Vichy et son saint sacrement salvateur, entendent survivre longtemps, retourner là-bas bien retapés, pétants de santé, pour en profiter de cette satanée Chine.

Les visites à la fontaine rédemptrice laissent beaucoup de temps et il est impérieux que les gens — qui ont amené avec eux les mœurs de Shanghai — se divertissent le reste des jours et des nuits. Toute personne de bon ton est tenue de savoir intensément ne rien faire, c'est-à-dire de se soumettre à un code d'obligations agréables. Ma mère s'y astreint volontiers, et se constitue rapidement une cour de gens bien. Ils sont aussitôt à ses pieds, sans qu'elle ait rien fait, apparemment. En vérité, elle les a pêchés. Quand il y en a un nouveau, je suis consulté, je fais oui ou non d'une paupière, j'ai un sourire appréciateur ou une moue désapprobatrice, je me conduis en mignon entremetteur.

Cette Anne Marie! Quelle cruelle, comme on disait au beau siècle... et comme elle se délecte de sa cruauté. Durant les journées qui se ressemblent avec leurs horaires identiques, elle fait sa Célimène. Mais avec moi, douceur et tendresse. Je suis son Lulu, plus que son Lulu, un petit Albert qu'elle aimerait et qui exercerait pleinement ses droits — pas tout à fait... Elle m'appartient, et je suis bon prince, je lui permets de faire joujou. Jamais je ne l'ai aimée autant que ces jours-là. Comme elle adore marcher, nous faisons des emplettes en ville ou nous allons à travers la campagne. Je me traîne dans ces équipées, Anne Marie m'appelle, je la rejoins, lui prenant la main pour bien marquer qu'elle est mienne aux personnes choisies pour l'accompagner. Nos repas se déroulent toujours avec les Grenier, mais la table s'est élargie à huit ou dix convives, et ma mère se conduit en maîtresse de maison qui offrirait un grand dîner. Donc, elle attire sans cesse des gens, ceux qu'elle connaissait d'autrefois, et avec qui elle a renoué, ceux dont elle a fait connaissance selon les règles du protocole et de la bienséance. Et elle les utilise tous pour ses diverses activités, la cure, la promenade, le five o'clock, les cocktails, le tennis.

Je reste toujours près d'elle. Les sports, je n'en veux pas car ils m'en écarteraient. Je m'arrange pour gâcher les leçons d'équitation, de natation, de golf et de tennis qu'elle me fait suivre pour parachever mon personnage de petit lord. A vrai dire, je ruse, je fais semblant de céder, et puis je la roule. Elle prend des arrangements, elle achète des tickets, elle me remet à un moniteur ou à un autre, à un quelconque monsieur biceps. Mais je tourne tout au désastre et je reviens à elle. Moi qui avais été le grand petit cavalier de Tcheng Tu, ici le cheval me dégoûte, m'offusque même. Le gros animal de manège fait des figures bêtes, des zéros ou des huit. Oh, mes montures nerveuses d'autrefois! Là, je m'ennuie. Il paraît que ma manière chinoise de monter ne convient pas du tout. Je chute exprès, moi qui ne tombais jamais lors de mes galopades effrénées d'antan, je m'ébrèche même une dent. Dans la piscine, je me noie. Sur le green, j'exagère encore ma maladresse, je laboure l'herbe, je fais un ravage. Vicieusement, j'avais d'abord donné de l'espoir à Anne Marie en me montrant exigeant, en lui faisant acheter les attirails les meilleurs et les plus chers. Le plaisir de la décevoir, de la duper avec mes bévues calamiteuses! Au tennis, je me blesse vraiment, je m'embroche la main sur les fils rouillés qui tendent le filet. Je dis à ma mère : « Tu veux me tuer. » Je reviens à son court, je m'assieds auprès d'un des poteaux, je la regarde raquetter. Elle joue mal, je savoure ma vengeance. Je suis indécollable. Je me tiens même derrière elle quand elle bridge — elle est bonne bridgeuse. Je lui glisse à haute voix des conseils, ce qui l'exaspère, embrouille la partie et fait un petit drame.

Pourquoi est-ce que je m'attarde tant sur ces bagatelles? Ce sont des moments inoubliables. Je n'ai plus jamais connu une Anne Marie aussi espiègle, des semaines aussi heureuses. La gredine... elle me divertit même avec ses admirateurs. Car elle en a. A la vérité, elle se livre à des tours de chevaux de bois avec ses attitrés... Rien de plus.

En revanche, avec les couples constitués, quelles comédies! Ses ballets. Elle dispose en général d'un ménage de la meilleure veine, mari et femme bien unis, d'excellent standing. Et là, oh si gentiment, chaque fois elle saccage. Après de mystérieuses approches, de charmantes accointances avec l'un et avec l'autre, Anne Marie et les époux deviennent inséparables. Quelque temps, ce sont de complètes accordailles. La mécanique est toujours semblable. Le monsieur commence à prêter beaucoup d'attention à Anne Marie, sa courtoisie devient plus pressante — certains petits signes précurseurs ne trompent pas. Alors l'épouse se crispe légèrement, s'agace. Une tension s'établit. Ma mère ne semble rien remarquer, jusqu'à l'instant précis où elle décide que le mari s'est mal comporté, s'est trahi par une attitude qui dépasse d'un rien les convenances, ne serait-ce qu'un mot, un geste, un regard. Peut-être ce manquement n'existe-t-il que dans l'imagination de ma mère; de toute manière, elle a résolu que cela suffisait. Sans s'expliquer, elle met une distance infinie entre elle et le soi-disant indélicat, elle l'entoure de vide. Une fois le personnage réduit à néant, elle devient la meilleure amie de la femme. Une véritable coqueluche, jusqu'à ce que la personne si soudainement aimée apparaisse inopportune, ennuyeuse, enfin chargée de tous les défauts, et soit ensuite progressivement rendue à la non-existence. Puis Anne Marie recommence le même jeu, ses progressions et ses chutes, avec un autre ménage.

Les célibataires... Il y en a donc aussi autour d'elle, mais triés sur le volet. Des hommes toujours remarquables, qui ne lui font pas peur, c'est surtout avec eux qu'elle cocktailise, tennisse, bridge. Gaiement, mais d'une gaieté qui n'admet aucune privauté. Cette hardiesse — c'en est quand même une — met en valeur son tact exquis, son merveilleux savoir-bien-se-conduire. Elle a même pour l'un d'eux ce qui pourrait être considéré comme une faiblesse. Un homme à femmes notoire, un coquelet maigre, nerveux, plein d'esprit, dont la bouche serrée ne cesse de lancer des traits. Ma mère l'apprécie d'autant plus qu'avec elle il n'est que douceur, témoignant d'une rare déférence et d'un franc respect, tout en sachant la distraire. Elle goûte ses hommages, flattée qu'il ne la considère aucunement comme une conquête possible et tâche seulement de lui complaire. Sur ces bases, leur entente est tellement solide qu'il lui raconte, avec les mimiques les plus divertissantes, ses succès féminins. Elle rit beaucoup de cet étalage de beautés défaillantes, livrées crûment, les détails choquants à peine voilés, dans leur « facilité ».

Il n'est pas question qu'elle, Anne Marie, soit mise dans le panier des femelles. Cependant, les Grenier font la grimace. Ils ont raison. Anne Marie le sait, moi aussi, cela finira mal. C'est inévitable. Mais elle aura eu quelques frissons et sortira de cette épreuve plus immaculée que jamais, après le coup d'arrêt qu'elle aura donné et qui fera taire les mauvaises langues.

Le dénouement a été brutal : une histoire de fleurs. Le personnage, qui prétendait mettre Anne Marie sur un piédestal, s'est découvert en lui offrant un bouquet de roses fanfreluché de rubans, où était épinglé un mot un peu hardi. Ma mère refuse net le cadeau en quelques phrases bien tournées : « Mon cher, vous êtes incorrigible. Vous oubliez qui je suis... Vous me faites rire. » Et aussitôt, elle bannit l'individu. Mais lui, ce coureur de jupons, devant l'échec s'est obstiné, se servant de moi avec fourberie. Il m'a attiré dans un coin et m'a remis un nouveau bouquet, me recommandant de l'apporter à ma mère : ce que j'ai fait, avec une certaine perversité, prévoyant un scandale. Ça n'a pas manqué. Il y avait joint en effet un mot encore plus osé, carrément osé. Anne Marie a été offensée, au point de perdre son fameux self-control. Elle, qui n'aime pas les éclats, en a fait un, et fameux, dans le hall, en public. Colère froide, colère blanche, traits tirés, toute sécheresse vibrante, elle a jeté les roses à la figure de l'audacieux : « Pour qui me prenez-vous... ? Et, en plus, vous servir de mon fils... »

Délicieuse Anne Marie, trop tendre pour jouer avec le feu. Garce, je l'ai dit, mais sans la rugosité des garces entraînées. Elle ne connaît pas les dédales de la vie, elle n'est encore qu'une épouse sérieuse qui batifole imprudemment.

Finis donc les célibataires. Elle se remet à jouer avec les couples, et cette fois en choisit un, les Levasseur, qui n'est pas de son monde. Pas des gens du Tout-Asie, pas non plus du Tout-Paris, des gens de Troyes — cité dont j'ignore jusqu'à l'existence. Et en plus, l'homme n'a rien pour lui plaire. Un vulgaire d'une seule pièce, engoncé dans un complet-veston sombre, suant l'argent, la graisse, la ruse, la fausse rondeur et la cupidité. Le genre salaud rubicond, truand bourgeois et finassier en affaires. Pas de cou, du ventre. Il a l'habitude de ne se gêner en rien, mangeant, buvant, activement abruti et malin, s'agrippant à qui il veut pour lâcher des plaisanteries douteuses, aboyant dès qu'il n'est pas content. Ce gros fabricant de cotonnades, fournisseur des principales firmes d'import-export en Extrême-Orient, ne met jamais les pieds en Asie et vient là pour rabattre ses clients... Un pareil spécimen ne fait pas peur à Anne Marie, elle en a connu d'autres du même tonneau en Chine, seulement là-bas, elle était protégée par sa qualité de consulesse. En fait, c'est à l'épouse qu'elle s'est attachée. Un grand châssis étique, une ancienne blonde aux cheveux violets tout follets et à la tristesse qui se moque d'elle-même. Toute sa philosophie gaiement résignée se manifeste par des haussements d'épaules continus, quand elle raconte les avanies que lui a fait subir son mari. Pas pour se plaindre, pour avertir ma mère : « Ne faites pas attention à lui, il est ainsi... ou plutôt, faites attention. »

En effet, un jour, à quelques mètres de sa femme, il aborde Anne Marie, sans se soucier de ma présence, et lui dit à l'oreille :

— J'ai toujours ce que je veux. Je vous veux. Vos conditions sont les miennes. Je peux payer. Combien ?

Au lieu de se laisser aller à la colère devant cette goujaterie monstrueuse, Anne Marie sourit et se borne à rétorquer :

— Je vaux trop cher pour vous.

Superbe maîtrise qui réduit l'affaire à rien. L'individu s'éloigne en marmonnant : « Ah, les femmes, quelle engeance », et aussitôt l'épouse accourt.

— Ma chère, je ne vous demande pas d'excuser mon mari, il est inexcusable. C'est une brute qui a l'habitude que tout lui cède.

— Qu'est-ce qui a pu lui faire croire que moi... ?

— Rien. Il a pensé que, étant seule, vous étiez disponible. Il est convaincu que tout s'achète... et il a souvent raison...

En fait ma pauvre mère est bouleversée. Essayant maintenant de faire bonne contenance, de se conduire en lady, tout en se demandant si elle n'est pas un peu coupable... Un rien éperdue, désarmée face à la pourriture de l'univers soudain manifestée, elle arrive à articuler :

— Je vous remercie. Ce n'est rien...

Après ces fastes thermaux, Mme Levasseur est restée dans la vie de ma mère, et pour des années — même lorsque la ruine d'Anne Marie sera consommée, elle lui sera fidèle, folle sensée, antique chèvre hagarde, mais judicieuse et bonne.

Coquetterie d'Anne Marie. Encore et toujours... En fin de séjour, un désastre, un mauvais hasard, l'a beaucoup atteinte, du moins dans son orgueil...

Marchant tous deux dans le parc de l'hôtel, nous croisons la famille idéale dans sa magnificence. L'homme est ce qu'il y a de mieux dans le genre, beau, bien vêtu, raffiné, distingué, le modèle du mari parfait, tenant tendrement par la main son épouse enceinte, un ventre qui lui dévore jusqu'aux traits. Fécondité béate ! Cette femme doit toujours être grosse, glorieuse femelle à accouchements, splendide machine à lardonner. Un joli bambin trottine à côté d'elle, de la graine de gentleman. Pour couronner le tout, une nurse attifée de dignité, grand déploiement de voiles blancs, coiffe tuyautée, porte précieusement un jeune enfant. Un tableau de bonheur, de bonne société, de bons dividendes, épouse comblée par ses germinations, époux fier de l'œuvre de ses couilles. Le foutre béni par le pèze...

A la vue de ce couple emmarmaillé, Anne Marie frémit puis se ressaisit — elle se ressaisit trop. J'ai reconnu l'homme. A Tcheng Tu, il se disait amoureux fou d'elle, elle l'aimait et elle a failli s'enfuir avec lui. Elle ne l'avait pas fait à cause de moi, paraît-il !

Leurs regards se sont croisés. Lui hésite quelques fractions de seconde, se remémore, et enfin la salue très courtoisement, avec une politesse indifférente, pire que la froideur : l'oubli. Cependant, il lui baise la main, présente l'épouse et les enfants, ajoute :

— Voici Mme Bonnard, dont je vous ai souvent parlé, qui m'a si aimablement reçu lors de mon voyage en Chine.

Salutations entre dames. Brin de conversation. L'homme s'enquiert d'Albert, me dit un mot gentil, ma mère félicite le prolifique ménage. Il n'y a rien à se raconter. On se quitte.

Anne Marie est déconfite. Non qu'il subsiste en elle quoi que ce soit des émois passés, mais elle aurait trouvé convenable que l'homme fût au moins un peu ému — ou qu'il marquât quelque gêne. Rien de tel. Pas un regret, pas un frisson, pas la trace d'une cicatrice mal guérie. Anne Marie est vexée, très vexée.

Toute la journée, elle est restée songeuse. Le soir, lorsque je l'embrasse avant de la quitter, elle fuse d'un rire nerveux :

— Nous ici et pendant ce temps Edmée sur les planches à Deauville... dans sa robe verte transparente, comme si elle avait vingt ans. Ce qu'elle doit faire grosse caille mûre! Le ridicule ne l'a jamais gênée. Pauvre André!

Aujourd'hui, j'ai du dégoût en pensant à André Masselot, le fameux secrétaire des Affaires étrangères. Du veau froid, un insipide prétentieux qui résumait toutes les vanités de son époque. Quant à Edmée, sa femme, la rivale de ma mère, de la quincaillerie en dents de requin. Mais ils fascinaient Anne Marie. Alors... Anne Marie, dépitée, se réfugie dans la grandeur qui lui sied, près des Masselot. Au rancart les coquetteries avec les gens quelconques, les pauvres amours d'antan. Au diable les flirts décevants — heureusement qu'elle n'a pas cédé autrefois à cette passion romantique qui aurait fait d'elle une vache avec ses veaux. Se remettre en terrain sûr et noble, celui d'André et d'Edmée, arracher André à Edmée...

Mes deux premières années avec Clémence, deux années Luna-Park. Tout est cavalcade, grande roue, montagnes russes, vertiges, sensations... Bonheur. Ah, sa pétulance, ses imaginations pour les plaisirs, ses inventions pour la vie, et moi, le rassis, toujours à la suivre dans ses brouhahas. Ses yeux qui s'illuminent et les idées qui naissent. Et tout de suite après, le tohu-bohu, dans la nuance exacte de ce qu'elle veut, la convivialité, la gaillardise, le rayonnement de sympathie, la farce et attrape succulente, la mélancolie rieuse, ses rires, ses sourires, toujours les mêmes et toujours neufs. Quand je pèse lourd, que je traînaille, que je n'ai pas trop envie, sa façon de me pousser... Elle fait de moi ce qu'elle veut. Si j'essaie de résister, je suis vaincu par une intonation, une grimace. Le briscard et la jouvencelle, la complicité permanente, nos débauches innocentes, vraies débauches pourtant, les ivresses et les divertissements des jours, des nuits, Saint-Germain-des-Prés comme notre niche, le Nuage, le Tabou, gaietés du monde et ensuite se retrouver tous les deux dans la même chambre, dans le même lit. Comme je la connais! Je suis son enfant, son hochet et aussi son père, le père incestueux jouissant de l'inceste — ce sentiment que je lui appartiens et que je la protège... Parfois, chez elle, une pique, une colère, mais c'est un régal de plus. Parfois, je ronchonne que je suis fatigué, alors elle rit. Là où elle grogne vraiment, encore et toujours, c'est à propos de mon travail. Son obstination à ne pas comprendre. Elle me dit avec une certitude quasi philosophique : « A quoi sert la gloire, tu cours derrière elle et elle n'existe pas. Vivons. »

Au journal, on sait que sans Clémence, mon rendement diminue. Danton a flairé ça. Quand il m'envoie quelque part, il la fait partir avec moi. Ainsi sommes-nous toujours ensemble, inséparables, sauf si l'on m'expédie dans un endroit trop dangereux. Même dans la vie courante, je ne peux me passer d'elle longtemps, et c'est tout juste si elle a le droit d'aller faire des achats sans moi. Je préfère l'accompagner. Elle ne se plaint pas que je la cramponne, au contraire : elle en profite pour me soutirer des cadeaux, et puis je crois qu'elle aime que je sois là. Souvent, elle s'amuse à me surveiller, elle feint la jalousie, me querelle, cocasse si je tombe sur une de mes anciennes connaissances.

Ses imaginations... Sa pétulance... La vente aux enchères... J'avais, dans mon train des équipages, des effets légués par une jeune Américaine qui était passée par Paris avant que je connaisse Clémence et m'avait laissé en consigne ses affûtiaux... C'était une belle gigue élancée, un rien métissée noire, tout en muscles, digne de quelque olympiade, avec une poitrine à dynamiter Manhattan et des pieds grands comme des tremplins pour s'envoler au ciel. Évidemment, Clémence est tombée sur ce matériel. Et un jour que je ne suis pas là, elle convoque ses copines, sort les fringues, les étale en vrac et les met aux enchères. Bric-à-brac de soutiens-gorge, de culottes et de chaussures. La voilà commissaire-priseur, et paraît-il, en verve. « A qui les jarretelles ? Cinq francs la mise à prix... Ça, elles pourraient s'ajuster aux tours de Notre-Dame... Qui dit mieux, qui dit mieux?... Adjugé... Et les godasses? Cinq francs aussi. De vrais bateaux-mouches, cinq francs pour ces porte-avions! Allez, six francs ici... Qui dit mieux?... Adjugé... Et la culotte?... Ah, pour un tel monument, il faudrait trouver une fente plus grande que les catacombes, ça irait bien pour les égouts de Paris. Allez, je n'en veux pas cher... un franc, un petit franc. Pas d'amateur? Eh bien, tant pis, j'arrose ça de rhum et je fais flamber. » Feu de joie, cendres dans le vide-ordures... Ah, elles se sont marrées les copines... A mon retour, Clémence jubile, elle se tient les côtes, elle me rit au nez. « Monsieur est fétichiste, on avait gardé les défroques de sa jument yankee... Ça ne m'a pas rapporté lourd ces attifements de géante de foire... De quoi t'offrir une bouteille de champagne. Allons boire à tes amours, salaud, à nos amours. »

Ce fut l'idylle, la vraie, deux ans durant. Clémence m'aimait autant que je l'aimais. La preuve : elle pouvait s'angoisser follement pour moi. Ainsi lors de l'affaire de Tunisie... Je ne sais pour quelle insoupçonnable raison d'État, de Gaulle s'était fâché contre Bourguiba au point d'envoyer ses paras d'Algérie occuper la base maritime de Bizerte. A moi la couverture des événements. Drôle de guerre...

Absurdité de l'expédition : les paras sont entrés dans la ville sans coup férir. Dans mes télégrammes, je décrivais une Bizerte où les cafés avaient rouvert pour des troupes désabusées qui buvaient leur pastis en grommelant : « Quelle foutaise! Dans quelques jours nous serons repartis sans savoir même pourquoi nous avons été envoyés là, sans avoir rien fait — alors qu'il aurait fallu taper, taper dans le tas... » Je n'ai pas compris que ce langage annonçait l'OAS et les centurions révoltés.

Je relatais donc la situation comme une farce dérisoire, à la grande satisfaction des autorités tunisiennes et au grand déplaisir des éminences françaises. Jours de confusion, au cours desquels je rentrai à Tunis. Là, je retrouvai comme consul général un homme que j'avais connu en poste à Singapour, borné mais rudement cordial pour un diplomate.

Nous tombâmes dans les bras l'un de l'autre. Il était sur le départ, occupé à organiser le déménagement de ses meubles. La guerre n'était pas déclarée officiellement, mais il fallait marquer une rupture — d'où l'obligation pour le bonhomme et sa femme de décamper, quitte à se réinstaller ensuite, si les choses s'arrangeaient. Nul ne savait très bien ce qui adviendrait.

Le consul, lui, était franchement pessimiste. « Je crains un massacre de mes ressortissants, me confia-t-il, si de Gaulle va trop loin dans son poker. Et avec de Gaulle, on ne sait jamais. » Lesquels ressortissants s'étaient réfugiés au consulat et s'amassaient dans un gigantesque désordre. Éperdus, ils m'avaient raconté comment, sur leurs terres, ils avaient failli être taillés en pièces par la population déchaînée, surexcitée par les agents de Bourguiba. Lequel Bourguiba, la veille, avait lancé devant nous, les journalistes, sur un ton plutôt menaçant, une invitation à « causer » au père de Gaulle. Bref, il régnait une sale ambiance et à tout moment, ça pouvait dérailler.

Je recueillis les témoignages des gens regroupés au consulat et en fis un papier que j'expédiai à Paris. Là-dessus, bon dîner avec les camarades, bonne nuit solitaire, petit déjeuner le lendemain matin, à nouveau avec les confrères, pour constater tristement que ça manquait de « nouvelles ». Bref, tranquille, je trempais un croissant au beurre dans mon café au lait, lorsque trois Arabes en complet-veston, élégants et polis, vinrent me demander avec fermeté de les suivre : « Police. Section spéciale. Veuillez nous accompagner. Vous êtes accusé de trahison. » Le reporter d'un grand magazine, qui avait photographié un Européen malmené par la foule, fut arrêté avec moi.

Notre interpellation eut un effet stupéfiant sur les correspondants présents — le presse-bouton et moi devenions la « nouvelle » espérée, un peu maigre mais très exploitable quand même. Ça n'empêchait pas non plus le sentiment : n'agissaient-ils pas pour notre bien en donnant l'alerte? D'autant que nos anges gardiens les ayant empêchés de nous escorter, ils éprouvèrent les plus grandes craintes sur notre sort, et annoncèrent à l'univers que nous étions jetés dans une geôle ou déportés dans un camp sud-saharien.

En réalité, on nous avait emmenés dans un commissariat légué par les Français, tout en ciment armé et presque neuf. Corridor, alignement de portes, le banal et l'utilitaire... Du propre et du balayé, le bon aloi qui sent l'implacable. On nous conduit jusqu'à un bureau confortable, un bureau de « chef », où trône, sur l'un des murs, une immense photo de Bourguiba en djellaba. Le « chef » s'est levé à notre entrée, et, après nous avoir serré la main avec courtoisie, il nous invite à nous asseoir dans des fauteuils, reprend place derrière son bureau. Il feuillette une liasse de papiers et soupire : « Vous avez peiné le président Bourguiba. Surtout vous, monsieur Bonnard, qui aviez si bien rendu compte de sa conférence de presse. » Points de suspension. Puis il reprend avec tristesse : « Alors imaginez ce qu'a éprouvé le président, qui est un homme si bon et si généreux, quand il a lu ce que vous avez fait imprimer dans votre journal... qu'il pousserait son peuple à tuer les Français installés chez nous... Vous avez trahi sa confiance et son estime, vous l'avez insulté. C'est un crime. Je vais donc procéder à votre interrogatoire. » Trouille. M'ont-ils fabriqué un dossier, suis-je devenu un espion, un membre du deuxième bureau ou quelque chose du même ordre ? Non, vaines craintes. Le « chef » s'intéresse seulement à mes études et à mes titres universitaires. Son contentement quand je révèle que je suis diplômé des Sciences politiques, sa moue de désapprobation quand le photographe avoue ne pas avoir son bac... Suivent encore quelques vagues questions. Ensuite, conciliabules avec des acolytes, divers échanges téléphoniques en arabe. Enfin tombe la sentence :

— Le président Bourguiba a résolu de se montrer magnanime. Vous n'êtes condamnés, tous les deux, qu'à une expulsion immédiate. Vous prendrez le prochain avion en partance pour Paris. Veuillez signer ici...

Sitôt notre signature apposée, nous sommes repris en main par nos trois mentors, toujours aussi polis et élégants, et transférés à l'aéroport, dans une énorme Mercedes. Nous nous retrouvons sur des sièges de moleskine usée, devant un bar, dans un recoin du hall de départ. Personne alentour, hormis nos gardiens. Quatre heures d'attente à boire du whisky et à taper le carton.

Pendant ce temps, notre disparition se prolongeant et les

officiels tunisiens gardant lèvres closes, nos confrères avaient formulé les pires hypothèses, les avaient même écrites et câblées... N'importe quoi... Nous étions devenus une affaire de dimension mondiale.

J'apprendrais plus tard qu'à mon journal on me voyait déjà à Tataouine. Danton, tout blême, après avoir longuement consulté Paule au téléphone, avait fait entreprendre des démarches aux Affaires étrangères, qui, naturellement, ignoraient tout et démentaient. Quant à Clémence, elle avait entendu l'information à la radio. Affolée, elle avait alors osé appeler le canard. Et, son nom épelé à la standardiste — « Clémence Bonnard, oui Clémence Bonnard, l'épouse de Lucien Bonnard, non, non, non, ce n'est pas Paule Bonnard — qui avait-elle eu au bout du fil, comme ça, illico?... Danton soi-même, paterne et rassurant. — Ma chère enfant, soyez sans inquiétude. Rien n'arrivera à Lucien, nous jetons tout notre poids dans la balance, et le président de la République en personne interviendra s'il le faut... » Le poids de Danton! Quarante kilos, plus son cancer... Et sa promesse de remuer l'Élysée... elle ne valait pas tripette. Malgré sa conversion brutale et fervente au gaullisme, jamais il n'aurait osé déranger le grand Charles, adonné aux immenses problèmes de la France et pour qui, sur l'échiquier de Bizerte, un individu tel que moi ne devait pas tenir une bien grande place. Du temps de Vincent Auriol ou même de Coty, il aurait pris l'appareil, « Ici Danton », et de sa voix maigrelette aurait quasiment donné des ordres. Là, ce n'était plus concevable. Heureusement, à la rédaction, ça se démenait, ça s'agitait, ça grouillait, Danton tenait conseil de guerre permanent avec Numéro deux et toute la clique. Numéro deux qui n'arrêtait pas de pester : « Ce de Gaulle... Il nous crée toujours des embêtements. » Prises de bec..

Et Clémence... Les assurances de mon patron, loin de la rassurer, l'avaient plongée dans une détresse noire. Elle était certaine, que, sur le conseil de Paule, Danton me lâcherait et, paniquée, elle s'était réfugiée dans une magistrale crise de nerfs, avant de se pendre au téléphone pour crier sa douleur auprès de ses amies.

Vers la fin de l'après-midi, totalement inconscients des remous et tumultes dont nous étions cause, on nous entraîna, le photographe et moi, jusqu'à l'avion de Paris. Petite bande excitée au pied de la passerelle, des voix, des visages qui nous font des démonstrations d'amitié : nos confrères, venus là, à tout hasard... Nous étions « retrouvés ». Un bon copain, malgré divers policiers en uniforme qui le repoussaient, réussit à s'approcher de moi et à me chuchoter à toute vitesse : « On t'a torturé ? As-tu signé des aveux ? — Non », répondis-je, étonné.

Pendant ce temps, Danton téléphonait à Clémence : « Une voiture du journal va passer vous prendre immédiatement chez vous, pour que vous soyez à temps à Orly. — Mais pourquoi ? — Lucien est libre. Il arrive dans une heure... Ça lui fera plaisir de vous trouver là. » Pas si dégueulasse que ça, Danton.

A Paris, l'événement. A peine suis-je apparu dans l'encadrement de la porte de l'avion que monta vers moi une clameur bien connue, dont j'avais souvent rendu compte : celle que suscite la célébrité. Cette fois, c'était moi la célébrité. Mais plus haut que tout le tintamarre, j'entendis un hurlement formidable, un hurlement de joie. C'était Clémence qui gueulait à percer le ciel et à atteindre le Bon Dieu. Petite fille, petite femme, elle se jette sur moi, accrochée à moi, collée à moi, portée par moi, sa bouche me donnant sa vie dans un baiser, son corps me communiquant sa volupté dans une étreinte d'amour, de toutes les amours. Et cela à la face du monde, sans la moindre gêne. La passion totale, une passion céleste et animale. Elle ne décollera ses lèvres des miennes que pour me murmurer, dans un sanglot extasié :

— Mon Lulu, j'ai eu si peur, je croyais que tu allais mourir. J'en serais morte. Lulu, je suis heureuse, heureuse... Je t'aime, je t'aime... mon Lulu, mon chéri.

III

Le sourire de Clémence, le meilleur, le plus savoureux, le plus pulpeux, quand elle m'annonce qu'elle part soigner son père, frappé d'une embolie. Tout est réglé. Elle a emprunté une voiture, pour ne pas me priver de la Jaguar fraîchement acquise, et même trouvé une amie pour la conduire — à cette époque, elle était dégoûtée du volant.

Arrive la copine dans son auto. J'accompagne ma Clémence, toute rondeurs, tous charmes étincelants, plus rousse que jamais, qui ne semble nullement assombrie par les circonstances. Elle est gaie, flamboyante, on dirait qu'elle éprouve du plaisir à se porter au secours de Constant... Elle rit, elle rit... Le nombre de valises, l'élégance de ses vêtements... Je me dis : « la bonne fille ». Elle s'est installée au milieu des jacassements, j'ai rangé les bagages dans le coffre, elle m'envoie un baiser par la vitre baissée, tandis que la conductrice — un drôle de brin de nez retroussé, style « utilité pour les plaisirs des riches durant l'été » — passe une vitesse et démarre. « Au revoir, bon voyage, embrasse bien ta mère et ton pauvre père, ne reste pas absente trop longtemps. Je suis sûr que Constant se remettra vite et qu'il sera heureux de t'avoir à son chevet. Tu vas me manquer... » Ainsi je lui parle, ainsi je me parle pendant que la voiture disparaît.

L'après-midi, je traînaille désœuvré dans l'appartement. Six heures... Le téléphone sonne... C'est Clémence. Délicieuse. Sa voix, ses modulations... Tout va bien, hors quelques petits ennuis mécaniques, la voiture est tombée en panne, mais elle a pu prendre le train, et elle est au manoir, papa est tiré d'affaire, encore un peu souffrant, elle restera une semaine près de lui. Elle me cajole, elle m'embrasse, elle m'aime... Surtout, que je ne m'impatiente pas. Je n'ai qu'à me réfugier chez des amis, elle m'appellera chaque jour...

Je suis ses conseils et, le soir, pour tromper ma solitude, je vais dîner chez un couple de copains.

Elle, qui se prénomme Suzy, est rédactrice dans mon propre canard — elle fut une mère pour moi quand je suis rentré en France en 1960, elle m'a guidé dans le labyrinthe inconnu qu'était le journal, moi, dévalué, empêtré dans les commerces illégitimes de Paule et Danton. Une maîtresse femme élevée dans les meilleurs cercles, d'une intelligence mijoteuse et coupante. Aujourd'hui, elle est l'épouse d'un garçon charmant, Franck, que j'avais connu en Indochine, frêle, exalté par les vertus viriles, toujours dans le jeu de la mort que l'on défie. Il avait fait Diên Biên Phu, était passé par le camp viet numéro un... Puis démobilisé et rapatrié, il s'était fait le disciple d'un écrivain-reporter très célèbre, une sorte de cosaque. Mais grâce à son propre talent, il était devenu quelqu'un dans le cinéma et le livre, décrivant la guerre comme un tournoi exaltant et terrible, nimbé d'un halo romantique où les hommes vont au bout d'eux-mêmes et de leurs qualités, au sein des horreurs surmontées... L'héroïsme comme une ascèse.

Donc ce premier soir de solitude, un dîner pot-au-feu de l'amitié. Suzy et Franck occupent un petit duplex à Montmartre, rencogné dans une impasse vieillotte. On accède à leur nid par un escalier en colimaçon, décor cossu désordonné qui balance entre la crèche bohème et l'intérieur bourgeois, le beau meuble et le rafistolage, avec, dans les toilettes, une exposition d'oscars et de prix littéraires. Conversation, souvenirs, on boit le whisky... Soudain, au détour d'une phrase, le séisme, la découverte terrifiante. Je racontais très innocemment le départ de Clémence, j'avais cité le nom de l'amie taxi, quand Suzy émet un grincement râpeux. « Ce n'est pas possible. C'est elle qui gardait aujourd'hui le bébé de mon frère et de ma belle-sœur. Elle ne peut pas l'avoir abandonné... » Et aussitôt, le vertige. Dure, précise, avec une extraordinaire obstination, Suzy mène l'enquête. Coups de téléphone en cascade... La fille est retrouvée, contrainte de nous rejoindre. Confrontation. Suzy l'accule. La pauvre n'est que charpie, elle a le teint bouffi, elle essaie de tergiverser, elle balbutie, mais les questions de Suzy tombent dru, impitoyables, et se referment comme un étau. Bien entendu, ce n'est pas pour moi que Suzy agit de la sorte, ni pour prouver le mensonge de Clémence, mais à cause du bébé, de ce neveu subitement plus précieux que tout. La traque : « Enfin, vous n'avez pas laissé seul ce nourrisson, c'eût été un crime... » Jusqu'à l'aveu : « Si, une demi-heure, une petite demi-heure, pendant son sommeil. Le temps de conduire Clémence à l'hôtel George V. » Moi, je me dilue, je flotte dans un mauvais rêve...

L'hôtel George V... Clémence... Tout a été dit. Suzy peut lâcher prise. « Vous savez, vous avez commis une faute grave... Abandonner un nouveau-né, même s'il dort, même une demi-heure. Mais je suis soulagée. »

Stupéfait, accablé, je me tais. Je ne sais pas ce qui me brise le plus, la trahison de Clémence ou la détermination de Suzy. Suzy et sa ténacité, dès qu'elle a senti anguille sous roche, pour dénoncer Clémence avec l'alibi du bébé. Vengeance de Suzy contre Clémence, vengeance contre moi ?...

Une rancœur d'autrefois. Suzy et moi arrivions aux abords du flirt quand je suis tombé amoureux fou de Clémence. J'avais aussitôt prévenu Suzy. Son coup d'œil glacé, sa maîtrise, les secondes de silence : elle avait été parfaite. Puis elle avait connu Clémence et entre les deux femmes était née une grande amitié, nos ménages ne cessaient de se voir fort joyeusement. Cela a duré ainsi, les deux couples frères et sœurs, jusqu'à ce soir, jusqu'à cette fantastique voltige de Suzy. Simple justice, mais justice sévère, altière et inhumaine. Acharnement. Et la culpabilité de Clémence dévoilée comme par accident, comme une conséquence imprévisible... Quand même, quelle revanche ! Quelle effroyable revanche ! Elle est forte, Suzy... Sa mine désolée une fois Clémence exhibée dans toute sa noirceur, « Non, vraiment, elle n'avait pas voulu cela, elle ne pensait qu'au bébé... » — une « gaffe » navrante, quoi !

Maintenant, ses traits en pic de pioche sont consternés... Sa peau se plisse de regrets. Son nez s'escarpe un peu plus entre ses yeux qui voient venir — au journal, où elle est spécialiste des naissances et des décès royaux, on l'appelle la « guette-au-trou ». Non décidément, elle n'avait pas voulu, mais le bébé, le bébé de son frère lui tenait tellement au cœur. Si elle avait pu prévoir... Elle s'est faite bénigne, consolante, douce-reuse, évidemment très ennuyée... Elle philosophe... Dans l'existence, ce genre d'affaires, c'est courant, je dois le savoir... Que je ne me frappe pas... Mais au milieu de ses propos lénifiants, elle me jette un regard qui tombe comme un couperet, un de ces regards pour solde de tout compte. Ah, Clémence, elle l'a attendue longuement, patiemment, jouant les oublieuses... bonne camarade pour qui le passé n'est que coquecigrue. Et quand elle a pu, elle a frappé...

L'époux entre dans la danse des réconforts. Bien brave, il me tapote gentiment le dos. C'est un maigre aux muscles nerveux, joli garçon et visage séraphiquement osseux, toujours l'air lointain, comme perdu dans la chimère, mais qui recolle au présent dès qu'il est question de belles histoires d'hommes, dignes de Conrad, de Kipling, de Kessel... ou de lui. Il juge les chagrins de cocufiage indignes d'intérêt. Pour lui les femmes n'existent pas, sauf peut-être les madelons et les putains qu'il côtoyait au Tonkin, et avec lesquelles il « dégageait » chaque fois qu'il rentrait indemne des expéditions de trépas et de sang. Sauf la sienne aussi, la bête de somme chargée de la « matérielle », de l'intendance, qui le libère des soucis vulgaires et lui permet d'être l'archange des salissures héroïques. Pour être un héros, il faut savoir se salir les mains... les tremper superbement, dans les puanteurs de la chair, les agonies de l'âme et du corps, les tenailles des tortures. Tout est dans la manière, et il est le parangon de ces manières, le chevalier. Donc, à la femme, les contingences.

Ce soir, tandis que le pot-au-feu devenait pot-aux-roses, roses d'antan et d'aujourd'hui, que Suzy s'instituait tribunal d'inquisition et cuisinait la nymphette baby-sitter, il s'ennuyait. Son air d'absence... Le lardon délaissé de son beau-frère, comme la dénonciation de Clémence qui s'en est suivie, il s'en moquait. Mais le numéro de Suzy terminé, il s'est éveillé et a vu mon abattement. Alors l'amitié a joué. L'amitié des hommes, et surtout la fraternité entre « anciens » d'Indo. Retapotis sur l'épaule, il m'a versé un autre whisky. « Ne t'en fais pas. Tu t'en balances. C'est juste une salade de gonzesses... »

A table... On parle comme s'il ne s'était rien passé... Bavardages de Suzy qui fait le service, sa voix ébréchée, intarissable sur les gaietés de notre commun journal. Lui, quand Suzy reprend son souffle, en profite pour placer un couplet de philosophie militaire. Stoïcisme et dépassement, la vie quotidienne n'est que prosaïsme. Si Suzy oublie volontairement l'épisode Clémence, lui ne pense déjà plus à ma déroute conjugale... Ce n'est pas à mon intention qu'il prêche la grandeur, il est grand pour lui-même, par nature, tel le crapaud-buffle. Bref, le dîner pot-au-feu semble se dérouler selon la routine. En réalité, au fond de moi, je rumine des faits qui ne sont pas au menu — Clémence au George V, la fille retournée au bébé, la voiture rendue à son propriétaire. Les hors-d'œuvre, le rot, le dessert sont un supplice. Suzy, tout en patelinant, surveille avec délectation la tristesse embuée sur mon visage. Enfin, je peux m'en aller, je m'enfuis.

Le désespoir! Je suis effondré, je ne veux pas y croire... La nuit dans l'appartement, le cauchemar... Impossible de dormir. Devant mes yeux ouverts, une Clémence nue, dans une suite luxueuse, sablant le champagne, rieuse, badine, prenant les poses de l'amour, pénétrée, baisée. Je l'imagine qui s'offre sans remords, toute à sa volupté, amusée aussi de me berner, alors qu'elle m'aime. Elle ne fait pas le mal, elle ignore cette notion et le péché lui est chose inconnue. Pas pute. Non, juste l'envolée dans le divertissement, la luxure, le grand chic, le cordon rouge, l'adoration, c'est-à-dire être adorée, les mots échangés, les gestes inspirés, la fornication à laquelle elle se prête plutôt qu'elle se donne, à moins qu'elle ne décide de jouer le paroxysme, d'inspirer la passion, les menues fantaisies, la voix du désir, de la force, de l'extase feinte ou vraie, les grands élans et le menu fretin des petits caprices, des reparties qui sont flammes, d'autres pince-sans-rire, recevoir les déclarations et les serments, être émue, ricaner, allumer l'homme, lui faire une trique comme un sceptre, le rendre fou, exiger des hommages, le complimenter de ses exploits ou feindre la lassitude, se dire fatiguée, se vouloir entourée d'égards toujours plus nombreux, d'adulation, de fougue, avoir tous les sourires, posséder toutes les sortes d'yeux, exiger les regards noirs et immobiles de la fascination, être unique, être servie comme une reine, qu'on s'agenouille devant elle, recevoir l'encens et la myrrhe, être sans-gêne, trottiner, pisser et bideter, exprimer un mécontentement, rouler des fesses et des seins, être le corps, soulever l'âme, être foutue et sentir le foutre couler, mais à condition que le fouteur soit l'esclave, qu'il dise des phrases empourprées, qu'il implore, que partout jaillissent les fleurs, d'énormes bouquets de fleurs, le refus dédaigneux de bijoux proposés, que des serviteurs respectueux soient aux ordres, apportent ce qu'elle désire, elle, impudique en face d'eux, fière de sa peau, que l'amant soit à elle, tout à elle, sa chose, qu'il en néglige ses obligations professionnelles, qu'il la présente à ses visiteurs et que ceux-ci se courbent devant elle. Elle est sultane. Se régaler de tout. Me téléphoner et qu'il entende. Mentir, mentir... Et le comble : savoir que dans ces provocations, ces perfidies, ces traîtrises, d'une certaine façon, Clémence ne me trompe pas. Tromper, pour elle, ça n'existe pas — on prend sa jouissance et c'est tout. Tromper, ce n'est pas tromper, c'est une épice de plus, et l'existence est faite d'épices... Le cul de Clémence, le con de Clémence, justement appréciés et dûment honorés. Où est le cocufiage là-dedans ? On ne cocufie que si on est découvert. Pas de danger, papa Constant est un solide alibi, et c'est excitant de jouer avec le feu.

Elle est encore naïve, Clémence. Même sans Suzy, d'une manière ou d'une autre, j'aurais su. L'embolie, la randonnée en Normandie, autant d'inventions trop grosses. A la première rencontre avec les parents, j'aurais demandé des nouvelles de la santé de Constant, et les yeux leur seraient tombés des orbites, leur langue aurait fourché. Mais quand une envie la prend, elle n'y résiste pas et pour la satisfaire, invente n'importe quoi qui lui semble malin, et qui est idiot. Incapable de se retenir. Pour atteindre son but, elle fait la fourbe avec ingénuité, se croyant fourbissime, maîtresse en fourberies qui, dans l'instant, lui sont délicieuses, et dont elle n'aperçoit pas le toc. Plus c'est tordu, plus c'est baroque, plus c'est compliqué de stratagèmes savamment élaborés, plus elle est contente. Elle ne se rend pas compte que ses desseins, sa machinerie machiavéliquement conçue, son merveilleux échafaudage d'apprêts et d'accessoires sont fatalement condamnés à échouer, parce qu'ils butent sur ce qui ne se plie pas à ses désirs et qu'elle nie farouchement : la simple réalité. Ah, si je ne l'avais pas tant aimée, si je ne m'étais pas volontairement aveuglé, j'aurais compris depuis longtemps.

Désormais en éveil, mon imagination fourmille de tous les détails possibles de sa débauche, qu'elle a décrétée, j'en suis sûr, escapade légitime. Son droit à toute dilection. Son droit à faire ce qu'elle veut sans que j'en sache rien. Ce n'est que plus tard qu'elle deviendra mauvaise, au cours de la guerre qu'elle mènera contre moi. Pour l'instant, il n'y a pas de bataille, simplement elle se fait un cadeau. Je le sais... Mais je souffre comme un damné. C'est la fin du monde... Le soleil ne se lèvera pas demain.

Pourtant il s'est levé le soleil et le monde subsiste. Je suis crevé, j'attends... j'attends le coup de téléphone de Clémence. Elle ne manquera pas de le donner. Et comme prévu, vers dix heures, la sonnerie retentit. Sa voix qui m'aime. « Papa va toujours bien. — D'où téléphones-tu ? Il n'y a pas d'appareil chez tes parents. — De la poste. — Si tôt ? — Oui, j'ai accompagné maman au marché. — D'où téléphones-tu ? — Je te dis de la poste... — De Paris, tu y es restée. — Moi... ? Mais tu es dingue ? — Tu m'appelles du George V, de la suite du George V où tu as passé la nuit... avec qui es-tu ? — Et puis, merde... Oui, je suis au George V, et avec qui, ça ne te regarde pas. J'ai droit à une vie privée et avec toi, je n'en ai pas... je m'ennuie. — Tu es une salope. — Doucement s'il te plaît, je suis ta femme, tu dois me respecter... et tu dois croire ce que je te dis... — Quel culot ! Croire un tissu de fables qui me ridiculise. — Tu n'as pas à m'espionner... — Mais je t'aime, je suis malheureux. — Si tu m'aimais, tu ne me ferais pas de reproches, tu comprendrais. — Garce, garce, au moins tu aurais pu être plus subtile. — Allez, ça suffit, de toute façon, tu ne m'as pas perdue, je reviendrai dans six jours. — Quoi ? Dans six jours ? Mais qu'est-ce que tu fais, avec qui es-tu ? — Ce que je fais ?... Devine... Je m'amuse... — Clémence, reviens tout de suite. — Non. Dans six jours... » Là, j'explose : « Tu te fais foutre. — Oui, je me fais foutre. Et c'est autrement meilleur qu'avec toi. Je me fais foutre, tu entends... Je me fais foutre tout le temps... Et par un homme qui au moins sait m'apprécier. — Qui est-ce? » Un éclat de rire... « Salope. — Tu n'avais qu'à ne pas chercher à savoir. J'avais fait en sorte que tu ne te doutes de rien, je ne voulais pas que tu souffres. C'est de ta faute. » Ma colère tombe, une immense lâcheté coule dans mon sang. « Ce n'est pas moi, c'est Suzy... — Suzy? Cette garce? Ah, elle me le paiera. Tout ça parce que tu n'as pas couché avec elle. » Soudain, sans transition, elle se met à crier à l'autre bout du fil : « Non mais, après tout... pour qui tu te prends? Je te donne ma jeunesse, et tu me bousilles... alors je me rattrape. Je ne fais rien de mal... et surtout ne m'embête pas, je te préviens, ne m'embête pas, sinon... — Clémence... reviens, ce sera comme s'il n'y avait rien eu... — Non. Pas question. Je me suis octroyé une permission de six jours, et je la prendrai jusqu'au bout. Toi, inutile de faire l'andouille et ne va pas pleurnicher partout... » A nouveau, brutale, une bouffée de rage m'envahit et je hurle : « Salope, tu n'es qu'une salope, je ne veux plus te voir, plus jamais... » Ce qui ne me vaut qu'un ricanement : « Dans six jours je rentrerai. Six jours... D'ici là, sois un homme, amuse-toi aussi, cours les filles, de belles filles, je te le permets... Mais ne va pas avec ta Suzy, elle est trop moche, trop méchante, ça me vexerait... — Clémence, je t'en supplie, rentre... — Ne gémis pas comme ça, pauvre type. Dans six jours... Ciao. »

Je m'enfonce dans l'abîme. Clémence. Avec qui est-elle? J'ai un pressentiment,une vague idée...

C'était il y a quelques mois. J'avais été envoyé en reportage au Maroc, alors en guerre avec l'Algérie, et comme d'habitude, grâce au journal, Clémence avait suivi. Quel succès elle avait eu! Tous les princes, toutes les excellences étaient charmés par elle. Notamment un ministre à l'œil de verre, affreux, un charognard concassé, traits tordus et féroces, une grimacerie inquiétante, qui me jouait l'amitié, et en profitait pour tutoyer Clémence. Autour d'elle s'empressaient aussi d'autres personnages plus jovials, avec des grâces de courtisans, faisant les avenants. Figures de proie quand même, des courtoisies à faire peur, qui exhalaient la cupidité, la franche avidité de l'argent, la saoulerie des plaisirs. Toute la pourriture de l'Orient, mêlée à toute la pourriture de l'Occident dans des fastes fantastiques. La brutalité de la richesse. Et pourtant des sortilèges... Parmi tant de concupiscences, Oufkir le Tueur, les traits ravagés, explosifs et sillonnés — qui me rassurait — et Dlimi l'Oblique, un falot qu'on devinait vénéneux — qui m'inspirait moins confiance. Les deux garantissaient la solidité du trône. La cour était une fête permanente, d'où suintaient l'intrigue et la torture, la servilité et l'arrogance. Clémence rayonnait, conquise, conquérante, amie de femmes gracieuses comme des gazelles, parées rue du Faubourg-Saint-Honoré, cœurs et sourires de diamants, des femmes gentiment souveraines, quoique soumises au droit de cuissage du roi, usurières, prostituées, entremetteuses en tout et pour tout. Clémence, qui sentait autour d'elle la complicité des femelles et le désir des mâles, n'avait jamais été aussi gaie, rieuse, heureuse, innocente. Pas si innocente cependant...

Se détachant de cette tourbe affairée, le nez busqué et les mains comme des serres, sous les politesses exquises, un homme, solitaire, le port noble, d'une fierté dédaigneuse, la minceur souple, une tête sculptée dans une sorte de rêve nonchalant et vigilant, à la beauté lointaine et racée... Un Berbère... Le Berbère... Toute une légende autour de lui. Ancien colonel de l'armée française, marié à une Française qu'il aime et dont il a des enfants. Il a lutté les armes à la main pour l'Indépendance, à la tête de ses redoutables tribus... alors que les autres notables attendaient chez eux la victoire et les profits. Maintenant, il est ministre, réputé pour son honnêteté et sa vertu. Et, en effet, en lui, pas d'apparence de lascivité, ni de bas appétits — il est au-dessus. Mais pendant que j'arpentais les pistes des confins, il a emmené Clémence dans son fief. Elle a dormi sous une tente des Mille et Une Nuits et une fantasia a été donnée en son honneur. Elle est revenue extasiée, me racontant avec quel respect ce seigneur l'avait traitée, ne se permettant pas « ça ». Je l'avais crue. A la Mamounia de Marrakech, nous prenions nos repas ensemble, lui, Clémence et moi, dans l'amitié vraie... Un jour, j'ai eu besoin d'un renseignement militaire. « Va donc le trouver, m'avait-elle suggéré, il te parlera. » A la fois sûre d'elle et narquoise. Or, entre le personnage et moi existait comme un pacte : il demeurait muet sur les opérations en cours et je ne l'interrogeais jamais. Mais son accueil ce jour-là... aimable, chaleureux... et en effet il m'avait parlé — ce qui me permit d'écrire un excellent article. Ensuite, le sourire de Clémence... ravi et triomphant. Un doute imperceptible m'avait effleuré, qu'elle avait aussitôt effacé : « Tu n'y penses pas. Il est trop orgueilleux pour commettre la moindre indélicatesse. Il m'a donné son estime, c'est tout. » A nouveau, je l'ai crue... Aujourd'hui le soupçon revient, lancinant : si c'était lui l'hôte du George V ? Lui, le Berbère... Ça ne peut être que lui... Ou peut-être pas. Je ne sais pas... Je ne sais plus...

Mais je veux savoir. Je veux des certitudes. Je ressens une telle douleur, un tel accablement... Le sentiment d'un vide à la place du cœur, un vide affreux, qui se dilate, et fait de tout mon être un néant rongé par la pensée, par mille pensées, percé de mille glaives. N'être plus rien, et être en même temps l'angoisse, une immense angoisse. Le mal me fouaille, le temps me tue. Le temps, et ce que j'imagine, maintenant que je me suis fixé sur un nom, un homme, des traits... Mais est-ce bien lui ? Ma curiosité m'effraie, me dévore... Et cette solitude soudain... Non, je ne peux pas attendre seul, il me faut un refuge, il me faut un secours. Mais auprès de qui aller ? Auprès de qui m'étais-je enfui jadis, à cause d'Anne Marie ? Un nom rampe, se traîne parmi les images de Clémence... Paule... Paule... Je ne devrais pas... Oh, ne plus rester avec moi-même, ne plus imaginer... Paule... je l'appelle au téléphone. Le ton, les mots incohérents... « J'annule un rendez-vous — dit-elle immédiatement. Rejoins-moi tout de suite... Mais dans quel état es-tu ! Tu es malade ? » Je gémis : « Clémence... »

Une demi-heure après, je suis chez elle. Autrefois, très autrefois, je serais tombé dans ses bras, j'aurais dégringolé ma tête jusqu'à son épaule, j'aurais pleuré, et elle m'aurait embrassé tendrement, caressé, calmé. Désormais c'est hors de question, inconcevable entre nous. Face à moi, elle m'observe, détaille mon aspect lamentable. Puis au bout d'un moment interminable, d'une voix de patricienne habile au maniement des hommes : « Alors ta Clémence, quel tour t'a-t-elle joué ? Je t'avais dit de te méfier. Mais tu ne m'as pas écoutée... Bien sûr... Et tu sais que ça se passe toujours mal pour toi quand tu ne m'écoutes pas... » Piteusement, la figure en pâté de foie, pleurnichard, reniflard, je raconte tout ce que je sais et tout ce que je suppose. La tête de Paule, attentive, sourcilleuse, sérieuse, jaugeuse, une expression de clinicienne, visiblement satisfaite. Après une moue de pitié, elle retrouve ses lèvres minces, ses lèvres de verdict :

— Mon pauvre Lucien. Ce que tu me racontes est encore pire que ce que j'avais prévu. Cette Clémence... Te duper à ce point... si grossièrement. C'est inimaginable. Et toi, tu te désoles, au lieu de tirer les leçons qui s'imposent. Dans la vie, il faut savoir prendre des décisions. Avant je le faisais pour toi. Mais maintenant... Tu devrais profiter de cette répugnante affaire pour te débarrasser définitivement de cette fille. C'est l'occasion. Sans cela...

A travers mes buées, j'opine, je fais le fortiche :

— Tu as raison, Paule, je la quitterai. Dès son retour, je lui dirai de faire ses valises et de disparaître.

Loin de l'abuser, mes paroles la confirment dans sa conviction que je n'en ferai rien. Elle réfléchit quelques instants et reprend :

— Écoute, je ne crois pas que tu auras le courage de traiter cette fille comme elle le mérite. Mais je t'aiderai. Dans l'immédiat, l'important, c'est que tu te ressaisisses, que tu songes à ton métier. Tu es vraiment un très grand reporter... un peu grâce à moi, d'ailleurs. Alors, ce n'est pas une Clémence...

— Je la quitterai, te dis-je, en lui bottant le cul dès qu'elle reviendra.

— Ne sois pas vulgaire. La vulgarité chez toi, c'est le signe que tu vas mal. De mon temps, tu n'étais jamais vulgaire... Cette mijaurée, tu ne la quitteras pas... Heureusement, il peut y avoir des aménagements. Je m'en occuperai... De toute façon, il faut en savoir davantage. Je vais téléphoner à Danton pour le prévenir que tu passes le voir. Il comprend tout, tu sais. Aussi ne lui cache rien... Allez, nous sommes là, tous les deux. Compte sur nous.

Dehors. J'ai honte. Paule, Danton, je ne devrais pas... Mais je souffre trop. Le journal. Je grimpe directement au deuxième étage et Danton me reçoit sur-le-champ. Un Danton gentil, en tenue de travail, donc en bretelles et lunettes sur le front. Poignée de main d'hommes. Il prend une pose expectative, il attend que je lui débite mon histoire, qu'il doit déjà connaître par Paule, mais ça ne fait rien, je recommence. Il cligne les paupières, me pose des questions, me fait préciser divers points et, à chaque réponse, pousse un soupir compatissant. Tout à coup, il change d'attitude, sa voix monte d'un cran, devient aiguë de curiosité, et ses yeux prennent une couleur nettement professionnelle. Dans ce que je lui déballe, il a flairé une piste, une « news » à faire la une... Effacées Clémence et mon infortune.

— Vous êtes certain que ce serait précisément ce ministre-là ? Et il serait, en ce moment, au George V avec votre femme ?

— Certain, non... mais c'est probable.

— Curieux, très curieux... je ne suis pas au courant de sa venue. Aurait-on voulu cacher ce voyage à la presse ?

Hochements saccadés de tête, front plissé, le déclic du chasseur de « scoops ». Il devine dans cette affaire bien autre chose, peut-être une négociation importante, un traité, une vente d'armes... en tout cas, de la bonne matière à imprimer. Coup de téléphone à Numéro deux, des instructions, il est satisfait : la joie journaleuse. Puis il revient à moi, matois, généreux, le cocufieur qui apprécie son cocu recocufié. Nos liens, notre affection perverse... Prenant sa voix de compassion, il entonne l'homélie réservée à ses collaborateurs en proie aux tourments conjugaux ou sentimentaux.

— Mon cher Lucien... l'existence, ses accidents... Remarquez... pour un journaliste, la vie est toujours tellement intense. Il vit, lui, il vit de toutes les façons. Votre femme, ça s'arrangera... probablement. Enfin... c'est la loi de notre métier, il faut être informé sur tout, même sur les affaires privées... L'information d'abord. D'autant que ce ministre, si ministre il y a...

Si Danton le pouvait, si la situation n'était pas si regrettablement scabreuse, il m'enverrait l'interviewer, ce ministre que j'ai l'avantage de si bien connaître...

Il reprend :

— Je peux quand même faire quelque chose pour vous... Vous envoyer à une agence de détectives privés, qui vous fournira tous les tenants et aboutissants. Je l'utilise pour certains problèmes délicats... Elle est sérieuse, efficace, compétente, sans doute la seule vraiment honnête à Paris. Je vais vous prendre un rendez-vous moi-même. Que vous soyez traité au mieux...

Téléphone. L'agence. Une voix. Danton qui dit qu'il est Danton, Danton qui m'annonce. La voix qui s'écrase de respect. Danton qui me reconduit à la porte, qui me serre la main avec bonté... C'est fini... A nouveau, je suis seul.

Le lendemain, je me sens éviscéré, détruit. Faubourg du Temple, je vois une petite plaque discrète. Je passe devant sans m'arrêter, j'hésite, retourne sur mes pas, je ne me décide pas. J'ai l'impression d'une infamie. Enfin, je monte l'escalier, je sonne, on m'ouvre. Un appartement vieillot, vieux style, convenable, sans plus. Un salon d'attente, que je ne fais que traverser, aussitôt introduit par une secrétaire dans le bureau du directeur. Un monsieur tout le monde, séant, châtié, soigneusement vêtu bourgeois, petit-bourgeois, cravate noire et complet gris, le Français courtois, taille moyenne, visage moyen, moustache moyenne. Il se lève et me fait asseoir... Un sieur de bonne compagnie, l'air ni flic ni gangster, neutre. Qui se douterait de son métier? S'il n'y avait son œil qui m'examine, me parcourt, qui me vrille. Il se fend d'un demi-sourire averti quand je lui fais mon récit... un sourire d'homme qui en a tellement vu et entendu, qui connaît l'humanité, cette stupidité malfaisante. A la fin, il m'interroge :

— Pensez-vous que le personnage, s'il s'agit bien de celui que vous croyez, soit venu spécialement pour votre femme ou est-il simplement dans l'exercice de ses fonctions?

— Je l'ignore.

— Désirez-vous un constat?

Un constat!... Je sais bien qu'il n'y en aura jamais. Question de pure forme. J'entends à peine ses derniers mots.

— Revenez demain. Nous aurons les renseignements...

Je m'enfuis. Cet homme sans apparence me fait horreur.

Alors, dans mon désastre, je me souviens d'un copain d'Indochine. Milicien pendant l'Occupation, il était allé se faire oublier là-bas, où il vivotait de petites besognes de journaliste trouillard. Un peu radoteur, ratiocineur, commençant chaque phrase par un « Fais-moi confiance... », une tête en pomme de terre. Brave bougre dont on se moquait, mais qui avait réussi à épouser la fille d'un riche Libanais, un honorable trafiquant. Ainsi avait-il su s'en tirer, grâce à son bon sens dans la bêtise, sa forme d'intelligence à lui. Les temps ont passé, et maintenant il se trouve à Paris, au cabinet du préfet de police. Lui, au moins, me dis-je, aura de la commisération. Et en effet, il me reçoit à bras ouverts — il est important, il fleure l'importance. « J'ai un petit service à te demander. — Tout ce que tu voudras. » Je lui conte mon malheur et à peine a-t-il entendu mes premières phrases, le nom de mon hypothétique cocufieur, que sa bonne trogne se ferme : il est pressé, il s'excuse, il me fout à la porte.

— Je suis désolé. Le préfet m'appelle. Compte sur moi.

Plus tard, il relatera au tout-venant, se tapant le doigt sur la tempe :

— Lucien, je me suis demandé s'il n'était pas devenu fou. Me réclamer ça... alors qu'évidemment on aurait tout fait pour le contrer et l'empêcher de faire des ennuis à ce précieux Marocain chargé de mission par le roi...

Fou, je le suis, c'est vrai... Je ne retournerai pas à l'agence de détectives. En revanche, j'irai voir Paule, souvent. Je me sens lamentable, mais j'ai besoin de sa présence, de sa bienveillance. Pourtant... Jamais, au grand jamais, je n'aurais dû me confier à Paule. J'aurais dû me maîtriser, rester seul avec ma douleur, surtout connaissant la nature de Clémence, cette nature qui la rend incomparable : sa sauvagerie, la puissance de son désir, son sens du mensonge. Clémence, flammes et feu, orgueil et insolence, Clémence, qui m'aimait, à sa façon. C'est parce que, malgré nos épousailles, j'étais demeuré trop soumis à Paule qu'elle m'avait méprisé et s'était cru tout permis, et maintenant, en venant pleurnicher, quémander dans le giron de Paule, j'allais parachever son dégoût. Je rendais tout plus sale, affreusement dégueulasse. Je la livrais à Paule, Clémence, mon unique amour, mon fabuleux amour...

Un soir que je m'abattais chez elle, Paule m'annonça avec un rien de gaieté :

— C'est établi. Il s'agit bien de ton ministre. Il est venu dans un avion militaire que le gouvernement français avait mis à sa disposition, et qui s'est secrètement posé sur un terrain de l'armée. Il repartira dans les mêmes conditions, pour que toute l'affaire reste ignorée. Quant à ta Clémence, une voiture officielle l'attendait au George V. Elle est allée chercher son amant et elle est revenue pendue à son bras. Il est à Paris pour rééquiper en canons et en mitrailleuses les forces marocaines. Dès qu'il le peut, il rejoint l'appartement du George V où l'attend ta femme. C'est d'une indécence...

Les jours, les jours. Un titre de mon journal : « Marché du siècle », suivi d'un sous-titre : « Le Maroc achète des armes à la France. » Un « scoop ». Je l'aime en général le « scoop », mais celui-là, ramassé dans mes marécages conjugaux... Mon propre journal! Et Danton qui n'a pas hésité... Il a remué la boue...

J'attends la fin des six jours dans la fièvre, chaque seconde qui s'écoule me délivre un peu... Si peu... Attente oppressante, accablante... Revoir Clémence. Je végète, écrasé par la durée, enfermé chez moi, allongé sur mon lit, notre lit où sa place est vide. Quand je n'en peux plus, je file chez Paule, qui me débite ses horreurs sur Clémence. Je me fais l'effet d'un vieux fossile attaché à sa paléontologue. Elle se pourlèche, elle se friandise, s'en donne à cœur joie :

— Mon pauvre Lucien, si tu te voyais... A quoi tu es réduit, et pour cette fille. Tu es une chiffe...

— Elle est ma... maladie.

— Tu as toujours été malade... Ta maladie ce n'est pas Clémence. Ta maladie, ce sont les femmes. Je t'ai déjà tiré des griffes d'Anne Marie. Cette fois encore, j'essaierai...

Il y aurait de quoi rire si j'avais le cœur à ça : Paule se considérant, dans mon univers, comme la seule femme qui ne soit pas une maladie. La voilà même guérisseuse des maux infligés par les autres femelles aux hommes qu'elle aime. Elle les pourfend toutes, avec une férocité prudente, patiente et calculée. Un travail de professionnelle. Il y a eu Danton et son cancer... donné par la tsarine, la très officielle tsarine, toujours légitime épouse, malgré son éviction. Celle-là! Un monument de Paris qui dirige souverainement, et avec quelle maestria, l'hebdomadaire féminin des Françaises dans le vent, qui leur apprend à bien faire la vaisselle de leur corps et même de leur âme, un monument minuscule, une toute petite chose blonde qui semble toujours agir par inadvertance, au hasard, au charme, au caprice, une imprévisible poupée qui règne aussi avec de fantastiques toquades et un extraordinaire doigté sur la grande vie parisienne... Paule en est venue à bout. Désormais, Clémence est dans sa ligne de mire. Clémence, qui me replonge dans la folie dont j'avais été sorti... Elle ne renonce à rien, Paule, pas même à moi. Et si j'essayais de lui rappeler qu'elle n'a pas toujours été irréprochable à mon endroit, qu'elle s'est comportée cyniquement, avec un sans-gêne parfait, et que c'est peut-être la cause de beaucoup de choses, elle ne comprendrait pas, absolument pas...

Faiblement, je tente une mauvaise plaidoirie :

— Tu sais, Clémence a cependant... je ne dirais pas des excuses, mais... Elle est si jeune, si inexpérimentée, je ne me suis pas assez occupé d'elle... Quand nous nous sommes mariés, souviens-toi, je voulais me relancer, me relancer en grand. J'étais tout à mes articles, à mes livres, à mon écriture, et je ne la ménageais pas assez. Mes copains journalistes ne lui ont pas non plus fait bonne figure. Moi, je tapais à la machine, je tapais à la machine et elle avait pris ça en horreur.

— Tais-toi. Tu t'enfonces... Avant tout, une femme doit aider son mari à réussir. Moi, je t'ai aidé.

— Je sais, je sais tout cela... Je sais aussi que je ne l'ai pas assez protégée... Clémence s'est trouvée projetée dans un monde difficile, qu'elle ne connaissait pas, plein de pièges, elle a agi plus par ignorance et imprudence que par vice. Elle a perdu la tête...

— Qu'est-ce qu'il te faut... Tu la couves tellement, qu'au journal, on te l'envoie comme un colis postal là où tu es en reportage, pour que ton rendement ne baisse pas. Jamais on n'a fait ça pour personne, pour aucun reporter.

Paule s'est prise d'un rire suraigu, puis change d'expression. Fleurit sur ses lèvres un sourire d'une certaine compréhension. Semblant d'absolution.

— Je veux bien te croire. Clémence a peut-être plus de légèreté que de perversité foncière. Peut-être... J'ai vu d'autres femmes faire des choses aussi épouvantables. Bon... Mettons qu'il y ait surtout de l'égarement.

Les revirements de Paule, je les connais, je sais ce qu'ils annoncent. Une tactique est née dans sa cervelle, une tactique à l'apparence généreuse, qui va s'avérer un traquenard. Elle minaude :

— Une fois encore, je vais tenter quelque chose. Pour toi, Lucien, pour toi... Je vais lui parler, à ta Clémence, quand elle sera sortie des bras de son Maure. Je vais lui expliquer, lui montrer ce qu'est réellement l'existence, comment s'y comporter, qu'il y a des choses à ne pas faire... Je ne lui ferai aucun reproche, je l'éclairerai.

Ces mots m'angoissent :

— Non, Paule, ce n'est pas la peine... Clémence et moi, ça va s'arranger. Inutile que tu interviennes.

Nouveau rire.

— Allons, je lui parlerai gentiment, franchement, elle se rendra compte et ça lui fera du bien... A moins qu'elle ne soit tarée, une petite vicieuse. Dans ce cas, je te forcerai, tu entends, je te forcerai à la quitter, même si tu ne le veux pas. N'oublie jamais où tu serais sans moi, à l'heure qu'il est. Dans un asile psychiatrique! Tu aurais vécu toute ta vie dans un asile...

Brutalement, sa voix a sauté aux aigus. L'hystérie de Paule... Autrefois, quand je manifestais une velléité de résistance à sa volonté, elle se tranformait en furie. La petite chose frêle glapissait comme une harpie et ses mots tranchaient dans la chair. Dans ses transes, elle semblait sur le point de s'évanouir, faiblesse vite surmontée pour mieux reprendre ses cris de commandement, jusqu'à ce que je m'incline. Cela, tant qu'elle a tenu à moi. Mais depuis sa rencontre avec Danton, elle a changé de méthode et appris à opérer dans le calme, préférant la persuasion tranquille, la sérénité raisonnable et s'est faite appareil distributeur de conseils, pour rassurer, remonter. Pendant quelques secondes, elle s'est donc laissé reprendre par son ancienne violence. Mais ça ne dure pas. Son air doucereux quand, très paisiblement, elle me répète :

— Oui, je lui parlerai, à ta Clémence.

Maintenant. C'est maintenant que je devrais lui dire que sous aucun prétexte, à aucune condition, je ne lui enverrai Clémence. Pareille rencontre, dans ces circonstances, ce serait une boucherie, un massacre. Les mots de Paule, sa technique de l'humiliation suave... et jamais plus rien ne pourra être complètement rattrapé entre Clémence et moi. Paule se sera faite le fossoyeur de notre amour. Tout cela je le sais, et pourtant, je me tais.

Le sixième jour... Quelle impatience ! Attendre, attendre quand chaque seconde est un siècle. La panique au ventre... J'ai peur que Clémence n'apparaisse pas, qu'elle ne revienne pas... L'espoir fougueux et la crainte insensée. Le temps est une éternité que seule sa venue peut rompre, briser en poussières de bonheur. Clémence... la retrouver, la voir, la toucher... et les heures qui ne s'écoulent pas. Je suis englouti, embourbé dans la stagnation du temps. Je voudrais mourir, je ne supporte pas qu'elle ne soit pas encore là. Ma Clémence... ce qu'elle a fait a si peu d'importance. Mais dis, Seigneur, dis-moi qu'elle arrive ! J'attends, prostré sur mon lit, je suis un cadavre au cœur en détresse.

Et le bruit de pas, enfin, la porte qui s'ouvre, un chahut de bagages, et l'appel :

— Lucien, tu es là ?

J'accours... Que m'importe que Clémence sorte des bras de son Berbère, que ce matin même elle lui ait une fois encore appartenu, qu'ils se soient livrés aux étreintes de l'adieu. Sans doute l'a-t-elle aussi accompagné à l'aéroport et sans doute se sont-ils quittés comme des amants, sont-ils convenus de se revoir. Qu'importe...

Je la serre contre moi, je l'entoure de mes bras, je suis fou d'amour. En même temps, je ne peux m'empêcher de la flairer, de chercher l'odeur du mâle, les effluves du Berbère qui l'a possédée. Mais elle n'exhale que son odeur à elle, son parfum. Fragrance... Pas un signe de regret ou de culpabilité. Plutôt l'air contente de me revoir. Un nuage d'ironie câline :

— Coucou, me revoilà... Lulu, je t'aime. Tu es mon Lucien. Je suis comme ça et je t'aime. Si tu me comprends, nous pourrons être heureux. J'avais besoin d'exploser, avec toi l'existence est trop morne. J'ai l'impression de ne plus exister. Il me fallait un homme fou de moi. Fou à la folie.

Elle me sourit :

— Si tu as de la peine, j'en suis désolée. Il ne tient qu'à toi que je ne recommence pas.

C'est dit comme ça, et ce n'est pas un ultimatum. C'est même imprégné de tendresse et d'amour. Comme un retour sans absence, comme un réveil après une longue nuit de sommeil, six jours et elle est là, et tout s'efface, et rien n'a existé, ni la parenthèse berbère, ni mon martyre solitaire. Clémence...

Je l'ai caressée. Ma joie immense. Nos jeux... Ce que j'ai pu l'adorer. Elle, là, présente, tellement merveilleuse. Longues minutes, une aurore, un jour qui renaît... Mais la jalousie est revenue... Je pose des questions et aussitôt Clémence se raidit, se ferme, se mure :

— Ça ne te regarde pas.

Alors j'ai envie de lui porter un coup, un mauvais coup, et je lui dis que Paule aimerait lui parler :

— Elle ne te veut aucun mal. Elle désire simplement avoir avec toi une conversation de femme à femme...

Immédiatement, distance infinie. Le recul de Clémence. Une seconde, son visage s'est tordu. Elle a haussé les épaules, elle n'a pas argumenté, elle ne s'est pas emportée, elle n'a pas lancé un torrent d'invectives. Aucun commentaire, elle m'a seulement dit d'une drôle de façon :

— D'accord. Puisque tu le veux, j'irai la voir, ta Paule.

Ensuite, une étrangère. Muette. Un silence incandescent. Déjà la catastrophe. La fin de la journée, la soirée, nous les vivons dans une sorte d'hostilité aphone. Des bouts de phrases, c'est tout. Nous allons au restaurant, nous faisons même un simili de fête. Et au dessert :

— Ainsi, tu t'es traîné aux pieds de ta guenon. Tu lui as tout raconté...

— Je souffrais trop. J'avais besoin de parler à quelqu'un.

— Imbécile... tu m'as perdue...

Le lendemain, Clémence s'est rendue chez Paule. A ma grande surprise, les choses se sont bien passées. Paule s'est montrée indulgente, compréhensive même, elle s'est bornée à faire un cours sur les convenances. Une jeune épouse ne peut pas se permettre de tromper ainsi son vieux mari... Cela ne se fait pas, du moins pas de cette façon. Et comme Clémence n'avait pas répliqué, les deux femmes s'étaient quittées en bons termes.

A son retour, Clémence m'avait juste lâché :

— La vérité, tu sais, c'est que je suis vraiment amoureuse de ce Berbère. Amoureuse comme tu ne peux pas l'imaginer. Ça a été formidable. Je me ferai faire un enfant par lui.

Une seconde, j'ai eu l'idée de la frapper, de la foutre à la porte, d'en finir là avec elle. La liquider. Divorcer. La laisser à ses passions de ruisseau.

Hélas, immédiatement, j'ai été envahi d'une peur immense, d'un chagrin sans nom. Un désir d'elle inimaginable. Je suis attaché, ligoté. La garder à tout prix, à n'importe quel prix. Et j'ai pleuré, ne trouvant à lui répondre que cette dérision :

— Si le Berbère te fait un enfant, je t'en ferai un aussi.

Son ricanement.

— Pauvre con ! Je veux être enceinte de lui... De toi, jamais, tu entends. Qu'attends-tu donc pour me virer ? Si tu étais un homme, il y a longtemps que ça serait fait.

Et moi, je suis effondré. Une larve. Clémence continue :

— Mais je vais tout te dire. Le Marocain, il tient à sa femme et à ses enfants. C'est un haut personnage, il doit donner l'exemple. Il m'a prévenue que jamais il ne m'épouserait, que jamais il ne vivrait avec moi. Au mieux, nous pourrons nous retrouver de temps en temps... Voilà pourquoi je te conserve comme époux... Tu couvres la marchandise.

J'essaie un vague apaisement :

— Clémence, tu es en colère, tu ne penses pas de pareilles horreurs.

— Décidément, tu es le roi... Si tu veux croire que je t'aime... c'est entendu, nous resterons mariés. Mais plus question de vivre avec toi, je veux mon indépendance, je veux un endroit à moi.

Une fois de plus, je courbe l'échine. Elle a déjà tout combiné :

— Mon père, pour placer son argent, avait acheté près de l'École militaire un studio qu'il loue et dont le bail vient à échéance. Porte-toi locataire. J'habiterai là...

J'accepte... Transactions avec les parents. Constant et Louise sont venus à Paris. Finies les provisions succulentes : ni dindon, ni homards, et de ces têtes ! Les parents se sont bornés à une visite-inspection et contentés d'une courte explication de Clémence.

— Lucien et moi restons mariés. Mais nous avons décidé, tous deux, en plein accord, d'habiter des appartements différents. Lucien restera ici. Moi, j'irai dans ton studio... papa... chez toi...

Constant ne veut surtout pas en savoir davantage. Il acquiesce et s'assure que je paierai bien le loyer. J'y vais donc de mes engagements : je signerai le bail, je lui verserai une provision et m'acquitterai ponctuellement de chaque terme. Il est soulagé. Ensuite Louise, la figure sévère, très désapprobatrice, a tout de même essayé d'obtenir des éclaircissements. Rien qu'en regardant mon visage défait, elle subodore un drame, une frasque de sa fille. Elle la cuisine, et celle-ci brutalement pique une colère :

— Et toi, tu n'as pas fait des tiennes, autrefois ?

Elle n'a pas le temps de finir sa phrase, la main de Louise s'est abattue sur sa joue. Une de ces claques... Elle en est transie, ma Clémence.

Tranquillisés, les parents s'en vont : la situation aurait pu être pire. Louise avait eu tort de vouloir enquêter, il valait mille fois mieux ne pas mettre le nez dans nos affaires. L'essentiel, c'était d'ignorer... Puisque je conservais Clémence, que ce soit dans d'étranges conditions ne les regardait pas. Le loyer, oui. Pour le reste, silence.

Calvaire. Calvaire des jours qui ont suivi. Le studio que nous sommes allés visiter, Clémence et moi. Nu, complètement nu, curieusement peint en noir. Il faut des meubles, de la vaisselle, des objets. Notre tournée des magasins pour les acheter, parodie grinçante de nos débuts, une tournée funéraire, elle choisissant et moi payant. Son installation ensuite. Elle ne me donne pas la clé et m'interdit de venir frapper à sa porte.

Malade mon âme. Une mélancolie sombre, profonde, s'est emparée de moi. Me lever est un exploit, vivre est une peine, je suis prisonnier d'une lassitude molle que je traîne à travers les jours. Je vis une atonie veule, une insondable fatigue : il me semble que je ne suis plus capable d'avoir de sentiments. Un corps mort flottant au gré des marées, des événements grands ou petits, de la quotidienneté interminable : Clémence est un fantôme qui me ronge le cœur et le cerveau. Je ressasse les péripéties affreuses des semaines précédentes. Trahison, départ, maintenant la « garçonnière ». Moi qui ne suis pas vraiment bon, capable de retours de bâton pour me défendre et attaquer un peu sournoisement, je ne fais aucune guerre, je n'ai pas pris de maîtresses... Ah, si, Ghislaine, mais ce n'est pas une maîtresse... Son cri d'égorgée!... Tout le temps de mon bonheur, deux ans et plus, elle a attendu sans jamais se manifester, pas même un coup de téléphone. Elle avait récupéré son appartement, celui où je m'étais initié à Clémence, et, de là, elle surveillait mon ménage, persuadée que ça finirait mal, moi repu de chair fraîche, et Clémence lassée de moi. Alors j'aurais recours à elle pour me soigner, me guérir de mes maux, me cicatriser. On m'avait rapporté qu'elle avait prophétisé : « Avec cette petite garce, ça ne peut pas durer... » Ça, elle avait dû phosphorer, Ghislaine, durant ses nuits blanches, à construire dans sa pensée, à architecturer une vie commune avec moi, un avenir pour nous deux, tellement certaine que je lui étais prédestiné... A cause de cet amour si constant, elle me donnait la sensation pénible d'être une araignée tissant et retissant ses toiles afin de me capturer et me manger de ses bienfaits. Je le reconnais, elle savait me réparer, me pourlécher. Mais, chaque fois, elle se gonflait de la certitude de m'être indispensable, qu'un jour elle serait l'épouse et la servante de Ma Seigneurie, qu'elle féconderait mon génie. Trop raisonnable, Ghislaine, trop déraisonnable.

Ainsi elle était réapparue dans ma vie, profitant de la crise entre Clémence et moi. Par la suite, il en ira souvent de la sorte. Je l'appellerai selon mes besoins et mes souffrances, quitte à la renvoyer brutalement dès qu'avaient repoussé mes ailes d'ange bellâtre et que ses soins commençaient à m'indigestionner. Elle se repliait alors sur elle-même et se livrait de nouveau à ses analyses interminables, cherchant l'erreur qu'elle pensait avoir nécessairement commise dans ses plans de conquête, car elle n'imaginait pas que je puisse être fatigué d'elle. Ghislaine, mon infirmière sublime! Toujours elle répondait à mes convocations et toujours il me fallait l'expulser. Je ne voulais pas guérir de Clémence. Je désirais juste être en état de supporter ma peine.

Clémence dans son studio. Désormais, chaque jour ou presque, elle m'octroie la permission de lui rendre visite. Là, tout est étudié pour me montrer que je ne suis pas chez moi mais chez elle. Son décor, dont j'hériterai par la suite : le canapé, le matelas, la grande table en bois blanc, et, dans un coin, accroché aux cloisons très haut, un hamac où elle aime balancer ses charmes. Une nouvelle atmosphère autour d'elle, une atmosphère galante. Rien de précis, des allusions, des symboles. Je ne rencontre personne, mais il reste des traces de fêtes. Parfois elle laisse pressentir des hommes : « Tu as vu ce magnifique bouquet, il m'a été envoyé... Cette caisse de champagne m'a été offerte... — Par qui? — Par des gens qui m'apprécient et qui sont divertissants. — Qui, je te prie? — Oh, des copines... et tiens, si tu veux savoir, il y a un champion de courses automobiles et le fils d'une marque célèbre de spaghetti. »

Au cours de ces escarmouches, pas de vraie violence. Mais chaque fois je souffre un peu plus et ma déchirure s'accentue. Pauvre Clémence qui se réfugie dans ces jeux... et pauvre de moi qui les contemple. Lorsque j'ai trop mal, je fais venir Ghislaine. Ce qui me vaut des reproches. « Tu pues. Elle a toujours pué, Ghislaine... » Mais au fond, elle s'en fout de Ghislaine, elle sait qu'elle n'est pour moi qu'un symptôme de détresse et que ma détresse, c'est elle, Clémence.

Un jour, au lieu d'une Clémence joyeuse et appliquée au badinage, je trouve une femme intensément pensive. Mauvais signe. L'annonce d'une crise.

— Tu sais, j'ai rencontré quelqu'un à qui Paule a raconté que je n'étais qu'une traînée. Celle-là, j'en ai assez qu'elle me roule dans la boue, qu'elle me fasse une sale réputation.

— Ton histoire avec le Berbère est connue. Paule n'est pas seule à bavarder...

— Il n'y a pas de Berbère, il n'y en a jamais eu. Tu le sais bien. Ce sont des mensonges. C'est Paule qui touille tout ça.

Ça y est, le Berbère n'existe plus. Passé aux profits et pertes. Annulé. L'épisode est terminé, donc oublié. La logique de Clémence...

— Elle ne l'a quand même pas inventé, ce Berbère.

— Si... Elle, toi et Danton. Le titre dans le journal, tu croies que je l'ai oublié? Et ne me ressors pas ta rengaine sur Paule. Je la connais, je la connais par cœur. Tu lui dois tout... et le reste. Alors je te dis une chose : si ça ne va pas très fort entre nous, c'est sa faute. Elle me traite comme une pute. Et c'est aussi la faute de tes copains, de tes bons vieux copains d'Indo, qui ont décrété que tu étais tombé sur la tête quand tu m'as épousée. Ça, ils me l'ont fait payer cher, notre mariage, cette bande de misogynes... Tout ce que vous savez faire, c'est vendre du héros. Moi, je suis une femme, pas une héroïne.

— Enfin, Clémence, tu es tout de même un peu responsable. Le Berbère...

— Pauvre idiot. Tu n'as qu'à interdire à ta Paule de déblatérer. Seulement tu es trop lâche, tu continues à la flatter, après ce qu'elle t'a fait... Tu n'as pas de fierté. Depuis que j'ai découvert ta veulerie, je ne peux plus te regarder de la même façon. Je n'aime pas les lopes. Le Berbère, lui, n'est pas une lope.

— Alors tu l'avoues, il existe, le Berbère...

— Évidemment!

On y est : la pleine rage, où Clémence ne se maîtrise plus. Les yeux durs et brillants de colère... Tout à coup, elle éclate de rire. Son rire de bataille :

— Oui, le Berbère existe et tu es le plus grand cocu du monde... Oh, pas grâce à moi, ma contribution est modeste. Tandis que celle de Paule a été bien plus éclatante et qui plus est, officielle. Mais la situation t'arrangeait et tu t'en servais pour arracher des avantages à Danton.

— Ce n'est pas vrai...

— Tiens, le jour même de notre mariage, je l'ai haïe pour

son impudeur, me faire apporter par son chauffeur un bouquet avec ce mot de sa main : « En espérant que vous serez capable de rendre Lucien heureux. » La salope! Et c'était signé : Paule Bonnard. Ça m'a fait mal au ventre... Bonnard...

— C'était une condition du divorce, qu'elle conserve mon nom.

— Tu n'aurais pas dû accepter. Elle est restée la grande Paule Bonnard et moi, Clémence Bonnard, ta femme, je ne suis qu'une concubine de deuxième main, une petite saleté.

— Mais c'est avec toi que je suis marié maintenant.

— Parfois, je me le demande...

La rage de Clémence s'est apaisée. Quelques semaines ont passé. Demi-rabibochage, nous avons refait l'amour, la fête. Mais elle préserve le mystère de sa vie. Tout se déroule en fait comme si j'avais été promu au rang de nouveau soupirant, un parmi d'autres. Clémence se comporte avec légèreté, gaieté, pourtant je suis certain qu'elle a du vague à l'âme, du regret.

Vient ce soir où, me contemplant avec des yeux tendres, elle garde ma main dans la sienne. Sa petite voix.

— Lucien, je voudrais devenir journaliste.

— Hein? Journaliste? Toi qui m'as tellement reproché d'en être un...

— J'ai changé d'idée. Je m'ennuie, et puis j'aimerais faire le même métier que toi, avec toi...

— Tu voudrais entrer dans mon canard?...

— Oh, juste comme stagiaire...

— Tu ne manques pas d'audace. Quand le journal t'envoyait auprès de moi en reportage, tu faisais surtout travailler ton cul, et sans écrire une ligne. Le Maroc, tu l'as oublié? Et maintenant, tu voudrais bosser avec moi? Avec tes fesses, sans doute? Remarque, les femmes, dans le journalisme, le cul ça les aide.

— Tu te trompes. Je veux un vrai boulot. C'est toi qui m'as enseigné que, dans le travail sérieux, on ne baise pas. Donc je ne baiserai pas, sinon avec toi, seulement avec toi.

— Et ton caractère, tes colères? Finie la paix pour moi.

— Je t'en prie, prends-moi avec toi. Tu verras, ce sera bien... Sans quoi...

— Sans quoi ?

— Toute seule, à ne rien faire, à m'ennuyer, je ne garantis rien.

— Je croyais au contraire que tu ne t'embêtais pas... Le coureur automobile, les spaghettis et le reste...

— Des conneries. Il n'y a personne. Prends-moi avec toi, nous recommencerons la vie ensemble.

Un fol espoir me saisit, retrouver Clémence. Comme avant.

— Bon, si tu y tiens vraiment. Je vais en parler à Danton.

J'ai droit à un ricanement.

— Commence donc par Paule. Tu sais bien que tout dépend d'elle. Répète-lui ce que je t'ai dit, que j'ai envie de recommencer ma vie avec toi. Si elle veut ton bien, elle comprendra...

— D'accord. Mais, de ton côté, il faudra que tu sois gentille avec elle.

— Entendu... Ce qui me plaît, c'est que tu te serves d'elle pour moi. Et si tu réussis, mon coquin, je t'aimerai à nouveau, comme jamais. D'autant que je te serai utile dans ton travail, je te servirai de sac à malices.

Je suis tout content, j'ai le cœur comme un petit ballon rouge qui plane dans l'azur. Je suis un cerf-volant. Je vogue, je vogue. Un marchand de glaces, un marchand de gaufres. Les Champs-Élysées au printemps, le loisir et les grands marronniers, la lumière éblouissante entre les ombres immenses projetées par les arbres. Je suis le petit Lulu... Me revoilà avec Anne Marie. Elle marchait lentement, me laissant le temps de jouer et de lui demander de petites faveurs. « Maman, je veux du nougat. Maman, je veux un sucre d'orge. — Ne te gave pas, tu auras la colique. » Ou bien je gaminais à cloche-pied. « Fais attention, tu vas tomber. » Anne Marie la Joconde. Quand elle sortait sans moi durant la journée, elle me rapportait toujours un cadeau. Parfois, c'était une boîte de chocolats, pomponnée et recouverte de gravures, venant de chez la « Marquise de Sévigné ». Un écrin d'art, bourré de délices. Elle avait le talent des surprises et j'étais aux anges. La surprise, élément divin de mes jeunes années...

Hélas, maintenant, plus rien ne peut me surprendre, ni bien, ni mal, ni plaisir, ni horreur... sauf les femmes, pour mon bonheur ou mon malheur. Mais moi, je le peux encore, surprendre. Et Clémence aura sa surprise. Pas une babiole, pas un objet, pas une parure ou un ornement, je vais lui procurer ce qu'elle désire tant, ce qui peut lui rendre son orgueil.

Au bout de deux ou trois jours, je lui annonce la nouvelle :

— Madame est servie. La volonté de Madame est satisfaite. Madame sera journaliste. Danton va recevoir incessamment Madame. Elle aura un coup de téléphone pour fixer le rendez-vous.

— Alors, il m'engage ?

— Certainement. Sinon, pourquoi te verrait-il ?

Sa joie. Ses yeux en pochade, maquillés d'allégresse. Et ce petit cri, ce gloussement ému, son Te Deum. Alléluia... Elle se jette dans mes bras, elle pleure de joie...

— Tu l'as manipulée, ta vieille ? Tu l'as enroulée autour de ton petit doigt ? Tu lui as fait faire l'exercice et elle a marché au pas cadencé ? Si c'est ça, je lui pardonnerai tout, je te le jure, je n'aurai plus de rancune. Raconte-moi : comment t'y es-tu pris ?

— Simple. Je suis arrivé chez elle dès potron-minet, vers dix heures. Je n'ai pas tergiversé. Tout de suite, je lui ai dit que tu désirais être embauchée au journal, que tu voulais un travail excitant et passionnant. Et à l'appui, je lui ai cité le bon vieux proverbe : « L'oisiveté est mère de tous les vices. » C'est son dada à Paule, qu'une femme doit arriver, doit percer... J'ai garanti que tu réussirais parce que tu avais du nez... Tout d'abord, elle a eu l'air étonné, mais ensuite elle a approuvé. Elle m'a donné toutes les assurances possibles... D'autant que Danton te trouve charmante.

Moue de Clémence :

— C'est tout ? Elle n'a pas hésité davantage ? A ta place, je me serais méfiée.

— Certainement pas, voyons.

Mais là, je me rappelle une petite lueur dans les yeux de Paule. Trop féerique, l'histoire. J'y repense. Son accord n'a-t-il pas été trop facile, trop rapide ? La bonne tisane qu'elle me versait n'était-elle pas à l'arsenic ? Non, elle n'oserait pas... J'essaie de chasser la méfiance, mais elle s'est distillée dans mon sang. Je rassure Clémence. Trop peut-être : elle perçoit ma gêne. Elle a deviné le piège possible :

— Tu verras, on noiera le poisson. La secrétaire n'appellera pas et ça se terminera en quenouille.

— Tu te fais des idées...

Et comme pour me donner raison, la secrétaire de Danton, Juliette, la chevronnée, Juliette des communications difficiles, standardiste-pythie, est au bout du fil. Elle tombe sur moi et demande à parler à Mme Clémence Bonnard. Je tends à Clémence l'appareil où Juliette claironne :

— Danton vous attend demain à seize heures.

Finis les doutes, les craintes et l'odeur du soufre, je fanfaronne :

— Cette fois, ça y est. Le sort en est jeté, ma fille, tu seras journaliste, comme moi, avec moi.

La fiesta, comme à chaque raccordaille. La noce. Amants et époux tout à la fois. Hymne à la joie, éclats de rires, la voix en trompette de Clémence, ma voix de basse, le sarcasme et la blague, sa façon de se mettre au chuchotis pour un potin — dont elle fait profiter tout le voisinage — ses gueulantes, singesse, tigresse, les pointes et les contrepointes des répliques, l'escrime entre nous, je te tue, tu me tues, je t'aime, tu m'aimes, les patins, les attouchements prétendument clandestins, furtifs, insistants, délicieusement, vertueusement obscènes. La ronde de nos bistrots préférés, le plaisir d'en choisir un, d'y entrer, de s'attabler... La délectation à commander et à saucer la bouffe, le champagne qui pétille au visage avant le Clos Vougeot ou un autre cru lourdement onctueux et violacé. Quand nous nous amourons ainsi, il y a entre nous quelque chose qui égaie et touche les gens, à commencer par les garçons, les maîtres d'hôtel, le patron qui ne manque pas son bout de causette. Toujours, nous connaissons des visages, des visages nous connaissent, et alors, on fait bande. Une boîte de nuit après... Clémence est avec moi, ne me lâche pas, sauf pour se dandiner un peu sur la piste où elle ne s'attarde pas.

Telle fut notre veillée avant le grand jour de son engagement par le plus grand quotidien français, le mien. Entre nous deux, tout était bien, tout réparé, tout raccommodé, tout chagrin oublié. Une fois encore, l'avenir était à nous.

Ensuite au lit. Normal, désormais. On se déshabille, on baise, on s'endort côte à côte, comme hier, comme il n'y a pas si longtemps. Oui, nous allons revivre ensemble.

Le lendemain, nous avons traînaillé jusqu'à deux heures de l'après-midi. Le moment de se vêtir, de se préparer pour l'entrevue est venu très vite. Clémence y a mis du soin. Ne pas faire la coquine, l'aguicheuse, la poulette aux charmes déployés, éviter aussi la bécassine, la petite oie jouant les saintes nitouches. Trouver la juste nuance, celle de la vertu agréable, légèrement épicée. Pas trop d'affriolant, pas non plus de raplapla. Ni croquignolet, ni bégueule. S'habiller pour plaire à Danton, lui donner bonne opinion, avoir la bonne apparence. Délicat tout ça, surtout quand on est la jeune épouse de Lucien Bonnard, qu'on remorque une sale histoire et qu'on vient solliciter un emploi.

Après avoir fouillé dans ses affaires, essayé je ne sais combien de robes, après m'avoir demandé mille fois mon avis tout en me disant que je n'y entendais rien, après s'être longuement et sévèrement scrutée dans la glace, Clémence a choisi une petite tunique verte, très simple, qui lui allait à ravir. Elle s'est fardée, légèrement. Elle était parfaite. Le modèle de la jeune femme décente et néanmoins attrayante.

Je l'ai conduite en voiture jusqu'au journal. En chemin, elle a été prise de tremblements et elle m'a demandé :

— Tu me jures que je serai bien reçue ? Que Danton sera gentil avec moi et qu'il m'engagera ?

— C'est du tout cuit. Tu montes au deuxième étage, tu te présentes à l'huissier... Tu attendras peut-être un peu, mais ne crains rien, ensuite Danton te fera du charme...

— Lucien, mon Lucien, tu en es vraiment sûr ? J'ai peur, tu sais, mais qu'est-ce que je serais contente si ça marchait !

Tendrement, une caresse, un baiser sur sa joue. J'ai arrêté l'auto devant le portail où une foule ininterrompue entrait et sortait. Avant de se glisser hors de la voiture, elle m'a tendu une clef :

— C'est la clé du studio. Rentre m'attendre chez moi... chez nous. Je te téléphonerai dès ma sortie du bureau de Danton.

Clémence. Je l'aime. Sa silhouette si fragile a disparu dans une bousculade. J'ai redémarré, l'estomac noué. Et si Paule m'avait berné, si elle m'avait concocté un tour à sa façon? Mais qu'aurait-elle pu inventer? Danton reçoit Clémence... C'est ce que je voulais après tout...

Le studio. Je m'allonge sur le matelas. Une heure s'écoule. C'est long, terriblement long. L'inquiétude... Puis je me rassure. Au journal, il faut souvent faire antichambre, obéir à une étiquette dérisoire que je connais par cœur... Dans cet immeuble qui n'est qu'affairement et trépidations, le deuxième étage constitue un havre de repos, de silence — lieu de la haute direction, espace des ombres incarnant la puissance et la vie. Pour être admis auprès du dieu caché dans son bureau, niché au fond d'un long couloir feutré, la routine est insignifiante mais pointilleuse. Sur le palier veille un homme debout, moitié huissier, moitié appariteur, mal foutu, mal vêtu, aimable avec détachement. Clémence lui a dit : « Je viens voir Danton », il lui a tendu un carnet à souches où elle a griffonné son nom et le bout de papier a disparu chez les dames secrétaires. Ensuite, on l'a fait patienter, assise, dans la miteuse salle d'attente : une pièce assez grande, avec, en son centre, une table surmontée d'un immense cendrier plein des mégots de l'angoisse, et un cercle de fauteuils avachis, chargés d'hommes et de femmes avides d'approcher Danton, toujours incertains d'y parvenir, des êtres de toutes sortes, de tous âges, la plupart importants, ou le croyant, et là, réduits à zéro. A l'extrémité du couloir apparaît parfois Danton... on perçoit les échos de ses colères, son agacement devant un importun, ou au contraire ses pâmoisons auprès de quelque personnage dont il espère les faveurs. Enfin, on est venu chercher Clémence, on l'a entraînée dans la pièce des dames secrétaires, toutes réduites à des prénoms célèbres, ni beauté ni laideur, exactement conformes à leur fonction de Parque aux mille yeux qui font semblant de ne pas voir. Mais leur accueil, une nuance dans le ton ou le regard indiquent l' « atmosphère » du maître. A nouveau, on a dû la faire attendre. Debout cette fois. Pour parvenir jusqu'à Danton, il faut toujours passer par le crible de ces fameuses dames un peu usées. Je les connais, je les ai tellement pratiquées... Conciliabules du bout des lèvres quand j'apparaissais : « Juste une minute, monsieur Bonnard », le temps de voir d'autres gens recalés, refoulés en dernière instance. « Pas aujourd'hui. Votre rendez-vous est remis. On vous préviendra. » Là-dessus, mon tour venait. On me poussait par une petite porte intérieure, celle des habitués, et j'étais dans le Saint des Saints, face à lui. Rarement quelque chose à se dire. Sauf quand je partais en reportage, son éternelle recommandation. « Ne prenez pas trop de risques, surtout pas... » Sachant évidemment que je les prendrais puisque j'étais expédié pour réussir un scoop.

Quelque chose cloche... Combien d'heures depuis que Clémence a disparu dans la bousculade du journal? Deux? Trois? Pourquoi n'appelle-t-elle pas? Et si on l'avait laissée se morfondre indéfiniment dans la salle d'attente? Si Danton l'avait mal reçue? Ou s'il ne l'avait pas reçue du tout?

Il était huit heures lorsqu'elle a surgi en larmes, pleurant comme une fontaine, son fard dégoulinant, sa robe chiffonnée, une si petite chose, si misérable, si pitoyable. De longues minutes sans vouloir me dire un mot, les dents serrées, elle a sangloté, prostrée, sa jolie poitrine agitée de spasmes. Je suis atterré, catastrophé, me demandant ce qui a pu lui arriver, j'essaie de l'approcher, de la réconforter, de lui parler, mais elle me repousse sauvagement. Et puis, elle se redresse, et elle éclate :

— Tu me le paieras, tu me le paieras... Ça, tu n'imagines pas comme tu me le paieras...

Je tourne autour d'elle comme un vieil ours balourd, ne sachant que dire, jusqu'à ce que j'aie l'illumination :

— Mon petit, si quelqu'un t'a offensée, je te jure bien qu'il va avoir affaire à moi.

A ces mots elle s'est mise à rire, un rire à n'en plus finir, épais, granuleux, insultant :

— Tu fais le brave? ... Alors tu peux aller engueuler ton Danton, lui flanquer ta démission à la gueule, et lui cracher qu'il n'est qu'une ordure... Et Paule, ta Paule, tu peux lui foutre une raclée de derrière les fagots, une volée à lui faire rentrer sa méchanceté dans les boyaux, la claquer, et qu'elle en soit estropiée... Oh, elle, après tout, je ne t'en demande pas tant, donne-lui juste une petite gifle comme autrefois quand elle t'exaspérait trop avec ses criailleries... et que ta caresse suffisait à la faire s'évanouir. Une hystérique, ta Paule.

— Explique-moi d'abord ce qui s'est passé.

— Tu te dégonfles déjà...

— Mais non, calme-toi. Il faut que je sache ce que Danton t'a fait.

— Il m'a traitée comme une moins que rien, une minette indigne de son journal. Il m'a insultée et mise à la porte au bout d'une minute. Ça ne te suffit pas?

Par lambeaux, j'ai arraché à Clémence un récit de l'affaire. Les mots lui venaient difficilement, humiliée qu'elle était d'avoir à me décrire son humiliation.

En effet, quelle réception! Deux heures dans la salle d'attente, les secrétaires qui filaient et défilaient, lui jetant des regards intrigués... Danton ensuite. A peine s'il l'a saluée quand elle est entrée dans son bureau. Il ne s'est pas levé, un simple hochement de son petit front, tout en farfouillant dans ses papiers. Il ne l'a pas invitée à s'asseoir. Il est resté un long moment sans dire un mot, et enfin il l'a regardée. Il avait sa tête lisse de lassitude et d'ennui, sans ses fameux tics, sans ses rides qui sont sa vie, sans son fameux bégaiement d'excitation. J'imagine facilement la scène. Clémence muette, debout, lui assis dans son fauteuil, très bien assis, bien mis, très bien mis, demeurant quelques secondes totalement amorphe, morne, les yeux réduits à des fanaux jaunes. Ensuite, le mouvement lent de son petit corps qui se relève, son cou qui se tend vers Clémence, son visage décrépi qui s'approche d'elle, qui a pris l'apparence d'une vieille pomme inerte, à l'inertie pesante, et, pour finir, sa voix glacée qui adresse à une Clémence pétrifiée quelques phrases dignes d'un chef de rayon bien élevé faisant de justes et sévères observations :

— Madame, vous désirez faire du journalisme, me dit-on, et entrer dans ce journal dont votre mari fait partie. Mais avez-vous l'amour, la passion nécessaires pour un tel métier qui exige qu'on se consacre à lui corps et âme ? Hélas, d'après ce que je sais... je crains que non... Avez-vous seulement écrit des articles, quelles sont vos qualifications ?

— Non, je n'ai jamais rien écrit. Mais j'ai fait des études de lettres et j'ai des diplômes universitaires, enfin, presque des diplômes.

Balancement de tête attristé. Il semble accablé :

— Je ne vous sens pas journaliste... Il vous manque un je ne sais quoi... une curiosité. Écoutez, exercez-vous ailleurs, il y a beaucoup d'autres journaux, et quand vous pourrez m'apporter de bons papiers, parus ici ou là, signés de vous, revenez me voir... Au revoir, madame.

Là, il s'est levé, lui a baisé la main, mais sans la reconduire à la porte, et elle s'est enfuie.

Scène atroce, en effet. Je connais Danton. Lorsqu'il dit non, c'est avec gentillesse, sauf quand il pique une rogne pour un vrai motif, et encore... Il ne sait pas refuser brutalement et, s'il est acculé, il se réfugie dans une aboulie sèche qui paraît pure muflerie. Comme il a dû être gêné d'avoir à exécuter Clémence aussi cruellement, mais évidemment, il y avait la raison d'État derrière, et en l'occurrence, l'État c'était Paule... Pauvre Danton, pauvre Lulu : une fois de plus nous avons été manœuvrés. Moi surtout. J'ai été imprudent, j'ai méconnu Paule, son côté impitoyable, inoxydable, absolument traître dès que son statut et sa vanité sont en jeu. J'ai encore été naïf : j'ai cru à ses assurances. Et c'est Clémence qui paie.

Reste que j'ai été lamentable. Elle s'y attendait : je me suis dégonflé comme une baudruche. Mon bafouillis :

— Il doit y avoir une erreur, un malentendu. Je vais m'en expliquer avec Danton et tout s'arrangera.

Clémence n'a rien dit. Elle a simplement jeté sur moi un regard lourd dont je n'ai pas senti sur l'instant le poids immense. Étrangement, l'ambiance reproduisait celle de son retour du George V. Clémence est redevenue tout à fait normale, je l'ai emmenée au restaurant pour la consoler, elle a été gaie... Comme elle sait dissimuler... Oubliée l'affaire ?

Oh que non... Plus tard, beaucoup plus tard, au cours d'une querelle, Clémence m'a rappelé ces souvenirs, l'entrevue avec Danton, l'ombre de Paule, mon lâchage... Pour elle l'épisode avait été déterminant. Elle savait désormais que ma lâcheté était sans fond, sans excuse. Et c'est ainsi que nos existences ont définitivement basculé dans une *Iliade* subtile et atroce, où tous les coups étaient permis, où furent rares les éclaircies et les moments paisibles : notre vie devint champ de bataille sur échiquier d'amour.

A l'époque pourtant, piteusement, j'avais protesté à la mesure de mes moyens. Certes, pas auprès de Danton, Judas l'innocent. Mais devant une Paule qui sirotait sa cigarette par petites bouffées satisfaites, j'avais vraiment grogné :

— A cause de toi, avec Clémence, nous sommes à nouveau en guerre.

— Ce n'est pas grave, avait-elle répondu, béate, savourant le succès de sa ruse. Ça fait partie de l'existence que tu t'es choisie. Tu as la plus charmante des petites femmes, et même si elle grince de ses jolies quenottes, elle ne te quittera pas, n'aie pas peur, elle a une trop bonne place auprès de toi... Mais je te le répète : j'estime qu'il y a pour toi des choses essentielles sur lesquelles je ne céderai jamais. Et d'abord ton métier, ton journal. Y mêler ta Clémence, qui aurait fouiné partout, caqueté, flirté avec tout le monde, était impensable. Déjà qu'elle te fait tourner en bourrique dans la vie... Au journal, pas question, entends-tu, absolument pas question.

— Si tu avais cela en tête, pourquoi m'avoir fait des promesses à son sujet ?

— Imagine que je t'aie directement dit non... Remonté comme tu l'étais par cette fille, tu m'aurais assaillie, revenant sans cesse à la charge, et j'aurais été obligée de me fâcher ; or, je ne veux pas couper les ponts avec toi. De cette façon, tout s'est réglé en douceur et définitivement.

Paule, avec son sourire de finesse que je hais. Elle s'admire, elle admire sa géniale ingéniosité. Mais ce n'est pas assez et elle ajoute un trait de fiel :

— Tu sais que Danton déteste ce genre de corvée. Il a fallu que je lui force la main. Heureusement, ta Clémence lui a facilité la tâche. Se présenter à lui peinturlurée comme une poule, avec des vêtements excentriques, indécents même, jouant la star... Ça l'a choqué, Danton...

Là-dessus, je me suis fermé dans un silence plutôt désapprobateur, indécis, ne sachant pas si Paule avait eu tort ou raison. Avoir Clémence près de moi au travail aurait pu être merveilleux. Mais, aussi bien, elle aurait pu m'exaspérer... Quand même, c'était une partie à jouer et Paule l'a empêchée...

Depuis le fiasco chez Danton, Clémence m'avait remis au régime des visites avec annonce préalable et autorisation.

Elle a changé, Clémence, en quelques mois. Elle n'est plus du tout la jeune femme désolée, désespérée, et si ignorante des choses. Elle a pris de l'aplomb, s'est frottée à la vie, a acquis le goût des ragoûts peu ragoûtants. Je préférais ses colères flambantes d'hier à ses jacasseries d'aujourd'hui, un peu vulgaires et trop chargées d'expérience. Son langage ne me plaît pas. Où est ma Clémence des folies et des foucades, où est sa jeunesse? Comme elle s'est vieillie aux fricotages du monde, drôlement dégourdie et débrouillée. Moins elle-même, moins la naïve Clémence aux fulgurances perverses et merveilleuses, la Clémence que je n'ai pas su aimer... La voilà tricoteuse, devenue journaliste. Et, bien sûr, pas dans mon journal.

Comment s'y est-elle prise? Elle s'en était expliquée, une fois le coup réussi :

— Avant, j'étais une sotte. Tu sais, je n'ai jamais voulu te quitter et le studio était une bêtise. Je me suis retrouvée seule, je ne faisais pas grand-chose, à peine semblant de draguer, je recevais un peu de monde pour que tu croies à des fêtes, pour que tu te languisses, je voulais que tu me reviennes. C'est pour ça que j'ai pensé au journalisme : pour être avec toi. Seulement, après la réception de Danton... j'ai décidé de faire mon chemin toute seule. Pas avec un homme ou des hommes, je te le répète, je t'aime, mais en me taillant une place dans la presse, dans une presse pas salie par Danton et son monde. Alors j'ai choisi l'hebdomadaire de la rue de Marignan où, pourtant, je ne connaissais personne.

Le culot de Clémence. Un jour, toutes voilures dehors, elle s'est présentée à un rédacteur en chef. Pas le plus prestigieux : un des plus jeunes. Blond-roux, beau, yeux bleus, aspect vieux jeune homme charmant, des poils artistiquement disposés en auréole solaire autour de sa figure, la moustache à la coquinerie angélique, un visage foncé, qu'on dirait en pain d'épices, avec une expression de bienveillance espionnante, un éternel demi-sourire naïf et madré. Il l'a reçue au bout d'un quart d'heure d'attente. Bonne ambiance immédiate. Clémence saisit qu'elle ne doit pas s'égarer dans trop de séduction, mais se cantonner dans le rôle de la femme libre, convenablement libre, d'une liberté qui promet tout et rien... Après l'avoir regardée, l'homme lui avoue : « C'est à cause de votre nom que je vous ai reçue. Vous êtes la nouvelle épouse de Lucien Bonnard ? — Oui. Nous sommes mariés depuis trois ans. — Que voulez-vous ? — Entrer dans votre journal. — Pourquoi votre mari ne m'a-t-il pas prévenu ? Nous nous connaissons... — Il avait peur de vous embarrasser, il n'aime pas demander, même pour moi. — Il aurait quand même pu me passer un coup de fil. — A la vérité, il ignore ma démarche, et je l'avertirai uniquement si elle aboutit. Je veux lui prouver que je peux me débrouiller sans lui. » Il a ri. « Vous vous entendez bien avec Lucien ? — Très bien. Mais ce serait mieux si j'avais un travail : le même que lui, sans lui. — Vous êtes une curieuse personne... Avez-vous des références, en dehors de votre époux ? — Aucune et je n'en ai pas besoin. Ou vous croyez en moi ou vous n'y croyez pas. — Bien. Revenez dans une semaine. Je parlerai de vous au Patron. »

Quelque temps après, Clémence était engagée. Son coup de bluff avait réussi.

Au magazine de la rue de Marignan, la quintessence du select, les émanations de la bonne éducation tavelée. Tout un immeuble dans le quartier des Champs-Élysées ! Du cossu, début de siècle, vieillot selon le meilleur aloi. Superbe portail, grand escalier, cinq beaux étages, bureaux spacieux. Le maître mot de la maison, celui qui fleurit sur toutes les lèvres, c'est « Patron ». Lequel est un grand bourgeois, un milliardaire du textile à la richesse héréditaire qui, pour se distraire, avant la guerre, avait inventé les recettes de la grande information moderne. Son génie : faire suer les événements, extraire le sang noir des horreurs et l'eau de rose des délicatesses. L'homme est un vieillard jeune, au visage glabre, aux traits longs, où tout tombe : la peau, les rides, les bajoues. Un corps sec, articulé comme sur des ressorts. Le tout tanné, clair, genre merveilleusement conservé, mi-gentleman britannique, mi-André Gide super-format. Une vivacité contrôlée par la tradition des deux cents familles. La respectabilité due à la laine et le goût voyeur qui l'a conduit à la presse. L'allure d'une grande dignité mais un côté titi quand il s'exprime. Le paternalisme à son degré suprême, à la fois bonhomme et dangereux. Il exerce une terreur débonnaire à petits coups, par petites phrases, petites questions, petites constatations, toute une gamme d'expressions marquées par l'expérience et améliorées par l'âge. Le cynisme au naturel, la moralité aussi. Toutes sortes de manies parfois puériles, parfois un peu gâteuses. Ses phrases sont des lieux communs qu'il faut savoir interpréter. Avec lui, rarement l'explosion ou la grosse voix, mais plutôt un susurrement qui fait courir le monde. Sa manie, c'est d'aimer et d'être aimé. Ce qui est coton pour l'entourage. Un tyran. Il exige ses gens autour de lui, savourant l'esprit de famille plus que la courtisanerie : ce qui suppose d'eux une sacrée putasserie. Ah, l'art de le comprendre, de deviner ses envies, de satisfaire ses caprices... Et comme il sait entretenir les zizanies, porter au pavois ou mettre au rancart selon la façon plus ou moins réussie qu'on a eue de lui dire : « Patron ! ». Le contenter vraiment requiert de la subtilité, de la trouvaille, presque de la divination. Et au moindre manquement... Pas facile de ne jamais se tromper, car il tend des pièges, fait des feintes, pose des énigmes. « Qu'en pensez-vous ? » demande-t-il. « Patron, ne croyez-vous pas que... ? » L'erreur. Une réserve, une infime réticence deviennent fatales, il faut toujours lui donner, totalement et complètement, raison. Sauf de temps à autre, une minuscule suggestion... à condition qu'elle fasse naître en lui une idée de son cru. Le plus extraordinaire d'ailleurs, c'est qu'il tombe toujours juste, qu'il a un don inexplicable de prévoir les appétits populaires, bien qu'il ne l'ait jamais fréquenté, le peuple, même dans ses usines. En fait, malgré les apparences, il a un penchant affirmé pour la voyouterie. Ses grands chambellans ont des allures de truands ou de maquereaux, peu distingués, souvent ventripotents, l'accent rocailleux, mais sachant plaire, et habiles, habiles... Ils mènent la grande vie et singent les seigneurs.

Aux côtés du « Patron », se tient l'éminence grise de la maison, une éminence vraiment ténébreuse, de haut style, un raffiné, un charmeur, amateur de préciosités, dont la demeure est un palais. Levantin d'origine, d'apparence un peu lourde, foncé, trapu, compact de bras et de jambes, la figure massivement ombrageuse d'un négociant en soieries. Fausse vulgarité. Fausse solidité corporelle. Son royaume : la poésie, les arts, le beau monde, les altesses, le luxe au-delà du luxe, la pénétration des sentiments, les missions délicates, le goût merveilleux, l'argent par les fenêtres. Il glisse plutôt qu'il ne marche. Il soupèse plutôt qu'il ne regarde. Pour le « Patron », il démêle les fils, lui glissant régulièrement le bon conseil. Rien ne peut l'étonner, rien ne peut le surprendre.

Il y a encore un troisième larron, celui qui a recruté Clémence, l'adjudant de la Légion étrangère des photographes. Une sorte d'épagneul, un aspect maître d'internat parvenu, sous-officier de caserne, mais avec le bâton de maréchal dans sa giberne, l'air toujours dans une attente, une hésitation, une méditation. En fait pesant le pour et le contre et vif comme le mercure au bon moment. L'illusion de ne pas avoir d'illusions. Faux paresseux, acharné méthodique, affairé, feignant l'oisiveté, arriviste désinvolte, flairant tout, heureux d'avoir réussi, au fond plutôt bon, par nature, par habileté, naviguant à vue, conscient qu'il n'est pas taillé pour écraser mais pour contourner... Il sait faire le meilleur usage des choses.

Cette trinité, « Patron », éminence grise et adjudant, a fabriqué à partir de rien les super-photographes, qui ont fait la gloire du magazine. Une élite. Tous façonnés jeunes loups à crocs acérés pour arriver sur les charniers avec des cœurs de glace et des batteries d'appareils. Guerres, révolutions, tueries, catastrophes — leur matière première, rien de plus, dont ils doivent sortir les images, en étant capables aussi de prendre le cliché qui attendrit le cœur du lecteur : l'orphelin dans des ruines fumantes ou un petit chat accroché à un arbre au-dessus d'une inondation. Tout est dosé, tout est calculé par ces champions du trucage et de la vérité, insensibles à tout, indifférents au bien ou au mal, à la souffrance ou aux plaisirs, obsédés qu'ils sont par la nécessité d'être là, toujours là où ça cogne, pour braquer l'objectif où se braquent les mitraillettes et voir, donner à voir toutes les abominations, toute la mouscaille du monde.

Mais ensuite, quand ils reviennent d'expédition, quelle métamorphose! Paris comme un creuset civilisateur. Ils se dégrossissent, ils s'affinent, passant de l'état de jeunes loups à celui de jeunes chiens. Les origines sociales ont disparu. Ils sont tous pareils, sur le même modèle : des play-boys de la caméra. A tu et à toi avec les barmen, à commencer par ceux du Château Frontenac, du Bellman et du Silène, sans compter ceux de la Belle Ferronnière. L'éducation par le shaker. A tu et à toi aussi avec les grands de ce monde qui leur mendient une photo dans leur journal. Mais, devant le « Patron » et ses adjoints, toujours le petit doigt sur la couture du pantalon. Ils tremblent comme des gamins. Pour le reste, un seul credo : l'insolence. Et puis le goût de la séduction. La technique de la tenue négligée, de la voiture sport... Ah, les femmes! Ils s'en donnent à cœur joie avec elles! Les femmes, les filles, ça se traite n'importe comment, à la cravache. Dans les salons bourgeois du magazine, ils organisent de bonnes farces quand il n'y a pas de « Patron » en vue : des concours dans son bureau. C'est à qui mettra le moins de temps à déshabiller une fille, sous prétexte de la photographier. Le sujet? N'importe qui : une demoiselle du seizième racolée dans la rue, un mannequin convoqué par téléphone, ou une dame errant dans les couloirs avec une lettre de recommandation. On lui dit : « Vous allez faire la couverture. » Et la personne se retrouve seule avec un garçon appareil au poing, les autres regardant par le trou de la serrure. C'est très professionnel : « Clic, clac, clic, clac. » Soudain, l'opérateur ordonne : « Enlevez votre blouse », puis : « Enlevez votre soutien-gorge », puis : « Enlevez votre culotte. » Aucune jamais n'a refusé, ne s'est même avisée qu'il n'y a pas de nus dans l'honorable magazine des familles. On arrive même, en arguant de raisons techniques, à leur faire prendre des poses obscènes, à mesurer leurs parties les plus intimes avec un crayon. Le recordman de la rapidité est un Napolitain qui a, comme au bonneteau, le tour de main parfait : à peine trois minutes pour toute l'affaire. Ces filles-là, ensuite, on les revoit parfois, on se les tape, elles deviennent des copines, on les protège. Et quand la direction cherche vraiment une beauté inconnue pour charmer les lecteurs, un des garçons dit : « Je connais une fille tout ce qu'il y a de bien, les yeux en amande, etc. » Cette fois, elle fait réellement la couverture, mais en toute décence, avec un costume complet. Ainsi ont commencé plusieurs grandes carrières... Hélas, au fil des ans, presque tous, ces gars de sac et de corde qui avaient le feu à la caméra, se sont rangés, mariés, éteints, puis découverts cocus, ont fort mal pris la chose et se sont dilués dans l'anonymat. Finalement, ils n'étaient que de petits bourgeois.

Tel est le milieu où Clémence a appris le monde. A vrai dire, pas exactement au siège du magazine : plutôt au « gueuloir », une sorte d'immense buvette maison, au rez-de-chaussée du journal, passablement sordide, où les journalistes réunionnaient à plaisir, réglaient leurs contentieux et grattaient leur acné, et où j'avais parfois l'autorisation de venir la chercher. Son terrain de prédilection. Elle ne pouvait s'empêcher de jouer à Madame Sans-Gêne maréchale d'Empire, s'époumonant comme la justice, chicaneuse comme pas une, tritureuse de micmacs, toujours à donner tort ou raison, allongeant ses kyrielles d'arguments, se fâchant et se raccommodant, rouscaillant et de mauvaise foi, tout ça pour le plaisir. Elle était championne dans la discussion, à s'embrouiller dans les embrouilles, à se dépêtrer dans le dépotoir des intrigues, et le plus souvent sans qu'il y aille directement de son intérêt. Mais quand elle était en cause, alors... Il lui arrivait aussi d'avoir affaire à forte partie, surtout avec les autres filles. Un lot de garces hystériques, trottant haut, hennissant et jouant du croupion, des relations et de tout, certaines de haute naissance, de la cuisse de Jupiter ou presque, d'autres proches du macadam. Toutes harnachées pour le combat, à la mode et au parfum... Qu'est-ce qu'elles couraient la « story », qu'est-ce qu'elles se faisaient comme histoires! Salmigondis de sourires apprêtés, de haines, de rancunes, d'alliances et de contre-alliances, de compliments et de moqueries, d'amitiés soudaines et de renversements d'amitié, de méfiance, d'insinuations, de patelinages, de baisotis, de chuchotis, de fâcheries, de rivalités, d'hypocrisies, d'os déterrés, de ruses, de vérités assenées, avec toutes les complications inextricables du cœur, du cul et du métier — une fameuse basse-cour ! Et là-dedans, la voix de Clémence qui s'emballait dans ses cuivres, qui fonçait à toute vapeur, qui bousculait, qui éclatait, argumentant et contre-argumentant, avec tantôt le pourpre d'une colère à grands jets ou au contraire un baisser de ton conciliateur et sucré, quand elle était prise en flagrant délit de quelque fausseté et qu'elle tâchait de recoller la vaisselle. Brouhaha des voix, et la sienne rauque, coulante, réitérante...

D'autres fois, pour de mystérieuses raisons, sans doute parce qu'elle avait à vider au « gueuloir » des querelles dont je ne devais rien savoir, Clémence me donnait l'ordre de l'attendre à la Belle Ferronnière, un grand établissement banal à banquettes de moleskine rembourrées. Temps de notre semi-hostilité amicale... Je patientais, un peu anxieux de connaître ce que serait son humeur... Je la voyais surgir au loin, conversant avec une copine, ou seule, elle s'attablait près de moi et j'étais fixé : un baiser pour la paix, un sourire crispé pour la crise. Presque toujours c'était le bisou... et après, le bavardage. Elle me contait ses exploits... Comme son talent d'écriture n'était pas encore reconnu, on la maintenait dans les tâches d'enquêtrice, c'est-à-dire qu'elle était chargée de soutirer des « tuyaux » pour le compte des rédacteurs. Une activité qui lui convenait. En effet, aussi douée pour extorquer l'information que pour la cueillir en douceur, Clémence n'obtenait pas seulement des historiettes de coucheries et autres bagatelles, elle attrapait sans même le vouloir de formidables informations, si bien qu'on avait fini par l'envoyer dans le monde entier faire provision de nouvelles... Dans le coup n'importe où, même si elle ne connaissait rien ni personne, égale à elle-même, elle avait la touche instantanée : une vivandière vivifiante et irrésistible. Elle dégottait des révélations exclusives — à provoquer des coups d'État ou faire tomber des têtes —, confidences qui, j'espère, n'étaient pas gagnées sur l'oreiller, qu'elle comprenait à peine dans son ignorance et que, par prudence, elle n'utilisait pas. Plus tard, elle s'amusera à en distribuer quelques bribes aux correspondants qui lui plaisaient, d'une nationalité ou d'une autre, appartenant à une gazette sérieuse... Ainsi avant de grimper sur les barricades de mai avait-elle été le sourire du Printemps de Prague. Tous les partisans de Dubcek, une cohorte de ministres, de politiciens, de militants communistes étaient à ses trousses, envoûtés par elle, lui débitant naïvement leurs secrets les plus profonds. Moi, quand elle me racontait tout ça, j'étais épaté...

Sinon, elle me chroniquait les potins de son journal. Sa gloire fugace, quand elle avait approché le « Patron », lui avait susurré : « Patron », lui avait même serré la main. Les jours d'humeur chatouilleuse, elle me rappelait que « mon » Danton, mon « grand » Danton avait été avant-guerre le grouillot du « Patron », son rédacteur en chef.

— Tu comprends, le « Patron », c'est un vrai patron, un homme qui se tient bien, qui connaît sa puissance, ne fait pas le fanfaron, pas un moulin à vent. Ah, Danton, autrefois! Aux ordres! Et servile, au garde-à-vous. « Allumez ma cigarette », disait le Patron, et Danton accourait l'allumette à la main. « Ce papier ne va pas, faites-le recommencer! » et Danton se précipitait à la rédaction... Il me fait rire ton Danton...

Mais ces papotages ne faisaient pas oublier à Clémence où nous nous trouvions, et quand elle jugeait que l'assemblée de la Belle Ferronnière était suffisamment nombreuse, elle s'arrangeait alors, ostensiblement, pour faire couple avec moi. Baisers et rebaisers devant toute la rédaction reconstituée. Les maréchaux du « Patron », en escale au bar me saluaient, je les saluais. Longues congratulations, et juste un petit signe de tête amical à Clémence, pelotonnée contre moi, plus mignonne que jamais. Je sentais bien que ces hauts personnages ne comprenaient pas nos relations, se demandant si nous étions complices ou pas. Peu importe! Clémence était ravie... Ensuite, nous abandonnions les lieux pour un dîner d'accordailles que nous quittions souvent désaccordés...

Un jour de bonne humeur, nous déjeunons chez Pierre — la plus goinfreuse nourriture de Paris, de quoi gaver un ours —, et Clémence, les lèvres bien luisantes, me lance à brûle-pourpoint :

— Ça te dirait qu'on se retrouve davantage ? Qu'on vive un peu plus ensemble ? Un appartement m'a tapé dans l'œil du côté de la Maube... Une merveilleuse petite crotte dorée... Il nous irait bien. Tu rends ton logement de Montparnasse et on s'installe là-bas... Du moins, presque. On gardera le studio de mes parents pour toi, il te servira de bureau et abritera tes fantaisies... Qu'en penses-tu ? Ainsi tu aurais un pied chez moi et l'autre serait libre. Nous ferions de nouveau couple, avec ce qu'il faut d'indépendance.

— Et ta liberté à toi ?

— Je m'arrangerai... Je la garderai, ma liberté chérie, même si tu as les clés de l'appartement, le droit de visite et de résidence selon tes humeurs... et les miennes.

Je cède. Déménagement, emménagement, Clémence jongle avec les meubles et les lieux, fait de la Maube du rococo à son goût, moi, comme prévu, y prenant mes repas et partageant son lit. Je m'empare aussi du studio... La première fois que je m'y trouve seul, je me livre à un examen minutieux pour essayer de deviner ce qu'a été la vie de Clémence entre ces murs. Rien, aucune trace... Il est entendu qu'elle n'y viendra pas et, en effet, elle ne s'y manifestera que beaucoup plus tard, pour en fracasser la porte et le mettre à sac, à mon retour de Cavalaire.

Pour la Maube, achats, courses chez les antiquaires, les peintres. Clémence fouille avec délectation, c'est la chasse aux perles rares, la conquête, elle tombe en arrêt, me dit : « Je veux ça », je suis enchanté, il m'est agréable de dépenser avec elle pour orner un endroit où l'on vivra un peu ensemble... Souvenirs. Étreinte des souvenirs, des tristes acquisitions pour le studio où elle allait se cloîtrer sans moi... Cette fois, il n'y a que du gai, de l'étrange, de l'insolite, ce qui convient au logis d'un médiéval entortillé et modernisé.

Notre première nuit, elle et moi, chez nous...

Le studio, je le laisse en état. Il se révèle bien utile : désormais, Martine est entrée dans ma vie et c'est lui qui abrite notre liaison, devenue tout de suite une habitude, une protection contre l'existence et ses ennuis, contre les foucades de Clémence. Laquelle Clémence a d'ailleurs pris l'événement avec placidité. « Il te faut quelqu'un, et si la rumeur dit vrai, cette Martine sera moins chiante que Ghislaine. Et puis elle t'a été apportée sur un plateau, non ? Ton copain Milan... Lulu, tu es gâté ! Mais préviens-la, qu'elle se tienne bien à sa place. »

Pauvre Ghislaine, qui avait fini par accepter l'existence de Clémence — quand elle découvrit que je m'étais entiché d'une égérie ! Une discussion affreuse. Elle gémissait : « Et moi, qu'est-ce que je deviens ? », son visage, comme une fondrière, ses sanglots... elle ne se contenait plus. Elle s'est enfuie chez des amis, dans une maison de campagne. En chemin, tandis qu'elle conduisait, ruminant ses malheurs, elle eut la tentation de se jeter contre une voiture venant en sens inverse. Elle était au fond du désespoir, m'expliqua-t-elle plus tard. Je n'en doutais pas. Mais je restais de pierre, me bornant à l'inviter à la patience : « Attends... Ton tour reviendra... il revient toujours... »

Une fois pourtant, durant ma lune de miel avec Martine, alors que nous rentrions au studio, bras dessus, bras dessous, câlins et embrassants, j'aperçus Ghislaine en sentinelle dans la rue, une ombre comme un reproche. Martine aussi, bien sûr, la remarqua, et dans un claquement de dents me lança : « Qu'est-ce que c'est que cette mocheté ? J'espère que tu n'as pas ça dans ta vie... ? — Que vas-tu penser ? Je ne la connais même pas. » Le lendemain, j'ai téléphoné à Ghislaine pour lui intimer l'ordre de ne plus venir rôder autour de chez moi. « Et surtout ne m'appelle pas. Dorénavant, c'est moi qui t'appellerai. » Au bout du fil, il y avait une Ghislaine ressuscitée, une Ghislaine qui avait fait le flic et abouti à des conclusions euphorisantes. « Tu m'appelleras bientôt. Maintenant que j'ai vu l'allure de ta nouvelle dulcinée, je me sens mieux... Une mocheté. Ça ne durera pas, cette géante n'est pas une femme pour toi. » Par la suite, lâchement, je lui ai téléphoné de temps en temps, je suis même passé chez elle... Pour la garder prête, au bain-marie. Dans la vie, on ne sait jamais...

Clémence d'avant-hier. Clémence d'hier... Clémence au présent, qui soudain se rappelle à moi, violente, impérative. Un coup de téléphone sec, il faut que j'aille la voir toutes affaires cessantes, elle veut me parler. Ton menaçant : « Tu ne t'en tireras pas comme ça. »

Je me rends donc chez elle, enfin, chez nous, dans le nouvel appartement conjugal. Un machin tarabiscoté, avec des poutres apparentes en pagaille, des angles abrupts et des dénivellations si traîtresses qu'on risque à chaque instant de se casser la gueule. C'est incommode, ça pue même un peu. Un tas de petites pièces carrelées de rouge et de vert, qui font labyrinthe autour d'une verrière centrale, déversant une lumière terne sur un minuscule jardin aux plantes rabougries, dans lequel végètent deux pauvres palmiers nains. Clémence a essayé d'y faire pousser du hasch, vainement. Dans ce taudis super chic, Moyen Age bien refait, avec étroites fenêtres à meneaux, elle a jeté un vrac de meubles entre l'Henri II, le néo-gothique et le super-futuriste. En quelques mois, elle l'a rempli d'objets hétéroclites, trouvés aux puces ou chez des individus incroyables, qui depuis hantent sa maison, gueules moitié asperges, moitié fakirs, les uns imberbes et livides, les autres barbus et noirâtres. Le décor lui ressemble : mélange de tableaux peints avec des détritus de poubelles, d'étoffes venant d'on ne sait quelle tribu d'Amazonie à moins que ce ne soit de chez Bouquin, de bouts de cuir, de petits bronzes, de bois sculptés, de zen, d'astral ou de sagesse, le tout barbouillé de couleurs vives, le genre naïf très étudié, représentant un accouplement, des monstres, le prophète Isaïe... Tout est bizarre, tordu, recherché, mais ce n'est pas laid. Elle a du goût, Clémence... à mes frais, bien entendu, et ces excentricités me coûtent cher, même si elles sont signées de noms inconnus, quoique promis à la gloire.

L'appartement est perché au troisième étage d'une baraque qui en compte quatre, et dont les autres locataires sont plus ou moins brindezingues, des gouines, un couple d'Américains à la recherche de sensations mystico-pornos, tous à peu près friqués et recevant un drôle de monde — assez proche de celui de Clémence. L'entrée de cette ruine restaurée donne dans l'immondice d'une ruelle qui circonvolutionne à deux pas des tours de Notre-Dame. Un boyau qui se coude à quatre-vingt-dix degrés à son extrémité, sorte d'intestin grêle avec de la merde et de la Mercedes. D'un côté, des bistrots arabes avec musique du ventre et faune bien honnête, de l'autre, des demeures retapées par un promoteur se revendiquant des arts, qui vend hors de prix. Inévitables clochards dans les ruisseaux, le litron en main, et des gens bien qui marchent très élégamment par-dessus eux. Il y a de tout : de l'ordure, de la zibeline et du smoking, de pacifiques fils des Aurès, épiciers bienveillants et secrets, chez qui Clémence va faire ses achats de dernière minute pour ses casse-croûte mondains, du touriste effaré, des mioches mendigots et de la femme du monde qui retrousse la robe par peur de la saleté avant de rejoindre les raouts de la hautissime.

Clémence est seule, les cheveux à la Bardot, vêtue d'une blouse-tablier d'écolière qui laisse voir son cul et même le montre bougrement quand elle s'agite. Elle a bien une culotte, mais qui fait ficelle entre ses fesses. Elle est gironde, pas encore déformée par sa grossesse, ou à peine... plus une intuition qu'une réalité. Elle apporte whisky, verres et glaçons comme si j'étais un invité. Ses yeux luisent de mépris. Elle est de nouveau en proie à la colère, à cette colère qui dure depuis des années :

— Je veux de l'argent. Des millions. C'est pour refaire ma salle de bains.

— Pour une salle de bains... c'est vachement cher.

— Oui, peut-être, mais Isabelle, la décoratrice, m'a préparé un de ces projets!

— De toute façon je n'ai pas cette somme. Déjà que je t'entretiens sur un sacré pied, cet appartement, tes fringues à la noix de coco et le reste...

Clémence me jette un regard courroucé :

— L'enfant, il faut le payer. Je ne travaille pas pour rien. Sinon... Et l'enterrement de ta mère, tu as oublié? Ça fait monter les prix...

Dure, Clémence, d'une dureté qui ne porte pas sa marque habituelle. D'ordinaire sa violence combine le défi et la cruauté : il y a en elle comme de la pureté, même dans les coups les plus fous, les actes les plus insensés, un orgueil vengeur et l'appel d'une jouissance irrésistible. Mais Clémence n'a pas la méchanceté intéressée.

Cependant elle s'adoucit. Une petite moue :

— Ta mère... A moi, ta femme, moi qui porte ton enfant, tu as volontairement caché sa mort pour aller à Cavalaire avec une autre. On m'a tout raconté, même que tu étais arrivé après l'enterrement, exprès, tout mangé de mauvais sentiments. Si j'avais été avec toi, si j'avais occupé ma place, ça se serait passé beaucoup mieux. D'une manière ou d'une autre, là où elle était, ta mère aurait compris que tu lui étais revenu. Imagine sa joie en découvrant qu'elle était continuée sur cette terre, que je lui apportais un petit-fils ou une petite-fille.

— Comment pouvais-je deviner? Ni au début de notre mariage, ni ensuite, tu n'as témoigné la moindre attention pour elle... Tu ne te souviens déjà plus : tes gueulantes quand j'expédiais le mandat mensuel?

Clémence a baissé la tête, elle pleure en silence :

— De tout ce que je t'ai fait, c'est la seule chose que je regrette profondément, de tout mon cœur.

Je ne réponds rien. Pour la première fois, je me surprends à regretter de ne pas m'être rendu auprès d'Anne Marie ces dernières années.

Clémence reprend :

— C'est Paule la coupable. Elle a toujours haï ta mère et elle t'a dressé contre elle. Tu sais pourquoi? Parce qu'Anne Marie était une grande dame, et elle, une petite Italienne de rien du tout, une modiste qui livrait elle-même les chapeaux qu'elle fabriquait, la fille de minables hôteliers... Elle a tout fait pour te détacher de ta mère, couper vos liens, et toi, tu as marché... J'ai beaucoup réfléchi, et je suis persuadée que, si Anne Marie avait été entourée de tendresse et d'affection, elle aurait pu se rétablir. Mais qu'a-t-elle obtenu en guise d'amour? Une séparation de vingt ans, l'abandon et une mort misérable... Voilà le travail de Paule... Et avec toi maintenant, ce qu'elle fait n'est pas plus ragoûtant, vouloir sans cesse la haute main sur ta vie et ton métier, toi, le cocu, le second rôle, tellement en dessous de Danton. Ça aussi, je ne l'ai pas encaissé, et je ne l'encaisse toujours pas. Te voir comme un chien, couché devant elle et ses sucettes, devant elle et son Danton...

Clémence s'est caché le visage dans les mains, et demeure ainsi, les traits dérobés, quelques instants. Je garde le silence. Elle n'a pas entièrement tort. C'est vrai que Paule m'a amené à la solution extrême avec Anne Marie... Trop extrême peut-être... Mais ce n'est pas si simple, il y a l'autre version, que je crois également exacte. Celle d'une Anne Marie effectivement folle à lier, inguérissable, qui m'entraînait dans ses gouffres, et d'une Paule amoureuse me sauvant. Les deux thèses sont inextricables. Je me débats entre elles, comme je me débats entre Clémence que j'aime toujours et Paule que je ne parviens pas à haïr.

Pensées précises, claires, défilant en bon ordre dans mon cerveau et mon cœur, à une vitesse effarante, quelques secondes ou peut-être des fractions de seconde... un fulgurant écoulement logique qui n'aboutit qu'à m'enfoncer dans la tristesse et l'impuissance. Je redécouvre en moi, avec découragement, cette incapacité que j'ai à résoudre les problèmes de ma vie : ils sont trop gros, je les entasse, ils s'accumulent, ils s'enchevêtrent, ils m'écrasent comme ils écrasent les gens que j'ai attachés à moi... Je me démène, ils se démènent, et tout forme une mêlée cruelle, un kaléidoscope de violences... auquel peut-être je prends plaisir ?... Non, pas en ce moment, pas face à une Clémence qui me bouleverse, qui m'émeut terriblement, et dont je ne voudrais pas décevoir l'attente. Je prends donc soin que mon visage demeure impassible, d'une teinte souriante et approbatrice... Pourtant, il a dû y avoir des ombres dans mes yeux : Clémence, qui s'est redressée, les scrute avec attention. Elle sait lire dans mes pupilles, et sans doute a-t-elle compris qu'elle ne m'avait pas complètement convaincu. Je la sens déçue. Pour tromper son impression, je lui offre quelques bonnes paroles, les meilleures possibles et à peu près sincères. Mais je le pressens, elles ne la duperont pas :

— Tu as raison. Paule n'a jamais aimé Anne Marie. Elle ne cessait de la rabaisser à mes yeux et si à l'époque nous l'avions vraiment entourée d'affection, d'amour et de bonté, elle aurait probablement guéri. Je m'en aperçois seulement maintenant, après ce que tu viens de me dire...

— Menteur. Tu as trahi Anne Marie dès que tu es tombé sous l'influence de Paule. Tu l'as trahie durant trente ans. Tu l'as trahie dans sa mort... En emmenant Martine à ma place, tu as ajouté à ton ignominie. Martine, la créature de Danton et de Paule... Tu as renié ta mère, tu l'as souillée, avilie jusqu'au bout.

Clémence dans ses œuvres. Experte à me blesser et, la plaie faite, à fouailler du ton et des mots. Son imagination à trouver ce qui me fait mal, sans que je puisse débrouiller les interprétations vénéneuses de la sale vérité. Dans ce genre d'affrontement, je suis rarement de taille...

Malgré tout, je hausse les épaules et je tente une contre-attaque :

— Les sermons, ça te va bien... Tu n'es pas une sainte! Ta menace d'avortement au téléphone...

— Tu y as cru? C'était pour te flanquer la trouille, pour t'emmerder, c'est tout. Jamais je n'avorterai de cet enfant. Je suis ta femme et c'est ton rejeton, le premier que tu me fais. Il est sacré. Je tiens de ma famille : peut-être que nous sommes des sauvages et que nous cassons tout, mais la terre et le sang, les liens du sang, nous respectons ça. Tu vois, mon père et ma mère se sont haïs leur vie entière, ils se sont joué des tours pendables, se sont cocufiés ouvertement, ça ne les a pas empêchés de rester ensemble... à cause de leurs enfants, parce qu'ils les avaient fabriqués tous les deux. D'ailleurs, ils vont être contents d'apprendre ma grossesse. Ils trouvaient que ça tardait.

— Il faut le leur annoncer...

Une phrase malheureuse. Clémence rugit aussitôt :

— Bas les pattes. N'oublie pas que tu me dois réparation et tu vas payer. Je veux l'argent.

— L'argent! L'argent! Au moins, es-tu sûre d'y avoir droit? Qu'est-ce qui me prouve que l'enfant est bien de moi?

— Salaud, tu n'es qu'un salaud. Je te méprise. Tu n'as donc pas de mémoire? Souviens-toi de la chasse à l'ours... Comment je l'ai fait sauter ce truc dans mon ventre, parce qu'il n'était pas de toi. L'enfant d'un autre homme, jamais je ne le garderai, et tu le sais. Allez, fiche le camp, je t'ai assez vu... Mais n'oublie pas, je veux ma salle de bains. Et puis tu pourras te dire que tu n'as pas casqué en vain : j'y baignerai ton enfant, enfin... notre enfant.

Inutile de répondre. Je m'en suis allé et Clémence a claqué la porte sur mon dos.

La chasse à l'ours, si je m'en souviens.... Cela avait commencé absurdement, par une banale petite annonce publicitaire de l'Intourist : « Venez tuer votre ours près d'Irkoutsk. Il dort, il vous attend. » Suivaient les conditions financières et ce n'était pas donné. Mais Danton, tout excité, les yeux clignotants de plaisir, avait sauté sur l'occasion : « Bonnard, vous irez. » Bien qu'il y eût déjà un acquéreur pour le plantigrade, l'Intourist accepta quand même ma candidature comme client numéro deux. Au journal, j'avais posé une condition : emmener Clémence dans cette expédition. Accord.

Dès le début, tout avait été grotesque, rigolo, incroyable. On faisait trio avec le principal actionnaire de l'animal hibernateur, lequel roupillait dans sa tanière sans se douter qu'il avait été mis sur le marché international, vendu, condamné, livré contre espèces sonnantes à des amateurs capitalistes. Le type qui avait droit de le bousiller en premier, lieutenant de louveterie dans l'est de la France — titre qui sonnait bien mais ne signifiait pas grand-chose — était un promoteur immobilier, bâtisseur de cages à lapins. Brave et ordinaire, genre haricot gras, le bon Français moyen à qui on ne la fait pas, et avec ça, bavard.

A Moscou, la place Rouge, le mausolée Lénine, et notre hôtel vieux style, plein de filles de police qui s'asseyaient au bar sur les genoux d'hommes d'affaires japonais imperturbables. Notre lieutenant de louveterie voulait à tout prix en sauter une. Chez lui, dans son bled, il était privé : sa femme avait une maladie osseuse du bassin qui l'empêchait d'écarter les jambes.

Puis ce fut Irkoutsk. D'affreux blocs de béton au sein de l'immensité blanche, à proximité de vastes forêts gelées et du lac Baïkal, patinoire d'un monde au-delà de l'échelle humaine. On nous installe à l'hôtel, une bâtisse d'autrefois, poussiéreuse, dormante, où rien ne marchait, où une morne larbinerie s'en foutait — sauf une vieille baba, assise sur une chaise à l'orée de notre étage, qui nous tenait à l'œil. Nous étions les uniques pensionnaires. Immobilité de tout, apathie suprême. Seule la salle à manger portait trace de superbe, lustres dépareillés, débauche de cristaux ternis. On nous présenta une carte, précieusement reliée, un vrai libretto aristocratique, proposant une centaine de plats à faire rêver des grands-ducs. Malheureusement, le camarade serveur, toujours lent et assoupi, nous avertit que nous ne pouvions commander que les mets précédés d'une petite croix au crayon, trois au total, la même infâme ragougnasse qu'on attendait des heures. Une fois que nous étions arrivés pour dîner à une heure indue, nous sommes tombés sur une tablée de trois personnes, deux bouffis et une pansue, en train de bâfrer du caviar, des pigeons et de l'esturgeon : les camarades cadres de notre hôtel, qui s'empiffraient tandis que nous mourions de faim, comme le bon peuple invisible d'Irkoutsk, je pense. Pas choquée, Clémence avait même trouvé ça comique.

Un mois de préparatifs dans notre hôtel prison, avec les caquetages du lieutenant de louveterie, qui nous racontait sa sous-préfecture. Avant tout, il fallait se matelasser pour la chasse qui aurait lieu un jour, mais on ne savait quand. Interdit de sortir, de se rendre dans quelque coopérative, pour choisir, essayer, acheter — on nous livrait sur place des effets supposés adéquats, des choses énormes et lourdes, bonnets, bottes de feutre, pelisses, fourrures... qui ne convenaient jamais. C'est surtout moi qui posais un problème : on me rapportait quotidiennement les mêmes équipements riquiqui, personne n'imaginant qu'un Français pût être grand. Trois semaines rien que pour cette opération habillage en vue du froid, de la forêt, du seigneur ours toujours bien peinard dans son trou ! Heureusement, il y avait de la vodka, le seul produit à profusion. Alors, on prenait des bitures, le promoteur chasseur s'empourprait, s'indignait, radotait et Clémence, qui l'avait baptisé Nemrod, se moquait. Elle fut prête la première, cosaque enfouie dans une grande toque rousse et un manteau à longs poils. Elle était magnifique, royalement gonflée dans ses affûtiaux et c'est là que je m'aperçus que sa chair et son corps aussi se dilataient. Elle était enceinte, et cela donnait à son visage une beauté de madone guerrière.

Elle me lâcha carrément le morceau. « Si je m'en étais doutée, je me serais arrangée à Paris. Je vais faire passer ça, tu penses. Il n'est pas de toi. Ici, il paraît que c'est encore plus facile, l'avortement est légal et il y a tout ce qu'il faut pour ça, un hôpital formid... les droits du peuple. Je vais y aller... » J'ai oublié de le préciser, Clémence est de gauche et pratique les abréviations à la mode. Formid, formid, tout est formid.

Je prêchai la raison : « C'est de la dinguerie. Tu es étrangère, une Française, tu vas te faire foutre à la porte. » Mais Clémence, quand elle est décidée, ne lâche jamais : « Ferme-la, j'y vais. » Mystérieusement, elle obtint une autorisation. On la conduisit à un taudis, et elle fut remise aux mains d'une matrone sale et usée à souhait, à l'allure de faiseuse d'anges de pays capitaliste. L'espèce de sorcière l'attoucha vaguement après qu'elles se furent parlé par gestes et la renvoya sans avoir rien fait, marmonnant des imprécations comme si Clémence avait voulu l'engager dans une basse besogne, elle, une représentante du peuple, pourvue du noble titre d'infirmière. J'engueulai Clémence qui se tordait en me racontant la scène ridicule. Elle me détaillait tout, ses mains et ses doigts si jolis, emmêlés aux mains et aux doigts décharnés de la scrofuleuse duègne dans un essai de conversation, les mains et les doigts de l'« infecte femme » ensuite sur son ventre, et enfin ses hurlements lorsqu'elle avait compris qu'on voulait l'induire à quelque ignoble crime antipopulaire.

Clémence était hilare, mais chaque jour, sous mes yeux, elle s'enceintrait davantage. Curieusement, je ne souffrais pas tellement... C'était du Clémence tout craché, honnête même dans le pire, morale à sa façon. Je le reconnais, elle n'en voulait à aucun prix de ce lardon qui ne venait pas de moi.

L'heure de l'ours a sonné. Un détachement de l'Intourist nous prend en charge. Entre dans le jeu notre guide, une dame russe, une bonne vieille fille droit sortie d'une pièce de Tchekhov. Menue, sourire de grand-mère, innocence du visage ridé, cheveux à bouclettes blanches. Sous ses ordres, un interprète, beau garçon énigmatique, silencieux, les traits asiatiques bien profilés, longs et fins, rien du mongol à la face camuse, un métis de confins lointains, qui sent le kriss et l'amok, le sang malais. Comme auxiliaires, quelques balourds futés, épais de corps, des Russes ordinaires.

La vie changea. Des randonnées, surtout des exercices de

tir sur le rivage du Baïkal, là où le courant de cette mer intérieure était si furieux qu'il rompait l'énorme couche des glaces, les fracassant — un tonnerre d'eaux furieuses, une coulée verdâtre, un tourbillonnement d'icebergs. Nous nous entraînions sur des cartons comme à la foire du Trône. Le ravissement de Clémence, à qui on avait donné aussi une arme et des cartouches, chaque fois qu'elle tapait en plein dans la cible! A sa façon de se concentrer, la mâchoire crispée, on devinait son plaisir, et quand elle avait tiré, sentant la poudre, elle riait aux éclats. Elle était bien plus experte, la petite amazone, que moi, le vieux correspondant de guerre.

Enfin, le grand jour. A l'aube, des voitures nous emmènent, glissant comme des traîneaux dans une lumière incertaine, à travers un monde immaculé. Elles s'arrêtent. Tout autour, un désert de troncs gelés, des entrelacs de branches, une nudité sombre et tourmentée. Impression de cathédrale dépouillée, impression aussi de sacrilège dès que nous y pénétrons. Nous marchons le long d'un sillon tordu, sinueux, où la neige a été tassée dans toute sa profondeur par des milliers et des milliers de pas d'hommes. Notre colonne s'étire. Il n'y a que quelques centaines de mètres à faire, mais nous avançons difficilement, à cause des fûts énormes qu'il faut contourner, de leurs racines noueuses, de tout ce que les arbres ont laissé tomber : écorces, bois mort, et autres déchets. Solennité, le bruissement du vent, ricanements ou sanglots, tous les craquements, les froissements, les mouvements d'épaules, les intimes soubresauts de la sylve violée, si dédaigneuse pourtant, toujours toute-puissante. Le grand silence nous oppresse plus que la pureté du froid où les haleines font de petits nuages. Clémence, habile à surmonter les obstacles, se hâte joliment, fusil en main, déesse de la joie, déesse de la fécondité, déesse tueuse, jouissant à pleins poumons, à plein corps, à plein ventre, le regard de feu. La savoir grosse ne me gêne vraiment pas, j'aime son rayonnement. Mais ma présence derrière elle lui fait peur. Non qu'elle craigne que je ne veuille l'occire, sous prétexte d'accident. Elle ne redoute que ma maladresse naturelle. En effet, je me tords les pieds à chaque instant et, déséquilibré, je gesticule désespérément pour ne pas tomber, brandissant mon fusil n'importe comment — étrange angoisse de Clémence, mon arme n'est pas chargée et elle le sait. Enfin, nous arrivons, l'ours a été bien gentil, il roupille, il nous attend toujours, il nous attend depuis des semaines. Nous sommes là. Tu vas mourir, ours, à moins que tu ne nous tues.

Nous débouchons sur une clairière dominée par un talus. Une grotte dans le talus, et l'ours dormant dans la grotte. Clairière couverte de monde. Toute la télévision sibérienne est là. Toute l'armée sibérienne aussi — en fait, un peloton de cinquante soldats —, beaux uniformes roides, bien militaires, faces martiales, figures frustes de l'obéissance, garde-à-vous, fusils en faisceaux. Il y a aussi de l'officier et du sous-officier, bardés d'épaulettes grandes comme des plateaux à fromages et constellés de décorations. Lourdeur et sobriété.

La petite chef de l'Intourist se transforme alors en une remarquable maîtresse de cérémonie, doublée d'une stratège de première classe, qui prend le commandement d'une véritable opération de guerre...

Colloque au sommet entre la douce dame et ses clients — c'est-à-dire le lieutenant de louveterie, Clémence et moi, trois blocs entissutés, enfourrurés, trois bibendums à pelages, le visage rouge, mordu au sang par le froid. Le ciel est à peine bleuté, le soleil tendrement pâle. La nature étincelle : brillance douce de la neige coupée par le noirâtre des végétations et des rocs. Tout est net, tout luit, tout s'étend à l'infini dans la légèreté de l'air, un air qui, ce matin, est à cinquante ou soixante degrés en dessous de zéro. Colloque donc, pendant que les caméras filment sans discontinuer. Clémence est la vedette, belle, toute vivifiée de froid, narines retroussées de jubilation. Quant au loufiat de louveterie, avec son teint brique de petit patron de la construction bon marché, tellement Dupond dans son jour de gloire, il joue à Superman. La cheffesse s'adresse à lui par l'intermédiaire de l'interprète asiate. Que fait-il là ce communiste exotique, ce garçon si manifestement doué pour le sarong et les palmiers, ce garçon qui sent les mers chaudes ? Quel imbroglio que le marxisme-léninisme... Question de la petite mère au Nemrod de la Haute-Marne :

— Voulez-vous tuer votre ours sans risques ou avec risques ?

En guise de réponse, Nemrod s'enquiert doucement de la première option, la méthode lâche mais sûre, pour mieux tromper son monde, pour mieux faire éclater ensuite son courage : lui, le danger, il n'aime que ça. Un lieutenant de louveterie — sans loups puisqu'ils ont disparu de sa région et de toute la France — qui passe du sanglier à l'ours, au grand ours, à l'énorme ours, le danger, il le lui faut. Mais motus... D'abord connaître, puis rejeter la prudence.

La méthode précautionneuse, apprend-il, consiste, sans réveiller l'animal, à boucher l'entrée de sa caverne à l'aide d'un panneau de bois, percé d'un trou en son milieu. Par cette ouverture, on introduit une planche, que l'on remue doucement, jusqu'à ce qu'elle atteigne la tête de l'ours toujours dans ses songes. A ce moment, le « chasseur » entre en action : il glisse son fusil le long de la planche, de façon que le canon soit posé sur la truffe de l'animal, il appuie sur la détente et l'ours est expédié au paradis des ursidés sans avoir ouvert l'œil.

Nemrod marque immédiatement son écœurement. On ne tue pas un seigneur plantigrade comme un veau à l'abattoir.

— Pas de cela. Je ne suis pas venu ici pour une boucherie. Je veux tuer noblement « mon ours », que j'ai déjà payé, et très cher, des millions... il m'en faut pour mon argent.

Déclaration qui reçoit l'approbation chaleureuse de toute l'assistance. La grand-mère, qui semble en connaître un bout, expose donc ce qu'est la chasse avec risques.

Cette fois, le chasseur se place à environ quinze pas de l'entrée de la grotte où l'animal hiberne — il est si épais de chair et d'os qu'on ne peut l'occire qu'à très courte distance. Puis quelqu'un va réveiller l'ours en faisant du bruit autour de sa tanière. Tiré de son assoupissement, l'animal inquiet, pas content, se demande ce qui lui arrive. Il se frotte les yeux, se redresse, gagne l'entrée de sa grotte, où, debout, dans sa majesté somnolente, il explore le monde extérieur de son regard engourdi. A ce moment, le chasseur doit l'abattre d'un seul coup de feu en touchant l'un de ses uniques points vulnérables, les yeux ou les oreilles. Si l'ours ne tombe pas foudroyé, s'il n'est que blessé, même gravement, lui dont le caractère est généralement placide se fâche méchamment.

En quelques secondes, il déchire de ses griffes et de ses dents le chasseur qui l'a manqué. Conclusion : pour chasser l'ours dangereusement, il faut avoir la détente infaillible.

Le discours de la vieille dame, retransmis au fur et à mesure par la voix monocorde de l'Asiate, n'entame pas le courage de Nemrod. Il est bien un peu pâle, sa lèvre a un tremblement, mais il surmonte sa trouille à la façon d'un poilu de Verdun — localité voisine de la sienne — partant à l'assaut des « boches ». Campé stoïquement sur ses jambes, il fait face, prêt à encaisser la charge de la Bête au cas où il ne lui casserait pas la pipe du premier coup. Nemrod se doit à lui-même et à la population de la Haute-Marne, où son départ pour exécuter le monstre de l'Apocalypse a fait sensation. Il sait qu'on l'attend dans son coin. Alors il prononce, avec une grandeur d'âme admirable, ces mots dignes d'un gladiateur antique :

— Ce sera lui, ou moi. Je suis prêt. Je l'aurai, l'ours, et sa peau sera le trophée de mon grand salon. Ça épatera du monde, ça en jettera un jus dans mon patelin.

« Formez les rangs. » Le dispositif s'organise. Ballet cynégétique. On met Nemrod en position, les pieds calés sur le sol, à quelques mètres seulement du trou béant d'où surgira tout à l'heure le plantigrade. Il vérifie son arme, un fusil russe doré sur tranche, si l'on peut dire, fait jouer la culasse, contemple les balles — du blindé, du costaud —, débloque le cran de sûreté, et enfin, ajuste longuement, les yeux sur la mire. Apprêts de vieux briscard ou apprêts de petit-bourgeois bravache ? A la mine des Russes, courtoisement moqueuse, je conclus qu'ils sont plutôt petits-bourgeois. Tartarinades boréales. Moi, on me place un mètre derrière lui, décalé sur sa gauche — je suis le second fusil, et je dois tirer comme l'éclair sur l'ours, si Nemrod ne le foudroie pas du premier coup et qu'il fonce sur nous. Me voilà donc promu sauveur éventuel du tueur de monstres. Clémence, disposée encore plus en retrait, est également mise à contribution : elle est chargée du dernier secours, de l'ultime recours, du coup de grâce, si à mon tour je rate. Florissante sous sa toque, avec sa mine épanouie de pêche mûre — une pêche dans cette toundra — jamais elle ne m'a paru appeler autant la volupté. Évidemment elle sait s'y prendre mieux que moi. Elle a déjà calé la crosse du fusil contre son épaule et ajusté avec une aisance souveraine. Dans cette pose, on dirait une Diane à la mode polaire, que les caméras sibériennes pelliculent par kilomètres.

Je dois le confesser à ma grande honte, la stratégique installation de notre trio ne suffit pas à inspirer une confiance absolue à la petite mère de l'Intourist. Doutant visiblement de nos capacités, elle compte sur l'armée soviétique. Je comprends maintenant la signification de la présence soldatesque. Au moment où tous trois sommes parés pour la grande aventure, un ordre sec sort de la bouche d'un officier : immédiatement les soldats exécutent une manœuvre parfaite qui les porte à notre hauteur, nous encadrant, vingt-cinq d'un côté, vingt-cinq de l'autre, leurs fusils braqués sur le repaire de l'animal. J'effectue un rapide calcul : un fusil pour Nemrod, deux pour Clémence et moi, cinquante pour les militaires, cela fait donc au total cinquante-trois fusils contre un ours endormi... Certes, la troupe doit d'abord nous laisser à nous-mêmes, à notre plaisir de tuer, et ne lâcher la salve générale que si nous nous montrons trop godiches. Mais pour le bien de l'URSS, pour la renommée de l'Intourist, pour la bonne rentrée des devises, il ne faut pas que les premiers bourgeois venus à l'ours soient blessés ou tués par l'Ours Soviétique. Cela découragerait les capitalistes cousus d'or, les vieux pontes d'Europe et d'Amérique, et empêcherait la transformation d'autres ours en dollars et en francs, selon les données du dernier plan quinquennal, où les plantigrades sont invités à offrir leur vie pour la prospérité, le développement et l'expansion du marxisme-léninisme.

La manœuvre militaire achevée, deux garçons en blouse s'en vont jouer du tambour sur le talus qui domine la tanière. Roulements martiaux durant plusieurs minutes. Ils s'arrêtent... On entend alors des bruits venant de l'antre — bâillements, grognements, gémissements, soupirs : le réveil du dormeur, qui croyait en avoir encore pour des semaines. Il proteste, il grogne. Remue-ménage d'enfer. Enfin, il apparaît au seuil de sa demeure, dressé de toute sa taille — près de deux mètres — et dans toute son épaisseur, des centaines et des centaines de kilos. Un colosse dans son pelage brun. Branle de la tête avec un mécontentement abruti, les yeux tristes, lourds, stupéfaits plutôt que mauvais. Ce qu'il aperçoit ne lui plaît pas du tout, et soudain méfiant, le mufle menaçant, il entreprend de sortir de chez lui. Deux, trois dandinements... explosion... Nemrod, d'une balle, l'a frappé en plein creux de l'oreille. Aussitôt la masse s'écroule, faisant un tas gigantesque et mou.

Mort, l'ours. Une clameur enthousiaste monte de l'assistance, la petite vieille embrasse, de ses joues fripées, Nemrod qui a conservé un air modeste, comme si l'exploit allait de soi. Clémence lui saute au cou, l'adoubant son héros.

Puis la clairière se dépeuple, les cameramen s'en vont, les soldats aussi.

Logique russe. Ce sont d'abord des moujiks à longue barbe qui traînent péniblement le cadavre velu. Puis arrive un cheval, carne vivante, pour tirer la carne morte. Enfin, un tracteur, un joli petit tracteur à chenilles prend le relais et hale la dépouille comme un jouet.

La fête maintenant. On se rassemble dans un grand pavillon en bois sculpté, très luxueux, Trianon des temps tsaristes pour festivités princières. Meubles précieux, vases, estampes, tableaux, Watteau — images de dames vêtues comme à la cour de Versailles que des messieurs poudrés entraînent dans des quadrilles. Dehors, des gaillards dépouillent l'ours au coutelas, retirent la peau avec habileté, faisant apparaître un colossal bloc de chair rouge. Le sang. La joie du sang. Clémence trépigne d'excitation et de sauvagerie. Découpe du tronc à la hache. Bientôt, il n'y a plus que des morceaux d'ours. Griserie. On remet à notre ange gardien aux cheveux follets, la mémère de l'Intourist, un organe gluant, le foie — la pièce de choix —, qu'elle se met à préparer en cuisinière patentée, le découpant en rondelles qu'elle fait frire dans une poêle, au-dessus d'un fourneau rougeoyant. La nuit est venue. Les flammes se reflètent sur les visages.

Dans le salon garni de tapisseries des Gobelins, se masse peu à peu une Russie ancienne : pas celle de l'aristocratie mais celle du bon peuple surgi de la mémoire des temps. Des mecs, des costauds qui bâfrent d'énormes lambeaux à moitié crus, à moitié brûlés, à pleines dents, à pleines patoches et enfournent de la vodka à pleine gorge. Pour Clémence, Nemrod et moi, les fines bouchées préparées par la vieille, sont servies dans de la porcelaine et de l'argenterie...

Tout à coup, un chœur de voix de femmes s'élève, une mélopée gaie, endiablée. Voix comme des enlacements, comme des envoûtements, fontaines de vie, jouvence. Visages encadrés de foulards et de châles, femmes désirs et moqueries, femmes promesses qui poussent les mâles à se magnifier dans des exploits de bonne vie.

Dans l'entassement, à l'intérieur du pavillon, les yeux des hommes luisent d'excitation et de luxure. En eux bouillonne une force inouïe venue du fond des siècles, et domptée dans une liturgie de la brutalité dominée. Déchaînement sacré. Voix mâles, sonorités rauques et profondes, qui répondent aux sollicitations des voix féminines. On se croirait dans un campement... Impression de cavaliers qui viennent juste de descendre de leurs montures. Ils se sont mis à danser. Plus de lois de la nature, ils défient la pesanteur et l'équilibre, atteignant le paroxysme de la libération des corps. Ils sont les rois du monde, fierté, orgueil, tourbillonnant sur un rythme haletant, tressautant, ruant, accroupis, les mains posées sur la poitrine, ils dégainent si vite des jambes qu'ils ne semblent pas toucher terre. Hommes troncs qui battent l'espace... Tassés sur leur train arrière, en une voltige prodigieuse, ils se dressent soudain et bondissent, mouvements aériens et impalpables, titanesques invincibles. Éclairs de feu. Sensations inouïes. Chez ces culs-de-jatte qui hurlent et sautent sauvagement, il y a de la steppe, de la conquête, de la chevauchée. Les voix de femmes se font plus goulûment sensuelles, plus enragées, apogée de la joie qui bientôt devient mélancolie. Après le culte de la vie, la menace de la mort. La mort comme le plus ardent plaisir, comme la suprême jouissance. Les yatagans brillent, les guerriers s'affrontent en combats acharnés, lueurs scintillantes, choc des armes, étreinte poignante. La guerre dans un simulacre superbe. Des spectateurs pareils à des popes approuvent de leurs yeux bénisseurs, d'autres, tas avinés et cramoisis, titubent, braillent leur enthousiasme. Tout tangue, tout vogue, tout s'embrume.

Désormais, hommes et femmes mêlés... Vagues de l'accordéon à travers la salle. L'ivresse devient pochardise, saoulerie magnifique, les contorsions des visages, les rires. Nemrod veut participer à cette « sauterie », il gambade et tombe dans l'hilarité générale. Clémence, le visage parcouru d'un sourire extatique, entre à son tour dans la ronde. Elle danse, danse, bondit et rebondit, tourne, vrille, de plus en plus éloignée des choses, noyée de sensualité, de sa sensualité. Je la rejoins, écarlate de bonheur et d'ardeur, Clémence enceinte... enceinte d'un autre que moi. Belle, si belle en ses formes arrondies. Elle se colle à moi, ivre de frénésie et de gestes. « Je t'aime », souffle-t-elle. « Moi aussi, je t'aime. » Nous nous embrassons tendrement, si tendrement. J'enlace sa plénitude. Clémence, si belle dans sa fécondité... L'assemblée, ravie de nos tendresses, braille sa complicité. La vodka coule comme un fleuve de lave, vodka de pureté et de feu. On ne sait plus si le temps existe, quelle heure de la nuit il est. L'aube doit pourtant approcher, à en juger par une lueur qui filtre à travers les interstices des fenêtres closes. Autour de nous, ça bâfre toujours de la charogne d'ours, ça hurle gaiement, des hurlements tonitruants et chauds, ça dégobille aussi. Spectacle de désastre, remugles et splendeurs finissantes, le sol est jonché d'ivrognes et de saletés. Clémence, hystérique, ma reine, boit rasade sur rasade. Elle se frotte contre moi avec une ardeur insensée. Ce n'est plus la jeune fille énamourée, plus la petite salope, c'est une femme amoureuse, ma femme, qui me jure : « Je te serai toujours fidèle », et qui m'embrasse, m'entoure, m'enserre. Je ne la crois pas, mais qu'importe, je suis heureux. Nemrod, qui vient de vomir à longs traits, se dandine autour de nous, clamant :

— Les tourtereaux, les tourtereaux... Une voix de carte postale tendre.

Lumières du matin. Dans l'atmosphère empuantie flottent les derniers flonflons d'une musique qui meurt. Quelques danseurs gigotent encore, hébétés. Accouplements vautrés. L'ours, complètement bouffé, n'est plus qu'une grosse carcasse grattée... Il est temps de s'en aller. Clémence et moi, toujours dans les bras l'un de l'autre, prenons place dans une voiture qui attend. Le chauffeur, rubicond et barbu, est ivre comme un Père Noël qui aurait avalé une hotte de vodka.

Kilomètres d'uniformité neigeuse. Il s'égare et nous dérapons en contrebas d'un talus. Voiture enlisée, impossible de repartir. Le brave chauffeur, dessaoulé et impuissant, pleure et ses larmes deviennent des stalactites. Clémence et moi, seuls. En ce jour qui se lève sur la blancheur infinie, où les écorces d'arbres trop proches craquent de froid, où des oiseaux noirs coassent au-dessus de nos têtes, nous nous étreignons pour nous donner chaud. Une étreinte passionnée, le sentiment qu'aucun secours n'est possible, que l'étendue immaculée est un linceul. Notre chair, notre sang se refroidissent, mais nos cœurs sont chauds. Des heures ainsi... Enfin, une patrouille de soldats nous retrouve. Nous l'apprendrons ensuite, toute la garnison d'Irkoutsk avait été envoyée à notre recherche. Vodka, chaleur, une griserie de vie exaspérée, la résurrection dans l'absolue félicité et, dès que nous sommes dans la chambre crasseuse de l'hôtel, un formidable besoin de nous aimer. Malgré les épuisements de l'orgie et de la peur blanche, malgré les voiles de l'alcool et les brouillards d'un jour sinistre, pour la première fois depuis longtemps, nous faisons l'amour avec une rage et une tendresse allant au-delà de toute chose. Notre idylle continue.

Le lendemain, les gens ont repris leurs mines soviétiques, leur « niet » soviétique, leur amabilité soviétique qui sonne faux et leur je-m'en-foutisme inébranlable. Le malheur s'abat sur Nemrod. Il est obsédé, il veut la peau de son ours, il y a droit, on le sait. Il a payé à l'avance une somme énorme pour la rapporter en France. Seulement voilà, avec un sourire angélique, la grand-mère lui répond que si la peau lui appartient sans conteste, il faut aussi la préparer; or, il n'y a personne ici qui soit en mesure d'exécuter ce travail. Chœur de protestations. Nemrod, apoplectique, apocalyptique, clame au voleur. Enfin, le calme revient quand nous déclarons que nous ne partirons pas sans la dépouille. La menace porte. Pour se débarrasser de nous, la vieille décide de nous présenter un camarade qui se décrète taxidermiste, une espèce de Landru absolument sinistre, de petits yeux cruels très enfoncés dans les orbites et quelques poils de barbe maigre. Pour faire de la belle besogne, il lui faudrait quinze jours, alors il se contente de saler la peau, ce qui ne lui en prend que deux. Deux jours pendant lesquels Clémence et moi nous nous en donnons à cœur joie, tout en rigolant avec Nemrod qui a repris goût à la vie. Finalement, c'est prêt — mais il n'y a pas de caisse et nous devons nous satisfaire d'un carton où nous rangeons la peau n'importe comment. Nemrod veille sur elle comme sur la prunelle de ses yeux. Adieu Irkoutsk.

Moscou, l'aéroport. Nemrod traîne son précieux fardeau à travers le hall. Catastrophe. Des flots de sang coulent du carton, un raz de marée, la mer rouge. Aussitôt, cinquante policiers, en civil et en uniforme s'agglutinent autour de nous. Un des petits mecs de l'Intourist, chargé de nous à Moscou, leur explique vainement que ce n'est pas un commissaire du Praesidium que nous avons tué et dont nous emportons le cadavre. Clémence rit comme une petite folle et me donne un baiser. Nemrod est pâle, intense méfiance autour de nous, on sent des revolvers dans les poches. On va nous fusiller. Arrive un grand personnage qui fait procéder à l'autopsie du colis. Dégoût et déception lorsque ses sous-ordres trouvent une masse dégoulinantissime : la peau de l'ours, mal salée, qui saigne comme un bœuf, comme un troupeau de bœufs égorgés. Nous sommes relâchés — sauf la peau qui est gardée par les autorités. Un officiel assure à Nemrod qu'on la lui enverra après examen, s'il n'est rien relevé de douteux. Effondré, il pleure : « Je ne l'aurai jamais ma peau. Je suis ridiculisé. Dans mon pays, personne ne me croira. » A Paris, adieux, amitié éternelle. Et quinze jours après, hurrah, vivat. Un mot de Nemrod nous apprend qu'il l'a reçue, sa pelure, qu'il faut que nous venions la célébrer. Nous n'irons pas. Clémence, sans complications, sans explications, sans histoires, est redevenue mince. Mais notre idylle est terminée.

Je suis rentré au studio. Le plumard pour méditer. Je me demande comment trouver l'argent pour Clémence... des millions, a-t-elle dit. Elle n'y va pas de main morte. Mais elle m'amuse et je suis content d'elle et de son enfant. Ce sera drôle de la voir gonfler, se retrouver citrouille, accoucher d'un lézard. Moi qui déteste les femmes enceintes — il est vrai qu'en Russie, elle était belle, mais maintenant elle va enfler pour de vrai, ventre en avant, grosse bosse, à moins qu'elle ne s'empâte de partout, boursouflée et croulante sous le poids des chairs. Non, la grossesse lui ira bien : Clémence est faite pour les états naturels. Et le marmot ?... Croquer le marmot, qu'est-ce que ça veut dire ? Bouffer l'enfant ? Baiser la porte d'entrée, frapper à la porte de sortie ?... Aurai-je la fibre paternelle, serai-je un bon papa, un papa gâteau, un papa gâteux, ki-ki, ri-ri, cui-cui ? Je ne le crois pas. Ça me dégoûte plutôt, un bébé, ça sent trop l'informé, le malformé, ce qui n'a pas encore de consistance. Les vagissements et le biberon. Bon Dieu, fuyons... Et s'il me ressemblait ? Bah... Enfin, il faudra examiner la question de plus près. Clémence, je l'aime à la folie ou je l'aime bien, ça dépend. En tout cas, je l'aime. Alors, le fric, son fric... Quand même, il n'y a qu'elle, en plus du croque-mort, pour changer le cadavre d'Anne Marie en affaire d'argent. Le comble c'est que c'est désarmant, émouvant, touchant. Elle a du génie, Clémence...

Donc, l'argent... Comment m'y prendre pour l'obtenir ? Emprunter au journal ? Possible. Seulement, cela suppose des justifications, des explications — et puis il faudra le rendre. Non, j'aime mieux payer de ma personne : me lancer dans un reportage du tonnerre de Dieu, écrire des papiers qui hurlent et ensuite présenter des notes de frais salées, qui ne feront pas grincer des dents puisque ma sueur aura rempli la une. Pour réussir mon coup, je suis obligé d'aller plus loin que Belfast, dans un satané coin du bout du monde, où le sang coule en fleuve.

L'Afrique bouge, paraît-il, et là-bas, c'est diablement foireux, salement puant quand ça se met à remuer... C'est ça, je vais vendre de l'Afrique... Hélas, il y a au moins deux obstacles. D'abord la susceptibilité des dirigeants du journal, qui eux seuls détiennent le bon usage du Bonnard. Aussi l'initiative du reportage doit-elle toujours jaillir de leurs géniales cervelles, sans quoi ils refusent — un principe. Ensuite, pour le moment, on respecte ma douleur filiale et on ne me propose rien... Seule Paule peut me tirer d'affaire. Aimable situation... Et je n'ai pas intérêt à lui raconter la vérité. J'ai besoin d'une autre raison, d'une excellente, qui fasse choc dans sa tête, qui la déclenche, la fasse saliver. « Ce serait bien pour toi. J'y avais d'ailleurs pensé... » Ensuite, elle la servira à Danton, lequel sera persuadé que l'Afrique est sortie de ses substantifiques méninges et le tour sera joué. J'aurai mon coup de téléphone : « Bonnard, voulez-vous... » Les habituelles circonlocutions pour émettre des ordres... A moi l'Afrique.

Sitôt pensé, sitôt fait, me voici dans le salon de Paule. Assise sur un étroit divan, les genoux bien pliés, bien serrés, le buste droit, un sourire trop nettement forcé, son menton qui avance, si je puis dire, comme un doigt inquisiteur. Elle débute aigre-douce :

— Tu as une fichue mine avec tes yeux pochés et cette figure lasse. Et puis tu as engraissé... tu as ton ventre de bouddha. Et ton costume ? Tu as remarqué qu'il est dégoûtant ? Que se passe-t-il ? Tu as des ennuis ? Clémence a encore fait des siennes ?

— Non, ce n'est pas ça. Je ne sais pas ce qui m'arrive. Tout m'embête. Je n'y comprends rien. Peut-être que la mort d'Anne Marie me pèse... je la ressasse sans arrêt. Finalement, le voyage à Cavalaire m'a plus affecté que je ne l'aurais imaginé. Malgré toute l'affection dont vous m'entourez, Danton et toi, je ne me sens pas bien. J'ai besoin d'oublier, de me changer les idées.

Tout en parlant, je me dis que je suis une pute de première catégorie. Mais du coin de l'œil, d'un œil apparemment éteint, je vérifie l'effet de ma tirade... Pour l'instant, ça marche. Paule a un petit geste magnanime. J'enchaîne :

— Je devrais reprendre le collier, faire des reportages. J'ai vaguement pensé à l'Afrique. Pour une fois, ça surprendrait. Moi, l'Asiatique, faisant de la magie noire...

— C'est une idée, parles-en à Danton.

— Surtout pas, et tu sais pourquoi... Il n'y a que toi pour le persuader.

— Que vas-tu encore imaginer ? Dans son journal, Danton est souverain. Moi, je ne peux pas grand-chose...

— Au fond, je ne sais pas si j'en ai vraiment envie... Je disais ça comme ça.

En fait, Paule est enchantée : elle aime que je lui présente des requêtes :

— Écoute, on verra. J'essaierai... Tu as raison de réagir.

Paule et sa manière d'exprimer un accord. Sa fausse modestie. « J'essaierai », comme si elle n'était pas déjà certaine du résultat. Elle va le manœuvrer, Danton, et comme toujours quand elle a décidé, il va danser la gigue, le grand chef... J'exulte. Mais pas longtemps. Je connais trop bien Paule, ses lucidités de dernière seconde... Je ne suis jamais parvenu à la berner tout à fait.

Elle s'est tue. Silence de la réflexion. C'est son habitude, quand elle s'apprête à une concession, de vérifier qu'elle a pensé à tout.

Et comme de juste, elle voit clair.

— Cette insistance subite pour partir... N'y aurait-il pas plutôt de la Clémence là-dessous? Elle t'a réclamé de l'argent? Et tu es venu me jouer la comédie de la mélancolie? Il n'y a qu'à voir ta tête maintenant que j'ai accepté de t'aider... Remarque, si vous avez trouvé un bon arrangement, je ne suis pas contre.

— Je t'assure...

— Ne m'assure rien. Avec toi, les mots sont sans valeur. Mais fais attention, ne te lance pas dans des dépenses ridicules pour ta Clémence, c'est tout ce que j'ai à dire.

Il y a presque de la douceur dans la voix de Paule. Une seconde, j'envisage de lui dire la vérité, d'annoncer la grossesse de Clémence et puis j'abandonne : elle me poserait trop de questions auxquelles je n'ai pas envie de répondre. Sans compter que ça pourrait être dangereux. Ses réactions... Sa violence...

Je préfère m'entêter dans mes dénégations :

— Clémence et moi, c'est fini et bien fini. D'ailleurs, je m'apprête à divorcer. Désormais, Martine seule a de l'importance. Non, je t'assure, si j'envisage de repartir en reportage, c'est uniquement parce que je m'ennuie.

A m'écouter, Paule semble rajeunir dans une mignonnesse qui n'est plus de son âge. Évidemment, elle m'a percé à jour, mais au lieu de s'irriter, elle me morigène doucement :

— Mandarin raté... Qu'est-ce que tu mens mal pour un Chinois! Mon pauvre Lulu, tu n'as jamais su mentir. Encore une de tes faiblesses.

L'ambiance se détend. Je me sens bien. Pour sceller l'entente, je réclame un whisky qui m'est octroyé sans discuter. La fête. D'ordinaire, Paule est pour la sobriété, la diététique, l'hygiène, le jeûne, toutes les diètes. Peut-être par solidarité avec Danton, condamné à la famine médicale... En tout cas, l'abstinence est devenue son lot, et même sa gourmandise. Chaque fois que je la vois, elle m'assène que je bois trop, que je mange trop, elle déteste mon lard, mon bidon. Selon ses humeurs, elle me prodigue ses avis aigrement : « Mais tu es obèse, tu es répugnant, tu ne vas pas te conserver longtemps », ou maternellement : « Tu te gâtes. Dire que tu as été mince comme un fil, un vrai prince. » Quant à elle, avaler une gorgée ou une bouchée est une affaire d'État. Aussi est-elle devenue ce que les Asiatiques appellent un ketam, un cure-dents — le plaisir chez eux de se gratter les dents avec cet instrument, la mine voluptueuse, la panse pleine et la bouche béante : ils fourragent dans leurs mâchoires incrustées de bons morceaux de nourriture, farfouillent bruyamment, recrachant ou absorbant les produits de leur nettoyage. Un ketam, Paule. Et un ketam de régime, par malheur ! Moi qui l'ai connue poulette dodue, petite caille margotante et prisant fort la bonne chère...

Je bois une bonne rasade de whisky, tandis qu'elle trempe ses lèvres dans son verre d'orangeade.

— Va en Afrique, puisque ça te chante. Mais sois de retour à temps pour la sortie de mon film. Je compte bien que ce sera un événement et je veux que tu assistes à la première. Tout Paris sera là.

Ah, j'en aurai entendu parler de ce film ! Paule la productrice, la grande productrice ! Pourtant elle a débuté avec un de ces navets ! Ça ne l'a pas découragée. Au contraire, elle a multiplié la mise par cent, par mille, monté sa société, installé des bureaux luxueux, trouvé des capitaux américains, et joué à la patronne, une fieffée patronne, se baptisant reine de la pellicule, menant son monde à la baguette, tout en suivant les conseils avisés de Danton. Seulement, cette fois, c'est le quitte ou double, et si elle rate, malgré ses relations et son pouvoir, elle sera foutue... Mais elle ne ratera pas. Tous les moyens pour « faire » l'opinion vont être employés : mobilisation de la presse, de la publicité, réquisition de tous ces messieurs sérieux, partis de rien et qui, maintenant, tiennent les rênes de tout — compères et amis de Danton, influentissimes, richissimes, tous des bons requins aimant vivre, serviables à bon escient, impitoyables et sachant avoir du cœur, bons bougres, bons zigues au besoin, qui vont fournir leur concours avec leur saxophone, leur mégaphone, leur mégalomanie, leur génie dans le business, le sentiment et la relation, leurs rides usées, leurs sourires de faux jeunes, leur savoir y faire en tout genre, leur extraordinaire vitalité, toutes ces vieilles fripouilles tirant leurs ficelles en toute honnêteté et madrerie, et accumulant le pactole et les maniaqueries. Ils vont se démener pour Paule, tous ces gros singes, perdant un peu de leur toison avec l'âge mais ne s'en portant que mieux, monstres de santé, excellents monstres bien compréhensifs, titillés qu'ils seront par Danton, qui déjà y va de toute sa frénésie persuasive, de toute sa gaieté de 14 Juillet permanent, de ses « mon coco » gentiment impératifs, gentiment convaincants, gentiment quémandeurs à tous ceux qui peuvent servir. Le ouistiti Danton, il va sauter et tressauter encore plus, voix et intonations, comme s'il avait mille lignes de téléphone et cent secrétaires. Il convoquera le ban et l'arrière-ban, tel un preux pour sa belle, pour Paule... Mais j'y pense : on enfle dans son film, il y a même un gros ventre qui occupe la vedette. Dire qu'autrefois elle refusait que nous ayons un enfant, craignant qu'il ne soit comme moi, un « cinglé », disait-elle, et maintenant... à cause de son culte de l'impitoyable sagesse, de la volonté comme yoga et du succès à tout prix, elle l'a sa grossesse. Elle l'est, grosse. Par procuration. Avec son film, son film d'enceintrage à faire pleurer les mouches et dont Danton est le papa... Si elle savait pour Clémence... Bah, laissons-là à sa joie et à sa confiance, elle est rayonnante : elle va porter son rejeton de celluloïd sur les fonts baptismaux de la renommée.

L'extase de Paule, sa feinte simplicité pour ajouter, comme si de rien n'était :

— Le soir de la première, Danton sera à mes côtés.

Quel mot emploie-t-on dans le langage des royautés et des cours princières pour exprimer ce qui va se passer ? Intronisation?... Oui, c'est cela, une intronisation, c'est le mot juste. Le voilà l'événement, l'énorme événement! Que Danton soit présent et, ainsi, que Paule l'obscure soit officiellement reconnue par lui devant le Tout-Paris, ce Tout-Paris qu'elle aura donc fini par arracher à la tsarine Olga. Sa victoire, sa grande victoire, Olga délaissée et elle triomphante après tant d'années de luttes sans merci où elle avait subi tant d'avanies, avec Danton empêtré comme un hanneton, qui ne se décidait pas. Enfin la ténacité de Paule est récompensée... On va jaser dans les chaumières, je veux dire sous les lambris... Et moi, je serai là, à mon poste. Un peu comme un membre de la famille, de la main gauche — de quelle main gauche? Il y en a tellement, des mains gauches, actuelles et plus lointaines, dans l'enfouraillement de la vie de Danton... Et je m'amuserai de la réunion du trio. Notre fameux trio devant le gratin. Ça encore, ça va faire causer. J'en jouis à l'avance.

Je déploie mon sourire le plus exquis :

— N'aie aucun souci, Paule. J'assisterai à la première. Je suis sûr que ton film sera un formidable succès.

L'Italienne Paule est superstitieuse, elle croit aux présages. Tenir la victoire pour acquise peut être néfaste. Et dès la fin de ma phrase, je la vois croiser discrètement les doigts pour conjurer le mauvais sort.

— J'ai misé gros, mais j'ai tout prévu. Et si, malgré tout, ça échouait... je n'hésiterais pas. Je pars m'établir aux États-Unis... gouvernante chez des milliardaires et je sais déjà lesquels. Je n'ai pas peur de recommencer à zéro.

Négociation terminée. Paule satisfaite, moi aussi. Je l'embrasse comme du bon pain sortant du toaster, grillé à point. Un desséché bien beurré. On s'aime. On s'aidera.

Paule a tenu parole, l'Afrique, je l'ai dans la poche. Je téléphone la bonne nouvelle à Clémence :

— Tu as gagné ta salle de bains. Je pars. Je vais faire suer les nègres.

A l'autre bout du fil, le rire de Clémence, charmeuse et moqueuse :

— Alors tu as réussi, tu pars? Et en Afrique? Pour moi? Tu es un bon mari et un bon papa, mon Lulu. Quand tu reviendras, tu verras mon ventre... Je serai encore plus excitante et tu voudras mettre plein de sous dans ma tirelire.

Son rire s'élargit, concert de flûtes, avec grosses notes de railleries :

— Ne te fais pas manger par des cannibales ou des crocodiles, c'est carnivore par là, vieux dur à cuire... Mais profites-en pour essayer les négresses, c'est une expérience qui te manque, je crois, toi le monsieur qui a tout connu. Allez, belle randonnée, mon conquérant.

— Toi, n'en profite pas trop, pendant que je ferai du fric.

— C'est ça, n'oublie pas de ramasser le paquet. Pour une fois, tu pourras glisser un pourboire à Martine. Tu ne lui as jamais rien offert, ce n'est pas gentil, avec le mal qu'elle se donne pour toi, et tu n'es pas une sinécure, crois-moi. Ah, ta Martine, c'est la reine de la bière, on dirait une servante d'auberge alsacienne... Tu peux lui acheter une chope en cristal, ça lui ira à merveille... D'ailleurs les bières, ça la connaît maintenant. Le cercueil de ta mère, je l'ai toujours en travers de la gorge.

Un arrêt. Une respiration, une émotion peut-être :

— Je suis contente, Lucien, de porter ton enfant... Bon, ça suffit la sentimentalité. Ciao !

Me reste encore une corvée : prévenir Martine de ce départ. Elle va être étonnée et ne plus rien y comprendre. L'Afrique embrouille tout. Depuis quelques jours, elle pressentait un pépin : son incroyable talent pour flairer mes rabibochages avec Clémence. Mais là, il y a de quoi s'y perdre, et c'est tant mieux. Jamais elle n'ira imaginer un lien entre Clémence et mon reportage.

Quand elle arrive au studio, Martine a le visage préoccupé, l'aspect revêche. Je l'embrasse et l'entreprends aussitôt :

— J'en ai assez de tes mines de madone éplorée. Qu'est-ce qui te tracasse ? Qu'as-tu encore été inventer ? Ce génie que tu as de te monter le bourrichon... Vide ton sac, qu'on règle ça une fois pour toutes.

— Tu vas m'abandonner. Ça a recommencé entre Clémence et toi, je l'ai bien compris.

— Quelle idée ! La passion t'égare... En ce moment,

Clémence me casse les pieds avec Cavalaire et je n'ai qu'une envie : la fuir. D'ailleurs ce sera fait demain. Je mets un continent entre elle et moi. Je pars pour l'Afrique.

Miracle des mots, puissance du besoin de croire, Martine glousse de contentement. Elle est rassurée, trop même. Opulence de sa joie qui l'entraîne au rabâchage niais :

— Quel culot, cette Clémence! Après tout ce qu'elle racontait sur ta mère...

— Tais-toi, tu me fatigues. J'espère qu'à mon retour tu seras calmée. Toi et ta sensiblerie...

Je la garde à coucher, et avant de nous endormir, la baise... Sommeil. Un cauchemar... Je suis au bord d'une falaise et je tombe dans le vide. Sensation affreuse d'aller se fracasser, extraordinaire durée de la chute, le dénouement inévitable... et au moment de heurter le fond de l'abîme, le réveil. Angoisse. Mais je vis... Martine est à côté de moi, le souffle paisible... Alors une impulsion violente : la posséder tendrement, la prendre durant son sommeil, jouir avec elle, grâce à elle, du bonheur d'exister. En cet instant, je la veux. Je pose doucement la main sur son pubis, j'écarte ses jambes et je la pénètre lentement. Dans la ténèbre demeurée, elle sursaute, s'étonne, a peur et soudain, sortant de son assoupissement, comprend. Gémissements. Elle s'offre davantage, elle est dans la félicité... Quand surgit en moi l'image de la Clémence des temps heureux! Je lui faisais l'amour, tout semblait bien, et pourtant déjà elle me donnait l'impression de s'esquiver. Pourquoi n'ai-je pas eu le don de lui assurer le contentement et le plaisir? Pourquoi m'échappait-elle? Pourquoi elle, seulement elle?

Je m'enfonce dans l'Afrique noire comme au cœur des ténèbres. Je n'ai jamais éprouvé semblable répugnance. Un sentiment diffus que la forêt est un chaudron fatal, un fouillis purulent, un vide vert noirâtre où grouillent, invisibles, anneaux qui rampent, muscles qui bondissent, minuscules dards, traînées de miasmes, ce qui tue. Et l'impression d'être aveugle, de ne rien pouvoir discerner, d'être une proie. Parfois, cependant, la nature est belle, monts et lacs grandioses, mais le spectacle inspire toujours une irrésistible certitude : que la sève qui monte dans les végétations pullulantes est celle de la mort. Mort aux aguets, partout cachée. Mort qui n'est pas la fin d'une existence usée, mais la loi des crocs et des mandibules. La forêt comme un immense champ de bataille où l'on s'entr'égorge, qui digère ensuite ce qui succombe, et tout succombe, ce qui a été dévoré comme ce qui dévore. La vie n'est qu'une brève survie entre des mâchoires, des dents acérées, des griffes, des venins ou des fièvres. Ici règne une magie funèbre, dans l'indifférence de la sylve. Masques, étranges musiques, danses frénétiques, la puissance du sexe, de toutes les fécondations, les hallucinations, la beauté des corps nus, le regard d'une fillette qui n'est déjà qu'une outre à remplir, le membre érigé du mâle qui assaille : la luxure, sorcellerie dangereuse et saoulante, qui prolonge les espèces pour la prospérité des massacres. L'effroi.

L'effroi et aussi l'absurde. La recherche de mon premier « scoop » : une farce grotesque, peut-être périlleuse, peut-être pas. Je me trouve dans une région auparavant possession de la Couronne britannique et nouvellement décolonisée, avec capitale idoine : un genre Canterbury tropical, fourni en palais, monuments, belles artères, bungalows et jardins, parcs, champs de courses et de cricket, statues de la reine Victoria. L'ordre règne. Rien à dire. Désespérant... Sur le point d'aller ailleurs, soudain, la chance. Dans une université, je suis abordé par un jeune étudiant de couleur, complet-veston, cravate, un sabir de Shakespeare africanisé, l'air engageant. Il me propose de rencontrer un groupe de rebelles réputé pour sa sauvagerie. Sécurité complète de ma personne, assure-t-il, car il serait plus ou moins apparenté à eux. L'affaire me paraît jouable. J'arrose généreusement l'intermédiaire pour ses bons offices et départ en voiture vers le Kilimandjaro de Hemingway. Caillasse, forêt, sentes, nous finissons dans une clairière. De la densité végétale qui nous entoure, un vrai mur, émergent quatre personnages minables. Des loques. A mesure qu'ils approchent, je distingue trois hommes et une femme portant sur la tête des sortes de tiares en papier doré, couronnes dérisoires de rois de carnaval... qui ici deviennent des emblèmes redoutables. Sinon, ce sont presque des squelettes, vêtus de dépouilles haillonneuses : peaux de lions pendouillant sur le corps et cheveux crépus tombant en tresses poussiéreuses sur les épaules. Chacun tient un stick à la main, comme les officiers de Sa Majesté britannique. Pas de grigris, pas d'amulettes. Curieusement leur peau n'est pas d'un beau noir mais d'un délavé incertain. Les trois hommes ont la face décharnée, juste des os aiguisés, un coup de froid au milieu de cette chaleur. Leur immobilité, leur manque de vie, leur silence... La femme me paraît la plus dangereuse, à cause de son visage qui évoque celui d'une goule. Ils m'observent à travers des paupières suppurantes derrière lesquelles je discerne des taches jaunes, les reflets de la cruauté. Mon guide s'est mis à babiller avec eux. Le ton de la causette familière. Puis tout s'arrête. Solennité. Mes guerriers prennent la pose : ils acceptent de m'accorder audience. Discours. Pas de cris gutturaux, mais des sons pressés et plutôt pleurards, que l'étudiant traduit avec application dans son anglais cassé, comme s'il s'agissait de graves et sérieuses négociations. Ce qui donne à peu près ce qui suit :

— Nous sommes quatre généraux. Nous nous sommes longtemps battus et avons tué beaucoup d'Anglais. Nous voulons notre juste récompense, devenir ministres dans l'actuel gouvernement.

A quoi je réponds, toutes chocottes s'entrechoquant :

— Je transmettrai votre demande...

— C'est une exigence de simple justice. Nous avons été évincés à cause de nos exploits. Les médiocres nous jalousent et ont pris les places qui nous étaient dues.

Je n'ai pas le temps de rétorquer. Un bref « Venez ! » m'intime de suivre mes interlocuteurs, et je suis poliment entraîné à l'orée de la forêt. J'ai encore plus peur : et si c'étaient des anthropophages ? Mais non... Ils entendent juste me montrer une cabane puante contenant un tas de crânes, constellés de plaques de sang séché et de lambeaux de chair racornis.

— Voilà nos ennemis colonialistes — geste pour montrer les ossements. Maintenant c'est la paix et nous exigeons de l'argent, de beaux vêtements et des Rolls Royce.

Tout compte fait, ils sont sinistrement émouvants ces sauvages qui réclament un traitement de « gentlemen » et de « ladies »... Très civilisés.

— Je ferai part de vos légitimes doléances au président de la République en personne, leur dis-je d'un ton persuasif.

Conciliabules. Finalement, l'étudiant m'annonce :

— Les généraux sont satisfaits. Vous avez su gagner leur confiance... et pour prix de l'audience qu'ils vous ont accordée, ils se contenteront de vingt livres.

Je me souviens des billets tendus à mes spectres, de mon repli digne, mais à grands pas, vers la voiture, eux suivant en sautillant. Shake-hand, vrais shake-hand, portière claquée, moteur, et j'ai décampé. Le bide. J'avais rencontré des ombres, séquelles de la décolonisation. Des âmes maudites de la forêt, passées de l'atrocité infructueuse à la mendicité laborieuse. Pas de quoi faire un papier.

Mon scoop, je finis par le dénicher près des sources du Nil. Au bord d'un lac, une petite ville à la bonhomie d'outre-Quiévrain, et des créatures indigènes de plus de deux mètres de haut, maigres, la peau presque claire, une attitude nonchalante et hautaine, les corps et les traits stylisés, pommettes saillantes sur des figures quasiment sarrasines. Lesquels personnages, acoquinés à des Pygmées qui leur servaient de policiers et bourreaux, avaient jusqu'ici tenu en esclavage des Bantous très noirs et très laids, ceux-là de taille normale, que des missionnaires venaient d'évangéliser ; et l'Évangile, ça donne des idées. Ainsi, les nouveaux chrétiens, tout en communiant, se confessant, et se réclamant des devoirs de la charité, décidèrent-ils soudain de dégéantiser les géants pour les ramener à une stature plus convenable, celle voulue par Dieu. Quand ils s'emparaient de l'un d'eux, ils lui coupaient les jambes au-dessus des genoux, de façon à le réduire à la proportion d'Adam, jugée plus digne par l'espèce dévote.

Donc, quantité de titans raccourcis, et, crois-je d'abord, du fameux pour moi. Du vrai aussi, même si je n'ai pas assisté à ces pieuses opérations. En effet, à Paris, j'obtiens les gros titres. Mais se répand une rumeur de « bidonnage »... et tout est à refaire. Il me faut de l'irréfutable si je veux toucher le pactole des notes de frais pour Clémence.

Alors maintenant, sillonnage fébrile du continent africain, faire vite, un quadrillage serré pour lever la juteuse information, du charnier bien putréfié. Sauts d'avion d'est en ouest, et un jour, je me pose dans la capitale d'un ex-territoire belge. Comme un torchonnage gai. Des cases, des faces hilares, une fétidité joyeusement réchauffée par le soleil, le fric, les ambassades, un président légitime, et puis, dans une lointaine ville de l'intérieur, un prophète ressuscité dont le fantôme, une gigantesque statue, inspire une sédition bien barbare : des emplumés illuminés taillent en pièces leurs congénères enrichis et ont pris en otages quelques centaines de Blancs qu'ils menacent de dépecer vifs. Tam-tams, coupe-coupe et hystérie. Mais dans la métropole, officiellement, on ne s'émeut pas trop. Les massacres, c'est connu, font marcher les affaires. Donc, business avant tout — et ici le regroupement de la combine, de toutes les combines s'effectue dans un hôtel qui se prétend palace, un faux Plaza couleur de mâchefer. La faune, la même en tous lieux et tous temps : des hommes et quelques femmes, tous comme des truies cherchant la truffe, à renifler dans le sang l'occase à saisir, aventuriers, petits ou grands, personnalités éminemment respectables, représentants des grandes firmes de l'univers, diplomates du monde entier, membres d'institutions honorables. Somme toute, de braves gens, sachant faire argent et transactions en tous genres, qui n'ont pas l'aspect déplaisant, et bavardent gentiment, comme si de rien n'était, en bons compères.

Chaque jour, le palace se remplit davantage, se bourre de clients, toujours plus de clients, la mousson... Il pleut des barbouzes américaines, il pleut de l'Intelligence Service, et il pleut des agents russes, même si ceux-là, on les devine plus qu'on ne les voit. Beautés du capitalisme! Magnificences de la diplomatie! Grandeurs de la raison d'État! des raisons d'État! Et superbe des journalistes! Des vrais journalistes prêts à vendre père et mère pour un « tuyau », toujours accrochés au bouton de quelqu'un, à essayer de traire. Et des moins nets, camouflages pour CIA, IS, ou autres, tous dûment accrédités à un canard et envoyant copie. Quelle foire, quelle foire, je touche ça du doigt, je jubile. Il pleut aussi des indigènes, sapés à l'européenne, braves mecs, bien placés, ministres ou hauts fonctionnaires, qui apprennent peu à peu à être malins, à être importants, à savoir que la couleur, ça rapporte et même bougrement, tous bien noirs et bien crépus, avec chaussures luisantes comme leur propre peau, Noirs du gouvernement tenant levier des richesses et prébendes, grosses lèvres et accent flamand, excellences portant leurs maroquins comme si c'étaient des fétiches, entourés de Blancs qui bourdonnent, Blancs virés au noir, mouches à merde attirées par le fric qui ruisselle à cause des événements.

Apparence de la bonhomie, et pourtant une appréhension confuse dans le commentaire des nouvelles qui circulent. Les faits et la peur. Certitudes et questions... Dans la ville insurgée, sur des autels surmontés de l'effigie du prophète, les illuminés emplumés procéderaient quotidiennement à des sacrifices humains. Découpage des victimes avec des tessons de bouteilles de bière — la bière bue, on casse la bouteille et on travaille avec des éclats de verre. Deux marques sont en concurrence et chacune a ses chauds partisans... Toutes ces joyeusetés, bien sûr, les honorables membres du gouvernement les désapprouvent formellement, mais ils ne savent comment les empêcher et, aussi, commencent à craindre pour eux-mêmes... Si ça se propageait? Si, à travers les inquiétantes profondeurs de la forêt, renaissait vraiment, comme une vapeur qui se consolide, l'ombre matérialisée, l'ombre vengeresse du prophète? Si partout se multipliaient les illuminés enragés? En général, les tribus se haïssent et préfèrent s'exterminer dans le mystère des végétations et des tabous, mais cette fois, ne pourraient-elles pas toutes s'unir, soulevées par une colère divine? Et la flambée ne pourrait-elle pas alors atteindre la capitale où ne grouillent que masses incertaines?

Peu à peu donc, la peur, la vraie peur qui se répand. Mais un homme rassure : le président de la République, le chef de tous ces Noirs si bien habillés du visage et du vêtement, qui font à la faune, notre faune, l'honneur de fréquenter son hôtel. Lui n'y vient pas, évidemment... il est trop important, trop vénérable. C'est dans son palais qu'il brasse milliards, pots-de-vin et affaires diverses, immenses affaires, avec son sourire de gros appétit, le sain appétit du pèze, et pas de la petite monnaie, du pèze de Wall Street, la City, la Bourse de

Paris, la Bourse de Bruxelles, et toutes les autres, sans oublier Tokyo. Énorme compréhension maligne, les finances du monde entier dans sa tête lippue. Trusts, accourez! Capitaux, affluez! Visiteurs illustres, saluez le grand président! Il sait bigrement ce que c'est que l'argent. Et il a le pays tout entier à vous offrir. Prenez, gaspillez, croquez... Faites-lui confiance, il est le sauveur, lui seul peut retuer le prophète.

Moi, je grenouille, en quête du tuyau. Il faut savoir ce qui se passe vraiment dans la ville insurgée au nom du revenant. Ennuyeux : les Noirs occis par les emplumés, ce n'est pas de la nouvelle sensationnelle. Mais les Blancs pris en otages... Ça oui. Seront-ils eux aussi trucidés, égorgés, entaillés, découpaillés? Là, c'est du suspense, de la situation fameuse... Seulement, je ne sais rien, personne ne sait rien. A peine capte-t-on quelques bribes inaudibles de la radio des rebelles, une radio devant laquelle ils font la danse du ventre, tout en proférant des menaces monstrueuses... Alors dans la capitale, tuyaux crevés, tuyaux truqués, tuyaux pourris, tuyaux menteurs et je dois me débrouiller avec eux pour imaginer la vérité. Quelle acrobatie! Je parle à toutes sortes de zèbres et je fais parler. Je bois des verres, je joue au compagnon, j'asticote qui je peux, au flair, je serre des mains, sales bien entendu, mais quel journaliste ne serre pas de mains sales. C'est le métier. Mettons qu'elles soient propres à l'ambassade de France, le seul endroit où je sois assidu en dehors de mon palace-fourre-tout, de mon palace bastringue et marché aux rumeurs. Je recueille des informations incertaines, un brouillard avec lequel je forge des phrases sonnant vrai pour mon journal. Chaque jour un câble, et quelque chose de nouveau à annoncer pour faire le titre. Je suis surexcité, sur les nerfs, alcoolique. Pourtant, ça reste vaseux. Très vaseux même...

Enfin l'idée géniale germe dans quelque cervelle d'Excellence, une solution qui satisfait tout le monde. On va régler le problème emplumé en envoyant là-bas une colonne de mercenaires, accourus d'eux-mêmes, espérant eux aussi la bonne affaire. Ils sont prêts. Depuis quelque temps il existe, pour ce genre de situations, un marché international du mercenariat, composé de nostalgiques des belles heures des sales guerres. On dispose donc sans difficulté de professionnels aguerris. Qui recrute? Qui paie? Mystère. Mais ils sont là, et ils partent, à quelques centaines — hélas, pour gagner le lieu de la sédition, il leur faut au moins quinze jours. Entre-temps, les emplumés vont pouvoir joyeusement sacrifier au prophète... Une dépêche, un titre dans mon journal : les mercenaires réussiront-ils?...

A leur tête, une vieille connaissance, Gordes, un ancien capitaine des légionnaires parachutistes. Un battant. Taille moyenne, mince, musclé, traits réguliers et de célèbres yeux bleus. Le rire franc, bon ami, toujours bon convive, conversation courtoise, amusante, un peu de retenue, de politesse, et pourtant quelque chose d'insaisissable, quelque chose de redoutable, d'indomptable. Son histoire, ce que j'en ai appris... Laissé pour mort dans les calcaires de Dongkhé, en Indochine, lors de la défaite de la R.C.4, il avait survécu. Ensuite, retapé, il avait étudié, au contact des Viets, les techniques mentales qui permettent les beaux coups fourrés. Tout un art, la jouissance de défier le néant, de semer la mort par le juste calcul, le stratagème, le flair mystérieux, l'instinct sûr, la cérébralité et le réflexe, et en prime, pour les populations, le sens des arguments — ce que j'appellerais la « persuasion » à l'asiatique. Disciple d'Hô Chi Minh et de Giap avec un supplément de savoir tiré de l'attirail du militaire français : la méfiance à l'égard des chefs qui sont tous, ou à peu près, des « cons ». Érotisme et plaisir de la guerre, même si généralement on y restait. La cruauté, la torture? Des accessoires nécessaires, pas plus. Après l'Indochine, il avait été inquisiteur de la bataille d'Alger, avait su obtenir et exploiter le renseignement. Certains le disaient sadique... Je ne le pense pas. Le sadisme, qui dérange la bonne marche des choses, est un ingrédient nuisible. Insensible, peut-être, mais c'est très différent. Lui assure en faire le moins possible et affirme sa bonté. Petit rictus quand il parle de cela, et pourtant, il est persuadé de la vérité de ce qu'il dit sur lui. En fait, il n'est aucunement un bourreau, seulement un expert, et très intelligent. Ainsi a-t-il évité l'OAS, où il avait pourtant ses pairs, pour la raison suivante : « C'était une affaire foutue d'avance. Moi, pour participer, il me faut au minimum un pour cent de chances de succès. A moins que ce ne soit un jeu... » Et maintenant l'Afrique? Un pur amusement, sans autre mise lui tenant à cœur que son divertissement.

A Gordes la guerre, à moi les dépêches bien pimentées... J'y parviens sans mal, mais quel drame chaque jour pour les envoyer à Paris. Servitudes de notre noble profession... Je passe plus de la moitié de la journée aux PTT, dans un grand et beau bâtiment à pilastres, colonnes, vastes salles et immenses escaliers, témoignant du temps de la splendeur coloniale. Ici la haine... Se dépatouiller au milieu du peuple des journalistes en folie, surexcités, exécrables, vieux papas et jeunes requins de toute la presse mondiale, qui hurlent en brandissant vainement leurs télégrammes. Les rognes, les disputes, les empoignades, les jurons entre tous ces gens ordinairement si dignes et à la signature célèbre, qui veulent coller leur copie à quelques télégraphistes noirs, pépères, lesquels, quoique fort capables, pas méchants, très souriants, n'aiment pas trop boulonner et se foutent royalement des torchons qu'on essaie de leur fourrer dans les mains. Service au compte-gouttes. De temps en temps, l'un d'eux, débonnairement, condescend à prendre quelques-uns de nos papiers, les choisissant au hasard et laissant les autres sur le carreau. Donc, nécessité fait loi, la débrouille pour chacun de nous, sous peine de panne sèche... Moi, je me suis vite arrangé pour coincer l'un de ces seigneurs. Un gentil, pas hautain du tout, qui apprécie mon graissage de patte, et me délivre en guise de reçu, un énorme sourire. Don somptuaire et parfaitement inutile. Comme chaque journaliste y va de son arrosage en dollars, toutes les paumes désormais forment poche très naturellement et ça n'accélère rien... Attendre, toujours attendre... et nos scoops qui piétinent, se dévaluent. Rage. Nous essayons de gueuler, de les engueuler, ces fils de pute... ils s'en moquent, et en retour, nous réprimandent avec une majesté trempée de dignité offensée, dans un sabir à la purée de pois. Parfois, le chef de service, un ancêtre componctueux, vient nous relever le moral : « Allons, Messieurs... Nous enverrons tout, mais il faut le temps... » L'Indépendance, c'est donc ça ? Des postiers qui nous grugent et se moquent de nous ?... Non, simplement ils sont consciencieux, ils vont à leur allure, et elle est lente, si lente... Misère du métier : être grand reporter, c'est aussi savoir faire la queue et ronger son frein... Quelle angoisse !

Dieu merci, à Paris on reçoit mes dépêches et quand elles

tombent, ce sont les huit colonnes. J'entretiens le suspense : est-ce que les mercenaires arriveront à temps ? Y aura-t-il encore des Blancs vivants ? Le bruit circule que dans la ville du prophète, plusieurs centaines d'entre eux ont déjà été sacrifiés. Je me méfie de ces chiffres : la centaine me suffit... Finalement, les mercenaires touchent au but. Ville investie et la plupart des otages sauvés à l'ultime seconde, juste au moment où un caporal des emplumés illuminés entamait leur abattage à la mitrailleuse... Vite, on les rapatrie dans la bonne et sûre cité du président tiroir-caisse, et moi je me précipite pour les interroger. Troupeau d'êtres hagards, comme revenus de l'au-delà de la mort. Je leur arrache des phrases blêmes... Hurrah ! Tout ce que j'ai raconté dans mes câbles était exact. Les tessons de bouteilles, les autels du prophète, les découpages, les hystéries... Dernière formalité : me rendre sur le théâtre des massacres pour que le journal publie un papier « de notre envoyé spécial à... ». Je découvrirai une agglomération intacte, un désert sans âmes, beaucoup de charogne. L'odeur, la banalité de l'horreur noire...

Afrique terminée. Le télégramme du journal qui me félicite se termine par la formule consacrée : « Faites court. » En clair : « Mission accomplie. » Je peux rentrer à Paris, les millions de Clémence sont assurés... Pourtant, la perspective du retour ne me réjouit pas : un mois d'absence n'a rien résolu de mon pétrin sentimental. Probablement même a-t-il empiré. La grossesse de Clémence doit s'être ébruitée et avoir dégoupillé les cervelles et les cœurs. Passions des femmes ! Mon malheur...

L'avion qui me ramène en France, le ronronnement des moteurs, et, dans mon esprit, la frénésie des incertitudes. Explosions et remous. L'envie de quitter le présent, de me retrouver en un havre plus sûr, le besoin de me perdre quelques heures encore. Anne Marie, Ancenis, les temps de l'enfance, toujours. Temps de vacillements, quand peu à peu se changeait l'image idéale de ma mère que j'avais inventée. Dévoilements progressifs... Anne Marie jouant les superbes dans la ville qui l'avait connue humble. Anne Marie hautaine, dominatrice. Anne Marie écrasant sa famille, mon oncle, ma tante... ce couple aux amours calmes et sereines, pour moi un rêve de père et de mère...

J'avais onze ou douze ans la première fois qu'Anne Marie m'a emmené à Ancenis. Un voyage si ordinaire et si fabuleux... Nous avons pris le train ensemble, au début de septembre. Dans notre compartiment pelucheux, parmi les dentelles jaunies et les accoudoirs fanés, nos gros bagages dans des filets au-dessus de nos têtes, je suis tout excité. Collé à la vitre, je dévore le paysage. Par intermittence, j'aperçois la Loire, telle qu'Anne Marie me l'avait décrite, un ruisseau à côté de mon Yang-Tse-Kiang fangeux — mais dès le premier regard je l'aime, ce fleuve royalement paresseux et méandreux, qui se prélasse entre des bancs de sable doré. Toute la nature est en habit de douce lumière, je pressens une langueur. Collines, vallons, falaises poreuses respirent des siècles de bonheur de vivre. Partout châteaux, églises, donjons, vieilles maisons se réfléchissent sur l'onde qui parfois devient plus profonde et s'emballe en des courants à lueur d'acier. Mon impatience...

Des arrêts, des cris, des villes... Je remplis mes oreilles de noms précieux : Blois, Tours, Saumur, Angers. Nous approchons. Nous glissons à travers un morne plateau coupé de haies et nous retrouvons la Loire, ses entrelacs d'eaux vives, d'eaux stagnantes, de divagations... Elle s'écoule dans une large vallée à fond plat, très ample, très gracieuse, prairies et rangées de saules, encadrée de coteaux couverts de vignes, très bien dessinés, d'une régularité extrême. C'est là que le fleuve se heurtant au granit du Massif armoricain a scié une énorme et harmonieuse entaille.

Un clocher tire sa haute aiguille vers le ciel. Anne Marie me dit : « Saint-Laurent-le-Vieil, où les chouans se sont fait massacrer. Nous y avons des cousins... Nous arrivons bientôt... Aide-moi à porter les valises vers la porte, il faudra se dépêcher, l'arrêt ne dure qu'une minute. » Mon cœur bondit. J'aide ma mère à entasser nos affaires au bout du corridor. Hoquets et secousses, serrements de freins, tangage, le convoi ralentit et s'immobilise. Un employé crie : « Ancenis ! »

Ma mère ouvre la portière. Un homme monte, que je devine être mon oncle, le frère médecin. A peine prend-il le temps de reconnaître sa sœur, il se hâte de sortir nos bagages, il les tend dehors, vers d'autres personnes qui, sur le quai, s'en emparent. Me poussant devant elle, Anne Marie descend en vraie dame vers la terre de sa jeunesse. Elle a sur le visage une affabilité un peu lointaine, flottante, qui ne veut pas être émue. Nous nous laissons accueillir par la famille rassemblée : outre Jacques son frère, il y a sa femme Amélie et deux petits enfants, un garçonnet et une fillette gardés par une nounou paysanne en coiffe de dentelle.

Une gêne. Ces gens ne se sont pas vus depuis si longtemps — ma mère ne connaît même pas la progéniture de son frère. Des esquisses de mots, d'accolades, surtout des regards. L'endroit est désert. Un timbre grelotte. On attend que le train ait disparu pour traverser les voies en brinquebalant les valises, et entrer dans la gare, une bicoque d'une seule pièce, peinte à la chaux, des affiches administratives sur les murs, des bancs verts écaillés, une grande balance, une odeur de colle, le néant.

Notre groupe procède alors aux vraies retrouvailles. Embrassades sobres, d'une intensité intime et austère dans la façon de se frotter les joues et de prononcer quelques phrases. C'est une cérémonie importante, presque sacrée : le sceau de la parenté. Anne Marie a son demi-sourire de supériorité bienveillante. Elle se reconnaît en eux — mais pas entièrement. Leur physique et leur habillement, très convenables, sentent la province. Face à eux, ma mère incarne l'élégance d'un monde différent — en fait, elle est très simplement vêtue d'une blouse et d'une jupe sous un manteau droit, et porte un chapeau cloche. Ses manières sont gentilles, trop gentilles, témoignant qu'elle est bien Mimi, l'ancienne jeune fille du pays, mais une Mimi particulière, revenant chez elle en personne importante, changée par les voyages. Elle ne renie pas ses liens avec son frère et sa belle-sœur, bien qu'elle fasse en même temps sentir qu'elle est aussi une étrangère — au-dessus d'eux. Familiarité, condescendance, exotisme. Ses paroles, d'une joie travaillée, tombent exagérément juste. C'est le numéro pour Ancenis. Pourtant, qu'elle est contente, j'en ai la preuve à sa façon de caresser de la voix et du geste.

Il y en a même pour la vieille nounou qui l'a élevée et qu'elle soigne de manière prononcée : « Mère Redon, vous n'avez pas changé. Vous étiez si tendre avec moi. » Éprouve-t-elle vraiment les souvenirs en son cœur ou s'en sert-elle, Anne Marie l'artificieuse, pour se mettre à la portée de sa clientèle de l'heure ? Ambiguïté quand même...

Moi, je m'adapte instantanément à mon oncle et à ma tante. Ils m'ont reconnu du clan, d'une tape gaillarde pour mon oncle, d'un vrai baiser pour ma tante. Aussi, je les aime tout de suite. Pour la première fois de ma vie je me sens en famille, parmi des gens unis, qui ont des sentiments simples et purs. Ils ne me déçoivent pas, au contraire. Ils sont tels que je les avais vus sur des photos : bonnes manières, bon ton, une certaine tenue, celle du terroir. Je me dis que, dans le temps, Anne Marie avait dû être quelqu'un dans leur genre et que, sans le pauvre Albert, elle aurait les mêmes mœurs, les mêmes vêtures, le même comportement, qu'elle serait restée d'Ancenis...

D'Ancenis, ma mère se rappelle quelques règles : ne pas avoir trop d'airs, rester prudente dans ses affectations de suprématie. Désormais, elle ne commande plus comme avec son mari. Il y a un chef, pas tellement commode, son frère, le chef de la tribu dont elle est partie intégrante, qu'elle le veuille ou non — la coutume et la tradition sont là. De prime abord, mon oncle ne montre guère d'autorité et pourtant... Il ressemble peu à Anne Marie... Juste un certain étirement des traits. Une figure irrégulière, comme faite de pièces et de morceaux raboutés. Sa couperose le bosselle en creux et en saillants, un relief à la fois grognon et gai. Pas de moustache, des cheveux bruns communs, un nez en trognon, des lunettes à monture de fer, une bouche mince... Comment dire ? Mon oncle a une physionomie gauloise et sévère, tout à fait de la contrée, rustiquement ouvragée mais sur un modèle ancien, sortant du fond des glèbes et des âges. Bien que proche de la terre, il ne sent ni le manant ni le hobereau, mais le « monsieur » de la ville, avec un rien de carabin. Taille moyenne, épaules étroites, du dégingandé dans le corps, se frottant souvent les mains avec une sorte de vivacité, il est en complet sombre, cravate noire et chemise blanche.

Ma tante ?... L'épouse parfaite. Autant son mari a une

espèce de retenue, quoique coupée de tics et susceptible d'éclater, selon ses humeurs, en retroussis de joie ou en dure réprimande, autant elle est toute activité, constamment aux aguets. Très mince, elle a un visage allongé et ingrat, en arêtes, avec toujours un nerf qui vibre, et de grands yeux, plutôt jolis, bleuâtres. Un regard fébrile et pâle, un long nez étroit, une bouche un peu crispée, elle pourrait donner une impression désagréable ou revêche, mais il y a un attrait dans le manque de grâce de ses traits : le qui-vive de la bonté. Elle est habillée aussi bien que possible par une couturière et une modiste de Nantes — une robe blanche à peine décolletée sentant les essayages laborieux, la coquetterie bienséante, un chapeau en corbeille, qui dissimule une chevelure filasse, peu abondante, rassemblée en chignon. Rien du fruité juteux de la région dans son parler précipité et précis. Elle est d'Arras. C'est dire qu'il ne lui a pas été facile de s'adapter à Ancenis : sa diligence, sa promptitude à réagir, comme s'il y avait toujours devant elle quelque nouvelle tâche à accomplir, son exactitude et sa minutie, autant de qualités qui détonnent sur les bords de la Loire.

Encore une minute ou deux pour nous connaître, nous reconnaître. Ma mère a adouci ses yeux, son regard se remplit de l'eau de la séduction, elle balance la tête et accentue ses exclamations de bonheur... Mon oncle ne se livre pas exagérément, même en bécotant sa sœur. Il parle peu, quelques phrases courtes, débitées sans emphase, mais pénétrées d'un sentiment profond et pudique. Il aime Anne Marie, intensément, ayant toujours été fasciné par elle — mais sachant la juger et connaissant ses défauts, jamais dupe. Quoi qu'il en soit, il est ému, très ému, ce qui lui fait remuer les narines.

Quant à ma tante, elle se hérisse d'affabilité envers cette Anne Marie mal connue et dont elle se méfie peut-être un peu, elle se met à son service, avec cette dévotion que l'on doit à une parente aussi proche et aussi chère à son époux : elle l'aime puisque son mari l'aime. Elle prodigue ses gracieusetés à ma mère, en termes rapides, un rien haletants, et surveille les bambins, les bagages, tout. Anne Marie se laisse choyer par elle, elle daigne apprécier, faisant montre d'une amabilité extrême — car elle redoute son frère. Et moi ? On me délaisse depuis quelques instants. Soudain, ma tante, prise d'un grand élan, me serre contre elle presque maternellement, comme si j'étais un enfant de plus. Elle me demande un peu bêtement : « Alors tu es Lulu ? » Évidemment que je suis Lulu... mais je comprends que ses intentions sont excellentes, aussi, pour bien faire, je bambine mes petits cousins qui ne me disent pas grand-chose, et finalement je m'applique auprès d'eux de bon cœur, en de gentils enfantillages. Je suis ravi... Sensation chaude et neuve.

Enfin, nous nous ébranlons vers la sortie. Une cour nue, du gravier, tout autour des hangars où s'entassent des marchandises déjà usées à force d'attente, les détritus du temps. Sous un arbre étique, l'automobile de mon oncle Jacques nous attend. Elle est grande, grise, ordinaire, haute sur roues, parfaite pour un médecin de campagne qui doit, dans l'exercice de son métier, parcourir des chemins guère carrossables. Nous nous y rangeons, mon oncle au volant. La voiture démarre. Nous sommes muets, comme si nous nous remettions de l'effort des retrouvailles. La grand-route, un boyau à gros pavés, grimpe et se tord à travers Ancenis. L'auto peine. C'est le crépuscule et il me semble que la vie s'est ralentie. Je les vois encore, les gens, leur façon de marcher à petits pas, d'antiques servantes portant un monument de dentelle sur la tête, une vieille « mademoiselle » maigre, une araignée, des araignées. Un carillon sonne, ne faisant frémir que le silence... Volets prêts à se refermer, portes étroites toujours closes, quelques boutiques obscures aux marchandises incertaines. Une fois dépassé l'emplacement de la forteresse démantelée sur ordre de Richelieu et dont il ne reste que le soubassement, la voiture s'emballe légèrement. En contrebas, près du fleuve, s'étend un quartier populeux, celui des mariniers, à l'époque où les barques transportaient le vin. À l'orée de ce coin mal famé, comme pour l'éviter, la grand-route fait un mauvais virage à angle droit, puis se dilate sur un terrain plat, en une artère toute droite, très large, bordée de trottoirs, qui prend le nom de rue Villeneuve. La ville neuve ? Plus de vieilles maisons entassées, plus de lacis de ruelles, mais une émotion plus grande encore... C'est le faubourg noble, demeures aristocratiques, maisons de maîtres, et aussi bâtiments officiels en meulière blanche et aux toits d'ardoise, érigés dans des jardins, clos de hauts murs coupés de portails ouvragés. Un mutisme poignant...

Après la Chine, chaque année de mon enfance, je suis retourné à Ancenis au mois de septembre, le mois où la Loire est la plus belle, temps des calvaires ensoleillés et des vendanges mûres. Il m'en reste une tendresse, un souvenir de bonheur — cette magnificence du paysage, le fleuve glissant ses bras entre les îlots verdoyants et puis ce que j'appelais le « plateau », la contrée des bocages. Mais une mélancolie m'étreint, liée à cette rue Villeneuve, en pleine décadence. Ce quartier avait surgi d'un marais quand Napoléon Ier décida qu'Ancenis, aux confins de l'Anjou et de la Bretagne, deviendrait un centre militaire et administratif important. On avait alors construit la grande caserne où le frère d'Albert avait été capitaine, ce frère qui allait demander pour Albert la main d'Anne Marie. Tué à la guerre... Tué... La caserne dort, comme dorment la sous-préfecture et le tribunal, portant sur leurs frontons des motifs pharaoniques, souvenirs de l'expédition d'Égypte. Existe-t-il encore le Cercle des Beaux-Arts où les officiers traîneurs de sabres et les bourgeois en redingote faisaient leur partie de cartes ? Il paraît que mon père, jadis, y a pris une culotte... Albert, Anne Marie, que sont leurs amours devenues, qui étaient nées en ces lieux ? Il ne reste plus que ces demeures rongées et mystérieuses. Tout est cloîtré, figé, secret.

Aujourd'hui, je m'interroge. Est-ce qu'Ancenis à l'époque n'avait pas été victime de sa philosophie profonde, un refus qui est aussi son charme, la stagnation heureuse. Était-ce sagesse que cette horreur du progrès ? La vie est considérée comme bonne, le plaisir est permis, recommandé, à condition que ce soit celui des saines coutumes, le muscadet, le loisir, le beurre blanc, les grands gueuletons de famille, et même une certaine paillardise. Mais ne jamais blasphémer, ne jamais innover — l'inconfort aussi est une jouissance. L'électricité arrivait à peine, l'eau courante était inconnue, les WC se réduisaient à une cabane au fond du jardin, avec un trou.

L'Ancenis où je viens avec ma mère, austère d'abord, est pourtant celui de la douceur de vivre. Une douceur implacable, mais qui semble plaire à tout le monde. Rien ne se passe jamais. On en est toujours aux souvenirs de la Vendée, aux processions de la Fête-Dieu, aux monuments aux morts de la guerre 1914-1918. En guise d'événement, chaque hiver, l'inondation, le fleuve qui envahit les bas quartiers, un tribut régulier payé à la Loire. Pour le reste, paysage inchangé. Pas un édifice historique à Ancenis. Aucun grand homme n'y est jamais né. Il avait fallu emprunter du Bellay à Liré, un village de l'autre côté de la Loire, en Anjou. Fièvre quand on avait dressé une statue du poète, au débouché de la grande allée ombragée par des arbres centenaires, contre la berge, dans un terrain vague où les ménagères venaient jeter leurs ordures et où jouaient les enfants des pauvres! Et puis tranquillité... Le linge des lavandières, tendu sur des ficelles autour de la tête du poète, qu'on avait eu la pudeur de faire regarder de l'autre côté du fleuve, vers Liré. Si bien que la facétieuse population d'Ancenis appelait du Bellay « Monsieur de Cul vers Ville ».

Le soupçon plane sur ces mœurs paisibles, un cancanage léger, pas bruyant mais efficace. Gaillardises, et même gros péchés, sont acceptés, cependant au moindre signe de « mauvais esprit », le châtiment s'abat. Une réprobation générale, une sorte de conspiration, plus quelques petites mesures pratiques — ça tue, sans cris, sans scandale. La notion de scandale est bannie : c'est l'ordre, un ordre tellement immuable que personne n'a l'idée de s'en plaindre. Pas de faits divers. L'hiver, la prison sert à enfermer, presque par charité, les vagabonds qui vont « faire » le jardin du président du tribunal, ou ramassent des vers pour sa pêche. Lequel président, un jovial, tire les sonnettes des bourgeois pour se divertir. Plaisanterie jugée un peu osée.

Éternité... Aux alentours, les nobles sont enfermés dans leurs châteaux. Mœurs et langage d'antan. Ils pratiquent l'art de l'oisiveté, tirant un peu le diable par la queue, quoique s'efforçant encore de mener grand train — réceptions, bals, chasses à courre. « Nos maîtres », disent les paysans dont ils sont censés être les protecteurs naturels — et qu'ils exploitent de plus en plus. Les manants votent quand même pour eux. Quatre marquis parmi les députés de la Loire-Inférieure. Celui d'Ancenis, un gaillard dru, au langage de hussard, mais d'une splendide beauté morale, très brave si on lui obéit bien, se vante d'être le plus réactionnaire de France. Un bon tyran, et riche, du fait de son mariage, arrangé par les pères, avec une juive autrichienne convertie. Il est plutôt aimé... Si des gentilshommes se font élire, c'est pour mieux s'opposer à la République dans son Parlement, seul rapport du monde des castels et des campagnes avec « la Gueuse », qu'il continue de haïr, plus que jamais. Les châtelains refusent d'entrevoir un fonctionnaire, encore plus de lui serrer la main. Il n'est permis aux jeunes nobliaux que d'entrer dans l'armée et de se faire tuer à la guerre. Les officiers de Saumur en 1914...

Rien ne bouge. A travers le bocage, les fermiers vivent en vase clos, soumis, dans des masures, animaux entre les animaux. Ce sont les descendants des chouans, pareils à leurs ancêtres, bien que fusils accrochés aux murs et sans la gourde pour boire. Férocité pacifique. Forfaits secrets perpétrés dans les tanières ignorées, au milieu des pauvres champs et des verdures roncereuses. Toute cette humanité est tenue par l'Église. Partout des curés, leurs enfants de chœur et leurs servantes confites, des presbytères et des séminaires, le peuple noir qui agite l'enfer et donne l'extrême-onction — bénitiers et saintes huiles. Mais beaucoup de ces prêtres sont débonnaires, bien nourris, prospères, distribuant le Bon Dieu comme viatique dans cette vallée de larmes. Toutefois, qu'ils soient foudroyants ou papelards, c'est de la vraie, de la bonne religion qu'ils fournissent, avec la Sainte Trinité, un Christ très crucifié, un Satan aux aguets, de la Vierge à tire-larigot, des saints dont chacun a sa petite spécialité, des litanies, des complies, des offices majestueux, un denier de Saint-Pierre et l'année découpée par la liturgie. Le Fils de Dieu meurt, le Fils de Dieu ressuscite, le Fils de Dieu s'assied à la droite du Père, la colombe du Saint-Esprit surgit, et bientôt naît le bébé de la crèche. Prêches, prières, carêmes, réjouissances, le *Dies irae* et le *Tantum ergo*, allez en paix. En attendant la vie éternelle, ces ecclésiastiques régissent la condition humaine avec une certaine indulgence pour les pécheurs. Mais malheur à qui perd la foi, malheur sur cette terre même. Heureusement tous croient en Dieu qui a créé le monde tel qu'il est, dans sa hiérarchie et son organisation, un monde où les gens parviennent à subsister le temps qui leur a été imparti par Dieu sans trop de détresse, à condition qu'ils fassent pénitence, aillent à confesse et se gorgent d'hosties. Qu'il en soit ainsi dans les siècles des siècles... L'esprit novateur est souvent le souffle du démon... Amen.

Dans Ancenis même, le gros de la population, à commencer par les commerçants qu'on méprise un peu — l'argent, quand ce n'est pas celui des rentes, des métayages et des héritages, est sale —, a une bonne mentalité. Une poignée de bourgeois, médecins, pharmaciens, notaires, huissiers, vétérinaires, perçoivent des honoraires ou font des profits. Très en dessous des nobles et des gens d'Église, ils ne sont pas déconsidérés s'ils pensent bien et appliquent leurs capacités à maintenir la société dans ses structures, sans en vouloir rien changer. Ainsi, le panonceau du notaire est importantissime, presque sacré. En son office se règlent les successions, qui sont l'âme du beau monde et du monde moins beau. Nœud des intrigues, drames et cupidités sous les formules juridiques. Mais ces messieurs, ces notables, se gardent bien de devenir des « libéraux », d'être saisis par la tentation de la modernité. Peut-être certains d'entre eux, quand ils sont réunis, se plaignent-ils de l'inertie d'Ancenis, de la diminution des revenus, ils grognent même de la nécessité de faire quelque chose, ils ne sont pas révolutionnaires, loin de là, mais n'agitent-ils pas des idées? Oh, ils le font prudemment, très prudemment... Ils vivent grassement, évitant l'ostentation, sous l'uniforme de la respectabilité joviale, montres de gousset et chaînes en or, gilets sur le bedon, mais ils causent. Il n'y a aucune usine, aucune industrie, à une ou deux exceptions près, plutôt un peu d'artisanat. Pas de syndicat, évidemment. L'ennemi public, il en faut un, c'est l'instituteur, les instituteurs. S'ils ne se tiennent pas tranquilles devant les bancs presque vides de leurs classes, ce sera la traque, tous les affronts...

Mon oncle s'arrête au pied de la maison familiale, pas très engageante d'aspect, encastrée entre deux autres demeures un peu plus belles. Tandis qu'il range la voiture dans un garage au sol nu et inégal, nous entrons. Une odeur de propreté et d'usure, je devrais dire d'usage, le sentiment que tout sert, me saisissent aussitôt. Ça vit là-dedans. Nous allons vers cette vie en file, par un corridor long et très étroit, aux dalles noires et blanches, sans aucune ornementation. Procession. Devant, ma mère, qui manifeste une certaine curiosité, la tête légèrement penchée. On dirait qu'elle explore... En fait, elle ne connaît pas ce logis où mon oncle et ma tante se sont installés récemment : elle examine, circonspecte et un rien désapprobatrice. Je la suis, les mains dans les poches, pensant que l'endroit doit être mesquin à en juger par la mine d'Anne Marie. Derrière, la famille traîne nos bagages. Le couloir débouche sur une cour sale et des communs. Mais, avant d'arriver là, nous nous arrêtons à un endroit stratégique. Sur la gauche, un couloir plus large, à quatre-vingt-dix degrés de celui où nous sommes, mène vers des salles festives. Sur la droite, un escalier en colimaçon conduit aux chambres. Ma mère indique : « Je ferais bien un brin de toilette et j'aimerais ranger mes affaires... »

Il y a quatre chambres dont les fenêtres dominent la rue. D'abord celle de mon oncle et de ma tante, le sanctuaire de leur union. Quel zèle ma tante a pris à l'orner ! Des meubles recherchés, une belle armoire, une coiffeuse, des commodes, des fanfreluches, et surtout un lit souverainement matrimonial, en bois clair, aux draps brodés. Le lit — signe de l'amour, de la vie, du bon repos, du sommeil ensemble, des petits coins de confidence, de l'intimité complète. Le lit des naissances, de la joie, des maladies et plus tard de la mort... Je suis un peu surpris, car jamais je n'ai vu un couple partager une même couche, une même chambre. Anne Marie et Albert, depuis que je me souviens, ont toujours fait chambre à part.

Attenante à la pièce, la salle de bains que ma tante a imposée à mon oncle. D'après ce qu'on dit, mon oncle n'a pas cédé facilement... Ma tante a eu bien du mal, ensuite, à la faire installer : les plombiers d'Ancenis ne savaient comment procéder. On a fait venir des ouvriers de Nantes. En ville, cela a suscité des commentaires. Se laver, n'est-ce pas un peu sale, n'est-ce pas surtout contre les bonnes mœurs, n'est-ce pas un péché ? D'ailleurs, ma tante n'a pas réussi dans tous ses projets. Elle voulait aussi le chauffage central. Là, mon oncle n'a pas capitulé, par souci des coutumes. Et puis la dépense...

La chambre suivante sert de déversoir à ce que mon oncle et ma tante fabriquent dans leur lit. Deux enfants, mais certainement d'autres suivront. Mon oncle est convaincu que le bonheur ne va pas sans une famille nombreuse. Du reste, il me semble que ma tante a un peu d'embonpoint...

Enfin, la chambre d'Anne Marie. Mon oncle n'y entre que pour déposer les bagages de sa sœur et en ressort aussitôt. Ma tante, elle, s'excuse auprès de ma mère de l'héberger aussi modestement. Tout a été briqué, tout le possible a été fait, mais évidemment, c'est sommaire. Amélie a fait apporter des jolis sièges, un beau bahut, un bonheur-du-jour en marqueterie, une psyché, elle a rempli de fleurs deux ou trois vases, mais il n'y a pas de salle de bains. Le lit est un monument ancien, énorme, très haut, en bois noir. C'est un lit pour couple marié, où il aurait bien fallu que ma mère accepte mon père, s'il avait été là.

Ma tante continue ses justifications jusqu'à ce qu'Anne Marie, avec un léger éclat de rire, dise : « Je sais ce qu'est Ancenis, Amélie... J'y ai été élevée. Vous seule pouviez me préparer une pièce aussi agréable... je vous remercie. » Ma mère a son sourire gentil et ironique. Si elle se moque, c'est moins de l'inconfort, du bel inconfort de son pays, que des efforts un peu piètres, petit-bourgeois, de ma tante d'Arras — tellement d'Arras — pour y remédier. D'ailleurs elle la renvoie, tout en se mettant à défaire ses valises. Moi aussi, elle m'expulse, vers ma petite chambre, la dernière. Une armoire disloquée, un lit à vilaine courtepointe et des commodités anciennes au complet : le broc, la cuvette, le seau, le pot de chambre. Découragé, impuissant, je m'assieds sur une chaise qui craque, attendant ma mère. Elle arrive en une robe bleue à volants, un collier d'ambre autour du cou. Elle me gronde, sort un costume, du linge, m'aide à m'habiller. Le broc et la cuvette me dégoûtent, elle verse de l'eau et me passe un gant de toilette sur le visage — elle et son gant de toilette ! Nous sommes prêts, nous descendons.

Dans la salle à manger, mon oncle se lève pour nous accueillir. Il est aimable, sans plus, un rien embrumé. La pièce est Empire, meubles d'acajou avec leurs motifs dorés, faisceaux et autres symboles — un décor solennel signifiant peut-être que manger est une fonction auguste. Le grand couvert est mis sur la table ronde, nappe brodée, solide vaisselle, argenterie lourde, carafes de vin. Dans les angles de la salle, des fauteuils; sur les murs, des tableaux de chasse; par-ci, par-là, des napperons, des dentelles; et sur une étagère, des bibelots, biscuits de Sèvres, bergères enrubannées, à la Trianon.

Mon oncle n'est jamais de très bonne humeur quand il doit patienter l'estomac vide. Pour lui, toubib qui s'échine, la nourriture est chose sérieuse, capitale. Ma tante, les traits las, entame une nouvelle causette de bienvenue avec Anne Marie, qui se prélasse. Elle la resalue en somme, lui fait les honneurs officiels du logis, tout en gardant l'oreille tendue vers l'autre côté du couloir, d'où proviennent des bruits de hachage et de grésillement. Sous le regard impatient de son mari, elle s'esquive, retourne à la cuisine, juste en face, où officie une femme sans âge.

Silence entre le frère et la sœur. Comme s'ils hésitaient devant les grands sujets. Mutisme que n'interrompt pas la réapparition de ma tante. Pour dissiper cette atmosphère un peu épaisse, Anne Marie fait soudain le petit coup de théâtre que je connais si bien. Elle ouvre son sac et en retire un paquet recouvert de papier de soie. L'inévitable cadeau... Chez les Masselot, elle l'offre en sujette qui veut s'attirer des grâces. Là, elle le remet à ma tante avec une délicatesse impérieuse — est-ce le paiement de notre séjour? Ma tante reçoit l'objet précieux entre ses mains abîmées par les besognes ménagères et entreprend diligemment de dégager le trésor qui apparaît enfin : une statuette chinoise en vieil ivoire, un sage au front ridé. Elle s'extasie, bafouille des paroles de remerciement sur tous les tons, elle est émue, elle n'en peut plus, elle se pâme. Ma mère, sagace, l'examine, et elle s'exclame encore plus fort. Cela dure jusqu'à ce que mon oncle se joigne à elle, avec un léger agacement.

Il est aussitôt décidé que la place de cette merveille ne peut être qu'au salon — pièce secrète, dont la grande entrée est toujours fermée. Ma tante commence par ouvrir les fenêtres, puis elle enlève les housses, et l'on peut alors apprécier la mignardise d'un ameublement Louis XV, vrai peut-être, où tout est tors — les pieds des fauteuils, les dossiers des sièges, le canapé digne de la Pompadour. Un lustre à pendeloques bleutées, sur la cheminée un éventail déplié représentant une scène galante, des vases à guirlandes posés sur des tables à entrechats. Dansez, marquises... Mais cette pièce, qui se veut si gracieuse, sent le guindé provincial : on ne doit pas y danser souvent. Ma tante y « reçoit » les dames de la ville, une ou deux fois par an. Au plus.

Un pan de mur est réservé aux « chinoiseries », estampes, gravures, enluminures. Ce qui est en dur, façonné en terre cuite ou taillé dans des matériaux nobles est enfermé dans une vitrine. Ce sont les dons, qu'avec une régularité exemplaire, pour les anniversaires et les fêtes, mes parents envoyaient de Chine à la famille. En retour, Jacques et Amélie, qui semblaient apprécier beaucoup cet exotisme, prodiguaient de longues lettres très affectueuses... Il est vrai que chaque fois, Albert, à défaut d'Anne Marie trop sèche, accompagnait le cadeau d'un mot gentil, qui les touchait sans doute plus que cette quincaillerie céleste.

Mais ce jour-là, où ma mère remet en main propre son offrande, mon oncle a l'air de plus en plus pincé. Il se tient un peu narquois, un peu désolé, comme affecté par la générosité ostentatoire de sa sœur qui lui jette cet os chinois. Ma tante, même si elle partage son sentiment, continue à s'ébattre de reconnaissance, en rajoute. Le « sage » mis en position parmi les autres « curios », debout et bien grave, elle se recule pour juger de l'effet produit, et soupire : « Anne Marie, que cet homme est beau. Il donne à réfléchir avec sa philosophie. » Je crois entendre mon oncle murmurer : « Sottise. » Personne ne relève, l'épisode est terminé. Retournant dans la salle à manger, nous passons à table.

La soupière fume. Ma tante sert tout le monde, en commençant par Anne Marie, ce qui est bien naturel, mais fait tiquer son frère. D'ailleurs celui-ci passe à l'attaque — attaque combien feutrée et pourtant sérieuse.

— Quel dommage qu'Albert ne soit pas avec toi ! Il n'est pas bon qu'un couple soit séparé trop longtemps. Quand rentrera-t-il ?

— Je ne sais pas. Dans quelques mois sans doute. Il voudrait être nommé directeur des Postes chinoises, et il a besoin pour cela de l'appui d'André Masselot, qui ne devrait pas tarder à retrouver sa place de secrétaire général des Affaires étrangères...

Mon oncle fait une fugitive grimace du coin de la bouche, la même que celle d'Anne Marie quand elle n'est pas contente. Il a flairé quelque intrigue... et elle s'est vue percée à jour. Il enchaîne, avec un soupçon d'ironie :

— Somme toute, ton mariage a très bien tourné. Comme notre mère aurait été contente de te revoir ici, avec ton fils, si bien établie, heureuse en ménage avec un homme dont la carrière promet...

— Pauvre maman. Ma joie serait complète si elle était à cette table. Elle est morte tellement jeune.

— Tellement usée, tu veux dire. Tu lui as manqué... Après ton départ pour la Chine, elle a décliné, elle se plaignait sans cesse, elle avait mal au corps et à l'âme. Je l'ai examinée, et comme je ne trouvais rien, je l'ai emmenée chez des praticiens de Nantes, les meilleurs. Même résultat : aucun symptôme grave, juste une tension un peu élevée. Je lui ai prescrit un régime, des fortifiants... Rien n'y a fait. Elle qui ne pratiquait guère s'est mise entre les mains des curés. Elle restait au lit, recevant ses vieilles amies à qui elle confiait : « Je vais passer. » Je la grondais... Amélie, que je venais d'épouser, l'entourait de tous ses soins. Vainement. Notre seule consolation : son agonie a été douce...

Ma mère se met à pleurer :

— Je le sais, elle s'inquiétait trop à mon sujet. Dans mes lettres, je ne cessais de la rassurer, de lui répéter qu'elle avait eu raison de me faire accepter la main d'Albert, que j'étais une femme comblée... C'est ma faute, je l'ai tuée...

Mon oncle est contrarié, la scène lui paraît de mauvais goût, bien qu'il l'ait provoquée. Il se force :

— Anne Marie, tu n'es pas responsable. Notre mère aurait dû être satisfaite de son œuvre — tu étais bien mariée, et moi, j'avais décroché mon diplôme de médecin, j'exerçais à Ancenis, et j'étais aussi bien marié. Elle n'avait plus d'inquiétude à avoir, mais tu lui tardais. Elle t'attendait. Elle t'attendait trop... Ce n'est pas ta faute...

Ma mère se calme. Après son grand effort d'éloquence, mon oncle conclut :

— C'était une sainte femme.

Quelle hypocrisie ! Quelles pelletées de mensonges ! c'est donc ça une bonne famille ? Tout déguiser, tout cacher. Anne

Marie, qui détestait sa mère, faisant l'affligée, et mon oncle, quoi qu'il en eût, lui donnant l'absolution, sous les yeux confits d'Amélie. La véritable fin de ma grand-mère Berthe avait été abominable. Je la connaîtrai, plus tard, grâce aux confidences de Tatie...

Tatie. Une dame riche, apparentée à une dynastie d'armateurs. Elle avait tenu ma mère sur les fonts baptismaux et avait pris grand soin de la jeune fille pauvre qu'elle était avant d'épouser Albert. Veuve de toute éternité, elle s'était vouée au souvenir de l'époux disparu, et vivait désormais avec son fils de quarante ans dans une superbe demeure près de Nantes.

Si Anne Marie aime quelqu'un, c'est Tatie. Elle lui voue une affection vraiment tendre et émue, une affection que je ne lui ai connue pour personne d'autre. Comme il y avait longtemps que l'ancienne protectrice et sa protégée ne s'étaient revues, un jour de ces premières vacances à Ancenis, décision : nous irons chez Tatie, où nous dînerons et coucherons.

A la gare de Nantes, une voiture nous attendait. Anne Marie était pensive. Jadis pour elle, cette ville incarnait la tentation et le péché. Nantes bruyante et sale, Nantes le coupe-gorge, Nantes le trafic, Nantes le bois d'ébène, Nantes les corsaires, Nantes les mystères, Nantes le port, Nantes les ferrailleries, Nantes les vaisseaux, Nantes le peuple, Nantes caverne sombre, Nantes les noyades, Nantes les aristos à la tête coupée, Nantes l'anarchie, Nantes le travail, Nantes la pluie, Nantes l'alcoolisme. Mais aussi, Nantes la respectabilité. Églises. Écussons. Grandes familles de négoce et d'armement. Nantes l'argent.

La voiture nous emmène dans un bourg qui sent l'aisance... Une maison superbe. Sur le seuil, une femme corpulente qui ressemble à un débonnaire gendarme en châle et en robe noire garnie de décentes dentelles : Tatie. Elle serre Anne Marie dans ses bras. Étreinte de tendresse enivrée. De l'amour... Nous pénétrons dans un salon aux beaux meubles dodus, chargés de vie, de beaucoup de vies. Tatie câline Anne Marie, une Anne Marie soudain réservée... A ce moment en effet, entre un homme à la figure chevaline. Le fils évidemment.

— Octave, tu reconnais Anne Marie ?

Il a entendu. Son air d'indifférence :

— Bien sûr, maman, mais elle est devenue une dame.

Avec un respect condescendant, il baise la main de ma mère. Puis, taciturne, s'assied dans un fauteuil à l'écart.

Tatie fait apporter du thé et des gâteaux. J'ai droit à une orangeade et à des éclairs au chocolat que j'aime tant. Un goûter, deux goûters, sans cesse des goûters dans l'existence d'Anne Marie quand je l'accompagne. Ma vie avec elle, une longue succession d'éclairs au chocolat. Chaque fois, je me goinfre sous le regard attendri des dames qui cessent un instant de papoter. Toujours la même chose, où qu'on soit... Tatie et Anne Marie, après m'avoir admiré me gloutonnant, sont sur le point d'entamer un bavardage, quand elles sont arrêtées par un aboiement d'Octave :

— Pour moi, un porto.

Tatie lui fait remarquer doucement :

— Il est bien tôt.

— Maman, un petit apéritif...

La bonne apporte une bouteille. Un claquement me fait sursauter. C'est Octave qui, d'un coup de langue, a lapé son « apéro ». Il s'en verse un second — deuxième claquement. Là-dessus, il regarde fièrement Tatie, comme s'il avait accompli un exploit, laquelle Tatie pose sur lui un regard tendrement impératif et suppliant. Alors il détourne la tête et retombe dans sa morosité, sans s'octroyer de troisième rasade.

Les dames se mettent enfin à parler. Anne Marie est tout charme, elle veut manifestement édifier et éblouir Tatie. Ses pommettes s'allument, signe de son désir intense de se faire valoir :

— J'ai aidé de mon mieux Albert en Chine. Maintenant que je suis à Paris, je voudrais pouvoir faire davantage. Des amis très chers me présenteront, je l'espère, à Aristide Briand, qui, le jour venu, pourra intervenir et faire nommer Albert à la direction des Postes chinoises.

Tatie est estourbie par les propos :

— Anne Marie, tu en as des fréquentations ! Comment une

femme comme toi peut-elle imaginer se compromettre avec ce triste sire de mauvaises mœurs, qui ne croit pas en Dieu et a spolié l'Église ? Les Postes chinoises ! Qu'est-ce qu'Albert irait faire là-dedans ! Timbrer des enveloppes et envoyer des lettres aux francs-maçons ?

Extraordinaire que ma mère ait pu s'oublier à ce point ! Parler à Tatie d'Aristide Briand, qui est le diable pour toute la bonne société de la région ! Elle essaie de rattraper son erreur :

— Je sais que le président Briand a eu une jeunesse agitée. Néanmoins, c'est un grand homme d'État...

Elle ne peut continuer, coupée par la voix stridente d'Octave :

— Briand, ce satyre, ce traître. Sans Clemenceau, il aurait vendu la France aux Allemands. Du plomb pour lui truffer le corps, c'est tout ce qu'il mérite. Il nous a échappé, mais nous aurons sa peau...

Fureur d'Anne Marie. Ses traits se pincent, mais elle se contient et parvient à garder une expression aimable.

Tatie, embarrassée, réprimande légèrement son fils :

— Octave, tu es trop passionné.

Octave n'en est que plus violent...

— Et même, je me porterai volontaire pour le peloton d'exécution. Douze balles dans la paillasse, le coup de grâce dans la tête. Je le tirerai avec plaisir...

Octave, revenu à une muette jubilation, prend dans un étui une de ces cigarettes égyptiennes à l'enseigne du khédive qui sentent le tabac blond un peu opiacé, l'allume lentement, et s'absorbant dans la contemplation du plafond à moulures, lance dans la pièce, par bouffées successives, des ronds de fumée.

Une gêne lourde s'installe : les deux femmes ne savent plus que dire. Octave, se sentant désapprouvé, écrase son mégot dans un cendrier et porte le coup final :

— Aristide Briand, kaputt... d'ailleurs, c'est un boche.

Tatie décide de faire preuve d'autorité :

— Octave, au moins, sois poli.

— Eh bien, je vous salue, mesdames. C'est l'heure de ma promenade à cheval et de ma partie de dominos...

— Ne sois pas en retard pour le dîner.

— Bien sûr, maman.

Il prend congé de sa mère en fils très soumis. Puis, voulant montrer à Anne Marie la mal-pensante qu'il est un homme, un bougre d'homme, il claque des talons et se met au garde-à-vous devant elle, en proférant : « Je vous prie d'accepter mes hommages déférents. » Là-dessus, il s'ordonne : « Rompez », fait un demi-tour réglementaire et s'en va au pas militaire en clamant en cadence : « Une, deux... Une deux... »

Tatie cherche à l'excuser :

— Il n'est pas méchant, mais on ne sait jamais ce qu'il va inventer. Il est tellement drôle! Il imagine de ces farces! Ses amis le trouvent très spirituel.

Anne Marie répète docilement :

— C'est vrai, Octave est très spirituel...

Silence. Tatie replonge dans les émotions anciennes.

Elle regarde Anne Marie, avec tout le poids de son âge, de son expérience, de son importance, de ses bienfaits, de ses conseils, de son affection d'autrefois :

— Ma petite fille, je vais te parler très franchement, je te trouve bizarre. Tu avais déjà donné cette impression à ta mère quand vous étiez venus la voir, ton mari et toi, lors d'un congé pendant la guerre... Tu sais que nous parlions de tout, Berthe et moi, eh bien, c'est à ce moment-là qu'elle s'est mise à désespérer. Jusque-là, elle avait cru que votre mariage réussirait, que la naissance de Lucien faciliterait les choses. Après votre visite, elle a été prise de remords, elle s'est sentie coupable, elle s'est laissée dépérir.

Anne Marie proteste, d'une voix chargée des rancunes passées et présentes :

— Vous ne voulez pas dire, Tatie, que j'ai poussé ma mère vers la mort?

— Non, certainement pas...

Le décès de sa mère, Anne Marie l'a-t-elle souhaité? Maintenant je le crains. Mes parents avaient fait un séjour en métropole, pendant la Grande Guerre, avec moi et mon amah Li. Du flou de ma mémoire lointaine, de ces profondeurs où sont entassées tant de vies et même tant de morts, émerge le fantôme de Berthe, sa figure charnue, gaie, de dame de la campagne. Comme elle m'aime! Elle se penche sur moi qui n'ai que deux ou trois ans et qui suis toujours porté par Li, si bien que je ne sais pas marcher. Elle veut me caresser, me chatouiller, me mignonner, mais la Chinoise la repousse sous le regard approbateur d'Anne Marie.

Berthe ne reconnaît plus sa fille. Anne Marie, inhumaine, pavoise de dédain : elle témoigne à sa mère, à la bonne Berthe, qui avait imposé son mariage avec Albert, une dureté extraordinaire, ne cesse de la rudoyer, de la rabrouer en petits mots polis, qui blessent, qui font saigner. Albert, qui semble pourtant être un bon mari, est relégué et fait triste mine — peut-être s'est-il confié à Berthe et se chagrinent-ils ensemble plus qu'ils ne se consolent. Anne Marie, pourtant, n'est pas triste. Altière, elle déploie ses grâces. Quand elle sort, elle tient son ombrelle comme un dais, escortée par Li en robe blanche, me transportant sur un coussin tel le saint-sacrement... Et lorsqu'elle avait reçu à Tcheng Tu le télégramme annonçant la mort de Berthe : comme un soupçon de joie dans ses yeux! Ensuite, de la jubilation en lisant la longue missive envoyée par Jacques et Amélie, avec leurs explications désolées et pudiques. Les braves gens! Eux pourtant, Berthe les avait sacrément malmenés avant d'expirer... En leur fabriquant une de ces atmosphères venimeuses que cache si bien la routine provinciale...

Oui, les braves gens, les bons sentiments. Quelle histoire, l'histoire édifiante et vraie de Jacques et d'Amélie!

D'abord, le pauvre Jacques... Berthe s'était retrouvée jeune veuve démunie, avec deux mioches : Jacques l'aîné, et Anne Marie, la douce, la charmante petite dernière, Mimi, la préférée, qui eut tout pour elle. A Jacques, rien que les rogatons. Le peu d'argent de Berthe allait à Mimi, pour l'habiller, la rendre mariable... Une fois Mimi mariée, son frère continua à vivoter sans sou ni maille à Angers, dans un dénuement extrême, s'échinant à décrocher son diplôme de médecine. Il n'était pas tellement doué, il n'apprenait pas facilement, mais il étudiait, étudiait. La mouise. Chaussures percées, le même costume usé jusqu'à la trame, logé dans une mansarde ouverte à tous vents et ne mangeant pas à sa faim, et malgré ça, gai, bon carabin, bon compagnon. Il subsistait grâce à de petits travaux... Péniblement, il avait passé ses examens; hélas! à peine son parchemin en poche, éclatait la guerre. Médecin dans un régiment d'artillerie, blessés et moribonds avaient été — et en quelle abondance! — ses premiers clients. Brave, il opérait sous les obus et la mitraille. Berthe, elle, était sans angoisse pour son fils...

Puis il y avait eu, en ce temps de carnage, la rencontre heureuse. Amélie... Fille de gros commerçants, propriétaires de magasins d'alimentation dans le Nord de la France, des gens qui, au lieu de laisser leur pucelle dans les cageots ou à la caisse, lui avaient fait donner une éducation de demoiselle, piano, broderie et tout. Sans l'invasion allemande, Amélie serait devenue une dame d'Arras. Mais la famille s'était réfugiée près d'Angers. Le hasard... Au cours d'une permission, mon oncle, étant allé très sagement bambocher dans la cité angevine, je ne sais comment, je ne sais par l'intermédiaire de qui, fut très civilement présenté à Amélie. Il arrivait du front, il y repartait quelques jours après... assez de temps pour que Cupidon lançât sa flèche, un Cupidon de mœurs irréprochables. Avait commencé une longue et chaste idylle épistolaire, des lettres très respectueuses, puis des lettres de plus en plus tendres où les cœurs s'accordaient. L'armistice, la démobilisation. Mon oncle, revenu sain et sauf, avait dûment fait sa cour à Amélie, qui n'était pas encore retournée dans son Nord dévasté. Les parents s'étaient d'abord montrés réticents — ne pouvait-on trouver mieux comme prétendant? Amélie, avec son autorité déférente et inflexible, avait su les convaincre. Alors, émois, premiers baisers, tendresses, la sèche Amélie soudain tout épanouie, mon oncle d'une galanterie joyeuse et pudiquement entreprenante. Le moment venu, il avait demandé la main d'Amélie, qui lui fut accordée.

D'une façon déconcertante, Berthe fit des difficultés, avec aigreur, violence et sans vraie raison. Elle reprochait à Amélie d'être une « étrangère », de manquer de beauté, d'être fille de marchands de légumes. Elle la soupçonnait d'avoir un tempérament dominateur, elle commanderait son fils, le ferait tourner en bourrique avec ses manières guindées, trop tranchées et sans grâce. Qu'il se marie plutôt dans le pays : elle lui citait des noms, vantait la marchandise...

Mais Jacques plaida avec infiniment de respect, vanta les qualités d'Amélie — autant de défauts du point de vue de Berthe — insista enfin sur le fait sonnant et trébuchant : son épouse apporterait assez d'argent pour qu'il pût s'établir à Ancenis... Et Berthe s'inclina. Grandes noces. Comme une joliesse sur le visage de la mariée en voile blanc, parée de fleurs d'oranger, comme un sentiment sobre sur le visage du marié en redingote, un sentiment d'homme heureux.

Le couple s'était installé chez Berthe, dans la demeure qu'elle avait louée jadis en vue de mieux marier Anne Marie. Sur le seuil, mon oncle avait fait poser sa première plaque de cuivre et commencé à se constituer une clientèle. Amélie eut son premier enfant.

J'ai quelques souvenirs, vrais ou recréés, de cette maison... Pour accéder, trois marches de pierre rude, une grande porte en bois massif. A l'intérieur, quelques salles anciennes, vastes, rugueuses, ombreuses, avec des meubles lourds et frustes, majestueux pourtant. Cela tenait du manoir et de l'antre. Partout, une langueur ennuyée, somnolente, pas désagréable, sourdait des murs épais et des plafonds élevés soutenus par des poutres mal équarries. Rien n'était vraiment entretenu, comme s'il n'en était pas besoin. Comme si, quoi que les gens fissent, leurs actions et leurs gestes devaient être mangés par l'austérité amène du lieu. Tout s'accomplissait cependant à son heure, sans effort apparent, et même avec luxuriance et abondance. La civilisation de Berthe contre celle d'Amélie... Qu'Amélie ait eu du mal à se faire à ces manières, à ce laisser-aller très étudié, très savoureux... c'est certain. Tout était incommode et comme hanté. On vivait bien, mais Amélie ne comprenait pas. Elle était démangée d'une bougeotte dont Berthe s'irritait.

Berthe commandait, et vigoureusement, sans cris, avec ces mots « ma fille ». « Ma fille » impliquait tous les ordres, tous les reproches. « Ma fille », comme une litanie, répétée avec une sorte d'enjouement terrible, par la bonne dame à la figure duveteuse... L'excellente Berthe recevait sans cesse des amies de son genre. Et dans le salon, quels commérages, quels papotages — tout le pays y passait. Amélie, bien sûr, était tenue en dehors de ce groupe dont elle était la proie de choix. Disséquée, rejetée, complètement rejetée... Quant à Jacques, sa mère le traitait en gamin.

Au fil des jours, Berthe cachait de moins en moins sa haine d'Amélie. Tout lui était prétexte, jusqu'à sa santé chancelante. Sa bru, disait-elle, voulait sa mort, et sans doute recourait au poison. Amélie supportait ses fureurs de son mieux. Parfois, elle se plaignait un peu à Jacques qui lui recommandait la patience et essayait d'apaiser sa mère. En vain. Berthe se mit alors à accuser son fils d'être de connivence avec Amélie! Autour d'elle, les commères approuvaient, corneilles noires. Il y eut des scènes affreuses. Berthe hurlait, maudissait, puis elle tomba dans la prostration, couchée, pleurante, appelant Anne Marie. Enfin, elle mourut. Le chagrin de mon oncle fut immense.

Quelques jours après le décès, Amélie annonça sa décision à Jacques : elle ne voulait pas qu'ils restent davantage dans cette demeure où elle avait été si malheureuse. En face, une maison était à vendre, elle allait l'acheter de ses propres deniers et en ferait leur foyer. Devant la fermeté d'Amélie, mon oncle se laissa persuader, avec la vague impression de trahir sa mère... Et c'est ainsi qu'Anne Marie et moi fûmes reçus dans un logis où il n'y avait pas de passé pour ma mère.

Ton d'Anne Marie : perfidie crémeuse et provocation douce. Elle n'a pas apprécié la franchise de Tatie, tout à l'heure.

— Alors, Tatie, vous me jugez bizarre? Et vous m'affirmez que Berthe aussi m'avait trouvée excentrique au point de se tourmenter à en mourir?

— L'angoisse de ta mère était maladive. Moi, je m'inquiète beaucoup moins. Mais il me semble que tu ne me dis pas tout sur toi, sur ton couple...

— Il n'y a rien à dire de plus. J'ai pour Albert de l'amour...

— Quel genre d'amour? Anne Marie, je vais te le dire : Berthe craignait que tu ne quittes un jour Albert et qu'il ne t'arrive malheur.

L'heure du dîner approche. Tatie va jeter un coup d'œil aux fourneaux et revient :

— Le repas sera bientôt prêt. Octave ne va pas tarder...

Alors ma mère annonce, avec un sourire de miel :

— Tatie, je suis navrée, nous devons partir. Nous prendrons le prochain train.

Stupéfaction de Tatie.

— Mais... vous ne passez plus la nuit ici ? Allons, Anne Marie, restez au moins dîner. Il y a des truites, un gigot, un chapon... Et puis Lucien doit être fatigué.

Anne Marie ne fléchit pas. Elle tient sa vengeance.

— Impossible. Jacques et Amélie nous attendent.

Tatie est accablée :

— Je n'aurais pas cru ça de toi, Anne Marie...

Mais Anne Marie n'a cure de sa tristesse et m'ordonne :

— Lucien, prépare-toi et remercie Tatie. Embrasse-la.

J'obéis. Au tour d'Anne Marie que Tatie, défaite, tremblante d'émotion, serre contre elle :

— Anne Marie, je t'ai blessée ? C'est Octave ? Anne Marie... pardonne-moi.

— Vraiment Tatie, nous devons rentrer.

— Anne Marie, tu m'en veux. Je le sais. Déjà, toute petite, quand tu étais vexée, tu avais de ces brusqueries...

— C'est normal puisque je suis bizarre.

— Anne Marie, je t'en prie...

— Tatie, je sais ce que je vous dois. Je ne l'oublie pas. Mais je dois vous quitter. Je vous écrirai...

— Anne Marie, tu as le cœur sec... je me demande si ta mère ne se trompait pas...

Le mépris animait les yeux d'Anne Marie quand nous sommes partis.

IV

La Maube, le cœur bondissant. Plus de quatre semaines que je n'ai pas vu Clémence. Dans son ventre l'enfant a poussé, il doit s'étaler en elle, il a dû prendre possession de son corps, le former, le déformer. Découvrir Clémence dans sa nouvelle beauté, une beauté qui est mon œuvre, Clémence façonnée par moi. Exaltation.

Je sonne. Elle ouvre... Oui, elle a mûri, elle n'est plus la fleur à peine imprégnée, mais le fruit de la fécondation. En elle, une grâce généreuse, une forme qui se galbe, sans la disgrâce d'un ventre trop en avant, d'un ventre comme un sac. Toute sa personne a pris la courbe d'une harmonie plus ample. Clémence... Je veux l'embrasser, l'envelopper dans mes bras, l'écraser contre moi, sentir sa plénitude. Mais elle me repousse brutalement, une sorte de répugnance déterminée, farouche. « Ne me touche pas », et d'un geste ferme elle m'interdit le passage. Je reste sur le seuil, tout sot, tout benêt, douloureux de surprise et de déception. Sur son visage une grimace guerrière :

— Je ne veux plus de toi ici. J'espérais bien que tu te serais fait bouffer par tes sauvages, au moins j'aurais été débarrassée. Qu'est-ce qu'il te faut encore ? Si c'est pour le fric que tu es revenu, tu peux te le garder... puisque mon gosse n'est pas de toi.

— Tu es folle ? Qu'est-ce que c'est que ce pataquès ? Qui a parlé de l'enfant ?

— Toi. Avec Paule en plus... et avant de partir pour l'Afrique... Tu n'as pas pu t'empêcher d'aller lui raconter tes suppositions dégoûtantes. Ça, ça lui a plu. Déjà elle bavait sur moi, maintenant elle peut se surpasser. Elle se répand partout, clamant que je te fabrique un bâtard...

— Mais je n'ai rien dit, ni à Paule, ni à personne...

— Alors, comment a-t-elle su que j'étais enceinte? Qui donc, à part toi, pouvait déblatérer? Aujourd'hui, à l'en croire, le père du gosse, c'est Paris tout entier...

— Tes copines... tu leur en avais parlé? Et puis ça commence à se voir... Tu n'as pas vécu en recluse, que je sache? La rumeur a dû revenir jusqu'à Paule. Quant à ses commentaires... je n'y peux rien. Non, ce n'est pas venu de moi, j'ai été muet comme une tombe... Des soupçons, je te le jure, je n'en ai pas.

— Tu en as... Avant de décamper, tu me l'as avoué, tu m'as posé la question...

C'est vrai, j'ai eu, j'ai toujours, au plus profond de moi, comme une maladie honteuse, une inquiétude tenaillante, obscène, le soupçon que l'enfant n'est pas de moi... la certitude qu'il est de moi... un déchirement, un fléau dévorant, un mal qui empoisonne mon âme.

Clémence continue :

— Tu me dégoûtes. Va-t'en. Je ne veux plus te revoir. Retourne avec ta chère Paule... avec ta chère Martine, qui doit aussi faire travailler sa grosse langue.

— Je te le promets, je n'y suis pour rien.

Inébranlable Clémence. Dressée devant moi, sur le pas de la porte, un bloc de marbre, insensible à mes arguments et à mes serments, elle s'est mise à rire.

— Si tu veux me revoir, il faudra que tu la tues, ta Paule.

Paule, Paule, sans cesse entre Clémence et moi. Clémence exigeant toujours ou que je l'anéantisse ou que je la dupe. Je me réfugie dans l'ironie :

— D'accord, je vais bousiller Paule.

— Si seulement... Mais tu es trop lâche.

Sa colère flambe. Ivresse du discours foudroyant, sur son visage de grande prêtresse des mots, le plaisir plus que le ressentiment, sa jouissance de l'éloquence enfiévrée, son amour de l'anathème... Une violence dont je me régale sans pouvoir m'en lasser.

— Ta Paule, quelle crapule... Se taper depuis tant d'années cet affreux avorton, ce fœtus livide, laid à faire rater une couvée de lamas, et avec ça un minable qui vend sa camelote de fausses nouvelles dans son parapluie renversé. C'est comme ça qu'il a commencé, avec mon patron, et qu'il continue... Mais lui c'est un patron à la gomme, ne t'en déplaise, mon cher Lulu, malgré les bretelles d'honneur que tu lui décernes à tout bout de champ! Pouah, ce Danton, quel mal blanc! On peut dire que ta Paule, rien ne la rebute. Ils sont bien appareillés; elle est aussi minuscule que lui, et aussi hideuse. Et son gros ventre à lui, son sacré ventre! Le Tout-Paris crie au miracle et il paraît que ta Paule allume des cierges quand il arrive à pisser une goutte.

Clémence en grand arroi. Elle est le verbe, un torrent verboyant, elle s'en donne... J'essaie de rompre le flot par un timide « Peut-être que Paule l'aime vraiment? », je suis rejeté, balayé, un radeau renversé par le déferlement des mots.

— Paule, avec son cœur en noyau de pêche! Qu'elle l'aime, le Danton, ça, ce serait le plus rigolo. Tu l'imagines, ta grenouille décharnée, faisant du sentiment, du coucou chéri, avec le petit crapaud décomposé? Et s'ils s'étaient reproduits? Je vois ça d'ici : du caviar pourri, de quoi empoisonner un escadron de la Garde républicaine. Quel monde! Les relations, les vieilles relations... le grand ami politicard, l'Excellence à l'œil de verre, dont le fils s'est tapé la tsarine de mon coco. Une bonne affaire pour tout le monde, qui a mis de l'huile dans les rouages de la politique française et réglé bien des problèmes... Le gouvernement, le journal et le reste : la bonne soupe et les bonnes alcôves... en famille, vive la République! Mais c'était dans les temps anciens, avant que ta chère Paule ne vienne fourrer dans tout ça son nez de musaraigne, et maintenant pouët pouët, finie l'harmonie, il y a de l'embrouille dans les affaires de cul... et je suis polie... Paule et la tsarine, il paraît que ça chauffe, et qu'avec sa viciosité de fleur sèche, ton ex prendrait l'avantage. Complètement raplapla, un légume, la tsarine. Paule a sauté sur l'occasion pour consoler Danton et lui faire des ridoudou avec ce qui lui reste de poils à gratter au troufignon. Mais ce n'est pas tout cuit... Il y a toujours les autres femelles du Danton, des dures à cuire qui n'ont pas l'intention de se laisser balayer. Enfin... Tout ça se règle dans l'intimité — et l'intimité... le jour où ça pète... Au fait, toi le grand journaliste qui sait tout sur tout, comment Paule supporte-t-elle la petite actrice idiote dont Danton s'est gâteusement entiché, ce tendron qui a un nom à coucher dehors — comme ça au moins elle couche —, et dont il fait passer chaque jour la photo dans votre journal ? Il lui faut de la chair fraîche, à ton Barbe-Bleue de poche. Qu'est-ce qu'il peut en foutre des femmes, lui qui ne peut manger que des nouilles et qui du côté de la bande... Mais elle s'accroche au gouvernail, Paule — oh, oh, gouvernail, qu'est-ce que je viens de dire, c'est un fétu de paille avec lequel elle boit sa citronnade. Elle tient le bon bout... Ah, décidément la langue me fourche... Il paraît qu'elle va présenter son grand film au Tout-Paris, avec Danton pour lui tenir la traîne. Mes félicitations, mon cher Lulu, tu seras de la réjouissance, avec tes andouillers. Vraiment, c'est trop beau : moi aussi, mon joli, j'irai à la fête, je t'accompagnerai habillée en grue, une satanée grue, toute satinée pour te faire honneur. Tu ne veux pas ? Tu as tort, on aurait bien rigolé...

Ah, Clémence... sa truculence, sa violence, le choix de ses mots... Elle est injuste... Sa version des choses, la face visible, l'outrageante. Car elle est outragée, Clémence, obsédée d'une Paule si teigne qu'il est difficile, en effet, de lui reconnaître du sentiment. Et pourtant, elle en a, Paule, des sentiments... sa passion pour Danton la consume, la dévore. Danton, c'est sa mission. Le petit homme génial tellement glorieux, tellement puissant, sans elle, quel pauvre être démuni et solitaire face à son mal ! Ses maîtresses ? Des vieilles toupies ou des petites dindes, des inutilités. Quant à la tsarine, un drame. Il y tenait tant et elle tenait tant à lui... malgré leurs vies privées séparées, une communion pleine et entière entre eux. Mais la maladie lentement ramollit le cerveau de la tsarine... L'angoisse de Danton, son chagrin... et sa volonté de vivre. Paule ? Il l'a faite. Miracle, elle est devenue sa Providence. Le bon côté de Paule : s'acharner quand elle prend un homme en main, pour qu'il vive, qu'il survive, un acharnement méthodique, complet, sacrificiel. Alors, l'intérêt, s'il y en a eu, s'efface... Ne reste que l'amour. Comment expliquer cela à

Clémence? Comment défendre la Paule qui m'a sauvé, qui maintenant s'est croisée pour sauver Danton? Trop conscient que je n'aurais fait que jeter de l'huile sur le feu, qu'accroître la verve dévastatrice de Clémence, j'ai été timide, lâche une fois de plus...

Cependant la coulée verbale est épuisée. Clémence reprend son souffle comme pour un ultime assaut et soudain m'assène une conclusion inattendue :

— Ce que je veux de Paule, ce sont des excuses. Qu'elle me téléphone gentiment, qu'elle fasse son mea culpa, et qu'elle cesse de dégoiser. Débrouille-toi. Je veux des excuses, autrement...

— Quoi autrement?

— Ton enfant... je lui ferai faire des connaissances. Tiens-le-toi pour dit!

Tout était dit, en effet... Je regagne mon studio, je m'étends sur le matelas et, bien sûr, le téléphone sonne. Ça ne peut être que Paule. Elle doit appeler depuis un moment... Son impatience à me lâcher mon paquet : ça doit la démanger, la grossesse de Clémence. Paule... je connais son mérite et pourtant jamais je ne l'ai autant détestée qu'à cette seconde.

C'est elle, son débit de mélisse, ses phrases depuis longtemps concoctées :

— Lucien, je voulais te féliciter : tes articles étaient remarquables. Tu es toujours à la hauteur... A propos, j'ai appris que tu allais être papa. Pourquoi me l'as-tu caché? Que craignais-tu? Que je découvre que tu n'es père que de nom?

— Ça suffit...

Ma rogne. Le trop-plein de mauvaises vapeurs éclate... Pas le tonnerre, pas la gueulante ni les stridences époumonées, mais la raideur anguleuse, le ton ferme qui saccade les ordres.

— Cesse de bourdonner. Assez de racontars. L'enfant de Clémence, je l'ai voulu, vraiment voulu, et il est de moi, tu m'entends? De moi... Quand tu répands tes tombereaux de saloperies sur le compte de ma femme, c'est moi que tu salis.

Alors tu vas lui présenter tes excuses, et sans attendre. Je ne veux plus que tu mettes ma paternité en doute...

Pas même un silence, pas même le temps de la réflexion... Me parvient un mezzo voce de Paule :

— Comme tu voudras, Lucien... J'appellerai Clémence dès demain.

Un trait de Paule : elle comprend la force. Elle, cette chose fragile qui me domine, mais n'ignore pas que parfois, à bout d'exaspération, je prends des coups de sang. C'est le cas. D'abord l'éruption de Clémence, maintenant ses insinuations à elle... Je n'en peux plus... Heureusement Paule maîtrise impeccablement le savoir-faire dialectique. Elle sait quand il faut céder, et le fait... si c'est son intérêt... seulement dans son intérêt. Aujourd'hui, il se trouve qu'elle a besoin de moi. De là son retournement... Astucieuse Paule, et fin stratège. Sa voix devient sourire pour répéter, rassurante :

— J'appellerai Clémence, je ferai pour le mieux... Tiens, tu n'auras qu'à l'emmener avec toi à la première de mon film, c'est bientôt, tu sais.

Donnant-donnant : pour une fois, je tiens Paule. Aucun doute, elle marchera droit. Quand même, tout ça n'est pas très joli...

Suis-je vraiment coupable de ces charognardises, de ces salades indigestes, de ces maquignonnages?... N'est-ce pas plutôt l'héritage de mon enfance, de tous ces gens bien, si bien, Anne Marie, Albert, les Masselot, leurs minableries à tous... Mon passé... Avec lui j'ai une certitude : la dégueulasserie m'a entouré dès le berceau... une duperie permanente où les uns et les autres farandolaient sur les ergots de fer de la convenance. Ignoble. J'étais un petit prince et un petit gueux, cerné de miséreux mirobolants. Le cul-de-sac de leurs pauvres passions et de leurs sombres convoitises... Beaux messieurs et belles dames n'étaient que grenouilles, limaces, scorpions, rats, hyènes, renards — de sales bêtes tournant en rond dans le bocal des bienséances. La méchanceté en épingles de cravates et robes décolletées, une fange à belles dentelles... Pourtant je suis sorti de cette chantilly empoisonnée, j'ai vécu — pas eux, ils n'étaient que la mousse, l'écume vénéneuse du rien. Certes, j'ai été marqué, brûlé et j'en porte les traces, mais j'ai vécu pleinement. Ma vie, ses chausse-trapes, mon métier, le carnage mis en mots, et puis mes femmes, les belles amours partagées, si grandes qu'elles en devenaient impossibles, qu'elles ne pouvaient finir que par des guerres... avec tous les trucs du sordide, l'imagination du crapoteux, où le mal et l'invention dans le mal étaient encore de la passion. Nous sommes des fauves en lutte, des fauves, pas des cancrelats.

Des fauves. Et Martine aussi, la douce Martine en est un, mais blessé, une tigresse touchée au vif de son amour, parce qu'elle doit connaître l'état de Clémence. Elle va devenir dangereuse, pitoyablement dangereuse. Martine... A l'aéroport, je ne l'ai pas vue, elle n'était pas venue me chercher comme elle le fait d'habitude, et j'ai téléphoné à son bureau pour m'entendre annoncer qu'elle avait été retenue, qu'elle me rejoindrait directement ce soir au studio... Ce sera la grande épreuve. Qui parlera le premier ? Qui, le premier, prononcera le nom de Clémence ? Pas moi... Ce sera elle. Mais pas tout de suite. Elle fera d'abord ses mises en scène, ses numéros de théâtre, frimera de sa gloriole pathétique et, à un moment donné, dans le fil de la conversation, m'avouera qu'elle est au courant, comme ça, avec détachement, comme si ce n'était pas important, une bagatelle... et pourtant elle en mourra, et notre amour en mourra... Je suis las, infiniment las... Et le vrai drame va commencer avec la grossesse de Clémence devenue publique. Jusque-là, entre Martine et moi, il n'y avait eu que des heurts, de petits conflits, des disputes banales, pour ainsi dire ménagères. Elle avait accepté l'existence de Clémence, ou plutôt, elle la tolérait. Clémence en faisait autant et toutes les deux dans ma vie se complétaient : Clémence l'amour fou, Martine l'amour pratique... Une harmonie benoîte, sur le point de finir. Le sorcier va montrer son masque et le rideau va se lever sur la catastrophe. Quand Martine apparaîtra, débutera la scène première du premier acte de *la Citrouille*, pièce ainsi intitulée parce que tous les acteurs tourbillonnent autour d'un ventre gonflé...

Impatience et malaise. J'écoute les rumeurs de l'immeuble, les allées et venues de l'ascenseur. Brouhahas de la rue, échos de la ville, j'ouvre la fenêtre, je regarde Paris. Je marche de long en large. Je m'étends. Martine n'arrive pas, comme si elle avait décidé de me faire attendre... Elle d'habitude si pressée d'accourir. Longueur du temps... Dans mes veines un mélange trouble de désir et de colère.

L'ascenseur s'arrête à l'étage. Le claquement des pas de Martine, ses petits bruits... Chaque personne possède ses bruits. Ceux de Martine sont sans éclat et pourtant vigoureux, précis. Clef dans la serrure. Elle s'encadre dans l'embrasure. Un frémissement, une luminosité, sa joie, le tout teinté d'une légère arrogance. Martine, dans sa variante duchesse.

Mon immobilité indécise, sa tendresse trop tendre, une chaleur factice et ostentatoire pour cacher sa tension, la preuve voulue irréfutable qu'elle se domine et domine la situation. Puis le rite du baiser, un baiser politesse, un shake-hand des lèvres... Ses mots qui sont des imitations de mots :

— Chéri, ton absence m'a paru longue, plus que d'habitude... tu m'as manqué.

Martine maniérée. Martine souffrante qui chantonne crânement le bonheur et enchaîne aussitôt pour procéder aux ablutions sentimentales. Sa façon de fondre, de m'enrober, son élan de ferveur aux accents de fausset, un peu trop forcé, un peu trop insistant, et sur son front le dessin ridé d'une méditation refoulée. Martine blessée, Martine hypocrite qui fait la fière... Je n'aime pas son affectation, j'ai envie de l'agresser, de la détruire, de gueuler : « Oui, je l'ai fait délibérément cet enfant. Je l'ai voulu. Ce n'est pas à toi que j'aurais désiré en fabriquer un. » Son chagrin de mauvais courage me rend agressif. Heureusement, ma brutalité est lâche, et je réprime ma violence, recourant au sarcasme :

— As-tu au moins profité de mon absence pour tâter d'un petit flirt ?

— Ne plaisante pas avec ça, j'ai eu beaucoup de travail, j'ai aussi beaucoup pensé à nous, à toi... J'aimerais tellement savoir qui tu es vraiment... Tantôt tu es gentil, attendrissant un gosse qui se cramponne à mes jupes, tantôt tu es rugueux, pervers, insaisissable. Je ne comprends pas l'être que tu es, tu es inexplicable...

— Je t'aime... c'est clair, ça?... Non?...

Elle a une grimace sceptique :

— Maintenant, quand tu me dis : « Je t'aime »... je me demande si tu ne me réserves pas encore un sale coup, un tour à ta façon, et j'ai peur.

La salope... Évidemment qu'elle le connaît, « le sale coup », mais elle continue à plastronner, alors qu'il serait si simple de mettre fin tout de suite à cette comédie. Pourquoi toujours se livrer à des préliminaires risibles? Pourquoi tergiverser? Je décide de biaiser à mon tour :

— J'ai été surpris de ne pas te voir à l'aéroport, déçu même, c'est la première fois que tu n'es pas là pour m'accueillir au retour d'un reportage...

Elle hausse les épaules :

— Dans les circonstances actuelles, j'ai pensé que ma présence serait indésirable. Je t'ai laissé à Clémence... à vos histoires... à votre dinguerie... Je préfère me tenir à ma place. Si elle s'était trouvée à l'aéroport en même temps que moi?...

— Ça n'aurait pas été un drame. Ça aurait même été très bien.

Elle me jette un regard vitreux, harassé. Ses joues, ses lèvres, son front, toujours son front, tout clame la détresse. Pitoyable statue qui se déglingue, sa ridicule fierté se craquelle de toutes parts... Qu'elle me dise donc qu'elle sait! Mais non, elle louvoie encore :

— Ton reportage était bon.

— Clémence et Paule me l'ont déjà dit.

Pas de réaction. Son inertie désespérante. Le bleu pâteux de ses yeux. Bleu tristesse, avec des tonnes d'affliction amère. Pauvre Mère Courage... Comme un gémissement, quand elle se remet à parler :

— Clémence, Clémence... elle encore, je peux comprendre. Mais les autres, ces femmes autour de toi, ces n'importe-quoi, ces couche-toi-là avec lesquelles tu te complais. Pourquoi? Pourquoi en as-tu besoin?

A-t-elle seulement conscience, Martine, qu'elle touche à un

point sensible? Pas plus qu'elle, je ne peux répondre. Ces jeux de miroir, jeux des corps et des âmes... Ces formes, ces attraits, ces caractères variés qui gravitent dans mon orbite, ces êtres que je savoure dans leur variété et leur spécificité, qui comptent pour moi et pour qui je compte, d'une façon ou d'une autre, de la passion à la douce tendresse... Que signifie ce tournis d'amour? Pourquoi suis-je incapable de vivre avec une seule femme? Pourtant avec Clémence j'ai essayé de faire un vrai couple. Échec lamentable... Et maintenant je suis fatigué de mon personnage, de tromper et d'être trompé, je suis fatigué de la chair qui ne m'inspire que répugnance et néanmoins m'attire... Une répugnante avidité... Que de troubles contradictions!

Martine se méprend sur mon silence. J'aspire au calme, et elle devient forcenée :

— Je présume qu'en Afrique aussi tu m'as trompée, hein?

— Durant mes reportages je ne couche qu'avec des macchabées.

— Ah oui? Alors tu ne me trompes que lorsque je suis près de toi, toute à toi... La présence de Clémence ne suffit pas! Il faut que tu en rajoutes...

— Ce ne sont que des amourettes, tu le sais bien, des histoires sans importance. Tu devrais comprendre, toi qui as fait partie du cheptel du roi Milan, et as été nourrie dans son sérail.

La rage intérieure que Martine contenait si difficilement depuis son arrivée se libère de façon imprévisible. Elle ouvre vers moi une bouche armée de dents pistolets, prête à tirer une bordée, une salve de mots assassins, de mots explosifs, destructeurs, et enfin mâche méchamment un cri de Gorgone :

— Tiens, puisque tu en parles, je te l'annonce : Milan n'en a plus pour longtemps, il va crever... crever, tu entends!

Mon regard élargi d'étonnement devant ce déchaînement subit envers le maître adulé rend à Martine ses esprits et, en une fraction de seconde, s'apercevant de son reniement, son visage s'altère :

— Milan, je ne l'aimais pas, alors ses petits jeux... Tandis que toi... je t'aime vraiment...

A présent, Martine radoucie. Elle éclate de son rire douloureux qui déblaie la douleur, qui est acceptation, soumission. Elle s'avoue vaincue et s'étrangle d'un soupir : « Mon chéri, je suis à toi. » Ses seins se gonflent, s'incurvent pour l'offrande, excitent mon désir... Mais je résiste, préférant consolider ma domination, et, à la fougue charnelle, je réponds par le labeur domestique.

Je la repousse doucement :

— Défais ma valise, il faut trier mes affaires... Et fais-moi couler un bain, ça me détendra.

Le zèle sage et l'échine docile, Martine s'exécute, range mes effets, met de côté le linge sale, le roule en un paquet qu'elle portera dans une blanchisserie. Vision agréable de la ménagère appliquée au travail... Je la stimule :

— C'est bon de te retrouver...

Elle ronronne. Le bain est prêt. Je me déshabille tranquillement et j'entre dans l'eau avec délectation. Bien-être. Je marine le plus longtemps possible puis je réclame son aide :

— Martine, viens me savonner.

Comme à l'accoutumée, elle procède soigneusement, sans aucune sensualité, en bonne ouvrière. Ses mains parcourent mon corps, frottent, lavent, s'agitent avec indifférence. Rituel immuable. Ensuite la sortie du bain, le serviettage rapide et l'amour. Hygiène puis volupté. Ce jour-là est identique aux autres. Je distribue grossièrement mes ordres, le plus grossièrement possible : « Allez, fous-toi à poil, amène ton cul, ma grosse chatte, écarte les jambes... » Martine n'attend que cette invite. En quelques secondes, elle est nue, et, sans prendre le temps de ranger sa robe et son linge, elle me rejoint précipitamment dans le lit... Elle, bien gisante, moi bien bandant. Sa prière comme une plainte sourde : « Je t'en prie. » Plénitude de notre accouplement, moi le maître, elle l'esclave.

Au lieu de se reposer dans l'humilité extasiée, Martine s'est assise sur le lit, les jambes en tailleur. Enjouée, un peu condescendante, elle questionne :

— Pourquoi ne m'as-tu rien dit ?

— A quel sujet?

— Clémence...

— Quoi, Clémence?

Ainsi, le moment est arrivé... après l'étreinte...

Martine continue ses simagrées, joue l'indolente, la paresseuse comblée, allume une cigarette, tire des bouffées avec une sorte d'insolence, et reprend :

— Oui, Clémence... elle est bien enceinte? Pourquoi ne m'as-tu pas prévenue? Tout ce qui te concerne me passionne, même savoir que tu vas être père... Tu sais, ça ne changera rien entre nous. Il est normal qu'un couple légitime ait un enfant, et Clémence et toi êtes toujours mariés... Au fait, es-tu certain que l'enfant soit de toi?

J'adopte un air absent, lointain, au-dessus des contingences, comme ignorant la vacherie combien préparée de cette question :

— Ma chère Martine, je l'espère...

Lâcheté encore! Laisser traîner ce doute que je n'éprouve pas... presque pas. Tout à l'heure, j'ai été capable de mater Paule, de couper court à ses insinuations, et maintenant je recule, je n'ose plus crier la vérité, reconnaître que, l'enfant, je l'ai désiré au point de m'être soigné pour pouvoir engendrer. Une pitié molle pour Martine, pour ses souffrances, pitié qui provoque son mépris :

— Suffit ta veulerie. Tu es ignoble. Tu es prêt à renier ton rejeton parce que tu as la trouille... Comme si je me souciais de ta progéniture. Je m'en moque de ce gosse... qui ne peut être que de toi. J'en suis sûre, tu m'as tellement parlé de Clémence et de sa nature primitive.

Puis elle a un rire haché, une cassure imprévue, et des sanglots secouent ses seins, tout son corps. Elle a écrasé nerveusement le bout incandescent de sa cigarette dans un cendrier. Sa nudité s'est affaissée en une chose fatiguée, une désolation, surie d'impuissance :

— Je suis mal fabriquée. Si seulement je pouvais t'en faire un de gosse... Tu m'enverrais paître! Mais je l'aurais... Merde, merde, et merde... C'est à Clémence que tu en as fait un. Dire qu'au printemps, quand tu es venu me rejoindre à Arles, j'ai cru que tu m'avais choisie, qu'entre nous c'était enfin le début de la vraie vie.

Quelle naïveté! Quelle montagne d'aveuglement! Martine et ses illusions, son sentimentalisme de bazar, ses breloques du cœur... Fameux printemps, en effet!

A l'origine, entre Clémence et moi, ce devait être le printemps de la réconciliation. Une fois de plus nous avions décidé de revivre ensemble, de refaire couple et, nouveauté, de sceller le pacte par la conception d'un enfant. Tout avait été préparé... Une magnifique propriété louée dans le Midi, un palais pour féeries d'amour, Clémence et moi envolés vers la renaissance... Seulement, avant le départ, au milieu des valises, j'avais appelé Martine, l'air dégagé, bénin, pour la prévenir que peut-être nous pourrions nous retrouver, et nous étions convenus d'un possible rendez-vous à Arles... je m'étais ménagé une échappatoire — irrésistible mouvement de mon être — au cas où la romance avec Clémence tournerait à l'aigre... ce qui n'a pas manqué de se produire. Dès le début de notre séjour, au lieu de la symphonie nuptiale, ce fut le déferlement, larmes et fureurs, flots d'invectives et agrippages féroces, rages vides qui enrageaient Clémence un peu plus, au point que je l'avais dérouillée à plusieurs reprises... Ce fut aussi la fin de notre désir d'enfant. Nous n'en parlâmes plus.

Clémence et moi, quelle insoluble énigme! Il y a comme une malédiction entre nous : quand nos cœurs aspirent à la paix, c'est la guerre qui surgit. Nous nous acharnons à tisser un destin qui nous échappe... Il existe entre nous tant d'indiscernable dans la haine, l'affront, la tendresse et l'amour que lorsque nous décidons une trêve, nous ne la respectons jamais jusqu'au bout. Le repos est vite oublié, pour un mot innocent de moi que Clémence décrète incendiaire, pour un banal sourire d'elle que je considère comme un signe de rouerie... Pour tout, pour rien, aussitôt les flammes, l'insulte, le blasphème, le tapage, les supplices...

Pourtant, qui aurait pu imaginer que durant ces tumultes, lors des pauses de la nuit, quelques coups tirés firent cible, et que Clémence serait grosse? Qui?... Ni elle, ni moi, ni personne... D'autant que j'avais très vite déguerpi en faux jeton, prétextant que je m'absentais trois jours pour interviewer un militaire dont le témoignage m'importait absolument pour un livre. Clémence abusée m'avait laissé filer sans méfiance. Et c'est ainsi que, l'âme rogue, j'avais rejoint Martine... une Martine qui, comble de l'absurde, a donc cru que j'accourais par amour.

Naturellement, Martine avait joué les connes. Toujours son zèle... La rencontre, fixée à cinq heures de l'après-midi sur les Quinconces d'Arles, avait sa gâterie à la clé : que je fasse ma vedette sous les yeux des caméras. A cet endroit, ce jour-là, la télévision célébrait je ne sais quelle fête. Martine avait employé tout son entregent afin que je participe au défilé des célébrités qui passaient en direct pour la joie et l'édification des Français... Ce qu'elle peut être obtuse, toujours à vouloir trop en faire. Mais cette farce, dans le lugubre état d'esprit où j'étais, ne me déplaisait pas : j'allais l'utiliser à ma façon, en rajouter du grotesque, de l'abjection... L'idée m'est venue de passer par Marseille y ramasser Francis, un copain d'Indochine, pour l'emmener avec moi. Celui-là, j'en étais sûr, achèverait de me saloper.

Francis est un drôle de gars. Petit, tassé, avec une gueule de ramasse-miettes, fricoteuse de malice. Militant gaulliste, que la traversée du désert du Général avait presque fait mourir d'inanition, il était allé au Tonkin pour bouffer et, filière normale, était devenu « stringer » d'une agence de presse américaine. Culotté, rouspéteur, toujours d'accord, le coup de langue, le coup de patte, la saine philosophie, il se débrouillait bien. Protestant à fond de puritanisme, sa moralité le poussait à déguster les vices chez les autres et même à les encourager. Baratineur avec ça, la main dans le dos, les pieds de nez, les saillies laissant pantois... mais l'énergumène était prudent pour sa personne, matois avec les autorités, un roublard respirant l'à-propos, toujours bien tuyauté et m'en faisant profiter. Avec des semblants de froutadou, il levait toutes les filles, sans toujours les sauter lui-même, jouant les bons papas, et me les refilant à l'occasion. Un diable qui avait su m'entretenir dans mes faiblesses, un pervers néanmoins utile. Revenu en métropole, il s'était reconverti dans la publicité, et ça allait bien pour lui... L'art des combines, l'art des démerderies honnêtes qui ne tombent pas sous le coup de la loi, trafiquant d'influences, sans se servir trop de De Gaulle et de ses acolytes réinvestis du pouvoir, somme toute un faux « mords-moi-le-nœud », finaud et jouisseur, qui cadrait bien, ce jour-là, avec mon envie d'un réconfort peu ragoûtant.

Je me pointe impromptu à sa porte... plutôt riche la porte. Surprise, pétillements de l'œil, étreintes talochardes, embrassades, tartignoleries chaleureuses... Et de me présenter un personnage feignassant dans son salon, un énorme, hideux, veinulé de rouge, qui lâche illico un flot d'obscénités « pour me mettre dans l'ambiance » selon ses dires. D'une voix de stentor graillonnant, il défourne des histoires de trous de balle et de secrets d'État, et chaque fois les conclut de tousseries ignobles. Francis, doucereux, me glisse que c'est « une huile chez les gaullistes », tout en encourageant fielleusement le monstre à éructer des anecdotes encore plus glaireuses, lequel après un quart d'heure d'insanités ininterrompues, ramasse difficilement son lard ramolli pour proférer debout, dans un garde-à-vous solennel, sa profession de foi finale : « Je suis patriote, fidèle parmi les fidèles du général de Gaulle, et le pédé que je suis encule tout le monde, sauf le Général, bien entendu. » Francis me cligne de l'œil et murmure en confidence : « Un brave type, mon Totor-cœur-d'or. Tout ce qu'il raconte est vrai. Laisse-le faire et on va bien rigoler... » Va pour Totor. Je voulais de la farce vomitive, avec lui je vais être servi... Et on arrose ça. Totor et moi, des outres. Francis, traître comme à son habitude, léchote son verre. Absinthe en folie, rasade sur rasade. Visage de Totor qui s'enfonce et se fonce, ses spasmes quinteux virent aux tremblements d'entrailles et sa voix monte. Un gueuleton là-dessus... Repu, lourd d'alcool, je resterais plus longuement, mais le devoir m'appelle et je sonne le départ. « Quoi ? s'exclame Francis, tu t'en vas déjà ? Tu es là pour quelques jours, quand même... Ça, tu ne le regretteras pas. A Marseille c'est comme à Saigon... Je connais tous les bons coins... » Explications confuses de ma part, d'où il ressort cependant l'essentiel : mon rendez-vous avec Martine et l'impératif du direct à la télé. Francis, magnétisé par l'idée de voir ma tronche devant les caméras, m'annonce aussitôt : « Pas de problèmes, nous te supporterons dans cette épreuve. Nous partons avec toi. Totor et moi avons des affaires à régler à Clermont-Ferrand. Arles est sur le chemin... »

Aussitôt dit, aussitôt fait. Nous filons de concert. Francis et Totor devant, dans leur voiture, moi derrière, dans la mienne. Le guet-apens... Francis, dès qu'il aperçoit un bistrot ou un tabac décrète la pause-pastis, arrête son véhicule et m'oblige à en faire autant. « Totor est assoiffé, il faut avoir pitié de lui », explique-t-il chaque fois, et nous faisons tous les zincs, sans même nous attabler. Rien que des comptoirs. Du rapide, mais de la quantité pour Totor et moi qui pitanchons sec alors que ce salaud de Francis se contente de son immuable léchouillis. Démarrages, haltes, redémarrages : nous avons éventé le secret du mouvement perpétuel. Le trio se distille sur pied, et Totor se voluminise en une auge vivante, la trogne satanique et des ricanements de tonnerre... Du tonnerre justement, il y en a tout à coup. Éclairs et cordes. Ciel de suie. Des trombes. Un orage a éclaté et ne nous quitte plus. Comateux, imbibé, la tête pivotante, le cœur tournoyant, j'arrive pourtant à conduire jusqu'à Arles.

Foule. Se frayer un passage au milieu des gens qui gueulent... Je plante là la bagnole. Marcher maintenant, le chemin de croix de l'ivrogne, Francis soutenant Totor derrière moi. Progression titubante en direction des Quinconces, de l'immense statue allégorique qui domine la grande pompe télévisée. La pluie n'est plus que bruine piquante et transperçante. Devant les caméras, des rangs de chaises couvertes de notables, de personnalités en représentation, avec figures de circonstance, le débonnaire guindé, tout un gratin ruisselant noblement sous l'adversité céleste, mannequins héroïques passés aux jets du ciel.

Une Martine affolée se précipite sur son Bonnard trébuchant, les vêtements tirebouchonnant d'eau, les cheveux rebelles en mèches dégoulinantes sur le visage, la gueule verdâtre. Pas le temps d'effusions ni de présentations. « Vite, vite, c'est à toi dans deux minutes... » Une rangée d'Arlésiennes en tenue folklorique sagement détrempées, dentelles, voiles et longues jupes, figures brunes à l'Alphonse Daudet, médailles supposées sentir le thym et le moulin. Au milieu d'elles, une chaise vide : la mienne. Mon objectif... inaccessible. Heureusement Martine me pousse, me tire, m'entraîne et m'y dépose comme un paquet beurré. Je suis vraiment saoul mais j'essaie de prendre un air digne tandis que Martine se retire, me laissant à mon sort. De part et d'autre, mes Arlésiennes de voisines détournent la tête, visiblement incommodées par les effluves de pinard et de chien mouillé qu'exhale ma personne. Sentiment que tout est ridicule. Mais je m'en fous, j'ai l'ivresse euphorique. Je m'efforce à la prestance... futile effort, je suis saturé d'alcool. Dans une espèce de brouillard, j'aperçois des messieurs rosette-boutonnière, des képis galonnés, un préfet casquette-sauce-laurier, des caméras objectifs-mandibules, des silhouettes techniciens-affairés et, parmi eux, à l'autre bout du monde, les yeux de Martine. A côté de moi, toujours, les Arlésiennes, colombes glacées, le nez pincé, une petite croix entre les seins.

« Attention, Bonnard, ça va être à vous. » S'est amenée une portion demi-Zitrone, un maigre virevoltant, le cheveu gominé de garçon coiffeur à pellicules variables, officiant à la politesse de bonimenteur, sourire à répétition et fleurissures de grâces minaudes, prête pour le shampooing devant la France. C'est parti ! Je l'entends vaguement. Il tartine sur mon compte, postillonnant les superlatifs. Lui : vernissage de compliments. Moi : la cuite intégrale. Évidemment il fait des astuces et quand finalement il s'adresse à moi, il tire au canon : qu'est-ce que moi, Bonnard le Chinois, je pense de cette cité méridionale si belle et si française, est-ce qu'un Asiatique aime la Provence ?... Dieu sait ce que j'ai pu raconter... Bredouillis, ânonneries, expectorations diverses et sueurs anisées... peut-être des flocons de phrases. Une lueur malgré tout : « Si j'aime la Provence, c'est parce que tout gosse j'embarquais là, avec mes parents, pour l'Asie. » Phrase tellement bafouillée qu'elle est incompréhensible. Le demi-Zitrone passe au quart, au dixième... à zéro. Plus de voix, la panne de son. Mais il s'entête, multiplie les perches, insiste, et je réponds invariablement par des bruits de groin. Enfin il a une illumination. « C'est le langage de mandarin », explique-t-il triomphalement dans son micro, me remerciant dans la foulée au nom de tous les téléspectateurs.

Ça y est, les yeux des caméras se détournent. Fini ? Pas du tout, les copains sont déjà sur moi. « Génial, mon vieux Lulu, génial! » sirote Francis entre les pets et les rots que Totor m'expédie pour m'applaudir. Martine aussi a rappliqué. Présentations vignoblement distinguées. Totor hoquette, Francis rondouille des jambes : « Mes hommages, madame. » Entente immédiate et générale qui réduit Martine à l'impuissance. Son sourire méfiant, sa moue réprobatrice demeurent sans effet. Totor embrasse la société d'un geste épiscopal et Francis en profite pour suggérer la main sur le cœur : « Allez, on dégage tous à Clermont, faut fêter ça! » Évidemment l'offre m'enthousiasme et je gargouille : « Que ce soit la foire! La noce! » Et pour enlever l'accord de Martine, je fais le panégyrique du tandem : « Francis, c'est un copain journaliste d'Hanoi, ça c'est du sacré... C'est lui qui a inventé cette magnifique image : " l'Ange de Diên Biên Phu "... Et Totor, c'est un copain de Francis... Il pisse chez le général de Gaulle. C'est un héros qui a fait la Résistance en compagnie de Bacchus. »

En route pour Clermont. Martine silencieuse. Je suis un maître du volant... grisé par cette situation bien faisandée. Mon chef-d'œuvre!

A l'hôtel de Clermont, un bain. Martine me nettoie, toujours fermée, restant sur son quant-à-soi, moi toujours euphorique. La soirée s'annonce superbement glavioteuse. Totor a du répondant et Francis ne manquera sûrement pas, devant Martine, de jouer les Jocrisse... Et ça ne rate pas. Le repas à quatre. Tout d'abord, Totor est sage, trop occupé à ravitailler sa bedaine. Francis en profite et débite de l'Indo. Débuts candides : « Tu te souviens de la maréchale de Lattre qui voulait imposer la ceinture de chasteté aux AFAT?... Pauvre maréchale... » Souvenirs en cascade d'anciens combattants, mais vient le venin. « Au fait, les AFAT, ça te connaît? Je t'en ai fourni quelques-unes... » Jubilation de Francis et mine sourcilleuse de Martine. « Avec l'AFAT infirmière de l'hôpital Grall, c'était la romance, hein? Une affaire, sous ses airs de pimbêche provinciale? » Méchamment j'abonde dans son sens. « Absolument, c'était un faux collet monté, une sauterelle à poitrine plate qui levait haut la cuisse. Mais sérieuse dans la baise, ça oui. Une fois, pendant que je la sautais, j'ai répondu au téléphone... Quelle histoire! Pire que si j'avais commis un sacrilège. A la suite de ça, elle m'a condamné à la chasteté pendant un mois... » Je n'ai pas le temps de finir, Francis estimant qu'il a réussi son coup, s'est tourné vers Martine, et, l'air pénitent, il se confond en excuses : « Oh, pardonnez-nous d'évoquer devant vous ces histoires du bon temps... Maintenant c'est terminé et je suis sûr que Lucien sacrifie uniquement sur les autels de notre merveilleuse Martine... » Il ne peut pas continuer plus avant : Totor a retrouvé sa superbe. Il lampe un dernier verre et repart dans ses histoires fameuses sur les illustres du mouvement gaulliste avec qui il est de pair à compagnon. Il ne se vante pas, tire de ses poches des bafouilles signées Malraux et autres sommités. Ce n'est pas du toc. Il se dilate en majesté, il se gondole, jubile et je comprends enfin que ce tas innommable n'est pas exactement la merde que je croyais, c'est un étron, et un étron honorable. Il hurle son importance : « Moi, je suis peut-être dans la débine, seulement quand un ponte a des emmerdes, si c'est un ami, c'est à moi qu'il vient dire : " Arrange-moi ça, Totor! " Oh ça, on ne pense pas à me graisser la patte, à peine quatre sous par-ci par-là. J'ai pas la gueule à ramasser les milliards comme les autres. On me tape dans le dos, c'est le seul remerciement... » Son rire pandémonium lui sert de transition. « Maintenant les amis, je vais faire un tour. J'ai le flair pour trouver les partouzes. Dans une grande ville il y en a toujours une qui bat son plein à cette heure-ci. J'ai envie de trombiner. Ça fait du bien à la santé. A demain! »

Départ glorieux de Totor illuminé. Nous nous retrouvons à trois, stupidement désemparés par la fuite du roi Carnaval. Francis n'a plus de tour dans son sac et se borne à constater : « Eh bien, je vais me coucher. Bonsoir. » Nous suivons le mouvement... La chambre. Je me précipite vers les toilettes pour vomir mon repas et, l'estomac dégagé, je m'effondre sur le lit. Mon corps n'est que mélasse, sueurs, intestins noués de contractures irrépressibles. Sensation d'être une bouillie fétide, impressions de mort lente traversées par l'instinct de survie. Martine, toute déconfite, me déshabille, me passe des serviettes mouillées sur le visage... des gestes et des douceurs qui m'insupportent. Quand elle me croit endormi et qu'elle s'étend à mes côtés, je rue pour l'écarter. Enfin je me perds dans le sommeil et les ronflements. J'oublie sa présence. Je vogue dans une tempête... Le lendemain matin, retrouvant son corps gisant, l'idée s'impose qu'il me faut faire mon devoir. Papa-maman, coucouche panier, bête à deux dos, du bien conventionnel. Je n'éprouve pas un vrai désir et Martine le sent. Ni jouissance, ni extase pour elle non plus et même de la sévérité quand elle me parle : « Hier soir tu tenais une de ces bitures... Il faut que je t'aime pour te supporter dans cet état, et en compagnie de ces énergumènes... »

A la vérité, ce matin, la pensée de retrouver Francis et Totor me rebute. « Tu sais, Martine, ils ne sont pas vraiment méchants. — Méchants, peut-être pas... mais sinistres. — Quittons-les. Nous serons tous les deux. »

Impossible pourtant d'éviter le rendez-vous du petit déjeuner, fixé hier. Francis a son air entre deux airs de bon apôtre qui n'a rien vu, rien entendu. Totor, lui, est revigoré, aussi flambant qu'il peut l'être, couleur sauce tomate. Il tonitrue moins et semble d'humeur tendre. « Ah, mes chéris, vous avez raté quelque chose... Savez-vous où elle avait lieu la partouze ? Vous ne devinerez jamais... Dans les caves de l'hôtel ! Le fils du proprio, un gentil dessalé, avait fait venir de la jeunesse. Quelle fête ! Des bites, des cons, des trous du cul à leur printemps. Les premières sèves. Et moi, le vieux satyre, avec ma trogne et mon babillage, comment ils m'ont reçu ! L'enthousiasme. " Vieux cochon ", me saluaient-ils. J'étais le roi. Et je leur en ai fait faire. Tous nus, filles à quatre pattes, fouette cocher, toutes montées et rudement. Ensuite la ronde debout, les garçons enfilés, les jouvencelles rythmant des mains. Ça biberonnait sec, ça se lançait des défis, ça se grimpait de tous côtés, et moi, une couronne de pampre sur la tête, je donnais les ordres... Tout y est passé, tous y sont passés, même frères et sœurs entre eux. C'était la folie... Je dois vous dire que j'ai ma philosophie. Le mal s'évapore là où il y a de la bonne dinguerie, que ce soit dans la bibine ou dans les jeux de cul. Et cette nuit, c'était charmant. J'en avais la joie au cœur. De les inciter à tant de plaisirs, je me sentais un bienfaiteur de l'humanité, car le vice qui déborde est salvateur. Je les regardais ces mâles bien formés, ces femelles si gracieuses, ils étaient émouvants, dans leur frénésie, des anges... Je suis brave et je veux que les gens jouissent de la vie, c'est une façon de servir le bon Dieu... et aussi la patrie et de Gaulle. »

Tête de Martine : entre l'aversion et l'hilarité. Même son roi Milan n'a pas dû aller aussi loin dans le stupre divinisé. Francis, faisant le niais, n'infirme ni ne confirme ces Saturnales. Pour moi, c'est du délire, une débauche hallucinatoire, une fresque née d'un fantasme. Quoique, avec Totor, on ne puisse pas savoir... Mais que ses exploits soient authentiques ou affabulatoires, je subodore chez ce rebutant bonhomme une fibre pitoyable, une pulsion désespérée.

Qui est-il vraiment ? A quelle catégorie de gaullistes appartient-il ? Est-ce un vieux de la vieille, un profiteur de la curée entre héros à la Libération ? Est-il un de ces n'importe qui, n'importe quoi, qui aurait pu être souche d'arbre ou pet d'âne, comme ces inconnus ignares, élus à la Chambre de 1958 par la magie d'un de Gaulle ressuscité ? Ou fait-il partie de ces indispensables exécuteurs de basses besognes, barbouzes aux mains rouges issus de cette voyoucratie, de cette fliquerie de tueurs de métier et de truands d'âme, qui s'était révélée avec les affaires algériennes ? Quelle est sa place dans cette faune ? Comment deviner ? Désormais, ils sont tous bien présentables, gueules de bonne coupe, tous cotés à la Bourse comme au Parlement, amis des duchesses et des maîtres d'hôtel. Étrange milieu que le gaullisme, où le pire voisine avec le meilleur. Il en est finalement sorti une élite. Hommes d'État presque distingués, hommes de main recommandables, hommes d'argent pas hold-upeurs, hommes de rien qui font l'honnête loi, avec ses surdoués, qui ont prospéré dans l'immobilier, la construction, le béton, le juteux de l'époque.

Et Totor dans tout ça ? Inclassable... Simplement, il se compose un personnage de Paillasse, il fait des numéros pour vivre, pour survivre. Pourtant, ce n'est pas un clown, il se situe au-delà. Porte-flingue, porte-coton, ses excentricités ne sont que l'habillage de son utilité. Dans toute société, il faut des Maître Jacques... Et c'en est un, indispensable à bien des égards : pour se torcher dessus, pour se faire lécher les roupettes, pour tripatouiller dans les cendriers pleins de mégots, pour réaliser les finasseries où des compagnons de la Libération auraient peur de se salir les doigts. Et qu'il soit épatant dans sa cordiale et chaleureuse pouillerie n'en est que mieux pour son emploi.

Francis, pâmé, tape sur l'épaule du Totor comme s'il était son Médor, et me prévient : « Il peut mordre. Mais s'il est copain avec toi, c'est à la vie, à la mort. En te l'ayant fait connaître, je t'ai rendu un signalé service. A toi de jouer maintenant et de faire amitié avec lui. »

Je joue, mais pas exactement comme l'entend Francis. Je tire ma révérence. « Mon vieux, je comprends, me dit-il, tu as envie de te faire la belle avec ta belle. Toi, quand tu es avec une femme, les copains... Mais je ne t'en veux pas : tu connais ma délicatesse... et puis ça tombe bien, Totor et moi devons régler la petite affaire pour laquelle nous sommes là. » Je rétorque alors que nous prenons une avance sur notre voyage de noces et que tous deux seront mes témoins lors des épousailles. Rires. Martine radieuse. Au revoir. Adieux touchants. Bagages. Voiture. Seuls, Martine et moi.

Une fois quittés les deux compères, Martine se pince le nez :

— Le régime gaulliste pue...

— Ferme-la. Ne fais pas ta Louise Michel. Arrête de crier : « Vive la sociale! » Ton Milan n'est plus coco et notre petit Danton est super gaulliste!... Parlons sérieusement : où veux-tu que nous allions? Nous sommes libres et j'ai mis le bonheur au programme.

Quelle promesse imbécile! Ça s'est terminé par une randonnée au hasard en Auvergne, à la fortune du pot. Moi, aussitôt envahi par la tristesse. Une tristesse totale, absolue, comme métaphysique : l'Auvergne que j'avais parcourue enfant avec Anne Marie... La traverser maintenant avec Martine... et ne satisfaire avec elle que des plaisirs élémentaires, la bouffe et la baise... Il y aura les hôtels, mes rires contraints, mes sourires amers, les repas où je parlerai fort, où j'essaierai la drôlerie, pitre à la morne figure, mes étreintes sans fougue, mon corps sans feu, et toujours Martine prête à se laisser célébrer... Tout le rustique heureux que peut contenir le mot balade pour deux amants tourné au noir.

Dès le premier jour la nature me paraît une pelade crevée par les bubons des volcans éteints. Volcans oppressants, comme les seins de Martine... Corps de Martine, corps haï... Le soir du troisième jour, je pense soudain que je devrais être retourné dans le Midi auprès de Clémence. Elle va s'apercevoir que j'ai menti... Que va-t-elle faire? Je m'en fous... Vérité de Martine... Comédie avec Martine. Faire semblant de jouir d'elle. Lui parler. Mais ne rien dire de Clémence, presque rien, et trop quand même... J'ai laissé deviner ma jalousie, en quelques mots, une allusion à un hippie à l'oreille percée... Martine, qui sent que je lui cache quelque chose, me harcèle, et, devant mon silence, s'enferme à son tour dans le mutisme. Ma tristesse devenue la sienne. Nous sommes un couple fantôme qui erre sur des routes où nulle joie ne pousse. « Qu'as-tu, qu'as-tu donc ? Clémence encore ? — Non, ce n'est pas elle... » La figure de Martine qui se creuse. Ses larmes. Son chagrin. Les ténèbres qui m'envahissent. Absurdité des choses. Je fuis Clémence, et ma fuite ne mène nulle part. Déroute. Un jour, en longeant la Vézère, je m'arrête : le monde est invivable, je ne peux plus vivre. Je ne veux plus avancer... Ce qui devait être lune de miel est une marche funèbre... Dans cet accablement, Martine trouve la force de me proposer : « Si nous allions à Sète, chez l'ami de Milan ? » Une idée comme une autre, pourquoi pas ? Ce peintre célèbre est l'une des gloires de la cour du roi Milan. Un aspect de rustre, de paysan rocailleux, accent terrien et mains épaisses, des mains parmi les plus chères du monde. Il avait peint Milan sans signer le tableau, ce qui avait déchaîné les foudres du Roi : « Ton nom, tu ne l'apposeras qu'une fois payé, je présume ? Tu n'es qu'un salaud ! » Et lui, sans se dégonfler, avait répliqué qu'un grand artiste devait savoir se vendre, et qu'il valait des milliards parce qu'il veillait au grain. Mais qu'évidemment, pour Milan ce serait différent, et il avait aussitôt inscrit sa signature sur la toile... au dos. C'est un bon gars. Nous avons été cajolés dans sa maison à toit plat qui semblait une marche sur l'escalier du cimetière marin. Vraiment l'amitié, et puis, quel confort ! L'homme pratiquait jusqu'à l'égoïsme le culte de l'harmonie... et cette religion impliquait que s'étendent à nous les raffinements qu'il exigeait pour lui. Son épouse, toujours sur la brèche, s'était mobilisée : il fallait que le poisson fût de la dernière marée, et que règne dans la demeure une atmosphère savamment dosée de rayons de soleil et de plaques d'ombre...

Une semaine détendue. Je revivais un peu. Martine renaissait pour moi. Promenades, apéritifs, bavardages... Et puis, sans que je m'y attende, dans cette oasis de paix, Clémence... la nécessité de la rejoindre... L'espoir fou que tout était encore possible... J'ai plaqué Martine sans explications.

J'émerge de ma longue rêverie. Martine est impassible, toujours assise nue sur le lit. Sans doute a-t-elle aussi revécu ce maudit voyage où je l'avais écorchée de mes désespoirs. Mais que pouvais-je alors contre mon angoisse, contre ce fléau surgi de mes gouffres, qui s'était abattu sur moi comme une bête monstrueuse, une masse visqueuse, lourde à m'étouffer ?

Martine près de moi... dans sa posture ridiculement orgueilleuse. Je l'effleure du regard :

— Quand je t'ai rejointe, je ne songeais pas à une idylle. J'espérais simplement que tu pourrais dissiper mes cauchemars.

Son souffle de dépit :

— Ainsi tu avoues. Vous étiez bien partis, Clémence et toi, pour de nouvelles amours... Comme d'habitude, ça n'a pas duré. Et comme d'habitude tu m'as fait réapparaître. Je t'ai servi de mouchoir pour pleurer. Le mouchoir, c'est mon rôle.

— Tu te trompes. Tu comptes énormément pour moi, j'ai besoin de toi.

— C'est bien ce que je dis : je compte, je compte comme pansement. Par exemple pendant la balade, tu pensais à Clémence, tu l'imaginais te cocufiant, et il te fallait quelqu'un pour pleurnicher... Ça, tu as eu raison, elle a dû s'en donner pendant ton absence, avec la bande de loqueteux qu'elle avait invitée. Où est-ce qu'elle était allée les chercher ? Sur les quais de Saint-Tropez ? Et celui que tu ne supportais pas ? L'éphèbe à l'oreille percée d'un anneau d'argent... Tu vois, j'ai bonne mémoire, je me souviens de tout ce que tu m'as raconté.

— Tu me fais chier. Celui-là, justement, je l'ai inventé.

— Que non... que non... Rappelle-toi... Tu ne cessais de le décrire et de t'en plaindre.

— Je te dis que je l'ai inventé. Je voulais que tu me foutes la paix. Tu n'arrêtais pas de m'embêter avec tes questions : « Mais qu'as-tu mon Lucien ? Qu'est-ce qu'elle t'a fait, Clémence ? » Alors je t'ai offert un hippie doré sur tranche...

Martine balaie mon mensonge :

— Maintenant, je comprends tout. Je sais ce qui ne va pas en ce moment, pourquoi tu es si mal à l'aise. Tu as peur... Tu as peur que ce guenilleux soit le vrai père de l'enfant... lui ou un autre, d'ailleurs. C'est bien à Saint-Tropez qu'elle a été fichue enceinte, ta Clémence ? Ça a dû te flanquer un coup quand elle te l'a annoncé... Je me trompe ?

— Tu es folle...

— Folle ? Certainement pas... Je réfléchis, moi. Ta paternité, tu me l'aurais proclamée depuis longtemps si tu avais été sûr d'être le père. Tu aurais fait le paon, tu te serais vanté... Ton silence est un aveu d'incertitude. Ton enfant n'est qu'un bâtard.

Je me suis levé d'un bond. Martine n'a pas bougé, elle a simplement redressé la tête, sa tête maudite, sa tête de défi, un chapiteau que je veux abattre... Ma main part, frappe la joue, revient, l'autre joue, les deux joues... je cogne... Mon ch'i... Masque rouge des guerriers de théâtre habités par la joie de châtier, d'exterminer les traîtres. Je cogne... tête de Martine qui se balance sous mes coups... Je cogne la tête ballon, la tête chiffe... Les Chinois connaissent bien cette volupté dévastatrice, ce besoin d'anéantir, de détruire... Mes coups... Martine... Ce n'est pas seulement elle que je frappe, je m'acharne sur moi, sur les malheurs de ma vie... Je cogne encore, toujours, incapable d'arrêter... Le ch'i... je sens mes paumes, mes doigts s'imprimer sur la peau du visage, j'entrevois des zébrures qui peu à peu rougissent... Enfin Martine réagit et cache sa figure dans ses bras, pauvre muraille, lamentable palissade...

Son geste dérisoire de petite fille vaincue, cette façon naïve de s'abriter dissipe l'orage. Que m'est-il donc arrivé ? Je suis là, debout, stupide, abasourdi, Martine est écroulée sur le lit, tassée sur elle-même, geignant plaintivement. Puis elle se tait.

Impression qu'elle est morte, que je contemple son cadavre. Aux endroits où j'ai frappé, la chair est écarlate. Le reste du corps est blanc, tellement pâle. Une immense pitié en moi. Pitié d'elle. Pitié pour moi. Je m'agenouille, j'approche mes lèvres du corps dévasté de Martine... Un regret, la frayeur de ce que j'ai fait... Alors elle frissonne, revit et hurle :

— Ne me touche pas ! Tu n'es qu'un malade... un fou !

Je demeure interdit, tandis que Martine se relève, le visage martelé d'ecchymoses. Avec une énergie pesante, elle s'est emparée de ses dessous, s'est harnachée de son porte-jarretelles, a résolument gainé ses jambes de ses bas... la culotte comme un cadenas. Je l'ai si souvent vue s'habiller avec un érotisme enjoué, mais aujourd'hui le rituel s'est transformé en acte de guerre, annonce de rupture. Je suis ses gestes des yeux, incapable de parler, bloqué, impuissant. Maintenant, elle ajuste son soutien-gorge avec une raideur de mauvais augure. Je me sens lamentable. Je ne comprends pas ce qui s'est produit. Tant de boues sont épandues dans mon âme, et depuis si longtemps... Mon incohérence, celle de Martine, nos flots d'humeurs changeantes ne se sont jamais heurtés avec une telle sauvagerie...

La cérémonie lugubre des vêtements, cette froideur méthodique... Ce n'est pas possible. Martine ne doit pas me quitter... Des mots sortent de ma bouche... je ne reconnais pas ma voix, un coassement :

— Je te demande pardon. Je ne voulais pas... Martine, je suis en plein naufrage. Sans toi je me tuerai.

— Toi ? Te tuer ? Tu plaisantes ? Tu as Clémence et cet enfant, ça te suffit... Que veux-tu que je fasse plus longtemps sur ta galère ? Recevoir des coups ? Aucun homme n'a jamais levé la main sur moi et toi, tu m'as tabassée comme une bête... C'est fini. Je te quitte.

— Je t'en supplie, reste. Je t'en supplie à genoux.

Hoquet méprisant.

— Ah non, ne me refais pas une déclaration... Ça va encore déclencher une catastrophe. Ma décision est prise.

Pendant que nous parlons Martine a ralenti son rhabillage. Gestes malhabiles. Puis elle s'arrête. Sur son visage, l'incertitude a supplanté la dureté. Sa résolution faiblit. Je sens que la connivence s'est rétablie entre nous. En dépit de tout, nos liens existent, et elle le sait. Elle grogne que je ne suis qu'une brute et ajoute :

— Ta Clémence...

Je la coupe :

— Ne ramène pas toujours Clémence. C'est avec toi que je vis, pas avec elle.

Elle a un soupir fataliste, l'aveu de sa défaite.

— Je serai toujours une imbécile...

Je vais jusqu'à elle et l'embrasse tendrement. Au fond de moi, l'apaisement. J'ai eu la frousse, une sacrée frousse qu'elle déguerpisse. Baiser réconciliateur, baiser de résurrection, j'y dépose toute la tendresse du monde et Martine, rassérénée, récupère peu à peu sa douceur. Quand elle s'écarte de moi, je romps le silence :

— Je ne sais pas ce qui m'a pris. Je te demande pardon, j'ai perdu la tête.

Sa lassitude attendrie :

— C'était aussi ma faute. En ce moment, je suis détraquée, comme toi. Jamais je n'aurais dû te dire une chose pareille... Les coups ne sont rien à côté de certains mots. Tout à l'heure, le diable s'était emparé de moi. J'ai été abominable. Mais je suis tellement malheureuse. Tu veux la vérité ? Je ne le serais pas à ce point si je ne te savais pas le vrai père.

A mon tour l'émotion m'a gagné. Je la voudrais limpide, mais c'est un luxe impossible. Ma vie n'est qu'un gigantesque fiasco, tout en moi est truqué, jusqu'à ma peau qui n'est qu'une bigarrure de mensonges et d'ignorances. Et puis les événements, les constituants de mon histoire sont si obscurs que moi-même je tâtonne, je suis un aveugle face à mes femelles aux yeux bandés... Au printemps, comment Clémence aurait-elle pu se douter que je rejoignais Martine ? Et Martine, comment aurait-elle pu pénétrer les raisons qui me poussaient vers elle ? Quant à Paule... Non, elle, laissons-la à Danton... Décidément il y aura toujours, entre mes femmes et moi, un clair-obscur de certitudes et d'incertitudes... La réalité des choses ? Chacune en possède une partie, chacune détient des bribes différentes, et aucune ne la pénètre complètement. Mes desseins fantasques, curieux, dingues, pervers sont trop emmêlés... Inextricable mélange de sentiments et de faits antagonistes. Mes secrets... ils m'effraient tant que je n'ose pas me les avouer, que je les refoule dans mes profondeurs. Pourtant il faudra bien qu'un jour ils sortent de leur tanière, qu'ils quittent les caveaux de l'innommable... Il faudra bien que leur poison se dissipe à la lumière du jour... En attendant, Martine ignore toujours l'essentiel... combien je voulais cet enfant, ce que j'ai fait pour l'avoir. Jamais elle ne pourrait imaginer pareille forfaiture.

Brusquement je m'aperçois du grotesque de la situation : Martine à demi vêtue, moi en tenue d'Adam, un duo de contritions en posture de vaudeville. Tous les deux debout, face à face... Une gêne m'envahit et stupidement me souffle une réaction prudhomesque : j'enfile slip, chaussettes, chemise, pantalon, une invite pour Martine qui à son tour reprend l'opération vêtements interrompue, jupe, chemisier. Nous sommes prêts à sortir. Mais non... Je l'attire à moi, je l'embrasse et lentement l'entraîne vers le lit.

Étreinte chaste, pudique. Martine au repos. Sa tête glisse doucement, se blottit contre moi, j'écoute son souffle calme et détendu. Une joie infinie... Reste ce visage aux traits encore tuméfiés, avec, sur les joues, les découpes de mes mains, et la bouffissure des yeux : Martine n'a même pas songé à camoufler les marques de ma brutalité, comme si elles n'avaient pas d'importance. Nous demeurons ainsi, sans parler, immobiles, guettant les rythmes de nos corps, pour nous prouver qu'en cette minute nous existons l'un pour l'autre, et que ce sera pour toujours, malgré tous les gâchis. Le temps ne compte plus. Sa pesanteur plombée, sa lourdeur d'éternité...

Une idée me martèle les tempes, s'accroche à mon esprit, l'envahit. J'ai besoin de l'exprimer... Je l'ai déjà dite à Paule, mais aujourd'hui il ne s'agit pas de tactique, et je dois m'épancher. Je me soulève sur un coude :

— Après la naissance de l'enfant, je divorcerai de Clémence.

Stupéfaite, Martine se redresse d'un coup :

— Quoi ! Tu crains donc quand même... ?

— Non, j'ai vraiment toutes les certitudes. Mais l'existence de cet enfant ne résoudra rien entre Clémence et moi. Je préfère qu'il soit le souvenir d'une passion impossible.

— Tu ne divorceras jamais : au contraire, l'enfant te rapprochera de Clémence.

Je n'ai rien répondu et je me suis rallongé. Martine est muette, les yeux perdus. J'observe à la dérobée son malheureux visage bourrelé de coups et de chagrin. Un visage de condamnée. Désormais en elle un cancer s'est installé, tout petit et pourtant énorme, et déjà elle se comporte en morte-vivante, en femme vouée à la camarde. Vision augurale... L'enfant qui pousse dans le ventre de Clémence, et Martine qui enfle de cellules mortifères. Martine qui dorénavant ne sera plus qu'une longue agonie, qui me jettera peu à peu ses scrofules à la tête avec des périodes de rémission, de guérison incertaine. Au fil des mois, discrète, très discrète, elle me fera souffrir de sa souffrance grandissante, jusqu'à ce qu'autour de nous l'air devienne irrespirable, intolérable, pestilentiel... Martine comme disséquée... Elle aura l'art de la progression dans les insinuations, les constats, les affirmations, les accusations, et ce sera ensuite le sommet, les cris, les pleurs d'une enragée. Pourrai-je les supporter ? En aurai-je le courage ? L'envie ?

Fatalité. Partout des cancers. Danton, Milan, ceux-là bien réels... et mes femmes. Je vivrai entre un fœtus et un cancer, fœtus de Clémence et cancer du sentiment jaloux de Martine, qui gonflera dans ses tripes. Ces pertuis, ces couleurs incertaines, ces choses spongieuses, juteuses, tout deviendra un champ de bataille où les métastases, coulées inexorables et sans fin, tueront les cellules, en feront autant de cadavres putrides, un immense charnier d'amour.

Martine. Martine et moi. Avec elle aussi, il y a eu le temps de la flamboyance. Nous avons aussi connu le début des amours qui se croient éternelles. La découverte l'un de l'autre, la joie d'être ensemble, l'attirance, mystère des corps et des âmes, impressions de jouissance, que tout est jouissance, elle pour moi, moi pour elle, premiers moments, premières sensations, le sentiment de l'aventure, sûre, certaine, inévitable, avec son cortège d'illusions, l'auréole et la grâce, la candeur et l'espérance. Martine et moi, l'amour...

Notre sainte union. Elle s'était donc produite après que le roi Milan m'eut intégré à sa cour. Chaque jour, à partir de sept heures, je me mêlais à la joyeuse assemblée, éprouvant un mélange d'attrait et de répulsion. La cour, Milan, son crâne qui sentait le dépouillement du cercueil, et toutes ces guirlandes de gaietés autour de lui. Je m'étais composé un personnage d'Ostrogoth modeste, à la parole rare et aux pensées indécelables. Martine roucoulait, trompette enchanteresse qui chassait la mort attachée à Milan et qui surtout célébrait la vie avec moi, ses yeux fixés sur moi, parfois rieurs, parfois sérieux, sa voix vibrant sur un registre familier, comme si nous nous connaissions depuis longtemps, et ses phrases, impersonnelles et pourtant chargées de câlinerie diaprée, établissaient entre nous un contact presque charnel. Complicité de Milan, bienveillance de ses regards, courts éclairs de connivence.

Un soir, après la dispersion de la cour, j'ai convié Martine à dîner. Nous avons parlé de Milan, et nous l'avons oublié. Clémence aussi a été évoquée, et à son tour évincée de notre intimité naissante. Et Danton, et Paule, avec lesquels Martine travaille... Une coïncidence de plus qui nous rapprochait... J'étais bien, je faisais mon numéro sans apparence de sentimentalité, ni de désir, tout à mon verbe qui devenait généreux, tout à mes railleries, à mes cynismes, à mes anecdotes sur le monde, l'univers, les gens. Dans mes paroles, il y avait un pouvoir, une sorte de flux, d'aimantation. Martine était entrée dans mon champ magnétique, et elle avait été capturée. Ce soir-là, je la reconduisis chez elle, mais sans monter jusqu'à son appartement.

Ensuite, ce furent les confidences. Le deuxième soir, Martine me glissa d'une voix cajoleuse : « Je n'ai jamais couché avec Milan. Jamais. Je lui sers seulement d'égérie... C'est moi qui donne les conseils, qui le materne quand il en a besoin, parce qu'il est faible, comme tous les hommes. Il me dit tout des petites affaires gênantes ou honteuses qu'il veut taire à sa femme. J'ai aussi été son infirmière, je lui ai piqué les fesses... A moi le côté pot de chambre... J'ai aussi dactylographié ses textes et donné les avis littéraires. Tout cela n'aurait pas été concevable si j'avais couché avec lui. »

Drôle de corps, Milan. Il avait construit son image de la féminité autour de concepts incarnés par trois grâces, trois vertus, trois déesses. Martine, pour l'utilité et le tout-venant du quotidien domestique, symbole de la dévotion pratique. Josepha, pour l'aristocratie des sens et les plaisirs recherchés, l'ordonnatrice, la mère maquerelle, le chef noble du gai savoir, la papesse chargée de renouveler un harem bien choisi, un symbole de la dévotion sensuelle. Et une putain de Lyon, roturière du ruisseau, qu'il avait consacrée Femme Idéale. Une dame de bon aloi, très fardée, étrangement vêtue, ni belle, ni jeune, rondouillarde, une mémère s'exprimant avec une familiarité joviale qui dépassait tous les cynismes. De son métier, qu'elle pratiquait avec amour et conscience sur le pavé de Lyon, elle avait tiré une étonnante connaissance de l'humanité. Milan l'avait faite figure mythologique et lui avait décerné le titre grandiose de Putain Bien-Aimée. Depuis, elle était, aux yeux de la Cour admirative, le symbole de la dévotion plébéienne. Elle avait eu raison, Martine, de ne pas écarter les cuisses devant le sceptre du maître, sinon elle aurait rejoint le troupeau des femelles ordinaires, la cohorte populacière de celles chargées de lui procurer ses troubles voluptés, celles auxquelles il demandait de le rouer de coups pour qu'il cesse de bander mou. Maso, Milan, maso et orgueilleux : les femelles qu'il avait utilisées, il les jetait ensuite dans le fumier de son mépris.

Bientôt, entre Martine et moi, l'inévitable conclusion s'est imposée. Un soir, sans la prévenir, au lieu de la raccompagner, j'arrête ma voiture au pied de mon immeuble. Je lui dis que j'habite là et elle me suit résolument. Pas de réticence, pas de surprise. L'ascenseur. Frôlements. Silence. L'acceptation tacite. Chez moi, elle scrute le décor. A peine quelques paroles. Se déshabiller, cet extravagant examen mutuel où chacun feint de ne pas voir l'autre. Le corps de Martine, ses gestes, ses formes. Mon corps, qu'elle examine, qu'elle enregistre discrètement. Exploration détachée, sans afféterie, sans discussion, sans mièvrerie, un mélange de tendresse et de conseil de révision. Ses seins, lourds globes qui irradient, son buste, sa croupe, son fondement large et moelleux. Elle me plaît. J'ai un mouvement irraisonné qui me surprend. Sans intention mauvaise ou licencieuse, je lui donne une tape sur les fesses, parce que ce geste grossier exprime l'état joyeux de mon âme. Surtout, je marque qu'elle est devenue ma propriété. Elle rit, nullement offusquée, admettant que ce soit par une certaine brutalité que j'extériorise le mieux ma délicatesse. Aussitôt après je me montre galant, je dis des douceurs, je fais ma cour, je l'embrasse. C'est de la comédie vraie, je suis tout gaillard. Examen réussi de part et d'autre. La couche. L'enlacement. Nous savons que nous vivons des instants importants. L'étreinte. Sur elle je me sens flotter comme sur un radeau. Elle me porte souplement, onduleusement. Sa caverne accueillante, irisée de moiteurs. L'épreuve chaleureuse. Jouissance. Ses jambes relevées... Faire l'amour est ridicule, faire l'amour est merveilleux.

Plusieurs jours de suite, nous nous retrouvons à la cour de Milan, mais nous y allons séparément. Puis je me lasse de ces petits subterfuges. Je décide que nous apparaîtrons ensemble, comme un couple. Martine appréhende. Elle redoute que Milan ne se sente trahi, qu'il n'en souffre. Je lui oppose que notre situation maintenant doit être connue, qu'il ne sera pas surpris et qu'il n'aura pas de chagrin. Finalement elle cède. Notre entrée au Pont-Royal... Nuptiale. Stupéfaction de l'aréopage. Sauf pour Milan, qui se lève, vient au-devant de nous, souriant avec malice et nous embrasse l'un et l'autre. Puis il regagne son fauteuil et commande du champagne. « Il faut boire à vos noces », lance-t-il souverain. « Tu sais, il n'y a rien de changé entre toi et moi », lui souffle Martine. Un faux pas que cette phrase éternelle. Le roi reprend Martine avec sévérité : « Tu es ma femme, d'accord. Mais désormais tu es d'abord celle de Lucien. Tu as fait un bon choix. Avec lui tu vivras. Tu seras très heureuse, tu seras très malheureuse. Tu ne me peines pas. Je vous aimerai tous les deux. » Attendrissements. De la farce aussi. Milan s'amuse à jouer les pontifes. Il est toute majesté... Tellement décharné, tellement réduit à des nerfs qui odorent la mort prochaine. Il vit, il plaisante, il imite même les gestes de la bénédiction en une moquerie grave, jubilante, macabre à son insu. Nous buvons d'abondance... jusqu'à l'heure des séparations. Une dernière fois Milan nous oint d'un geste bénisseur. Dans la rue, il titube au bras de Josepha. Martine est restée avec moi...

Maintenant, jours et semaines battent la chamade, notre liaison vit le temps de l'évasion dans la volupté, comme dans une fange délicieuse, sans honte, sans remords, une fange qui est un baume. En Martine, pas trace de résistance devant mes inventions. Au contraire, c'est souvent elle qui prend des initiatives, qui nous pousse dans une quête presque mystique, une luxure tendre qui n'est que l'effet de l'amour. Le goût de nous perdre dans un anonymat douteux. Nos rendez-vous dans des bars et des restaurants cossus, puis s'en aller par des ruelles incertaines, du côté de la rue des Acacias ou de la rue Saint-Denis, parfois Montmartre ou Belleville, selon nos humeurs, errer longuement pour finir dans un hôtel borgne. Notre infini plaisir à déambuler, nous tenant par le bras, Martine si grande et si blonde, moi chaloupant comme un « jules », en ces artères un peu sinistres, où les passants prennent vite l'allure louche.

Odeur de vice et effluves de danger... à bon marché. Des mecs, des putes, des flics, des quelconques surgissaient de l'ombre, apparaissaient et disparaissaient, un instant éclairés par les enseignes électriques des cabarets, bistrots, tavernes et caboulots, gorgés de grappes humaines. Images furtives d'« individus » qui dégageaient toute la crasse de l'existence, mâles et femelles, qui me semblaient sordidement énigmatiques, venus d'on ne sait où, allant vers on ne sait quoi, occupés à on ne sait quel rêve. Relents de vie mal famée, de vice pauvre et tarifé, une banalité pleine d'inconnu, dans un décor trop misérablement réel, qui devenait une irréalité. Martine et moi, emplis de notre désir, serrés tendrement l'un contre l'autre, allions sans peur dans notre balade du bout des terres. Nous la prolongions à loisir pour faire durer l'attente, nous habituant aux visages entrevus, aux silhouettes découpées, à cette plèbe, que nous parsemions, au gré de notre imagination, de teigneux, de pouffiasseux, de mendigots, de marlous, d'indics et de femmes de même acabit. Le bruit des pas, le bruit des voix — voix de querelles, voix d'amitié pocharde. En fait, il y avait surtout l'ordinaire populaire : des bonniches, des ménagères, des matrones, que rien ne pouvait plus surprendre, et des types rubiconds, bien affairés, des clients, des marchands — acheteurs et vendeurs de quoi ? Au terme de notre promenade, après avoir bu quelques bières dans des cafés à fausse rutilance, nous nous arrêtions devant un hôtel à putes. Regards. Nous nous consultions. Maigres mots, des gestes, des attitudes, mon interrogation, ses mimiques. Instants merveilleux. Le temps était-il enfin venu ? Ou bien Martine avait-elle encore envie d'attendre, de continuer son périple mythique ? Son œil détaillait la demi-obscurité du hall. Était-ce trop sordide ? Pas assez ? Il lui fallait un endroit, un quelque chose — je ne savais quoi — qui respirât l'étrange, le dangereux, le crasseux ou peut-être le luxe de pacotille et de mauvais goût. En vérité tous ces antres se ressemblaient. L'important était de sentir si, à jouer les clochards sublimes, nos corps étaient assez exaspérés, suffisamment à point avant que vienne la lassitude. Notre désir avait ses pulsations propres, ses ponctuations, son moment.

Alors nous nous décidions. Franchir le seuil, pénétrer dans une sorte d'entrée-cagibi, plus ou moins miteuse. Et moi je demandais une chambre pour la nuit à un préposé planté derrière une espèce de bureau, un homme ou une femme, toujours une créature à la mine aiguë qui, nous ayant jaugés d'un coup d'œil indifférent, me faisait payer et disait à un valet de nous conduire. Durant ces rapides tractations, Martine, loin d'être humiliée, se dressait orgueilleuse, ravie de proclamer qu'elle allait se faire fourrer par moi, que nous allions baiser, ce dont le personnel présent se foutait bien dans cette usine à baisage. Nous montions derrière l'employé qui nous guidait à travers la solitude, la tiédasserie moisie des couloirs. A peine quelques bruissements, derrière des cloisons, signalaient l'activité des lieux, les avants ou les après d'un copulage. On croyait entendre des discussions. De temps en temps, nous croisions fort civilement un couple qui s'en allait — un signe de tête, une connivence entre nous. Ça pouvait être un « monsieur » avec sa « dame », un chaland avec une prostituée, un vieux avec sa branloteuse, un jeune avec sa petite amie. Nous, nous poursuivions jusqu'à notre destination, là où l'ange gardien chargé de nous conduire ouvrait une porte avec sa clef. Un billet dans sa paume tendue, il se retirait et nous restions tous deux dans notre paradis. Seuls, seuls.

Une pièce toujours à peu près semblable, suspecte et sombre, plutôt sale, avec le nécessaire bien calculé pour toutes les fornications — la fornication-business, la fornication monsieur-madame adultères, la brève rencontre, la spéciale froutadoux, la super-cochonceté, la régulière fornicateurs-à-l'abonnement, la comme-ci comme-ça, la « à la papa », la « à la maman », la bénitière de monsieur le curé désoutané, la garnie à la confiture, la crémeuse-engueulade, la coulante-mamours, la danse-acrobatie, la vicieuse à favoris, la coquine à barbe, la frileuse à moustache, la pépère à gros vagin, la salope à petit vagin, la sabrée à la hussarde, sans compter les fornications de gousses, de pédérastes, la fornication partouzarde, la mondaine au trio ou au carré, et évidemment la fornication d'ascension sociale, de la secrétaire avec son patron. Bref, toutes les fornications de bonnes mœurs et de bonne santé.

Pour Martine et moi, cette chambre du sexe monotone représentait le bien-être. Elle nous suffisait. Et elle nous attirait aussi avec son pieu défoncé, ses chaises branlantes, son papier peint en lambeaux, ses glaces ternies, ses vases enlaidis de fleurs artificielles, et son cabinet de toilette aux tuyaux rouillés. Martine appréciait. Inspection rapide, pas de dégoût en découvrant des taches sur les draps qui venaient de servir, pas de répulsion à se trouver en ce lieu pas vraiment ignoble, simple dépotoir de la coucherie universelle, une fabrique d'existences réduites à la fornication, et puis tout ce que l'on peut concevoir d'âpres intérêts, d'argent mesquin, de pactes commerciaux. Nous planions dans les boyaux du monde, nous épousions la lubricité de l'humanité la plus vulgaire. Pif-paf, les corps se jumelant, l'outil dans la lézarde, chevauchages, pauvres odyssées. Avec naturellement des drames, toujours lamentables, compliqués, ordinaires, et la menace d'une descente de flics, tant de gens, tant de couples dans leurs ébats, leurs étreintes, leurs cris, leurs calculs, leurs disputes, tout ce rituel éternel des unions charnelles, le déshabillage, l'intromission, la jouissance, la mouillure, l'éjaculation, le sperme, la matière de l'écœurement et des excitations. Contacts attirants, électrisants, entrecoupés parfois de la calme beauté d'un sentiment, d'une passion, avec encore des volutes d'extase, les flottements de l'ambiance vénérienne, des instincts primaires, avides ou veules, une chambre-manufacture à désirs chichement assouvis, la marchandise des corps, la consommation des sensations. Tout nous empoignait. Nous étions pris par la contagion, en proie à une magnificence hypnotique. Nous nous possédions avec une ferveur farouche, comme emportés par le fleuve des pulsions. Le monde n'était plus qu'une planète-bordel; les gens, des machines à sexe. Nous voulions notre part de sordidité lubrifiante, d'accouplements au rabais. Nous qui aurions pu nous offrir des enlacements romantiques, nous devenions des bêtes. Dans ce décor, nous nous perdions, plus de Martine, plus de Lucien, rien qu'un couple exacerbé dans la foule des couples. La misère des choses nous était comme Babylone, Babylone la prostituée. Enfin assouvis, nous nous relevions. Martine s'accroupissait sur le bidet, et je la contemplais traversé d'une extraordinaire sensation. Ce n'était plus le bidet de mon studio, c'était le bidet de toutes les fentes du globe, crevasses innombrables dans leur saleté et leur spécificité. Femmes trouées, toutes trouées, de toutes parts. Martine s'écartelait, clapotait dans l'eau avilie. Alors nous revenait la tendresse, une tendresse immense, tellurique, tandis que nous nous rhabillions. La Cène, les Saintes Huiles, le Cantique des Cantiques. Martine ma bien-aimée, Martine...

Ce fut le temps des délices et de l'existence heureuse... Mais dans ma vie le bonheur complet et absolu ne dure jamais longtemps, par ma faute. Le besoin que j'ai toujours d'autres plaisirs, d'autres jeux, d'autres gammes, d'autres notes, mon incapacité à me fixer sur une seule félicité — si! avec Clémence, mais c'est elle qui a craqué. Et bientôt mon union avec Martine connut à son tour ses limites et ses grincements. Nous abandonnâmes les hôtels louches et nos dérives nocturnes. Mon studio et ce qui s'y passait fournirent alors les nouvelles obsessions de Martine.

Entre nous, le grand sentiment? En ce qui me concerne, pas tout à fait. En revanche, Martine était heureuse, radieusement heureuse, et elle déployait vers moi ses corolles, comme si j'étais le soleil. L'existence de Clémence ne paraissait pas lui faire trop d'ombre. Elle s'était composé sa chimère, imaginant qu'un jour ou l'autre je me détacherais de ma gamine à trahisons, à doutes, à drames, et que je finirais par poser ma tête sur son épaule comme sur un oreiller conjugal. Projets à long terme... Les premières discordes naquirent avec la découverte progressive de mes aventures, cette coutume des dames qui avait tourné à la manie. Martine apparue, je n'avais pas estimé nécessaire d'y renoncer, mon amour n'était pas assez puissant. J'avais seulement aménagé mes horaires de façon qu'il n'y eût pas de fâcheuses interférences. Mais rapidement Martine avait flairé la harde, s'était renseignée, avait espionné, et avait fini par trouver les noms et les identités. Ultimatums, colères, plaintes. Quand elle pénétrait dans le studio, elle devinait à la senteur de l'air celle que j'y avais reçue, et suivait immanquablement une scène tumultueuse. Le comble fut atteint à la suite d'un hasard malencontreux, lorsqu'elle croisa sur mon palier l'une des belles qui s'en allait. Elle voulut se jeter sur la fille, mais l'autre la paralysa d'un rire railleur. A partir de ce jour, entre nous rien ne fut plus pareil. Martine s'enlaidit de méfiance et me devint moins chère. Elle n'était qu'une femelle normale qui, malgré les leçons de Milan, voulait l'exclusivité. Et désormais, chaque fois qu'elle retrouvait les traces de la dame un jour rencontrée, elle me jetait d'une voix gutturale et mauvaise : « C'est ta "femme du monde" tombée du monde... Celle-là! Elle est encore venue à l'enfilage! »

Ma « femme du monde » se prénommait Marion. Une fidèle, qui demeurera à son poste d'amante pendant des années, à raison d'une fois par semaine, jamais plus, jamais moins... et jamais d'histoires. Marion... Aujourd'hui encore je m'en souviens. Absolument charmante, une amie authentique. Élancée, mince, le visage en fuseau, les yeux complices, gaie, rieuse, une libellule. L'adultère était pour elle un don, comme une voltige. Pas bêtement facile, il lui fallait l'herbe tendre, qu'un désir lui vienne, le sentiment d'inspirer une envie. C'était une artiste lutineuse. Tout se jouait en quelques secondes, dans une atmosphère suggestive et prometteuse : souffles des mots, regards de ses yeux dorés, une expression tendre, marché conclu et aussitôt le lit. Elle dégustait ainsi la vie, à charmantes petites bouchées — quoi qu'elle eût un appétit d'ogresse. Jamais vicieuse, jamais racoleuse, elle remplissait correctement son rôle de dame, auprès d'un mari parfait, galant, aux cimes de la société. Un jour hélas, elle avait commis une faute de goût fatale : elle était tombée éperdument amoureuse, et son personnage s'était brisé. Une passion pour un avocat à gros honoraires, même pas un prince du barreau, une sorte de charlatan avec une spécialité qui rapportait bien. Enflammée, elle avait dû quitter la « haute », elle avait déchu. Désépousailles à la courtoise et remariage à la folie. Une épopée de sensualité : des enfants, le fric et le style « nouveau riche ». Seulement très vite vinrent l'ennui et la nausée, le dégoût de ce furieux. Marion montra sa capacité d'en finir avec une situation épuisée, de sauter dans l'inconnu, de s'y débattre, de faire face. Vivre sa vie, honnêtement, en suivant ses impulsions... Je l'ai connue à cette époque, redivorçant à sa requête, cette fois pour la liberté. Elle était dans la mouise, sans le sou, l'avenir incertain, abandonnée de tous, sauf du bavard qui la poursuivait de sa hargne incroyable, recourant à tous les papiers et huissiers, à toutes les retorseries légales, procédures et procès, grâce auxquels on traque une épouse en faute.

Déroute et déchéance. Le poids de l'argent, la puissance du mâle vengeur, le petit réduit où elle s'était retrouvée dans le chaos de ses meubles et de ses mioches, sans relations désormais... Elle s'était mise au travail, plus ou moins attachée de presse au coup par coup. Son premier client avait été un flic célèbre, un solide à face rose engageante, un dur à l'air de bon garçon, qui connaissait sa pègre et avait jadis arrêté quelques étoiles du Milieu. Ayant quitté la police, il avait tout naturellement monté son agence de détectives privés. Mais cherchant toujours davantage la bonne pâture, il s'était offert un conseiller, un étrange personnage biscornu, ancien responsable des réseaux de barbouzes en Algérie, et avait écrit un livre relatant ses exploits de super-super-flic. Un éditeur connu avait été trouvé. Bon label, bonne affaire.

Seulement notre auteur a jugé que sa maison d'édition manquait de zèle pour lancer son ouvrage et il fit appel à Marion comme attachée de presse personnelle. Laquelle, vaille que vaille, entreprit la promotion du champion. Démarches difficiles. Et puis coup de théâtre. Comme le Sherlock Holmes-Tintin-Astérix continuait discrètement à diriger sa boîte à enquêtes, il advint que le furibond avocat s'adressa à lui pour filer Marion et la prendre en flagrant délit, à n'importe quel prix. L'existence, quelle farce! Qu'allait faire notre limier? Qui l'emporterait : le détective ou l'« homme de lettres »? Il avait de la conscience professionnelle dans ses deux activités. En tout cas, quand j'emmenais Marion chez moi en voiture, nous ne manquions jamais de vérifier dans le rétroviseur si nous n'étions pas suivis. Et apparemment rien. Pas l'ombre d'une ombre, pas de grosse américaine ventouse, et dans la rue, pas d'imperméable mastic, ni de feutre mou. L'« écrivain » l'emportait sur le flic défroqué.

Donc, pas d'ennuis lors de nos rendez-vous. Mieux encore : la peur passée, une fois enfouis dans mon studio, nous éprouvions comme une euphorie, comme une excitation supplémentaire. En un instant elle se coulait hors de ses robes et de ses dessous. Nue, son corps effilé, épuré. Rien de la lourdeur des chairs de Martine, rien de la pesanteur de sa sensualité. Pas non plus l'ironie touchante et railleuse, robuste et fragile de Clémence. Marion était autre, elle appelait des sensations différentes. Un sourire nymphéen, élyséen et elle semblait s'envoler dans un contentement bien à elle, à elle seule, loin de moi, silencieuse et légère. Sa capacité d'élévation dans l'amour extrême, un acte de grâce, l'ange de Reims. Quand elle redescendait de son ciel, nous délirions gentiment, elle parlait, pleine d'échos et de petites rumeurs, s'enquérant de moi et de mes problèmes — non, ce n'était pas une amante mais une excellente copine.

Maintenant Martine me pourchasse partout, tout le temps, une obsession. Sa dernière trouvaille, c'est la surveillance par téléphone. Surtout l'après-midi, quand elle travaille et que je suis censé être enfermé dans le studio pour écrire mes livres.

Sonnerie. L'écouteur à peine décroché, éclate sa voix faussement chaude, chaleureuse de toutes les suspicions, sa voix de patrouille chercheuse. Si je suis en galante compagnie, à des embarras, des inflexions, de minuscules gênes de ma part, elle le décèle immédiatement. Un spasme souffreteux : « Tu es occupé, je pense, je te laisse à tes plaisirs » et elle raccroche. J'ai beau avoir fait la leçon à ma partenaire du moment, lui avoir recommandé le silence absolu, m'être arrêté de troncher, employer pour répondre les mots les plus innocents, adopter mon timbre le plus clair, rien n'y fait, Martine est renseignée, elle sait. Ensuite, le soir, lorsque nous nous retrouvons, j'essuie ses milliers de questions... J'essaie de nier, de lui opposer de piteuses explications, d'inventer quelque subterfuge. En vain. Ses suppositions tombent toujours juste et sa traque la mène systématiquement au but — « C'est une telle, je le sais, avoue, avoue donc... » De guerre lasse, j'ai finalement décidé d'aiguiller Martine sur une piste unique, une dame qui d'ailleurs existe depuis longtemps dans ma vie : Sibylle. Comme si avec celle-là, tout se passait en tout bien tout honneur. Comme si ce n'était qu'une alliance tendre et platonique qui facilite mon destin d'écrivain. Ça enrage Martine, ça la rend parfois agressive et soucieuse, mais ça lui mobilise l'esprit et elle ne peut contester l'utilité de mes liens.

En effet, Sibylle est une vestale de l'écriture qui appartient depuis des lustres à une maison d'édition au nom sacré. Une femme piment doux, d'un certain âge, bien conservée, grande, la tête longiligne et altière, très brune, un sourire langoureux et sceptique, pas reliée cuir, mais la peau douce. Curieusement pourtant, sous ce port royal, perce une pointe de vulgarité...

La maison où elle officie est le grand sanctuaire des lettres. Sur l'un de ses flancs, un superbe portail ouvrant sur une noble rue, une cour intérieure en grosses dalles, un beau bâtiment, style patricien, grande dynastie bourgeoise : la résidence de la famille des maîtres. Et sur l'autre flanc, pour le personnel, je veux dire les écrivains, une petite entrée sur une petite rue. Tout cela fait bloc, mais c'est un dédale où il faut savoir cheminer, se retrouver, ne pas s'égarer, au propre et au figuré, un dédale avec ses mystères, ses grands et petits secrets, ses terres saintes et ses terres profanes, ses pièces nobles, ses angles obscurs et ses caches, ce qui est accessible, ce qui ne l'est pas, ce qui est permis et ce qui est défendu, partout on doit montrer patte blanche. Aucun désordre, le calme, le parfum de la gloire. De longs couloirs avec des enfilades de portes. Des personnages qui glissent comme des ombres, qui saluent comme pour mieux ne pas se commettre, se compromettre — mais qui est là, dans ces corridors, est déjà un peu admis, au moins comme impétrant. Restent dans les antichambres les malheureux qui ne sont pas acceptés et attendent souvent en vain. Ça tourne, ça fonctionne. Capitons, magnificence des parquets, moquettes. Luxe. Ambiance feutrée, où même un ton de voix normal fait chuchotis. Vous ne voyez rien, vous ne savez rien, et pourtant on s'occupe de vous, vous êtes déjà classé selon votre catégorie. Votre sort se décide dans des bureaux bien cloîtrés, un peloton ordonné de bureaux sobres, chacun servant d'alvéole à quelque hiérarque, souvent hypocrite, parfois contrefait, toujours sérieux, qui reçoit d'un air aimable et entendu, pratiquant l'acquiescement — qui est miracle — ou plus communément le ton dubitatif — qui est promesse ou exécution capitale. Tout cela en termes très courtois. Cet espace-là est celui des serviteurs humbles et tout-puissants des lettres, qui vivent dans leurs niches comme des cancrelats. En fait, ils travaillent beaucoup, avec minutie, constituant de petits clans très fermés, où il y a de l'intrigue et, même, paraît-il, de la fesse.

Tous ces êtres vivent sous la souveraineté d'un véritable monarque, personnage très poli, mais avec des dédains — une façon de relever le nez, les joues un peu rouges, un air d'ennui, la possibilité de sourire et la tendance à ne pas le faire —, dont la caractéristique est un silence énigmatique, coupé parfois de quelques phrases dites comme avec des points de suspension et toujours impérieuses. C'est un immense honneur que de s'entretenir avec lui. Il se montre peu, commande de loin, depuis son auguste et presque inaccessible bureau où il prend les grandes décisions — qui à vrai dire sont souvent petites, car il n'aime guère les desseins ambitieux et se repose de préférence sur les traditions dont il a fait les colonnes porteuses de son empire encore prestigieux. Aussi ne peut-on l'entrevoir que quand il se faufile dans quelque service, mû par une réflexion précise et pesée. Règne absolu, impersonnel et têtu, rusé, ponctué d'astuces ficelles et de précautions innombrables. Esprit d'ordre méticuleux, de supériorité rancunière et de comptes bien tenus.

Jamais il n'y eut homme plus glorieux de son nom. Ce nom fabuleux, en effet, a dominé quasiment toute la littérature française et même mondiale au début du XXe siècle. Certes il est le fils, le successeur de l'œuvre... chargé de ce vaste dominium de livres bâti par le Père, le Génie qui a suscité et inspiré tant d'écrivains, qui a fait naître tant de chefs-d'œuvre, mais il se contente pour l'instant de poursuivre, enivré et pourtant à jeun, vraiment trop à jeun, ayant dans l'estomac les règles héritées du Père, pas l'inspiration. Ce Père Génie insufflait de la puissance créatrice à de jeunes bourgeois de qualité, qu'il ne payait guère que de sa prodigieuse personne, mais gavait au point de leur faire sortir des textes qui, s'ils furent d'abord jugés curieux, devinrent ensuite les bibles de la littérature moderne. Que de noms sublimés grâce à ce Père... qui vit toujours, de plus en plus vieux, tout à fait gâteux, qui maintenant gêne. Ce titan dont la vie a été fougueusement folle, emplie de passions charnelles et d'illuminations littéraires, qui était gourmand de tout, avide, sage et madré, qui a incarné la ténacité, la sensibilité, la bonté, il s'enferme aujourd'hui, il se réfugie plutôt dans le repaire le plus somptueux de la grande demeure. Il siège seul dans une immense salle, chargée de meubles anciens et lourdement ouvragés. Combien de postérieurs illustres se sont assis dans ces fauteuils désormais inutiles, devant sa table où se signaient les contrats, face à son gros visage finaudier qui bougonnait de la conversation habile et à l'emporte-pièce, bourrée de blagues, de rires, de bon sens, de conseils? Il animait les gens et les mots, oui, il les fécondait. Et ces œuvres qu'il inspirait ont fini par soulever l'admiration du monde entier et par alimenter ses fonds — le fameux fonds de sa librairie, sa fortune et sa gloire. Désormais, plus personne ne vient le voir, pas un auteur, pas le moindre employé, à peine son fils qui lui doit tout. Ils ne s'aiment pas, dit-on, ce père de frénésie et ce fils de sang glacé. Alors il reste là, dans la salle gigantesque hantée de fantômes, à ne rien faire, à se souvenir peut-être, peut-être même pas. Et il dure, l'antique bonhomme au visage taraudé de boutons de vieillesse, tassé, bien vêtu, les vêtements flottant sur sa personne encore épaisse, d'une grosseur évidée. Lui, le costaud en tout, n'est plus que faiblesse et fragilité. Il marche encore, il peut encore entendre et écouter, mais il n'existe plus... Destin d'un fondateur d'empire...

En annexe à la pièce du père, il y a une sorte de secrétariat où trois ou quatre employées expédient les affaires courantes — sans jamais lui en référer. Parmi elles, Sibylle, la seule personne que je connaisse bien en cette maison qui publie mes premiers livres. Elle travaille ferme du babil et je viens fréquemment converser avec elle. Elle est pour moi la vie en cette demeure des morts. Primesautière, gaie, elle me raconte les histoires de la maison apparemment immaculée. Il y en a... des marrantes et des salées. Ragotages frottés de gens illustres, d'épisodes anciens et prestigieux. Ah, quels fabuleux salmigondis, que de drames, de rigolades, d'événements incroyables, ridicules ou sublimes se sont joués entre ces murs... Sibylle connaît tout des arcanes de la grande littérature, elle a été, et elle demeure à tu et à toi avec la plupart des auteurs célèbres d'antan et d'à présent, au fait de leur manies, de leurs travers, et de leurs moindres faiblesses. Elle les suscite de ses mots, ils sont là, elle en parle comme si elle tricotait, familièrement.

Pour le moment, malgré tous ses caquetages et les petites tâches dont elle se charge — arrangeant mes affaires au passage —, elle n'est plus en faveur dans la maison où, pour le fils, elle incarne la statue du Commandeur. Dans des temps plus anciens, elle a été une des dernières passions du Génie vieillissant, qui l'aurait même demandée en mariage. Parfois le vieux pousse le battant de la petite porte qui donne sur le secrétariat, comme pour échapper à son exil, semblant venir chercher secours, quêter charité humaine, et bute sur Sibylle affairée à discuter avec moi. Interrompue au milieu de son tête-à-tête, à jaspiner ou à régler un petit point qui me tracasse, elle retourne d'un coup son visage vers l'apparition et soupire, puis elle prend une mine agacée, elle, la vieille flamme de ce Génie risquant une escapade d'enfant, pour lui ordonner sévèrement : « Rentrez chez vous, rentrez, et soyez un ange. » Ajoutant pour moi : « Il ne se tient même pas tranquille ! » Telle est la vie. Pourtant, Sibylle n'est pas méchante, c'est même une excellente personne, serviable et bonne, indulgente et aimant aider — prêtresse des lettres jusqu'à la moelle, plus « maison » que la maison. Je m'entends à merveille avec elle... Ce qui rend Martine très jalouse, et l'incite à me harceler sans cesse, toujours à me poser la question, cette question si essentielle pour les dames avec qui on couche au sujet d'une autre dame que l'on connaît : « Couches-tu avec elle ? — Non. — Ce n'est pas vrai... » Et ainsi de suite.

En fait, comme avec Marion, j'ai un abonnement avec Sibylle. Nous nous voyons en ville près d'une fois par semaine. Je vais la chercher vers six heures du soir et nous nous rendons dans un petit bar proche, où nous buvons gaiement des verres tout en potinant avant le moment du dîner sobre dans un restaurant du quartier. Sibylle mange peu pour préserver la minceur de sa taille — elle est à l'âge des précautions rigoureuses. Durant le repas, nous dissertons très sérieusement des grandes questions littéraires qui se posent à l'horizon, mais surtout elle se constitue mon directeur de plume. Elle m'aide en effet à traverser le Rubicon séparant le journalisme de la littérature. Ses lèvres, dédaignant la nourriture, me dispensent doctement des leçons d'écriture. Elle juge mes textes, entre dans la guérilla de mes personnages, me donne confiance. Pour elle, je suis déjà un grand auteur dont elle corrige les mots et les alinéas, et cela, pas d'une façon précieuse ou sévère, mais avec une autorité charmeuse. Sans être un puits de culture, elle a le sens profond des valeurs, de l'écrit, de la musique de l'imprimé. Ses avis, j'y tiens. Elle m'éclaire et me conforte... Le repas terminé, elle me suit dans mon studio pour prendre connaissance de mes dernières pages et les commenter. Puis, cérémonial immuable, la lecture faite, elle m'offre sa bénédiction littéraire. Elle se déshabille et s'allonge sur le lit. Son corps est beau, lisse, encore ferme, un jambage de lettre aux formes harmonieuses et racées. Je la monte savoureusement, sans ellipse ni allitération. Elle caracole au rythme des alexandrins. Petits cris lyriques, parfois émaillés d'un élan créateur : « Tu devrais modifier la fin de ton dernier chapitre. » Sa façon à elle de dire : « Je t'aime... » Et quand, inspiré, aimable, je déverse ma semence romanesque, j'éprouve la jubilation de l'œuvre achevée. Elle estime alors la cérémonie dignement et complètement célébrée, remet son péplum et s'évanouit comme une apparition, déesse transparente me faisant de la porte un bref geste des doigts qu'elle porte tendrement à ses lèvres — son signe de croix littéraire. Elle me laisse noyé dans une sensation éthérée, une griserie féconde. Je nage au milieu d'une nébuleuse rêverie, avec l'impression de pouvoir écrire dans l'instant des centaines de pages, de tout voir avec précision, de dominer mon sujet et mes intrigues. Un état second, un ensorcellement. Pourtant, le plus souvent, au milieu de ces jaillissements d'imagination fantastiques, j'éprouve le besoin d'une vraie chair, d'une âme plus concrète. Je retape maladroitement le lit chamboulé par mes ébats « académiques », et malgré l'heure tardive, je téléphone à Martine. Qu'elle vienne, qu'elle me rejoigne.

Et qu'il soit minuit, ou plus, Martine accourt, l'air maussade. Je lui distille une excuse : « Je viens de terminer un chapitre, j'avais très envie que tu le lises et que tu m'en parles. » Elle s'exécute sans piper mot. Lecture et relecture, décorticage minutieux, suivi d'avis, opinions et conseils... étrangement proches de ceux de Sibylle, toujours exprimés sur le ton boulot-boulot, cliniquement. Là-dessus, l'inévitable routine, la gratification pour le dérangement, l'amour... après, le sommeil — Martine finissant généralement la nuit chez moi.

Mais toujours, lors de ces soirées, le même et permanent malaise insidieux, provoqué par certaines attitudes de ma walkyrie. Dès son arrivée, à sa mine revêche, je comprenais qu'elle n'ignorait rien de ce qui s'était passé, qu'elle avait deviné que Sibylle l'avait précédée sur le texte et dans le lit. Pourtant elle n'explosait pas, elle se contenait, sans mauvaise humeur excessive, elle faisait les choses avec application, mécaniquement. Ni fougue ni reproches. Elle se contentait simplement de n'être pas elle-même, d'être comme le double désincarné de Martine, un automate indifférent... Jusqu'à la nuit où, devant une trace trop manifeste de rouge à lèvres sur un drap, elle s'esclaffa, sarcastique :

— Tu aurais pu mieux l'effacer. Remarque, pour ce que ça aurait changé! Si tu crois que je ne me doute pas de ce que tu viens de faire, et avec qui tu l'as fait, quand tu m'appelles après minuit, toujours à la même heure... Tu as beau avoir essayé de camoufler la visite précédente, à peine suis-je entrée que je suis saisie par les effluves de Sibylle, par son odeur de vieille femme. Les traces de vos fornications crèvent les yeux : le lit mal refait, les draps froissés, le bidet humide... Je ne t'ai jamais rien dit, alors que chaque fois que tu me fais le coup de la tendresse en me baisant avec ton sexe encore gluant de Sibylle... Parce que ça, j'ai appris à l'accepter. Non, ce qui m'écœure vraiment, ce qui me révulse, c'est ton autre malhonnêteté, quand tu oses hypocritement prétendre que je suis ta muse unique et indispensable, que je suis la première à découvrir les derniers produits de ton mirifique génie littéraire... alors que tu les as déjà exhibés devant ta cantinière des lettres.

Ce soir-là, Martine avait mené l'assaut rudement — elle en savait long sur les activités et le dévouement de Sibylle —, rappelant les hauts faits consolateurs de la vestale qui, depuis des années, se donnait corps et âme aux lumières de la littérature française. Il faut dire que la faune des lettres est bien particulière. Nous sommes des gens faibles, hargneux, susceptibles, des gens vaniteux et envieux, des bêtes porcs-épics ou des animaux à pleurnicheries, toujours dans les transes de la création, dans les haines mutuelles, adonnés à des cafardages, à des dépressions, à des glorioles futiles, discutaillant à l'infini pour un tirage ou un couronnement, toujours nous jugeant les uns les autres, nous évaluant, nous jalousant, nous soupesant, constamment emmêlés dans une hiérarchie mouvante, escargots baveux accrochés à la muraille du succès ou disparaissant dans les interstices de l'échec, nous avons besoin d'être compris, entourés, cajolés. Vrais et faux cas de conscience, désespoirs, scènes... Rares sont les valeurs reconnues, rares les talents admis, et quand ils le sont, que de ragots!... Et comme dans la maison d'édition de Sibylle, le style nounou se pratique beaucoup moins que la distance, elle s'est instituée croix-rouge, elle se charge des papouillages, par la caresse des mots et, s'il le faut et que ça lui plaît, par des caresses du cœur. Sibylle, Notre-Dame du Bon-Secours. Elle excelle à fournir à chacun ce qu'il attend, se conformant à toutes les fantaisies, à toutes les fantasmagories. Elle remet de l'ordre, à son corps défendant, ou par de sages avis, ou encore, s'entremettant dans de savants démarchages. Qu'elle s'unisse ou qu'elle organise les unions, elle est la dame de charité de l'univers lettré, la peau de chamois des meilleures œuvres de la littérature.

En verve, Martine insiste :

— Je comprends qu'à ton tour tu te sois laissé tenter. Il faut convenir que cette vieille fée fait du bon travail avec les auteurs maison. Il n'y a qu'eux qui comptent à ses yeux, les auteurs chéris du Panthéon des lettres, les seuls qui bénéficient de ses faveurs. Une baisse de régime, une angoisse, un manuscrit faiblard, et c'est la mobilisation, le traitement aux électrocaresses. Ou, à l'inverse, qu'elle pressente le talent, la bonne littérature, la bonne santé et c'est aussi le déchaînement... pour maintenir la qualité. Son « coucher-maison » est un apostolat et un baromètre. Tu vois, ses galipettes avec toi sont un bon signe. C'est la preuve que tu es jugé digne de l'écurie. Elle te joue gagnant. Et puis, après tout, vous faites de la littérature appliquée, votre histoire ce n'est qu'une conjonction d'écriture d'un genre un peu particulier.

Ainsi l'humeur avait-elle viré à la grivoiserie, et du coup j'en avais rajouté :

— Toi aussi, tu peux te vanter. Dans ton passé, n'as-tu pas racolé des hommes illustres ? Et même, n'as-tu pas fait de l'artisanat auprès d'un poète au verbe fort mais à l'appendice mollissant ? Tu voulais avoir le privilège d'être pénétrée de son vers prestigieux que son lyrisme ne parvenait pourtant pas à durcir. Que d'efforts pour de si piteuses aventures. D'autant que, si je me souviens bien, les travaux ont échoué... Maintenant, je me demande pourquoi tu m'as confié ce détail sordide, ainsi que d'autres d'ailleurs, indignes de ton musée. Vous, les femmes, vous êtes des machines à enregistrer, vous observez tout, vous n'oubliez rien, et ensuite vous déballez la marchandise au spécimen suivant.

Martine avait alors répliqué du tac au tac :

— Que veux-tu, moi je n'ai rien à cacher. Je ne suis pas

comme toi, avec tes confidences à mystères et tes mensonges à propos de tes maîtresses. Au fait, ta gouvernante de l'édition, tu peux la conserver. Avec elle au moins tu ne risques pas d'attraper des maladies ou des saloperies. Tandis qu'avec les autres, ces petites catins de rien du tout, sans lettres de noblesse au pubis, qu'est-ce que tu m'as collé...

Stupidement, j'ai ricané. Que répondre? Images qui reviennent... Un matin, j'avais pissé des lames de rasoir. Brûlures misérables. Une chtouille certainement. Collée par qui? Et qu'à mon tour j'avais sûrement repassée à Martine.

Ce matin-là, elle a débarqué, visiblement d'humeur agreste, prête pour la pâquerette. Moi, pas flambard, la moue bêtasse, honteux et pas vraiment — une blenno, c'est quand même cocasse. Mais comment lui annoncer ça? Elle, si grandiose, comment lui apprendre la vérité? Décontractée, batifoleuse... elle ne s'est manifestement encore aperçue de rien. Mon embarras : elle en est déjà au déshabillage, et je reste coi, un Lulu niais, ennuyé, qui ne se dévêt pas. Cette immobilité peu coutumière me vaut enfin une réaction de surprise : « Eh bien, quoi, Lucien? » Je cherche désespérément une attitude, un ton pour présenter ma disgrâce. Le rire? La contrition? L'indifférence? Je choisis le badinage : « Chérie, j'ai chopé une chaude-pisse et je viens seulement de m'en rendre compte... » Ouf, c'est dit! Je m'apprête à la colère outragée, mais rien ne vient. Figure de Martine! Stupéfaite, toute de grandeur offusquée : le ciel lui est tombé sur la tête et elle reste vaillante, magnifique dans l'épreuve qui la confronte à toute la misère du monde. Somptuosité du martyre : en cette seconde Martine ne pense qu'à sa dignité. Où la respectabilité va-t-elle se nicher? Elle m'amuse Martine, et je la nargue : « Tu n'es plus une pucelle, ma chérie. Ce sont des choses qui arrivent. C'est la vie. »

Les soins. Pour moi, rapides et indolores, quelques piqûres et tout a été effacé... Rien à voir avec ma première expérience de la « maladie honteuse »... J'avais dix-huit ans et les femmes convenables m'effrayaient encore... Ça n'avait pas raté! Albert se trouvait en France et, tout penaud, j'étais allé lui avouer ma faute pour qu'il finance le traitement. Mon cher père, son air malin, complice, un peu égrillard, presque vaniteux. Son fils? Un chaud lapin? Tant mieux... Un semblant de sourire de reproche pour mieux me complimenter. L'argent, la bonne adresse et je me retrouvai chez un vénérologue. Son crâne énorme, où une calvitie faisait des trous et des ombres, ses traits de bon tapir, l'expression savamment obtuse et les doigts boudinés. Après examen, le personnage m'avait rassuré : ce n'était pas la vérole, j'en aurais pour trois semaines de lavage. Souvenirs, souvenirs... La désinfection. Moi, assis à moitié nu dans un fauteuil, les jambes écartées, dominé par deux énormes cornues contenant des liquides violemment colorés, jaune d'un côté, vert de l'autre, qui se déversent sur mon sexe grâce à des tuyaux de caoutchouc. Le médecin qui malaxe, lessive et relessive. Scène préhistorique.

Pour Martine, avec ses cavernes de femme, la cure avait pris plus de temps! Elle l'avait traitée en affaire d'État, avec le summum de la discrétion et toute la bienséance possible. Personne n'aurait pu supposer la dégradation de ses intérieurs. Plus que jamais la superbe avait resplendi dans son sourire, jamais elle n'avait autant été Martine l'invulnérable, l'incorruptible, que rien ne pouvait entamer ni atteindre. Quel acharnement, quelle minutie à se soigner! La course aux gynécologues, et dans le plus grand secret. Trouver le temps pour les examens et les analyses, l'énergie de subir un traitement épuisant. Pendant les soins régénérateurs nous avons continué à nous voir quotidiennement, moi adoptant un air trop naturel, elle à peine maussade, un brin réprobatrice. Elle était toujours amoureuse, elle me touchait et me paraissait ridicule : quel cirque que son absence de cirque! Un jour enfin, elle m'a annoncé qu'elle avait recouvré sa « pureté ». Son visage de volupté, et sa conclusion énamourée : « Décidément, tu m'auras tout fait... »

Pauvre Martine, si elle avait imaginé...

A peu de là, nos réjouissances furent troublées chez l'un et l'autre par une insistante démangeaison, une gêne aux endroits délicats. Chatouillis bizarres, à croire que nous étions habités. « Ça me gratte drôlement », dis-je, étonné. « Moi aussi », répondit-elle. Les picotements persistant, tenaces, obsédants, Martine se penche résolument sur ma zone irritée, l'examine avec soin, et se relève dépitée : rien. Alors elle s'accroupit, jambes en compas et dos ployé, quasiment la tête contre son intimité. Tout sourcil froncé, la voilà maintenant scrutant son large pubis à la claire fourrure. Ses yeux infaillibles... Son obstination et sa méticulosité. Elle trace méthodiquement des raies dans le fouillis velu, repousse les poils, ligne après ligne, dénude sa chair la plus dissimulée, le museau en alerte comme si elle avait humé la présence d'un gibier. Ses doigts quadrillent, encerclent, fouillent le maquis sauvage, le geste est systématique. Diane chasseresse, traquant une faune d'une espèce inconnue, dangereuse, imprévisible. Après les doigts, les ongles affinent la recherche : la meute, les chiens, et peut-être l'hallali. Martine demeure ainsi de longs instants, crispée dans sa battue. Perquisition acharnée. Combat intense, opiniâtre. Moi, je commençais à me douter du genre de bestiole qu'elle risquait de découvrir. Et à peine y avais-je songé qu'elle pousse un cri d'horreur et de victoire : « J'en ai une. » Elle a saisi une proie, qu'elle brandit, bien coincée entre le pouce et l'index, la regarde attentivement : une espèce de crabe minuscule et incolore, dont les pattes infinitésimales se débattent désespérément. Rageuse, dans un sinistre claquement d'ongles, Martine crève le malheureux corpuscule gesticulant... Certitude brutale, nous subissions un débarquement de morpions.

Une armada lilliputienne avait atterri sur nous et s'était installée dans nos ombrages. Mais cette fois Martine, au lieu de jouer encore la noblesse offensée, éclata soudain de rire : « Ça alors, je croyais que tu m'avais tout fait... je me trompais, il manquait les morpions à ton palmarès... » Toute honte bue, Martine se rendit chez le pharmacien acheter une certaine poudre dont nous nous saupoudrâmes copieusement, à plusieurs reprises. C'était repoussant, c'était insignifiant. Finalement nous retrouvâmes nos Alsace-Lorraine intactes, libérées de leurs envahisseurs vert-de-gris. Ce fut la joie. Pour moi, Martine était allée au-delà de l'épreuve des morbaques. Elle m'aimait. Oui, oui, il fallait qu'elle m'aime !

Ces ignominies avaient évidemment leur source impure : Rebecca, qui longtemps avait fait les bonheurs des Excellences de la cour du Maroc. Dieu sait que j'en ai connu des garces qui m'avaient récité de charmantes litanies, mais celle-là était vicieuse et avait le vice mauvais. Elle était l'atroce et l'abjection. Elle me fascinait. Cela se passait en des temps frelatés, la houle avec Clémence, femmes incertaines autour de moi, hormis Martine que je trouvais trop établie, en quelque sorte trop hygiénique. J'avais rencontré Rebecca, la suivante d'une princesse marocaine, chez Clémence. Le Maroc, Clémence en était toujours éblouie. Certes elle n'avait plus revu le Berbère, mais elle était restée en amitié avec les grandes dames de la cour. Toutes, presques toutes, lorsqu'elles venaient à Paris, se fourvoyaient dans l'égout de la Maube. Cancans et potins, Shalimar et flottements de voiles. ...Ces femmes rompues aux intrigues courtisanes et au cosmopolitisme faisandé, leur richesse qui était le fruit des concussions, leur snobisme, l'amalgame baroque de tous les biens terrestres achetables... L'horreur. Elles fréquentaient assidûment les capitales du luxe et du chic, Paris, Londres, New York... Dépenses somptuaires, joyaux et vêtements, sorties mondaines, les palaces et les suites princières, science des fournisseurs huppés et des endroits sélectissimes... Parmi elles, une en particulier était l'intime de Clémence. Très jeune, très belle, sourire de gazelle et cœur de pierre, l'instinct de la raison d'État, le sens des soumissions nécessaires et l'orgueil de la domination. Son époux, une des sommités de la cour, un nain aux grimaces terrifiantes de charme, une avidité sans pareille, la concupiscence de tout, la cruauté... Dans ses papotages avec Clémence, la vie souterraine du palais ressortait en chroniques banales : rumeurs, copulations, les grâces et les disgrâces, la valse des milliards, les caprices du roi, le jeune souverain aux insatiables élans. Vénération et meurtres. Quoique, des meurtres, Clémence et sa complice n'en parlaient pas ouvertement.

Rebecca, pendant ces conversations, ne disait mot. Elle était demoiselle d'honneur astreinte au silence, très respectueuse et servile, une petite chose laide, couleur olive, yeux verts, cheveux frisottés, malsaine. Pourquoi ai-je été tenté ? Je l'ignore. Toujours est-il que sous l'œil indulgent de sa maîtresse et de Clémence, je fis sa conquête. Clémence m'avait prévenu : « Tu l'as levée, fais attention; elle est dangereuse. » Mais dangereuse n'est pas le mot, c'était plutôt une sorte d'eczéma qui m'intoxiquait, me droguait.

Qu'est-ce qui m'attirait en elle? Son sadisme? Son goût du sang? Son avilissement et ses perversions? Plutôt sa probable capacité d'aller jusqu'au crime, sa veulerie de femme sans frein, tortueuse et cependant condamnée. A moi, qu'offrait-elle? Le reflet non pas de moi mais du pire en moi : une espèce de complaisance pour l'abjection. J'ai vu sa dégringolade. Expulsée de la cour, vivotant à Paris, subsistant de petits coups, d'amants plus ou moins généreux, de combinaisons extraordinaires qu'elle me contait avec délectation. Elle m'excitait avec ses souvenirs du temps du Maroc quand elle était la maîtresse de Dlimi. Elle me décrivait la demeure du policier, les scènes nocturnes de beuverie et d'orgie qui s'y déroulaient, tandis que des caves montaient les hurlements des suppliciés. Ça l'enivrait, disait-elle, de les entendre. Parfois même, elle descendait assister au spectacle et revenait dans un état second. « Au Maroc, tout est permis, quand tu es puissant, ajoutait-elle. J'aurais pu écraser n'importe qui avec ma voiture si je l'avais voulu. Ça n'aurait pas eu d'importance... »

Sa déchéance... La mienne aussi quand Rebecca s'est acoquinée avec un comte russe, grande noblesse authentique, inquiétant, insaisissable, occupé à ne rien faire, hagard avec calcul, débordant de projets magnifiques qui supposent des fonds dont il n'a pas le premier sou. Je le ressens comme un vide insinuant, un être à la sous-Dostoïevski gangrené par la mystique de l'escroquerie. On a besoin de capitaux, on commence à me rançonner... Me voici devenu supplément de luxe et vache à lait d'un duo de la misère... On veut me rouler. Beaux discours et châteaux en Espagne de l'un, caresses de l'autre. Rebecca m'assiège, s'offre sans répit... Le cercle infernal! A nouveau j'éprouve des irritations que derechef je refourgue à Martine. Mais cette fois, celle-ci ne rit plus : « C'en est trop. Tu vas la foutre dehors ta sale youpine et ses saletés de bestioles. D'ailleurs je sais qu'elle est maquée avec un type douteux qui veut te faire la bourse. Tu es un benêt : si tu ne te méfies pas, c'est la peau qu'ils te feront, ces deux-là ! » « Sale youpine. » Une pareille expression dans la bouche de Martine la bien-pensante, moralisatrice à tous crins, dévouée aux droits de l'homme jusqu'au sacerdoce, qui ne supporte aucun miasme d'antisémitisme chez quiconque... il faut qu'elle soit hors de ses gonds... Mais elle a raison, Rebecca sent le traquenard, et je cède, sans discuter. « D'accord, elle est rayée des listes. » Le ton de la sincérité, le visage innocent, je ne lésine pas sur les accents de la conviction, d'autant moins qu'une expression fugitive vient de changer ses traits : je ne l'avais encore jamais vue — je la reverrais souvent — et dans mon esprit elle retentit comme une alarme. J'y décèle un je-m'en-foutisme équivoque, furieux et blasé, une distance inconnue. C'est sûr : elle n'a jamais été aussi proche de la révolte. Elle est capable du pire, Martine, et si je la pousse trop, j'aurai droit à la mutinerie des cipayes... ma tête sur une pique... Quoique... La vraie Martine, qui est-elle ? Martine. Son goût féroce du pouvoir, son sourire accroché au chariot de l'État, son sourire de chef quémandeur ou dominateur. Sa mélodie de la puissance, ses bons et loyaux services. Son talent. Sa réussite. Son aura... Mais il y a l'autre Martine, le double privé dont la vie est une pente sans fin vers les hommes, un homme à la fois mais toujours un homme. Et constamment la même histoire, quelque chose qui ne marche pas, quelque chose de mal ajusté. Son excès dans la soumission... Ne serait-ce pas inconsciemment pour la satisfaire que je lui impose depuis que je la connais les épreuves les plus dégradantes ? Comme s'il y avait en elle une demande maladive d'avilissement, une sorte de gloutonnerie paillarde pour l'humiliation, qui me force à la traiter comme ma balayette, mon panier à provisions, mon bénitier, ma quincaillerie ? Même ses pâmoisons, ses ires, ses courroux, même son « tragediante », j'ai l'impression qu'elle me les inflige pour m'inciter à l'abaisser encore plus... Pourtant aujourd'hui, cette expression nouvelle de rage hautaine : rien qu'un fragment de seconde, j'ai eu peur... Je ne supporterai jamais de la perdre.

Fausse alerte cependant. Une fois Rebecca expédiée, réapparut la Martine ancienne, la Martine des premiers élans, sans jalousie ni fureur, faisant semblant de croire que je n'avais plus de maîtresses, sauf Sibylle... pour la bonne cause... Entre nous la pause, presque le bonheur durant quelques mois. Mais, naïf, je ne me doutais pas... Les gamberges de Martine... L'obsession de mes maîtresses lui était passée parce qu'elle avait désormais ce but exclusif : éliminer Clémence. Martine et moi, nous nous serons donc toujours dupés l'un l'autre. Et maintenant, dans ma mémoire, mes souvenirs, je m'empêtre à satiété. Je presse cette éponge tourmentée, pleine d'anfractuosités, de fluidités, d'oublis où je m'égare. Ainsi, l'initiative du fameux voyage printanier en sa compagnie, notre randonnée auvergnate : c'est elle qui l'avait prise. Moi, j'avais simplement accepté l'idée, un pis-aller, tout en espérant y échapper. Que de saloperies dans ma tête... Et Martine m'avait suggéré le périple, parce qu'elle aussi avait ses petites saloperies, son vaccin anti-Clémence à me faire prendre. C'est là, là seulement, devant sa proposition, je m'en souviens clairement, que je lui avais avoué mon proche départ pour la Côte avec Clémence, promettant cependant de « tout faire » pour la rejoindre... misérables promesses, lâches consolations...

Nous sommes tous de mauvaise foi, Martine, les autres, moi... Coton de la mémoire, ironies du sort... Mes accordailles ratées avec Clémence, mon escapade désespérée avec Martine : ridicule... Comment aurais-je imaginé qu'en dépit de tout Clémence serait enceinte de mes œuvres ? De mes œuvres... ? Clémence... Martine... Martine que j'aime toujours. Mais j'en donnerais dix pour une Clémence amoureuse de moi, avec ou sans enfant... Et cet enfant, attendu et inattendu, un subterfuge ? Une idée folle ? Moments atroces de doute, mes orties et mes ronces, le tourment de mes secrets...

Turbulences du présent, tempêtes du passé... pourtant je dois à la vérité de reconnaître qu'il n'en a pas toujours été ainsi, que j'ai aussi vécu, il y a longtemps, des moments de rémission et savouré un engourdissement de l'être proche du bonheur... Ancenis fut de ces parenthèses. Parce qu'il y avait

Anne Marie, bien sûr, mais surtout parce que j'y ai connu le calme désœuvrement des travaux et des champs, les joies simples et la vertu routinière de l'innocence. Jours d'Ancenis... qui toujours me reviennent... Chaque fois emplis des images d'une vie paisible où les gens sont bons, où la nature est un écrin, où les petites occupations quotidiennes sont une coulée d'éternité heureuse.

Jours d'Ancenis, il y a tellement longtemps, toujours là, présents dans mon esprit. Ma mémoire d'Anne Marie, l'invitée d'honneur de son frère et de sa belle-sœur, oisive, partageuse des menus plaisirs, faisant la simple avec ostentation et s'exhibant là où elle n'avait été jadis qu'une jeune fille pauvre. Moi, je suis le petit garçon choyé de tous — c'est extraordinaire comme Jacques et Amélie sont délicieux avec moi. Sentaient-ils que j'avais besoin d'une gentillesse constante et sûre, en plus de celle d'Anne Marie, gentillesse de dame, de grande dame qui m'accorde ses faveurs quand ça lui sied — quand elle ne me colle pas en pension pour se débarrasser de moi.

Chaque matin, je suis réveillé par la lumière du soleil. La maison est déjà pleine de rumeurs. Je cours embrasser ma mère. Câlinerie courte, Ancenis ne porte pas à la câlinerie longue. Pas question ici de déjeuner au lit, pas question même de paresser — il faut être matinal, ce qui ne me déplaît pas, j'aime mes journées. Je m'habille de mon mieux dans ma chambre, pendant qu'Anne Marie achève de se coiffer. Une fois prête, elle m'appelle, m'inspecte d'un coup d'œil, répare sur moi de petits désordres et nous nous dirigeons ensemble vers la cuisine où se prend le petit déjeuner. Toute la famille est déjà là, les enfants pomponnés, ma tante qui s'active, mon oncle qui traîne un reste de sommeil sur le visage. Sur la table de bois blanc, recouverte de toile cirée, sont posés de grands bols de café au lait et des piles de tartines beurrées. Il y a comme une hâte. On s'ébroue, on se souhaite le bonjour, on s'embrasse, on mange avec voracité, tous debout, sauf Anne Marie assise sur un tabouret. Que c'est bon, bien meilleur que les breakfasts raffinés qu'affectionne généralement ma mère. Mon oncle, soudain pressé, se fait répéter par Amélie la liste de ses visites. Vers huit heures, il démarre. La plupart du temps, il se rend dans des fermes isolées et putrides, en plein pays de bocage, pour des cas presque toujours désespérés, au fond de la superstition et de la mort.

Je traîne une heure ou deux dans la cour et le jardin. Ma mère rôdaille plus noblement entre le salon et sa chambre, ma tante s'affaire à des besognes très nécessaires. Auprès de la fontaine tarie, je me demande ce qu'est le bonheur pour mon oncle et ma tante. La félicité, est-ce cela, ce presque-rien bourdonnant ? Pourtant, cette médiocrité est belle, elle me tente, même elle m'enchante...

Vers la fin de la matinée, ma tante chargée de paniers, accompagnée de ma mère nonchalante et de moi tout fier, nous partons aux provisions. En nous tordant les pieds sur les pavés pointus, nous allons vers la bourgade perchée sur la colline. Tout achat est une petite cérémonie.

La boucherie d'abord, quartiers de viande suspendus à des crocs, viandes à l'étal, odeur poisseuse, sanguinolence. La jovialité presque seigneuriale du boucher régnant sur les chairs. La bouchère... une reine. Quand on entre, avant de passer commande, il conviendrait de faire un bout de conversation avec ces gens. Ma tante s'acquitte mal de ce rite, elle est pressée, et puis elle est méfiante, tâtant avec trop d'insistance le gigot, comme s'il était suspect. Mais Anne Marie a le bon ton, elle retrouve le parler du pays, elle fait causette de ci ou de ça, elle s'enquiert des santés, elle cite des noms des uns ou des autres, de parents du boucher et de la bouchère. Alors, on la reconnaît, la fille de Mme Greffier, partie après son mariage dans des pays lointains et qui est revenue avec son garçon — oh, quelle dame ! Émotion...

Dans certaines boutiques, les commerçants se souviennent d'elle tout de suite. La petite Mimi... Ils la regardent avec attendrissement, retrouvailles. Anne Marie se rappelle tout, elle raconte son mari, la Chine. Le bavardage n'en finit pas, il peut durer un quart d'heure, ma tante donne de petits signes d'impatience que ma mère ne remarque pas. Quand Anne Marie en a terminé, bien contente, rayonnante même, ma tante sort sa bourse, paie hâtivement, jette les paquets dans ses paniers déjà lourds. Nous continuons... La charcuterie, le cochon dans toute sa gloire, rillettes, pâtés et boudins. Là aussi, l'antienne « C'est la fille de Mme Greffier... » Anne

Marie pavoise modestement au milieu des galantines. Quand on passe devant la pâtisserie, ma mère entre d'autorité, ma tante atteinte dans son sens de la dépense inutile ayant beau objecter : « Mais on peut en faire à la maison, des desserts. » C'est qu'Anne Marie se délecte particulièrement à converser avec la patronne de cette maison qui existait déjà dans son enfance. Une veuve qui cache un cœur d'or sous son aspect fossilisé. Elle fond littéralement quand elle voit ma mère, elle soupire de bonheur, de souvenirs. Elle décrit à Anne Marie une Anne Marie fillette accompagnée de son père si distingué, une Anne Marie jeune fille chaperonnée par la digne Berthe, toutes les Anne Marie gourmandes. Et puis la patronne bée devant Anne Marie présente, qui narre tout, jusqu'à ses obligations mondaines à Paris, sans parler des Masselot, mais presque... Ma tante désapprouve manifestement ces quasi-confidences, mais elle ne peut arrêter le flux. Pendant ce temps, on me gorge. Enfin, d'un coup de menton, ma mère marque la fin de ces touchants entretiens, mais, à la fois pour le plaisir, le goût, la vanité, elle passe à l'acte. Elle achète le plus dispendieux des monuments d'architecture pâtissière. On me consulte, je réfléchis et je choisis toujours un saint-honoré, que j'estime être, dans le royaume des gâteaux, particulièrement riche, décoratif et succulent, digne de nous, digne d'Anne Marie et de moi. Nous rentrons triomphants à la maison, en tête ma mère ne portant rien, moi m'amusant à faire balancer le saint-honoré emprisonné, enfin ma tante épuisée, accablée de cabas. Sur la table de la cuisine, nous étalons nos acquisitions comme des trophées. Aussitôt, Amélie ayant repris souffle, se met, avec la cuisinière, à préparer le déjeuner : tout doit être parfait pour le retour de mon oncle, vers une heure. Mais il faut d'abord faire manger les enfants... Pendant ce temps, Anne Marie se prélasse dans un fauteuil du salon, elle s'ennuie. Alors elle vient renifler près des fourneaux, donne des avis, communique ses impressions de la matinée, porte des pronostics sur les états de santé des gens retrouvés... jusqu'à exaspérer ma tante qui pourtant répond poliment.

Le mardi, nous poussons jusqu'à la place devant l'église, la plaie qui reste de la forteresse rasée jadis. Ce jour-là se tient le marché en plein vent. De loin on perçoit un fourmillement

— en fait, il n'y a d'agitation que dans un recoin où des forains se démènent comme des singes à vendre des sabots, des casseroles, des pots, des houppelandes aux paysans et aux paysannes. Ces camelots, pour forcer la prudence des campagnards, pris entre la tentation et le sens de l'économie, battent l'estrade à ne pas croire. Ils esbroufent, ils plaisantent, ils encouragent, ils prennent à partie, ayant bien du mal à décider la foule morne des chalands, aux visages fermés, butés, qui ont comme une douleur, comme une résignation triste, à tirer de dedans leurs primitifs attifements quelques pièces ou billets.

Cela ne nous intéresse pas. Nous allons vers une zone peuplée de silence et de chuchotis. A même la terre sont assises côte à côte, en deux rangées se faisant face, des créatures ensevelies dans d'immenses bures noirâtres. Ce sont des chouannes, des vieilles burinées, émaciées d'usure, aux rides profondes, aux yeux aigus de rapace. Toutes se tiennent immobiles, sur le qui-vive, devant leurs étalages épandus : des légumes, des fruits, des mottes de beurre, des œufs et, enfermées dans des boîtes d'osier tressé, des volailles.

Les dames de la ville, chapeautées, corsetées, en des atours bien décents, l'anneau au doigt et souvent un petit bijou de crucifix sur la poitrine, marchent vite, passant et repassant dans l'espace qui sépare les deux rangées de paysannes muettes. Que de cupidités... La bourgeoise est aux aguets, fouineuse, examinant, cherchant l'occasion, se mettant à marchander, faisant semblant de déguerpir, revenant reprendre le débat ou allant maquignonner ailleurs. Les campagnardes surveillent discrètement les pérégrinations des bourgeoises, jusqu'à ce que l'une d'elles tombe en arrêt. Suit le barguignage, de toute éternité le même barguignage. La bourgeoise est vive, coupante, pleine d'indignation devant le prix. La chouanne n'en démord pas, ou en démord un peu. Si l'affaire se fait, pesée dans une antique balance. Paiement... Deux univers : les manants et les dadames.

Ma tante est très habile à ce genre d'achats. Alors que les dames d'Ancenis ont parfois des lenteurs, bavardent entre elles au cours de leur butinage, font durer le plaisir avec les paysannes, par vice ou par gentillesse — là aussi il y a des accointances et des connaissances —, ma tante est une machine à acquérir. Elle va un train du diable, elle repère avec une rapidité inouïe, elle saute sur l'article — quelle voix pour s'enquérir du coût ! Même pas le jeu du dédain plus ou moins bienveillant ; elle s'enfuit, quitte à revenir s'il n'y a pas mieux ailleurs, ne perdant pas une seconde. Pas une phrase de bonjour ou de politesse, sauf si, à son grand ennui, elle tombe sur une autre bourgeoise qu'elle ne peut éviter, et qui serait vite expédiée sans ma mère. Anne Marie, elle, lambine, très à l'aise, aussi bien avec les chouannes qu'avec les dames de la ville. Anne Marie connaît, reconnaît, on la connaît, on la reconnaît, on lui célèbre sa messe. L'ultime acquisition m'effraie. C'est un poulet qui a exigé une vraie négociation. Les quelques sous reçus et déposés dans les profondeurs de ses frusques, la paysanne sort la volaille caquetante de sa cage, la tient immobilisée d'une main et de l'autre, d'un coup de ciseau, lui coupe le cou. Le sang gicle... exactement comme aux décapités chinois de Tcheng Tu. Mais cette exécution me paraît bien plus horrible. Anne Marie ne semble pas émue, ma tante encore moins, si possible. Elle fourre la bête dans son cabas, ça ne saigne plus, nous emportons même la tête coupée. Pour me consoler, une halte à la pâtisserie. A moi le saint-honoré et les éclairs. Retour magnifique à la maison. Je suis heureux.

Des riens, des riens exquis. Je me réjouis même d'aller à la grand-messe de onze heures le dimanche. Non pas, comme au collège, pour faire appel à la clémence de Dieu, pour l'implorer d'alléger mes chagrins, le supplier de me rendre ma mère, puisque je l'ai à moi, avec moi chaque minute du jour, et que le sommeil même ne me sépare pas d'elle — parfois je me réveille pour écouter, au milieu des minuscules bruits de la nuit, un silence plein d'elle, où je devine son souffle, ses rêves. Non, puisque Anne Marie est en ma possession, je veux l'exhiber à Dieu et aux hommes qui adorent Dieu.

Les énormes cloches sonnent, leur carillon couvre la ville d'une chape métallique aux grondements sacrés : le Seigneur bat le rappel. Alors de partout bourgeois et bourgeoises endimanchés se rendent congrûment vers le Saint Sacrifice. Ma tante, quand retentit le bourdon, n'est jamais complètement prête, retenue qu'elle a été par une tâche ou une autre.

Prête, Anne Marie l'est depuis longtemps, beaucoup plus mondaine du Très-Haut qu'humble pécheresse, comme si elle allait faire une visite à la Sainte Trinité. En général ma mère et moi, nous nous abstenons de l'office dominical, mais pas à Ancenis, surtout pas à Ancenis parce que... c'est Ancenis. Quant à ma tante, le Bon Dieu ne fait vraiment pas partie de ses affaires ménagères, mais elle est obligée, dans la cité bien pensante, de faire acte de piété, d'aller pointer son museau à la messe — d'autant plus que mon oncle, lui, a le rare privilège d'y manquer sans faire scandale.

Devant le porche l'affairement. De l'intérieur de la nef parviennent des chuintements, des bourdonnements, l'orgue éclate, nous entrons et je suis pris par le plaisir. La sensualité du Bon Dieu, qui sent l'humide, le putride, le fané, le moisi, les fleurs aussi, et même l'encens. Les lumières irréelles et les pénombres vacillantes, le capharnaüm, la sainte foire des objets religieux, ces gens statufiés en des positions incroyables, plutôt inconvenantes, la surabondance de christs barbus et nus, ferrés comme des vers sur l'hameçon, et de vierges sentant la fécondité, le sein, le lait. La foule de plâtre des saints, Jeanne d'Arc caracolant, les décapités qui tiennent leur tête, les éphèbes percés de flèches, les demoiselles grillées ou ébouillantées, ils sont tous en état d'extase et de jouissance — tous glorieusement auréolés. Cette grande église-là n'est, ma foi, aucunement singulière, le Bon Marché de Dieu avec tout son fourniment, mais c'est celle d'Ancenis, alors je suis ravi, je me laisse aller à la volupté d'être aux côtés d'Anne Marie en ce lieu divin.

L'office va son train. Ma tante, qui songe aux problèmes immédiats de sa maisonnée, est restée debout près de l'entrée, parmi les humbles, nullement par esprit de mortification, mais pour pouvoir déguerpir sans se faire accrocher à la fin de la cérémonie en mordant sur le *ite missa est*. Ma mère se tient à côté d'elle, le sourire emprunté à quelque sainte béate. Elle trouve un certain amusement à n'être pas aux premières loges, elle ne s'en fera que plus remarquer tout à l'heure, à la sortie. En attendant, elle pense à elle ; aussi est-elle radieuse.

Orages des voix, grondement des orgues, psaumes, récitations, immenses cantiques et la parole de Dieu, terrible ou consolante. Mais moi, ce qui m'intéresse ce sont les gens d'Ancenis. Les nobliaux, pas très nombreux — la plupart a chapelle au château — sentent le hobereau, même devant Dieu, ce supérieur hiérarchique. La grande masse des fidèles, ce sont les messieurs et les dames de la ville. Le Seigneur les a fait importants, ils apportent leur importance au Seigneur. Troupeau cossu, à qui échappent complètement les saints mystères, les exigences de la foi dévorante, la vertu du dénuement, la quête inexorable de Dieu. Tous pratiquent — ils confessent leurs petits péchés, se repentent suffisamment, communient dévotement ; certains, plus inquiets, ont peur du diable et de sa rôtisserie. Somme toute, ce sont de bons chrétiens qui auront droit au paradis, avec leur nom sur la plaque d'un fauteuil à la droite du Seigneur.

Tintement de la quête. Arrivent les godiches pucelles dont on se passe les plateaux comme si c'était la peste, une peste céleste, tout en extrayant difficultueusement des bourses et des sacs quelques sous pour le Bon Dieu et les petits Chinois. Puis la marche en avant vers l'hostie. Mais quand les communiés reviennent à leur prie-Dieu, ils ont la piété constipée, les rayons de la grâce ne sortent pas de leurs fronts. Merci quand même à Dieu. Vivons, puisque tout est bien. La messe se termine. Il y a de petits bruits semblables à ceux d'une classe à l'approche de la récréation. L'orgue tonne encore, déjà des éclaireurs partent sur la pointe des pieds, devoir accompli.

Dehors, rassemblement de civilités qu'Amélie veut éviter. Le Tout-Ancenis est là à se cérémoniser et Anne Marie s'attarde. Comme elle l'espérait, ma mère, par son allure, son élégance, sa beauté, se détache d'une foule à la toilette et aux manières surannées. Elle est à nouveau reconnue, elle roucoule... Encore une fois ma tante s'impatiente... Et finalement, Anne Marie la suit, résignée, mortifiée de ne pas avoir été invitée à des thés, à des dîners. Protocole absurde : du fait de l'absence de son mari, elle participe du statut de son frère et de sa belle-sœur, gens très honorables, mais qui ne reçoivent pas et ne veulent pas être reçus.

Mon oncle revient de ses tournées vers une heure. En une seconde ma tante, à son visage, devine son humeur. Mauvaise, s'il a eu des ennuis, si le père Machavoine fait vraiment des histoires pour crever, s'il a rencontré à son chevet un curé qui lui a trop longtemps tenu la jambe, si on lui a montré dans une mare un paquet saignant, un nouveau-né noyé ou étranglé — dans ce cas, il faut avertir les gendarmes, supporter la maréchaussée obtuse. Ou bien la voiture s'est embourbée... ou bien... La liste des embêtements est immense. Si tout s'est bien passé, il a un clin d'œil affectueux pour la famille et on passe à table, le repas est toujours prêt. Mon oncle parle surtout du pays, d'un tourbillon de la Loire qui a noyé son homme comme chaque année, de l'approche des vendanges, des premiers champignons. Ma mère s'intéresse vraiment à ces propos, elle connaît la région et ses plaisirs, elle n'a rien oublié — la Loire, les grappes, les récoltes, les champignons sont surtout son dada. Que ma mère est jeune, que sa joie est vraie!

Je suis plein de respect pour mon oncle. Son bureau est un lieu sacré, interdit. Un endroit de sacerdoce. En cachette, j'y regarde les encyclopédies médicales. Je tombe sur des planches crues, aux couleurs violentes et troubles, sur la triperie des organes et des viscères, du mou de veau, des éponges sales, des tuyaux de vidange, des raclures de corde. La vie, c'est ça, cette bidoche, ce sang, ces nerfs et surtout ce squelette, charpente macabre. Une misère.... le pain de mon oncle... cette misère, attaquée, assaillie, pourrie par les purulences et les infections, ne le dégoûte pas. Bien au contraire, il apprécie, il déguste, il savoure, il est chez lui dans ces trituraillles, il est le maître et le bon apôtre, il fait de son mieux avec le savoir, son savoir, le gai savoir. Il aime son métier. Le délabrement des corps, la douleur des âmes, n'entament aucunement sa philosophie de la vie : la joyeuseté, la merveilleuse joyeuseté. Près de lui, sur un guéridon, il a placé ses livres préférés, ceux de la truculente salacité, de la farce bien truffée, de la dérision à gros godets : les Contes de La Fontaine, Boccace, d'autres libertins, et surtout Rabelais illustré par Gustave Doré. Rabelais est son dieu — Rabelais qui balaie toutes les mesquineries de cet univers. Pourtant la passion de mon oncle pour Rabelais fut platonique, il demeura de mœurs très honnêtes et même excessivement réglées.

Tournées, consultations, tournées encore... mon oncle

médecine de toute son âme, de toute sa charité — il ne fait pas payer les pauvres, ce qui fait hurler ma tante. Sa science est rustique, de l'ancien temps — il ne croit guère au progrès —, sa grande force, c'est le comment parler aux gens. Il soulage.

Dès la fin du déjeuner, les clients s'entassent dans la salle d'attente sans contestation ni dispute, endormis dans la patience. Peu de femmes, comme si elles n'avaient pas droit à la médecine. Parfois quelque monsieur ou demi-monsieur, à cravate et à gousset, portant moustaches, très poli, peut-être humilié de se trouver en compagnie de gens de condition inférieure. Quelques employés aux figures blêmes. Le paysage ruiniforme des chouans broussailleux de peau, de poil et de hardes, des durs au mal, venus là à contrecœur, après que sorciers, rebouteux et même curés qui guérissent aussi les corps par des ave et des médailles pieuses, ont échoué. Résignés, ils attendent.

La solennité du cabinet. La table nue, luisante, sans rien dessus qu'un *Codex* et qu'un carnet à souches. Les rayonnages en chêne sombre garnis d'énormes volumes. Mon oncle augure et son patient écoute... la médecine comme une kabbale. Interrogatoire paterne du manant hirsute. L'odeur, la crasse, des bouts de phrase, rien de certain. Mais d'une pointe de plaisanterie, d'un hochement de tête, mon oncle sait apprivoiser. L'homme en mots râpeux et rares égrène enfin le chapelet de ses ennuis. Ayant ausculté, mon oncle prononce la sentence comme si elle était sans gravité : « C'est du côté du cœur, alors finie la goutte et que votre fils fasse les gros travaux... A votre âge, il faut se reposer. » Et il remet le talisman, l'ordonnance. Parfois, cependant, il va au-delà des conseils rassurants, il avertit : « Il vaudrait mieux que vous preniez vos dispositions. » Le condamné à mort reste bien tranquille et remercie. Au fond, mon oncle est un chouan lui aussi.

Durant la semaine, ma tante s'ingénie à nous occuper, Anne Marie et moi. C'est la « promenade ». Souvent, nous allons à la Closeraie, la maison du temps immobile, chez une grand-tante, une sœur aînée de Berthe, veuve bien plus qu'octogénaire et qui a gardé tous ses esprits. Une vieille clôture en bois, une petite porte, la pénombre d'un bosquet.

Cette verdure cache une antique demeure tapissée de lierre, une sorte de chaumière enchantée. Nous pénétrons au cœur d'un fouillis de choses d'autrefois. Dans un fauteuil, une femme très âgée, la tête enserrée d'un béguin, un châle couvrant frileusement les épaules, des enjuponnages sur le corps. Ne vivent guère que ses yeux, d'une pâte tendre, où s'est rassemblée une lucidité charmante entre des paupières un peu sanguinolentes. Le visage, tant la chair en est fragile, semble fait de l'immatérialité d'innombrables rides. Les traits se sont effacés dans une joliesse si menue qu'elle en est impalpable. En elle, je me représente l'Age, le Grand Age, dans une douceur qui m'angoisse.

Pour elle compte seulement l'avenir — elle est occupée à vivre encore, à vivre plus longtemps, à gagner des jours, des mois, des années, tout en annonçant sa mort à laquelle elle ne croit pas. Elle n'a pas de maladie, elle n'est qu'une faiblesse qui se porte bien. Pourquoi ce goût de vivre? Jamais elle ne quitte sa demeure, à peine bouge-t-elle de ce fauteuil. Mais elle survit indéfiniment, benoîtement confite en elle-même. Chaque année, je la retrouverai, dans l'immobilité du temps.

Elle nous accueille avec un pétillement joyeux. Elle tend vers nous ses mains toutes maigres et cependant potelées d'onction pour nous faire de petits signes de bienvenue. Elle a reconnu ma tante et ses enfants — elle a donc deviné qui nous étions, Anne Marie et moi. Sa figure fanée ressuscite et sourit. Ses lèvres s'ouvrent, elle parle d'une voix atténuée, une continuité douce et un peu acidulée. C'est un filet qui s'écoule lentement, sûrement, sans aucune hésitation. Je m'approche de la très antique dame, qui s'est un peu redressée pour m'offrir ses joues friables. J'accole ma tête à la sienne, sans dégoût, car, pour moi, dès le premier instant, elle est très étrangement la vie, une vie promise à l'éternité terrestre. Elle ne sent pas les dents corrompues, les viscères gâtés, la pourriture envahissante. Au contraire, elle embaume comme une fleur qui ne connaîtrait pas l'hiver, dont les pétales poétiquement flétris se conserveraient sans périr. Je pose ma bouche sur ses cheveux blancs, évitant l'épiderme qui a quand même quelques taches noirâtres. Je fais attention à ne pas la casser, mais elle est vraiment solide. Après l'accolade, elle me chevrote : « Lulu, tu es un des derniers plaisirs de mon existence. Bientôt... » La vieille branle de la tête, toute la tribu visiteuse se récrie. C'est tout un travail de la rassurer, elle fait l'exigeante à ce propos.

Le rite terminé, une conversation s'engage. Ma tante narre pointilleusement les menus faits. La vieille est ravie, surtout si elle apprend un décès. Chaque décès est pour elle une victoire. Mais quels qu'aient pu être ses griefs et acrimonies, elle n'est plus que louanges, elle pleure et gémit : « Une si bonne personne... Pensez au chagrin de ses enfants. Si je pouvais, j'irais au cimetière, mais je suis tout impotente, déjà presque morte. »

Ce disant, elle rayonne d'une bonté quiète, ou plutôt de cet égoïsme du grand âge qui ne veut plus être dérangé par les tracas du monde. Elle, si connue jadis pour son sacré caractère, son âpreté, sa langue de vipère, ses intrigues, ses procès, s'est retirée des passions humaines, elle est parvenue, au-delà du détachement, à une quiescence bienfaisante. Grand-tante miel.

Dehors, les enfants jouent. Les dames ont tari de sujets. Un gros matou ronronne. Puis la grand-tante, d'une voix bien plus forte et autoritaire qu'on n'aurait pu l'imaginer — une voix de caporal dans l'empyrée de la vieillesse —, appelle : « Anastasie, il faut donner à goûter. » Surgit une monstresse, sa fille, une géante maigre à effrayer, enfournée dans un grossier sarrau de toile brunâtre. Toute claudicante sur des jambes raides, elle avance rapidement, par bonds. A chaque pas elle agite des mains énormes qui tournoient comme des fléaux. La fente de la bouche et les narines sont des soupiraux, mais Anastasie a de beaux yeux. Ce n'est pas une idiote congénitale, elle a même son intelligence et son parler naïvement drôles avec un curieux bon sens et une brusquerie de gaieté bonhomme, disant des choses carrées et constamment s'étranglant en quintes de rire.

— Tiens, mais c'est la belle Anne Marie. Et puis Lulu... un petit homme complet...

En parlant de moi, elle a quelque chose de paillard, d'innocemment grivois, comme si elle pensait avant tout à mes attributs. La grand-tante la rappelle à l'ordre :

— Dis bonjour.

Anastasie glousse en étreignant ma tante et Anne Marie. Elle me soulève avec une force stupéfiante et me frotte contre sa gargouille de figure, puis elle prépare le goûter. Du cassis pour les dames, de l'orgeat et des galettes pour Lulu et les enfants. Ce qu'elle apporte dégage quelque chose d'inexprimable, le temps qui émiette, qui rancit, qui appauvrit les délices. Je crois manger du temps quand je plante mes dents dans les galettes rassises, molles et sèches à la fois. Cependant le cassis me tente, il me paraît être le sang d'un monde disparu qui survit pourtant et qui me trouble. L'aréopage décide que j'aurai droit à un peu de cette crème opaque qui emplit une lourde bouteille empoussiérée. On m'en verse dans un verre plein d'une eau qui se violace aussitôt. Je bois, je suis saoul d'un bonheur qui remonte à je ne sais quelle éternité, sensation renforcée par l'arôme de moisi séculaire d'une gelée de groseille.

Univers d'ombres où les gens semblent se dissoudre, où seuls les enfants subsistent, vermisseaux dévoreurs. La pièce entière, les meubles, les nappes, les cretonnes, les dentelles, figées dans une sensualité mièvre, s'affadissent, s'effacent. La chaleur est lourde, enveloppante, avec, sans doute effet de l'ombre qui embue la salle, une fausse impression de fraîcheur. Partout, comme une poussière suspendue. Repos éternel, dans ce monde, pas dans l'autre. J'ai envie de fuir le royaume de la grand-tante.

Je me réfugie, par-delà le petit jardin d'agrément, en grimpant quelques marches, dans un immense et somptueux potager. Lieu édénique, le premier que je rencontre en France. J'erre parmi les carrés de légumes rangés comme à la parade. Séduction des nappes de fraisiers, des buissons de groseilliers et de framboisiers. Béatitude devant les poiriers et les pommiers, leurs fruits énormes, offerts, couleur d'abandon et de tentation. Cueillir, mordre, éprouver la chair et le jus... Fatigué de plaisir, je me repose auprès de la margelle d'un puits. Au loin, un paysage d'étangs et de prairies. Je me crois seul...

Une voix rauque vient buter sur moi : « Vas-y, mon garçon, tout est à toi. » C'est Anastasie qui travaille la terre, dompte la végétation. Elle féconde la nature. Les bourgeons de sa figure sont promesses de fleurs et de fruits. Elle est belle, Cérès la déesse. Pauvre Anastasie...

A Ancenis, j'ai aussi appris la Loire. Ses courants, leur lueur lisse et froide en lames d'épée, ses courants tordus, éperdus, en pleine prétentaine, ses remous, ses bas-fonds croupissant où s'accumule la vase, et le sable doré de ses bancs. Paix dangereuse, attirante, pièges. Je te célèbre, Loire faussement douce, Loire lente, Loire prenante avec tes îles plates et les grands arbres droits de tes rives.

Mon éducation a commencé chez les cousins Angebault. Des prairies, des vignes le long de la berge, une sente parmi des roseaux et des bosquets calmes. Il y a, près du fleuve, un énorme trou d'où l'on extrayait le calcaire et deux tours en grosses pierres où on le faisait cuire. Tout cela longuement, sereinement, héréditairement. Mais les fours à chaux sont éteints, tombent en ruine sans que les Angebault en soient affectés. Ils ont des terres et quelques revenus, et puis leurs goûts sont si simples...

Dans sa maison rustique et belle, La Rabotière, M. Angebault, entouré de sa femme et de ses jeunes fils, ne fait que vivre. Vivre de la nature. Une figure lisse, à la couleur étrange, très foncée, comme du tanin, un grain dur, où tout se concentre pour mieux voir, mieux épier, moins les hommes qui ne l'intéressent guère que les eaux, les bois et leurs habitants. Il est très sauvage et très civilisé à la fois. Sa femme aussi a le teint bronzé, elle respire la tranquillité pastorale. Leur conversation est presque un silence, mais qui exprime l'essentiel, ce qu'est une vie heureuse dans l'accomplissement des us et coutumes, le plaisir d'exister dans la répétition des saisons. Les Angebault sont pour moi la poésie.

Lui m'entraîne souvent vers un bras de la Loire, étroit et sombre, qui coule en dessous de sa maison. Nous prenons place dans une barque très petite, il rame et nous nous attachons à la berge d'en face, sous un abrupt de végétation. Là, une eau immobile, très profonde, d'un verdâtre effrayant. Là aussi, le silence. M. Angebault pêche. Assis, bien calé sur lui-même, tenant fermement sa gaule, il pêche comme si pêcher était son ascèse, sa philosophie, sa jouissance. Les pieds dans des espadrilles, en pantalon de coutil blanc, il semble mener une grande aventure. Aventure mystérieuse, où nous communiquons avec l'univers... Avec quels doigts agiles il fourrage dans une besace contenant son matériel et monte sa ligne. Et le cérémonial avant de lancer son bouchon... Il hume, il flaire, il se pénètre du paysage, de l'atmosphère, du ciel, de la couleur des choses... Rien ne lui échappe. Toujours ce silence, où l'on n'entend que les bruits paisibles de l'après-midi, le glissement du courant, le bruissement des feuilles, le passage des nuages, nous sommes seuls au monde. Rien ne lui est énigme, pas un reflet, pas un clapotis : il connaît les secrets des profondeurs. Tout lui est important, tout lui est joie, il est démiurge. Une ride se forme sur l'eau et il me prévient : « Une carpe chasse. » Il parle un peu, pour me communiquer des bribes de sa science — la signification d'un souffle de vent, d'une altération dans la teinte de l'eau, d'un assombrissement de la lumière. Nous sommes maintenant encastrés entre les énormes racines, à moitié découvertes, protubérantes, d'un arbre noueux, hors de la berge. M. Angebault vit de la vie du bouchon, qui est pris d'un petit frémissement, qui danse une gigue et soudain disparaît. Il m'avertit : « C'est une perche » ou « C'est une brème. » D'un coup de poignet à peine discernable, il ferre, et ramène le poisson.

Un jour arrive où M. Angebault me prépare ma première ligne... Il me montre comment accrocher le ver sur l'hameçon, je suis pris de dégoût. Ce filament vivant gigote, je ne trouve pas la tête, il n'y a pas de tête... Enfin, moi aussi je pêche, mais je suis maladroit, je rate tout, j'embrouille les fils, je fais un gâchis terrible. J'attrape enfin ma première proie, une ablette dont les yeux moribonds semblent me regarder avec reproche. Mais je suis sauvage, j'arrache l'hameçon avec un bout de tripe. C'est la première fois que je tue.

Parfois M. Angebault me parle plus longuement, toujours de sa Loire mais d'une Loire dévoreuse. Ainsi, il me raconte que jadis, un jadis très ancien, pendant la guerre de Vendée, les cadavres s'accumulaient par centaines dans la tranchée d'eaux sombres et presque immobiles où nous pêchons. Du reste, c'est toujours un cimetière. Chaque année, le fleuve dépose là un ou plusieurs noyés, sans compter les charognes de bêtes, qui souvent ont péri loin, à des kilomètres. On les retrouve dans notre trou, entre deux eaux — peut-être est-ce pour cela qu'il y a tant de poissons. Sourire amusé et un peu cruel de M. Angebault. Il s'étend aussi sur les gens de la Loire, sur le peuple rude des mariniers, des gaillards capables de faire remonter un chaland à contre-courant à coups de perche. Ils mouraient jeunes, d'épuisement, comme les coolies de mon Yang-Tse-Kiang. Mais ils ont disparu à cause du progrès, de ce chemin de fer dont le remblai souille l'autre berge du fleuve. Il ne semble pas aimer le progrès, lui non plus, M. Angebault. Il regrette presque les « aventuriers » de la Loire, les passeurs légendaires qui, avant que le pont fût construit, en godillant puissamment, conduisaient leurs « plates » à travers les tourbillons. On racontait qu'ils jetaient à l'eau leurs voyageurs après les avoir dépouillés... Le passé... mais la Loire, elle, est éternelle, avec ses remous où les sirènes chantent la mort, avec ses rapides qui happent leurs proies, ses cavités cachées, catacombes funéraires, avec ses sables mouvants qui se déplacent toujours et où l'on s'enlise peu à peu, jusqu'à ce que la tête soit engloutie. Quelquefois M. Angebault me fait peur. S'amuse-t-il?

Le fleuve tumultueux, tellement plus impressionnant que ce goulet, cette retraite, c'est mon oncle qui me le fera découvrir. Quand il rentre tôt, il m'appelle et se harnache : des bottes souples, des guêtres, une culotte de cheval, une vareuse plus une canne à moulinet, et tout un matériel digne des catalogues de la manufacture de Saint-Étienne. Il est tout joyeux, tout à son plaisir, un gamin faisant l'école buissonnière. Nous nous arrêtons presque toujours à la base d'un de ces « épis » construits de part et d'autre du fleuve, perpendiculairement à la rive, dérisoires barrages qui tentent de déterminer un cours navigable dans cette immensité. Ils sont faits de rondins de bois mal équarris, étayés par des pierres et de la caillasse. Nous remontons l'ouvrage, mon oncle galopant parmi les obstacles, brandissant sa canne magique comme Jeanne d'Arc son oriflamme. L'épi coupe des bancs, des grèves, et se termine brusquement sur le chenal : un glissement, un bouillonnement d'eaux en pleine fureur. Au plus effervescent, d'un large geste du bras, mon oncle lance sa ligne où est accroché un petit poisson métallique, puis il rembobine calmement. Parfois il tressaille sur une dure secousse : un brochet a mordu. La bataille commence. Mon oncle donne du mou, fatigue la bête et enfin, lentement, cédant du fil et en reprenant, l'amène près de nous, où je la cueille dans une grande épuisette. Triomphes et échecs. Mais quelle joie quand on capture la bête à gueule effilée et méchante qui, l'hameçon lui déchirant le gosier, veut encore mordre et pourrait couper un doigt. Son corps, sa luisance... Il faut l'assommer. Les yeux féroces deviennent vitreux, il semble mort, mais mon oncle m'avertit : « Fais attention. » Le décès vraiment constaté, il remarque, avec un tressaillement de la pomme d'Adam : « Il pèse bien six livres. »

Il nous arrive de rentrer avec quatre ou cinq de ces monstres, un panier plein de corps poisseux, qui gardent dans le trépas une forme féline et encore redoutable. Salut, nobles seigneurs carnassiers qui avez succombé aux sortilèges de mon oncle, après de terribles combats... A la cuisine, il saisit chacun d'eux par les ouïes, y enfournant son doigt, dans une prise qui laisse pendre le cadavre de la victime, en montre la longueur et la beauté. Un jour, il reconnaît un vieil ennemi, adversaire coriace, gigantesque, qui porte, enfoncés dans la gueule, des leurres sur lesquels la chair s'est cicatrisée. Souvent ils ont été aux prises, mais dans la puissance de ses sauts et soubresauts, de ses charges et contre-charges, dans sa danse démente au sein des profondeurs, le titan avait chaque fois rompu le fil, à moins qu'il ne l'eût broyé de ses dents. Maintenant il est vaincu, bien vaincu. Péan. Anne Marie félicite son frère, contente, pas éblouie, dans sa jeunesse elle en a vu attraper de beaucoup plus gros, des bêtes géantes tapies dans les herbes des marécages, comme des souches, et qui sautaient sur leurs proies, s'attaquant même aux enfants... Déjà ma tante, qui ne donne pas dans le lyrisme et le fabuleux, avec un gros coutelas, ouvre les ventres, déviscère, déboyaute, détripaille, faisant de ces reîtres du fleuve de bons poissons, excellents avec un beurre blanc.

Je m'attarde sur ces brochets, une affaire ordinaire, commune à tant de braves Français. Pourtant, j'ai ensuite connu des pêches fantastiques, presque apocalyptiques. J'ai assisté au harponnage et au dépeçage de baleines. J'ai participé à la guerre contre les requins dans les passes des anneaux coralliens. Mais surtout je suis allé sur le Tonlé Sap, au Cambodge... Étrange navigation dans une barque plate munie d'un misérable bout de voile déchiré : l'esquif était constitué de morceaux de bambou et l'on disait qu'à l'intérieur de chaque morceau logeait un pacifique cobra, qu'il ne fallait pas déranger. La couleur de plomb de ce qui restait d'eau lors de l'étiage, l'infini de cette surface morne, la rouille des roseaux desséchés, la chaleur comme un suaire... La vase spongieuse était littéralement tapissée de poissons : bêtes tachetées, noirâtres, suantes, difformes, bêtes triangulaires, crapaudines, couleuvrines, bêtes squaleuses, bêtes limaceuses, avec des branchies monstrueuses, bêtes inclassables, immenses, naines, puantes, tout cela aggloméré, emmêlé, se débattant, tout cela survivant ou expirant, en tout cas à ramasser par tonnes. La nappe de ces eaux lourdes et de leurs poissons-charognes butait contre la jungle. Après la pêche, on y chassait le python. Tout arbre recelait le sien, facile à capturer. Il suffisait de lui briser le bas de la queue pour qu'il n'ait plus d'assise et ne puisse s'élancer, s'enrouler, alors on l'attrapait comme une grosse loche impuissante. Serpents partout.

Que pèsent en face de ces grouillements les brochets de mon oncle ? Un poids d'émotions violentes et douces, de bonheurs que je n'ai jamais retrouvés.

A Ancenis, le dimanche, en accompagnant mon oncle à la chasse, j'ai aussi fait l'apprentissage du terroir, de la glèbe, sur ce que l'on appelle le « plateau ». Nous nous enfoncions en plein bocage, dans une région pauvre et rude, un mélange de bouts de landes et de bois. A l'entour, pas une chaumière, personne. Je me sentais perdu dans un labyrinthe de haies épaisses, infranchissables, d'un vert menaçant... Tant de tiges griffues qui s'entrelacent pour former barrage, des fleurs sauvages, la balafre des genêts qui déchirent et accentuent la solitude. Chemins creux, assez larges, comme abandonnés, dont la terre nue se lève en poussière s'il fait soleil, s'englue en colle jaunâtre s'il pleut. Chemins qui semblent ne mener nulle part, — pas de fermes, pas de villages, pas d'églises en vue. Rien qui vienne rompre ces étendues inextricables, cette nature écrasée, écrasante, laide, où l'on étouffe dans une sorte de vivacité monotone. Des haies, toujours des haies, remparts de la mornerie, qui enferment une lourdeur vaine, constamment identique. Parfois, une maigre prairie, où broutent des vaches veules. Parfois encore, dans cet échiquier, un champ, un sol pelé tout juste bon pour des choux, de gros navets ou du sarrasin aux épis noirâtres. Parfois aussi, des poiriers rachitiques, laissés à eux-mêmes, aux fruits difformes, qui servent à faire le poiré, une boisson aigre et écœurante. Égarées là-dedans, quelques pousses de vigne sans noblesse, émergeant comme de grosses herbes. De leur raisin aux grains durs, on tire le noah, un vin vénéneux. Arbres comme des tas, des boules de végétation ramassées sur elles-mêmes, sillons encombrés de chaumes, barrières, trouée d'un abreuvoir à l'eau croupie... tout m'est dédale. Jusqu'à ces espaces déserts où l'herbe rare cache mal la calvitie d'un terrain blanchâtre, crayeux. Angoisse... Le silence est renforcé par des bruits nés de la désolation, coassements de crapauds, sifflements d'oiseaux, crissements d'insectes, frottements de branches remuées par le vent... Impression étrange de luxuriance et de dénuement à la fois, un gigantisme nain. Ces endroits, ces choses ont-ils un nom? Tout se ressemble tellement, il n'y a pas de repères, nous sommes prisonniers, nous tournons en rond, jamais nous ne sortirons de cette uniformité.

En fait, mon oncle se dirige très bien, connaît parfaitement les appellations des lieux. Deux heures, trois heures de marche et soudain, dans un champ de luzerne, des mottes à plumes s'envolent en carcaillant, en crécelant du bec. Mon oncle tire, une bestiole tombe dans un fourré, un de ces taillis, de ces buissons opaques, gainés de ronces et d'orties qui forment sur le sol comme un réseau de taches de rousseur. En nous déchirant aux épines, nous ramassons une perdrix rouge. La chasse devient sérieuse, des compagnies ne cessent de se lever devant nous. Finalement le carnier que je porte est plein de pauvres corps fracassés. Arrêt casse-croûte, avance, déambulation, il faut faire attention — c'est, paraît-il, plein de vipères —, broussailles, dénivellations à peine visibles, l'impression à nouveau d'être perdu. Soudain merveille, une source dont l'eau ruisselle. Des sons de cloches nous arrivent. La civilisation est proche. Et quelle civilisation! Je distingue, enfouie par un écran de verdoyances sombres, une masure d'où s'écoule du purin. A l'intérieur, suie, noir de fumée, à peine si l'on y voit. L'âtre, un chaudron suspendu où bout constamment une soupe. Rites de la bienvenue, la goutte. Mais nous nous en allons, la chasse est finie. Qu'ai-je vu de cette région ingrate, apparemment inerte, où tout est mystères et légendes ? Pas grand-chose au fond. Sur le chemin du retour, mon oncle, quoique peu porté à raconter des histoires, me parle superstitions, sorcelleries. L'abominable, le sinistre caché derrière toutes ces haies. C'est cela aussi le pays d'Anne Marie, mon pays.

Ainsi s'écoulent les semaines à Ancenis, dans la routine du bonheur, avec mon Anne Marie. Émaillées aussi de scènes amusantes, comme les visites aux parents à héritage... A la vérité, Anne Marie n'a guère d'espérances. Elle n'a aucune cupidité, mais elle se conforme aux convenances. Et donc, se rend dûment chez des personnages fort extraordinaires, des gens comme on n'en fait plus.

Le Tonton Lambert... le parrain de ma mère, un vieux bacchus tombé en dévotion, qui, en haut de coteaux ensoleillés, possède les plus beaux vignobles du département. Son muscadet est le meilleur. C'est l'époque des vendanges, des pampres et des ceps dans leur gloire, qui se célèbrent dans le pays comme une fête païenne, avec la même exaltation que pour la fête de la Sainte Vierge... Mais désormais, dans son domaine, Tonton Lambert veille aux bonnes mœurs. Ce célibataire endurci est un repentant. Il a beaucoup commis le péché de chair dans sa jeunesse et il a une crainte bleue, hallucinée, que ses anciennes délectations ne le précipitent en enfer. La nuit, dans ses cauchemars, il voit toujours le même supplice : lui, bouillant éternellement dans un chaudron de son vin. Il se croit condamné à la marmite si Dieu ne le prend pas en pitié. Alors il prie, assiste chaque jour à la messe, se confesse et se reconfesse, communie, donne largement au denier de Saint-Pierre et aux bonnes œuvres. Et même, pour marquer plus encore la région du sceau du Seigneur, il a consacré une partie de sa fortune à faire ériger des calvaires aux croisements de toutes les sentes.

Malgré ses pieuses offrandes, il est toujours riche, et son

repentir n'a pas entamé sa jovialité. Autrefois il gâtait Anne Marie, elle était sa petite chérie. Dès qu'elle apparaissait, toute trace de paillardise s'effaçait, oubliées les croupes solides des paysannes : il câlinait sa filleule. On laissait sans crainte Anne Marie aller chez cet idolâtre de la treille et de la fesse, on savait que lorsqu'elle était attendue, il mettait au rancart ses bonnes femmes, on savait qu'il l'aimait, elle, dans sa pureté. En somme, il se considérait un peu comme son père.

Mais les années avaient passé et il avait oublié Anne Marie. Maintenant, il se gratte la tête, il se demande si cette personne, d'une élégance pour lui bizarre, est bien son Anne Marie. Il tâche de la reconnaître, il fait comme s'il la reconnaissait. Vêtu en rustre, en compère débraillé, portant un pantalon de velours côtelé bien râpé, une grosse chemise sale qui bâille sur son cou tendineux, les pieds dans des sabots, il se fend de grimaces de grande affection. Il est hirsute, le visage hérissé d'un duvet piquant et blanc, il ne se taille les poils que pour les fêtes carillonnées. Dans sa maison crépie et très simple, pas de gueuleton, mais les grands rites du muscadet. La cuisine sert de pièce de réception. La servante y apporte une bouteille de derrière les fagots, que Tonton débouche avec des gestes de prélat, versant ensuite le vin merveilleux, bien doré et un peu pétillant. On hume, on goûte, on boit à petites gorgées et surtout on fait des commentaires louangeurs, que Tonton écoute avec une joie grave. Il faut de la compétence, ne pas se tromper dans les appréciations, ne commettre aucune erreur. Ah, l'importance du mot juste, de la phrase exacte, démontrant qu'on est digne de cette dégustation ! Sous son air débonnaire, Tonton épie et surveille chaque mine, où doivent se mêler l'auguste et le plaisant. Mon oncle, avec une goguenardise étudiée, se sort bien de l'épreuve, à laquelle il est habitué. Anne Marie s'en tire à merveille... elle n'a pas perdu le palais, la gaillarde. On apporte une seconde bouteille, encore plus prestigieuse, un cru d'il y a trente ou quarante ans. Mimiques, claquements de langues, silence de respect après une lampée, le replaisir à en retâter, les remarques sur l'arôme, le fruité... enfin l'exclamation d'extase.

La servante nous fait des grâces, avec des expressions

forcées, trop aimables. En fait, tout le pays le sait, il s'agit d'une sacrée bougresse, qui tient Tonton Lambert par l'effroi de l'enfer, qui sans cesse le tarabuste et le prêche sur ses défaillances anciennes. De notoriété publique elle est en cheville avec le curé du village, un sacré curé, un finaud en soutane, qui sait comme nul autre parler de la géhenne, avec des accents de douleur et de fureur. Il a de multiples entretiens avec la domestique, entretiens au thème unique : Tonton Lambert, le jour ou Dieu le rappellera à lui, n'entrera au paradis que s'il lègue tous ses avoirs terrestres à la Sainte Église catholique et romaine représentée ici-bas par lui, l'humble serviteur du Seigneur. Il l'investit donc d'une mission quasi divine : lui faire rédiger le « bon testament ». D'après certaines rumeurs, il se pourrait que le saint homme ait promis à la duègne, si elle réussissait, un petit pécule... Quoi qu'il en soit, la pieuse pécore ne cesse de travailler Tonton Lambert au corps, c'est-à-dire à l'âme. Évidemment, elle voit surgir sans plaisir cette Anne Marie que Tonton Lambert chérissait autrefois. Tout à l'heure, quand nous serons partis, elle rabattra les oreilles de Tonton des indignités de ma mère, qui a perdu toute modestie, qui sent le soufre et a épousé un franc-maçon.

Ma mère n'ignore pas ces intrigues, mais elle les méprise. Et puis elle aime bien son Tonton Lambert, il l'amuse, on retourne donc chez lui à plusieurs reprises. Tonton est toujours heureux de nous voir, même si sa pie-grièche ensuite le morigène sans relâche. Un jour, nous arrivons en pleines vendanges. Tonton nous entraîne dans les vignes, où des femmes accroupies, de joyeuses luronnes, cueillent les grappes, les grappes qui surabondent, luxuriantes, insidieusement tentatrices, lourdes de péchés. Joie de la terre féconde, joie du ciel bleu, joie du soleil à peine pâli, de l'air léger, du paysage qui étend sa douceur, de la Loire qui coule en contrebas, toutes les joies. Les vendangeuses ont des figures rieuses, les mains trempées de bon jus, une griserie, une allégresse, tout est possible. Elles sont jeunes, elles aiment la vie, elles ne se gênent pas, parfois l'une d'elles retrousse ses jupes pour pisser... innocence truculente ! Elles s'ébaubissent d'on ne sait quoi, échangent des grivoiseries à l'obscénité voilée, cela devient une joute, un tournoi endiablé. Tonton est tout béat devant ces filles hilares, solides et saines, il ne s'offusque pas, les souvenirs lui reviennent, il plaisante — mais en tout bien tout honneur, même si jadis, il a forniqué avec les mères de ces drôles de pucelles. Maintenant il est le père, peut-être l'est-il vraiment de certaines. Il fait distribuer des rillettes, du salé, on boit au goulot, monte comme une ivresse. Se gorger, se saouler, se perdre dans toutes les luxures. Hélas, hélas!... Anne Marie est rose de plaisir, je me barbouille de raisin... Les commères me font des gestes. Hélas, hélas!... Tonton Lambert, sagement, rentre avec nous à la maison et envoie son chaperon chasser les vendangeuses pour que, le travail fini, elles ne s'adonnent pas aux libations du cul. Qu'elles aillent tituber plus loin, hors de son domaine dédié à la Sainte Vierge, jusqu'à des meules de paille ou des fossés d'herbe moelleuse, pour participer à la volupté de la nuit profonde et pocharde. Tonton Lambert a de l'indulgence, les gaillardes auront le temps de se repentir lorsqu'elles matroniseront, outres à enfants puis sacs vidés, dévotes qui pourront ragoter sur les impudences de la jeunesse... A nouveau il aime Anne Marie tendrement, mais elle est femme, elle est chair, elle est donc pécheresse, et les vignes iront à la cuvée du Seigneur. Pauvre Tonton Lambert dont la barbichette trempe dans l'eau bénite. A la fin de notre dernière visite, il bénit Anne Marie, sans parler legs, héritage ni notaire. Embrassades, adieu, l'œil de la servante triomphe. Anne Marie est toute gentille avec ce parrain qui la dépouille : ses espérances sont ailleurs, à Paris.

Autres parents à héritage, les cousines Gandon, Marie Ange et Marie Claire. On dit toujours les « cousines », bien qu'elles soient flanquées d'un frère, Joseph, un bel homme dissimulé sous leur ombre protectrice. Ces redoutables et puissantes demoiselles sont impératrices à Mésanger, un village du bocage à dix kilomètres d'Ancenis — quelques maisonnettes mesquines, l'indigence de la vie autour de l'église. Richissimes, elles possèdent quarante à cinquante fermes au moins, c'est dire... Mais elles se gardent bien d'afficher leur fortune et se contentent d'une maison très simple, dont la façade donne sur une coulée de poussière, déserte : la rue, l'unique rue de Mésanger. Un petit grillage aux pointes effilées, deux ou trois arbustes rachitiques dans une languette de jardin, et puis la porte peinte en vert sombre. A l'intérieur, la laideur. Pas une laideur à bon goût, ni à mauvais goût, pas une laideur prétentieuse, à fanfreluches, pas une laideur crasse et nue, pas une laideur cossue, pas une laideur pauvre, pas une laideur de nouveaux riches, pas une laideur sentant la ruine. Non, la laideur en soi, la laideur de la banalité moyenne où la surabondance des objets s'abolit en un vide bien ciré. Seul point fort, à la place d'honneur, un tableau : les très honorables parents. Ne subsistent de leurs douze enfants que les cousines et Joseph qui ont apporté à ce capharnaüm reluisant leur touche personnelle : partout des bondieuseries, tout le Saint-Sulpice incroyable, agressif, et quantité de bénitiers, chromos, statuettes et reliques d'occasion.

Les cousines sont toutes deux engoncées dans du noir, des strates de noir sombre, de plus en plus épaisses vers le bas — mais il n'y a pas de bas, le noir mange ce que je n'oserais appeler des postérieurs, mange les jambes, les chevilles et les pieds. Rien de sinistre avec cela, elles sont accortes, prévenantes, souriantes, toutes grâces dehors, comme il convient pour un déjeuner de famille. Elles font même les coquettes, avec des afféteries venues de générations confites dans le bonheur, avec des politesses vivaces, des étonnements, des admirations, des interrogations. On s'enquiert de tous les consanguins, on se creuse la tête pour nul n'oublier, et, chaque fois, ce sont des froufrous bienséants, des cabales de contentement ou des complots de chagrin, avec, quand il y a malheur, un signe de croix accompagné d'un gémissement. Sauf si tristesse oblige, elles sont gaies, elles connaissent rudement bien la vie et entendent même la plaisanterie, quoique avec des intonations qui ne peuvent provenir que d'un baptistère ou d'un retable, des intonations suaves, de la musique d'ave maria.

C'est un couple. Un duo aussi. Marie Ange est grande, bien proportionnée, avec un visage un peu usé qui a dû être beau. Il paraît qu'elle a été ravissante et qu'elle a même failli se marier. Mais elle voulait être aimée pour elle-même et craignait que le prétendant, pourtant parfait galant homme, ne s'intéressât surtout à ses terres et à ses écus. Si fort était son doute, si insurmontable son angoisse, qu'elle n'épousa point et manqua mourir de sa décision... La douleur lui dura très longtemps et dure toujours — désormais cendres tièdes qui donnent à sa physionomie une buée de timidité et d'hésitation. L'autre, Marie Claire, est un pot à tabac, d'un tempérament rude, qu'elle sait contraindre au mielleux. Pour elle, il n'a jamais été question de romance, de passion, de grandes émotions, de noces, de déchirements, de renoncements. Elle est contente de son sort, elle est le chef qui se sert de la suavité de sa sœur. Entre elles, l'identité des opinions et des sentiments est totale. Marie Ange est le porte-parole, quitte pour Marie Claire à répéter aussitôt chaque phrase, à refaire chaque geste de sa sœur, la voix mélodieuse de Marie Ange et en écho la voix rugueuse de Marie Claire. Mais ce qui compte, ce n'est pas tellement ce qu'a articulé ou manifesté Marie Ange, c'est la répétition qu'en fait Marie Claire. Là est la loi. Curieux jeu... Aussi Marie Ange tremble, tremble comme une feuille quand elle doit prononcer quelques mots, jetant des regards furtifs sur sa sœur redoutée. Si celle-ci, en les reprenant, les change ou les modifie tant soit peu, cela signifiera blâme, accusation de s'être mal acquittée de sa tâche de diseuse, l'obligeant elle Marie Claire par des altérations très légères, à rétablir la situation.

Les cousines, non seulement sont pieuses, mais très bonnes. Donc sensibles aux doléances de leurs fermiers, à leurs malheurs — mauvaises récoltes, moissons détruites par l'orage, sécheresse et autres intempéries, calamités humaines, longues maladies, vieillesse et mort. Toutes dignes et émues, elles président aux baptêmes, mariages et enterrements, apportant, selon les cas, abondance de félicitations ou de consolations, ayant les joies ou les tristesses nécessaires. Elles prêchent la morale, exigent la piété, en se gardant bien de pénétrer dans le ténébreux de leurs chouans, leur insondable, la part du diable. Mais elles ne cèdent jamais rien de leurs droits, n'en rabattent pas d'un denier ou d'un poulet sur leurs fermages — et même, là-dessus, sont très exigeantes. Ce sont des propriétaires, Marie Claire surtout, que rien n'émeut. Laquelle Marie Claire, qui sait à peine lire, a des connaissances boursières étonnantes et gère impeccablement un énorme portefeuille d'actions et d'obligations, à la grande stupéfaction de son banquier, à Nantes... Quant à leurs charités, incontestables, elles s'étendent rarement aux affligés de leur entourage, aux malheureux de la région, elles les destinent de préférence aux grandes et saintes œuvres de l'Église catholique, en sorte que leur générosité est connue et appréciée à l'évêché. Rien de plus édifiant que leur dévotion. Elles contribuent à l'entretien de l'église, ont offert statues et vitraux, elles sont les humbles servantes du curé, un petit vieux tout maigre, elles le révèrent et le soignent, en réalité elles en ont fait leur souffre-douleur. Les cousines sont les tyrans de Mésanger.

Joseph, le frère, est un homme élégant. Jolie figure, traits fins, une barbe taillée en pointe, et de grands yeux très clairs, une rareté en ce pays de gens bruns. Pour ce déjeuner de famille, il a fait un effort : il est là. Mais murmurant à peine quelques phrases de politesse, mangeant du bout des lèvres, gentil, comme absent. C'est que Joseph a ses habitudes et ses étrangetés. D'ordinaire, il disparaît dès le matin dans son tilbury et hante les estaminets de campagne que signale une branche de houx. Sans se mêler à personne, indifférent aux querelles et aux batailles des paysans, il boit, il boit lentement du muscadet. Au soir, il remonte dans son tilbury, et, endormi sur son siège en une saoulerie très paisible, il se laisse conduire par son cheval, chez lui, chez ses sœurs qui, sans aucun reproche, le mettent aussitôt au lit. Plusieurs fois, au cours de ces retours, sa bête a buté, il s'est écroulé sur le sol et s'est brisé les os. Les gens, dans la contrée, l'aiment beaucoup. Est-ce un simple ? Quand il sort de son mutisme, il lui arrive de prononcer des phrases bizarres : « Dieu n'existe pas, il y a trop de mal autour de moi et dans tout le pays... » Marie Ange et Marie Claire se taisent, se bornant à prier Dieu, à faire des chemins de croix et à réciter des neuvaines pour leur frère — le pauvre innocent.

Le repas dure quatre heures — bénédicité et gavage. A quoi bon réciter le menu ? Heureusement pour la conversation, il y a le cousin Delaunay — totalement inconnu d'Anne Marie et de moi — un marchand de vin de Rouen. Petits yeux, noyés dans une énorme tête, bajoues et triple menton... Quant au ventre... Les boutons de sa braguette ont sauté et il s'est rajusté au moyen d'une ficelle, passée dans les boutonnières et nouée sur le nombril. Propos un peu salés. Mais sa vulgarité ne gêne pas les cousines, car le personnage a bon fond. Curieux déjeuner, célébration formelle et chaleureuse des liens de parenté, avec, planant au-dessus du tas de nourritures, un rien d'hypocrisie. Pas d'allusion à l'héritage — on sait que c'est affaire délicate, avec de nombreux ayants droit, et sur laquelle les cousines ne cessent de réfléchir. Laissons-les à leurs réflexions. Grâces. Au revoir, cousines, un quart d'heure d'au revoir. L'auto démarre.

Le dernier jour de notre séjour à Ancenis. Le matin, mon oncle range des papiers dans son bureau, et je vais auprès de lui. Il me regarde longuement, passe sa main dans mes cheveux et me dit :

— Mon pauvre orphelin.

Sur le moment, je n'ai pas compris...

V

Tout a vraiment commencé en 1968, au mois de mai... La relance de l'aventure avec Clémence, aventure incroyable, le grelot de la folie avec les autres, la bouffonnerie et la mystique, le drame et les rires... Oui, c'est avec mai que ma vie s'est déglinguée et que j'ai tenté de la réinventer autour de quelques livres de chair...

J'étais au lit, avec de fortes fièvres — mon paludisme récurrent —, le cœur battant, comme sur le point de claquer. Martine, anxieuse, montait la garde à mon chevet, me couvrant le corps de serviettes mouillées. Moi, entre deux crises, je passais mon temps à râler contre ce qui se déroulait dans les rues du Quartier latin. J'étais pour l'ordre, l'État, les institutions. J'avais vu trop de révolutions et de guerres, faites par des hommes et des femmes véritables, de vrais peuples et de vraies armées, pour admirer ces enfantillages qui prenaient Paris et la France à la gorge, sans qu'un coup de feu fût tiré. Et je rejetais ce remue-ménage, cette folle poussée de jeunes âmes avides, leurs jeux avec barricades, pavés, discours puérils — discours magnifiques —, qui bravaient la police, le gouvernement et ses lois, de Gaulle lui-même.

Puissance de l'imaginaire. Le pays bloqué, les grèves, le drapeau rouge, et toujours ces mioches — la plupart issus de la bourgeoisie —, qui croyaient réinventer le monde avec leurs trouvailles de mots, leur frénésie de gestes, leur joie, leur immense joie, leur engouement pour la Chine... Quelle erreur! J'aurais voulu leur crier, si cela avait été possible, qu'ils se trompaient, que le Mao qu'ils aimaient tant n'était pas un libérateur, mais un garde-chiourme, et la Chine, une immense prison. Hélas, je ne pouvais rien, personne ne pouvait rien. Paralysie.

Alors, dans mon pieu, ma seule ressource était de cribler Martine de sarcasmes, laquelle, tout en me guérissant de mes fièvres, se laissait contaminer par celles de mai. Ce qui m'enrageait encore plus et je lui jetais au museau : « Tout ça, c'est du bidon. Ce que je veux, ce sont des autoroutes pour rouler encore plus vite avec ma grosse Jaguar. » Ma Jaguar... Quand j'y songe. Toute neuve, celle-là. Rutilante, étincelante, orgueilleusement modeste et prétentieuse, le luxe simple et affiché, un chef-d'œuvre paisible. Une volupté. Comme un boudoir reposant sur un châssis ambulant, de la ferraille apprivoisée. L'idée d'un château inexpugnable, aux ordres, d'une bête fauve domestiquée qui sur une poussée de mon doigt devient une force démesurée au service de ma passion. Le dragon qui m'emportait avec Clémence ma bien-aimée. C'était pour lui plaire, pour la séduire davantage que je l'avais achetée.

Malgré son inquiétude pour ma santé, malgré mon antipathie proclamée pour ce qui se passait dehors, Martine était de plus en plus prise, empaumée par la chaleur de mai. Elle m'échappait... Bon Dieu : l'attrait de l'idéologie chez cette Flamande... Extraordinaire. Enfin... C'était peut-être l'occasion de lâcher du mou, de lui faire plaisir à peu de frais, et, bon prince, un jour que je rigolais de cette France conquise par sa progéniture, je lui avais proposé : « Si tu veux, je te la prête, ma Jaguar, pour aller te rincer l'œil. Ça te démange trop. Tu me raconteras. »

Accepté. Martine s'est envolée, la Sorbonne, l'Odéon, tous les endroits chauds, tous les bons coins, au volant de la Jaguar de Clémence en compagnie d'une copine à la langue bien pendue. Souvent elles étaient prises à partie par les combattants qui défonçaient le macadam pour construire leurs barricades. « Ah ! les salopes de bourgeoises qui roulent carrosse capitaliste ! » C'était l'hystérie, on voulait leur faire un mauvais sort. Mais il faut le reconnaître, nos deux copines, qui étaient aussi filles de roture, n'avaient pas la dégaine huppée, pas l'aspect Chanel ni le genre beaux quartiers, elles étaient plutôt pull-pantalon, le style étudiantes attardées, intellos pas chichis. Et on les croyait quand elles expliquaient joyeusement : « C'est la bagnole du patron. On la lui a piquée en douce. » La bonne blague, la meute alentour s'esclaffait et la Jaguar passait sans encombre.

Avec les flics, en revanche, elles avaient plus d'ennuis. Ils étaient méfiants, soupçonneux, se demandant ce qu'elles faisaient impunément en pareil attelage et ne cessaient de les contrôler. Carte grise, assurance, permis de conduire... Tout en règle. « Allez, filez », disaient-ils à contrecœur aux deux luronnes exultantes, qui, la voiture garée, se précipitaient ensuite au cœur des échauffourées. Matraquages, charges et contre-charges... Ah, je l'imagine ma « pasionaria ». Descendue du véhicule haïssable, son énorme chair incandescente, sa chevelure brasillante, traînée de comète, elle est complètement enragée, déchaînée, fanatisée, gesticulante, gueulante, éperdue de frénésie, se démenant de tout son corps, de tous ses membres, de toute sa voix... grande bidasse mûre parmi les jeunots enragés, le pavé à la main, courant de toutes ses jambes et mamelles, escaladant les barricades, vitupérant les flics, y allant même de ses harangues cramoisies, galvanisant les troupes, Madelon de la Révolution, mémère canard entraînant ses canetons — des canetons qui doivent bien ricaner en la voyant se dilater ainsi. Peut-être même que dans ce maelström, elle retrouve soudain ses grimaceries mondaines... Elle a entr'aperçu un rouquin trapu, dont le nom monte des rues et des foules, quelque Cohn-Bendit dont elle s'approche, confite en dévotion. Le toucher, lui parler, revenir auréolée de gloire, et dire : « Je l'ai connu. »

Évidemment, quand elle rentre, elle s'est recomposé un masque serein, presque indifférent. Elle me relate avec un détachement appliqué les agitations où, contrairement à ce qu'elle voudrait me faire croire, elle s'est tant donnée. Je ne suis pas dupe, je m'amuse même, et je lui demande du supplément. Alors elle me dépeint des scènes bien fignolées, bien ficelées, tout le barda du tragi-comique. Les beaux moments de la journée, le volcanisme où le blue-jean remplace le bleu de chauffe, l'éruption joyeuse et insouciante des tendrons, marée d'une jeunesse dure et drôle, narquoise, heureuse, emportée par son élan d'utopie glorieuse, poussée par les impulsions d'une farouche tendresse, osant tout, jeunes vainqueurs irrésistibles, la puissance du verbe, des phrases comme des balles, à la poubelle le passé, les institutions, tout est possible, tout est merveilleux. Martine raconte avec son calme fiévreux le cocasse et le pittoresque. L'épisode du CRS foutu à poil et peinturluré, celui d'une duègne qui matraque à coups de canne les policiers passant à sa portée, les discussions interminables et facétieuses, le tutoiement généralisé, la virginité aux oubliettes, les couples impromptus, l'amour sous toutes ses facettes, les baises faciles, la camaraderie spontanée. Vive le peuple, vive la joie ! Moi, je plaisante et je grommelle, partagé entre l'ironie et la colère, et de temps en temps, grand-père gâtisant, je prophétise, sans le penser vraiment : « La France est foutue. » En fait, je n'y comprends rien. Il n'y a de méchanceté ni dans un camp, ni dans l'autre, la castagne comme divertissement, le jeu partout, le printemps des âmes. Mais qui comprend quelque chose ?

Un soir, Martine réapparaît avec un air étrange. Elle a croisé Clémence dans le tumulte de l'Odéon occupé, au milieu des moiteurs de la fête. Ma Clémence venue évidemment, elle aussi, se jeter dans cette folie ruisselante, elle aussi en pleine surexcitation, son jeune corps survolté, les traits chavirés de volupté. En la voyant, Martine a dû se sentir vieille, déplacée, une marionnette branlante, en comparaison de Clémence dégageant sa juvénile sensualité, exubérante, exaltée, amie de tous, hypnotisée, fascinée, fascinante, complice, complètement dans le coup, son désir libéré encore plus que lorsqu'elle danse souveraine dans les boîtes de nuit. Un contraste éblouissant que Clémence bien sûr n'a pas raté. Avec son instinct, elle a aussitôt fait ressortir le ridicule de Martine. Un coup de bouche perçant pour dominer le tohu-bohu : « Qu'est-ce qu'elle fout ici, cette carne, cette vieille barbe... C'est la bonne à tout faire de la presse pourrie ! Dehors la flicaille de l'information ! A la porte, la bonniche du pouvoir ! » Une attaque bien calculée. Devant le beuglement imprécateur, des centaines d'yeux méfiants d'apprentis Fouquier-Tinville se sont portés sur Martine. On l'a huée : « Eh, mémère, déguerpis, pas de récupération par les pouffiasses à la botte. » Attroupement, coagulation, lazzis, bourrades — la peur. Et, sous le regard jubilant de Clémence, Martine s'est enfuie.

Ainsi ai-je appris, sans étonnement aucun, la plongée de Clémence dans les spasmes de Mai. Elle ne pouvait résister à pareilles festivités, la païenne, la garce, la mignonne, et puis elle pensait bien, elle avait le cœur à gauche, tout « contre » la gauche depuis ses frottinages de philosophie en Sorbonne. Mais là, dans le capharnaüm de l'Odéon, foin de fraternité, l'occasion était belle de régler quelques comptes.

Clémence sait que Martine est désormais mon consommé quotidien, elle l'a rencontrée deux ou trois fois en ma compagnie... Elle s'en fiche, ne la jugeant pas dangereuse, plutôt utile à mes besoins. Néanmoins elle ne crache jamais sur l'opportunité de rabaisser le caquet de ma « grosse vache », comme elle l'appelle. Que Martine meugle moins, qu'elle s'en souvienne, il n'y a qu'une légitime : Clémence. Ah, son don de la rancune gratuite — pas tout à fait gratuite...

Elle était encore salement vexée, Martine, quand elle m'a rapporté l'algarade, sa retraite cafarde, honteuse, au volant de la Jaguar... Moi, j'ai frissonné rétrospectivement. Si Clémence avait su que Martine se pavanait dans ce char à banc « révolutionnaire », quelle colère! Son enthousiasme militant ne lui avait certainement rien enlevé de son sens de la matérielle, elle devait toujours tenir à ses droits et propriétés. La voiture était à elle. Tout comme moi d'ailleurs.

Dire que j'étais dans mon lit, et que je ne pouvais pas assister aux exploits guerriers de mes deux amazones, tellement différentes, tellement dissemblables dans leurs apostolats. Martine, la dame d'œuvre, la dépoitraillée poitraillante — lorsqu'elle sortait, elle enlevait son soutien-gorge : pour elle le balancement des nichons libérés faisait partie de l'idéal républicain —, une maturité militante à la façon d'une héroïne de bas-relief de Rude, profil vieilli des fresques sculptées de l'Arc de Triomphe. Et Clémence, certainement dégarnie côté fesses, sans doute trop court vêtue comme à son habitude, consacrant les trémoussements de son popotin à l'idéologie égalitaire. Clémence qui doit être dans les transes de sa véhémence ensoleillée, Clémence qui correspond si parfaitement à ce printemps où toute la rive gauche fait garden-party dans la rue, et où elle peut babiller en gavroche, la langue en gouaille, une jouisseuse qui se croit à une partouze d'agit-prop acnéique. Mes deux gaillardes peinturlurées de rouge qui font le trottoir de la Révolution, et moi qui ganache au fond de mon plumard, ancien racorni dans son réactionnarisme en déroute...

Ma gamberge, faute de mieux. Mes imaginations pour y être, pour en être, comme si je regardais l'Histoire par un trou de serrure... Voir Martine minervienne dans ses envolées et Clémence vénusienne dans ses éclairs, toutes les deux emmêlées à des pilosités masculines, ces fourrés, ces buissons ardents autour des visages. La barbe, c'est le flambeau de la Révolution... et moi qui déteste les barbes! Mais je ne conçois pas une émeute sans les crinières des femmes, comme les auréoles de la violence, et sans la mouvance des pubis devinés, renflements ombreux, cratères de feu. Imaginer ainsi, au milieu des cavalcades, dans l'âcre brouillard des lacrymogènes, le pubis rougeoyant flamme de Clémence, et oublier que je ne l'ai pas caressé depuis longtemps. Retrouver celui de Martine, ses frisures épaisses, ses blondeurs pâles et douces.

Clémence... il y a des semaines que je ne l'ai pas vue, que nous n'avons pas fait l'amour. Que fait-elle? Baise-t-elle avec l'un de ces barbus de rencontre? Festivités de Mai, agapes sauvages, tous se connaissent, tous font couple, copulent. Est-elle prise par l'ambiance? Comment répondre? Si seulement je pouvais savoir... Mais je reste avec mes pensées et mes doutes. Alors je mets un point d'honneur à ce que Martine ne parte jamais sur les barricades sans avoir été copieusement enfoutrée par mes soins. Pas question, là, de dépit, ni d'esprit de revanche ou d'une dérisoire tentative de contre-révolution. C'est ma façon à moi d'être présent, de participer à l'action. Si d'autres enfournent Clémence, puisque dans la saoulerie des jeunes la semence dévale les rues en flots déchaînés, au moins ai-je mon vagin spécifique, mon sexe agréé modèle liberté... Liberté, liberté chérie, plus ça dure, plus je m'amuse. Et tout va bien...

Tout va bien, du moins pour moi. Parce que Martine n'a pas digéré l'éclat de l'Odéon, cet affrontement de la libertine et de la moraliste. Mais basta... À la suite de son beau coup, Clémence m'a téléphoné, avec sa fougue ironique et saccadée :

— Qu'est-ce qu'elle fichait à l'Odéon, ta légumière? Aurait-elle des sursauts de conscience, par hasard? Qu'est-ce qu'elle était tarte! J'ai pensé à toi et je l'ai virée.

— Je suis au courant, elle m'a tout raconté... Et moi, si j'avais été là, tu m'aurais aussi fait déguerpir?

— Je te connais, mon Lulu. Même si tu n'avais pas été malade, tu ne serais pas venu, tu aurais craint de te salir les yeux, tu as ta dignité de facho. Tu n'es pas comme ces cocottes du Tout-Paris qui se raccrochent aux branches. On a beau leur botter les fesses à ces pantins, ils ont le cul toujours aussi euphorique. Tous ces foufous et ces fofolles, y compris ta grosse vache qui coiffe le bonnet phrygien. Sans doute que tu ne la sautes pas assez.

— Rassure-toi... Mais ce n'est peut-être pas suffisant. Si tu avais vu sa tête quand elle est revenue, après que tu l'as eu expédiée... Sacrée Clémence!

— En tout cas, toi tu as raison. Reste bien dans ta turne. Et Danton et Paule, que font-ils? Ça doit être la panique, non? Mais la trouille, c'est bon pour la vessie.

Rires. Elle est contente d'elle, Clémence. La conversation tourne à la bonne humeur. Je lui recommande la prudence, tout en sachant qu'elle ne mènera pas les assauts et qu'elle ne jouera pas les tarzanes à casque et chaîne de vélo. C'est à peine si elle doit lancer un caillou. Elle est trouillarde et maligne, pas de risque de bobos, pas de danger qu'elle attrape la moindre égratignure. Elle servira la cause avec son verbiage et ses avantages. Je la raille gentiment. Réponse minaudante :

— Ne charrie pas, Lulu. Tu ne l'aimes pas, ma peau? Du satin, c'est toi qui le dis... Je n'ai pas peur, mais je préfère la garder intacte. Toi aussi, tu en profiteras un de ces quatre.

On y vient. Voilà la tirade enjôleuse. Bruits de gorge, tintamarre joyeux, et le compliment direct :

— Dommage que tu n'écrives pas sur tout ce qui se passe.

Toi seul aurais eu assez d'imagination pour comprendre le monde que nous fabriquons, même si tu le détestes. Je dois te reconnaître ça, dans le boulot tu mets tes idées dans ta poche, ni pour ni contre, tu regardes... Tu aurais fait de beaux papiers qui t'auraient sorti de ton ordinaire.

— Mon ordinaire ?

— Tes paras chéris, tes branlotins qui tuent et se font tuer, tes guerres. Ici ce n'est pas du pipi de sang, c'est la fête, le grand spectacle. Mais tu aurais quand même adoré et tu aurais chié de la copie moins chiante. Pour une fois, peut-être que ça m'aurait plu de te voir te branler avec ta machine.

— Bah ! Vous êtes des gosses.

— Lulu, vieux croulant, cesse de me rappeler que tu as dépassé la cinquantaine. Je t'aime bien, mon diplodocus. Viens chez moi un de ces soirs, enfin je veux dire à six heures du matin, quand on revient de manif avec les copains. On t'expliquera tout ça et on soupera.

Visiblement, Mai lui réussit. Clémence est délicieusement titillée par l'humeur volage et l'odeur sanctifiante des pavés, et mes inquiétudes sont superfétatoires : elle s'y entend vraiment à veiller sur l'intégrité de sa précieuse personne. Ce qui n'est pas le cas de Martine. Mortifiée par l'épisode de l'Odéon, maintenant elle fait plus que jamais sa fière-à-bras. Elle se propulse obstinément au premier rang, face aux périls flicardiens, parmi les « vrais » combattants à la gueule emmouchoirdée, avec gourdins et manches de pioche. Les mains nues, baskets aux pieds pour mieux cavaler, elle vocifère dans le fracas des explosions. Et ce qui devait arriver arriva : ses formes généreuses attirèrent un essaim de grenades lacrymogènes... Son apparition dans ma piaule... Le visage bouffi, les chairs gondolées, plaies et bosses, des rigoles grisâtres de larmes séchées et ses yeux surtout, comme des globes saignants. Ma stupéfaction. « Ce n'est rien, bredouille-t-elle. Des grenades ont explosé près de moi et j'ai pris toute la charge de lacrymo. » En effet, ça ne semblait pas trop grave. Martine avait été aveuglée quelques secondes, mais elle avait pu se traîner jusqu'à la voiture, tâtonnante et suffocante, et avait regagné le studio sans encombre. Glorieuse même que la Jag soit intacte. Pourtant, quelle tête loqueteuse, une défroque de tête... Je suis soucieux. Elle s'en doute et insiste : « Ce n'est vraiment rien. Demain je verrai normalement... » Comme une gamine prise en faute, elle redoute ma réaction — des blessures à cause de ces lubies que je brocarde à tout propos!... Allons, je ne suis pas un monstre. Je la prends dans mes bras et l'aide à s'étendre sur le lit. En fait, elle va mal, son grand format se ratatine, elle gémit timidement. Sa respiration est difficile, sa gorge brûle, ses yeux picotent et pleurent. Des hoquets, la vue trouble... Serait-elle sérieusement atteinte? J'appréhende confusément le pire et, comme toujours dans mes embarras, je téléphone à Paule. Soulagement : elle est chez elle. Silence menaçant pendant que j'expose maladroitement mes craintes. Puis sa voix sèche :

— L'idiote! Elle voit quand même? C'est l'essentiel. Qu'est-ce qu'elle a donc en ce moment elle aussi? Risquer de perdre la vue pour ces stupidités quand on est l'assistante de Danton, c'est de l'inconscience. Elle est bien comme les autres, plus personne ne se tient à sa place. Mais qu'est-ce qu'ils croient? Je lui conseille d'être sur pied la semaine prochaine.

J'essaie d'excuser Martine en bafouillant des banalités sur son idéal. C'est pire que tout. Paule écume :

— Un idéal? Quel idéal? Ce qui se passe dans la rue est une honte. C'est la décrépitude nationale, j'en ai la nausée. La tourbe, rien que la tourbe, la lie de la société, et dire que les fils de famille vont s'y vautrer. Ah, ceux-là, une bonne correction... Mais de Gaulle est là, et bien là, et une fois de plus il nous sauvera.

Après sa tirade véhémente, selon son habitude Paule se calme et fait fonctionner sa jugeote pour arrêter la solution adéquate :

— Martine n'est pas seulement folle, elle est bête. Bête, entends-tu? Moi qui l'estimais. Enfin... il vaut mieux prendre des précautions, les irritations de la cornée peuvent entraîner des complications. Cette gourde nous est indispensable, il faut la faire examiner par un médecin. J'avertis le professeur

Goulin. C'est un des patrons de l'hôpital Necker, il n'a rien à me refuser. Conduis Martine dans son service, d'ici une heure. Je souhaite que ce ne soit pas grand-chose, mais qu'elle sache bien que je ne suis pas contente, pas du tout contente d'elle.

Depuis deux ou trois jours, mon « palu » s'est apaisé. Le gros de la crise a cessé, je suis encore un peu faible, mais en état de sortir... Martine et moi, tel le paralytique conduisant l'aveugle. Hôpital, portail, cour, des bâtiments lépreux, l'étriqué de la mauvaise santé. Je soutiens Martine le long de couloirs infinis qui exhalent des odeurs phénolées. Triste humanité : l'indifférence des professionnels et l'angoisse de la chair malade. Indications vagues, des panneaux sibyllins, on se perd, on s'enlise... Peu à peu, j'ai la sensation que Martine s'affaisse, qu'elle devient progressivement conforme aux lieux, qu'elle se maladise, une denrée périssable qui se dégrade. Et si ses yeux en meurette étaient frits? Martine aveugle... Condamnée à la cécité éternelle... Le bruit de nos pas dans l'atmosphère funéraire. Un mouroir à pots de chambre, à pansements, avec ses sursitaires en chaise roulante. Des portes entrebâillées par lesquelles on aperçoit des rangées de lits gonflés de leurs gisants bien alignés, bien entretenus, bien abandonnés, la cohorte des clients numérotés, aux regards inexpressifs, atones, les visages émaciés avec bouche muette, vestiges d'humanité dans leur face à face avec la camarde. Des régiments d'allongés. Il doit y avoir aussi des révoltés, des gémissants, des agités, des furieux qui tendent les bras pour repousser le trépas, mais on ne les voit pas. Dans ces lieux, l'urine et l'excrément semblent l'approche de Dieu. Et Martine? Si son mal était plus grave? Si la gangrène déjà rongeait ce que le chlore des lacrymos a commencé d'irriter?

Impossible. Moi, j'ai la chance et ceux qui m'entourent la partagent, du moins ceux que j'aime. La poisse, connais pas... Tout au long de la guerre d'Indochine, j'ai traversé d'innombrables serre-fesses mortels, de mauvaises passes comme on disait. Je n'ai jamais été blessé, ni mes bons copains, les Forestier et autres. La guigne était pour ceux avec lesquels je n'avais pas d'atomes crochus. Ainsi Rawson, un célèbre photographe américain : on ne s'appréciait guère, je ne saurais dire pourquoi. Brutale et stupide, sa mort... En rase campagne, sur une route délabrée du delta tonkinois, dans un paysage de rizières desséchées, le convoi des correspondants s'arrête. Chacun s'ébroue, aucun péril apparent, nous cassons la croûte. Rawson en chapeau de brousse, le ventre bardé d'appareils photo, escalade un minuscule talus, sans doute pour aller pisser. Et là, boum, il explose. Il avait posé le pied sur une mine antipersonnel. Ses morceaux de cadavre répandus, haillons de chair sanguinolente, une boucherie...

Nom de Dieu, où m'entraînent mes pensées? Pour l'heure, nous échouons devant le bureau vitré du professeur qui doit examiner Martine. Un banc, des gens assis qui patientent. Nous, quelques secondes dans ce troupeau résigné, et une infirmière qui surgit : « Vous êtes monsieur Bonnard? Suivez-moi, le professeur vous attend. » Sourire engageant comme si elle nous invitait à une réception. Des égards mielleux. Trop, pour cet endroit. Puis le « patron », un grand pétant de santé. Son hommage déférent, Paule a du poids. Longues politesses; examen et diagnostic rapides. Fausse alerte. Juste une inflammation. Des gouttes pendant huit jours, ce sera tout. Soulagement, billets, poignée de main, la sortie.

J'ai reconduit Martine chez elle, rasséréné, et je suis rentré au studio. Mais à peine étais-je endormi que le téléphone a retenti. Clémence : « Alors mon gros réac, ça y est, tu es rétabli? Tu nous manques. Nous t'aimons tous et nous voudrions bien te voir. Demain, ça t'ira? A sept heures du matin? C'est sûr, nous serons revenus. Toute la bande... ils prennent le pousse-café chez moi. C'est d'accord, tu viendras, mon mamamouchi? Mais tu seras gentil, hein? »

La bande... C'est certainement quelque chose l'appartement de la Maube, avec ces avachis qui, au retour du boulot des manifs, ont dû s'écrouler, sur les sofas, les fauteuils, par terre, à qui mieux mieux, leur jolie petite gueule gentiment fatiguée par les émotions qu'ils viennent de s'infliger. Tous fils et filles de bourgeois, mœurs amicales et sadiques, à l'érotisme école Vadim et Bardot. Destination finale : le génie. Pour les garçons, devenir de grandissimes réalisateurs de cinéma, les meilleurs du monde, cela va de soi. La réussite tardant, ils raccourcissent le temps en accélérant l'évolution du monde. Les barricades comme sources d'inspiration et comme tremplins du succès... Vu la proximité du terrain des combats, ces muscadins et muscadines font la pause chez Clémence... Quel tableau ce doit être!

D'habitude, le point de ralliement de la bande est à Neuilly. Une tanière, genre hôtel particulier, vaste parc entouré de hautes grilles, pièces grands espaces, plafonds à moulures, parquets cirés, des meubles « matter of fact », du cossu à prétention d'être commun, et, aux murs, d'immenses reproductions tirées de grands classiques de l'histoire du cinéma. La demeure appartient à un couple presque incestueux, le frère et la sœur, Raphaël et Carole, deux héritiers rentiers. Lui a un mignon minois, toujours un peu las, des yeux ironiques, du nonchaloir apprêté, ses traits délicats ensuqués dans un semi-sommeil dont il s'éveille parfois pour un soupir ou une phrase. Il se compose un personnage d'aristocrate à la paresse vigilante, voué au constat des choses, un blasé adonné à une certaine mélancolie, à l'expression timide des sentiments. A la fois maître et mentor, c'est l'adulation autour de lui qui n'est jamais satisfait, qui est malheureux parce qu'il ne parvient pas à percer. Il voudrait dominer l'univers et il ne recueille que les tourments infligés par sa maîtresse, Édith, une fille de ministre sans le sou, un nom sans particule mais doublé d'un prénom relié par un tiret, ce qui vaut noblesse dans ce milieu.

La sœur, Carole, est une boulotte, charnue aux bons endroits, sans vocation à la sublimité, bonne fille, bonne ménagère, soigneuse de « genius », tarte à la crème et whisky à gogo. De son amant, Auguste, elle veut un enfant. Ils couchent donc avec zèle et obstination mais sans succès. Et comme elle déborde d'altruisme, elle se rattrape en tendresses avec les « autres », le reste de la bande, et avec son frère qu'elle aime de passion, son frère si cher, de plus en plus cher, qu'elle entoure de tous ses nénés mamours, de son cul de bonté, de toute son âme adoreuse et tellement appétissante.

Depuis que Clémence s'était entichée de la bande, je fréquentais assidûment Neuilly. J'étais admis dans le cercle intime au titre de légitime et en général c'était agréable... Neuilly et son atmosphère lénifiante. Frère Raphaël monosyllabise, tandis que les « autres » restent vissés sur leurs sièges, galerie de bustes, qui digèrent ses courtes phrases, calculs biliaires de sa tristesse ou perles précieuses de son intelligence. De temps en temps, un débat de haute signification, à élévation culturelle garantie. On juge les mérites de la « nouvelle vague », on critique, on adore, on voudrait tant en avoir été. D'autres fois, ça s'anime vraiment, on se permet la gaieté et les plaisanteries, avec rires de gorge de sœur Carole et piaffements de l'Auguste amant... Celui-là possède un immense château — un château, c'est honteux, il va le vendre. Il a une constante toux asthmatique, toux en hoquets d'approbation. De sa drôle de voix cassée sortant de derrière ses dents de cheval, il ne cesse de questionner. Et quand il croit avoir compris le suc des réponses, il jubile, excès de ton et grimaces à l'appui, force gestes et résonances pour montrer que c'est lumineux... Hélas, presque toujours il est à côté, s'est mépris sur le sens de ce qui a été dit. En fait, Auguste est un benêt snob, dont les gaffes sont appréciées parce qu'elles ajoutent à la qualité piquante des conversations. Parfois, il y a dans ses éternuements de l'oblique et du fielleux : façon d'indiquer que son interlocuteur n'est pas à la hauteur. Là, le pète-la-joie devient gâche-la-joie, il se transforme en procureur, clouant au pilori une victime désignée par le codage caché du groupe. Dans ce microcosme, il est à la fois le bruyant, le sympa, le salaud... et le clown.

Les séances s'animent aussi lors des apparitions de maîtresse Édith. Toujours inopinées, toujours mystérieuses. D'où vient-elle ? Avec qui était-elle ? Que faisait-elle ? A son entrée, Raphaël plonge dans une affectation de contentement enjoué : il souffre. C'est que maîtresse Édith consacre tout son talent femelle à le tromper au sein du Tout-Paris, régente d'un puzzle d'hommes insaisissables qu'il ne parvient pas à reconstituer. Son drame ! Ses yeux interrogateurs la dévorent. Elle l'ignore, le regard candidement inexpressif... Elle est superbe, grande à ne pas croire, la beauté du menhir, le corps comme une pierre levée, un totem sculpté d'abrupts harmonieux. Singulier physique, presque soldatesque et cependant attirant. Tout en elle est « chic », avec doigté, sans artifice de vêtures, d'ornementations ou de babioleries, le chic du chic, l'essence de la chiquerie. Un vernis d'innocence, un babillage volatile, à l'inculture bien camouflée, distillé d'une voix rauque et lente, un orgueil démesuré, un goût de la domination des hommes... Il émane d'elle une atmosphère indéfinissable, une conception de l'existence, presque une métaphysique de la vie. A la vérité, Édith, sous son apparence de fille simple, renferme une perversité foncière — pas celle de la « vamp » ravageuse ou celle de la « mauvaise femme » —, une perversité de souveraine qui joue à détruire, de meurtrière qui s'ignore.

Les hommes d'Édith, tout un roman! Les racines du malheur de Raphaël. Ce n'est pas qu'elle les aime particulièrement, les hommes, qu'elle ait un goût prononcé pour la coucherie, ou qu'elle les veuille pour croquer du diamant, non, ce qui lui plaît, c'est la stratégie, la tactique de la conquête, et ensuite la manipulation comme au jeu de jonchets. Attaquer les mâles et les jouer les uns contre les autres, avec leur accord ou à leur insu. Son milieu de prédilection est bien sûr le beau monde. Elle connaît son bottin mondain sur le bout des ses ongles — qu'elle a très longs —, et ne choisit ses proies que dans les salons et les chasses les plus gardées. Pister, traquer, piéger avec une aisance consommée : du grand art. Raphaël en sait quelque chose, il paie très cher qu'elle accepte d'être sa maîtresse. Il paie de toutes les manières, en argent, en souffrances, plaintes et soupirs, quand il endure les merveilles de cruauté qu'elle lui inflige — douloureuses, mais tellement nécessaires à l'épanouissement de son génie de cinéaste « maudit ». La création est à ce prix.

Entre les deux, la relation est subtile. Un duel permanent. Une tension latente. Tantôt des scènes... qui ne sont pas des scènes. Pas de criailleries. Raphaël sort de son nirvana résigné, et, d'une voix poncée, pose quelques questions apparemment anodines. Alors Édith sécrète son venin : des mots choisis, une certaine tonalité des sons, une utilisation particulière des phrases, des tournures d'expression, une sensible altération des traits, la réponse qui se nasalise ostensiblement, tourne au sifflement pointu. Elle se justifie avec science et sens du couteau dans la plaie. Explications embrouillées pour multiplier les suspicions, accompagnées de mensonges pourvus de failles volontaires où Raphaël pourra s'engouffrer. Tantôt les scènes sont ouvertes, éclats brefs, quelques répliques, parfois une gifle. Dans tous les cas maîtresse Édith fait fonctionner sa machine à tortures, un supplice digne des Chinois : l'empalement par le doute. Elle fouaille la jalousie de son amant avec des incertitudes qu'elle mélange à des preuves : « Celui-là ? Ah ça, jamais... Quoique, hier nous étions ensemble, c'est vrai, mais tu vois, j'ai déjà oublié ce que nous avons fait... Celui-là ? Oui, je me le suis... je me le suis... » Et s'il le faut elle donne des détails, savamment dosés, ni trop, ni pas assez, elle nourrit la curiosité maladive de Raphaël avec des miettes de confidences dont il est presque toujours impossible de savoir avec certitude si elles sont totalement fausses. Elle jongle avec l'information, tandis que lui se ronge, en redemande, se coagule dans ses pensées hagardes, s'extermine — en réalité il adore. Comme dans la tragédie classique, l'affrontement est toujours soigneusement réglé, ritualisé, banalisé. Après l'escarmouche, sœur Carole se précipite au chevet de frère Raphaël agonisant et se débauche de générosité. Un dérivatif pour anesthésier le mourant... puis tendresses et drôleries, récits des mésaventures d'un tel ou d'une telle, cocasseries au rhum, rayonnements gais. La vie reprend une saveur sucrée. On rit, on s'amuse, on oublie. Les dames s'assemblent et caquettent. Les messieurs se remettent à penser.

Souvent dans ces moments-là Clémence attaque : elle improvise une joute avec moi, sarcasmes et fulgurances. Je réponds par mes fureurs. A nouveau, les « autres » font la pause, le silence de rigueur pour assister à la relance du spectacle. Mais frère Raphaël et sœur Carole interviennent rapidement et imposent apaisement. On m'aime bien, même si j'ai tendance à tenir le rôle du cocu pas content. Ce qui dans cet endroit paraît stupide. Ici le mot de cocu est inexistant, et l'employer considéré comme une faute de goût. Il est rayé du vocabulaire, ne représente plus rien, n'a plus de sens parce que tout le monde l'est, l'a été ou le sera, cocu. C'est un détail, une bagatelle, tout au plus une tragi-comédie dans le cas de Raphaël.

Aujourd'hui, j'ai la sensation que ces farces et vaudevilles, pourtant bien réels, étaient irréels, qu'ils ne se produisaient que pour servir d'intrigues, plus tard, dans des scénarios, et que les âmes hésitaient sans cesse entre la sérénité et la tristesse insidieuse. On buvait beaucoup, en gorgées lentes et répétitives, jusqu'à être ouatés d'alcool. On mangeait aussi. Jamais à table, on restait là où on était, Carole distribuant des assiettes garnies à chacun, et on becquetait quand et comme on voulait, à profusion, une nourriture succulente. Peu à peu, on avait l'impression de flotter, fœtus dans son bocal de formol, d'être en lévitation. Une légèreté impalpable, une espèce d'anéantissement, d'approche de l'extase qui, parfois, donnait l'envie d'exister très fort, d'aller où il fallait pour s'éprouver dignement... et nous finissions chez Castel. Dilution de tout, de tous, de moi comme des « autres »...

Les « autres », il faut quand même que j'en parle, de ces êtres étranges, mi-courtisans mi-parasites du Frère et de la Sœur, des chutes de pellicule, sous-génies du génie, dans l'attente du coup de dés qui décidera de leur apothéose ou de leur misère. Entre espoir et désespoir ils se sont incrustés à Neuilly, adoptant frère Raphaël comme saint patron et sœur Carole comme mère, et ils ont fini par constituer un aréopage entretenu au moyen du secret infâme, l'argent. L'argent... la matière ignoble, méprisée, que Frère et Sœur reçoivent des parents Veau d'or. Un papa Midas, qui prenait une feuille de papier, dessinait une automobile caisse à roulettes pour petites gens, et la construisait. Une maman à gros revenus ès fringues, parfums et simili luxe industriels bons pour classe ouvrière. Le couple capitaliste classique, délaissé par ses enfants et qui avait perdu l'habitude de se parler. L'été, lors de son séjour estival dans la milliardissime villa familiale de la Côte d'Azur, chaque matin le père s'en allait sur son bateau, avec un matelot, pour pêcher. Le soir, par talkie-walkie, il prévenait sa femme : « Je reviens. » C'était tout. Pas un mot de plus. Mais le fric s'épandait vers la progéniture, tout entière consacrée aux chimères coûteuses de l'image... Les « autres », le Frère et la Sœur, l'Amant, la Maîtresse, l'Argent : un petit clan, avec ses règles et ses protocoles, sa rigidité et son chaos, ses répulsions et ses passions, et Clémence qui se vautre dedans. A quelle place ? Pour quel rôle ? Probablement pour ce qu'elle est : la vie. Sa joie d'être, sa brutalité heureuse, son don du plaisir. Elle revivifie ces « génies » momifiés, encellophanés dans les bandelettes du spleen friqué. Clémence, la plénitude au milieu de ces coquilles vides.

Six heures du matin : comme convenu je me rends chez Clémence. Je suis inquiet. Toute la nuit, j'ai écouté la radio : on aurait cru qu'il y avait la guerre civile au Quartier latin. La rue Gay-Lussac empavée de barricades, et les flics qui lançaient assauts sur assauts. Règne de la botte et du bouclier, métamorphose du képi et de la pèlerine. L'ordre casqué. Victoire de la loi et défaite des illusions. L'utopie va mordre la poussière, je devrais être satisfait, je ne le suis pas... La face romantique de mon personnage. En chemin, j'étais de tout cœur avec les grappes estudiantines que je croisais dans les rues du quartier, groupuscules hâves et défaits, talonnés par les escouades de godillots cloutés. Chasse à l'homme, l'éternelle chasse à l'homme... Ici, heureusement, une caresse du bâton, un peu de crosse de mousqueton, mais pas de sifflement de balles. Malgré tout, j'ai l'angoisse au ventre. Je songe à Clémence. La Maube est calme... La paix parmi les remugles de gaz lacrymogène. Le petit jour fait renaître les murailles de détritus que la grève des éboueurs menace de transformer en crassiers. Je me fraie un chemin à travers les déchets de cette société en transes qui prend le temps de banqueter. Alentour, les rumeurs de la ville. Pas le bourdonnement habituel du réveil parisien. Rares coups de klaxon, faibles bruits de moteurs indécis. Le silence bruyant de l'attente, de l'expectative. Paris en suspens hésite entre l'effondrement anarchique et le retour de ses rythmes quotidiens. Je m'arrête un instant pour écouter les psalmodies de l'air et je reçois les dernières vibrations de l'agitation déclinante. Sentiment de tumulte en débine, d'une orgie finissant tristement.

L'immeuble de Clémence. Le porche. La pénombre. Je grimpe quatre à quatre les marches de l'escalier. A l'approche de l'appartement les voix familières me rassurent. Ton neutre. Aucun accent de drame. La porte est ouverte. Je pénètre dans le salon-salle à manger enfumé, heurtant aussitôt dans mon élan une forme rebondie, Clémence dans son rôle de maîtresse de maison, affairée, pressée, débordée, aveuglée par l'importance des hôtes qu'elle reçoit. « Quel maladroit tu fais. Tu ne changeras jamais. Tu ne peux pas regarder où tu mets les pieds? » Et puis tendrement : « Tu es venu, mon Lulu. Allez, installe-toi. »

La bande est à peu près au complet, tous affalés, affectant l'énergie invincible. Leurs visages tiraillés de fatigue, leur petit manège de bon accueil, remue-ménage bruissant de salamalecs... Embrassades. Les héros défraîchis reçoivent papa Lulu, bien retapé, rose et rayonnant d'une semaine de lit. Contraste. Je m'avachis à mon tour dans une chauffeuse ras de terre. Paroles au compte-gouttes, ça buvote et ça fumote, un malaise, un soulagement... Raphaël, whisky en main, a son regard trouble des jours de peine. Carole, à ses pieds, fait monter vers lui des nichons consolants. Quant à l'Auguste amant, il a son bégaiement coutumier. L'heure semble à la morosité. Sauf pour Édith, perchée droite sur son fauteuil, et dont l'œil délavé s'encrasse de colère.

— Tu as été nul, dit-elle soudain à l'adresse de Raphaël. Nul. Tu sais juste courir comme un lapin.

Brouhaha désapprobateur, le chœur des « autres » marmonne une protestation timidement choquée. Carole, scandalisée par la rudesse de l'attaque, s'est dressée pour mamelliser d'amour son frère adoré. Lui a encaissé avec une neutralité souveraine. Mais ses lèvres s'arrondissent, il va parler. Les chuchotis s'arrêtent.

— Je n'aurais jamais cru possible de vivre des heures aussi exaltantes. Rencontrer l'Histoire en marche, être le témoin de ces jours qui renversent les cimetières du passé et soulèvent la chape de plomb qui écrasait l'avenir... Et ce n'est qu'un début.

Un silence admiratif ponctue la courte péroraison. On médite.

— Tu as été nul, tu entends? reprend Édith qui apparemment n'est pas décidée à désarmer. C'était l'occasion de donner au mouvement son véritable élan culturel et tu n'as pas su la saisir.

Que s'est-il donc passé ? Est-ce la nuit calamiteuse, au cours de laquelle la bande a probablement été réduite à faire cache-cache police aux quatre coins : errances, jeu des ombres que l'on surveille, écoute des pas qui se rapprochent, sursaut des rencontres inopinées qui pourraient être flicardes ? En effet, ils ont tourné des heures durant dans le Quartier latin, la frousse aux fesses, tâchant de faire les braves, avec des figures de zouave de l'Alma lors des inondations. Peur, peur... Mais il y a eu pire que la nuit : il y a eu la journée qui précédait, quand ça révolutionnait sans interruption dans les amphithéâtres bondés de la Sorbonne, et que ça ne rebarricadait pas encore dans la rue, quand les gradins hurlaient aux harangues des ténors qui réinventaient le monde, langues et gueules débondées, flammèches de pensée en prêt-à-porter jacobinisé. Raphaël s'était emparé du verbe dans l'un de ces tonneaux à vacarme, jugeant que la masse était enfin prête, mûre pour entendre ses vérités prophétiques. Micro. Debout sur la chaire professorale devenue tribune à délire, d'un geste maestro il avait fait mourir la harangue concurrente et médusé l'auditoire... Presque le silence étale. « Camarades, avait-il alors lancé d'un ondoiement de voix, camarades, vous êtes le jaillissement de la sève populaire, l'orgasme du monde. Vous êtes en train de réaliser des chefs-d'œuvre inouïs. Moi, modeste ouvrier du cinéma, je salue en vous les libérateurs de l'art. C'est vous camarades que je veux servir, comme je veux servir nos camarades prolétaires exploités par des siècles de sauvagerie capitaliste. Vous tous, vous féconderez mon talent jusqu'ici prisonnier du carcan de la stérilité bourgeoise... » « Mais qui c'est celui-là, d'où est-ce qu'il sort ? » Une voix criarde de femme a soudain cassé l'envolée, immédiatement relayée par d'autres : « Qu'est-ce que c'est que ce petit bourgeois complexé ? » « Dehors le créateur impuissant ! » « La Révolution n'a pas besoin de serviteurs, elle n'a qu'un maître, le peuple. »

D'un coup, le tohu-bohu général. Huées, railleries, insultes, lazzis, tonnerre de pieds trépignants, mains en porte-voix qui amplifiaient les hurlements. Avalanche. Raphaël avait essayé de calmer le chahut, d'un regard brûlant et de phrases décisives. Hélas ! ce furent de ridicules piaillements inaudibles qui ne firent qu'accroître la marée sonore. On l'a tiré, poussé, descendu de son piédestal, on lui a arraché le micro. Le comble du grotesque. Accablé, Raphaël avait finalement accepté le verdict des masses et rengorgé son homélie. Sa pâleur en cet instant. Sur son visage, les affres ombreuses de l'incompréhension. N'a-t-il pas pourtant tout renié? Mais le peuple est ingrat, il le découvre à ses dépens. D'un pas trébuchant, il a rejoint la bande effondrée. Sortie calamiteuse, tandis que Clémence clamait son dégoût : « Les cons! Les sales cons! »

Aucun des membres de la bande n'a compris la cause de ce mauvais accueil, tellement évidente pourtant : en dépit de ses « credo » et de ses « confiteor », de ses professions de foi et déclamations révolutionnaires, Raphaël sent opiniâtrement le converti de dernière minute, le fils à papa dont le vernis rouge n'est pas encore sec, il respire trop Castel et le New Jimmy's, le nourrisson chouchou d'une Régine qui taxerait ses whiskies d'une amende « Vive la Révolution » pour payer des casse-croûte aux combattants. Un précieux girondin, le Frère, qui n'a pas su attraper la bonne tonalité ni le bon comportement, contrairement à ces autres héritiers qui batifolent maintenant dans l'aquarium à rêves du Monde nouveau, tels des poissons chinois toutes nageoires ombrelles déployées. Il lui manque désespérément la vraie jovialité, l'authentique dureté d'un Saint-Just, le sarcasme cru et l'exégèse interminablement enflammée des textes sacrés. Mais ça ne fait rien, tant pis pour les avanies, on reste plus que jamais adepte de la Révolution... Et si l'on ressent une obscure brûlure après l'échec du Frère, on amortit le fiasco dans une doucette somnolence. Seule séquelle peut-être de l'événement, l'empois ambiant, un repliement discret dans les grâces mélancoliques de la déception, pas la mauvaise humeur, juste un tassement des âmes dans l'entassement des êtres.

Raphaël juge soudain qu'il faut rompre cette tristesse. Se soulevant, d'une voix séraphique de Sébastien insensible aux traits qui lui percent les flancs, il relance la célébration de la messe rouge :

— Je n'ai jamais été plus heureux. Ce qui se passe, ce que nous vivons... C'est beau. La Révolte pour toujours... La Révolte et la Rébellion sont les mamelles du créateur...

Tous alors de contribuer au Saint Office par de théologiques répliques, Clémence ayant retrouvé sa fougueuse conviction charme de son larynx velouté : « C'est extra tout ça, sensas... », l'éternel Auguste fractionne solennellement son approbation en hoquetis de sarcophage libéré, et Carole materne chacun de ses gorgeoiments de loukoum.

Émoi de courte durée. Insensiblement l'atmosphère se caramélise d'un bonheur retrouvé, les paroles s'espacent, s'estompent, de ce fait se valorisent, et se profèrent désormais avec une gravité désinvolte — la désinvolture pieuse étant une forme de respect suprême qui convient aux grands moments, et l'on y est dans les grands moments...

Mais il faut aussi s'alanguir après les fortes et sublimes sensations. Y contribue un pot de hasch, presque plein de sa matière brunâtre, placé ostensiblement sur un guéridon. Clémence y prélève de précieuses pincées pour rouler les cigarettes qui circulent de main en main, de bouche à bouche pour la bouffée sacramentelle — tour à tour on se redresse, on aspire une longue goulée de fumée inspirée, puis on retombe sur sa couche, se replongeant dans une intériorité méditative. Béate hébétude, où chacun tient un verre de whisky et sirote de courtes lampées du liquide jaunâtre, le niveau dans le verre servant à marquer l'écoulement du temps — un temps qui se suffit à lui-même, un temps extatique. La conversation se fait contemplation, le salon devient couvent... Sainteté... une bien curieuse sainteté.

Dans cette ambiance qui a enfin récupéré sa sérénité émolliente, une gêne perce obstinément la carapace conviviale de Carole : son inquiétude nerveuse, qui oriente ses oreilles comme un sonar de haute mer vers la porte palière. Elle guette le moindre bruit, accroche le plus faible glissement de pas. C'est qu'à la société présente il manque un certain « autre » et Carole appréhende un malheur, redoutant que « l'autre » en question ne soit allé faire le guerrier intrépide sur la barricade la plus dure, la plus enragée, la plus vindicative, la garnison des ultras. Il s'agit en effet d'un garçon transi, consumé d'amour pour elle, d'un amour impossible, absolu, et qui prétend soigner son malheur par une dérive suicidaire. Et quelle fin plus réussie que sur une barricade ? Mourir par amour d'une femme dans la gloire de la Révolution... Par chance, l'attente n'aura pas été longue. La porte s'ouvre et une silhouette ramassée se moule dans l'embrasure : Wolf l'Allemand. Un Teuton pure souche, élevé à Paris selon les vœux d'un père qui, par une sorte de honte refoulée, un désir informulé d'expiation du nazisme, avait voulu que ses fils soient éduqués dans les divers pays d'Europe. A notre Wolf, la France. Carole s'est précipitée à son cou, l'assaille d'embrassements fébriles : « Tu t'es battu ? » lui demande-t-elle timidement. « Oui », répond-il avec un petit rire entendu, sans autre précision, se drapant d'une ombre spartiate.

Je dois dire que Wolf est un phénomène. Alors que dans la bande tout le monde porte frusques à la Saint-Trop, le négligé artistiquement stylé, sous les auspices de saint Bouquin et de la Mère Vachon, lui s'habille à la prolo, baskets, vieux pantalon de toile passée qui tirebouchonne aux genoux et aux chevilles, chemise à carreaux de bûcheron canadien, tricot dépenaillé et casquette en synthétique imitation cuir, prolongée d'une longue visière craquelée. Particularité supplémentaire : sa laideur. Les « autres » sont tous à peu près beaux, et lui est un laideron rabougri, mais sa mocheté est gratinée de charme et de naïveté.

D'une petite grimace il met fin aux débordements de Carole, il ne veut pas être tout à fait un héros. Son visage de belette s'est plissé, il fait cligner ses yeux vaguement marron, ses yeux aiguisés par des lunettes à verres blancs et monture métallique, dont les branches vont s'ajuster sur des oreilles en cornets acoustiques. Au-dessus de ce crapahutage de traits, s'épanouit un évasement de crâne intense et scientifique, une bonbonne à matière grise. Il parle peu, comme un sphinx, sans qu'on sache nettement s'il est angélique ou diabolique, et a conservé un air d'ingénuité où rôde du rêve... Par quelles traverses mystérieuses Wolf a-t-il échoué dans la basse-cour des « autres » ? Je l'ignore et j'avoue n'y rien comprendre. Logiquement, dans la bande, la cooptation s'opère par affinités électives, généralement la reconnaissance d'un prétendu génie, l'aisance et un pseudo-brio. Les diplômes et le sérieux comptent pour bernique. Or, Wolf appartient à la race des agrégés, immense culture et pleine besace de lauriers universitaires, presque une hérésie en ces lieux. C'est un acharné avec un petit rien de systématique dans la compréhension. A priori donc, peu de points communs avec ce lot de rastas super-mode que nous formons. Wolf est totalement sincère, d'une sincérité stratosphérique et visionnaire. En prime, ou comble de différence, il possède une extraordinaire particularité : il n'est pas blasé. C'est même la raison de son naufrage, ce pouvoir d'abandon à une passion, toute romantique et sur fond de désespérance, pour une Carole qui bien sûr ne la lui rend pas. Cependant, elle l'aime bien, et couche de temps en temps avec lui, se servant de son entrecuisse comme d'une infirmerie de campagne. Hélas, cette méthode de soins humilie Wolf et aggrave son mal. Et voilà pourquoi il menace parfois de se passer l'arme à gauche et, certains jours, arbore une gaieté à masque de mort, de la bonne mort, la belle mort, le balai des sorcières, l'or du Rhin, le corps de Siegfried, les sirènes du Léthé et les chevaliers teutoniques. Et voilà pourquoi, cette nuit, l'inquiétude de Carole n'était pas feinte. Elle avait réellement craint le pire. Maintenant rassurée, elle remue de toutes ses croupes et de tous ses cœurs, s'illumine d'un sourire de myrte et d'encens, tandis qu'une bienveillance unanime salue le retour du valeureux légionnaire. Auguste hennit, Raphaël bénit, Clémence rugit... seule maîtresse Édith s'ennuie.

Émotion. La bande paraît vouloir éterniser ces instants de retrouvailles, elle aime tant se vautrer dans la sensiblerie calfeutrée, mais Clémence a la fibre viking chevillée au solide. Le consistant d'abord. « C'est pas tout ça, lance-t-elle, il faut manger. » La tradition de l'accueil en Normandie rapplique au galop! Les grands sentiments, toutes les circonstances de la vie, le banal ou l'exceptionnel, la tristesse ou la joie, fêtes comme deuils, naissances et trépas, fleurs d'oranger ou fécondités doivent inévitablement finir en ventres pleins, faces pétantes et visages rubiconds. Et chez elle, ici, dans sa demeure, pas de semblant de pique-nique sacerdotal comme chez Raphaël et Carole, où la bouffe pourtant généreuse tient de la manne immatérielle, de l'hostie qui choit tel un surplus dans des bouches déjà alimentées par l'Esprit. Clémence, il lui faut du débordant, du juteux, du bien gras, de la matérialité gloutonne, donc en cette aube bruissante de souvenirs magnifiques, il lui faut mieux qu'un petit déjeuner. Ce sera un dîner tardif, servi sur l'épaisse table de chêne noir, avec nappe brodée, couverts d'argent, porcelaine et hanaps de cristal taillé, tout le gréement nécessaire, voiles claquantes sur la mer des succulences. Autour de l'autel à victuailles, les convives s'assiéront sur des bancs à l'inconfort calculé, qui soulignent le côté copain. La bonne bouffe à la bonne franquette, mais la vaisselle de vermeil afin que le repas soit un savant équilibre de splendeurs, de goinfrerie et de simplicité, tel est le raffinement selon Clémence.

Avec quelle aisance elle prépare les plats, ragoûts et ratatouilles — je la surnomme « reine ratatouille », ce qui ne lui plaît guère —, et aussi les rôts et les gâteaux... Son sens de l'abondance, du gustatif et du moelleux, du fondant et du craquelant... Elle entretient avec la matière nourricière des rapports absolument privilégiés. Pas un produit, pas un aliment ne lui résiste. Viandes, légumes, comestibles en tous genres se soumettent entièrement à ses désirs, se font recettes miracles, entre ses mains se transforment magiquement en délices exquises. Une mère fourneau, Clémence, une ensorceleuse d'objets.

Quand elle cuisine, c'est un déchaînement : concert cliquetant des ustensiles, crépitement des graisses, ronflements des eaux bouillonnantes, grésillements des bidoches saisies par l'huile pétaradante, et la danse de ses gestes, une acrobatie subtilement routinière, faite de répétitions immuables et d'improvisations soudaines. Elle se démène avec la maestria échevelée d'un chef d'orchestre : épluchages, dosages, découpages, minutages, taillages, récurages, tisonnages, versages et déversages, poivrages et pimentages, tout en harmonies circonvolutives et cassures de rythmes, allant du *serenissimo* langoureux au *pianissimo* velouté, de l'*ardente* écumant au *non troppo* joyeux, lutin plantureux virevoltant au milieu des langues de feu jaillies des réchauds, souveraine bonniche, inspirante et ravissante, le visage chauffé de flammes où perle une buée de sueur, plus rousse que jamais sous les reflets incendiaires qui hantent sa chevelure et sa peau mordorée. Un envoûtement. J'aime Clémence dans ses besognes culinaires, seigneuriale, distribuant ses faveurs, et aussi esclave, soumise aux appétits de ses invités. Quand son ouvrage se termine, gigot cuit et soufflé monté, elle se sourit avec satisfaction, vraiment heureuse, comme si ses œuvres faisaient partie d'elle-même, devenaient offrandes supplémentaires. Érotisme. Érotisme sauvage et discret. Effluves de sensualité... désir brutal.

Tout à coup, une sonnerie à la porte. Clémence déboule de son officine. Colère. « Qui ça peut être? A cette heure... », et de foncer comme un bélier, prête à encorner les intrus. Mais à la porte, freinage des quatre fers, suivi d'un ravissement sirupeux : « Hortense! C'est Hortense! Ah, quel plaisir, quelle joie. Vous, et avec ce cher Nicolas!... »

Émotion chaleureuse de Clémence, effroi dans la bande qui vient de découvrir deux émanations échappées d'on ne sait quels abîmes. Un couple cadavérisé. A l'Hortense, qui suscite de tels émois chez ma pétulante épouse, il ne manque que la faux pour évoquer la mort. Silhouette longiligne et décharnée, la chair desséchée collée sur un squelette saillant, une peau lissée en parchemin blême, deux grands yeux trouant une face chevaline, le tout coulé d'un jet dans une vieillesse prématurée. Laide, pas tout à fait, plutôt malsaine, comme tarie, donnant une impression d'épuisement, de fragilité comateuse. Quant à son compagnon, son chevalier porteur devrais-je dire, le « cher Nicolas », il est ovoïdal autant qu'elle est longiligne. Beaucoup plus jeune, c'est une sorte de cucurbitacée tout en rondeurs cramoisies, piaffant du talon, qui se répand en petits soins pour les osselets de la momifiante Hortense. Intrusion tout en dignité cauteleuse. Côté Hortense, un sourire en aiguilles d'horloge, et versant Nicolas, ronronnements, politesses et empressements. Vraiment le couple de cauchemar, un tandem chauve-souris, Fantomine et Fantomas.

La bande, figée de stupeur, demeure interdite sans que Clémence le remarque, tout à son exubérance et à ses volettements enjoués autour du couple funèbre, bécotis à l'Hortense et micmaquages avec le sigisbée qui, du coup, se convulse, tortille de l'œil et enfin lui crachouille un cérémonieux baiser sur la main.

Les effusions avec le duo apocalyptique éteintes, Clémence se tourne vers l'assemblée toujours stalagmitisée et clame pompeusement :

— Vous connaissez Hortense Lebon, ma grande amie Hortense! (Trémolos de gorge.) Une mère pour moi. Notre grand écrivain Hortense... Et voilà ce cher Nicolas... Le terrible critique de cinéma, et pourtant si gentil... Ah, Nicolas!... Entrez, vous êtes chez vous... J'étais en train de préparer le repas. Vous souperez avec nous, n'est-ce pas?

Encouragé par l'enthousiasme de l'hôtesse, le couple s'est avancé. Chevauchée fantastique, Mao et la Longue Marche, la pièce s'est emplie de montagnes escarpées, de ravinements à pic, de sommets enneigés, chaque meuble est un obstacle qui suppose mille prouesses. Ayant évalué l'ampleur des vertiges, dame Hortense se décide au voyage. D'abord elle projette un pied en avant, avec précautions et parcimonie, puis elle déplie une jambe incertaine dans un lent mouvement d'extension, la pose délicatement sur le sol, et enfin, l'équilibre assuré, déplace son corps en l'appuyant sur cher Nicolas... Opération périlleuse... Branlements, oscillations, balancements. Incertitudes. Au fil des pas, Nicolas évolue, se métamorphose : le tuteur trapu, la massue porteuse se fait socle de marbre, pavois d'airain... Ils approchent... Spectacle irréel, ils devraient flotter dans les airs comme des ombres revenantes, et ils ahanent comme des charretiers dans un raidillon caillouteux... Ils arrivent... La bande hébétée s'est levée, s'incline devant la carcasse usée d'Hortense qui, trop épuisée pour manœuvrer les appareillages d'une vraie présentation, à bout de souffle et de forces, s'écroule dans le fauteuil le plus proche. Soulagement. La troupe se réinstalle, certaine que le pire est désormais évité. Dame Hortense, enfin disposée dans un écrin protecteur, a fermé les yeux et semble près de sombrer. Cher Nicolas se penche sur sa plate poitrine et, geste de ferveur touchante façon Pietà, à moitié l'enlaçant, il lui prend le pouls. Marie et Jésus, Jésus et Lazare... Et l'imprévisible se produit : Hortense, réchauffée par le souffle séraphique, sort de sa syncope, déplisse ses paupières comme si elle ouvrait des tentures mortuaires, raidit son corps, s'agite, gigue de la tête et articule un flonflon triomphant :

— Mes amis, savez-vous ce que nous avons fait hier, ce cher Nicolas et moi? Quelle histoire! Nous avons donné l'assaut à l'hôtel de Massa... Vous connaissez, bien sûr : c'est le siège de la Société des gens de lettres. Et ensuite nous avons occupé les lieux. Nous avons tous décidé d'y camper. Cela a été une merveilleuse foutaiserie, n'est-ce pas, Nicolas?

Interpellé, Nicolas se cornichonne d'aise :

— Hortense (soupir extasié), vous avez été tellement merveilleuse de courage et de virilité. Vous étiez Jeanne d'Arc à Orléans.

Jubilation d'Hortense :

— Le vilain flatteur. Moi, Jeanne d'Arc... C'est vrai que son Gilles de Rais ne m'aurait pas déplu. Mais quand même, je l'aurais préféré en femme, cet homme.

Et le cher Nicolas de pouffer :

— Toujours aussi spirituelle, notre Hortense. Eh bien, moi, Gilles de Rais, tel quel, m'aurait convenu tout à fait.

— Nicolas, ne dites donc pas de bêtises.

Visiblement, seule Clémence apprécie l'exquis badinage, les « autres », à commencer par Raphaël, se bardent d'indifférence, mais le couple n'en a cure et il entreprend le récit détaillé de ses faits et exploits grandioses du jour écoulé. Leurs voix se complètent, se mélangent, se torsadent, s'enchevêtrent, se répliquent et se dupliquent : on rêve. Gargarismes de dame Hortense, aigus vibratiles de cher Nicolas, pour relater la fabuleuse épopée que fut la capture de la Société des gens de lettres par une horde de plumitifs.

Il y eut d'abord la charge... Un ultimatum tranchant ayant été assené, le gardien de l'hôtel de Massa, désemparé, s'exécute et ouvre les grilles. Immense clameur. La marée amassée contre les ferrures du sanctuaire s'élance et se répand à travers le parc, les stylos décapuchonnés brandis en guise de baïonnettes. Courtes échauffourées dans les allées buissonneuses contre d'imaginaires adversaires. On court, on invective, on juronne, on scande des slogans assassins : la littérature à la Bastille et la grammaire à la lanterne... A l'arrière de cette frémissante armée du Tout-Paris littéraire, trottine dame Hortense déesse tutélaire, macabre cantinière de la syntaxe en délire, secouée de frissons sarcastiques, avec cher Nicolas qui popotine à ses côtés, le fidèle, le vigilant cerbère, prêt à la recueillir au cas où elle serait heurtée ou prise d'une syncope. On s'emballe de la gueule, on s'encourage de l'épaule, on cherche l'ennemi, mais de résistance point. Pas de salves, même verbales, pour percer l'émeutier. La garnison ordinaire, le personnel, la hiérarchie, les hiérarques et présidents ont disparu des lieux.

Puis l'irruption enfiévrée se presse aux premières marches du temple, marque une vague hésitation avant l'envahissement sacrilège, et s'engouffre dans les locaux déserts. Dorures et majesté. Sentiment de profanation. Bonheur. Invasion, exultations, cris paillards : la foule des barbares se disperse de pièce en pièce. Saccage, viol de meubles, tiroirs éventrés, dossiers déchirés, vengeance, vengeance, la grande java, polka des lampions, gavotte, la danse de Saint-Gui des tricoteuses et des sans-culottes. Arraché et concassé le portrait du général de Gaulle, une dame voudrait faire pipi dessus, mégère qui hulule : « Comme l'autre soir à l'Arc de Triomphe quand on a pissé sur la flamme... » Dans la cohorte hystérique on ne voit pas un étudiant, pas un chevelu du Mai des barricades, il n'y a que le beau linge des encriers, auteurs célèbres et moins célèbres, la fine fleur des bouquins, rien que des personnages habituellement frisés au peigne fin des cérémonies, tous des biens polis, qui d'ordinaire s'affairent à leur ego vaniteux et se perdent en d'infinis contentieux de haines et d'amitiés avec leurs pairs et concurrents, soumis à la servitude vétilleuse et bisbilleuse de leurs éditeurs, rien que des gens jusque-là paisibles, habitués à libérer leurs fantasmes ou leurs nobles idéologies sur du papier glacé : ils sont tous là, les mâles et les femelles de l'édition nationale, gros tirages et diffusions restreintes, florilèges à moustaches et floralies en jupons, même les apôtres de la réaction bon chic mauvais genre, ces derniers d'autant plus fervents qu'ils ont à se faire « pardonner ».

Dame Hortense, quelque peu bousculée par l'armada

glapissante, ayant elle aussi piétiné ce qui fut jadis l'effigie de la France résistante, un rien fatiguée, s'est embastionnée dans le généreux fauteuil directorial du président de la Société renversée. Amusée, tapie sur elle-même, les yeux dégustateurs, elle contemple la progression du pillage, cher Nicolas niché droit, en chien de garde impassible, à ses pieds. Alentour, tourbillons et tornades. Les messieurs écrivains les plus doux et les plus rassis, écrivains à douillettes et feuillettes, débridés en forcenés et en brutes, sont de loin dépassés en violence par les femmes, blettes pour la plupart, qui, même si elles ont été fort galantes et consommantes dans une vie antérieure, se sont composé des tenues de chaisières de luxe, robes strictes à dentelles et faces de duègnes, distribuant leurs amabilités avec discernement, en fonction d'éléments infiniment subtils. Oh celles-là! Surtout les anciennement stalinisées en cours de défroquage... Elles se sont soudain mobilisées pour Mai, et maintenant, dans une vertueuse exécration, elles rapinent tous nerfs exaspérés, filets de voix vociférants, tapant des pieds et des mains, leur digne chignon se défaisant en des retombées de cheveux blancs. Heureusement, il y a aussi plusieurs spécimens de la nouvelle génération plumitive, chacun et chacune avec seulement deux ou trois titres dans leur trousseau, les garçons défringués avec ostentation et désordre calibré, barbes tailladées en buissons de jardins chinois, et les filles, tout fards excessifs, nichons d'assaut, bouches croqueuses et broyeuses, culs moulés dans des pantalons blockhaus, culs canons à Zip éclair. Allumantes et bien bandantes, ah ça oui! Mais pour le moment les yeux de ces vestales destructrices sont des brandons d'intériorité idéologique...

Ébullition, évaporation : l'offensive est terminée. Que faire maintenant? Eh bien, qu'à cela ne tienne, demeurons là en force! Tenir, tenir à tout prix contre les inévitables menaces du vieux monde à l'agonie, résister vaillamment aux contre-attaques bottées qui ne manqueront pas de se produire. Et vive le sacrifice! On insulte à l'envi les idoles de toutes sortes sauf, curieusement, les éditeurs. Prudence oblige... La cohue frénétique s'assagit un peu. On respire. On balance entre le cocktail mondain et l'état de siège. Un directoire s'est institué, dominé par une cheffesse léonine, la trentaine dépassée, belle figure, voix-tonnerre éraillée, phrases de jettatore femelle, poitrine de cariatide, balustrades de l'Olympe, la corpulence ferme, partout des lueurs de silex. Elle prend les dispositions militaires nécessaires : sentinelles, vigiles... S'ensuivent harangues, discussions, surenchères. Une charmante furie aux nichons bigorneaux et regard caresse gustative décrète l'interdiction du roman d'analyse. Au bûcher la littérature gnan-gnan fleur bleue. Une non moins agréable donzelle, jouvencelle à peine tirée de l'adolescence boutonneuse, qui développe désormais un équilibre charnu entre son postérieur ballon et ses doudounes aéronefs, une réaliste à la philosophie sensuelle et charnelle, se rebelle et rétorque vertement que personne ne l'empêchera d'apprécier *la Princesse de Clèves*. Presque algarade au nom de saint Mao père des Arts et des Lettres révolutionnaires. L'aéronef n'a rien à fiche de Mao, elle est pour une romance bien ciselée, avec du beau sentiment et de l'ascétisme bon teint. La salope, pulpeuse comme elle est...

Et ça babille, et ça discutaille, l'ivresse du verbe de Mai dans le temple des mots. Autour d'Hortense, une petite cour applaudissante : la prêtresse s'amuse à blasphémer. L'impure ! A elle, toutes les impiétés sont permises. Mais il y a urgence, la cheffesse glapit : « Il faut un Manifeste. » A la vérité, des besogneux en rédigent déjà dans tous les coins. Superbe, la cheffesse décrète l'union des forces et prêche la synthèse. Victoire immédiate. Une petite machine à écrire sur les genoux, inspirée, laborieuse, suante, électrique, dominatrice, elle pianote sur le clavier, rédige, refuse, recommence. Un brouillon, un autre... Les mots giclent, tous issus du *Petit Livre rouge* et d'un *Littré* libertaire. On modèle, on affine, on choisit, on reprend, on est difficile. C'est que l'affaire est sérieuse, pensez : on rédige la Déclaration des droits de l'Écrivain nouveau... Ce qui n'empêche pas le soir de tomber et Hortense de s'assoupir sur l'épaule de cher Nicolas qui fait console. Ça se dégarnit peu à peu. Dans les grandes salles lambrissées errent des groupes zombies qui saucissonnent, casse-croûte prolétariens et gros rouge, la Carmagnole faiblit insensiblement mais ne meurt pas. La cheffesse jette ses derniers feux. Chuchotis d'intrigues et de complots. Les poitrines des femmes s'aplatissent, les hommes s'atrophient, il reste des formes incertaines debout, d'autres gisent à même les parquets, les obstinés veillent, trament, créent la Nouvelle République des Lettres où le génie devient le droit reconnu des sans-génie... Puis l'aube s'insinue sournoisement sous les paupières somnolentes. Hortense s'éveille, s'ébroue, se souvient et sentencieusement profère :

— Vous êtes tous des cons. Votre crise de sémiotique me fait chier... Nicolas, partons.

Et c'est ainsi qu'ils aboutirent chez Clémence avec pour béquilles les premiers rayons de l'aurore.

Je suis là, je les écoute, je les regarde, je crois rêver. Ce couple monstrueux, cette Sapho, vieille seiche qui crache son encre délavée sur du papier hygiénique, cette sorcière du vice, est allée régénérer ses vertus décaties dans une dérisoire kermesse des purifications, et sacrifier sur l'autel des utopies ses vieilles lunes sacrilèges, en compagnie d'un galopin dont le trou du cul en écusson se pare des fausses armoiries de l'aristocritique. Elle a été, dit-elle, adulée, entourée de prévenances, admirée... Quelles étranges distorsions vivons-nous! Et Clémence, quelles mystérieuses affinités la poussent vers cette madone des abominations? Qu'est-ce qui peut l'attirer chez cette papesse de la gouinerie, cette matrone des dégueulasseries, aux charités indicibles et aux fascinations infamantes? Parce qu'elle s'en vante, Hortense, de son passé, de son existence tavelée de rencontres ignominieuses, d'amitiés avec des gens surdoués pour le mal, qui sublimaient leurs turpitudes dans l'œuvre littéraire... Elle s'était érigée en dame du Dernier Recours quand les ignobles, une fois évanouies leurs périodes de brillance, chutaient dans les affres de la déchéance. Son épopée burlesque, farceuse et sinistre avec S. durant l'Occupation. Bien que fagotée de débine, Hortense n'avait pas participé activement aux minables trafics et forfaits, aux petites et grandes escroqueries de S. Elle recevait seulement confidence de ses exploits et s'en amusait, sans les juger jamais, sinon avec la coupable indulgence de l'amour. Ensuite, elle l'avait soigné de ses bienfaits lorsqu'il s'était senti traqué, à bout, condamné. La douleur d'Hortense à la disparition de S. Savait-elle qu'il filait s'abriter en Allemagne où il se ferait mouchard, juif dénonciateur de juifs, laissant derrière lui le livre éblouissant de ses noires confessions? Elle avait été sincèrement désolée et s'était comportée par la suite comme une veuve.

La voilà désormais l'amie de Clémence. Visites et réceptions fréquentes, longs entretiens auxquels parfois j'assiste. Le ton attristé d'Hortense pour narrer l'odyssée de S. Mais c'est presque oublié, ne reste dans son cœur que trouble nostalgie. Autrement, elle susurre à Clémence de fielleux conseils, se divertit des foucades que mon accorte épouse lui confie, l'encourage même dans la perversité... Échos de phrases qui à l'occasion me parviennent et, selon mon humeur, me font frémir ou rire, qui sans cesse ravivent la grande question que je me pose : quelle est donc cette force qui tire Clémence vers les êtres bizarres, difformes d'âme ou de corps, ces batraciens de l'existence? Il y a Édith et sa fange hautaine. Maintenant Hortense...

Hortense, qui traîne à ses basques la mémoire de son existence lamentable, de la pauvreté, du complet dénuement, de la solitude affamée, du rejet par tous, de son acharnement à écrire dans les soupentes et les chambres de bonne, ses textes pustuleux, régulièrement refusés par l'édition. Elle était devenue un marécage plein de feux follets : infinies obsessions de ses personnages flatulants de bulles exécrables et joyeuses. Et subitement : la gloire. La tarée, la ridicule, l'ignorée communie avec la renommée. Dorénavant pour elle, on n'est plus que considération dans la Maison littéraire, ce ne sont plus que gros titres dans les gazettes, et l'avalanche de fric s'est ajoutée au reste. Mieux encore : la guenilleuse a pu changer sa vêture et arborer tailleur bonne coupe et bas de soie, avec sourire d'éventail et moue taquine. Mais il existe une ombre au tableau : au lieu de la joie, l'argent lui a apporté la souffrance. Au zénith de la fortune, l'angoisse s'est en effet emparée de dame Hortense, la sale hantise de renouer un jour avec la pénurie. Pas une obole, pas un sou à quiconque, ami ou inconnu. J'entends toujours son jappement sec quand elle se vantait avec une férocité goguenarde : « On me tape, tous me tapent depuis que j'ai quatre sous. Mais qu'on le sache bien : les quémandeurs, soient-ils mes plus vieux amis, peuvent crever la bouche ouverte. Rien, je ne prêterai rien, je ne donnerai rien. »

Curieusement, Hortense ne m'écœure pas. Vieille fille, demoiselle au chapeau vert, vieille folle, vieille nonne, elle a en fin de compte une forme de gaieté lucide, au-delà de toute gêne et de toute pudeur. Tellement au-delà, tellement ailleurs qu'il me semble qu'elle reconquiert l'innocence, le charme de la bonne goualeuse avec un nuage de naïveté. En revanche, son Chérubin m'effraie. Cher Nicolas... Sa susceptibilité, sa vindicte, son art de la provocation, son aptitude à être ulcéré, à rougir sous le soufflet insultant qu'il a suscité, pour pouvoir en retour darder ses sarcasmes. Un malheureux. Qui est femelle au point de repérer les plus infimes abcès de tous et d'exceller à les crever de ses vibratos acérés. On le prétend critique, il est fouille-merde, et quand il a trouvé la perle, il se surexcite d'un savant et jouissif courroux que son entourage doit alors calmer avec l'onguent des excuses et des politesses. Il y a aussi son exhibitionnisme. Sa pédérastie proclamée, qu'il porte avec ostentation. La plus dangereuse des pédérasties. Celle du rôdeur solitaire, du fouineur de pissotières, aspirant au risque des endroits où stationne une racaille perverse et assassine. Il lève ses proies dans les plus infectes tanières : reniflements, quelques mots, quelques gestes, parfois l'anathème ou le ricanement, les sexes qui se montrent, se gonflent, se vendent au volume, le marchandage sur les prix, l'accord. L'homme qui accepte ses propositions doit toujours sentir le tueur, le voyou, la crapule. Une fois, dans un bouge, un coup de couteau l'a vidé de son sang... Et Paris ne lui a pas suffi. Il s'est aussi perdu dans New York, ville tellement plus dure et tellement plus enchanteresse. Son morceau de bravoure : le récit des culs qui s'arrondissaient dans une piaule lépreuse Quarante-deuxième Rue, que des culs pour grosses queues — à ce point de sa narration, il avait régulièrement un rire satisfait qui laissait entendre qu'il était bien pourvu. Ce cher Nicolas... Jamais il ne s'abandonne à la sentimentalité avec les autres homosexuels. Pas de rapports passionnels, pas d'union ni de liaison, aucune appartenance à une corporation, rien que la quête sauvage, la traque barbare, la ronde perpétuelle, lui bourreau, parfois victime. Finalement, il hait ses semblables, comme il méprise les hommes ordinaires, n'appréciant que les individus borgnes. Mais avec les femmes, changement de ton, il est bienveillance, il badine, il aime jouer son héros, son courtisan. Devant Hortense, ce fut l'éblouissement. Aussitôt acquis, conquis, tout attention protectrice, humble et zélé, le serviteur, le caniche, et, si besoin, le chien-loup.

Je les contemple tous les deux, maintenant en train de zézayer au milieu de la bande : couple idéal, leur association est assortie à leur nature. Plus que d'une alliance de goûts, il s'agit d'une alliance de l'esprit : ils ont la même vision du monde. D'une certaine façon, ils s'aiment.

Une fumerolle écarlate surgit de la cuisine : Clémence, qui s'était esquivée pour achever les préparatifs du repas. Elle clame à la porte du salon :

— C'est prêt, mes amis! Pas de cérémonies, vous savez, on mange à la fortune du pot.

Fausse décontraction, évidemment, car l'atmosphère est un peu guindée. Hortense a volé la vedette à Raphaël, tout le monde debout, c'est elle qu'on attend. Ses efforts pour se dresser dignement en s'appuyant sur cher Nicolas... Elle prend une mine gourmande et, à peine levée, hume les fumets pour éjaculer un satisfecit :

— Ça sent bon, Clémence. Ça donne faim.

C'est le signal du mouvement. Clémence, auréolée d'orgueil et toute vaporisée de ses parfums culinaires, me transmet le bâton de commandement :

— Allons Lulu, cesse de roupiller. Remue-toi. Occupe-toi de nos hôtes. Tiens, tu seras le monsieur bonne écuelle, va t'asseoir en bout de table.

Je n'en demande pas plus et je prends aussitôt la route vers ce qui sert de salle à manger, en fait un couloir élargi, un passage où la longue table, avec l'annexe de ses deux bancs, occupe la presque totalité de l'espace. Sur mes traces on forme cortège, succession de couples par ordre d'importance décroissante. En tête Hortense qui chichite sous l'œil énamouré de cher Nicolas. Derrière, Raphaël qui granducalise au bras d'une Édith toujours plus urticante, l'Auguste amant qui fait le beau avec Carole, enfin, fermant le train, Wolf, seul, misérable. On parvient à la cathédrale des couverts. Les rangs se disloquent devant Clémence, qui déroule son protocole.

— Hortense, tu seras à la gauche de Lucien. Moi, je me mets à droite, c'est plus facile pour le service. Raphaël, à mes côtés... bien sûr, ce cher Nicolas demeure avec notre Hortense. Carole, mets-toi entre Nicolas et Auguste. Et toi, Édith, en face, entre Raphaël et Wolf. Allez-y... J'apporte les hors-d'œuvre pendant que vous récitez le bénédicité.

Pour gagner sa place, Hortense doit se faufiler le long d'un véritable goulet, entre le mur à poutres apparentes et le banc des affamés. Nouvelle marche héroïque. Un pas à pas de haute voltige. Toujours la pointe du pied tendue, Hortense tâte le terrain, s'étire en glissades vers le bout de table qui lui a été affecté, et finit par accoster à l'extrémité du banc, dans l'encoignure de la pièce, tout contre la « cave » de Clémence qui fait masse au-dessus d'elle. Cette cave, tapissant un recoin de la bizarroïde pièce, est un amoncellement de deux à trois cents bouteilles, les plus grand crus de France, nombre de bourgognes aux noms prestigieux, et toujours des bonnes années. Le produit d'une passion récente de Clémence qui a décidé de faire la sommelière! Un boulot frénétique : tout apprendre, tout savoir. En un tour de main s'y reconnaître dans les pinards, commander les meilleurs et les réceptionner avec une joie divine. Coup de cœur fantastique, comme elle sait en avoir. Cela me coûte des fortunes. Mais je n'ai pas à discuter : « Si tu ne veux pas payer, je me les ferai offrir », menace-t-elle quand je renâcle... Elle a aussi concocté la présentation de ses trésors. Pour ce faire, dans le coin proposé à Hortense, elle a conçu un échafaudage, un jeu complexe de casiers métalliques, pliables et dépliables à volonté, qu'on règle afin d'obtenir des trapèzes — des trous en trapèzes — où l'on enfourne les bouteilles : manière d'en jeter plein la vue et d'exciter les gosiers...

Ce matin-là, pour son malheur, dame Hortense, bien que toute précautions et serpentages prudents, s'est avancée d'un pas de trop. Son pied a cogné vilainement l'empilement de la cave, qui se met aussitôt à branler, et amorce le cataclysme : les alvéoles prêtes à céder, à se refermer, les bouteilles menacées d'expulsion, une avalanche va s'abattre sur Hortense, l'ensevelir dans un fracas de verre brisé et une rouge inondation. La bande est tétanisée. Mais grâce à Dieu, cher Nicolas est là. Il a vu l'édifice osciller et senti le danger.

N'écoutant que son courage, il se rue d'un bond et, tandis que Hortense pousse un cri affolé et tombe évanouie à terre, il s'arc-boute contre l'amas en train de s'effondrer, avec une énergie si farouche qu'il arrête net la dégringolade. Alors d'autres bras s'empressent à la rescousse, s'emmêlent aux goulots, s'accrochent aux rayons, tiennent, poussent et retiennent les centaines de bombes gorgées de liquide... Jusqu'à ce que la pyramide retrouve son assise, se stabilise, que dame Hortense soit définitivement sauvée. Seule Clémence n'a pas bougé, elle s'est même mise à trépigner sur place, terrorisée à l'idée de perdre ses merveilleux nectars, dévidant la litanie de leurs noms tant chéris, comme si d'un coup Hortense n'avait plus eu d'existence. Hortense... Hortense écroulée... Le péril écarté, enfin on s'occupe d'elle. On lui parle, on la tapote délicatement, cher Nicolas caresse son vieux visage inerte, ses doigts inquiets courent le long des rides, tendrement amoureux. Au bout de quelques minutes, Hortense ouvre les yeux, bat des paupières, sa peau se colore, son corps s'anime et elle finit par exhaler :

— Mon chéri... mon chéri... vous tous. Sans vous...

Quel dîner! Les estomacs comme des excavations. L'angoisse a inspiré la démesure. On mange, on boit, on reboit et on remange. Sentiment de venger toutes les famines du monde... De la tendresse et de la volupté aussi... Les nuages de l'alcool troublent ma vue, dilatent mes souvenirs. Il y avait les visages auréolés, précis ou dilués, de la gaieté à tout-va, une légèreté bienheureuse, un soleil matinal se frottait aux vitres et nous éclaboussait. Agréable sensation d'un étirement aphrodisiaque du temps, d'une cène sensuelle et parleuse, et d'une fin de repas noyée d'amour. Ma mémoire n'accroche plus que des traces imprécises. De l'amour bien sûr, mais teinté de fracas, d'éclairs, de disputes... Hortense se défonce dans les plats, s'en met jusque-là, et paie son écot en morceaux choisis extraits de sa vie chaotique. Elle est toute jaspinages et souvenances, assise sous le monstre vineux qui a failli la dévorer. Maintenant, ses ennemies les bouteilles sont cadavres fichés à même la table, leur sang est notre sang et la rescapée est une Dame Licorne de haute lice. Soudain, au milieu de son églogue elle s'interrompt... Attente, recueillement... Elle reprend. Et, comme récitant un verset de la Bible, héralde qu'elle va pisser. Événement. Pénultième épopée homérique et retour soulagé. Euphorie. Cher Nicolas la presse, elle glousse, gargouille, se trémousse, attire merveilleusement la tête du Médor contre la sienne, applique sa bouche grassouillette contre son pertuis de bouche, étreint ses lèvres. Un grotesque émouvant, Sapho électrisant son Adonis de ses charmes osseux... Brouillard... Rideau, perles de rosée, fumées de l'oubli...

Pourtant il me revient encore une bataille, un tournoi de voix, un cliquetis de fleurets mouchetés. Depuis le début des agapes, les traits de maîtresse Edith n'ont cessé de se durcir, de se raviner. Ses yeux sont devenus encore plus clairs qu'à l'accoutumée, bleu pâle, bleu rincé, bleu vide, bleu mauvais. Elle est crispée, on devine confusément qu'elle attend une nouvelle occasion de décharger sa bile contre Raphaël. Celui-ci veut l'ignorer et entreprend de dévider à haute voix un rêve intérieur. Ton sanctimonieux pour raconter la trame de son prochain film, l'histoire édifiante de la conversion d'une jeune fille, petite snob à diamants et aux études studieuses, qui vire au militantisme prolétarien, offre ses charmes aux parias de la société et finit au couvent, je veux dire à l'usine. Dès que Raphaël a entamé l'évocation de ses songes, Édith a sorti ses griffes, a disposé son regard et son rire en crocs, en becs, en morsures : elle guette une brèche du soliloque, une faille où s'immiscer. Elle saisit une courte pause et d'un coup pique vers Raphaël, le happe brutalement, le déchire :

— Mon Petit Prince des rêves éveillés, mon Nabuchodonosor chamarré, tais-toi. Tu n'es qu'un roi nu, un génie à plumes de paon qui, sans l'argent de papa, ne serait qu'un raté...

Raphaël est saisi de stupeur par la brusquerie et la violence de l'attaque, sa bouche se distord :

— Tu es pourtant contente que je t'entretienne. L'argent de mes parents ne sert qu'à ça : t'entretenir comme une cocotte insatiable... Mon chef-d'œuvre, je le réaliserai, et sans la finance familiale. Quant à toi, ta collection putassière d'amants, tes types titrés, tes friqués en or massif dont tu trais les portefeuilles juteux, je m'en fous.

Ruissellement de rages. Raphaël écume, tombe dans la vulgarité. Mais chez Édith, le calme est revenu, visage d'ivoire, froideur et lissure, la figure de Belle Ame :

— Idiot, tu sais bien qu'on ne m'achète pas. Je m'estime trop pour m'échanger contre un chèque ou un bijou. Avec les vrais milliardaires et les vrais princes, je baise pour rien, pour le plaisir, pour la merde. Moi, j'aime me vautrer dans l'huile de vidange, et la meilleure, la plus sale, la plus riche...

L'aveu d'Édith comble Hortense qui joint les mains et signe sa canonisation.

— Comme je vous comprends, ma chère petite... Se salir. Oh, la saleté! Se sublimer dans la pourriture...

Mais Raphaël, lui, est furieux. Il grommelle : « Salope, salope... » et péniblement se soulève pour tenter de s'éloigner d'une Édith soudain abhorrée. Aussitôt Carole s'interpose et jette sur la table des milliers de nichons. Sauver le Frère, l'entourer, atténuer sa chute! Clémence, qui s'activait dans sa cuisine, ayant entendu l'algarade, accourt le torchon en oriflamme, se penche sur Édith comme si elle voulait l'éponger de ses âcres humeurs. Clémence, le Torchon universel... Gros plans sur mes souvenirs : des visages énormes, des exclamations, un tohu-bohu offusqué qui se termine en bon charivari. En effet, Édith s'est tout à coup radoucie, presque tendre, visage qui n'est plus de rocaille mais de fougères. Sa voix de gentilhommière suinte entre ses dents :

— Raphaël, à toi, je fais une faveur inestimable. Il n'y a que toi qui me paies, et toi seulement. Parce que c'est toi, parce que tu es crucifié par ton talent.

Autour de la table, l'hymne, le chant grégorien à la gloire du génie retrouvé de frère Raphaël. Édith a calé son corps anguleux sur les genoux de saint Raphaël, a rendu le velouté à sa peau, chatoyé la couleur de ses yeux, mordoré l'âme de ses cheveux. D'un geste hiératique, elle embrasse le doux Frère martyr. Baiser de céleste volée, le baiser troubadour, le baiser de la Dame qui arme son Preux et l'envoie sous sa bannière à l'assaut des forteresses cinématographiques.

— Tu feras un très beau film, tu es mon Génie, mon bon génie...

A nouveau le flou des visages, mes idées diffuses, la brume

dans mes esprits, comme une houle autour de la table... Concert d'acclamations. L'Auguste amant est debout, tapant sur son verre à l'aide d'une fourchette pour obtenir le silence. Ses hoquets redoublent, l'Auguste est solennel :

— J'ai une grande nouvelle pour vous : Carole et moi avons décidé de passer devant monsieur le maire. Oui, l'écharpe tricolore et tout le tintouin... Lucien sera le témoin de Carole.

Pour une nouvelle c'en est une et de celles qui s'arrosent. Bouteilles, bouteilles, divines bouteilles. Congratulation générale... presque générale. Wolf, l'oublié, le réprouvé de la fête, a le visage qui se riquiquise, s'amenuise, se point-de-suspensionne. Il disparaît, se poussiérise, le voilà particule de douleur inconsolable. Personne ne le voit plus... Pourtant il va aussi féliciter Carole. Une voix d'outre-amour : « Je suis heureux pour toi », qui reçoit l'immuable écho d'outre-joie : « Cela ne change rien entre nous. Tu verras, ce sera encore mieux qu'avant... » Déclarations, exclamations, amour, désamour, tout grouille encore, je m'emmêle dans les images du passé...

Là-dessus, le numéro de Clémence... Clémence hilare, nez en bougeotte, les bras formant anses de panier sur ses hanches, croupe en balançoire et jambes en torticolis, son rire a cascadé :

— Sacrée Carole, grand dadais d'Auguste... Quoi, tous deux vous vous passeriez l'alliance au doigt ? Le grand bouclage des épousailles avec Lulu comme geôlier ? Alors que tous aujourd'hui se décadenassent ? Alors que l'on chevauche la liberté, que l'on désembastille les sexes ?... Vous êtes fous ? Se nuptialiser quand on dénuptialise tout, qu'on danse autour du bûcher des convenances ?

Le lyrisme de Clémence. Elle a décollé :

— Auguste et Carole vous êtes des imbéciles. Le désir est libre, vous avez oublié la Sorbonne. Ah, mon Lulu ! Si au lieu de faire ta peau de vache de correspondant de guerre de mes fesses, de faire ton gouverneur, tu étais allé à la Sorbonne, tu t'en serais mis plein les yeux, vieux cochon ! Ça, qu'est-ce que tu aurais bandé à zyeuter la grande baise sorbonnarde, l'immense baise qui a salué la libération du désir, de tous les désirs...

La Sorbonne... Je n'ai pas besoin d'y être allé, on m'en a suffisamment raconté... Outre les amphis de harangues, les pétaudières du bonheur, les sonos à rhétoriques, à parlotes, il y avait les autres, les salles de bonne vie, salles à graffitis, à entrechatteries, à négligés, à intimités, à tu-n'es-qu'un-con, à tu-et-à-toi, à embrasse-que-veux-tu, à baise-tant-que-tu-peux, pas la brutalité bestiale, pas la luxure bourgeoise de la partouze, non, de la bonne donne-moi-tout, du bon prends-moi-tout, de la camaraderie pension de famille, pension complète, l'égalité des sens dans l'intégralité des sexes, fraternité coïtative sans interruptus, filles et garçons, garçons et filles, le tourneboule des tourne-culs, le contraire de la vicelardise, rien que la générosité, la grande, la vraie. Il paraît qu'un magistrat de père, à la recherche de son fiston chéri, l'a retrouvé, juché sur une chaise, sous les combles de l'église sorbonnarde, réglant le protocole des libérations devant une salle autant copulatoire que dormitatoire. Le rejeton faisait l'ordonnateur des pompes de la nuit : « A gauche les couilleurs et les cueilleuses de couilles. A droite les roupillards et les pionceuses. » Incroyable : on l'a écouté, on a fait selon ses ordres. Sur le plancher deux masses se sont réparties de part et d'autre d'un liséré de couloir. Ici, une couche de bosses, oscillante, ondulante, couples étreints, ris et jeux, sables mouvants. Et plus loin, des discours railleurs, peu à peu ensommeillés, les endormis à longs souffles de vie, les juvénilités qui ronflent. Partout, ça puait un peu.

La Sorbonne de Mai... Fantasme, mon beau fantasme... Dans tous les coins, le feu au cul et le feu au gosier, tous les feux de l'enfer, toutes les chaleurs du printemps... Clémence s'y trouvait-elle, en bonne godelurette ? Je me souviens que, dans les vapeurs de ce petit matin, j'ai brûlé de jalousie. « Toi aussi, alors, tu as baisouillé ? Tu t'es fait tringler ? — Non, mon Lulu. Pour moi la Sorbonne c'est la joie des mots. Ça, je pérore, mais juré, je suis fidèle. » Ensuite, surprise, devant les invités, Clémence m'a tendu ses lèvres, ses bonnes lèvres charnues. Long baiser, infini baiser... Ma passion, soudain cognant dans ma poitrine. « C'est bon ? » Je flagadise : « Oh oui, j'aime tant tes lèvres. — Tu as envie de moi ? — Oui... »

Ce baiser, dans les nuées lumineuses de ce matin levant, a-t-il vraiment existé ? Clémence s'est-elle offerte comme aux débuts de nos élans ? Je n'en sais plus rien. Mais il me reste l'image d'un désordre immense, d'une table sale, dépouilles de fêtes dans des pièces vidées de leur humanité, et d'une Clémence venant à moi, la figure séductrice, aguichante, presque tendre. « Tu as toujours envie de moi ? Alors prends-moi, allons dans notre chambre. »

« Notre chambre », elle a dit : « Notre chambre », elle n'a pas prononcé le fatidique « ma chambre », comme c'est désormais son habitude. Repris d'une espérance, je fonds à ces mots, où je vois le gage d'un nouveau bonheur. Parce que son « notre chambre » a un sens, nécessairement. Tout ce que dit Clémence a un sens, toujours, même s'il m'est souvent impénétrable, même si je me trompe et me blesse quand je crois le comprendre. Aujourd'hui pourtant, pas de doute, pas d'erreur possible, elle m'invite à me perdre, à me dissoudre en elle... l'écraser de mon poids, et ensuite la sentir à mes côtés, dormante, vivante, revenue à moi. Clémence, ma volupté... Je suis heureux.

La chambre... Sa chambre... Notre chambre... Je la retrouve intacte, préservée des désordres de la fête. Une pièce de taille moyenne, enguirlandée de bibelots, d'objets hétéroclites et un peu mystérieux, qui dégagent une saveur unique. La sienne. Des glaces partout, dont une, immense, encadrée d'or et dominée par une tête de naja, où Clémence aime se contempler nue. La nudité de Clémence... Elle m'imprègne, me hante, m'habite. Une magie dont je ne sais si elle est bonne ou mauvaise. Enfin je vais la voir à nouveau, m'en repaître. Spectacle de Clémence dénudée, dans sa chambre ou dans la salle de bains, en balade entre la baignoire, le bidet, le lavabo, les tablettes à onguents pour sa toilette. Ses métamorphoses — comme pour préparer la nourriture, elle a le don de se faire une beauté en un rien de temps : de l'eau, du savon, des fards, quelques crèmes, et elle parvient à l'image qui lui convient, parfaite, simple et savante. Le naturel de Clémence, son naturel en tout.

En entrant dans la chambre, je l'ai prise dans mes bras.

Elle a ri. Gaiement, je la jette sur le lit qui remplit presque tout l'espace, sur cette couche faite pour l'amour, basse et large, accueillante, soigneusement préparée, avec ses draps de fil ajourés provenant d'Anne Marie. Un lit qui amorce une valse sur ses pieds tordus. Quatre colonnes torsadées s'élèvent aux angles et se terminent par un bulbe de forme indéfinissable — parfois j'imagine des fesses d'ange, d'autres fois des sabots fourchus. Ce matin, la chambre de Clémence est une alcôve bruissante de tendresses. Elle rit toujours, batifole, babille. Sur ses lèvres un sourire, mille promesses au milieu de gazouillis. Nous sommes maintenant Adam et Ève... Son corps s'irise, pâte tendre, faïence mouvante, ses chairs délicates et drues, la grâce enfantine de sa croupe, toute une exultation, elle est raisin vert, elle est raisin mûr gorgé de soleil, elle est gingembre, elle est cannelle, elle est nymphette et totalement femme. Comme elle m'attendrit et m'attise dans ces instants-là, quand je m'assouvis d'elle, de sa sensualité légère qui jamais ne se charge des sucs, des glus ou des épaisses viscosités de l'érotisme à effluves. En elle, pas de formes agressives, de la clarté et de l'évanescence sur un paysage aux vallonnements délicats, petite Antinéa d'un désert heureux, un mirage réel, bien réel. Sa matière est d'un charnel épuré, cristallin, mais sa fragilité fait force. Impression de frugalité qui nourrit et affole, précision impalpable de ses attraits. Clémence est vénusté, fleur, bouton, pulpe, jardin, rocaille, chair sans dégoût, un horizon sans flou, toute netteté, dessin, statue, sorcellerie. Son charme... Même ouvrir les jambes : chez d'autres femmes parfois un geste vulgaire, pour elle un talent spontané, le naturel, son naturel...

Toujours la musique de ses mots. Puis silence. Je glisse entre rêve et réalité. Insensiblement nos corps se sont confondus, Clémence, mon îlot, mon oasis a disparu sous moi. Elle, mon joyau, mon pain blanc...

Tandis que je bats ma coulpe des extases, une pensée surgit, et grippe mes plaisirs, l'idée que je suis roulé, enfariné, embobiné : Clémence ne s'est pas livrée à la folie de la sensualité, son abandon semble juste de bonne volonté. Je la trouve plus appliquée que transportée. Je me soulève un peu d'elle pour examiner son visage, ses yeux. Je ne vois qu'une enveloppe. Rien de la volupté, rien des jouissances, le masque d'une attente blasée. Et un soupçon me vient alors : Clémence me paraît plus experte, son sexe plus huilé, plus large que jadis, comme si elle avait multiplié les entraînements. Mais je ne veux pas gâcher mon plaisir et je chasse mes hantises. Je retourne à mon vide intérieur, à ma plénitude. Je jouis, je profite de Clémence. Je la quitte, je la prends et la reprends. Elle est brave fille, complaisante. Entre deux charges, elle me dit : « Tu es content, hein ? » et ajoute dans un fredonnement narquois : « Mon Lulu, tu as une de ces fringales de moi ! » C'est vrai, je me goinfre d'elle, je m'indigestionne de son corps. Je veux toute ma ration, toute ma satiété et je la dévore, jusqu'à ce que je n'en puisse plus et que mon sexe devienne une pendeloque dérisoire... Gavé, épuisé, je me laisse rouler sur le côté : j'ai envie qu'elle m'embrasse, qu'elle s'alanguisse comme moi dans les brouillards de la satisfaction mutuelle, de l'anéantissement réciproque, ou au contraire, qu'elle s'agite et se frimousse à mes côtés dans une résurrection débordante de vivacité.

Désirs incongrus. Maintenant pour Clémence c'est le boulot : une sorte d'urgence à solder l'affaire, à desservir les couverts de la copulation. Énergique, impavide, d'un bond, elle se lève et va se laver, me plantant là, sans une langueur de reconnaissance, avec ma fatigue solitaire. Je voudrais ne rien voir, ne rien comprendre, mais la vérité a des élancements douloureux et brutalement impose son texte : de quoi glacer les sangs d'un homme amoureux. Tout est clair dans mon esprit, et d'un trait je relis ce qui s'est passé au cours de cette matinée. D'abord la pointe de l'aurore avec la déliquescence d'une nuit de Mai, son effilochage mal rattrapé, recousu au gros fil par les brouhahas galants de la petite société Raphaël et Carole, ce salmigondis de têtes avariées, tout ce tournebroche de mauvaises passions... juste ce qu'il fallait pour que Clémence veuille être de la fête et me joue sa coquette, son ingénue, pour qu'elle m'adonise, moi le vieux mari, son barbon rapetassé.

Oh, elle a été sincère, j'en suis certain, dans sa gaminerie câlineuse. S'offrir, se faire désirer, son jeu... Seulement ensuite, au lit, mes enlacements, ma possession, quand je l'ai prise, quand je me suis acharné sur elle, en elle, le masque s'est fendu, elle s'est montrée sous son jour le plus vrai. A mon contact, elle est devenue paillasse, une poupée mécanique qui subissait, sans tenter le moindre artifice du plaisir, sans me donner quoi que ce soit, même quatre sous de comédie. Une sincérité totale, implacable, dont l'inertie avouait qu'elle était de corvée. La conjointe satisfaisant mes besoins conjugaux. Un devoir, son devoir, qu'elle acceptait de remplir, mais qu'on ne lui demande pas en surplus des simagrées, des gémissements, une participation. Je ne lui répugnais pas, ça je ne le crois pas, simplement, je n'éveillais en elle aucune excitation, aucune jouissance. Terrifiant de se l'avouer. Et pourtant une évidence : si mon étreinte la laisse de bois, une souche à trous, tout à l'heure, elle a tenu son rôle de putain domestique, presque joyeusement, au moins au début...

« Enfer et damnation, me dis-je, essayant de me moquer de moi-même, mon épouse, mon Aphrodite, ma femme, la femme que j'aime est froide! » Hélas, mes ricanements ne changent rien aux choses. Clémence, quoi que je fasse, en aucune façon je ne parviens à l'émouvoir... Si seulement j'étais moins veule, je foncerais dans le sentiment, je me fracasserais dans la crise, l'éclat, je ferais du tragique à trémolos, un remake de Shakespeare, je sauterais à pieds joints dans la colère, la fureur, je déchaînerais mes coups. Ce devrait être un séisme, un tremblement de terre, l'hystérie, l'affrontement à mort... Ou encore je pourrais implorer, m'abaisser aux suppliques misérables, quémander en pleurnichant ne serait-ce qu'un peu de cinéma. Mais non, je suis là, amorphe, à me complaire dans ma concupiscence sénile. Je me sens vieillard boulimique de la chair jeune et tendre de Clémence. Je suis trop épris d'elle, trop envoûté par elle, ma Clémence à la naïveté rouée, sur qui je viens d'exercer mes droits de mari tandis qu'elle se faisait épouse soumise. Je suis son chien, son animal familier auquel elle tend la sébile de ses charmes et je lape, je lape jusqu'à plus soif... Mon Dieu, pourquoi ne l'ai-je pas tuée, pourquoi ne me suis-je pas effondré, pourquoi n'ai-je pas été assassin ou épave lamentable, éperdu de prières? Pourquoi suis-je au contraire satisfait, content même, encore plein d'envie, prêt à la posséder à nouveau, le sexe déjà dur? La prendre, morceau par morceau... la fouailler, oui c'est bien ça, fouailler. Et ce désir soudain m'apparaît plus sinistre que tout, l'avilissement complet, ma déchéance...

Clémence est revenue dans la chambre et la vision de sa nudité achève de me rendre mes forces. Je me méprise et pourtant je la veux une fois encore. Évidemment, elle s'aperçoit immédiatement de mon état et, surprenante Clémence, au lieu de m'envoyer une invective graveleuse, un « Va te faire foutre! Si tu crois que ça m'amuse! », elle se contente d'un petit rire, suivi d'un « Vieux saligaud, à ton âge. » Sa façon à elle de me témoigner sa complaisance, qu'elle paraphe d'ailleurs d'un rire de glotte. Elle a le visage guilleret quand elle s'étend auprès de moi et se met en position. Bonheur de courte durée. A peine ai-je commencé qu'elle redevient caillou, pierre, bloc granitique. Je m'échine, maintenant pressé d'en finir, et bien sûr, je n'arrive pas à lâcher les quelques rares gouttes qui doivent m'être restées de nos chevauchées précédentes. Je me console en me disant que notre bête à deux dos est digne d'un concours agricole, moi vieux mâle ridé saillant la plus mignonnette vachette du monde. Dérision...

Mes va-et-vient, quoique de plus en plus frénétiques, demeurent vains. Si elle se mettait à ricaner, à railler mes couilles asséchées, mais non, elle semble vouloir maintenir jusqu'au bout son rôle d'épouse compréhensive et elle patiente un long moment avant de m'encourager à conclure : « Allez, Lulu, dépêche-toi, ça devient casse-pieds. » Miraculeusement, elle m'a libéré, et je termine enfin. Je me retire, le souffle court, le cœur battant, rouge et défait, alors que Clémence est paisible, souveraine... Clémence à nouveau debout, en route vers la cuisine et qui revient quelques instants plus tard s'asseoir sur le bord du lit, jambes croisées, bien lisse, replète, inentamée. « J'ai la dent, dit-elle, veux-tu un peu de champagne et une tranche de gigot? — Oui, ça m'a creusé. » Elle me regarde, stupéfaite. « Quoi, ça? — Nos ébats, évidemment. — Parce que tu penses sérieusement qu'il y a eu ébats? Je t'ai payé en nature, c'est tout. » Les sarcasmes de Clémence, comme s'il lui fallait toujours rompre le moindre charme entre nous.

Nous avons casse-croûté à même les draps, en devisant tranquillement. Bien-être calme, mer d'huile, à peine lascive... Puis Clémence a bâillé à s'en décrocher la mâchoire et proclamé qu'elle avait sommeil. Elle a enfilé une chemise de nuit transparente, retapé le lit, tiré les rideaux et refermé toutes les portes pour combattre le jour ensoleillé qui s'insinuait par quantité d'interstices et de lézardes, la lumière crue du plein midi qui, un court instant, a modelé son corps en reliefs impudiques, l'a violée avec une netteté brutale.

Finalement, Clémence en a eu raison par de savants tamisages et filtrages d'étoffes moelleuses, créant dans la chambre une pénombre accueillante où elle a pu se fondre. Cependant la chaleur a persisté, une colle, une limaille de corpuscules qui donnait une moiteur à sa peau. Elle a soupiré, et s'est assoupie dans une torpeur solide.

Je la regarde. ... Je la vois comme à travers un miroir sans tain : elle gît, sereine dans cette étuve, en proie à un contentement profond, sans rêves, le sommeil à l'état pur. De sa bouche entrouverte, de temps en temps émanent des ronflements de bonne conscience, sans l'ombre d'un souci, d'un remords ou d'un doute. Elle est heureuse, me semble-t-il. Ses traits ne sont pas souriants, pas maussades non plus, peut-être un peu marqués par l'avidité gloutonne de dormir. Parfois son corps remue, son corps offert et protégé, son corps chaste et pervers : des mouvements pour se tasser sur elle-même, pour se pelotonner dans son néant et s'enclore totalement dans le cocon de son repos. Elle ramène ses bras autour de sa chevelure, enfonce sa tête dans ses épaules, jusqu'à ce qu'elle soit boule dormante. Merveilleuse volonté d'en écraser — quoique ce terme vulgaire ne convienne pas à l'innocence qui se dégage d'elle. Elle a pris la position du fœtus, enfant printemps, sève chaude et fluide, fleur aux pétales enroulés, qui est en même temps abondance, luxuriance, débauche de tentations. Sa mâchoire se casse en angles abrupts, son visage se massifie, image de la toute-puissance de Morphée. Dans son engourdissement Clémence refuse le monde, ses tracas, ses embûches, tout ce qui pourrait la déranger, elle me répudie, je n'existe plus, son sommeil si complètement animal m'exclut, ses limbes ne donnent rien, aucune faveur, aucun aveu, un cadenassage de tout son être.

Par moments, elle gémit comme un tout-petit. Mais n'est-ce pas encore comédie? N'est-elle pas justement en train de me duper, n'est-elle pas à rêver en pécheresse? N'a-t-elle pas emporté aussi, dans son Léthé, ses plaisirs et ses mystères, n'en jouit-elle pas? Même dormante, ne continue-t-elle pas à me tromper? L'idée me brûle et j'ai envie de l'éveiller, là, sur l'instant, pour lui poser la question qui me taraude l'âme : « Avec qui es-tu? Avec combien d'amants? »... L'interroger, m'enquérir dans la violence d'un réveil impromptu : peut-être alors la surprise jouerait-elle et obtiendrais-je une réponse? Je me contente de mes regards impuissants. Même assoupie, Clémence garde ses secrets et alors son sommeil me devient exécrable, une détestation. Ah! si seulement j'osais en finir avec elle, si je pouvais lui écraser la cervelle, faire de mon amour une haine, un aveuglement furieux.

Des heures durant je la surveille, je l'espionne, je guette son moindre geste, chevillé à l'espoir qu'elle se démasquera, qu'elle se laissera envahir par un rêve libidineux et que sous mes yeux mi-clos, dans la fade obscurité de la chambre, elle finira par divulguer le secret d'étreintes clandestines, et peut-être mimera les caresses qu'elle accorde à ses amants. En vain. Longue veille éperdue devant un ensommeillement prison, d'où ne sort nulle révélation. Clémence est là, simplement là, interminablement là, minute après minute, heure après heure, à n'avoir que de petits bruits et de brefs sursauts, tous les déclics étrangement saccadés d'un corps noyé dans le profond dormir. Elle dort et moi je me cramponne misérablement à ses rythmes. Elle dort et je m'exaspère à vouloir ce que pourtant je haïrais si fort : qu'elle se trahisse, qu'elle se montre soudain telle qu'elle est quand elle fait l'amour avec un autre que moi. Comme je voudrais qu'elle se mette à parler, qu'elle marmonne, dans le langage confus du sommeil, des phrases brutales et diaphanes, des phrases vraies avec des mots que je happerais et qui me perceraient le cœur. Pourquoi, oui pourquoi dans son engourdissement ne revivrait-elle pas sa dernière étreinte avec son dernier amant? Le sommeil n'est-il pas aussi une faille par où jaillissent parfois les fonds de l'âme et du cœur? Mais rien ne sort de ses souffles réguliers, ni mots ni confidence qui me la découvriraient, elle n'est pas la pythie d'elle-même... et j'en suis peu à peu réduit, pour distraire mon attente, à fabriquer moi-même les scènes que j'attends, à les sculpter dans ma tête avec la terrible précision, l'odieuse cruauté de la vérité supposée. Je me fais le témoin convaincu de ce que j'ignore. Je meuble ses silences de soupirs languissants qui deviennent des plaintes de jouissance. Je la vois dans les bras d'un autre homme, tout entière à l'ivresse de son accouplement. Son visage est un velours extasié. Elle est capable de tant d'extases... Combien d'hommes vivent ces moments qui me sont refusés ? Je fantasme, je fantasme à en crever. A moi les glaces de sa froideur, aux autres les ris de sa fornication, les grandes roues de sa sensualité, ses vertiges, ses délires...

Mais je m'égare. Clémence est là qui dort et ne me dévoile d'elle que les formes rondes de son corps ensommeillé, de ce corps qui a été mien malgré ses inerties. Et s'il avait été ainsi parce que sa pensée l'emportait vers un autre que moi pendant que je la fourrageais ? Non, impossible, ou alors elle se serait animée, épanouie, même sous ma charge, elle aurait entonné des *Hosannah*... Et elle dort, insensible à mes ingéniosités suppliciantes, à ma douleur dévorante. Pourquoi ? Pourquoi est-elle obstinément cataleptique entre mes bras, radeau de la Méduse, naufrage de mes désirs ? Pourquoi m'impose-t-elle de si pénibles négociations pour obtenir ses faveurs ? Pourquoi son mépris, cette façon de se laisser prendre qui font de moi un porc se précipitant sur son écuelle... un groin à la recherche de sa truffe. Nos accouplements deviennent épreuves laborieuses quand je sais qu'ils pourraient être un infini de voluptés soyeuses, la harpe des plaisirs. Et pas seulement dans mes imaginations. Mes souvenirs me le rappellent assez. Planche à clous de la mémoire : une torture de plus. Foule des réminiscences, tableaux d'autrefois, d'il y a longtemps... si peu de temps.

Il y eut entre nous tant d'embarquements allègres pour Cythère. Notre première fois, tellement présente, tellement claire. La glorieuse parade de Clémence pour me découvrir son corps : deux temps, trois mouvements, sa simplicité, sa certitude de m'éblouir. Et je l'avais été, ébloui. Ma merveille, totalement, parfaitement à moi. On l'aurait dite androgyne, avec des seins comme de petits tumuli, à peine érigés, avec un nombril tel un idéogramme signifiant la jeunesse, et des hanches en galbes garçonniers, son postérieur comme une ardance, son pubis comme une braise. Et sa fente, sillon sombre tracé au sein de quelque jardin anglais, une ombre d'ombre, presque secrète, un mystère qui se resserrait sur vous, vous captait, vous emprisonnait...

La vérité, c'est que j'ai abusé de cette Clémence-là. Sans cesse il me la fallait, et je la prenais sans retenue. Elle acceptait mes assauts avec ingénuité et amour, délicieusement. Elle ne hurlait pas, ne gesticulait pas, sa jouissance était lascive et s'exprimait par de petits signes exquis, pudiques, impudiques, qui m'enivraient... Clémence d'hier, comment l'ai-je traitée! Oh, je m'en souviens trop bien, et je vois clair maintenant. J'étais un priape, un satyre qui la prenait en soudard, un cannibale qui la dévorait. Au point qu'à la longue elle s'est lassée. Je n'ai pas voulu entendre sa première protestation, son frêle et timide « Lucien, tu n'es pas un peu obsédé? » J'étais hanté, miné par mon désir, je n'avais dans les oreilles que les grondements de ma lubricité. Alors elle s'était plainte d'avoir mal, mais je ne l'avais pas ménagée davantage. Bien sûr, par ailleurs, j'étais gentil, j'abondais dans ses caprices mais ce n'était pas suffisant. J'étais détraqué.

Mea culpa. Je regrette. Seulement il est trop tard. Peu à peu, Clémence s'est sauvée de moi, libérée. Elle a pris des hommes plus mignons, plus mignards, plus prévenants, plus dévots d'elle, qui lui faisaient la cour même pendant leurs ébats. Des hommes de bel air, des hommes papillons, des gentlemen. Certes, elle me taisait leur existence, tout en essayant de m'alerter en prononçant des phrases sibyllines : « Si tu allais chez Desjardins, c'est le seul bon coiffeur pour hommes à Paris. Au moins tu n'aurais plus cette affreuse tignasse... Tiens, je vais te donner l'adresse d'un tailleur : tu seras mieux habillé. » Des phrases que je refusais de comprendre, enfermé que j'étais dans ma violence possessive... Clémence, ma Clémence qui dort, qui est si loin de moi... Je sais désormais que je suis l'auteur, la cause unique, exclusive de sa passivité, moi et moi seul, pour mon malheur. Cette passivité dont, maintenant, elle se sert comme d'une arme dans notre guerre de cent ans. Comment la combattre? J'échoue à revivifier cette chair hivernale et muette, comme j'échoue à déchiffrer ses énigmes. Clémence toujours se joue de mes fureurs, jongle avec mes jalousies. Sa fidélité alléguée contre l'évidence, ses demi-franchises crucifiantes quand je m'enquiers, « T'arrive-t-il de jouir? » et qu'elle me répond : « Ça dépend avec qui »... Autant de flèches qui me déchirent, derrière lesquelles je flaire l'influence de maîtresse Édith, cette femelle scorpion, qui lui enseigne la manière de me rendre fou...

Et ce sommeil interminable n'en finit pas de nourrir ma souffrance, de relancer mes cogitations... Je voudrais tellement savoir, tout savoir, tellement continuer de tout ignorer. Ces amants qu'elle a, leur nombre, peu ou beaucoup? Pas de réponse... Ma tourmente. Interrogations stériles, rébus sans solution. Les yeux clos de Clémence. Son silence. Le temps qui s'écoule... Non je ne la tuerai pas, mais je voudrais mourir...

C'est faux. L'existence j'y tiens, j'adore vivre de toutes mes fibres, et c'est pour cela que Clémence a pu se faire l'hameçon qui me lacère... Je la contemple, j'écoute ses rumeurs tellement placides, tellement paisibles, tellement distantes... Ah Dieu! Fais qu'elle soit bonne, fais qu'elle devienne meilleure avec moi!

Mais comment avons-nous abouti à nos équations mortelles? Pourquoi nos malentendus se sont-ils figés dans les formules d'une algèbre maudite? Tant de maîtresses contre tant d'amants. Tant d'humiliations contre tant de sauvageries. Quel destin a emporté nos natures vers ces tumultes, les a fait osciller sans cesse d'une attirance essentielle à la haine bardée, les a traduites dans les termes de cette mathématique implacable? Si seulement j'étais capable d'aboutir à une solution magique, de trouver l'*x* bénéfique qui changerait tout, qui résoudrait tout...

Tempêtes impuissantes. Le corps de Clémence reste obstinément muré dans son ailleurs. Ses yeux cloîtrés, sa chevelure, ses seins, ses hanches, l'assemblage muet de ses formes me harcèlent. Que faire? A mon tour, je ferme les yeux... Moi aussi, je veux fuir dans le sommeil, me réfugier dans les sables chauds de l'oubli, dormir...

Mais le corps de Clémence danse encore sous mes paupières, corps soudain étrange. Une hallucination de corps dont les flancs se dilatent, se gonflent, deviennent amphore, corps énormisé, flux de chair qui déforme ses attraits, une lourdeur qui s'accentue, une pesanteur qui s'enfle et brutalement, le souvenir qui s'imprime : la Sibérie, la chasse à l'ours, ce temps où justement le corps de Clémence était engorgé, la proie d'un petit être qui se développait en lui, qui l'habitait telle une tumeur. La Sibérie... Et si c'était cela la solution? L'idée a fulguré au milieu du souvenir : Clémence enceinte de moi... Confuse pensée, trop indécise, trop incertaine, trop vague... et pourtant... L'enfant ne serait-il pas l'*x* que je cherche, l'inconnue de notre équation, la pierre philosophale dans l'alchimie de nos échecs?... Jamais jusque-là Clémence et moi n'avons envisagé de progéniture, nous avons préféré nous confiner entre nos plaisirs et nos batailles. Et si parfois elle en a parlé, c'était uniquement pour me racler l'épiderme, me moquer, trouvant dans une hypothétique stérilité contractée durant mon séjour colonial matière à sarcasmes : « Mon mandarin, tu es kaputt. En Chine on t'empaillerait », me disait-elle, mi-hargneuse, mi-rieuse. A quoi je répliquais : « Il suffirait que je me soigne et tout rentrerait dans l'ordre. — Pas la peine, c'est trop tard. Je ne veux pas d'un mioche qui aurait ta bobine. » L'idée lui avait donc traversé l'esprit, mais sans plus. Et aujourd'hui, comment réagirait-elle si je lui proposais la paix du foetus? Elle dont la chair semble n'être plus que haine pour moi?

Non, non, elle m'aime. Elle m'aime... Ça au moins je ne cesse de le dire, de me le répéter... Mais qu'est-ce qui me le prouve? A quoi est-ce que je me cramponne pour m'en persuader? A ses attentions pour moi? A sa gentillesse? A ses prévenances? A ses élans de tendresse? Certainement pas. Depuis des années, je n'essuie plus que ses rebuffades et son hilarité au moindre malheur qui m'atteint. Son génie lui a même permis de retrouver, sans que je le lui aie soufflé, le surnom dont les garçons du collège m'avaient gratifié : « Gourdiflot! Gourdiflot! » Les hordes de gamins hurlant ce mot...

Il est vrai que dans l'univers des réalités quotidiennes, je me conduis en godiche. Un inapte complet. Le geste le plus coutumier, le plus simple, est pour moi de la plus extrême complication. Que d'anecdotes sur ma distraction ! Ou ce que l'on nomme ainsi, et qui est en fait une incapacité à m'adapter au monde matériel, une inattention fondamentale aux objets qui m'entourent — je devrais dire qui m'assiègent. Par exemple, il m'arrive fréquemment de vouloir allumer mon cigare avec le premier ustensile qui se trouve à ma portée. Une fois ce fut une lampe de poche... Une autre fois, le goulot d'une bouteille. Je me souviens encore m'être enfourné dans la bouche les mégots d'un cendrier croyant qu'il s'agissait de noisettes disposées dans une coupe. Moi, je me qualifie de surréaliste, de seigneur de l'Absurde, mais, pour Clémence, je suis le Sapeur Camember ou Monsieur Fenouillard... dans les meilleurs des cas, quand elle a l'humeur câline. Sinon, c'est l'indifférence hautaine, le détachement méprisant, quand ce n'est pas l'agression narquoise, l'ironie tranchante, la volonté de blesser. Presque de la haine. Une sorte de répulsion militante, active, comme un désir de me détruire.

J'essaie de me rappeler quelques faits récents, menus exemples de mes ruptures d'avec le monde, de ces bagatelles qui ont excité les foudres de Clémence, son bon sens sulfureux allié à toutes les duretés, toutes les cruautés... Ainsi la dernière nuit que j'ai passée chez elle... Quatre heures du matin : je suis éveillé par un pressant besoin de pisser. Je n'ose pas allumer. J'hésite même à bouger. Longues minutes à balancer. Mais l'urgence m'élance la vessie et je me décide. Lever discret. Trajet hésitant, difficile. But atteint. Le retour maintenant. Je tâtonne, je palpe, tout va bien... Le lit... Je me jette violemment sur ce qui me paraît être la couche conjugale et en guise de traversin ma tête rencontre la table de nuit. Un fracas mais surtout une douleur fulgurante, mon nez, ma bouche, tout mon visage labouré par les arêtes du meuble. Je rugis de souffrance et, à moitié assommé, péniblement, je m'allonge sur le lit. Clémence a été tirée de son sommeil. Elle se redresse sur un coude et aboie sèchement : « Qu'est-ce que tu as encore fait ? Même la nuit tu ne peux pas te tenir tranquille ? » J'essaie de lui expliquer que je viens de me faire très mal, qu'il faudrait peut-être me panser. Sa médication est sans appel : « Lulu, tu m'emmerdes, laisse-moi dormir... et, si tu saignes, évite de salir les draps. » Là-dessus, elle se retourne et se rendort. Au matin, j'espérais malgré tout qu'elle s'apitoierait. Illusion d'enfant. Son rire claironnant m'a arraché à mon assoupissement douloureux : « Lulu, dans quel état tu t'es mis. Déjà que tu n'es pas très beau, cette fois avec ta tête enflée, c'est le cauchemar. Allez, déguerpis, je ne veux pas d'une cloche suppurante dans mon lit. » En effet, j'avais la figure en compote, plaies et bosses, yeux pochés et lèvres fendues, et même une pommette éclatée. Pour Clémence, un simple bobo, alors qu'il fallut plusieurs points de suture pour me recoudre. Je la revois, Clémence, quand je quittai son logis : statue de la Justice, me montrant du doigt comme si j'étais un assassin. J'avais troublé son repos! Pire qu'insensible, elle était exaspérée... Est-ce de l'amour, cela?

Et ce n'est pas tout, il y a encore ses rigolades au sujet de mes maîtresses, ses gondolades devant mes frasques amoureuses que je lui raconte, espérant la blesser... Sa plus récente invention consiste à exciter ma jalousie par son manque total et absolu de jalousie. Non seulement elle se moque des femelles que je culbute, mais encore elle s'en délecte et me réclame du détail salace, du supplément croustillant. Moi, lâchement, pris à ce jeu, et cherchant malgré tout à le tourner à mon avantage — à défaut de l'humilier, peut-être parviendrai-je à lui plaire? — je me roule dans le lubrique, je détaille, j'invente, jusqu'à ce que sa trogne en soit illuminée. Amères victoires...

Et son talent pour salir! Elle est même venue fouiller dans mes réduits les plus obscurs.

J'étais chez moi en pleine action. Téléphone : Clémence. Dès mes premières paroles elle comprend la situation. C'est tant pis, prétend-elle. Elle a besoin d'argent immédiatement et passera le prendre dans quelques instants. Veulement, j'accepte. En fait, je lui avais imprudemment confié deux jours auparavant que j'avais entrepris de dépuceler une mignonne étudiante et que la besogne se prolongeait depuis près d'une semaine. Mise en perce héroïque.

La victime — c'en était une — était pitoyable. Très

maigre, très brune, avec un visage désespérément pauvre. D'immenses yeux noirs, empreints de sagesse ou de mélancolie. Vingt ans, la chevelure en chignon, petite robe de coton et chaussures éculées, elle était d'un convenable presque émouvant, née de petites gens, honnêtes boutiquiers ou artisans dans la fourrure, qui lui avaient transmis une odeur d'Ancien Testament et de dénuement vertueux. Le genre pas mon genre, je l'avais gagnée à la sortie d'une conférence que j'avais tenue dans je ne sais trop quelle école ou faculté. Mon laïus terminé, elle s'était approchée, timidement éblouie, pour me poser quelques questions subsidiaires. Une proie facile. Le soir même elle était emballée, puis déballée sur le divan de mon studio, dévêtue sans résistance ni discussion. Plutôt belle, il me semble. De petits seins, une peau à nuances ivoirines, et un pubis avec des poils d'une longueur inimaginable — une végétation étrange, biblique, digne de quelque Judith. Toute soumission et acceptation reconnaissante.. Mon étonnement : elle était vierge, et sa fente était si étroite, si fermée, que je ne progressais pas. C'était grotesque, obscène... elle endurait mille morts. Finalement, nous avons remis la poursuite de l'ouvrage au lendemain et ainsi durant plusieurs jours. Elle débarquait l'après-midi, courageuse, arborant un sourire de patience pieuse... La charmante rêvait de la belle aventure, se fabriquait une mémoire et moi je l'ai livrée à Clémence, aux salissures de nos troubles complicités.

Ce jour-là donc, j'étais sur le point d'aboutir lorsque Clémence s'est pointée derrière ma porte. « Lucien, ne crains rien, ce n'est que moi... Passe-moi l'argent. » J'ai marmonné à la fille : « C'est ma femme », et je me suis levé pour rédiger un chèque. Ensuite, la porte que j'entrebâille, le papier que je tends à bout de bras, une poussée de Clémence pour mieux voir, ses yeux de pion fouineur, un bref éclair satisfait, mon geste pour refermer, nos mains qui s'effleurent, la disparition du chèque et son rire : « Excusez-moi, la belle, je ne vous interromps pas plus longtemps. » Je retournai vers mon amie : elle avait resserré ses jambes, clos ses paupières, une feuille d'automne.

Infamie. Mon infamie. Je m'abaissais pour Clémence, pour tenter de la séduire à nouveau, et en même temps je me sentais dupé. Rien de ce que je faisais ne changeait quoi que ce soit de ses sentiments à mon égard. Je m'avilissais à la servir, à servir ses plaisirs. Je n'étais qu'un pantin, une larve d'homme, ridiculisé. Et pourtant... dans le plus profond de son être, il existe — et ce n'est pas une fausse espérance ou une croyance maladive de ma part, j'en détiens les preuves flagrantes, éclatantes, puissantes — un instinct irrépressible, un instinct irréfutable qui l'attache à moi. Clémence m'aime, j'en ai l'absolue conviction. Sur ce point rien n'a changé depuis le début de nos amours, lorsqu'elle hurlait sa joie folle à mon retour de Tunisie.

Ni la rouille, ni la nielle, ni nos ruptures, ni nos infidélités, ni les marivaudages bitumeux ne sont parvenus à profaner nos liens. En dépit de tout, Clémence, la garce, est demeurée l'inflexible gardienne de mon temple. Ainsi, il y a quelques mois, a-t-elle presque saboté sa carrière pour défendre ma réputation.

L'affaire s'est déroulée dans les convulsions de l'Afrique noire, un coin dangereux où ça saignait. Son journal avait dépêché Clémence en compagnie d'un photographe, ignorant et célèbre, qui s'était auparavant illustré en Indochine où nous nous étions connus. Entre lui et moi ce n'était pas l'entente cordiale, c'était même la cordiale détestation. A l'annonce de son expédition, Clémence avait applaudi. Elle y voyait l'occasion d'une promotion. « Je n'ai pas peur, m'avait-elle dit avant de partir. Je saurai tirer mon épingle du jeu. Mon Lulu, je reviendrai avec du galon et tu verras qu'ils me nommeront rédactrice. »

D'après ce que j'en sus, les deux envoyés spéciaux ont rappliqué en plein délire. Un tyran fou, du fétichisme et des sorciers. Ça engeôlait, ça étripait, ça massacrait. Sitôt sortis de l'avion, ils avaient été jetés en prison comme tous les journalistes accourus. Gardes-chiourme menaçants, sourires de requins et gueules anthropophages. On attend, on espère, on s'inquiète. Comme chaque fois qu'il y a péril, la gent journalistique se blinde d'indifférence et, pour tromper le temps, s'adonne à ses tue-l'angoisse favoris : bavardages et règlements de comptes. L'héroïsme du ragot. Bien sûr,

Clémence, la reine du potin parisien, avait été sublime. Allez savoir pourquoi son presse-bouton a cru que c'était pour lui l'occasion de régler enfin son contentieux avec moi. Pensait-il que Clémence se ferait sa complice? Voulait-il la séduire en me débinant? En tout cas il vomit :

— Ton mari, s'il était ici, il aurait le cul coincé, comme au Tonkin. Là-bas, quand on l'obligeait à suivre une opération, tout le temps que durait l'aventure il n'arrivait plus à chier. La peur lui bouchait le trou du cul.

Le garçon n'a pas terminé sa tirade. Clémence a bondi sur lui. Une Euménide en furie dont les mains explosent en un maître aller-retour :

— Saligaud, tu baves d'envie parce que Lucien nous en remontre à tous. Il est tout ce que tu voudras sauf un froussard.

Le journaleux ne veut pas lâcher prise : il déplace son attaque, invoquant cette fois les cornes dont Clémence m'affublerait. Hélas pour lui, le terrain n'est pas meilleur. La riposte tombe, une balle dans la tête — un faire-part!

— Parlons-en, mon vieux, des affaires de cocu, parce que toi aussi tu l'es, cocu. Même que ta femme explique à qui veut l'entendre que ce qui la fait jouir, c'est de te téléphoner pendant qu'elle se fait fourrer. Ça l'excite... Et si ça t'intéresse, je peux te fournir le nom de celui qui officie en ce moment avec elle.

Résultat : le tandem disloqué, le reportage interrompu, et à Paris, le « patron » en personne, le père papelard, avait sermonné Clémence et brandi la menace de renvoi.

Lorsque j'ai revu Clémence, elle sortait de son bain de pénitence, encore toute secouée, un peu pleurnicharde, mais elle ne regrettait rien. En prime, j'avais même reçu son serment du jeu de paume : « C'est plus fort que moi... Je ne supporte pas qu'on te traite de poltron ou de connard. » Baume urticant des contradictions : Clémence ne veut pas qu'on me dise connard, mais elle me fait cornard. Elle est ainsi. D'un côté carquois de flèches pour me pourfendre, de l'autre faisceau de dards pour me défendre. Amour et haine, nourrice et harpie. Quand nous sommes ensemble, elle compose à mon intention son profil de fiel, mais en présence d'adversaires, d'ennemis qui me dénigrent, elle exhibe l'autre profil, celui de la justicière passionnée. Quelle fougue! Ses amants eux-mêmes sont tenus de me respecter. Ainsi m'a-t-il été rapporté que Clémence prononce mon éloge et me dithyrambe entre deux caresses, que son fornicateur est parfois sommé de se mettre au garde-à-vous si, par hasard, mon ombre sacrée a été invoquée.

Mystères de l'épouse amoureuse, qui voudrait avoir l'exclusivité du droit d'avilir son époux. Décidément, je n'y comprends rien. Elle est mon ténébrion, ma fleur carnassière, le farfadet taquin et cruel qui déroule à son gré tourments et délices. Fuseaux indémêlables. Pourtant, j'ai désormais franchi certains cercles de son être, j'ai pénétré un peu de l'insondable : je sais que son immoralité n'est pas vice, qu'elle est saine et peut être vertu — à ses yeux —; que son sens du plaisir est une part d'elle-même, comme les pulsations de son sang ou les scansions de son souffle; qu'il n'y a pas en elle de cruauté originelle, première, fondatrice, et qu'elle ne recourt à l'inexorable que si je me dresse sur le chemin de ses désirs. Je sais aussi son exigence unique : être à elle-même sa propre tanière, l'antre fécond de ses secrets. Ne rien dire, toujours taire, dissimuler sa vie, faire que son existence soit pour moi boule de suie. Fuir la clarté et se faire impalpable, tantôt oppressante, tantôt apaisante. Parfois hyène, parfois oisillon guidant son vieux rhinocéros, toujours déesse, maniant le tonnerre et distribuant la grâce. Clémence, ma Clémence explosive, ma Clémence lénifiante, elle détient seule sa vérité. Je sais tout d'elle et je ne sais rien, je vois tout et je ne vois rien, je suis comme un aveugle clairvoyant aux certitudes brumeuses. Que je veuille le traquer, débusquer ses pièges, ouvrir ses verrous, elle devient aussitôt mauvaise, elle cogne et disparaît, cerf-volant chatoyant. Et moi je cours après elle, j'ai la maladie de savoir, de vouloir en savoir toujours davantage, comme si je cherchais ses coups, comme si je n'aimais d'elle que le monstre. La salope! Mon chagrin et ma félicité pour toujours.

Je me ronge de questions et Clémence continue de dormir, tel un bulbe qui s'oignonne en couches concentriques de sommeil. Au-dehors, les bruits de la cité ont revêtu leurs teintes vespérales, et dans la chambre maintenant, les fadeurs du crépuscule apportent leur opacité, leur émollience, adoucissant l'acuité de ses formes.

Elle se fond dans le jour qui décline. Et j'ai envie de la toucher, qu'elle revive pour moi. L'éveiller pour connaître la surprise de son humeur, savoir si elle sera câline ou grincheuse.

Coïncidence ou puissance de mon désir ? D'elle-même Clémence s'étire, déploie ses membres et reprend possession du monde. Elle ouvre des yeux à peine bouffis, m'aperçoit dans le paysage, semble étonnée, presque agacée :

— Quoi ? Tu as dormi là ?

Bref instant de confusion, puis elle se souvient :

— Ah oui, c'est vrai... C'est toi qui es resté...

Son bonjour, une aigreur qui balaie mes espoirs de tendresse... De la ville a jailli un geyser sonore, la cacophonie de Mai. Alors son regard s'alourdit légèrement, une hésitation et d'un seul coup, l'embrasement, le corps électrisé, les pensées lumineuses : le devoir l'appelle. Plus un mot, la précipitation. Elle se pomponne le museau et le corps, éclats d'eau et serviette-éponge, suivis d'une sarabande juponneuse, atours de petite précieuse de la Révolution, qui s'avise que je n'ai pas bougé.

— Mais Lulu, tu rêves ? Dépêche-toi de t'habiller. Je dois rejoindre mes amis à la manif.

— Tu veux que je t'accompagne ?

— Toi, venir avec moi, avec ta tête de vieux réac ? Pas question ! J'aurais bien trop honte. Tu déguerpis, c'est tout.

Lourdaud, j'insiste, tout en me battant avec mes vêtements :

— Veux-tu que je revienne à la prochaine aurore pour ton nouveau salon ?

— Qu'est-ce que tu crois ? Que tu vas tous les jours ripailler dans mon lit ? Si tu veux faire bombance, rejoins ta Martine, elle au moins ça lui plaît.

L'escalier en chute libre. Clémence fredonne pour se galvaniser : « Le combat continue. » La rue. Je m'apprête à la séparation, position d'effusions, mais Clémence a d'autres projets :

— Je suis en retard. Il faut que tu me conduises en voiture jusqu'à la place Saint-Michel.

La Jaguar. Le dédale du Quartier latin. Un calme d'attente soudain s'est installé. Plus de farandoles, plus d'escarmouches, comme si Mai s'évaporait lentement. Des flics partout, des murailles de flics à trognes en plexiglas auxquels je montre ma carte de presse. Je dépose Clémence qui arbore un visage de brave. Son geste d'adieu où je crois deviner un soupçon de tristesse. Ma solitude, mais aussi, étrangement, pas d'inquiétude, pas de jalousie, seule la sensation vague de céder aux émanations du printemps, de la jeunesse, de ses radiances, de tout ce qui va se dissoudre dans les prochains jours.

Mon studio désert. Téléphone hargneux :

— Martine, rejoins-moi. Je t'attends.

Martine mon exorcisme... L'urgence de faire l'amour avec elle, de me désenvoûter, de me sentir à nouveau dominateur. Réinvestir ma chose. Pauvre Martine, ma terre malléable, mon contrepoids, l'exutoire dont j'ai d'autant plus besoin que Clémence m'a écorché. Loi inique de mes compensations : il me faut les milliers de tonnes de soumission de l'une pour équilibrer un simple kilogramme de malignité de l'autre. Mille tonnes de dévouement, d'attentions, de dévotions et de soins de Martine contre un kilo de trahison de Clémence.

J'ai attendu Martine en ruminant mes rancœurs : la bande, Clémence, ces petits cons qui célèbrent Mao et la Chine, ces ignares naïfs nourris de pieuses croyances et d'idées fausses, et qui ainsi me ramènent, malgré moi, à mes propres obsessions. La Chine, toujours la Chine. J'écris le mot et aussitôt ce sont des éblouissements infinis, ma mémoire multiplie les images. Chinoiseries... chinoiseries... Comme elles me reviennent, comme elles m'empoissent, comme j'en ai marre. J'ai marre de bien des choses, mais de la Chine, alors, à un de ces degrés... Tout gosse je l'avais reniée, je haïssais d'être l'enfant torve aux yeux bridés. Lulu le Chinois : c'était le nom, le surnom, le crachat que m'envoyaient les gamins de l'école. Lulu le Chinois... Le suis-je vraiment ? Ai-je réellement la gueule orientale ? Ai-je la fameuse « face », ce masque d'impassibilité, sous lequel on dissimule les sentiments? On le dit... Mais est-ce suffisant pour que je sois « chinois »?

En revanche, il est bien vrai que j'ai fait mon beurre avec l'Asie. J'en ai vendu de la Chine et de l'Indochine, du corps expéditionnaire et du Mao Tsé-toung, de l'Empire céleste et des rites immémoriaux, de la dialectique et des « solutions correctes ». A tour de bras. Comme une poissonnière sur le marché. J'ai fait mes choux gras de la jungle et des rizières, des supplices d'antan et des rééducations présentes, des ancestrales perversions et des vertus nouvelles, des masses d'autrefois, ployées sous toutes les oppressions et toutes les calamités, de celles d'aujourd'hui transformées en Peuple glorieux de la Révolution. C'est vrai que l'Asie j'en ai fait des gros titres, à coups de guerres et de guérillas, de batailles et d'embuscades. J'ai peinturluré le Jaune de sanguinolences, avec toutes les nuances de la cruauté, avec toutes les brillances des luxures et des splendeurs, tous les éclats de la pourriture et du vice. Je n'ai pas lésiné sur les moyens. Chine d'hier ou Chine d'aujourd'hui, soieries brodées d'or ou bleus de chauffe : mise en scène à grand spectacle, avec toujours ce qu'il fallait de croustillant et d'écœurant. Chinoiseries... Saloperies... Mes répulsions. L'ironie, c'est que je n'ai jamais pu m'en défaire. A chaque tournant de mon existence, la Chine m'a rattrapé.

Ainsi quand je suis devenu reporter... je me croyais tiré d'affaire, délivré de mon passé asiatique. Années de plaisir, érotisme sulfureux des guerres. Je l'avoue, j'étais à l'aise. Mais on m'a envoyé en Indochine et là l'Empire céleste m'a rappelé à lui. En Chine l'écorce des choses craquait, une tempête fulgurante se déchaînait à la stupéfaction du monde entier. Mao le Rouge, un va-nu-pieds presque inconnu, avait en quelques semaines taillé en pièces les grandioses armées de Tchang Kaï-chek.

Désormais, du nord au sud, c'était la marche triomphale des colonnes de la révolution. La rumeur nous rapportait les échos d'un immense printemps. Joie. Joie. Joie... Inquiétude aussi, car on ne savait pas qui était Mao. Un privilège de la Chine que celui-ci : engendrer périodiquement des êtres fantastiques, des héros fabuleux qui ne se contentent pas de modifier le cours de l'Histoire, qui veulent plus, résoudre les grandes énigmes du monde, changer le sens de la vie et de la mort, et, pour y parvenir, tentent de dépasser les domaines de la métaphysique et de la poésie, d'aller au-delà du ciel et de la terre, de repousser les frontières de ce qui est. Ils sont empereurs, ils sont prophètes, ils sont dieux. Alors Mao : de quelle espèce était-il ? Tyran ? Sage ? Mystère.

Moi, j'ai voulu savoir, comprendre. Je me suis rejauni à toute vitesse. Il fallait que j'y aille, je devais en être. Y être. Moi seul pouvais être le bon témoin, le bon regardeur, l'analyste compétent. Moi seul... Je suis Lulu le Chinois. J'ai passé la frontière.

Canton 1949. Le dernier refuge du Kuomintang, place forte d'un Tchang Kaï-chek en déroute. Ville amnésique, ville jouisseuse, elle étale sous mes yeux ses mystères et ses dragons : elle semble avoir oublié qu'elle a été le berceau de cette Révolution qui déferle. C'est l'ultime chancre, l'ultime impureté sur la chair rouge et vertueuse de la Chine révolutionnaire. Attente. Visages obliques. Mais pas d'angoisse palpable, pas non plus de frémissements. Nul mouvement de révolte, on ne cherche pas à devancer la victoire. Pas de panique non plus. Pas de fuite éperdue. Pas d'exode. On reste, on verra bien. Partout l'ombre de Mao, le géant inconnu, recouvre sans le troubler l'ordre du quotidien. Sur l'îlot de Shameen, parc des verdures délicieuses, bosquets de bambou et nonchalance affairée, s'agglutinent les ambassades qui ont fui l'avance des Rouges. Même celle de l'URSS. Oui, même celle-là !... Atmosphère lourde. Odeur de néant. Moi j'éprouve un désir sauvage : retrouver une dernière fois la vieille Chine sur l'immense cité flottante du plaisir. Tant de jonques amarrées bord à bord sur la rivière des Perles. La houle des jouissances. Plus qu'un grandiose bordel, plus qu'un agrégat de putasseries, une civilisation, une éthique, un art de vivre. Oubli du présent et promenade dans l'éternité. Matrones et filles, les putes, le théâtre, la danse, la chair, l'opium, toutes les exquisités. Je me souviens qu'après l'amour une fille a retiré une planche de la coque et, à l'aide d'une casserole, a puisé dans le fleuve une eau immonde et puante pour laver son sexe. La Chine. Canton. Un monde en sursis qui s'étiole.

Ma certitude, cette nuit-là, de partager ses derniers feux, de goûter les fruits d'un paradis moribond, déjà rayé de l'Histoire...

1949. Canton, toujours. Rumeurs et contre-rumeurs. je traîne. Encore le quartier flottant des plaisirs, et ce jour-là dans un salon bordel, guère de clients, sinon trois Chinois en complet-veston qui bambochent, apparemment peu affectés par les incertitudes de l'avenir. La patronne, une mère maquerelle, orpheline sauvée par les bonnes sœurs, et dont l'éducation s'est achevée sous les marsouins de l'Infanterie de marine, me murmure dans un français parfait qu'il s'agit de seigneurs des eaux. En clair, de pirates. Mais de style modern'style, qui ont renoncé au bandeau traditionnel, aux vêtements guenilleux et aux mines patibulaires. Maintenant, ils ont la tenue gentleman et le franc sourire : devenus des businessmen de la rapine et de la contrebande, ils ont pignon sur rue, compte en banque, chéquiers et raison sociale honorable. Bref de dignes appointés du crime et du vol, probablement en cheville avec quelques milliardaires chinois de Hong Kong, eux aussi parfaitement honorables, bien que liés aux sociétés secrètes, parmi lesquelles la terrible Triade. « Tu devrais t'entendre avec eux, me suggère la maquerelle, ils savent tout, ils voient tout, ils pourront te donner de bons tuyaux. » Présentations, salamalecs, rires et kampés. L'internationale de l'ivrognerie et des claques dans le dos. Leurs gueules verdâtres, leurs chapeaux mous, leurs doigts à bagouzes et leurs bouches à éclats aurifères me rassurent : tout va bien, nous pactisons. J'apprends qu'ils s'apprêtent à partir en expédition pour Kouang-tcheou-wang, un ancien territoire à bail français, en bordure de mer de Chine, à proximité du Tonkin. Mon sang ne fait qu'un tour : le coin est favorable étant donné le reflux des armées de toutes sortes vers le sud. Je flaire une bonne récolte. Kampé kampé. Mes amis accepteraient-ils que je sois du voyage ? Bien sûr ! Ne sommes-nous pas devenus frères ? Kampé kampé. Buvons à l'amitié. « Tu verras, me dit l'un d'eux, nous possédons la vedette la plus rapide et la plus puissante de la rivière des Perles. Les chevaux du moteur sont plus hargneux que des milliers de dragons. Personne ne peut nous attaquer. » Kampé à la fraternité. Kampé à la vedette. Cognac et makuelo. Visages hilares. Les filles se joignent à nous. La fête. La grande fête de la piraterie et des bienfaits de la civilisation. Brouillards. Le matin, je me retrouve accoudé à la rambarde d'un engin flambant neuf, la gueule en bois de teck, devisant avec l'un de mes compères. La brise me dessaoule un peu. Partout chromes et nickel. La sirène hulule sans arrêt pour faire ranger jonques et sampans. Eaux boueuses et ciel terne. Nous rentrons dans la cabine. Les autres s'y trouvent déjà. Une table, des verres. Kampé, encore kampé, kampé à flots. Par les hublots, l'océan vide, juste dans le lointain une côte de falaises rougeâtres et rugueuses. Normalement je devrais m'inquiéter, craindre pour ma vie. Je suis seul à la merci de mes pirates, l'envie pourrait les prendre de me faire la peau pour me vider les poches. Mais non, dans ma tête l'euphorie. Nous sommes tous quatre vautrés dans des fauteuils moelleux. L'ambiance est à la joie, pas à la peur. Kampé, toujours kampé, entrecoupés de rires. Des serviteurs apportent de la nourriture. Défilé des plats. Dix, vingt, peut-être plus encore... Ailerons de requins et denrées aphrodisiaques... Apparemment sans mauvaises intentions, presque machinalement, l'un de mes hôtes pose sa main sur ma braguette. Un test? Une invite? Une menace? Sans réfléchir je la repousse sèchement. Hilarité générale. Il n'insiste pas. De temps en temps, vomissements par-dessus bord, retour en cabine et à nouveau kampé. Nous sommes une même soupe de plaisirs célestes. C'est ainsi que j'arrive à Kouang-tcheou-wang cuit et recuit de saoulerie, grand reporter du kampé sur les traces d'une révolution invisible.

Kouang-tcheou-wang. Une langue de marécages assainis. Des restes de la présence française, qui s'est achevée quelques années auparavant : bâtiments coloniaux et larges artères, au bitume rongé, bordées de longues enfilades d'arbres altiers. Les arbres, on ne voit qu'eux. Ils sont festonnés de fruits difformes et scintillants : des boîtes à biscuits métalliques, décorées de visages enfantins réjouis qui dégustent des gâteaux, pendent au bout de ficelles. Ces ornements déplacés, inconvenants, inexplicables, sont agités de doux balancements, parfois se heurtent et tintent gaiement, comme invitant les rares passants aux délices de la gourmandise. De près, on dirait une végétation friandise, un buffet aérien qui baguenauderait sur fond de feuilles lourdes laquées d'un empois tropical. De loin, ce sont des guirlandes, des grappes de convoitises offertes, des hanaps argentés de bonne vie. Qu'annoncent-elles, ces boîtes ? L'avènement de l'ère nouvelle ? Le salut des bonnes âmes de Kouang-tcheou-wang à Mao le vainqueur ? Ou sont-elles une prophétie de l'abondance future, une façon d'exorciser les aléas de l'avenir ? Peut-être un voyageur ignorant se laisserait-il prendre au piège séducteur de ces innocents festons. Moi, je les connais ces breloques et je sais ce qu'elles signifient. Chine hypocrite qui se pare comme une putain quand elle veut donner la mort. Boîtes funèbres. Défécations. Les éclairs métallisés de la décomposition... Depuis plusieurs jours, la ville est occupée par un régiment de Tchang Kaï-chek. Une unité intacte qui attend de s'embarquer pour Formose, ordre et discipline, les vaincus portent beau la hargne de la défaite. Pas un relâchement, pas une défaillance : des patrouilles incessantes, hérissées d'armes, arpentent les rues désertes. L'armée impose sa loi. Martèlement des pas cadencés et salves sporadiques des exécutions. Terreur. Brutalité raide des pillages conduits comme des opérations militaires. La mort en uniforme... la mort aussi qui ricane à travers les ridicules pendeloques à biscuits, ces boîtes à lettres de l'enfer. Vieille tradition chinoise. Leurs parois sont percées de fentes généreuses par où les honnêtes gens sont conviés à glisser des plis portant le nom des traîtres. Aujourd'hui, les communistes et les communisants. Démarche tellement absurde quand on songe à la situation : dans quelques jours les Rouges seront là, et si la réalité de leur victoire n'est pas encore perceptible en ces lieux, elle n'en est pas moins déjà inscrite dans les têtes. Dans toutes les têtes. Dans celles des soldats comme dans celles de la population. Mais ça ne fait rien, tant qu'il n'est pas advenu, le réel demeure hypothétique, imaginaire. Et les perdants délirent, font comme s'ils n'étaient pas vaincus. Paranoïa de la guerre, de toutes les guerres A Kouang-tcheou-wang la troupe dispose toujours de la force, donc elle l'exerce, même si ça n'a plus aucun sens. Folie... La levée du courrier de l'infamie s'effectue deux fois par jour. Sinistre piétinement des pelotons préposés à cet office. Le silence tandis que l'on procède au dépouillement du contenu des boîtes, une chape d'angoisse sur la ville, et enfin les ordres hurlés, les détachements qui se dispersent au pas de course, le pilonnage des crosses contre les portes, les cris et le retour. Des civils encadrés par les ruffians hilares dont les yeux pétillent de cupidité, hommes ou femmes le plus souvent d'apparence bourgeoise, vêtements de l'aisance financière et attitude de la dignité, mais qui très vite se désagrègent, sous les grêles de coups qui s'abattent sur eux. Présentation devant le tribunal militaire érigé en pleine rue. Simulacre de jugement. Acquittement pour ceux qui ont pu graisser la patte de leurs bourreaux après un marchandage sommaire. Condamnation pour les autres, les insuffisamment fortunés, et exécution immédiate.

J'y étais. Je les ai vus, les condamnés, avec cette physionomie qu'ils ont tous, ce mélange de vie et de mort qui imprègne les traits, qui habite les regards, cette façon de marcher bien particulière, mi-hésitante, mi-volontaire, flottante, cette façon de se tenir debout, de regarder autour de soi, de tomber au moment de la salve meurtrière, comme un hoquet de surprise qui soudain déséquilibre le corps. Je les ai vus aussi, les soldats, avec leurs visages glacés et leurs expressions d'élèves appliqués quand ils tirent, la fureur réglementée, inexorable, une banalité sans tragique, déchirante pourtant. Et je les ai vus, les cadavres. Abandonnés. Pas question d'enterrement. Corps gisants sur les trottoirs et dans les caniveaux, baignés de sang, la cervelle éclatée, les entrailles étalées. Tous ces morts pour l'exemple, déchets inutiles, stupides, étrons sanguinolents d'une armée vaincue qui ne parvient pas à digérer sa défaite.

Des années plus tard, en 1956, à Pékin. Un interprète est venu me chercher à l'hôtel. C'était le soir. Il m'a conduit dans un palace de l'ère capitaliste. Une salle immense, une foule et au milieu, Mao. L'empereur rouge. Mao tel quel. Debout. Qui ne siège pas sur un trône, n'est pas revêtu d'ornements rutilants, Mao sans dignitaires prosternés devant lui.

Mon émotion et ma stupéfaction. Il se tient au centre d'un

cercle vide, en tenue Sun Yat-sen, une sorte d'austère uniforme de chauffeur. Il est là, immobile, planté solide sur ses pieds, avec des lèvres épaisses, ne disant mot, toute pesanteur, et un gros visage lourd, terne, neutre. Je scrute, je cherche ne serait-ce qu'une vague émanation de gloire, une lueur du regard, une aura de visionnaire. Vainement. Le Mao qui s'offre à mes yeux n'a aucune des marques du génie. Il me paraît même un homme ordinaire, d'une extrême banalité humaine. Pourtant quelque chose d'inopportun dans son apparence, quelque chose qui me gêne, qui heurte mon observation. Je le détaille plus attentivement, et soudain je comprends. Sa figure : cette bouffissure de graisse ressemble à celle d'une femme au lard toujours ferme et aux chairs dures, une femme à l'œil inexpressif, dont les lourdes paupières se joignent presque. Quoi ? Ce serait une femelle, ce titan, ce mastodonte qui a survécu à tout, qui a tout écrasé, cette boule d'épreuves et de triomphes, cette cérébralité inlassable, cet inventeur de métamorphoses inouïes ? Je suis abasourdi, écartelé entre le désir de me tromper et celui de renforcer ma découverte. J'insiste. Mais il n'y a pas de doute, le pétrisseur d'univers est un mastoc très quelconque, à la féminité rustre. Il ne bouge pas un cil, tassé sur lui-même, pas une esquisse de mouvement — si, il se cure le nez. Son indifférence s'anime quand même, et de temps en temps il a un léger dandinement, toujours sans mot dire — on attend de lui un silence sacré, un silence surhumain. C'est un tas, un tas debout et qui s'ennuie.

Chine incompréhensible. Pourquoi cette réception ? En l'honneur de quoi ? De qui ? Est-ce simplement une « party » rouge ? Une exhibition de Mao devant le Tout-Pékin ? Ou n'est-ce pas plutôt un spectacle de lui-même que le régime se donne à lui-même, un spectacle miroir où les puissants viennent contempler l'image du pouvoir qu'ils incarnent ? Sinon, comment expliquer ce vide autour du Maître, cette absence de gens, ce périmètre creux qui l'entoure et qui, je le sens, vaut toutes les anciennes étiquettes, toutes les liturgies de l'Empire céleste. Ce vide, ce vide ! Une immensité. Le couloir de l'univers. Comme une auréole écarlate. Un signe d'absolu. Avec au centre ce Mao mémère dont les traits gonflés doivent cacher un abîme de dissimulation. A la périphérie du premier cercle, les grands dignitaires, les Chou En-lai et les autres, les compagnons de l'épopée, maintenant sexagénaires, en pleine forme, eux aussi vêtus à la Sun Yat-sen, bavardent gaiement, sans contraintes, rient et s'esclaffent. Ensuite, d'autres cercles, les antichambres du pouvoir, les rejetons, les amis, les alliés : la jeunesse en bleu de chauffe, les apprentis dignitaires. Tous, le visage détendu, incroyablement décontractés. Pas d'obséquiosité. Pas de méfiance. Pas de crainte diffuse. Une foule de deux ou trois cents élus triés sur le volet, une cour d'empire apparemment sans intrigues. Avec, disséminés comme au hasard une poignée de Blancs, une vingtaine tout au plus, diplomates ou journalistes.

Sur une estrade dansent des demoiselles ouïgours : on dirait l'exposition coloniale. Personne n'y prête attention. D'autres troupes les remplacent, toujours des filles, qui chantent, roucoulent, vocalisent à la mongole, à la tartare, à la kazakh. Puis c'est le tour d'une pure Chinoise, une Han en bleu de chauffe, la natte nouée par une rondelle de caoutchouc. Mystérieusement, sa présence impose le silence. La belle a entonné un cantique d'allégresse, l'histoire d'une paysanne qui, dans une glèbe lointaine, aurait un jour entrevu Mao. Je regarde le Mao dont il est question, le Mao qui est là, dans ce gala. Il reçoit le cantique sans broncher. Imperturbable. Impassiblement lui-même. Sa complainte terminée, la chanteuse est descendue de son estrade, pour rejoindre l'homme de la légende, demeuré impavide, et lui a passé une couronne autour du cou. Ce fut comme un déclic. Il est sorti de sa léthargie. Quelques pas lents l'ont approché du premier cercle, bavardages avec Chou En-lai, Liu Shao-chi, Chuh Te. Mots aimables, brefs cependant, et là-dessus il s'est éclipsé, me laissant l'un des plus bizarres souvenirs de mon existence.

A vrai dire, la Chine m'en a légué d'autres, de ces souvenirs au goût d'absurde. Ainsi lors de mon équipée en 1949 à Canton... Après mon aller-retour à Kouang-tcheou-wang, je m'étais lassé d'attendre des vainqueurs qui ne se montraient pas et je ne savais plus très bien que faire, quand une rumeur a circulé avec insistance dans la ville, affirmant qu'un Seigneur de la guerre, Pai Chung-si, un reître ambitieux, avait bousculé la troupe conquérante de Lin Piao avec une armée de soudards. Enfin des bruits de combat! Les affrontements se déroulaient dans la région de Heng Chow, à plus de mille kilomètres de Canton, et nul ne savait s'il s'agissait d'un simple accroc dans le déferlement triomphant des armées de Mao ou, au contraire, d'un renversement de situation. J'avais aussitôt décidé de rejoindre Heng Chow.

L'étrange a commencé. Un rêve éveillé. D'abord la gare de Canton dans sa morne indifférence. Des gens faisant la queue, sagement, sans pagaille. Leurs visages sereins, leurs attitudes dégagées, comme insouciantes. Et les panneaux qui annonçaient les horaires des trains, les destinations, signalaient que le trafic était normal. Un pays en révolution, avec des trains qui circulent sans problèmes! Pourquoi pas? Avec des trains qui conduisent dans la région des combats et des gens qui s'y rendent — là, ça frise la folie. Car je ne suis pas seul dans le convoi. Il est bourré de voyageurs. Tous uniformément paisibles. Quand même : dans les esprits ce doit être la grande ébullition, ce n'est pas possible autrement. Ces hommes qui vont au-devant des troupes communistes savent bien qu'ils jouent leur vie, leur fortune, leur destin. Chine dure, où il faut savoir abattre les bonnes cartes au bon moment. On mise tout, toujours : c'est la règle. Et eux, sur qui ont-il misé?

Je me suis allongé sur ma couchette « molle », la première classe là-bas. Par la fenêtre, j'aperçois le défilé des paysages bucoliques de la Chine méridionale, et le spectacle avive mon impression d'irréalité. Rien de la lèpre des guerres : ni ruines fumantes, ni champs brûlés, ni humanité en dérive, ni cohortes fuyardes. Je ne vois que des estampes, pagodes, villages, rizières, paysans au travail. Comme si le pays au paroxysme de ses bouleversements se figeait, suspendu dans le souvenir de ce qu'il a été, avant de s'effondrer d'un coup dans le chaos absolu qui préparera son nouvel ordre.

A Heng Chow, l'absurde a persisté. Des gens sont descendus, d'autres sont montés et le train est reparti. La routine. La gare, les bâtiments sont obstinément pisseux, latrineux.

Comme la ville d'ailleurs, où s'entassent les maisons et où puent les ordures — l'ordinaire des villes chinoises. Tout est jaune. Jaune saturé. Le sol, les rues, les passants. J'ai rassemblé mes bribes de chinois pour questionner au hasard de mes rencontres. Où est la guerre ? Où ont lieu les combats ? Visages masqués, dédaigneux. On m'ignore, on feint de ne pas me comprendre.

Finalement, une espèce d'étudiant m'a suggéré dans un anglais approximatif de traverser la rivière. De l'autre côté, je trouverai peut-être ma pâture. J'ai suivi son conseil et devant moi maintenant s'étend la plaine des Tombeaux. Une interminable étendue de terre herbeuse, jonchée de boursouflures, de bourrelets, de monticules de glèbe soulevée, tous semblables, des tombes. Nul caveau, nul monument, juste par endroits quelques stèles, de rares statues de licorne ou de lion rongées par le temps, formes à peine reconnaissables, sans lesquelles on ne se douterait pas qu'il s'agit d'un cimetière. Dans l'immensité infinie, la paix, le repos au sein de la nature. Une plaine funéraire comme il en existait une à Yun-nan Fu. Quand j'étais gosse, j'y caracolais à cheval, bondissant par-dessus les tertres, insensible aux remontées macabres des ossements qui, de-ci de-là, perçaient le sol. Les morts faisant l'école buissonnière... Violence du souvenir... Permanence de la Chine ce jour-là encore devant mes yeux. La mort dans sa sérénité. Ou presque...

Tout est nimbé d'un silence bruyant, composé de sons indistincts, indéchiffrables. J'écoute, je regarde, et je crois vivre une hallucination. Sans y prendre garde, je me suis avancé au milieu d'une armée endormie. Les hommes du reître Pai Chung-si, rassemblés sur cette plaine des Tombeaux. Vision folle, surréaliste. Les bouches de la multitude gisante modulent la cacophonie du sommeil, les poitrines se lèvent et s'affaissent au rythme des respirations. Un cimetière dortoir. Et je ne fantasme pas. Ce sont bien des soldats qui dorment, des guerriers avec tous leurs attributs, tuniques, boutons dorés, casquettes et calots, fusils et harnachements de tueurs, tout y est. Une armada de pionceurs. C'est cela la guerre dont on parlait à Canton ? Cet agencement ordonné de roupilleurs ? Ces milliers d'endormis vautrés sur le sol ? Chine inouïe. Même pas une sentinelle. Même pas de sang.

Même pas de plaintes moribondes. Simplement la vie au ralenti. Je me déplace précautionneusement dans ce dédale embrumé, notant au passage des regards qui filtrent entre des paupières fermées. Éclairs furtifs, angoissants. Que l'un des hommes se redresse, se mette à hurler que je suis un espion, et dans l'instant je serai tué. Nulle part on ne distingue de caravansérail, pas de cité de toile digne de la mégalomanie d'un Seigneur de la guerre. Où donc repose Pai Chung-si? Enfin, à l'abri d'un repli de terrain, une tente. Des officiers autour d'une table pliante consultent des cartes. Je m'approche. Interpellation, discussion, des bras me balaient, des ricanements me repoussent, je rebrousse chemin. Toujours ces corps. Maintenant prêts à l'éveil, menaçants. Une hydre parcourue d'élancements mauvais. J'ai la frousse.

Je me replie sagement sur la mission chrétienne voisine. Dans la Chine d'avant Mao, chaque ville importante possédait sa maison de Dieu, et Heng Chow ne faisait pas exception à la règle. L'édifice était reconnaissable : ceint d'une solennelle muraille blanche, que crevait un portail grandiose, et surmonté d'un clocher souverain. La majesté du Seigneur... J'ai pénétré dans une chapelle néo-gothique, en plein office préparatoire au ciel. Alentour, soldats fourbus et, ici, le grand apparat de la religion, les splendeurs de l'Église. Dans le chœur un rang d'ecclésiastiques assis en habit de parade, tout l'ornement des cérémonies, dorures et broderies, croix et chapelets. Au milieu, debout, les mains jointes, vieux, très vieux, une barbe enneigée par les années, le visage émacié, les yeux usés, un évêque officie. Gravité de tous, surtout des ouailles qui emplissent la nef : une cohorte de couples, peut-être une trentaine, peut-être plus. Jeunes filles en pantalon et veste de coton écru, une mantille virginale sur la tête, formées en cortège, chacune appariée à un jeune mâle drapé d'une robe sombre, la mine dévote et décidée.

L'hyménée à la chaîne. On marie les orphelines, ramassées jadis dans le ruisseau, encore quasiment fœtus, par les religieuses à cornettes, et vouées à devenir les servantes du Seigneur. Épousailles forcées pour cause de Révolution, car les curés sont persuadés que ces pures brebis seront la proie des Rouges quand ils entreront dans la ville. D'où cet extraordinaire rituel de sauvetage des âmes et du corps.

Avant de subir les derniers outrages de la soldatesque écarlate, le clergé réuni a jugé nécessaire que les innocentes soient déflorées dans le saint sacrement du mariage. Façon de diluer le péché. Les uns après les autres, les couples se succèdent devant l'évêque et s'agenouillent. Le saint homme chevrote des formules latines. Main droite bénissante, les deux visages opinent leur accord, les voûtes explosent sous la percussion des orgues et du chœur des fidèles. L'onction reçue, les époux se relèvent, marche nuptiale en direction des cellules — d'habitude réservées au silence et à la chasteté — pour le dernier Office. Eau bénite et sperme sanctifié : les projets sataniques de la « meute maoïste » sont déjà déjoués.

Dans ces murs, je découvre la peur. La vraie peur, avec ses voix vertes et ses paroles d'Apocalypse. Ah, les prophéties de l'évêque au cours du frugal repas qu'il me fit prendre le soir à sa table! Prophéties du cauchemar inspirées de toutes les cruautés de la vieille Chine, et amplifiées par l'idée qu'il se fait des Rouges. « Les Rouges, c'est l'engeance de l'innommable, les diarrhées de l'ignoble. Oui, Mao est Lucifer réincarné. Pires, ils sont pires que les mandarins de Tseu-hi, pires que tous les ruffians des Seigneurs de la guerre. Le Mal en soi, voilà ce qu'ils sont. Le Mal absolu. » Puis il passe au registre des tortures qui l'attendent, alors c'est l'extase. L'appel du sacrifice! Il se décrit dénudé, piteux dans sa pauvre chair, dans son âge vénérable, les yeux crevés, énucléés, ses orbites vides et son corps empalé sur un bambou — ce fut le sort de son prédécesseur. Peut-être même que pour lui il y aura des innovations plus terribles, plus terrifiantes, si les Rouges ont bien l'ingéniosité qu'on leur prête.

S'il savait, ce saint homme qui s'excite à l'énumération des maux qu'il espère endurer, s'il savait comme il est encore loin d'imaginer ce que Mao lui réserve! Ni la mort noble des martyrs de la foi, ni les agonies déchiquetantes, ni les supplices sanguinaires. Il endurera bien pire. Il subira la lente, l'insidieuse, la terrifiante dégradation de la rééducation, celle qu'infligent les bouches implacables de la dialectique et de la logique acérée. Les interrogatoires sans fin, lancinants, les questions obsessionnelles. Qu'il avoue! Qu'il avoue tout et n'importe quoi : qu'il a servi la CIA ou le

Deuxième bureau, que sous le couvert du manteau de Rome l'impure il a été la proie de toutes les luxures, qu'il a exploité la chair chinoise, qu'il s'est honteusement enrichi. Questions et réponses à un rythme infernal, sur tous les tons, la caresse et l'injure, la douleur et la rage, le corps humilié, méprisé, avili. Les interminables séances et, à la fin, les aveux! Oui, il avouera. Il se fera parjure, il abjurera tout, même sa foi. Ensuite, il reviendra sur ses apostasies. Lui comme tous les missionnaires. Honteux, misérables. Et le cycle reprendra jusqu'à ce qu'ils ne soient plus que de pauvres loques soumises, décervelées, ridiculisées aux yeux de leurs ouailles. Alors la Chine s'en débarrassera comme d'ordures et les déposera sur les frontières de Macao ou de Hong Kong. Des épaves hébétées, vieilles poupées inutiles et cassées. Des têtes vidées sur des corps exsangues.

Tous ces valeureux ecclésiastiques qui se pressent autour de moi n'ont rien compris à la Révolution. Ses fidèles ne violent et ne violentent les corps qu'exceptionnellement, lors des grandes crises du régime. Le communisme n'est pas la sauvagerie déchaînée. Au contraire : il est la vertu authentique, avec ascétisme et abstinence, une lobotomie des cœurs et des cervelles, un ensevelissement des êtres dans le linceul immaculé, purificateur du labeur à la terre ou à la machine, et il engendre ainsi cette forme particulière du bonheur qui confine à l'anesthésie, le total oubli de soi.

Ce savoir, je le dois à Mme Tung, une rescapée de Mao... A la fin des années cinquante, j'avais installé une base journalistique à Hong Kong et j'employais un serviteur modèle, M. Tung. Une perle domestique, sans l'obséquiosité ancillaire, d'une dignité un peu menaçante, bel homme au sourire d'énigme et aux éclairs furtifs, qui savait à merveille câliner mes manies. Ancien tueur de la police secrète de Tchang Kai-chek, son tableau de chasse aux Rouges était, disait-on, impressionnant. A mes yeux, M. Tung n'avait qu'un défaut : il me coûtait cher, très cher. Et un jour que je lui en faisais le reproche, il m'expliqua qu'il me volait depuis des années pour réunir le montant d'une rançon énorme, le prix de sa femme, ouvrière à Shanghai. Voies tortueuses de la dialectique et du négoce, sophismes du communisme : on avait estimé que le bien du peuple, son bénéfice, la solution correcte, consistaient à vendre l'épouse plutôt que de continuer à la faire travailler sa vie durant.

Tractations, négociations, accord. Finalement, Mme Tung est rendue à son époux. Son arrivée, un matin, chez moi! Je m'attendais à rencontrer une femme illuminée de joie. C'est une Mme Tung éplorée qui surgit. Des jours, des semaines, elle va rester accroupie sur son lit, le visage raviné, le corps tassé dans son bleu de chauffe. M. Tung levait les yeux au ciel, impuissant. Elle n'écoutait rien, n'entendait rien, toujours ruisselante, comme écrasée d'un inconsolable chagrin. Puis, au bout d'un mois environ, les pleurs s'espacèrent, firent place à des balbutiements confus parmi lesquels une phrase revenait sans cesse : « Là-bas, j'étais bien, j'étais heureuse, pourquoi m'avoir emmenée ici? »

La vie de Mme Tung, pardon! de la camarade Tung... Mais était-ce la vie? L'existence en un long déroulement engourdi. Tous les jours semblables, identiques, répétés à l'infini. Les mêmes horaires, les mêmes occupations, les mêmes gestes, les mêmes rythmes, les mêmes pensées. Une condition humaine sans désirs, une atonie complète, une extinction de soi. L'abrutissement. Labeur dur, exténuant même — elle était dévideuse de cocons, les mains plongées dans des bassines d'eau bouillante. Atmosphère d'étuve. Dans les temps capitalistes, on mourait à cette besogne. Mais la camarade Tung se portait bien, et n'avait qu'une obsession dans son absence totale de soucis : produire davantage, toujours plus, toujours mieux. Le décor le lui hurlait sans cesse, partout des haut-parleurs à criaillements de statistiques, de performances, aux murs, des courbes, des graphiques, le visage de Mao, et toujours le vacarme intense des vieilles machines rafistolées. Pour le reste, manger un peu, dormir sur une planche de bois dans un immense dortoir et s'autocritiquer. Faire mieux. Aimer mieux Mao. Servir mieux le peuple. S'accuser de ses manquements, dénoncer les autres. Toujours le sourire de Mao en toile de fond, sa mansuétude, sa grâce. Continuité des jours. Ne se préoccuper de rien, ne s'alarmer de rien, ne pas avoir d'idées ou de sentiments à soi, se perdre dans la source chaude de l'immense communauté, s'anéantir, n'avoir plus ni passé ni avenir. Au-delà de la mort, le peuple continue.

Toutes ces confidences étaient hoquetées par bribes, au fur et à mesure que Mme Tung renaissait. Un jour pourtant, elle apparut en cheong-sang, la robe de l'affriolance. Col officier enserrant le cou, continué d'un fourreau qui se découpe sur les jambes en deux longues lanières. Une tenue troublante, emblème des turpitudes capitalistes, séante néanmoins, à condition que les échancrures ne soient pas trop hardies. Le cheong-sang est l'uniforme féminin de la Chine des saveurs, de la Chine des sensations, de la Chine charnelle. Quand je vis Mme Tung ainsi équipée, je sus qu'elle était guérie de sa vertu rouge. Ses premiers sourires, ses rires en éclats et rapidement ses plaisirs... La cupidité de ses yeux ! Rattraper le temps perdu. M. Tung béat. La victoire, sa victoire. La revanche métaphysique, celle des réalités de ce monde matériel sur le mysticisme annihilant de Mao. Shanghai n'étais plus qu'un mauvais rêve...

Un mauvais rêve, oui, mais de quelle espèce ? Marqué de quel poinçon ? Frappé de quel sceau ? Venu de quels tréfonds ? La Chine de Mao est-elle nouveauté radicale, pure création, ou est-elle la continuation, sous d'autres défroques, des obsessions de la Chine éternelle ? Clémence et la bande, comme tous les partisans de Mai, croyaient au miracle et s'étaient forgé une légende dorée. Mais moi j'avais compris. Mao n'inventait rien, ne créait rien. Sa Révolution n'était que le rejeton monstrueux des Chines qui l'avaient précédé. Génie de la dialectique qui avait décortiqué les sombres gémissements de l'Histoire, il avait su utiliser la folie hallucinée des Seigneurs de la guerre, il avait su entendre les plaintes de la Chine de mon enfance prise dans le tourbillon des passions hagardes. Et il avait su instituer dans ce chaos sanglant un ordre emprunté à l'ordre noir de l'Empire. Mais à l'ancienne cosmogonie, il en avait substitué une nouvelle, si simple : il avait décroché le ciel pour l'installer sur la terre, remplaçant les constellations étoilées par la sagesse des masses et changeant l'immuable des choses en une infinie progression des êtres. Mao était une perpétuation et non une révolution. Mao ou la permanence chinoise.

Effacement du temps, empreinte des souvenirs, et la Chine toujours en moi comme une démangeaison... Je suis à Hanoi, en 1949 encore, la mousson a cessé, mais dans la jungle la guerre coloniale n'a pas repris son cours. J'apprends que les armées de Mao piétinent devant le Yun-nan, mon Yun-nan, ce horst majestueux dressé au-dessus du Sud-Est asiatique : elles hésiteraient, dit-on, à affronter Lou Han — la panthère noire —, un terrible Seigneur de la guerre, pour moi une vieille connaissance... Il me caressait les cheveux de ses mains griffes lorsque j'avais dix ans... Ainsi, il s'est maintenu au pouvoir, il est resté le maître absolu de la province, malgré le temps, malgré les guerres. Lou Han... Je suis pris d'une envie brutale : revoir sa tête de fauve, retrouver mon Yun-nan.

Hélas, la voie d'accès normale, la ligne de chemin de fer construite par les Français pour relier Hanoi à Yun-nan Fu, la fierté d'Albert le consul qui s'en était tant occupé, cette fantastique bretelle d'acier aux allures de tour Eiffel couchée, est désormais coupée, brisée même, vomie par tronçons entiers dans les gouffres et les torrents. C'en est fini de cet emblème orgueilleux du colonialisme triomphant. A sa place maintenant fonctionne le pont aérien du vil bénéfice. Les firmes d'import-export de Saigon et de Hanoi affrètent d'innombrables avions pour ramener encore et toujours plus d'étain du Yun-nan, avant que les Rouges n'y arrivent et interrompent le trafic — le négoce, toujours le négoce, le droit sacré du négoce, son cynisme, qui transcende tout, même la création ou la chute des empires. Je prends donc l'avion.

Yun-nan Fu, la cité et son cercle de montagnes. Les rives du lac. Paysage connu et inconnu. En fait, je ne reconnais pas les lieux de mon enfance et c'est en vain que je cherche le Consulat de France. Mais dans la citadelle gardée par de martiales sentinelles, Sa Seigneurie Lou Han m'accorde audience. Il me reçoit dans les profondeurs de son antre, entouré des symboles de la prospérité, sphinx et licornes de toutes formes et de toutes matières. Lou Han... dès le premier regard, je le retrouve, lui et sa face ciselée de brutalité souple, à peine vieilli, bien que quelque trente années se soient écoulées. Lui aussi dit me reconnaître. Politesses de part et d'autre. Il se met à me parler d'Albert le bon consul, d'Anne Marie qu'il admirait, pour laquelle il avait tant de respect, « une dame qui embellissait la contrée de son charme et de sa vertu ». Pendant plus d'une heure il a évoqué mes parents. Le miel coulait de sa bouche et moi j'étais mal à l'aise, la tête envahie de fantômes, Albert mort misérablement, Anne Marie enfermée dans sa pension de famille, déjà morte à mes yeux... Enfin il s'est tu. Et soudain il s'est transformé. Il est devenu céleste, véritablement céleste : une surprise m'avait été préparée. Un claquement sec de ses mains. Par l'une des portes de la pièces, portée par un silence irréel, est entrée une vieille Chinoise, courbée en deux, à peine marchant, mangée par les ans. Je ne comprends pas. Mon regard qui va de la vieille à Lou Han, Lou Han muet, qui se rengorge de mystère et qui finit par m'annoncer que cette vieillarde arthritique a été mon amah. Mon amah ? Je la dévisage, je cherche dans les rides l'ombre d'un souvenir, d'une image, d'une sensation... Mais rien ne m'apparaît. Ma mémoire est vide ou plutôt elle est pleine d'une autre, de mon amah Li la bien-aimée, Li mon adorée, ma mère jaune. Celle qui est devant moi appartient en fait à des temps moins importants que ceux de ma prime enfance à Cheng Tu. Toute rabougrie, toute ratatinée par les siècles, elle épanche d'anciens détails qui m'ancrent dans la certitude qu'elle a effectivement été ma servante. Chinois! Chinois! Aussi délicats dans la suavité que dans l'atrocité. Je me dis qu'il s'agit bien d'une extrême attention de Lou Han que d'avoir pensé à cette momie et de l'avoir fait rechercher pour me la servir sur un plat. Millions de remerciements. Réponses, échanges d'amabilités et ensuite le Seigneur a été sublime : sa face de jettatore a hurlé son intention de convertir le Yun-nan en un bastion inexpugnable, inaccessible aux communistes... Envolées lyriques. Moi je pense que bientôt, comme la plupart de ses semblables, il se retirera avec ses femmes, sa kyrielle d'enfants et son incalculable fortune dans un coin protégé de l'Asie capitaliste où il terminera en paix son existence tumultueuse.

Déroutants Chinois! J'avais la conviction que Lou Han fuirait, mais je me suis trompé. Quelques semaines après mon entrevue, j'appris qu'il avait envoyé à Mao un télégramme d'allégeance, lequel, aussi inconcevable que ce soit, avait accepté de lui pardonner en bloc toutes ses abominations, bien qu'il ait figuré en tête sur la liste des criminels de guerre établie par les communistes.

Longtemps après j'ai revu Lou Han... à Pékin cette fois, et dans la peau d'un vice-ministre des Sports. Extraordinaire entrevue, qui s'est déroulée à son ministère. Un bureau miteux dans un bâtiment délabré. Dès le début j'ai le cœur serré. Le superbe Lou Han de ma mémoire a disparu. A sa place je trouve un homme au physique démantelé, vêtu d'une tenue Sun Yat-sen rapiécée, aux manches élimées. Un fantôme misérable, presque miséreux. Vainement dans son regard je cherche la lueur altière qui me fascinait auparavant : ses yeux ne sont plus que le vide de la peur. De même ses traits : ils ne sont pas tellement altérés, ils sont atones, serviles, humiliés. Étrangement Lou Han ne parle plus français et toute notre conversation transite par mon interprète qui, tandis qu'il traduit les banalités polies que nous échangeons, manifeste à l'égard du camarade ministre le plus profond mépris. Scène pénible. Je suis persuadé que ma présence a été imposée à Lou Han, qu'il subit une épreuve et qu'il tremble à l'idée de commettre une erreur. Il fait celui qui ne me connaît pas et aussitôt je comprends qu'il est vital pour lui que j'entre dans son jeu. Ce que je fais et, une seconde, j'ai l'impression de voir une flammèche de gratitude danser dans son regard. En tout cas, il est rassuré. Il se met à dévider des kilomètres de litanies dialectiques : son bonheur, son indignité, la générosité du président Mao. Phrases creuses, mécaniques. Une leçon bien apprise, récitée avec les accents de la foi. Si je ne le connaissais pas, je pourrais le croire sincère. Peut-être d'ailleurs l'est-il. Comment savoir? Je mesure au fil des mots la déchéance de l'homme. Mao l'a utilisé pour s'emparer du Yun-nan, et bientôt le fera passer à la trappe. Sort tellement prévisible! Mais d'abord on le désinfectera encore un peu plus, car il pue toujours : son passé l'imprègne. On le nettoiera, on le récurera et enfin il crèvera, repenti, toujours plus repenti, étouffé, asphyxié par ses propres odeurs nauséabondes. L'odeur : la clé de la Chine. Quand on sent mauvais, pour se régénérer, se décrasser, on demande à descendre, à dégringoler toujours plus bas, jusqu'à ce qu'on touche les profondeurs de la propreté, le néant. Il n'y a de bonne asepsie que la mort. Malheureux Lou Han! Il est sur la pente. Heureusement pour lui, si j'en juge aux apparences, le fond n'est plus loin. Au moins ses souffrances finiront.

Il n'y a pas que les Seigneurs de la guerre, Lou Han et les siens, à être ensevelis dans la suavité. Il y a aussi les autres, les réactionnaires de tous crins, et surtout les grands, les riches, les capitalistes, les friqués, les bourgeois. Avec quel angélisme le régime les a traités, jusqu'à ce qu'ils deviennent des superfluités! Après la Révolution, pas d'Octobre rouge, pas de chasse aux sorcières, pas de grandioses massacres, juste de l'éducation. Des pilules, des cachets, des potions, des clystères d'éducation qui ont purgé les cervelles de leurs sanies et donné la vertu. Le même processus partout. Toujours. La même méthode de la douceur cruelle, de l'avilissement volontaire, l'apprentissage de la haine de soi. Et toujours les mêmes et merveilleux résultats : le suicide par la béatitude, la disparition dans le gouffre de la joie.

Communisme à la chinoise! Rééducation, machine à décerveler : la torture douce. Noria des solutions correctes, toujours changeantes, toujours contradictoires. Acrobaties de la dialectique. Partout l'art de vivre dans les circonvolutions de la cérébralité en folie et l'art de survivre dans l'imbroglio des argumentations. L'existence comme un jeu sans limite où chacun, même le plus haut dignitaire, doit échapper au piège de l'erreur. Poker. Poker rouge. Doucereux au début, et puis soudain sanglant... quand advient la guerre de Corée. La grande peur dans les rangs du Parti, le fantasme des ennemis de l'intérieur. Tous ces capitalistes qu'on a gardés et qui sûrement ne sont pas encore assez rééduqués, des traîtres en puissance, qu'il faut maintenant tuer sans attendre. Alors la bonté du peuple exterminateur se mobilise. La justice déchaînée, nouvelle immanence divine, avec l'ancien champ de courses de Shanghai pour cadre de prédilection. Le cœur de la cité. Jadis l'écrin du colonialisme impérialiste. Symboles, symboles. Jaquettes des messieurs blancs et mousselines de leurs femmes. Le temple des plaisirs snobs, la vitrine insolente des fortunes édifiées sur la peau prolétarienne, sur la peau d'un peuple qui virait à son tour à la frénésie des paris, du turf et des gamblings. Désormais reconversion. Le même lieu devenu cirque des châtiments exemplaires, décor à la démesure de la générosité populaire, conforme aux intensités de l'excellente colère et de la juste haine. Bonté. Bonté supérieure et purificatrice du peuple... L'énorme clameur syncopée, rythmée par des chefs de claque, un même cri monté jusqu'au ciel, quand sur le gazon central on déverse une fournée de cent capitalistes. Tous résignés, tous extatiques, tous heureux de leur exécution imminente. Rituel des agenouillements. Ils se courbent vers le sol. Ils implorent. Mais pas dans le vain espoir d'une pitié, au contraire pour qu'on leur confirme avec plus de violence, pour que rugisse davantage le verdict : « A mort! A mort! » Orchestration des voix qui sortent des bouches en fourneau, danse des visages exacerbés par la volupté d'anéantir le Mal. Ensuite tout s'accélère. Chaque « criminel » à son poteau, cent commandements, cent salves, cent corps qui s'affaissent, cent gisants, cent coups de grâce, cent charognes enlevées et la joie collective à son paroxysme lorsque surgit une nouvelle fournée.

Communisme à la chinoise! Les gens transformés en mécaniques de la félicité. Leur euphorie perpétuelle. Jamais une parole vraie, jamais de futilité, jamais d'allusion au quotidien. Personne n'a mal aux dents, n'est cocu ou seulement fatigué. Un fait divers est inconcevable. Il n'est question que d'adhérer aveuglément à la ligne du Parti, participer, se moléculariser dans les « campagnes » qui se suivent à cadences accélérées. Vagues de mobilisation générale qui s'avancent et se retirent, la mer, l'océan des bonnes entreprises et des bons sentiments.

Ainsi y aura-t-il l'obsession des oiseaux : annihiler toute la gent ailée pilleuse de récoltes. D'un coup la surface du pays est quadrillée au mètre carré, et chaque espace garni d'un vieux, d'une vieille, d'un enfant, d'une matrone qui vacarment nuit et jour. Les plus vigoureux grimpent aux arbres ou sur le sommet des montagnes. Et tous de chambarder du tambour, du tambourin, d'agiter des crécelles, de piailler de la voix. Frénésies. Il faut que les moineaux, pinsons et fauvettes, tous les volatiles, affolés par le déchaînement sonore qui monte du sol, n'osent plus se poser, volettent dans les airs jusqu'à épuisement complet, et finalement s'écrasent à terre, se fassent charognes qui engraisseront et fertiliseront l'humus... Ce qui tombe bien — c'est le cas de le dire — parce que maintenant se profile une autre « campagne », une nouvelle urgence : recueillir les déchets organiques, les vases, les boues, les herbes putréfiées. Que ces précieuses pourritures s'ajoutent au trésor des déjections humaines et animales dont l'odeur est exquise — on la fait savourer aux intellectuels à l'orgueil trop puant — pour féconder la terre. Le chantre de cette croisade de la merveilleuse fétidité est un égoutier qui a la particularité de manger peu et de déféquer beaucoup. Un héros national cité en exemple pour les qualités de son dévouement révolutionnaire. Auquel il faut souhaiter d'avoir su prendre le bon virage au bon moment... Car les campagnes se succèdent rapidement, ce qui vaut à certains paresseux, engagés trop tard, ou à certains zélés, persistant trop longtemps, alors que la suivante est déjà en cours, d'être derechef déclarés ennemis du peuple... Tâche d'ailleurs favorisée — autre coïncidence heureuse — par la campagne récemment promulguée : l'amour de la police. Que chaque Chinois se transforme en flic... Comme la vigilance quotidienne de chacun ne suffit pas, il faut en plus des spécialistes, des professionnels qui détectent avec sûreté les contre-révolutionnaires, les anti-peuple et autres traîtres à la Révolution. On les aime ces agents protecteurs, on les cajole, on les nourrit, on leur recommande d'avoir des yeux toujours plus aiguisés, toujours plus vigilants pour découvrir les crapauds et les hyènes qui se cachent dans les rangs des masses... Ah, la technique des « campagnes «! Le véritable secret du nirvâna rouge. Les hommes comme des funambules, le peuple sans cesse sur la brèche, jamais une seconde pour penser, toujours s'oublier, obéir, marcher droit. Discipline et abnégation : pour la Chine la formule du bonheur, pour moi les deux versants de l'horreur.

VI

Mai file en quenouille. Les torsions du vieux monde n'ont pas été une agonie, pas même un accouchement. Illusions perdues... Clémence et la bande se sont repliées de la Maube vers l'hôtel particulier de Neuilly. On va sous les lambris, dans les fumets de la bonne richesse, célébrer l'événement mémorable qui déjà cautérise la déconvenue de Mai : les épousailles de Carole avec son amant Auguste... Je suis las de cette petite bande, du frère Chantecler déplumé, d'Édith la maîtresse gallinacée glaciale, de sœur Carole bonne poule tourneboule, de l'Auguste cocorico, las, tellement las, des « autres », de leur âme bossue, de leurs gloussements serviles de dindons entretenus, fatigué de leurs jérémiades vides et de leur opiniâtre absence de génie, exaspéré par leurs protocoles dondon dondaine et leur prétentieuse oisiveté... Que de dégoût quand je repense à eux.

Alors pourquoi donc le quelconque de cet hyménée s'est-il collé aux fibres de ma mémoire ? Pourquoi ce carambolage légal de deux médiocres m'empoisse-t-il toujours si obstinément le cœur ? A cause de Clémence, bien sûr, de Clémence qui ce jour-là m'a réservé un retour de noces à sa façon.

J'étais passé prendre Clémence chez elle, moi sur mon trente et un, elle toute arborescence printanière. De la gaieté entre nous : « Tu t'en souviens, Lulu, de notre mariage ? » Du batifolage et de la légèreté : un vrai couple ! La mairie de Neuilly. La bande et nous comme des collégiens émoustillés.

Grandeur et magnificence. Une salle de mariage avec table sur tréteaux et chaises Second Empire, de vagues huissiers, une odeur de bureaucratie élue du peuple, tout le décor du cérémonieux manufacturé. Notre tour. L'Auguste amant pour devenir Auguste époux s'est un peu aménagé : il porte redingote et chapeau claque, Carole, nénés coincés dans balconnet serré, n'est plus qu'une grosse rose pompon mousseuse.

On fait groupe devant l'officiant qui s'écharpe de tricolore et débite monocorde les versets de son Code. Deux « oui » se murmurent. Anneaux, bises et signatures. C'est fini. Tout s'est tenu dans la bonne note, du sérieux sans décorum avec un zeste de bons sentiments — pas trop. Retour à l'hôtel particulier. Là, surtout pas une ambiance de nuptialité vulgaire, une atmosphère de fête amoureuse. La mariée prodigue ses appâts alimentaires, elle est caviar, elle est saumon fumé, elle est foie gras, elle est mousse au chocolat. Champagne, grands crus et grandes décrues des bouteilles. Gaieté des voix, les corps en goguette, l'exubérance dans les têtes, on cherche la farce, on l'a trouvée : on va conduire les conjugalisés au lit. Pantalonnade, même Raphaël s'abandonne au délire, l'Auguste en chemise de nuit bouffonne autour de son épousée en nuisette et petite culotte. Rires. On les laisse consommer. Puis on retourne les chercher : c'est l'heure des boîtes de nuit. Clémence et moi nous nous aimons, on s'aime et se re-aime; folie griserie, il y a du bonheur dans l'air. A cinq heures du matin cap sur la Maube.

Calme et sérénité. Nous sommes rentrés dans notre bercail, bras dessus bras dessous, au pas de l'habitude et nos gestes avaient le naturel du rituel bien rodé. En arrivant, classique pause salon : souvent les époux de longue date font une causette avant l'union séparée du sommeil. Nous nous reposons comme un vieux ménage bien ressemelé. Une décontraction benoîte, moi, assis dans un fauteuil, tirant sur un cigare, la cervelle baignée de bulles de champagne, Clémence, étendue sur le divan, les jambes gainées de soie haut croisées, offrant des perspectives. Mais je me sens trop bien pour folâtrer. Je me contente de respirer les parfums de son corps, de déguster de l'œil le profilé de sa silhouette. Elle joue à ne rien remarquer, elle se laisse savourer, consentant à toutes les euphories béates, y participant à sa façon. Nous flottons dans l'extase et la digestion, nous faisons foyer, à moitié ronronnant, engourdis, pris par une harmonie bon enfant, ponctuée de bâillements, de hochements de tête et de petits conciliabules. Il y a longtemps que nous n'avons pas été aussi détendus, dans la connivence née d'une journée bien remplie. Peut-être est-ce là la meilleure forme de l'amour, cet ajustement des âmes au sein d'une exténuation commune. La paix, l'échappée du temps... Nous échangeons des impressions, nous nous donnons la réplique, sans effort, avec des mots qui affluent et s'assourdissent dans le discret ensommeillement de la pièce. Parfois une gouaille, une ironie, parfois un laps d'ennui. En somme la fatigue, un entracte : le délassement comme sommet du bonheur.

Nous débinons gentiment le mariage de l'après-midi. Clémence a trouvé que le foie gras ce n'était pas ça, et qu'Auguste avait tout du bidasse endimanché. Elle a aussi ajouté que si Carole s'était mariée, c'est parce qu'elle avait trop grossi.

— C'est toujours comme ça : on se marie par infirmité.

— Mais toi, ai-je répondu, tu n'étais pas grosse à notre mariage, et tu ne l'es pas plus maintenant.

— Ça, c'est différent, quand on aime on ne grossit pas, et je t'aime, mon Lulu.

Clémence douceur. J'ai ajouté « finalement, le conjungo, ça n'est pas si mal que ça », et elle a eu un sourire d'acquiescement complice.

— Notre mariage, je ne le regrette pas.

Moi, encapelé de fumée, je me délecte de ces arômes de nuptialité. En mâchonnant mon cigare, du fond de mon fauteuil, je regarde Clémence avec un espoir intense : alanguie, lasse, comme si elle avait eu son comptant de donzellisme, on la dirait en train de se conjointiser, de rentrer dans le rang. Un brin d'olivier, un brin prêt à faire souche, arbre, forêt. Oui, peut-être que nos tracas sont enfin lessivés, et peut-être qu'enfin nos draps et nos nappes vont pouvoir s'empiler dans l'armoire de famille. Finie la boîte de Pandore. Des sachets de lavande désormais dans le tas de nos toiles et velours, de nos serges et taffetas, la collection complète des sentiments au repos. Voilà peut-être la vérité à concéder : que le modeste accommodement, l'habitude érigée en ordonnance sont la forme suprême de la passion. Qui sait ? Et pour Clémence et moi, puisque nous sommes toujours ensemble, peut-être est-ce enfin l'heure des myosotis ? Peut-être sommes-nous prêts à nous aimer comme Ruth et Booz ? Elle près de la trentaine et moi, à vingt ans d'elle. Demain la différence d'âge sera effacée, Clémence comprendra mieux ma vieillesse et moi sa jeunesse. Je me replie, je me niche en moi-même, je me sens dans la plus complète sécurité. Clémence, ma femme.

Mais je rêve... Oui, je rêve. Un tintement lointain sonne à travers mes brouillards : l'angélus de Clémence annonçant qu'il est l'heure de dormir.

Nous nous sommes mis debout. Le même calme épuisé, la même quiétude éreintée après cette bonne journée. Lorsque j'enlace Clémence, pour une fois, je n'éprouve aucun désir de la posséder, rien que la sensation d'une douceur, d'une infinie tendresse. Elle me paraît soudain si vulnérable. Sa démarche traînante, son corps qui s'alourdit insensiblement — comme la jeunesse a, plus que la maturité, la capacité de s'effondrer soudain. Je la soutiens à demi, moi le vieil ours, et elle s'abandonne à mes bras protecteurs. Quand nous parvenons dans la chambre, la vision du lit conforte mon état intérieur, ce sentiment que Clémence et moi sommes à jamais unis : le lit conjugal, une mystique de la banalité, le confort de deux êtres dans leur état d'outre-conscience.

D'abord, se déshabiller. Clémence reprend forces, s'anime, bavarde tout en s'adonnant à l'étiquette du coucher. Je me suis posé sur le rebord de la couche, témoin voluptueux de son dépouillement. Je l'imite à regret, paresseusement. Veste, cravate, chemise, elle, il ne lui reste que sa petite culotte... Je m'arrête, vaguement libidineux, pour goûter pleinement ses ultimes gestes, ce dernier mouvement qui précédera le déploiement de son entière nudité. Sa vivacité quand elle fait glisser la dentelle sur ses jambes et d'un coup de pied habile la projette sur le dos d'une chaise. Clémence exposée dans sa vérité totale, sans une ombre, sans un mystère, sans secret et pourtant, tellement inconnue.

Paupières à demi-closes, je semble absent, ailleurs, déjà endormi, mais elle sait que je la contemple... Tout à coup, je ressens une espèce de malaise indéfinissable. Le tableau qui s'offre à mon regard n'est pas exactement celui que je vois d'ordinaire, comme si à ce corps nu manquait une partie de lui-même, comme s'il était devenu disparate, s'était déséquilibré. Gêne de quelques secondes, perplexité dérangeante : je ne retrouve pas ma Clémence. Il y a en elle une indiscernable anomalie qui me choque... Et soudain, illumination. Une vision nette, parfaite : les efflorescences généreuses de Clémence, les poils de son pubis, de ce roux que j'aime tant, ont disparu.

Dans mon crâne, la confusion. A la fois une exaltation qui me coupe le souffle, et un sursaut, un recul, devant cette inconvenance : cette échancrure sans fourrure, sans son habituelle passementerie capillaire, est extraordinairement obscène, formidablement excitante. Le con de Clémence arborant impudiquement les languettes, les tirettes, les ravines qui auréolent sa fente... Puis, à ce dégoût incertain, succède le sentiment d'une blessure, l'idée que cet entrejambe a été entamé, taillé par une lame, que Clémence doit souffrir mille tourments... Mais non, bien sûr que non, elle ne souffre pas. Elle va bien, elle continue sa ronde d'avant dormir et procède à sa toilette. Moi, je suis abasourdi, incapable de détacher mon esprit de ce paysage nouveau, avec ses montagnes, ses mamelons, ses collines roses autour de la grotte intime. Évocation d'une terre torride, qui se consume dans une combustion infernale, et qui en même temps prospère, vivante, encore plus charnelle. Les mouvements de la marche, parfois, écartent imperceptiblement l'échancrure et font alors cratère, volcan...

Tout mon être s'est cabré. Ébranlement de tout mon corps, la fantasmagorie d'être constitué de disques et de roues dentées qui se déglinguent et se disloquent. Mais la machine à réfléchir, elle, a embrayé. Ma logique, ma terrible logique qui toujours démarre au quart de tour... Clémence m'a trahi. Et maintenant elle ose inscrire ses tromperies, ses turpitudes à même son corps. Elle en porte les marques comme si les caresses de ses amants avaient usé son ventre, comme si elle avait décidé de graver le récit de ses forfaitures sur sa chair... Je me ravage, incapable de proférer un son et elle continue sans rien remarquer... Ah si, quand même! Elle s'est arrêtée. Elle me parle : « Alors, mon Lulu, tu es tellement fatigué? Tu n'as pas la force de finir de te déshabiller? » La garce! Elle ne voit pas mon accablement. Elle ne veut pas le voir. Son récurage achevé, elle vient s'étendre. Surtout ne pas lui répondre, j'exploserais. De toute façon, je ne le peux pas... Vide absolu. Je suis paralysé. Millions, milliards de certitudes qui font bloc en moi... Clémence m'a trahi. Clémence a cédé à la perversité d'un amant, un vicieux qui voulait donner plus de violence à sa luxure, aviver les plaisirs de sa pénétration. Je sais que l'épilation du pubis se pratique dans certains pays exotiques, que les mâles en tirent un supplément de jouissance...

Clémence, ne remarquant toujours rien, s'étire langoureusement : « Eh bien, Lulu, tu n'as pas envie d'en profiter? » Aucune gêne dans sa voix, nulle retenue de son corps qui se propose insolemment... Alors sortent finalement les mots de la torture : syllabes, questions, tronçons de questions innombrables, les sempiternelles et toujours identiques questions des hommes trompés, dupés, abusés par une femme — épouse traîtresse ou maîtresse impudente, la commune malédiction des mâles depuis l'origine des temps. Misérable Clémence, je vais lui arracher l'aveu de ses méfaits!... Clémence, saisie dans son élan, reste comme ça, charmeuse, tout offrande et enjôlement, Clémence dont les yeux s'écarquillent de stupéfaction, bouche béante et mine ébouriffée. On la dirait frappée par la Méduse, solidifiée sur place, pierre, amas de pierres ébahies. Elle subit glacée, la grêle de mes interrogations : « Pourquoi?... Pour qui?... Comment?... Avec qui?... Où?... quand?... » Savoir, savoir. L'obsession. On se décompose. On s'anéantit. On tue pour ça. Quelle folie stupide! Comme si la matière féminine était connaissable. C'est une matière que l'on palpe, mais où est son âme? Toujours impénétrable, incaptable. Une abstraction de la ruse et du mensonge. D'ailleurs les femmes ont-elles une âme? Maudit soit ce concile de vieillards impotents qui a décidé que oui... Clémence toujours immobile et moi emporté par ma violence. Du pus, une boule de pus, une mer de pus, un engorgement de mes pensées et la détestable sensation d'être un flan jaunâtre et vacillant. Je n'ai plus de forme, je suis assommé... la chute.

Vaguement, très vaguement, j'entends la voix de Clémence me prodiguer des apaisements, sa voix de fée rassurante, d'épouse suspectée à tort, tout l'arsenal hypocrite de la bonne foi. Elle prêche le calme, me traite gentiment de gros nigaud, de poupon capricieux aux imaginations délirantes. Elle me le dit, le redit main sur le cœur, les couleurs de la candeur : elle ne comprend pas mes grognasseries, elle n'a rien fait de mal, en tout cas pas cette fois. Un homme là-dessous? Allons donc... Quelle bêtise! J'invente n'importe quoi. « Mais non, mon Lulu, c'est par jeu », une idée saugrenue qui lui est venue, comme ça. Enfin quoi : s'épiler le pubis, ça n'a rien d'extraordinaire. Et puis en plus, vrai de vrai, croix de bois, croix de fer, elle a cru que j'apprécierais. C'est à moi, et à moi seul, qu'elle a réservé la primeur de son anatomie déplumée... Elle miaule sa tirade, Clémence, plus persuasive que jamais. Non, vraiment, c'était juste comme ça, un trémolo de son bas-ventre pour m'exciter, pour me plaire. Une envie d'être pour moi une nouvelle Clémence, une Clémence plus surprenante, plus divertissante... et il ne faut pas croire : ça lui avait fait mal, ça lui avait pris du temps. Parce qu'elle ne s'était pas rasée, « Ah ça non, c'est un truc qui laisse un hérissé de barbe... Tiens, tu peux toucher, c'est aussi doux que la peau d'un bébé... » Elle s'était épilée, un travail, poil par poil. Ensuite, elle s'était regardée, ça lui avait bien plu et elle s'était dit que je me régalerais... Bref, il n'y avait pas d'homme, pas d'amant, elle s'était voulue bonne petite épouse, juste un peu vicieuse pour moi son mari, pour m'exciter, et je n'étais pas content!

Doux propos, débités sur un ton tranquille, légèrement aguicheur. Mais ça ne change rien, je suis incapable de croire quoi que ce soit, incrusté dans ma certitude. Et j'éructe comme un forcené mon credo de cocu :

— C'est sûrement une de tes conquêtes du Maghreb, encore un cochon de Berbère...

Saloperie des saloperies : je ne m'en sortirai jamais de mes obsessions! Regard torve de Clémence, les mains sur les hanches, sa position de combat. Elle s'esclaffe :

— Tu sais bien que le berbère, ça ne bouffe pas de cochon.

Ce qui m'inspire une sentence philosophique définitive :

— Peut-être que ça ne bouffe pas de cochon, mais en tout cas, ça aime la cochonnerie.

Elle éclate de rire, et prend sa voix de Circé :

— Ne fais pas tant d'histoires. Profites-en !

La pute. Elle veut détourner mon attention. Seulement ça ne marche plus, désormais. Clémence je la connais trop bien, ses trucs, ses ficelles pour m'embrouiller, ses pièges pour me perdre, ses stratégies de séduction pour enterrer mes doutes, j'en ai fait le tour. Elle va déballer ses trésors de conviction, me jouer sa grande scène du deux, passer de l'ingénuité libertine à l'innocence incomprise et sans économiser son talent. N'importe qui s'y laisserait prendre. Une figure de sainte, ma Clémence, avec son regard de source claire et ses lueurs de spontanéité surprise, sa moue pralinée, sa candeur caramel, ce léger retroussis des lèvres pour indiquer un nuage de contrariété, et son corps, ses attitudes, tout son être qui respire la blancheur liliale, l'absolue, l'universelle vérité... Hélas pour elle, je suis prévenu : quand elle endosse ses atours de Madone c'est qu'elle franchit les sommets de la trahison. Plus la faute s'affirme évidente, plus le mensonge qu'elle sert est énorme. Si elle n'avait commis que des peccadilles, elle aurait usé d'autres subterfuges : elle m'aurait avivé la jalousie par de petites moqueries, elle m'aurait titillé avec des faux-semblants, avec d'infimes silences. Tandis que là, le grand hymne à la joie... pas de doute, c'est son opéra de la traîtrise, et le livret, elle n'a pas besoin de m'en faire entendre les paroles : elles me sifflent déjà aux oreilles. Je suis cocu, le roi des cocus.

« Je te jure, Lulu, c'est pour toi, rien que pour toi... » Pauvre Clémence, je ne l'entends même plus. Dans ma tête, sa voix se confond avec le chœur des basses chuchotantes et commisérantes de la rumeur. Mes amis, leurs tapes sur l'épaule, leurs trognes de circonstance : eux savent tout des frasques de Clémence, et sans jamais pratiquer la délation ouverte, ils m'avertissent à leur manière. Un ton de bonnasserie détachée, un patelinage bien choisi, une componction sonnette d'alarme. Ce ne sont pas des corbeaux : ils me plaignent, ils sont sincèrement désolés et ils voudraient que je réagisse. Alors ils forcent l'allusion vague, multiplient les propos équivoques, arrondissent leurs accents compatissants. Par-ci par-là un conseil, un filet de réprobation. « Ta Clémence est imprudente, tu devrais la chapitrer. Note, ce qu'elle fait n'est pas méchant, mais... » Ah ! la fraternité de la corporation... Des histoires de femmes, de notoriété publique, j'en ai, comme tout le monde dans ce milieu où il est admis que les hommes cavalent. Ils plaisent, ils séduisent, et on les aime parce qu'ils ont besoin d'être aimés. Mais il n'en va pas de même pour les femmes. Mariées, elles doivent leur vertu à leur époux, sans quoi on les considère comme des garces dont il faut se débarrasser. Et moi, Bonnard, le grand Bonnard, je suis bafoué par ma drôlesse. Pis, je ne dis rien, je ne la chasse pas. Et c'est là qu'on me trouve minable, et c'est là qu'on me donne de la sympathie... Bien sûr, on connaît le précédent de Paule. Mais elle, c'est quelqu'un, et ce qu'elle a fait, après tout, m'a rendu service. Tandis que Clémence, une fillette de rien du tout qui n'existe que parce qu'elle est ma femme, ses aventures sentimentales me salissent, et dans son cas il n'y a qu'une seule conclusion, celle que dicte le refrain de la profession. « Bonnard ne mérite pas ça. Bonnard, sa gamine, il devrait lui flanquer une bonne correction. Elle a besoin d'être dressée, la mignonne. Qu'est-ce qu'il attend... ? »

Jusqu'à présent, je me suis bouché les oreilles, je n'ai rien voulu comprendre, même quand l'un de mes plus vieux frères d'armes m'a susurré maladroitement une phrase de trop : « Tiens, on a vu Clémence en Espagne, et en bonne compagnie, sais-tu : avec un homme d'affaires sud-américain. » La nouvelle aurait dû me terrasser et moi j'ai fait l'escargot, je me suis muré dans ma bave séchée — c'est comme ça : parfois l'inconduite de Clémence me vaut des chagrins foudroyants, et d'autres fois, elle me laisse dans l'indifférence. Je ne lui ai parlé de rien, de son côté elle ne m'a rien raconté. Simplement je me suis cauteleusement renseigné auprès de son journal et j'ai appris qu'elle était en mission discrète, chargée de tirer les vers du nez à ce personnage peu ragoûtant, mêlé à de gros trafics ayant mal tourné. Du banal donc. Mais jusqu'où était allée Clémence pour le faire « causer »? Jusqu'au donnant-donnant : tes secrets d'État contre mes secrets d'ébats?

Dire que j'avais oublié cet intermède de ma Clémence Père Joseph en jupons — pas totalement cependant : on ne refoule jamais complètement ces supputations malignes, on les planque juste un peu, on les garde à portée de mémoire pour le jour du bilan. Et l'épisode ressort aujourd'hui, provoque des flots de doutes et d'amertume. Si la tonte, c'était pour ce rasta? J'ai envie de crier, de lui gueuler ce nom au visage. Mais non, surtout pas : ce serait la catastrophe, ce serait lui dévoiler que je l'ai espionnée, et elle me haïrait. Il faut qu'elle puisse encore croire que je la crois... sinon tout serait fini, définitivement foutu...

Effort douloureux dans ma tête. Je me fais l'effet d'un ours qui se retient de charger, vieux plantigrade qui grogne en espérant que la menace suffira pour chasser les gêneurs. Clémence est toujours dans ses serments, et je me contente de marmonner : « Il n'y a pas de fumée sans feu, et on raconte beaucoup de choses sur toi. S'il n'y avait rien, comme tu le prétends, il n'y aurait pas de cancans. »

Pitoyable réquisitoire. Je ne suis bon qu'à ça. Condamné à l'expectoration molle. Gémissements qui beuglent et rouscailleries d'invectives. Misérable, partagé entre ma violence et la peur de ses conséquences, malgré tout, je hausse le ton — ma technique pour masquer un malaise —, je surenchéris sur mes propres enchères et j'y vais de mes anathèmes, insultes et imprécations... toujours vagues, parce que je ne sais rien de précis. Mais à un moment donné, ma prudence craque et je finis par lancer à travers le champ clos de la chambre qu'elle, Clémence, est une catin.

Une gifle n'aurait pas eu plus d'effets. Sonnée, Clémence, les traits figés, l'œil horrifié, vivante image de l'honnêteté injustement accablée. Mais, selon son habitude, elle commence par encaisser, puis s'ébroue, puis se rencarre et d'un coup se rallume. J'en ai trop dit, elle décolle.

Je ne t'ai plus trompé, et tu le sais pertinemment, depuis... depuis longtemps. Mais tu es un malade, un dingue. La jalousie te bouffe la raison et plus ça va, plus tu perds les pédales.

Un silence abrupt, elle prend son souffle et précise.

— Ce sont tes copains, oui ce sont eux qui te bourrent le crâne. Ils me détestent, tous autant qu'ils sont, parce que je suis ta femme, que je suis belle et fraîche, alors qu'ils n'ont que des tromblons pour épouses, des vieilles branleuses qui leur en font voir de toutes les couleurs. Ils me cassent du sucre sur le dos, tes ringards de la rotative, et toi tu les écoutes, tu marches, tu cours. Tu n'es qu'un pauvre type. Un autre que toi se torcherait les fesses avec leurs insinuations et leurs sournoiseries...

Là, elle vient de marquer un point. Je suis ébranlé. Elle le sent, en profite pour enfoncer le clou.

— Avant de te rencontrer, je n'avais affaire qu'à des gens francs du collier. A la fac ils sont tous honnêtes, pas hypocrites, pas jaloux du voisin. Je n'étais pas préparée à ce monde de sauriens et de crapauds dans lequel tu m'as plongée et où tu m'as laissée me débrouiller toute seule. Jamais tu ne m'as aidée, jamais tu ne m'as défendue, tes copains tu les as regardés faire quand ils se foutaient de moi. Je me souviendrai toujours de la séance sur les Champs-Élysées...

Les Champs-Élysées. J'aurais préféré ne plus penser à ce méprisable épisode. Enfin... C'était au début de notre mariage, nous nous promenions tous les deux, amoureux en balade. Survient un « pote », un bon, un intime, c'est-à-dire un ennemi authentique, toujours à regarder ce que j'écris par dessus mon épaule, avec sa tête en obus à ailettes et ses cheveux ras. Il nous aperçoit, et aussitôt il passe la revue de détail, qu'il conclut d'un méprisant : « Eh bien, il ne manquait plus que ça : tu fais dans la layette, maintenant? Serait-ce que tu prendrais goût à la puériculture? » Moi j'avais ri... Pas Clémence.

— J'étais vraiment une imbécile à cette époque! Tu sais quoi? Je me suis dit que tu allais lui rentrer dedans, que tu n'allais pas accepter que ce vieux con m'outrage... Et ensuite, quand j'ai entendu ton ricanement benêt de vieux fat complaisant, eh bien je t'ai excusé, jugeant que tu avais fait preuve de diplomatie... J'ai ravalé ma déception.

Cette fois Clémence lancée déverse toute sa rancœur. Elle fait le compte de ses humiliations et de ses déceptions.

Que répondre? Si je pouvais tout gommer, revenir en arrière, recommencer l'histoire! Si je pouvais revivre ce jour des Champs-Élysées, comment je lui casserais la gueule à ce salaud! Et les autres fois, les tant d'autres fois, où j'ai laissé les vieux carnassiers se faire les dents sur Clémence.... Pouvoir, une fois dans sa vie, tout reprendre à zéro. Corriger, annuler l'enchaînement des malheurs. Aujourd'hui par exemple : pouvoir se fabriquer une nouvelle soirée. Partir à reculons vers le salon et réinventer notre entrée dans la chambre. Clémence qui se déshabillerait, moi contemplatif, ses vêtements lentement enlevés, pièce après pièce, elle amour, moi bonheur. Mes yeux bercés par ses formes peu à peu dévoilées, son corps nu enfin, et ma surprise émerveillée en découvrant son pubis. Lui dire ma joie, l'effet qu'il me procure, mon désir d'elle, de la prendre comme elle s'offre. Clémence, ma Clémence qui a fait ça pour moi...

Cinéma dans ma tête... Je remâche mes remords mais Clémence, elle, poursuit l'inexorable scénario de nos scènes. Maintenant elle aborde les quarantièmes rugissants, préludes à ma mise à mort.

Pas de variantes dans le processus, pas d'improvisation. Comme toujours, elle débute posément, d'une voix détachée, supérieure, méprisante :

— Un maso, voilà ce que tu es, un branloteux maso... et moi qui t'épargnais, qui supportais ta hargne! Tu vas être satisfait, tu vas pouvoir te rouler tout ton saoul dans tes ordures. Tu veux jouir de tes cornes? Eh bien, tu vas être servi! Oui, c'est vrai, mes poils je les ai coupés pour un autre. Tu veux savoir qui c'est?... Mais peut-être est-ce inutile : tu t'en doutes déjà, même si tu n'as pas osé prononcer son nom. Alors, régale-toi : c'est bien celui auquel tu as pensé... C'est pour lui, pour le « rasta », comme tu as dit lorsque tu t'es renseigné auprès de mes copines à mon retour d'Espagne... Un bouc qui n'aime que les grimpettes du mont Chauve, un obsédé de la chair pelée, bien rouge, bien baveuse... Et un homme avec ça, un vrai, avec des couilles qui ne mollissent pas. Il a tout fait. Même sa malle, quand ça s'est mis à sentir le roussi dans son pays, et il n'a pas décampé les mains vides. Bourré, plein aux as... Un forban. Pas un histrion, pas un paillasse comme toi et tes copains qui bidonnent les événements.

Après l'estocade de l'aveu, la voix enfle, le ton s'échauffe et les phrases s'écourtent en rafales de mots. Et l'aventure devient drame, épopée, roman feuilleton, érotisme débridé.

Tout a bien commencé à Madrid, une interview qui s'est magnifiée en romance et s'est continuée en randonnée amoureuse. Rares rencontres à travers l'Europe. Les rendez-vous secrets, l'attente de Clémence, un sbire qui la rejoint, les signes de reconnaissance, l'immuable trajet en voiture, toujours des grilles, du silence et de l'obscurité, toujours des fantômes armés qui veillent, l'échange du mot de passe, le poids du danger, partout la menace, enfin la chambre et l'homme... leurs étreintes passionnées, le délire de leurs excitations, leurs turpitudes... Lui et ses imaginations. Sa queue démesurée, ses positions scabreuses, ses exigences salaces, les consentements de Clémence, tout accepter, tout recevoir, tout subir... Jusqu'à cette fois récente où il lui a imposé de s'épiler sous ses yeux. Alors sa joie goulue quand elle s'est exécutée, les incessantes interruptions de son labeur parce que l'homme s'excitait, qu'il fallait dans l'instant qu'il savoure les premières clairières, la fièvre de leurs corps, son con comme une forge écumante, comme une fournaise, ses cris, leurs cris...

Inopinée, une coupure dans le flot de l'évocation... Clémence me fixe de ses yeux hurlants :

— Tu ne me crois pas... Tu fais ta tête de gros ours placide. Tu penses que je fanfaronne, que j'ai tout inventé. Tu as tort, Lulu : pour la première fois je te dis la vérité... Je me fais enfiler par un bandit et cela me fait jouir.

Ultime crachat. Rage de Clémence. Mais elle a vu juste. Ce qu'elle raconte ne m'inquiète pas. A l'évidence, elle fabule. Ce n'est pas son vocabulaire habituel : les termes sont trop ostensiblement grossiers, les péripéties trop vulgaires, les détails trop obscènes. Ma Bécassine a trop chargé sa palette et dans ce charabia putassier je ne peux m'empêcher de flairer l'excès des romans porno...

Alors maintenant dans tout mon être, après la tempête de tout à l'heure, c'est le retour au calme. Pour moi l'affaire est réglée. J'acquitte Clémence au bénéfice du doute, j'admets que le pubis rasé l'a été pour moi.

A bout d'arguments, Clémence s'est ramassée sur son silence. Seuls ses yeux m'indiquent qu'elle n'a pas encore jeté l'éponge, ils me scrutent, soupèsent la teneur de mon indifférence. Moi je me suis levé négligemment afin d'achever de me déshabiller, façon élégante de conclure les hostilités.

Débraguettage consciencieux et appliqué, le regard tourné vers le sol. Ignorer Clémence, éviter un geste, une mimique équivoque. Peut-être ainsi acceptera-t-elle l'armistice... Mauvais calcul. Elle n'a pas désarmé. Je le sens à d'infimes vibrations, qui lentement s'amplifient, annonciatrices de l'inéluctable affrontement, sempiternelle conclusion de nos conflits. L'ultime recours, quand les mots ne suffisent plus, que nous ne trouvons plus aucune issue.

Toujours sur le lit, Clémence a fait mouvement, elle crapahute vers moi, mains et genoux en appui, seins pendants et croupe relevée. Je sais ce qui va se produire et pourtant je reste en place. J'attends. Une absence de révolte en moi. L'acceptation de la fatalité.

Clémence s'est redressée. Elle me semble moins décidée qu'à l'ordinaire, il y a comme une hésitation dans son attitude, une expectative incompréhensible et je me prends à espérer que cette fois elle n'ira pas au bout, qu'elle suspendra le cours de nos rituels belliqueux.

« Salaud. » Le mot a claqué, immédiatement suivi d'une atroce douleur : la mâchoire de Clémence s'est plantée dans le muscle de mon bras droit. Ses dents percent la peau, compriment, serrent en tenaille, comme si elles voulaient se souder à leur carré de chair avant de l'arracher... Je n'ai eu aucune réaction : ni recul, ni sursaut, ni surprise. Rien. Simplement je regarde... Scène absurde, irréelle, je suis le spectateur d'une violence qui ne me concerne pas. Nous sommes tous deux figés dans une pose hiératique, nous formons statue, immobiles, coulés dans un enlacement incongru, moi à demi courbé, Clémence le buste dépassant du lit, le visage rivé à mon bras, toute son énergie concentrée dans ses maxillaires. Aucun geste de part et d'autre. Une stagnation de mort. Et le temps qui s'étire. Clémence m'évoque irrésistiblement l'une de ces variétés de crabe que l'on appelle les dormeurs : une apparence paisible avec leur carapace ronde et massive, mais leurs pinces ont la redoutable réputation de ne plus s'ouvrir quand elles ont saisi une proie. Elle se tient lovée, tassée, plus encroupée que d'habitude, acharnée à son étau. Sous l'effort, ses pommettes ont blanchi et la peau de son front s'est tendue à craquer. Elle serre interminablement, démesurément. Et moi, je ne bouge toujours pas. Je ne profère aucun son. Ni gémissement. Ni plainte. Ni insulte. Je suis pure souffrance et pur détachement. Dans mon corps et au-dehors de lui, endolori et serein. Regard et sensation. Témoin et acteur. Certain d'avoir très mal et incapable de le garantir, juste la conscience d'être au cœur d'un mélange complexe d'ondes et de perceptions contradictoires, d'analgésie et d'hypersensibilité... En effet, à l'endroit précis de la morsure, se cristallise une myriade de douleurs diffuses : brûlure sèche, huile bouillante, meurtrissure humide et lame tranchante. Le feu et le fer dans une même plaie.

Combien de secondes, combien de minutes sommes-nous demeurés dans cette posture incroyable ? Impossible à dire. Mais au bout d'un moment s'est imposée à moi la pensée qu'il fallait en terminer, que l'heure était venue de faire les gestes attendus.

Tout est écrit dans mon esprit, et je n'éprouve ni plaisir ni répugnance à l'idée de ce que je vais accomplir. Je dois réinvestir mon personnage, je dois respecter la loi. Nous n'avons jamais imaginé d'autre final à ces ébats-là, quand Clémence me bouffe la viande parce qu'elle n'a pas pu me bouffer l'âme. Toujours le même dénouement.

J'ai refermé mon poing gauche, masse rigide d'os et de corne, et je décoche un coup de battoir, un peu retenu, tout de même, là où les dents sont des herses lacérantes. Mon poing s'abat... Un bruit étouffé, flasque : la figure va s'ébrécher, voler en éclats, comme un miroir brisé... Mais rien ne se produit. L'échafaudage ploie sans se rompre, à peine une secousse dans notre immonde baiser. Clémence continue de me gripper avec plus d'avidité encore, plus de fixité, plus de ténacité, comme si le coup avait renforcé la détermination de ses mâchoires.

J'arme une seconde frappe, que j'assène en y mettant plus de force et moins de précision. Nouvel écrasement de chairs... Pas plus d'effet que le précédent, Clémence encaisse sans broncher : on la croirait habitée par l'obstination sanguinaire d'une murène. Alors je me fais bélier lancé contre un portail. Je frappe. Encore. Toujours. Machine de guerre à la régularité de métronome, mais dont le rythme se détraque progressivement. Des accélérations et des ralentissements désordonnés. Une déperdition de l'efficacité, que compense cependant la violence et le nombre des coups. Broyer, défoncer, transformer en charpie ce visage ridiculement collé à mon bras... ce visage qui tout à coup renonce, se détache de moi, s'éloigne... Le corps de Clémence maintenant en boule sur le lit. Clémence qui s'est mise à pleurer — c'est tellement rare qu'elle pleure. Ses sanglots de fillette qui font un ruisseau de larmes, les tressaillements de son buste, les hoquets de sa nuque, les soubresauts de ses fesses... Pauvre nudité de Clémence... entre deux spasmes, elle me dit : « Je te hais... Je te hais vraiment... mais je n'y comprends plus rien. Ma haine me paraît si faible, si ténue qu'elle n'a plus aucun sens. Je tiens toujours à toi. »

Je ne réponds pas. Je plane, un peu abasourdi. Clémence a pris l'allure d'une fille soumise et tend vers moi son visage malmené pour épier mes intentions. Elle est comme domptée. Fugace, un sentiment de pitié me traverse, s'estompe aussitôt. J'éprouve la sérénité du vainqueur, je me sens un maître incontesté et incontestable. Pas de remords à avoir. Cette raclée était pour solde de tout compte. Désormais je suis prêt à tout croire.

Une étrange ivresse... L'incroyable s'est produit, le plus extraordinaire, le plus imprévisible et peut-être le plus insoupçonnable des phénomènes, que jusqu'ici je tenais pour impossible : ma jalousie a disparu comme si Clémence en avait arraché la verrue avec ses dents. Je me sens libéré, totalement désenvoûté. Plus rien dans mes pensées qui ressemble à ce radotage gâteux, à cette répétition névrotique, à ce heurt d'arguments opposés, cette obsession dans laquelle je me jetais à tout propos, balançant d'une extrémité à l'autre. Plus rien non plus de ces élancements entrecoupés de moments d'absence. Je ne suis plus la proie de ces invraisemblables rationalisations de l'irrationnel où, tour à tour, je tombais dans des précipices sans fond, ou me berçais dans les rêves éveillés de quiètes étendues de lys. Je suis libre dans ma tête, libre dans mon corps.

Le doute s'en est allé. Dissipée, la passion affreuse, faite de vigilance, de perspicacité et de stupidité, à laquelle je m'adonnais, toujours réinventant les mêmes ressassements bien logiques, dans un déchaînement fou de l'imagination, avec les points d'interrogations qui s'entrechoquaient et se renversaient dans tous les sens. Fini ce tourbillon qui, à partir d'un rien, d'un indice minuscule — une intonation, un geste, une moue, un rire — me faisait entreprendre la plus solide construction, qu'aussitôt après je démolissais pour, immédiatement derrière, ériger un autre monument de certitudes terrifiantes. Terminé ce jeu de Meccano avec lequel j'édifiais tant de buildings. Abolie cette extravagance qui changeait ma tête en une Megalopolis, avec ses immeubles, ses structures, ses panoramas, ses schémas, avec surtout son tribunal qui rendait des milliers de verdicts insensés, qui finalement fabriquait un asile, une prison où je m'enfermais avec ma fièvre. Guérie l'insanité qui toujours me plaçait dans les mains compas et truelle, puis marteau et burin, pour que je conçoive et ensuite détruise mes architectures de malade. Démantelé ce système de ruines et de décombres. Arrêté ce mouvement éruptif qui toujours m'animait sans jamais rien résoudre, ce besoin de cogiter sur les événements, les impressions vagues, l'éphémère. Il est vidé ce plein d'émulsions où voisinaient les abominations de Clémence avec mes incertains acquittements, asséché ce marécage. Clémence, je ne veux plus la noircir, je ne veux plus la blanchir, désormais je la prends telle qu'elle est, je croirai tout ce qu'elle dit.

C'est la première fois, il me semble, que je traverse un pareil état de grâce, que je dispose d'une lucidité si entière. Je vois et je comprends tout, la cause et les effets de notre dégradation. Je distingue tout du processus, de cet enchaînement simple et banal où nous nous sommes fourvoyés : ce n'est pas ma jalousie qui a été à l'origine du mal, ni elle qui nous a jetés tous les deux dans la rage destructrice où nous sommes aujourd'hui. Il y a en amont un autre élément, ce trait de moi-même que je connais et que je n'aime pas avouer : l'appétit qui m'entraîne à dévorer les femmes que j'aime de passion. La jalousie ne vient qu'après, quand la femme adorée tente de m'échapper... Cette jalousie galerie de glaces déformantes qui reflète des images tellement lamentables. Moi en nabot, en colosse mou, en nain hydrocéphale, un cul-de-jatte, un mendigot de l'amour. Clémence abominable, couverte d'écailles haineuses, déformée par les cabossages de la méchanceté, hydre sous ses aspects charmants. Cette jalousie m'a fait dénoncer sous son apparence gracieuse l'égoïsme bestial de la diablesse cupide, la salope cynique, la jeunesse à barbons. Oui, jusqu'à maintenant, j'ai prétendu que de nous deux c'était elle la sorcière, la tortionnaire habile dont j'étais la victime favorite.

Mais, à cette seconde, je sais que j'ai truqué le tableau pour ne pas m'avouer que le monstre, le vrai monstre, ce fut moi. Un obsédé de la possession qui a tout exigé de Clémence : chacun de ses instants, chacun de ses souffles, chacune de ses pensées, qui a requis qu'elle devienne une dépendance, un appendice de mon être, qui a eu cette prétention absurde qu'elle soit toujours plus à moi, qu'elle n'ait plus d'existence que pour et par moi, qu'elle se fasse mon double, qu'elle se fasse moi. Je l'accompagnais partout et je voulais qu'elle me suive partout. Quand elle vaquait, j'étais là. Quand elle rencontrait des amis, j'étais encore là. Quand elle sortait, j'étais là, toujours là. Où j'étais, il fallait qu'elle soit, mon esclave, ma servante, mon animal familier, ma courtisane, ma concubine, ma paillarde, ma rigolote, mon adoratrice éperdue et même ma petite impertinente : elle devait être tout cela, au gré de mes humeurs, de mes désirs qu'elle était sommée de deviner, de devancer si elle y parvenait. Au plus léger relâchement, une échappée rêveuse, un infime repli sur elle-même, immédiatement j'aboyais : « A quoi penses-tu ? » Elle détestait, ai-je dit, ma machine à écrire. Et pour cause... Seulement ce n'était pas pour la concurrence qu'elle était censée lui faire, pas du tout. C'était parce que je lui imposais de me regarder travailler, de lire chaque ligne écrite, de déguster mes textes, de souffrir à l'unisson quand les mots ne venaient pas, de se réjouir quand ils affluaient, d'applaudir, de me complimenter toujours pour les résultats. Et puis, de temps à autre, je la prenais comme tête de turc. J'étais le roi qui s'amusait de son clown. Tantôt je la raillais pour un manquement que j'avais cru deviner dans son comportement, tantôt je l'épinglais pour lui rappeler mon joug. Ma plaisanterie préférée : la comparer à un volatile. Ainsi, un jour qu'elle s'était maquillée pour recevoir des amis à dîner, estimant qu'elle avait commis une faute grave, qu'elle s'était parée pour plaire à d'autres que moi, devant la tablée réunie, je lui avais expédié : « Tu t'es mise au menu ? Tu as tout d'un canard de barbarie. » Rire général. Pâleur de Clémence. Une autre fois, à nouveau lors d'un dîner, ce fut le coup de l'oie... celle de Normandie envoyée par sa mère et qu'elle servait bien croustillante à nos invités. D'un air détaché, je constatai : « Chère Clémence, si j'ai bien compris, c'est la soirée des oies normandes... » Ce soir-là, elle a réagi : « Peut-être qu'à ton goût je suis une oie trop blanche. Ne t'en fais pas, ça va bientôt changer. Je vais m'éduquer et alors tu risques fort de déchanter. » Je n'ai pas relevé la menace. J'étais stupidement satisfait, je trouvais très amusant que l'esclave se rebiffe un peu.

Que tout est clair désormais ! Comment ai-je pu imaginer que c'était cela l'amour ? Comment ai-je pu croire qu'une femme accepterait cette totale négation d'elle-même ? Borné, j'ai été borné... J'appelais amour mon vampirisme, cette obstination à métamorphoser Clémence en une bonniche ayant mission de dépoussiérer mes rides. Je mangeais sa jeunessse pour me donner l'illusion de la mienne. Comment ai-je pu être tellement infatué de moi que je n'ai pas songé qu'adviendrait inévitablement le jour où elle se révolterait, où elle aurait, comme n'importe qui, un sursaut de défense ? Comment ai-je pu ignorer si longtemps que le changement s'opérait, ne pas m'apercevoir qu'elle tiédissait, qu'elle se saturait, qu'elle avait besoin d'air ?

Certes elle a été ingénieuse, elle n'a pas procédé d'un coup. Elle n'a pas fait de révolution. Son cheminement a été discret... Ma prétention me faisait interpréter ses insensibles transformations comme autant de nouvelles grâces qu'elle inventait à mon intention. Les pointes, les grognes, les petites disputes qui parsemaient notre vie, ces signaux, ces alertes qu'elle me distribuait, je les ignorais, je ne gardais en mémoire que les étreintes qui les concluaient. Pas une minute je n'aurais accepté de penser que ses lèvres se fatiguaient de ma bouche, qu'elles pourraient embrasser ailleurs. Que son corps... Inconcevable!... Ma vanité. Le sens de ma divinité. Ma bêtise.

Quelle évidence pourtant que notre amour devait prendre un autre cours, que nous devions remonter un autre fleuve. Le Berbère... quand le monde de mes rêves a vacillé... Pour Clémence ce n'était probablement qu'un avertissement et moi j'ai fait la sourde oreille. Elle suggérait un bilan, une modification de ma façon d'aimer, je n'y ai perçu qu'une trahison. Ma jalousie est née, et tout s'est renversé. J'ai chuté de l'égocentrisme forcené dans l'abdication de moi-même. Tortionnaire soumis, je n'ai plus vécu que par rapport à celle qui m'échappait. Clémence, mon bien... Je l'ai espionnée. Je suis devenu violent, je provoquais son ire, je suscitais sa fureur. J'étais l'outragé, je lavais des affronts — imaginaires? —, elle se défendait, elle ne pensait qu'à survivre. Cercle infernal. Tout toujours s'aggravant, tout toujours suppurant. Dégénérescence. La leucémie de l'amour. Clémence gésine de mes tourments, et cependant, elle aussi, comme moi, tourmentée, deux forçats tirant le même boulet, incapables de nous déprendre l'un de l'autre.

Mais aujourd'hui est un jour béni. J'ai compris, et tout va changer. Que je redevienne moi-même et Clémence, nécessairement, redeviendra elle-même, la Clémence des premiers temps, des premières heures, la Clémence printemps de la vie... L'harmonie renaîtra. Et je sais quel sera l'agent de nos recommencements, ce sera l'*x*... Le fameux *x*... L'enfant merveille de l'équation.

Je la regarde, Clémence. Elle a conservé son attitude d'oblation... Je veux croire que j'ai raison. Je le veux à toute force.

Mais ne suis-je pas encore en train de me méprendre? J'accuse ma jalousie. J'accuse mon appétit, je m'accuse. Alors qu'il faudrait descendre au fond des catacombes, et là je trouverais le mal absolu : la possession, cette diablerie où les femelles triomphent toujours. Un échec et c'est la folie ou la mort. J'ai dit que j'avais voulu m'approprier Clémence, la posséder totalement, et c'est vrai. Mais il est encore plus vrai que l'inverse est advenu. Au bout du compte, elle m'a possédé et dans le sens maudit du terme, elle m'a envoûté, elle est entrée en moi, a pénétré chacune de mes cellules, chacune de mes pensées jusqu'à se faire mon obsession. Domination superbe et funeste. Ma servitude. Autrefois on croyait que le Malin s'emparait des êtres, désormais je sais qu'il n'en est rien, que ce sont les femmes qui pourvoient à l'office. J'aurais dû d'ailleurs m'en aviser depuis longtemps : toute ma vie a été marquée au sceau de ce signe terrible.

Danses d'amour, danses macabres. Moi aujourd'hui livré à Clémence, comme je l'étais hier à Paule, et encore plus hier à Anne Marie... Anne Marie elle-même dans l'œil du cyclone, possédant Albert et tentant de posséder André. Vertige! Que d'expériences de ce fléau n'ai-je pas vécues? J'en ai connu je crois toutes les formes, j'en ai éprouvé toutes les facettes. La douceur et l'implacabilité de la possession des amantes. Le baume et le venin de celle des mères... Ah! la possession maternelle, celle-là! Sa férocité! l'exemplaire histoire de Tatie.

Car Tatie aussi avait été prise dans les anneaux de Laocoon. Elle, la plus charmante vieille dame qui soit au monde, si bellement, si aimablement ouvragée. Qui aurait pu imaginer? Ce couteau, ce sang, ce crime... Tant de mignardises puis la hache du bourreau! Tatie, tout son univers s'était écroulé le jour où l'inconcevable était survenu : la rébellion d'Octave. Octave son fils, le benêt qu'elle avait écrasé, abêti, châtré quarante ans durant, qu'elle avait avec une obstination admirable crétinisé à outrance, lui toujours acceptant tout, toujours vaincu, elle toujours plus exigeante, toujours plus envahissante, toujours plus grosse de son amour maternel monstrueusement proliférant. Octave donc avait eu l'extraordinaire courage d'oser, un soir, demander la permission de se marier. Oui, il avait fait cela. Lui. Octave. Son fils. S'amouracher d'une autre femme qu'elle, et pas une traînée, ni une souillon, pas non plus une soubrette ou une caissière du Grand Café : une jeune fille bien née, jolie, la réputation sans tache et dotée comme il faut. Comment la demoiselle aux vingt ans juste épanouis avait-elle pu être charmée par ce cornichon d'Octave ? Mystère. En tout cas, lui, dont la quarantaine fleurissait, était mordu à passion, décidé, prêt à tout.

Au début, le soir des aveux, Tatie s'était sentie sûre d'elle. Convaincue d'une passade. Et elle avait réagi comme à son habitude, se faisant argumenteuse, doucereuse, rassemblant tous ses attraits pour détourner Octave de son ridicule dessein. Tendresse et persuasion, des mots câlins, des moues complices, elle est une mère, elle comprend les foucades, les emballements de la jeunesse... Vaine comédie. Pour la première fois, Octave était sourd. Rien ne le touchait. Rien ne l'ébranlait. Il aimait, répétait-il sans arrêt, et il n'y avait que cela qui comptait.

Était alors apparue l'autre Tatie. La femme des moments graves, des grandes décisions, des choix décisifs. Redoutable. Intraitable. Une Tatie tour à tour en proie à la colère ou au chagrin, des yeux de haine, des pleurs, des imprécations, des sanglots, des hurlements, des insinuations... Mais une nouvelle fois, contre toute attente, Octave avait tenu bon. Il aimait vraiment. Pis, il adorait. Il voulait se marier, et il allait le faire, quoi qu'en pense sa mère.

Là, Tatie n'a plus compris. Tant de détermination chez son Octave finissait par la prendre au dépourvu. Elle a perdu le contrôle d'elle-même. L'hystérie, le délire. Pendant des semaines, elle s'est débattue. Non, non et non, elle ne pouvait pas remettre son enfant à une autre, c'était impossible, impensable, un acte contre nature, sauf à vouloir soi-même déchirer son propre corps, fracasser son propre cœur. On ne pouvait pas réclamer autant à un être humain, fût-il une mère. Elle ne céderait pas. Et elle a guerroyé, jour après jour, pied à pied. Ses paroles comme des poignards, ses phrases empoisonnées, phrases arrêts, phrases sentences, phrases verdicts. Mélancolie et furie. Toutes les formes de la passion, des scènes effroyables, le recours à tous les moyens, la mère redevenue femme, toutes les sortes de femmes : mère sorcière, mère fusilleuse, mère victime, mère sangsue, mère soudain secouant le cauchemar et assurant : « Elle est finie la farce. Pouce! Terminé mon Octave, tout est comme avant. »

Mais Octave était bloqué. Un entêtement comme jamais. Inébranlable. Un butoir de granit. Sans cesse à répéter ses arguments : que son projet de mariage suscite l'approbation générale, ce ne sont que félicitations unanimes, amis, relations, voisinage, tous d'accord, tous favorables. Il a raison, il le sait. Tous le lui confirment, et personne ne comprend l'attitude de Tatie. Quelques langues perfides commencent même, dans le pays, à trouver que son obstination n'est pas tout à fait normale...

Usure? Fatigue? Acceptation tacite? Un jour Tatie a mis fin au débat, s'enfermant dans le silence. Elle n'a pas pleuré quand Octave est parti. Il avait fait ses bagages sous ses yeux. Préparatifs intenses, figés, gestes automatiques. Elle, statue de sel. Lui, jouant le bel indifférent. Ne voyant rien. Continuant à rassembler son petit barda d'ancien célibataire marié à sa mère... Objets dérisoires... L'amour avec un grand A avait vaincu l'amour filial. Sur le pas de la porte, la séparation avait été muette. Une brève embrassade, les lèvres d'Octave avaient à peine effleuré une peau parcheminée, et il s'en était allé.

Le jour de l'hyménée, Tatie n'avait pas non plus pleuré. Cloîtrée chez elle, debout, l'œil sec, elle avait écouté dans sa tête, imaginé, inventé les scènes qui se déroulaient. Tout. Le oui sacramentel, l'échange des anneaux, la bénédiction du prêtre, le bonheur sur le visage de la mariée. Au fur et à mesure, elle s'était suppliciée, crucifiée. Dans ses veines, la douleur s'était faite soufre, acide, fermentation haineuse sous l'apparence de la sérénité. Depuis ce jour, Tatie s'était sentie à nouveau veuve, mais elle n'avait rien montré de son chagrin, et elle était redevenue la vieille dame charmante de toujours. Simplement on lui trouverait désormais le sourire un peu triste.

Quotidiennement Octave passe la voir. La bonne visite d'un bon fils. Il s'enquiert de tout, l'aide pour tout. On pourrait croire qu'une affection a refleuri entre eux. Jamais ils ne parlent de l'épouse. Tout va pour le mieux. Tatie est douce, benoîte. Au point qu'Octave pense qu'elle s'apaise. Pas une seconde il ne soupçonne qu'en fait elle est rongée, emportée par les angoisses et les désespoirs, tenaillée par le sentiment d'avoir été bernée, volée, bafouée, qu'elle n'est plus qu'un ressassement maladif, une rumination rageuse et absolue : son fils est né de son ventre, il est sa chair, il lui appartient, il lui reviendra. Et il n'est pas seul à être abusé par la feinte douceur de la mère : les rares personnes que Tatie reçoit, ses vieilles amies, croient elles aussi qu'elle a changé, qu'elle admet les évidences et que bientôt, quand l'événement heureux se produira — car il se produira bien un jour, cet événement —, elle saisira l'occasion...

D'ailleurs un matin Octave était apparu empanaché de liesse, et aussitôt Tatie avait compris. Mais elle ne l'avait pas interrogé, voulant que ce soit lui qui rompe le pacte du mutisme sur le sujet interdit. Transgression par la joie, il n'avait pas hésité. Il s'était avancé vers elle pour leurs habituelles et courtes effusions, puis avait annoncé la nouvelle d'un filet de voix timide : « Maman, je suis heureux. Ça y est : je vais être papa. » Au fond de lui il y avait un peu d'inquiétude, il redoutait une réaction brutale de Tatie. Mais ce qu'il voit immédiatement le rassure : celle-ci, loin de s'offusquer, s'épanouit, embaume d'un immense acquiescement. On dirait qu'elle est moins vieille, le fin quadrillage de ses rides s'efface totalement dans un sourire, le premier depuis des mois, quand elle antienne : « Un enfant ! Un petit-fils, une petite-fille... » Quelques secondes elle rêve. Son expression s'adoucit encore : « Octave, je désire connaître ta femme puisqu'elle va me donner une descendance. Alors conduis-là ici demain. Oui, demain. Je l'attends. » Mots éclatants, merveilleux, carillonnés. Pour Octave, les chœurs de la félicité.

Le lendemain, Octave était descendu de sa calèche, ponctuel et beau comme un roi de cœur. L'allégresse. L'épouse, elle, conservait une vague inquiétude et, au dernier moment, sur le pas de la porte, elle n'a pu s'empêcher de demander : « Tu en es sûr ? Ta mère m'accueillera bien ? » Il a été agacé, il ne comprenait pas qu'on puisse douter : « Qu'imagines-tu à la fin ? Je te dis que cette brouille a été un malentendu. Une vieille mère, ça se fait des idées. Mais elle m'aime, et toi aussi elle t'aimera. »

Ensuite, tout s'est déroulé selon les espoirs d'Octave. Tatie dans l'encadrement de la porte, son visage couperosé d'amabilité, un baiser sur le front de son fils, ses bras qui s'ouvrent pour presser la jeune femme sur sa poitrine, on entre, on va au salon, la mère abusive, recomposée belle-mère charmante, fait asseoir sa bru dans un fauteuil, s'enquiert de sa santé, des dates de l'accouchement, des malaises éventuels, elle est délicieuse, grand-mère complice, elle sort de sa mémoire les leçons de l'expérience, se souvient de la naissance d'Octave, de ses pleurs la nuit, de cette diarrhée qui une fois l'avait tant affolée, de la coqueluche, des fièvres, de tout... Elle n'a rien oublié, et déjà le salon vibre des vagissements de l'adorable enfant qui va venir égayer ses vieux jours. Brimborions de tendresse. Octave regarde sa mère, sa femme : tableau de béatitude. Il est pleinement rassuré. Il est bien. Les deux mères de sa vie sont enfin réunies et c'est pour lui un paroxysme de bonheur.

— Je vais faire un tour dans le jardin, tu m'accompagnes ? a-t-il proposé à sa femme au bout d'un moment.

Mais elle n'a pas voulu et, d'une moue gentille, a signifié son refus : « Je préfère rester auprès de ta mère, ça ne t'ennuie pas ? »

Ennuyé Octave ? Au contraire ! Il était ravi. Sa tête bruissait de pensées agréables, de projets un peu fous, d'idées radieuses... Revenir en cette demeure, s'y installer avec sa femme, revivre près de Tatie, faire couple à trois, puis à quatre, toute la lignée sous le même toit, respirant le même air, bercée d'un même bien-être, coulant les jours, les années dans la plénitude et l'harmonie des choses.

Il est sorti. Il a marché le long des allées, goûté le sage ordonnancement des fleurs, s'est arrêté devant les arbres fruitiers aux bourgeonnements prometteurs, toujours agité d'espérances et d'amour. Tout ici lui rappelait son enfance, et maintenant il voulait qu'à son tour sa progéniture connaisse la saveur de ces lieux, qu'elle aussi vive dans ce décor où il avait grandi. Ça lui paraissait naturel, normal, pour tout dire humain. Comme une loi de l'espèce.

Quand il est revenu, il rêvassait encore. La maison était paisible, un havre au diapason de ses sentiments. Même le salon, qui tout à l'heure résonnait du pépiement léger des deux femmes, s'était mis au repos. Son euphorie lui a tenu chaud jusqu'à l'entrée de la pièce et brutalement elle s'est muée en une terreur folle. La scène qu'il découvrait lui a semblé irréelle. Tatie, collée à son fauteuil, raide, l'œil fixant le sol, le sol où gît de tout son long le corps de sa femme, immobile.

« Un malaise, elle a eu un malaise! » Ce fut la première pensée d'Octave. Et il s'est précipité.

Vision d'horreur. Son épouse était devenue une chose chiffonnée, une sorte de bure spongieuse qui suintait son sang par une plaie béante. Morte. Octave n'a rien dit, rien fait. Son regard a couru de la dépouille vers sa mère. Alors Tatie s'est dressée, hallucinée. À la main elle tenait un couteau.

Que sont-ils devenus, la mère et le fils? Personne ne l'a jamais su avec certitude. Une rumeur s'est répandue, selon laquelle Tatie aurait fini ses jours dans un asile psychiatrique, et Octave se serait suicidé un an jour pour jour après l'assassinat de sa femme. Moi, en apprenant l'affaire, j'avais interrogé Anne Marie, qui me retourna ce commentaire sec :

— Tatie était une dominatrice et ne pouvait pas admettre que son fils se révolte. Trop autoritaire. Avec tout le monde d'ailleurs. Te souviens-tu de notre visite? De son arrogance? Sans doute déjà ne tournait-elle plus très rond.

Anne Marie! Anne Marie! Quelle ténacité dans la rancune! Et quelle extraordinaire clairvoyance quand il s'agit des autres! Mais aussi quel aveuglement sur elle-même, se jugeant la meilleure personne qui soit, le parangon des grâces et des vertus. Elle avait vu clair dans le jeu pervers de Tatie avec Octave, deviné les férocités enfouies de la mère possessive, mais sur nous par exemple, sur elle et moi, rien. Elle ne décelait aucune de mes frustrations, aucune de mes déceptions, moi qui aurais tellement aimé qu'elle me possédât mieux, qu'elle se donnât à moi comme je rêvais de me donner à elle, totalement, sans la moindre réticence, toute elle, tout moi, l'union complète. Hélas, elle s'amusait de moi avec son innocence limpide, sa légèreté, sa fraîcheur, comme elle le faisait avec Albert... Non, quand même pas. Avec Albert, c'était une fausse innocence. Elle le traitait comme un chien en connaissance de cause. Elle était succube. Les maléfices et les potions. Pauvre Albert, que n'a-t-il pas enduré ? J'ai été témoin de tout. J'ai assisté à tout. Les roueries, les calculs, les mesquineries d'Anne Marie. C'est dans ses comportements avec mon père que m'est apparu son vrai visage, la noirceur et l'intérêt, sa face obscure, sa scandaleuse vanité. Ah, les traitements qu'elle infligeait à Albert ! Ses revirements permanents... Le quotidien, l'ordinaire de leur existence ? Une banalité teintée d'aigreur qui soudain tournait à la méchanceté absolue, à la détestation. Tout Albert méprisé : son haleine qu'elle taxait de concupiscente, sa physionomie qu'elle disait de bellâtre, ses poses de séducteur qu'elle raillait âprement, ses plastronnades, ses gémissements, ses élans, qu'elle stigmatisait d'un : « Malotru ! Vous n'avez pas été élevé, mon cher. » Mais quand elle était poussée par la cupidité, qu'elle voulait lui soutirer de l'argent, un bijou, ou quelque gratification, alors elle se muait en épouse parfaite : enjôleuse, capiteuse, amoureuse, charmeuse, presque servile, tout attention aux petites et innombrables manies d'Albert, quitte ensuite, une fois satisfaite, à redoubler les acrimonies et les humiliations.

L'Anne Marie tortueuse, oblique, comédienne du conjungo paisible, je n'oublierai jamais comment je l'ai découverte. Jusque-là, j'avais été cyniquement naïf. Les insultes, les affronts, les sévices que subissait Albert me semblaient banalités. Je pensais que l'amour était ainsi : toujours garni de piques, de fâcheries, d'accommodements et de réconciliations, j'imaginais que les rapports entre mes parents étaient ceux de tous les couples, qu'aimer signifiait se faire la guerre. Certes, à Ancenis, j'avais rencontré chez mon oncle et ma tante une forme d'existence plus harmonieuse — mais eux, je me disais que c'étaient de petites gens et qu'ils ne savaient pas aimer. J'étais enfant! Bizarre puérilité de mon regard trop averti qui me présentait comme une loi établie de la vie le fait que toutes les femmes devaient supplicier leur époux, puisque Anne Marie suppliciait Albert.

Aussi quel choc, quand j'ai compris! Ce jour où j'ai assisté aux simagrées d'Anne Marie lors du retour d'Albert en France!

A l'époque, j'étais à l'École des Sources. Je m'étais un peu détaché de ma mère, lui en voulant de m'avoir enfermé là, de s'être débarrassée de moi. Étrangement, pourtant, je ne ressentais aucune détresse. Je ne l'appelais pas au secours, je n'avais même pas envie de la voir. J'étais comme une souche. Inerte. L'ennui, rien que l'ennui à perte de jours, de semaines, de mois. Et le froid, un ennemi impitoyable qui m'avait surpris.

D'abord le ciel était devenu morne, bas. Il y avait eu de la bruine, les formes s'étaient estompées, toute la nature s'était encrassée de nuages et de vapeurs, d'une mouillasse qui transperçait tout. Les feuillages des arbres, après un flamboiement de roux, avaient pris l'aspect pitoyable des pauvres choses qui vont mourir : feuilles effilochées, arrachées et emportées par des vents qui se jouaient d'elles jusqu'à ce qu'elles jonchent la terre. Pourrissement général, l'air et le sol souillés, la boue partout. Pour moi, un dégoût stupéfait. En Chine, dans mon Sseu-Tchouan, il n'existait pas de ces grisailles qui dévorent l'âme et le corps, là-bas, je n'avais connu que des catastrophes terrifiantes et splendides, jamais cette décomposition.

Il aura duré un mois entier cet enlisement visqueux du monde. Et puis soudain lui succédèrent des jours azuréens, le bleu parfait, une luminosité sévère et nette à la brillance coupante, où tout se figeait. Le gel, la glace. Une froidure agressive qui me mordait, qui attaquait la vie de ses mâchoires acérées, qui pétrifiait et durcissait tout. Aux environs de l'école, dans le lointain, j'apercevais avec effroi les bois noircis et dénudés, masses sombrement squelettiques découpées sur le vif du ciel. Plus près, les sillons des champs, leurs crêtes effilées m'étaient autant de blessures... En moi, une infinité de sensations nouvelles, désagréables que mes camarades, apparemment, ne connaissaient pas. Plus le froid allait s'accentuant, plus ils semblaient vivaces et vigoureux, toujours à gigoter, à se chamailler, tandis que moi je me recroquevillais, mes chairs éclataient de gerçures, mes mains enflaient de souffrance, les doigts gourds et entaillés, mon sang cailloteux, mes narines coulant de morve, les lèvres craquelées et la respiration comme une râpe... L'hiver, le terrible hiver s'était installé, envahissant tout, même mon âme. Plus de sentiments, plus d'inquiétudes, plus d'angoisses : j'avais été gagné par une neurasthénie étrange qui me détachait de tout et me coagulait dans l'indifférence, j'étais une gelure d'existence que rien n'intéressait plus, ni les jeux, ni les cours, ni les distractions qui faisaient le bonheur des autres. Je vivais à l'écart, des heures durant, perdu dans la contemplation des souffles embués qui se dégageaient de ma bouche. J'étais un petit Lulu couvert de givre, loin de tout : de ma mère, de mon père, même de moi. Je n'existais plus. Je ne sentais plus. Je n'étais plus qu'une brisure intérieure, un engourdissement généralisé.

Au cours de ces jours immobiles Anne Marie avait annoncé sa visite, et à la date dite, j'étais allé l'attendre à la gare. Pas d'exaltation, pas de joie. L'impression de me soumettre à une corvée. Ma mère venait : je devais l'accueillir. C'était l'ordre établi.

Le quai balayé par un vent qui m'a crispé un peu plus. Un train surgissant dans les sifflements de sa locomotive, des bruits de freins, les nuages de vapeur et enfin les portières qui s'ouvrent. Anne Marie apparue, enroulée dans un volumineux manteau de renard roux, une toque sur la tête. Elle avait sauté sur le quai, légère et gaie, le visage s'était armé de son sourire de séduction dès qu'elle m'avait aperçu et s'était précipitée vers moi sans que j'esquisse un geste. J'aurais dû être emporté de félicité et je n'étais qu'hébétude. Une journée comme une autre. Tout à son épanchement maternel, Anne Marie n'a rien remarqué de mon attitude. Elle m'a pris dans ses bras, m'a étouffé de ses baisers. Caresses des mots, des poils de son manteau, de sa main qui explore mon corps et le trouve amaigri, de sa voix qui s'inquiète de la nourriture du collège, d'une possible fatigue. Est-ce que je dors bien? Est-ce que je mange suffisamment? Mais qu'est-ce que j'ai? Pourquoi suis-je comme ça, comme une chiffe? Que se passe-t-il? Et moi je suis avalé par les touffeurs de ses fourrures, je cherche les senteurs de la mère que j'adorais et je ne perçois que des effluves inconnus: parfums capiteux mélangés à la repoussante odeur des trains. Je ne reconnais pas Anne Marie. Je suis dans les bras d'une femme emmitouflée qui m'étreint fébrilement, qui commence même à s'irriter du peu de succès qu'elle recueille auprès de celui qu'elle ne cesse d'appeler: « mon petit garçon, mon petit garçon chéri », et finit par demander: « Enfin, Lucien, qu'as-tu? Tu n'es pas malade au moins? » J'ai balbutié que j'avais froid et il me semble que ses yeux se sont verglacés d'incompréhension: « Froid? Que veux-tu dire? »

Je ne le savais pas exactement. Mais malgré tout j'ai essayé de m'expliquer. Énumérer les sensations vagues et indistinctes qui s'étaient emparées de moi depuis la venue de l'hiver, raconter que j'éprouvais un malaise constant qui n'était pas la souffrance, qui était simplement une absence, ou au contraire peut-être une excessive présence à ce qui m'entourait: que je trouvais le soleil trop pâle et les étoiles trop brillantes, que la disparition des sèves et le durcissement des sangs étaient pour moi comme une violence, que la terre me paraissait déchirée, tout en crevasses, en abysses et en gouffres, que les corbeaux avaient été soudain trop nombreux et volaient trop bas, que le vent était comme une morsure abjecte qui me laissait atone, dépourvu de sentiments, incapable d'aimer, même une mère, même Anne Marie... En fait je n'ai rien dit de tout cela. Je me suis contenté de bégayer quelques pauvres paroles incohérentes qui ont suffi à rassurer.

Curieuse journée. Anne Marie ne s'est pas départie de son personnage de mère aimante et moi je n'ai pas réussi à l'aimer. Au restaurant, pendant le déjeuner, je l'ai même agressée. Je voulais l'effrayer, l'inquiéter, et je lui ai fait le récit d'une récente aventure: ma découverte du cadavre de l'un de mes camarades. C'est moi qui l'avais vu en premier, un matin avant d'entrer en classe. Il était comme le fruit d'un arbre, pendu à une branche, vert, livide, mort. Suicidé. Petit corps qui se balançait dans les brouillards de l'aube. Image terible. Mais je n'avais alerté personne. Il était mon secret. Et quand on l'a trouvé, j'ai joint ma surprise au chœur des lamentations. « Et tu sais pourquoi il s'est tué ? ai-je demandé à Anne Marie. Parce qu'il avait froid. Froid partout. Ses parents s'étaient séparés et aucun ne voulait se charger de lui. Tu vois, c'est à cause de l'hiver. »

Anne Marie a fait semblant de ne pas croire mon histoire, elle a eu un rire de gorge narquois, faussement incrédule : « Décidément, Lulu, qu'est-ce que tu vas encore inventer ! » Mais dans son regard il y avait de la peur et je m'en suis réjoui. J'avais réussi à la tirer de son confort. Elle a aussi ajouté qu'elle m'aimait et que jamais, elle vivante, je n'aurais froid. Puis elle m'a câliné tendrement.

A un autre moment, je me suis plaint de mon père, de ses lettres où toujours il me répète de bien travailler, car je lui coûte très cher et l'oblige à se saigner aux quatre veines pour payer mes études. Cette fois Anne Marie a opiné d'un air dédaigneux : « J'espère que tu ne seras pas comme lui, un laborieux et un pingre. Il n'a aucune envergure. Te rends-tu compte : il a laissé échapper la direction des Postes chinoises. » Elle a eu encore une moue de mépris pour ajouter : « Il revient dans quelques mois et il faudra que nous le supportions. » Moi je n'ai pas pris la défense d'Albert, je me suis montré plus sournois, j'ai posé avec toute l'ingénuité de l'enfant innocent une question dont je connaissais par avance la réponse : « André et Edmée sont-ils à Paris en ce moment ? » Je me doutais bien qu'ils n'y étaient pas, sans quoi Anne Marie ne serait pas venue.

Un instant elle s'est pavanée, glorieuse, dérobant un peu de la splendeur des Masselot, et m'a confié : « Tu n'imagineras jamais... Le roi d'Espagne a mis l'un de ses palais à leur disposition et ils sont partis pour quinze jours. Edmée m'a déjà envoyé une lettre : ce ne sont que réceptions et fêtes. » Regard ébloui d'Anne Marie. En moi de la rancœur, elle avouait.

La journée a passé, terne et inexistante. Ma mère est repartie. Visite gelée, inutile, vaine. Je demeurai dans le froid, rêvant même d'être orphelin. La phrase de mon oncle me poursuivait... Anne Marie ne m'avait pas réchauffé, sa comédie de maternité n'avait servi à rien.

Au printemps, il y eut une seconde visite. Presque à l'improviste et sans que les Masselot soient partis en voyage. J'en déduisis aussitôt que seule une raison impérative pouvait inciter ma mère à ne pas leur consacrer un dimanche. Anne Marie m'était arrivée, gracieuse et charmante, on l'aurait dite volubilis, nature revivifiée dans l'onde de ses tissus légers, son visage éclatant de mille suavités. Elle marchait dans une sorte d'apesanteur. Sourires. Embrassements. Cajoleries. Elle avait rajeuni. Son corps embaumait, ses traits étaient toute joliesse, une exhalaison de délice et de volupté. Longuement elle m'avait enlacé, cette fois plutôt femme que mère. Et enfin, elle avait confessé l'unique motif de sa venue. La nouvelle, la grande nouvelle. « Lucien, si tu savais comme je suis heureuse. Une femme comblée. Ton père, oui, ton père, Lucien. Il nous revient. Il sera là dans quelques jours seulement. Je crois que rien ne pouvait me faire plus plaisir... Parfois je l'ai un peu maltraité, mais Dieu m'en est témoin, j'ai toujours été une bonne épouse. Toi, tu le sais, Lucien, tu sais combien j'ai aidé à sa carrière. »

Pour sûr, je n'ignore rien : je l'ai vue dans ses œuvres l'Anne Marie bonne épouse. Oh, ce n'est pas aux scènes qu'elle faisait à Albert, à ses rebuffades et ses injustices que je pense. Non. C'est à ses intrigues dans le salon des Masselot, à l'Anne Marie calculatrice qui avait montré un sang-froid et un à-propos incroyables, ce jour où, par hasard, elle avait été mise en présence du grand, de l'illustre Aristide Briand.

L'épisode s'était déroulé lors des dernières vacances de Noël. Ma mère et moi étions allés, en humbles vassaux, présenter nos vœux au seigneur André et à sa seigneuresse Edmée. Vision... Le salon. Contrairement à l'habitude, Edmée ne se tient pas alanguie, étendue sur un sofa d'où elle surveille tout avec vigilance, elle ne nous accueille pas en souveraine à l'aimable condescendance, avec l'écarquillage de rides qui constitue son sourire d'hospitalité, et elle ne tripote pas de ses doigts grassouillets le collier d'énormes perles, sueurs de sa prospérité qui toujours entourent son cou replet. Elle est de garde sur une chaise, tête et poitrine aux aguets, boudinée, une femme trop mûre, trop grasse, à la chair pâle et débordante qui, impérieuse, nous ordonne le silence d'une main endiamantée. Pris de crainte, et soudain gagnés par la conviction d'être importuns, nous nous installons sur le bout des fesses dans les vastes fauteuils, évitant de faire craquer leur armature de bois. Nos précautions rassurent l'hôtesse et les lignes de l'irritation s'effacent de son visage. Puis elle s'incline légèrement vers nous pour susurrer sa prodigieuse information :

— Aristide Briand est avec André. Ils ont à prendre des décisions capitales.

Nous parviennent en effet de la pièce voisine les rumeurs d'une conversation. Apparemment, André parle peu : on ne perçoit que ses acquiescements religieusement empesés de respect. En revanche, Briand dévide des tirades sur un ton enroué de brave canaille rigolarde. Tout à coup, on entend un enflement de sa voix qui monte au sommet du pathétique, le fameux violoncelle du tribun, puis ça se tait, un éclat de rire bref, et la porte du bureau d'André s'ouvre, laissant passer les deux hommes qui pénètrent dans le salon : Briand d'abord, malicieux et courbé, suivi d'un André embarrassé regardant ses pieds.

Immédiatement, Edmée a roulé vers le grand homme, empressement quasiment idolâtre, un presque évanouissement : charmes d'une vieille sirène, plus que jamais matrone, roulure mondaine faisant sa sucrée. Anne Marie aussi s'est levée, mais elle demeure debout, immobile, l'air un peu éperdu, un peu timide. Moi, je regarde le personnage, déçu sans oser me l'avouer : je ne me le représentais pas ainsi, il ressemble à un chat-huant perché sur la fourche d'un arbre. C'est un paysan de prétoire aux aménités poivre et sel, à la pétulance de vieux garçon qui a trempé sa moustache en crocs dans toutes les sauces. Voussure des épaules creuses, figure fripaillée, réparée à la bonasse. Il affiche une saleté sympathique : costume de bonne coupe, devenu on ne sait quoi d'avachi, qui cependant conserve une certaine noblesse, col où s'enroule une cravate qui s'épanche comme un ramasse-miettes, un ramasse-postillons, un ramasse-éloquence, manches élimées d'où sortent des mains nouées d'arthrite et jaunies par le tabac.

Négligeant de nous présenter, Edmée a imploré l'homme d'État de toute la rondeur de ses appas :

— Monsieur le Président, avant de partir, vous prendrez bien quelque chose.

— Je ne dirais pas non à un verre de vin blanc. Si vous aviez du muscadet...

La réponse de Briand, dont le regard s'était, infiniment curieux, posé sur Anne Marie, et qui a fait claquer ses lèvres en une moue de plaisir, plonge Edmée dans un tel désarroi qu'elle balbutie, bouche ouverte, grotesque :

— Monsieur le Président... Monsieur le Président... du muscadet dites-vous...

— Comment, vous ne connaissez pas mon petit pinard, chère amie ?

— Moi si !

Silence surpris. Tous les regards se tournent vers Anne Marie qui s'est écriée comme une écolière possédant la bonne réponse et qui maintenant répète doucement :

— Moi si. Je sais de quel vin vous parlez, monsieur le Président.

Briand a déplissé les paupières, visiblement désireux de mieux détailler la beauté de l'audacieuse. Puis il goguenardise gentiment :

— Madame, vous êtes une connaisseuse. Je vous en félicite. Madame, euh...

Comme Edmée reste coite, André s'empresse :

— Monsieur le Président, permettez-moi de vous présenter Madame Anne Marie Bonnard, l'épouse de notre consul à Tcheng Tu, en Chine. Je vous ai souvent entretenu de cet excellent agent, qui d'ailleurs est un ami intime. Il est actuellement à son poste, aussi veillons-nous sur sa femme et son fils.

De l'une de ses poches, Briand tire un énorme mouchoir et se mouche, une narine après l'autre :

— Ah, votre Chine, André... Moi je n'aime que mes pantoufles, dit-il dans un nasillement affecté, qui se mue ensuite en voix de charme, un doux modulo entre ses lèvres racornies pour s'adresser à ma mère :

— Anne Marie — permettez-moi de vous appeler par ce joli prénom qui fleure si bon le terroir — nos amis Edmée et André ne cessent de me parler de vous, de la consulesse de Tcheng Tu et de son grand courage : les têtes coupées, les supplices, les Seigneurs de la guerre... Vous voyez, je suis informé de tout. Mais je préfère vous imaginer ailleurs que dans ce pays barbare. Tout près de nous, sur les bords de la Loire. J'ignore quelles sont vos origines, mais mon instinct ne me trompe jamais : vous devez être angevine ou nantaise. Un certain ovale de la figure, une gracilité du cou, la finesse de vos traits, vos cheveux, leurs noires irisations, cette peau mordorée, ces yeux étirés... Dites-moi que je ne me trompe pas. Vous êtes de la Basse-Loire, n'est-ce pas?

Au fur et à mesure que Briand pateline et galantise, Anne Marie se fond dans son air de modeste réserve, une sorte de décence un rien impudique, chez elle la vraie séduction. Je l'entends répondre d'un filet de voix ténu :

— Je suis d'Ancenis.

— Ancenis? Mais je connais très bien! Quand j'avais vingt ans, et que je croyais encore pouvoir régénérer le monde par l'anarchie, j'y allais prêcher. Quelle histoire! Les curés me traitaient d'envoyé de Satan, les bonnes paroissiennes se signaient à ma vue et les gamins me jetaient des pierres. Vous rendez-vous compte? Pardonnez-moi, Anne Marie, mais grâce à vous un vieil homme se souvient... N'avez-vous jamais entendu parler, dans votre enfance, du sinistre Briand? Eh bien, est-ce que je vous fais peur?

— Non, monsieur le Président, rétorque Anne Marie avec un sourire plein de tact et de distinction, qualités dont elle a fait son apanage. (Cependant là, elle se surpasse : démonstration de son doigté délicat, de son aisance délicieuse, de sa simplicité savoureuse face au tavelé et nicotineux Briand qui maintenant renchérit :)

— Ainsi, madame la Consulesse, vous aimez le muscadet?

— Oh oui. A Tcheng Tu j'en faisais même venir des caisses. Elles voyageaient par jonques et à dos de coolies. Et à l'occasion des fêtes données au Consulat, j'en offrais aux Seigneurs de la guerre qui en raffolaient et buvaient jusqu'à s'écrouler.

— En somme, grâce à vous, votre mari remplaçait la diplomatie de la canonnière par celle du muscadet. Je vous félicite, madame la Consulesse.

Une courbette puis, sans plus d'égards, Anne Marie est oubliée. Edmée a fait servir du champagne. Briand s'empare de sa coupe. Pas même un intérêt quand il boit : il est revenu aux grandes préoccupations qui l'ont amené chez André à qui il jette à brûle-pourpoint :

— C'est donc entendu mon cher : vous vous tenez prêt. Je compte sur vous. Je veux que vous soyez avec moi quand je prendrai mon bâton de pèlerin de la paix. Ah, la paix! La paix! Désormais je ne m'emploierai plus qu'à cela. Dire que j'ai été président du Conseil pendant Verdun! Jamais je n'oublierai ma première tournée sur le front... D'ailleurs vous y étiez aussi, mon cher... Vous vous souvenez...

Moi, je me souviens de l'envolée qui a suivi. Briand l'orateur, le flambeur de tribunes. Tout ce qu'il avait de croûtonneux dans l'allure a disparu. Plus de cuir usé, plus de lèvres baveuses. Soudain il est apôtre inspiré, visionnaire. Sa voix comme une emprise, comme un chœur, le chant du monde, le lyrisme à nu, avec ses cadences envoûtantes, un art consommé pour choisir les mots, les lâcher ensuite, tantôt meute de chiens, tantôt troupe de séraphins. Le bonhomme fabrique du grandiose avec des couplets, avec des trucs, avec des effets qui ressemblent à la grande et vraie passion.

Il raconte que c'est là, dans ce bourbier de Verdun, qu'il a compris ce qu'était la mort. Splendeurs de la banalité abjecte. Lors de son approche du champ de bataille, dans son cortège bardé de faces raides à képis étoilés, il a été saisi par une odeur moite, insipide, pas réellement répugnante. La senteur des premières charognes humaines. Sur la terre dépouillée, partout éventrée, muée en une chose noirâtre, chaotique, il restait de la viande éparpillée. Des abats : bras, jambes, morceaux de troncs, bouts de visages aux regards aveugles. Par endroits, une croix indiquait une fosse commune. Dans des cloaques qu'on appelait tranchées survivaient des raclures d'humanité, des clochards avec leurs pauvres hardes, des insectes dans leurs encoignures, déployant de minables ruses pour ne pas crever. Espoir insensé en ces lieux où les obus ne cessaient de tomber. Le fer écrasant la chair, l'apocalypse triviale, l'immensité du rien, le globe s'effondrant dans un gouffre sidéral.

Aussi brutalement qu'il avait commencé, Briand s'est tu. Silence recueilli de la petite assemblée. On s'apprête à une relance, mais le grand homme est fatigué et signifie son désir de partir. Branle-bas : Edmée s'agite, André s'onctionne, le valet de chambre apporte le manteau du visiteur. Poignée de main, baise-main. A ce moment précis, le regard de Briand se porte sur Anne Marie : une lueur d'ironie s'est allumée dans son œil, une flamme d'amusement, l'étincelle d'un Belzébuth brave diable qui, en passant, s'offre un bon tour.

— Eh bien, madame la Consulesse, j'ai été ravi de vous rencontrer. J'aimerais vous faire plaisir... Si je pouvais vous aider en quelque chose quand je serai revenu aux affaires? Vous... ou votre mari?

La réponse d'Anne Marie a fusé d'un coup, comme si elle s'était attendue à la question et avait préparé sa réplique :

— Monsieur le Président, pour mon mari. Il serait tellement heureux d'être nommé consul général et décoré de la Légion d'honneur.

Estomaqué, Briand émet comme un sifflement entre ses dents :

— Mazette! Ah, les femmes, quel à-propos! Vous êtes très fortes! Mais ce qui est dit est dit. Ma chère Anne Marie, votre époux aura ses galons. Du reste il les mérite, n'est-ce pas, André?

— Assurément, monsieur le Président, acquiesce aussitôt ledit André d'une voix légèrement pincée.

Cette fois la séance est définitivement levée et Briand s'en va, suivi de la compagnie qui l'escorte dans la rue jusqu'à sa voiture noire.

En revenant, Edmée ne peut s'empêcher de montrer son mécontentement :

— Mon amie, aviez-vous perdu la tête? Nous avons frôlé la catastrophe. Vous savez, le président voulait plaisanter. Enfin!... Nous verrons bien.

Le glas des mots... Anne Marie feint l'indifférence, mais son regard se reporte sur André : regard question, regard inquiétude. Court silence dans la pièce, et enfin le confident du grand homme daigne rassurer :

— De toute façon, Albert est un excellent diplomate. Il mérite ces distinctions, je dirais même qu'elles lui reviennent de droit, et je veillerai à ce que le président tienne ses promesses.

Rentrée à notre appartement. Anne Marie a son sourire de supériorité. Elle sait, elle est sûre, elle est convaincue, elle n'en démordra pas : si Albert est promu, c'est à elle qu'il le devra. A elle. Seulement à elle. D'ailleurs à peine sommes-nous arrivés qu'elle se met devant son écritoire, après m'avoir lancé : « Avec ça, si Albert ne m'est pas reconnaissant ! »

Longuement elle épistole. Page après page. Le visage tendu, les yeux luisants. Elle est l'image de la concentration et ce n'est que lorsqu'elle cachette l'enveloppe qu'un rire s'échappe de sa gorge. Le rire d'Anne Marie ! Ses rires, devrais-je dire. J'en ai tellement entendu ! J'en connais toutes les espèces, toutes les variétés. Rire perlé, rire aigu, rire cascadant, rire gouttelettes, rire de nacre, rire des champs, rire de pluie, rire de convenance, rire de mépris... Combien en a-t-elle ? Dix ? Vingt ? Plus ? Je crois qu'elle en possède un pour chaque situation, adapté à chaque événement de la vie : l'amusement, la colère, les semonces, le dégoût... Ses rires ! Ils disent à la fois si peu et tellement. Tout elle, cependant. Et le rire de ce soir est celui de la complicité joyeuse, de la connivence avec moi : le rire clin d'œil, le rire des mauvais coups qui m'associe d'avance à quelque méchanceté. J'en suis certain, elle réserve au malheureux Albert une surprise à sa façon.

L'Anne Marie printanière de la visite aux Sources : quelle métamorphose ! A l'entendre, je crois rêver. Plus aucune trace de malignité, plus d'agressivité, plus de hargne contre l'époux honni, rien que la modestie, l'humilité, la tendresse. Pour la première fois de mon existence, elle m'en parle comme d'un homme, un vrai, et même comme d'un grand homme. Conversion complète. Comme si Albert était un autre, tout neuf, tout nouveau. Elle proclame désormais qu'il dégage de bonnes senteurs. Ses lèvres épaisses sont devenues séductrices, son grand nez signe de virilité, ses yeux rougeauds et pleurards des puits de bonté, sa moustache un liséré galant.

Albert est beau. Albert est intelligent. Albert est honnête. Albert est un preux, un retors, un malin qui a roulé, berné les Chinois rusés. Un immense avenir s'ouvre devant lui, et Anne Marie, sa femme, la consulesse, est fière de lui et jamais plus elle ne le quittera. Toujours à ses côtés, quoi qu'il advienne, pour le meilleur et pour le pire, oui, même le pire... Et moi, ne suis-je pas heureux d'avoir des parents qui s'aiment, et de les voir bientôt à nouveau réunis?... Que je me réjouisse : Albert rentre sous peu, Albert arrive.

Elle louange, Anne Marie, elle flonflonne, elle se gargarise de tous les clichés de l'amour, et plus elle s'anime plus je me dis qu'elle n'est qu'une garce, une de ces bonnes femmes armées jusqu'aux dents qui, après avoir fait voguer le client sur les nuages de la félicité, le précipitent dans des gouffres infernaux et le déchiquettent à satiété. Patte de velours d'abord et ensuite férocité mordante. Anne Marie, ma mère, est de cette confrérie... une sacrée fieffée pute.

Ils avaient voulu me faire la surprise. Et ils avaient surgi aux Sources, la veille des vacances de Pentecôte sans annoncer leur venue, Anne Marie et Albert, père et mère affectueux, comme les parents des autres gosses de l'École accourus récupérer leur progéniture. Depuis la visite d'Anne Marie, je n'avais plus eu de nouvelles et je m'étais habitué à l'idée de passer les trois jours fériés au collège. Si bien que, tandis que mes copains piaffaient dans l'attente de leurs libérateurs, moi je tournicotais dans le petit bois pelé qui dominait l'école.

C'est là que j'avais entendu les cris : « Lucien Bonnard! Lulu! Lulu! De la visite pour toi. » Intrigué, je m'étais précipité sur le terre-plein d'accueil où stationnait une somptueuse automobile noire dont le chauffeur, casquette à la main, ouvrait l'une des portières. Anne Marie en était descendue. Superbe dans une longue robe blanche qui élançait encore sa silhouette. Derrière elle avait émergé Albert. Un Albert impérial. Consulissime. Identique à lui-même, avec ses yeux charbonneux, ses sourcils épais et sa moustache au cordeau, et pourtant imperceptiblement transformé : un rien d'assurance que je ne lui avais encore jamais connu et qui lui donnait un air glorieux, la prestance d'un homme conquérant auquel le monde appartient. Signe supplémentaire de son changement : une fois sorti du véhicule, il avait rejoint Anne Marie et saisi sa main avec la délicatesse un peu solennelle du propriétaire tout-puissant mais respectueux.

A mon approche il s'esclaffe joyeusement : « Ah, ça ! En deux ans on m'a transformé mon fils ! Un vrai petit homme, ce gaillard. Viens là mon garçon... » et il s'empare de moi, me soulève contre lui, m'écrase de sa joie. Je suis happé par ses lèvres, ses bras, par toute sa figure qui m'embrasse, une prise de possession générale de ma personne au milieu d'exclamations affamées et de questions émues : « Lulu ! Mon fils ! Que je suis heureux ! Tu sais, tu me manquais ! Et toi, tu es content de revoir ton papa ? Ça te fait plaisir ? Est-ce que tu m'as reconnu ? Tu ne m'avais pas oublié, j'espère ? » Moi, je marmonne des assurances étouffées, je le rassure : « Papa, tu es mon papa... » Je suis arrimé à son cou, à ses poils, aux pores de sa peau, enfoui dans ses odeurs et ses souffles bruyants, et en même temps je me dis que j'aimerais bien qu'il cesse ses effusions. Anne Marie a raison : il sent fort. Perçoit-il ce vœu muet ? En tout cas, il finit par me reposer à terre et Anne Marie en profite pour me gratifier d'un baiser sur le front, délicieusement évaporé. Là-dessus Albert s'éminentise, tonne de sa voix de grand diplomate : « Lulu, nous t'emmenons avec nous. Nous passons les trois jours ensemble », et il conclut son annonce d'un geste cérémonieux, comme s'il m'offrait l'univers en cadeau.

Il y a eu quelques formalités avec l'École, Albert les a diligemment expédiées, et nous avons pris la route. Contentement de tous. La voiture est spacieuse et confortable. Albert et Anne Marie se sont installés sur la banquette arrière et moi je leur fais face, assis sur un strapontin. Ils sont époux épouse, main dans la main. Lui, galant, suffisant, subtilement tendre, et elle, énigmatique, un peu lointaine, mais nettement consentante. Comme une aura de conjugalité fleurie sur le couple. Silence gourmand : on savoure le plaisir d'être réunis. Surtout Albert, qui se magnifie à vue d'œil, et qui affiche la ventripotence béate de l'homme comblé. Albert ! lui que j'avais toujours connu traqué, voilà que maintenant il arbore une assurance plénipotentiaire pour s'adresser à sa femme avec un enjouement teinté de fausse réprobation :

— Vous ne m'aviez pas dit, Anne Marie, que notre fils avait tellement grandi.

Ma mère bat des cils. Puis elle ouvre grand les yeux pour laisser passer un regard joyeux, empli de pétillement :

— Bien sûr que si, Albert : je vous ai tout raconté dans mes lettres. Mais en deux ans un enfant change énormément. Il est normal que vous ayez été surpris.

Albert hoche la tête sentencieusement :

— Évidemment. Évidemment... Pourtant, ma chère, j'ai souvent eu l'impression que vous ne me disiez pas tout à propos de Lucien. Plus d'une fois il m'a semblé que vous vous faisiez du souci, mais que vous ne vouliez pas m'en parler.

Sans transition, mon père m'apostrophe d'un ton qui s'est brusquement durci :

— Je présume, Lucien, que tu t'es conduit en garnement...

La soudaineté de l'attaque me prend au dépourvu et avant que j'aie eu le temps de proférer la moindre défense, il ajoute :

— Inutile de me donner des explications. Tu as causé du chagrin à ta mère, il n'y a que ça qui compte. Une si bonne mère ! C'est mal, sais-tu ? Très mal. J'espère que tu ne recommenceras plus.

— Ne grondez pas cet enfant, Albert, coupe Anne Marie de sa voix la plus douce. Il a des excuses. Il lui a fallu s'adapter à la France, ce qui n'est pas facile quand on a été élevé en Chine. Tout ici lui était inconnu : les gens, les habitudes, les paysages, l'École. Il a été chahuté, moqué... Tenez, même le froid. Cet hiver il était désespéré et ne cessait de se plaindre qu'il ne pouvait pas se réchauffer. Maintenant tout cela est fini, n'est-ce pas, Lucien ? Et puis vous êtes là.

Albert se rengorge, fait un instant le ronchonneux, semble même vouloir m'abandonner à mes difficultés d'adaptation, mais, saisi d'une nouvelle idée, il revient à la charge :

— Tes notes, Lucien, sont très insuffisantes. Non qu'elles soient vraiment mauvaises, je te l'accorde, mais c'est pire : elles sont médiocres. J'espère que je n'ai pas un fils paresseux.

Je te préviens, je ne l'accepterai pas. Moi, vois-tu, je me suis fait tout seul. Enfin... avec l'aide de ta mère. Et pour nous deux ça n'a pas été une mince affaire. Nous en avons consenti des sacrifices, tu sais. Alors que toi tu as tout pour réussir ta vie et entrer dans la carrière diplomatique. Il te suffit de réussir tes examens pour devenir ambassadeur. S'il te plaît, ne gâche pas tes chances. C'est maintenant que tu prépares ton avenir.

De nouveau Anne Marie s'interpose.

— Vous êtes injuste, Albert. Lucien travaille de mieux en mieux. Son dernier relevé de notes montre qu'il a fait beaucoup de progrès. Ah, mon Lulu, c'est vrai, tu m'as causé un peu de souci, mais c'est terminé, tout est oublié...

Elle se penche sur moi et m'embrasse tandis qu'Albert mastique une dernière menace :

— Vous êtes trop faible avec votre fils, je vais m'en occuper moi-même, je le remettrai dans le droit chemin.

La prestation ès paternité d'Albert est achevée, son autorité de père a été réaffirmée. Bref regard vers Anne Marie : il devine en elle un rien de langueur aimante qui lui convient. Il est content de lui et s'enfonce dans le dossier de la banquette, s'étale, s'installe, prélassement et bien-être. Albert et les jouissances... Albert qui s'est remis à parler. Voix de semi-confidence. Il raconte les dernières nouvelles de Chine, les faits et gestes du diplomate voué aux missions délicates. Un peu de grandiloquence. Un peu d'emphase. Anne Marie écoute, opine, approuve, s'offusque avec lui, le tempère, le félicite, l'admire quand il le faut, à d'autres moments compatit, à d'autres encore congratule, et lui s'écoute, se lisse les plumes, se pourlèche de ses mots. Négligemment, tandis qu'il pérore, son bras s'est posé sur le bord de la lunette arrière et lentement sa main se rapproche de la chevelure d'Anne Marie, les doigts, le poignet, tout un mouvement d'ondulations et, enfin, le contact. Anne Marie a un minuscule frisson, un infime raidissement, comme une hésitation puis elle cède et feint de n'avoir rien senti. Les doigts manucurés d'Albert sur la pâleur de son cou. Doigts qui vont et viennent suavement, à peine effleurant les chairs, volupté d'une caresse, qui se perdent dans le cheveu, s'oublient, reviennent, rêvent. Anne Marie qui semble n'avoir rien remarqué, qui pourtant est en plein accord, qui, mine de rien, appuie sa tête en arrière. Anne Marie! Je la regarde. On la dirait subjuguée par Albert : son attention, sa participation à la logorrhée du consul! La salope! Elle profite d'une secousse de la voiture pour presser sa cuisse contre la sienne. Alors la voix d'Albert devient rauque, son visage se congestionne : il est saisi par une bouffée de désir, et, brutalement, ses lèvres tentent de s'emparer de celles d'Anne Marie. Mais elle se dérobe malicieusement, sans violence ni répulsion. Elle a juste une pudeur prometteuse : « Allons, Albert... Lucien... »

La mollesse affectée du rappel à l'ordre comble Albert d'espérances. Oui, Anne Marie est à lui... Anne Marie l'aime. Cette fois, il en est certain. Et lui a pour elle de l'amour à profusion. Toute cette passion, cette fièvre qu'il a refoulées durant des années. Quatorze exactement. Depuis ce jour fameux où il avait aperçu Anne Marie sur un quai de la gare d'Ancenis : jeune fille arrivée de Nantes en compagnie de sa mère. Lui était venu faire visite à son frère militaire en garnison. Tous deux sortaient de la gare quand soudain il l'avait vue... Scène primitive. Coup de cœur, coup de folie. On connaît la suite... La cour laborieuse d'Albert. Jamais il n'avait pu placer l'aveu de sa flamme et les élans de son âme, car toujours ma mère les cassait de ses sarcasmes. Mais aujourd'hui, elle semble prête à l'entendre...

Alors il devient billet doux. Teintes pastel et langue choisie. Il n'est plus grumeleux, son visage n'est plus le reflet de ses intérieurs, de ses tripes, de ses pieds, de son cœur, de son foie, de sa cervelle et de son intellect, de sa bile et de ses billevesées, de son sang et de ses globules, de ses diarrhées, de ses fièvres. Miraculeusement, il rajeunit, s'affine, s'assouplit. Sa voix chantonne presque, se lisse, se feutre et se murmure. Et son vocabulaire! Florilège de mots images, de mots fleurs, de mots senteurs, de mots câlins. La déclaration d'Albert! Elle jaillit, tout en aveux brûlants, serments, humbles quémandes. Oh, comme il aime son épouse! Comme il se fond dans son demi-sourire. Moi, je me fais tout petit et je les épie... surtout Anne Marie, qui écoute, attentive, les lèvres à peine marquées d'une moue. Anne Marie, si belle! et sa moue d'ironie bienséante, celle de la dame recevant les hommages d'un homme qui ne la laisse pas indifférente, sa moue amusée d'une voluptueuse chasteté. Oui, ma mère a le maintien tranquille, la retenue qui peut être acceptation discrète, et je ne la reconnaîtrais pas s'il n'y avait le balancement de sa tête, oscillations insensibles, où la lumière détache les reliefs et sculpte les formes en ombres et clartés. Mouvement connu, bien connu. Je sais qu'il annonce l'estocade : Albert pourfendu. Le coup sera-t-il mortel? Non. Au lieu de le tuer, Anne Marie veut ferrer son Albert.

J'observe. J'attends. Et enfin l'attaque... Anne Marie a posé sa main sur le bras d'Albert pour l'inviter à tempérer sa fougue déclamatoire. Elle a prononcé quelques mots rapides, suivis de noms, des noms de femmes que j'avais déjà entendus lorsque nous vivions en Chine, et a assorti chacun de commentaires précis, détails à l'appui. Sans doute les formulations sont-elles volontairement sibyllines pour que je ne comprenne pas de quoi il s'agit, mais cela ne me trompe pas. Je me souviens parfaitement de ces personnes auprès desquelles Albert s'empressait avec maintes amabilités, ronds de jambes et baisers galants, tandis qu'Anne Marie faisait semblant de ne rien remarquer.

Ce rappel des belles de Tcheng Tu, de Shanghai et d'ailleurs, produit un effet foudroyant. Pâleur et décomposition d'Albert qui perd toute sa superbe. Il a un drôle de beuglement qui se veut une dénégation, et se termine dans un gémissement. Il va comme s'effondrer, se rompre en mille sanglots, mais Anne Marie, d'un rire, l'en empêche. Rire en bémol, qui n'est pas celui des dévastations, mais celui du possible pardon. C'est ainsi que le comprend Albert qui reprend espoir et foi. Aussitôt il se précipite. Plaidoirie, argumentation bégayante, et confusion. Attendrissant Albert! Maintenant Anne Marie compatissante vole à son secours, à condition bien sûr qu'il « ne recommence jamais ». « Jamais, vous entendez, jamais. Vous le promettez? » Un serment? Seulement ça? Albert est aux anges. Et il jure tout ce qu'il peut, prend tous les engagements possibles, pour cette vie, et pour toutes celles qu'il pourrait vivre après, pour toutes les vies jusqu'à la fin des temps. Son amour est éternel. Dans son cœur il n'y a jamais eu qu'Anne Marie et il n'y aura jamais qu'elle. « Vous me croyez, n'est-ce pas, Anne Marie ? Dites-le-moi, que vous me rendez votre confiance, dites-le-moi, je vous en supplie. — Mais oui Albert, je vous crois. » Baume de la miséricorde. Albert n'en réclamait pas plus, et à nouveau il entre en transes. Cramoisi, écarlate : une fois de plus son désir renaît. Il halète, souffle, renifle, il accélère le débit de ses mots : « Anne Marie... Anne Marie... Vous êtes si bonne... ma femme... » Puis il se métamorphose encore. Sa physionomie se fait extatique, ses yeux s'emplissent d'adoration et je l'entends qui lentement articule une phrase que je reçois comme un arrêt de mort : « Ma chère, nous allons avoir un second enfant et ainsi nous formerons une vraie famille. » Ah, le regard d'Anne Marie ! Des milliards d'étoiles. Mais elle ne répond mot. Elle se contente de bâillonner mon père avec la main, elle caresse des doigts ses lèvres charnues. Soudain elle se ravise et se penche pour lui murmurer à l'oreille une confidence dont je ne perçois que les dernières paroles : « ... fumez un cigare. » Immense bonheur du secret partagé : un Albert radieux fouille ses poches, extirpe l'étui de cuir noir où il enferme ses précieux havanes et en allume un avec délectation, après avoir effectué maniaquement ses insupportables manipulations d'amateur éclairé. Moi, je suis abasourdi. Anne Marie... Accepter qu'Albert lui fasse un autre enfant ? Non, c'est impensable. Elle ne peut pas. Elle le hait. Je le sais, moi, qu'elle le hait.

Le soir, quand nous sommes arrivés au grand hôtel de Rouen, la forfanterie d'Albert n'avait plus de limites. Il clame en direction du concierge : « Deux chambres communicantes, mon brave. Une grande et une petite ! » Sa majesté ensuite, sa gloire de mâle dominateur quand il a rétorqué au cerbère qui s'enquérait s'il fallait, pour les parents, une chambre à un ou deux lits : « Un lit, bien sûr. » La souveraineté absolue de l'époux. Il n'a même pas eu un regard pour consulter Anne Marie, pas l'esquisse d'une hésitation. Il règne, il impose, il est enfin mari à part entière, et il est certain aujourd'hui de ne pas entendre comme jadis la voix méchamment neutre de ma mère rectifier dans son dos : « Vous n'y songez pas, Albert, je veux une chambre pour moi seule. Vous ronflez, j'ai envie de dormir au calme. » Ce soir, Anne Marie n'est qu'acquiescement silencieux, aucune ombre n'est venue gâcher son air de femelle consentante.

Ils semblent l'un et l'autre tellement emportés par l'ivresse conjugale que je n'existe plus. Dans leur chambre, je me suis installé sur un siège bas et je les regarde sans qu'ils m'accordent la moindre attention. Ils vaquent à leurs occupations. En fait, seule Anne Marie s'active. Dès l'entrée, Albert s'est allongé paresseusement sur le lit large et galbé, campé comme un tabernacle contre l'un des murs de la pièce, un lit d'amour, autant fait pour l'adultère volupté que pour le devoir conjugal. De l'œil, il suit les manèges de son épouse qui est toute diligence. Anne Marie... Elle qui ne pouvait souffrir le contact des flanelles et des maillots de corps d'Albert, la voilà qui range ses effets, tous, sans exception, chemises, caleçons, costumes, et qui s'applique, efface les faux plis, chasse une poussière, plie, déplie, replie, suspend, empile... Une fée du logis... qui, tout à coup, découvre l'inertie de son mari et le chapitre : « Eh bien, Albert, à quoi pensez-vous? Voulez-vous bien vous préparer. Il est l'heure du dîner. » Ah, le sourire d'Albert quand il se redresse et file à ses ablutions, son ronronnement quelques instants plus tard quand il apparaît torse nu et qu'Anne Marie s'extasie : « Vous êtes bel homme, Albert », et son rugissement impératif lorsque celle-ci, ayant entrepris de changer de robe, lui demande : « Laquelle voulez-vous que je mette? — La bleue... elle vous habille merveilleusement. » Auparavant, c'est toujours moi que ma mère consultait sur le choix de ses toilettes, mais ce soir il n'y a qu'Albert. Albert auquel elle veut plaire, auquel elle s'offre...

Et le repas! Albert sous les lustres, au milieu des larbins. Albert à lui seul la Sainte Trinité : époux, père et despote. Il parle, il parade, il nous couve du regard. Il resplendit de tout l'éclat du chef de famille. Ce soir, rien n'est trop bon, rien n'est trop cher pour les siens. Il s'est emparé du menu et a fait le choix avec grand soin, commentaires à l'appui. « Ah, ça, je crois que vous aimez, Anne Marie... et ça, vous en raffolez, n'est-ce pas?... Et ce plat, vous ne voudriez pas le goûter?... » Les délibérations ensuite avec le maître d'hôtel, avec le sommelier, conclues par cet aparté vers Anne Marie : « La note va être salée, mais aujourd'hui... » Le sourire indulgent qu'elle lui adresse en guise de réponse. Enfin le défilé des plats. Langoustes pour tous. Armées de langoustes. Carapaces, antennes, queues, pattes de langoustes. Raz de marée de langoustes. La voix d'Albert qui monte et descend, celle d'Anne Marie qui pianote de petites reparties. Bruits de mandibules, tintements de couverts, brouhahas de conversations, entrechoquements de verres. Panses pleines. Alors champagne. Trinquons à la santé d'Anne Marie. Trinquons au grand projet d'extension familiale. Trinquons à tout et à n'importe quoi. Trinquons aux yeux enflammés d'Albert. Trinquons à la pupille mouillée de ma mère. Complaisante Anne Marie ! Trinquons à la tripe d'Albert, de cet Albert qui boit trop, ce qui finit par lui attirer une remarque presque courtisane de ma mère : « C'est la dernière gorgée, Albert, pensez à vos intestins. » Dérision ! Désormais Anne Marie aime aussi les boyaux d'Albert, eux qui lui paraissaient la tripaille la plus ridicule, la plus infecte du monde... Trinquons à la nuit ! Trinquons aux fornications !... Ah, les fornications... Albert s'en souvient tout à coup : « Il se fait tard, dit-il. Lucien dort debout. Allons nous coucher. » Grandiose Albert. Et nous avons gagné nos chambres : eux dans la leur, moi dans la mienne.

Triste mon cagibi, terne ma solitude. Je me suis déshabillé à la hâte et réfugié dans le lit qui emplit presque la pièce. Lumières éteintes, mains sous la tête, les pensées perdues dans l'obscurité, je rêvasse. Je n'ai pas sommeil. Albert m'obsède et je repense avec dégoût à ses exploits de la journée : les attouchements infligés à ma mère, la proposition d'un second enfant... Un second enfant ! Et Anne Marie qui s'est pliée au jeu... La garce ! Elle n'aura reculé devant aucune forfaiture. Quoique, sur l'enfant, je sois à peu près rassuré : elle n'acceptera pas. Elle fera juste semblant. Un deuxième rejeton ne peut participer de ses projets. Que dirait son cher Masselot si ça se produisait, si elle revenait de notre équipée avec un gros ventre ?

De mon lit, je distingue la porte qui me sépare de mes

parents. Elle se découpe dans le noir : encadrement lumineux des interstices, dessins géométriques de leur faux bonheur. Une chambre, un lit pour deux, et rien de vrai. Pauvre Albert qui croit à la comédie de la renaissance amoureuse. Que fait-il maintenant? Je guette leurs bruits.

Comme à son habitude, ma mère a dû, dès l'arrivée, se rendre dans la salle de bains, enfiler prestement un déshabillé et revenir s'asseoir devant la coiffeuse pour s'apprêter à sa nuit. Vaporeuse Anne Marie. Ses jambes croisées qui émergent des dentelles, son buste raidi, sa tête cambrée, tandis qu'elle procède à son démaquillage. D'abord le cliquetis des bijoux, puis la gamme des frôlements : le coton laiteux qu'elle passe et repasse sur son visage, le front, le tour des yeux, le cou, sa lente application pour effacer l'ombre d'une ride... et Albert pendant ce temps, comme un frelon, un hanneton, qui va et vient autour d'elle. Il rôde, il tourne, il approche et recule, pas en avant, pas en arrière, il plastronne et complimente, minaude et polissonne. Tantôt l'effleurement, tantôt l'éloignement. Parfois une maladresse feinte qui permet la palpation d'une épaule ou d'un sein. Et les mots, toujours les mots. La caresse du verbe chez Albert. Une sensualité de plus. Ce soir il doit se surpasser. Peut-être même innove-t-il.

Ça y est, l'extinction des feux. La découpe de la porte a disparu. Ils sont au lit. Je sais ce qui va se produire. J'en connais le scénario et le détail. Au collège les gamins m'ont tout appris des secrets de la copulation, le rut prolifique pratiqué par tous les parents. C'est la vertu, la patrie et la France, et c'est béni par Dieu, à condition que cela se déroule dans le saint sacrement du mariage. Anne Marie et Albert sont époux on ne peut plus légitimes : ils peuvent donc forniquer tout leur saoul et fabriquer tous les enfants qu'ils veulent.

Moi, je me sens trahi. Anne Marie chevauchée par Albert : je ne peux y croire. Au dernier moment, elle va se ressaisir, elle va se rappeler combien il la dégoûte et elle le renverra, comme elle l'a toujours fait quand il la touchait. Une phrase suffira, une des phrases qu'elle sait si bien décocher : « Voyons, Albert, éloignez-vous, je n'aime pas ça! » et lui, gros pataud, se repliera dans un coin du lit. Au matin, elle rattrapera l'affaire d'un sourire, d'un bon mot, Albert sera satisfait et oubliera ses désillusions de la veille. Pourtant... tout au long de la journée Anne Marie semblait vraiment décidée à ne pas repousser ses assauts. Anne Marie! je la déteste.

Une poignée de minutes seulement depuis que les lumières se sont éteintes et je n'y tiens plus. Je me lève. Silence précautionneux pour coller mon oreille contre la porte de communication. Entendre. Savoir. Et comme un coup de poing, je reçois les rumeurs, toutes les rumeurs de l'accouplement d'Anne Marie et d'Albert... J'avais deviné juste, les bêtes sont à l'ouvrage.

Impressions d'aveugle... Sans la voir, la scène dans mes yeux, effroyablement précise grâce à la symphonie des sons. Grincements du lit à rythme régulier, craquements du sommier. Puis, vaguement, des voix. Alors j'imagine. Albert vautré sur le corps d'Anne Marie, Albert écumant de désir, tout à sa férocité mâle, n'entendant rien, pas même ses râles qui se font de plus en plus rapides et violents... Dans ce tourbillon de cadences bruyantes, je perçois une étrange mélopée à souffle lent, comme un vibrato étiré, languissant, une respiration presque chantante... Anne Marie! Anne Marie sur l'océan des ravissements, jouissant des martèlements d'Albert. Anne Marie transpercée, et qui entame la musique des plaisirs, une cantilène dont chaque accent me déchire.

Combien de temps a duré ce misérable tintamarre? Les secondes m'ont paru des heures, des jours entiers, des années. Je m'étais tassé contre la porte, tremblant de douleur, et c'est à peine si j'ai entendu Albert triompher à mi-voix : « Nous l'avons fait, l'enfant. J'en mettrais ma tête à couper. Quel nom lui donnerons-nous? » Ah, le ton d'Anne Marie, son ton un peu narquois quand elle a rétorqué : « Ne soyez pas impatient, Albert. Ne vendez pas la peau de l'ours avant qu'il soit tué. Attendons que cet enfant naisse pour lui trouver un nom. » Alors j'ai compris que jamais elle n'offrirait une autre descendance à mon père.

La jubilation énorme, monstrueuse, d'Anne Marie quand, des années plus tard, elle se vantera auprès de moi de sa duplicité et me racontera tout de sa machination, toute la toile de ses perfidies pour abuser Albert... A l'époque, elle avait encore besoin de lui, le temps d'achever sa conquête d'André Masselot. Un délai d'au moins deux ou trois ans qu'elle avait ainsi obtenu, en montant sa double intrigue de la jouissance et de la maternité. Des mois à simuler le plaisir et à entretenir l'escroquerie, alors qu'elle était quasiment frigide et, depuis ma naissance — ce qu'elle n'avouera jamais à quiconque en dehors de moi —, parfaitement stérile. Comme elle l'a bafoué, Albert, berné jusque dans ses espoirs les plus sincères et les plus profonds. Pauvre pantin qu'elle jettera le jour où elle imaginera que ses calculs ont abouti... Naïve Anne Marie qui se sera dupée elle-même. Jamais Masselot ne lui appartiendra. Elle aura perdu le consul. N'ayant pas su posséder, dépossédée de tout, il ne lui restera que la folie.

VII

Au bout de deux semaines je suis retourné chez Clémence. Elle m'a souri : « Ça repousse, grand nigaud. Tiens, regarde. » Un petit geste pour retirer sa culotte. Charmant spectacle : je vois en effet une germination timide, un chaume très tendre. Clémence, ma pudique Clémence, jamais gênée, ouvre un peu les jambes pour me montrer son intimité comme si c'était son armorial. Elle rit, elle est heureuse. Elle a ses règles. Gentiment canaille, elle ajoute : « Tu veux que j'enlève mon tampon ? » Et sans attendre, elle extrait de son sexe du coton maculé serré en un mince cylindre. Puis elle se fait aguicheuse, et m'invite. Elle le sait, j'aime ce moment : je me réjouis toujours de ces ruissellements, de ces coulées venues des plus mystérieuses anfractuosités de son corps. J'y perçois une pluie bénéfique, une ondée purificatrice, les flux d'une infinie jouvence, la jeunesse toujours recommencée. Et ce n'est pas une impression, mais une certitude. Lorsqu'elle a ses règles, Clémence rajeunit. Les traces de l'usure qui débute s'effacent miraculeusement de son visage et de son corps, elle redevient la toute jeune femme que j'adore, à la plaie délicate, au pertuis émouvant. Mon délice de la prendre en ces occasions, de pénétrer lentement la douce alcôve, la rose et le rhododendron. J'éprouve une sensation mystique, le sentiment qu'il n'existe pas d'intimité plus forte, d'union plus intense. Tous les deux dans notre exacte vérité, dans une transparence complète.

Clémence a eu son rire printanier. Puis la bonne ménagère s'est activée, a étalé une serviette éponge sur le lit, s'est allongée en position d'accueil vertueux, d'attente sereine. Un ronronnement étouffé sous le poids de mon corps, l'arceau soyeux de ses jambes... Longues houles, nous deux dans un songe. Effacement du temps.

Soudain l'étau se défait, la tête de Clémence s'éloigne de la mienne, sa poitrine se décolle, elle se déplace, comme si elle voulait s'isoler de moi, même pendant l'étreinte. J'écoute son souffle : il est devenu imperceptible, à peine un murmure. Sur son visage un sourire immobile, une extase, quelque chose de la sainteté. Clémence... Totalement livrée à la sensualité, solitaire. J'ai l'impression de n'être plus qu'un principe phallique. Elle jouit de son corps, sans mouvement, sans rumeur, parcourue seulement de frémissements égoïstes. Elle jouit, mais pas de moi : de ses entrailles, de ses fantasmes, d'elle-même. Je n'existe plus... Alanguissement final. Clémence et moi sommes salis : sang et foutre se sont épandus, grumeaux, traînées, auréoles... Mais toutes ces souillures me paraissent magnificences et beautés. Il me semble que si l'on admet les ignominies de l'amour, on en multiplie les splendeurs, les joies et l'exaltation... Brutalement me revient l'idée de l'enfant, la perspective d'une prochaine fois où Clémence sera féconde. L'enfant... Un enfant à nous, de nous deux.

Clémence va se laver. Je reste silencieux, remâchant mon obsession : entre nous l'apaisement passera, et nécessairement, par un enfant. Je suis mûr pour cette idée, je vais la lui soumettre, ce sera comme si j'allais lui demander sa main. Je l'entends qui s'affaire. Après son savonnage, elle fourbit crèmes et maquillages, se recompose, sa présence proche et invisible... je me dis que c'est l'instant propice pour faire ma proposition. Un avantage : la distance et la cloison qui nous séparent, les cinq ou six mètres de mon courage. Au moins, si elle refuse, je ne verrai pas son rictus saupoudré de mépris quand elle rétorquera : « Tu n'y penses pas, Lulu... » J'aurai le temps de me fabriquer un gros rire blagueur pour masquer ma déception.

Ma voix m'a paru tonitruer à travers l'espace : « Clémence, je veux te faire un enfant. »

Silence. Une seconde, deux, trois, dix... Immense et minuscule durée de l'attente. Je guette, j'imagine... Elle a été surprise, saisie. Elle s'est bloquée, le pinceau à rimmel collé aux cils, et se demande si elle a bien entendu... Ou plutôt elle s'en fiche, elle est restée froide et prépare simplement une réponse meurtrière... Ou bien...

Très étrangement, le silence qui se prolonge, au lieu de m'angoisser, me rassure. Si Clémence n'a pas été spontanément boute-dehors, c'est qu'elle cogite, qu'elle a pris l'affaire en considération. J'essaie de me représenter son visage... Probablement les rides de l'intense et grave méditation, toute la physionomie plissée par l'effort. Bon signe. Excellent même. Pas de doute, comme toujours devant une question importante, elle est poids et mesures, balance du pour et du contre. Elle doit calculer, soupeser, être toute préhension des choses. Mais peut-être ne sait-elle pas ce qu'elle veut. Tout est possible, et même qu'à cette seconde elle soit en proie à un vertige de grossesse, au désir d'avoir un bébé de moi. Quand même... Pourquoi demeure-t-elle muette ? Pourquoi ne le prononce-t-elle pas ce « oui » ?... Bon sang ! Je suis stupide ! Elle ne répond rien parce qu'elle bute sur un obstacle de taille : ma vieille stérilité. Pragmatique Clémence. Elle suppute les limites de mon handicap. Curable ou non ? Jusqu'à quel point pourra-t-il être rattrapé ? Si ce n'est que ça, je vais la rassurer, j'ai la certitude que je peux guérir. Ah, ce silence ! Énervant et apaisant. Si seulement je connaissais mieux Clémence !

Soudain son mutisme me pèse. Je ramasse à nouveau mon courage pour réitérer ma demande : « Clémence, je veux te faire... » Je n'ai pas le temps de terminer. Elle est réapparue, peignoir de bain serré à la taille, le visage paisible, énigmatique. Et elle me dit d'un ton détaché : « Je vais me laver les cheveux. Tu ne veux pas que je te shampouine aussi ? Tu es constellé de pellicules. »

Je me souviens avoir hésité sur l'attitude à adopter et finalement avoir placidement répété : « Si nous faisions un enfant ? » Elle n'attendait que cela et aussitôt elle a entamé une longue harangue. Narquoise au début : « Qu'est-ce qui te prend ? Un enfant ? Tu sais bien que tu ne peux pas en faire, et qu'au fond tu n'en veux pas, tu n'en as jamais voulu. » Ensuite elle a continué par une interminable confession. Clémence dévoilant un autre aspect d'elle, très caché, très secret, qu'évidemment je ne soupçonnais pas, sur lequel, en tout cas, quand je le pressentais, j'avais refusé de m'arrêter... son désir de maternité. Elle m'a raconté sa déception au lendemain de nos épousailles. Le temps qui passait sans qu'un enfant s'annonce. Et elle en voulait un. Elle était persuadée que le mariage impliquait aussi naturellement la naissance de bébés que le cycle des saisons les fruits pour les arbres, ou les fleurs pour les plantes, et elle rêvait de se soumettre à cette loi, la loi universelle du matrimoine. Toutes ses amies, toutes les filles de sa connaissance, une fois mariées, avaient engendré... Mais pas elle. Mois après mois elle avait attendu, elle avait compté les jours, surveillé ses flux, et toujours le même chagrin quand les saignements apparaissaient. Pas d'enfant pour elle. A cause de qui ? Un temps, elle avait douté d'elle et sans m'en parler avait consulté un médecin. L'homme de l'art avait été catégorique : tout chez elle fonctionnait. Donc c'était moi le déficient, moi le vieux routier du plumard. Et elle, sur cette question de la progéniture, elle n'avait pas voulu tricher. En dépit de nos séparations, de sa liberté, de ses coups de gueule, sur ce terrain elle m'était restée fidèle, en deuil de tous les enfants qu'elle n'aurait pas. Jusque-là, elle avait fait silence sur sa souffrance, elle ne m'avait jamais glissé mot de sa douleur, de sa désolation de former avec moi, et à cause de moi, un couple fruit sec. Et puisqu'elle en était aux confidences, autant vider l'abcès autant m'avouer qu'elle avait aussi éprouvé de la rancune.

A ce point de la tirade, le ton a changé. Accusatrice, sans violence ni acrimonie, Clémence m'a rappelé mon attitude durant ces années, mon mépris affiché à l'égard de la paternité, mes clameurs blessantes à chaque grossesse survenue dans notre entourage, mes railleries sur les gros ventres qui déformaient les femmes, sur la mine stupidement réjouie, bêtement fière des messieurs tirant gloriole de leur boulot, mes imprécations pour affirmer sans cesse combien je détestais ces paquets de chairs rougeâtres et braillardes qui sortaient des corps femelles, combien je haïssais les langes merdeux, les couches pisseuses, les « fais ton rot, mon chéri » et le renvoi tant attendu de la gorgée de lait aigrelet, les vagissements stridents, les tendres idylles gâtifiantes entre mère et enfant. Elle a répété mes phrases, imité mes reculs dégoûtés devant le berceau d'un nouveau-né qui se sanctionnaient toujours d'un mot méprisant : « Ça sent le suint. » Au début, elle n'avait pas compris les raisons de cette répulsion. Et puis, peu à peu, la lumière s'était faite dans son esprit, et s'était imposée la certitude affreuse que, même si j'avais pu lui faire un enfant, je l'aurais refusé. Car c'était elle que je voulais, elle et elle seule, toute à moi, toute pour moi, pour mes plaisirs. Elle m'avait d'ailleurs soupçonné de me réjouir de son corps en friche, de son ventre condamné à demeurer un champ sans récoltes. Comme il lui était arrivé d'éprouver l'odieux sentiment que j'aurais été jaloux d'un mioche, que je ne l'aurais pas aimé parce que je l'aurais considéré comme un voleur d'affection, un usurpateur de tendresse. J'étais monstrueux, mais il était trop tard quand elle l'avait découvert, le mal était fait, elle m'aimait.

Clémence! Quels abîmes inconnus elle ramène à mon regard. Toutes ces vérités que je me suis toujours ingénié à enterrer, à nier comme un beau diable. Elle me tient, elle ne me lâche plus... Le principe de la morsure. Maintenant ses yeux tisonnent les braises de la méfiance. Le soupçon. L'énorme soupçon... Derrière la soudaineté de ce désir, cette frénésie pour le moins étrange d'être père, Clémence flaire un bouquet de calculs vicieux, de stratégies perverses pour l'enchaîner. Le lardon comme camisole de force. Alors, que je ne me berce pas d'illusions. A n'en pas douter, elle sera bonne mère, mais cet enfant ne sera pas le boulet de son esclavage, et que je n'escompte pas, grâce à lui, la remettre en captivité. Je n'entends que deux mots : « bonne mère ». Elle les a dits, donc elle accepte. Ma joie...

Clémence des métamorphoses : sans transition, l'accusatrice se transforme en commère qui conclut un marché :

— Trêve de bavardages, mon Lulu. Si tu y tiens vraiment et si tu penses pouvoir guérir, moi je suis d'accord pour le marmot. Mais que ce soit clair : si je te fais un enfant, ce ne sera pas une plaisanterie tahitienne...

Ah, ma mésaventure tahitienne, dans ces îles où la beauté se fait roches et sable fin, carte postale et paysages de rêve. Avec des montagnes qui surgissent comme des orages au-dessus des flots, massifs maudits liés à l'idée de mort, d'ossuaires, de chairs pourrissantes, où nul ne se risque. Là-bas l'existence s'écoule au milieu des splendeurs océanes : la transparence des eaux, les lagons émeraude, les coraux touffus, les atolls géométriques, et les femmes... Les Tahitiennes! A cause d'elles j'ai failli perdre le sens de la vie et des choses, ne plus être que le jouet de sensations éphémères et de l'engourdissement heureux.

Vahinés, sirènes merveilleuses, exquises salopes. Comme tous les Blancs venus là, j'ai attrapé le virus : il m'en fallait une, que je respire moi aussi les essences de l'Eden exotique... C'est à Papeete la ringarde, ville moche au modernisme sans âme, que je la dénicherai.

Elle avait installé son QG dans un bistrot crasseux : sol en terre battue, murs en bambous tressés, des troncs d'arbre en guise de sièges, un comptoir grasseyeux, un robinet goutteur, un évier de tôle, des rangs de bouteilles. Le patron s'appelle Titou. Un ancien accordéoniste parisien, un homme à la coule, confident des dames vahinés qui, chaque jour, débarquent chez lui par paquets, rigolent, se querellent, discutaillent à perte de vue. Ma future bien-aimée, Rai Tara, était serveuse chez Titou. Une superbe dans le genre local : carrure de débardeur, longue colonne anthracite d'environ deux mètres, toujours hilare et toujours la grossièreté à la bouche. « Elle est libre et s'occupe à bistroter », m'avait dit Titou.

Au début, j'ai cru que l'entreprise serait facile, et j'ai attaqué en benêt, force gringue et fibre tendre. Mais patatras. D'une pichenette je suis assommé. « Hé, drôle de toi! Tu m'emmerdes! » Alors je rectifie le tir, je fais l'important, le grand journaliste. Nouvelle erreur. Cette fois c'est une bourrade, donnée de la poitrine, qui me propulse à des kilomètres de la belle, enfin au bas de mon tabouret. « Hé, drôle de toi, tu es un trou du cul! » En fait, il fallait que moi aussi j'emprunte les voies consacrées de la séduction tahitienne, que j'en passe par le duel d'amour, l'échange des vulgarités bien ordurières et les compliments libidineux. Me voilà donc vieux boucanier, rompu à toutes les subtilités de la technique ès tavernes. Je parle patagon, du verbe et de la main. Et ça finit par réussir, la monstresse s'apprivoise : « Hé, drôle de toi, tu vas vite ! » Désormais ma séduction est conforme à son attente et elle l'apprécie. Des jours durant le jeu se prolonge, sous l'œil vigilant des copines, juges intraitables qui commentent les répliques et, à l'occasion, mettent leur grain de sel, m'aiguillonnent, me banderillent de leurs piques insolentes, me forcent à la trouvaille, à l'improvisation gratinée. Tout un cérémonial de spiritualités grasses qui anime encore plus le canardage d'amour courtois entre Rai Tara et moi.

Enfin on m'accorde la victoire. Je suis décrété bon gars, pas prétentieux, et néanmoins capable de subvenir aux besoins — tous les besoins — de la belle. Car, même si cela n'est pas clairement dit, il est préférable que le tané, l'amant, soit « riche un peu ».

Près de Rai Tara, les jours ont filé dans une atmosphère hors du temps. Baise, baise, rien que la baise. Ses odeurs de fauve et de musc, son visage comme une ébène, sa peau douce à la texture flexible, une sorte de caoutchouc rare, l'ampleur de son corps, la démesure de ses formes, son gigantisme, tout en elle excite mes sens, relance sans fin mon désir. Dans la chaleur de ses cuisses, je retourne à la primitivité. Journées molles, au-delà du réel, vécues dans un entremêlement incertain d'amour et de sommeil. Forniquer, dormir, reforniquer, redormir, à l'infini. Rai Tara est le vagin du monde... Son air désincarné tandis que je m'épuise. Toujours silencieuse. Toujours énigmatique. Toujours d'une indifférence consentante. Le soir, au soleil couchant, elle renaît à l'univers. Course vers le lagon, elle fait voler l'écume et réapparaît ruisselante. Quelques secondes de préparatifs. Bijou noir, yeux de bacchante. Et elle m'entraîne au bastringue. Les copines, le bonheur, l'euphorie. Elle offre une tournée générale. Corps en spasmes. Voix de typhon. La couronne de verdure chavire sur sa tête, ses traits se magnétisent et elle entonne son chant d'amour : « Toi, bon couillon, toi, bon cœur, moi, t'aimer. » Hilarité, beuveries toujours. Jusqu'au dégueulis, jusqu'au matin, où nous retrouvons le faré et nous enlisons à nouveau dans une somnolence flottante ponctuée d'enlacements. Abrutissement. Ma lente dislocation.

Tahiti et ses pièges. J'ai vu ses victimes, comme une ultime ironie exposée aux yeux de tous, le long de la côte non loin de Papeete. Vingt kilomètres de farés, serrés les uns contre les autres, leur faune d'hommes dégénérés aux prises avec une dulcinée bronzée. Gens de toutes classes, de toutes nations, tous envoûtés par le mirage du bonheur, tous démantibulés, décomposés, tous acculés à des démences singulières, tous prisonniers des illusions de leur vahiné. Moi, j'ai fui. J'ai laissé Rai Tara et ses charmes pour ne pas devenir à mon tour l'un de ces damnés du paradis, pour ne pas ressembler à ce déchet physiologique que j'avais un jour croisé dans une crique. Un Blanc, un papaï sur sa rocaille. Un paquet de loques, un naufragé de la félicité. Il habitait une boîte en planches, minuscule baraque posée sur le rocher, vivant l'amour fou avec une vahiné racornie et acariâtre. Toute la journée, il trônait devant sa cahute, étalé sur une chaise longue, engoncé dans des guenilles puantes et les jambes enfournées soigneusement dans un sac à pommes de terre, sa protection contre les moustiques, à écouter, m'a-t-il dit, « passer le temps ». S'il avait faim, il se traînait vers le lagon et pêchait un poisson qu'il dévorait cru. Sinon, jamais un geste, jamais un effort. L'inertie totale, la vie hors de la vie, comme une dégustation familière de la mort de vivre.

Quelques semaines plus tard, revenu à la civilisation, je reçus une lettre de Rai Tara, évidemment pas de son écriture mais signée d'une corolle blanche arrachée aux fleurs de tiaré qui décoraient sa chevelure. Elle m'annonçait que je l'avais engrossée et me réclamait une modeste mensualité pour élever le fruit de nos amours. Trouvant la bagatelle plutôt plaisante, je m'exécutai et expédiai régulièrement la somme demandée. Cela dura jusqu'à ce que le bon Titou, qui avait soudain pris fait et cause pour mes intérêts, me suggérât de couper les vivres : au lieu d'accoucher d'un rejeton, ma chérie tahitienne venait d'acheter une Motobécane...

L'évocation de cette farce a rendu toute sa joie à Clémence :

— Topons-là, Lulu. Ce qui est dit est dit. Je suis d'accord. Va te faire réparer.

Marché conclu, j'aurais mon enfant de Clémence. Hélas, le plus pénible restait encore, mon chemin de croix : les soins. Dure épreuve. Par chance, mon métier m'a enseigné le mépris des contingences, à me sentir supérieur aux événements, les plus grandioses comme les plus minables, à être moi, toujours moi, et à me détacher des ennuis, quels qu'ils soient. Aussi est-ce sans la moindre honte ou timidité, que je me suis rendu chez un des champions maître queue de la place parisienne.

L'homme, en blouse blanche immaculée, s'est levé à mon entrée. On me reconnaît, on a un déclic de paupières et un sourire à l'amabilité déférente. Avant d'attaquer l'objet de ma visite, on se livre à l'exercice de la mondanité. Un geste pour me faire asseoir dans un fauteuil, on se pose à son tour sur un siège, on tripote sa petite moustache, on ressasse ma célébrité, on s'en gargarise, on s'en fait tout un monde, on parle noblement de nos campagnes, des miennes surtout, mon Asie, ma Chine, les mystères orientaux, on me confie en rosissant que l'on est soi-même allé en Orient, oh! une fois seulement, rien qu'une, c'était au Japon, pour suivre un congrès, et qu'on a préparé l'expédition en dévorant tous mes livres, on ajoute même, en balbutiant de confusion devant l'audace du jugement, que la lecture de mes ouvrages fait respirer l'air des rizières, on jure qu'on est un sincère, un éternel admirateur, et qu'on est on ne peut plus ému de me rencontrer en chair et en os. Là-dessus, on dérive sur les autres célébrités qui ont posé leur noble fondement sur le fauteuil qui présentement supporte le mien, notamment on évoque, avec d'infimes tremblements de voix, Danton et sa vessie. Moi je commence à me lasser et je rappelle à l'ordre mon grand prêtre. « En ce qui me concerne, ce n'est pas l'urine qui me tracasse, mais le sperme... » Ma réplique ne fait pas plaisir. On plisse le front, histoire d'affirmer que l'on est même un peu offusqué, mais finalement on se penche vers moi, une lueur intéressée dans le regard. « Hum, hum... Pas de turgescence ? Pas de coït ?... Hum, hum. » On semble avoir soudain un chat dans la gorge. C'est qu'on s'apprête à recevoir les inévitables, et combien tristes confidences de la décrépitude mâle, et on s'y attend tellement que l'on a déjà pris une figure de condoléances. Ce qui fait que l'on reçoit avec stupeur ma réponse grivoisement fanfaronne.

— Pas du tout. Tout va très bien, quand il faut, comme il faut, et sans avoir recours à de la poudre de corne de rhinocéros.

— Alors, cher monsieur Bonnard, en quoi puis-je vous être utile?

— Le sperme, vous dis-je, c'est ça mon problème. C'est de la lavasse. Je ne parviens pas à engrosser mon épouse. Elle est féconde, son gynécologue est formel... et je veux absolument lui faire un enfant.

Apparemment le toubib n'a pas besoin d'en savoir plus. Il s'est levé, et me jette d'un ton désincarné :

— Veuillez vous déshabiller et vous étendre sur ce lit, je dois vous examiner.

Je me retrouve nu, étalé sur une planche, jambes relevées, les avantages ballottant, tandis que des doigts me palpent sans vergogne; l'un d'eux s'en va même explorer mon anus. Minutie, il a l'air concentré, de temps à autre il lâche un « heu, heu » entendu, sinon il ne parle que pour donner un ordre : « Tournez-vous. Levez. Baissez. Tendez. » On est redevenu la science, le savoir, on a oublié qui j'étais.

Terminé. Dans un silence pensif, seulement rompu d'un anodin « rhabillez-vous », on s'est déganté et on est allé se frotter les mains sous l'eau claire d'un robinet, tandis que je me rajustais avec la dignité raidie d'un ministre de la Troisième République.

A nouveau nous sommes face à face. Le maître comme une énigme... Enfin le verdict... une vraie bulle pontificale :

— Constitution normale... Apparemment. La prostate... Heu, heu. Pas d'incontinences urinaires, vous êtes sûr?

— Évidemment non.

Mais il n'écoute pas ma réponse. Il est déjà passé à l'idée géniale dont il a eu l'esprit traversé.

— Vous avez eu une amibiase?

— Oui, très longtemps.

— C'est bien ça... Vous êtes guéri, mais vos parois intestinales ont été abîmées, j'ai senti les cicatrices à la palpation... L'amibiase... Même si vous êtes tiré d'affaire, il y a des séquelles.

Il est assurément content de lui. Distillant ses effets, il me fait nager dans ses mystères superbes et dérisoires, et quand il estime que le suspense a été suffisant, il achève son diagnostic :

— Vous êtes guéri, mais voyez-vous, il a certainement fallu que ce soit grâce à des médications très puissantes, qui ont eu des effets secondaires. Hé oui, en médecine aussi il y a le yin et le yang, l'ombre et la lumière. Vos remèdes, ce sont eux qui ont attaqué votre semence, je le parierais.

Foutue vie! L'amibiase... La merde menant à la déchéance de la puissance séminale! Quelle bouffonnerie! Ainsi moi, Bonnard, j'ai le testicule qui a été ruiné par ma lutte sans merci contre les protozoaires. Quand j'y songe... La sinistre épopée de ma merde.

Durant mes années de guerre d'Indochine, je suis passé à travers tout. J'étais grand, mince, et j'ai lampé les arroyos, les jungles, les rizières infestées de Viets et de bacilles, j'ai brassé l'horreur, sans la moindre blessure, sans la plus minime maladie, à peine un léger palu... Une absolue provocation. Mais ensuite, quand je me suis enfoncé dans les troubles plaisirs priapiques et alcooliques de Hong Kong, quelle dégringolade! En un mois j'ai enflé comme une outre, je suis devenu le « gros Lulu »! Une ignominie! En même temps se sont ouvertes les vannes de mon corps. Dire qu'enfant j'avais raillé Albert pour ses gémissements, ses plaintes, ses pleurnicheries au sujet de ses intestins. A mon tour je me vidais dans des spasmes terribles, comme si mes intérieurs se liquéfiaient et s'expulsaient dans un interminable ruissellement fécal. J'étais un égout ambulant, une puante aquosité sur pattes. Mais curieusement, malgré mes suintements, je ne maigrissais pas. J'avais toujours la bedaine arrogante, le nombril dilaté comme le sceau de la barrique que j'étais devenu.

Parfois je cessais de couler, et c'était alors la constipation intégrale. Une autre abjection. Tout ce que je contenais de mouscaille se mettait en boule dans mon ventre, devenait un poids suppliciant, pesait comme des kilos de plomb. Et à la sensation d'un lent évidement de soi succédait, du coup, celle de la menace d'un éclatement. Une lourdeur bestiale et l'impression que j'allais exploser en mille débris excrémentiels... Alors l'angoisse s'est emparée de moi, l'angoisse de me chier jusqu'à décomposition complète, de me chier à mort.

Maudite amibiase qui m'a détraqué la tripe des années durant et m'a changé en abonné des coprologues, obscurs et célèbres, pour qu'ils me nettoient de mes parasites. Oui, oui, les toubibs de l'étron, ça existe. En général, ils sont barbus et ont cette particularité de parler de la matière fécale avec une tendresse, une espèce d'amour qui m'a toujours stupéfié. Avec quel empressement semble-t-il, ils ont fouiné, flairé, tripatouillé, microscopisé mes excréments! La chasse à l'amibe, ridicule combat de l'homme contre l'infiniment petit... Ça, il aura été traqué l'animalcule! Il fallait être certain qu'il avait bien fait colonie dans mes intestins, pour ensuite tenter de l'exterminer. Que de traitements prescrits et que d'échecs aussi, jusqu'à ce qu'enfin l'un de ces disciples d'Hippocrate me suggère sa petite merveille venue directement des États-Unis, des pilules jaunes qui allaient me rendre ma dignité d'homme en m'asséchant définitivement le fondement. Quelle liesse lorsque ma guérison fut consacrée! Mais jamais, au grand jamais, je n'aurais imaginé les conclusions que mon grand ponte ès quéquette en déroute vient maintenant de m'annoncer. Il est sûr de lui :

— Il n'y a que cela, monsieur Bonnard, qui puisse expliquer votre stérilité. Un médicament à effets multiples. Hé hé! Et je le connais... Mais je préfère vérifier. Vous ferez donc une analyse de sperme... Rien de méchant, vous verrez.

Je me suis encore rendu dans un labo, et une fois encore j'ai affronté l'atmosphère de faïence blanche, de carrelages immaculés, les odeurs javellisées, formolisées. Une femme m'a conduit vers une cabine ripolinée, et là, elle m'a tendu une coupelle, m'abandonnant à la solitude après avoir dit : « Je vous laisse. Appelez quand vous aurez terminé. » Alors je me suis exécuté, l'esprit partagé entre le sentiment du misérabilisme, du ridicule de cette branlette, et le poids des nécessités. Refaire ainsi le geste banal qui fut la manie de mon adolescence!

La toute première fois, ce fut à Ancenis, l'été de mes quatorze ans. Au cours d'une nuit, un rêve délicieux m'avait inondé. Anne Marie était allongée près de moi et me câlinait doucement, sa main courait sur mon corps, provoquant de-ci de-là de petits frissons, la poitrine, le cou, le visage, puis elle descendait lentement, parcourant d'un doigt les sinuosités de mon ventre, suivait la pliure de la cuisse, continuait vers un genou, puis remontait, et soudain, avec une infinie délicatesse, s'emparait de mon sexe, le caressait tendrement, et à mon grand étonnement le faisait brusquement exploser en un jaillissement étoilé... Un choc qui retentit dans tout mon corps et me tira brutalement de mon sommeil. J'étais éberlué et en même temps comme habité d'une ivresse. Curieusement, ma réaction immédiate fut de vérifier l'absence d'Anne Marie à mes côtés... J'avais bien rêvé. Alors seulement je me suis tâté, et j'ai découvert une humidité poisseuse... tellement bizarre et inquiétante, que j'ai terminé ma nuit les yeux ouverts, à remuer dans ma tête une multitude de questions. Mais au petit matin, j'ai senti mon membre se raidir incompréhensiblement. Sans réfléchir, je m'en suis emparé à pleine main et j'ai commencé à me livrer à des mouvements inconnus qui imitaient ceux d'Anne Marie dans mon songe. Tout un monde d'émotions nouvelles m'envahissait, tandis que peu à peu mon geste gagnait de l'assurance, se faisait répétition lancinante : halètement, clapotis de mes chairs et grincements du lit... Je m'ingéniais à procéder lentement, à faire le moins de bruit possible, de peur d'être surpris. Soudain j'avais compris que j'étais en train de commettre ce forfait ignoble qu'à l'École des Sources les maîtres stigmatisaient avec une âpreté et une acrimonie constantes : l'onanisme, le mal par excellence, une abjection qui conduisait aux portes de la folie, détruisait corps et âme, et changeait le coupable en un nabot rachitique, à la poitrine creuse et au cerveau liquéfié.

Au matin, quand ma mère est apparue pour me réveiller, son regard était transparence, limpidité de l'ignorance. Elle m'a examiné et m'a dit d'un ton vaguement inquiet : « Tu as une pauvre mine, Lucien, tu sens le fatigué. Tu as mal dormi ? » Aurait-elle deviné ce qui m'était arrivé ? Non, impossible. Mais par acquit de conscience, je lui ai quand même répondu que j'avais fait un rêve étrange qui m'avait réveillé et qu'ensuite j'avais eu les plus grandes peines à me rendormir. Cela lui a suffi et elle ne s'est plus préoccupée de ma « mine ».

A partir de ce jour, la masturbation devint pour moi un besoin. Revenu à l'École des Sources, j'ai continué à m'y livrer frénétiquement. Dans la journée, je m'enfermais dans les W.C., procédant rapidement pour ne pas attirer l'attention. La poétique des chiottes. L'infection et la purification... Et la nuit, dans les limbes du dortoir, je reprenais ma besogne, splendeur merveilleuse et tare crasseuse. Je vivais des moments de bonheur sans mélange, porté par une vague, une marée, je bravais l'univers, au-delà de toutes les terreurs et de toutes les hontes, je croyais affronter les flammes et le plomb fondu pour enlacer Lucifer... J'étais maudit.

Et me voilà dans ma cabine, nigaud amoureux à la recherche de sa fertilité perdue, l'œil fixé sur mon foutre qui s'étale dans la coupelle. Malaise à contempler cette minuscule masse gélatineuse, sans consistance véritable, sans couleur non plus, une coulée toute bête, absurdement insignifiante. J'ai remis le tout à l'infirmière. Clic clac des talons, le sourire et le salut : « Nous enverrons sous huitaine les résultats de l'analyse au professeur... » L'épreuve était finie.

Quel rayonnement quand je revois mon Esculape! Il gigote, il triomphe, il m'assaille de pétillances victorieuses. « Je vous l'avais dit. Hé hé! Mon cher, c'est bien le médicament américain : il vous a ruiné la semence. Hé hé! Pas totalement... Il vous reste encore des spermatozoïdes, et de bonne qualité, mais leur nombre n'est pas suffisant. Je vais vous miraculer. Hé hé! Quelques piqûres et tout rentrera dans l'ordre. » Au bout de quinze jours, je fus déclaré bon pour le service. On eut alors un dernier mot : « Mon cher, j'attends le faire-part de naissance. »

Pourquoi toutes ces cuisines médicales les ai-je si obstinément cachées à Clémence ? J'avais claironné le projet, et dès que j'ai commencé à l'exécuter, je n'en ai plus parlé.

Au début je ne savais pas bien pourquoi je me taisais : je me racontais des histoires, j'invoquais la perspective de lui en faire la surprise lorsque tout serait terminé. Puis, petit à petit, j'ai compris ce qui se produisait en moi. Au fur et à mesure que je me retapais, s'était émoussé le désir d'avoir un enfant de Clémence.

Et maintenant que je suis guéri, il a pratiquement disparu, laissant place à la répulsion. Combats avec moi-même. Je suis la proie d'incertitudes que j'entretiens avec une perversité maladive en allant régulièrement chez Clémence pour l'examiner en maquignon, la jauger dans sa totale vérité, et bien sûr je la vois comme jamais elle ne m'était apparue : pataude, courtaude, lourdaude, sans distinction, épaisse... Soliloques interminables. Quoi, c'est cette femme que je dis aimer? Non, je me suis fourré un fantôme dans la tête. Depuis des années, j'ai bâti une chimère, je me suis enlisé dans une obsession artificielle, un faux amour fabriqué de toutes pièces, que j'ai baptisé passion, comme ça, par faiblesse, peut-être par habitude ou par facilité, parce que je n'osais pas m'avouer l'odieux fond de mes pensées : j'avais eu besoin de me créer une illusion, de m'inventer un univers de couple pour régler quelques-unes de mes déficiences affectives — l'héritage d'Anne Marie, toujours lui! J'ai cru m'éprendre de Clémence et j'ai tout reporté sur elle, je me suis rempli le crâne de mensonges toujours plus gros, toujours plus ridicules pour me persuader que je l'aimais. Quels leurres grotesques! Sa jeunesse censée m'exalter... Son caractère primesautier... Jusqu'à ses tromperies... Mes souffrances, disais-je. Quand elles étaient ma jouissance. Et j'en avais rajouté, me servant de tous ses défauts pour renforcer ma conviction. Sa nature traîtresse, sa fausseté congénitale, son hypocrisie constante, sa brutalité, sa méchanceté, et même sa frigidité agressive, tout avait contribué à fortifier mon délire. Je brodais, j'enjolivais, je créais le conte de la fée cruelle et persécutrice, la légende grotesque et admirable, j'écrivais le mauvais roman de ma passion. Du vent...

Tortures. Je regarde Clémence et je suis pris d'une sorte de dégoût. Lorsque je dors, le malaise prend des formes de cauchemars. Souvent le même. Une Clémence montagne de lard, tête de harpie, mamelles dentées, ventre blindé, s'approche de moi, ses masses de chair entassées sur elles-mêmes, comme un amoncellement de boudin blanc. Sous l'Himalaya de tripailles, entre des cuisses monumentales, bée un soupirail convulsif d'où émanent des vapeurs fétides. Soudain le magma semble se raffermir. Clémence s'est dressée, campée sur ses jambes qu'elle écarte dans un mouvement obscène, dévoilant une fente ravinée où sa main plonge sauvagement pour en ressortir aussitôt, tenant par la queue un énorme rat. Museau effilé, pelage terne et des yeux bordés de rouge qui me fixent haineusement. Elle éclate d'un rire dément : « Tiens, Lucien, c'est ton enfant », et lance vers moi l'immonde bestiole. Immédiatement l'animal plante ses griffes sur mon visage, toutes babines retroussées, et commence à me dévorer. Je suis impuissant, incapable d'un geste, même de répulsion. Et, tandis que l'immondice vivant s'acharne à sa boucherie, Clémence danse autour de moi. Elle tape dans ses mains, sautille, batifole, tout en vociférant : « C'est ton enfant, Lucien, vois comme il est beau. Comme il t'aime ! » Elle encourage aussi le rat : « Mon mignon, mon tout doux, montre à ton père que tu l'aimes, c'est ça, croque-le bien, mon chéri. » Sarabande monstrueuse qui ne s'arrête que lorsque je m'éveille en sursaut, ruisselant de sueur.

D'autres fois, c'est une Clémence superbe qui se montre. Séductrice rouée, balançant du sein et de la croupe. A ses côtés, un homme masqué que j'essaie en vain de reconnaître. Ils s'enlacent, se caressent. Gloussements. Suivis d'un silence pesant. Ils ont disparu. Alors j'entends des bruits de fornication. Au bout d'un temps imprécis, Clémence réapparaît, un autre homme à ses côtés, toujours masqué. Le jeu reprend, avec les mêmes images et les mêmes sons. Tout un défilé d'hommes masqués qui progressivement va s'accélérant et devient une ronde échevelée. Le monde bascule... Clémence se métamorphose : son sexe est un chaudron cerné d'une forêt de phallus qui déversent en lui des flots de sperme bouillonnant. Elle est à des années-lumière de moi, mais elle me voit. Et elle me crie : « Je ne te trompe pas Lulu, je ne t'ai jamais trompé. Vois : je te fais un enfant. Il sera de toi, rien que de toi. A toi, rien qu'à toi... » Ses derniers mots m'échappent, perdus dans un fracas de rires.

Cauchemars nauséabonds... De quelles crevasses d'inconscience, de quelles verrières de lucidité, de quelles angoisses métaphysiques, de quelles appréhensions de gros bon sens proviennent-ils ? Il faut que je sois fou !

* * *

Mon enfant, j'ai appris à l'aimer sur la route de Normandie. Oubliées Paule, Martine, Ghislaine et les autres, oubliés le sabbat et les tortures, oubliés Anne Marie et les relents de sa mort... Je suis à la joie, à l'immense joie d'emmener Clémence chez ses parents — elle veut leur montrer sa grossesse. Clémence, mon aimée.

Oh, sa nouvelle lourdeur ! Clémence n'a pas vulgairement grossi, sa chair est seulement ointe, elle a pris une vastitude touchante, elle est cathédrale, ses seins menus deviennent amphores, sa taille est une colonne, son ventre une conque. Elle est si belle, Clémence qui porte mon enfant, et je le porte moi aussi. Ensemble, nous allons vers la gloire.

J'ai toujours apprécié le manoir. Combien de séjours déjà auprès de Louise et de Constant, dans leurs comédies — ces monstres si drôles et si gentils ? D'ailleurs, là-bas, chez eux, Clémence et moi avons l'habitude de rentrer nos griffes et nos couteaux, pour nous laisser aller à la bonne vie, à une sorte d'allégresse, avec ses gueuletons, ses rigolades, ses pétulances, ses exubérances, ses disputes pour rire, ses moments délicieux... Chaque fois, je me sens au sein d'une famille farceuse, une vraie famille . Mais aujourd'hui, ce sera mieux encore, la fête, la fantastique fête au milieu des rouscailleries de Constant et des gracieusetés de Louise, avec la parentèle accourue, et Clémence qui fera la luronne...

Nous roulons. Une fois Paris et ses salissures rejetés, commence la grande, la merveilleuse aventure, bien plus jouissive que l'Afrique ou l'Asie. Tant de choses minuscules et capitales peuvent arriver sur la carte du Tendre, avec Clémence, mon ingénue. Un voyage épatant. Il y a de l'ivresse en moi, une exultation chez Clémence. L'automne arrive, la nature est rousse comme elle... Mais alors que l'incendie des bois se consume, Clémence flambe de plénitude, de toutes les plénitudes.

Avec elle, l'ordinaire devient extraordinaire. Converser, rire, manger... Et d'abord, tout en conduisant, manger ses taches de rousseur... je les lape, je les croque. Elle s'appuie sur moi, se blottit contre moi, elle me caresse, elle prend ma main, la pose sur son ventre... Il me semble que l'enfant remue. Clémence a souri.

Nous avons fait halte pour déjeuner et elle a avancé vers l'auberge avec la majesté d'une frégate. Elle est mon navire à l'étrave arrondie, qui fend la vie, tous les flots de la vie. Elle crée la vie, elle est ma vie. Autour de nous, comme une adulation. J'ai le sentiment que nous sommes uniques... Nous sommes dieux, nous sommes le mythe.

Quand je pense que j'ai pu trouver ridicules les attendrissements sur la maternité, que j'ai pu dauber sur la fierté des pères! Je suis mieux qu'attendri, je suis plus que fier... Clémence, mon éternelle Clémence, Clémence enceinte de moi... Clémence qui rayonne. Je suis fou de Clémence.

Cet ouvrage a été réalisé sur
SYSTÈME CAMERON
par la Société Nouvelle Firmin-Didot
Mesnil-sur-l'Estrée
le 5 septembre 1985

Imprimé en France
Première édition : dépôt légal : août 1985
Nouveau tirage, dépôt légal : septembre 1985
N° d'édition : 6774
N° d'impression : 3084
I.S.B.N. 2-246-31401-1